「十三五」時期國家重點出版物專項規劃項目
國家古籍整理出版專項經費資助項目

翁方綱手稿六種校釋

翁批杜詩手稿校釋

（上）

賴貴三　校釋

廣陵書社

圖書在版編目（CIP）數據

翁批杜詩手稿校釋 / 賴貴三校釋. -- 揚州 : 廣陵書社, 2024.11
（翁方綱手稿六種校釋）
ISBN 978-7-5554-2287-7

Ⅰ. ①翁… Ⅱ. ①賴… Ⅲ. ①杜詩－詩歌研究－中國－清代 Ⅳ. ①I207.227.423

中國國家版本館CIP數據核字(2024)第091492號

書　　名　翁批杜詩手稿校釋
著　　者　賴貴三　校釋
責任編輯　金　晶　劉　棟　戴敏敏
封面設計　傅　翔
出 版 人　劉　棟

出版發行　廣陵書社
揚州市四望亭路 2-4 號　　郵編　225001
(0514)85228081(總編辦)　85228088(發行部)
http://www.yzglpub.com　E-mail:yzglss@163.com
印　　刷　無錫市海得印務有限公司
裝　　訂　無錫市西新印刷有限公司

開　　本　889 毫米 × 1194 毫米　1/32
印　　張　36.875
字　　數　800 千字
版　　次　2024 年 11 月第 1 版
印　　次　2024 年 11 月第 1 次印刷
標準書號　ISBN 978-7-5554-2287-7
定　　價　480.00 元(全二册)

《翁批杜詩·杜詩目》，舊藏封面

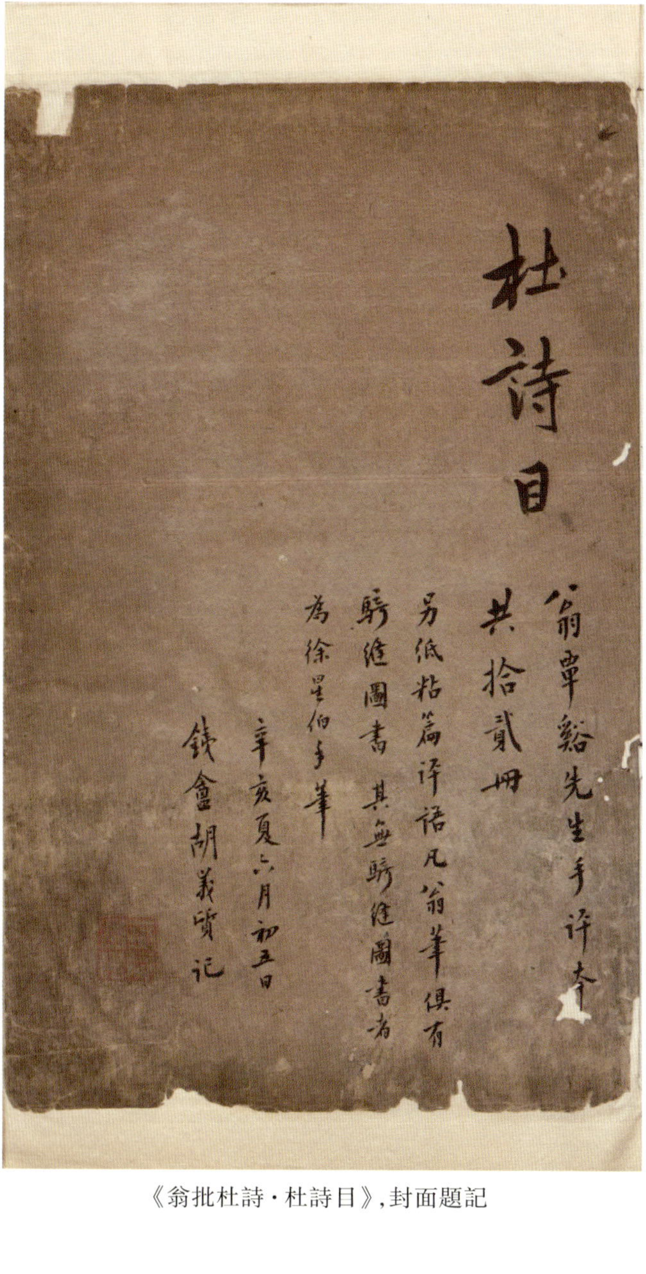

《翁批杜詩·杜詩目》,封面題記

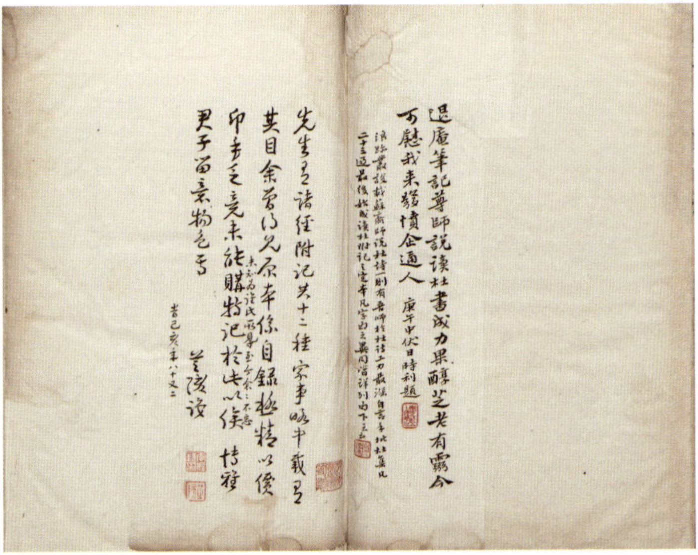

《翁批杜詩·杜詩目》,卷前題識、藏印

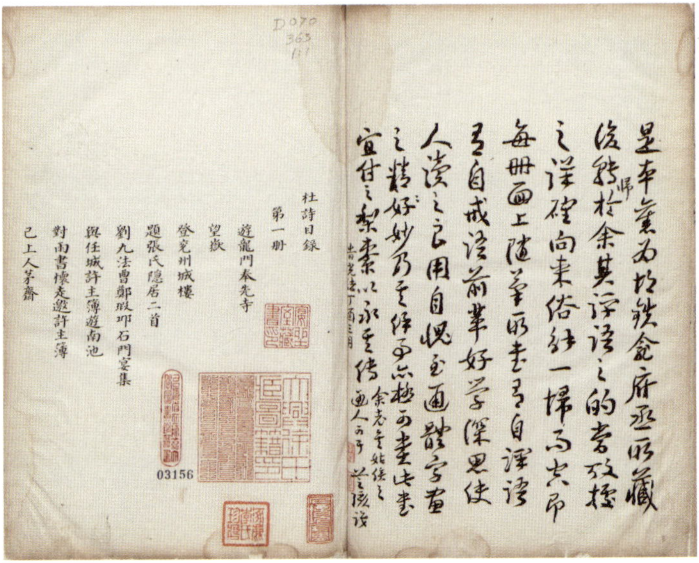

《翁批杜詩·杜詩目》,卷前題識、藏印,内頁正文

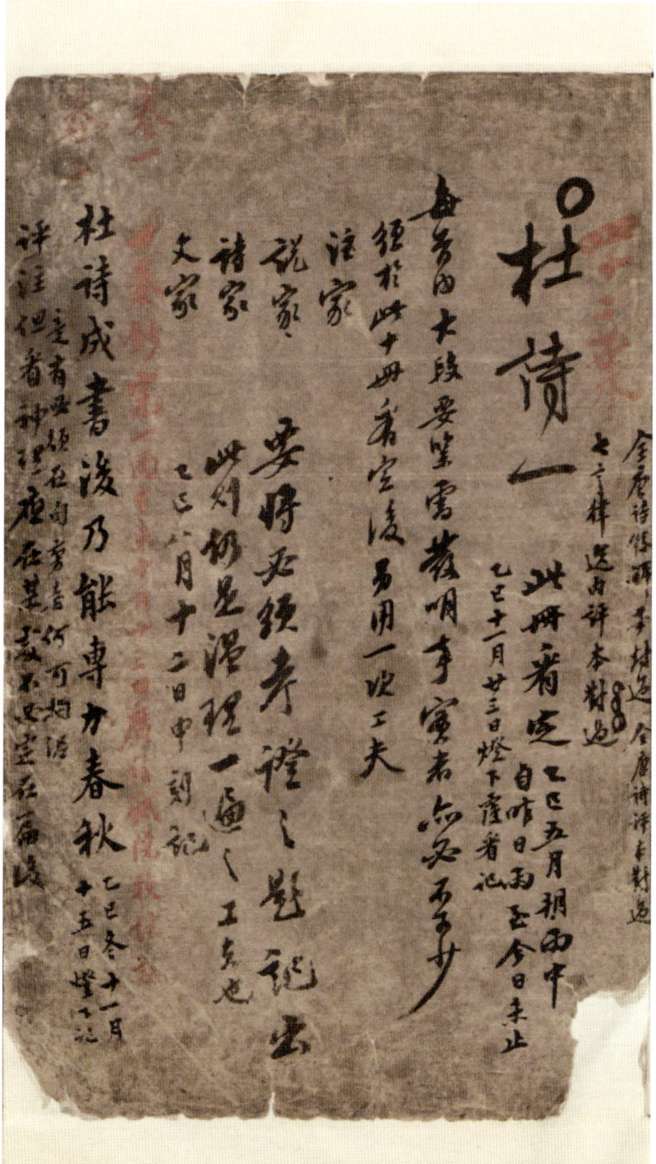

《翁批杜詩·杜詩一》,封面題記

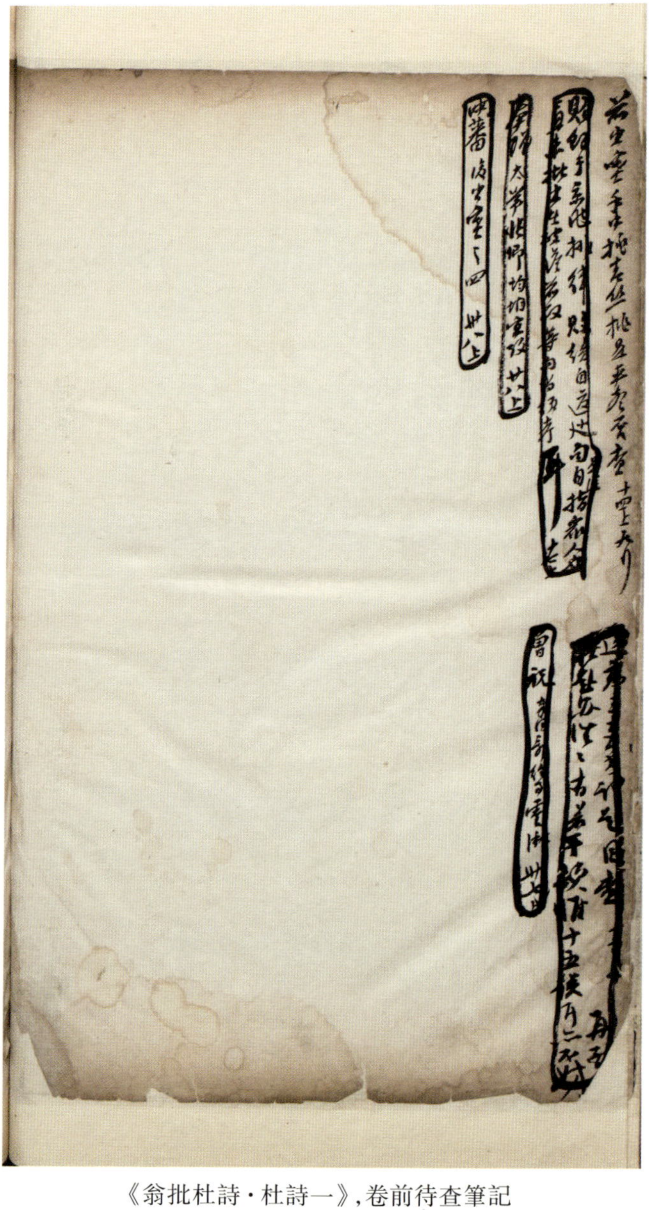

《翁批杜詩·杜詩一》,卷前待查筆記

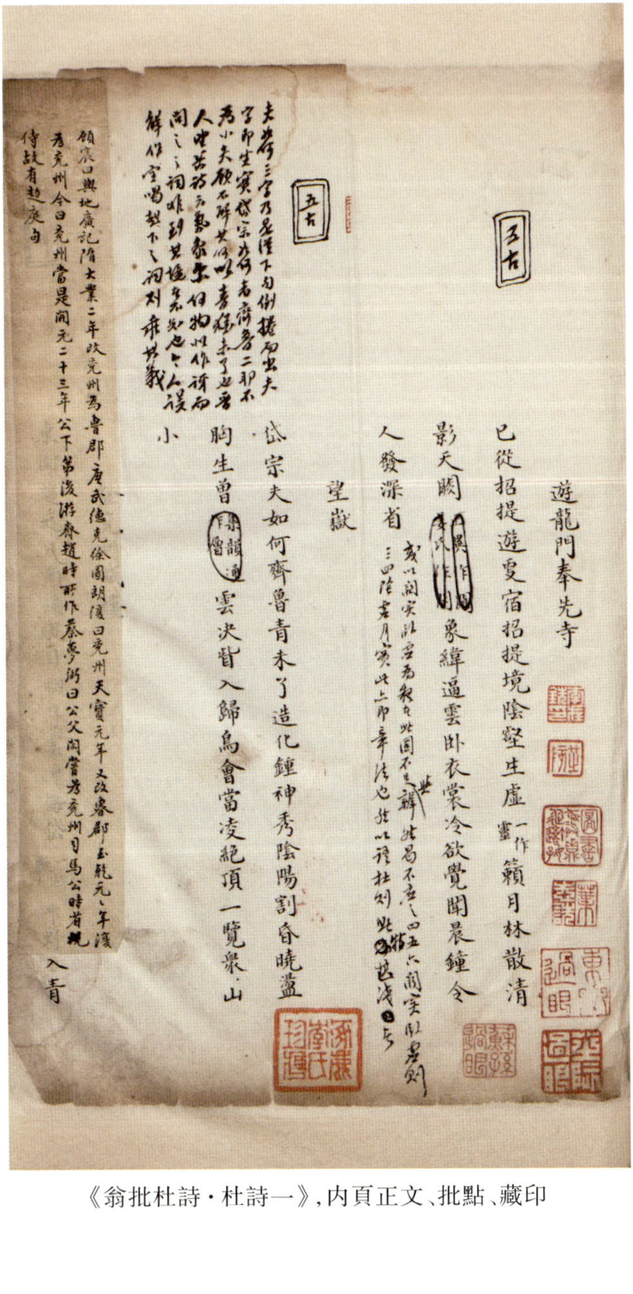

《翁批杜詩·杜詩一》，内頁正文、批點、藏印

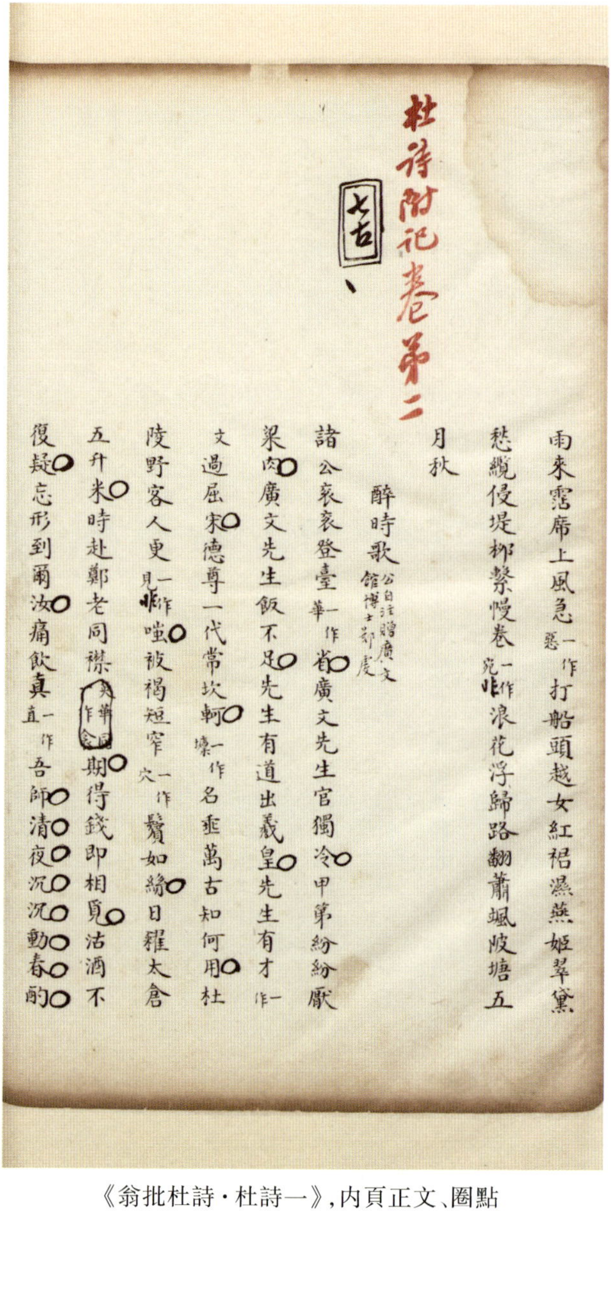

《翁批杜詩·杜詩一》，内頁正文、圈點

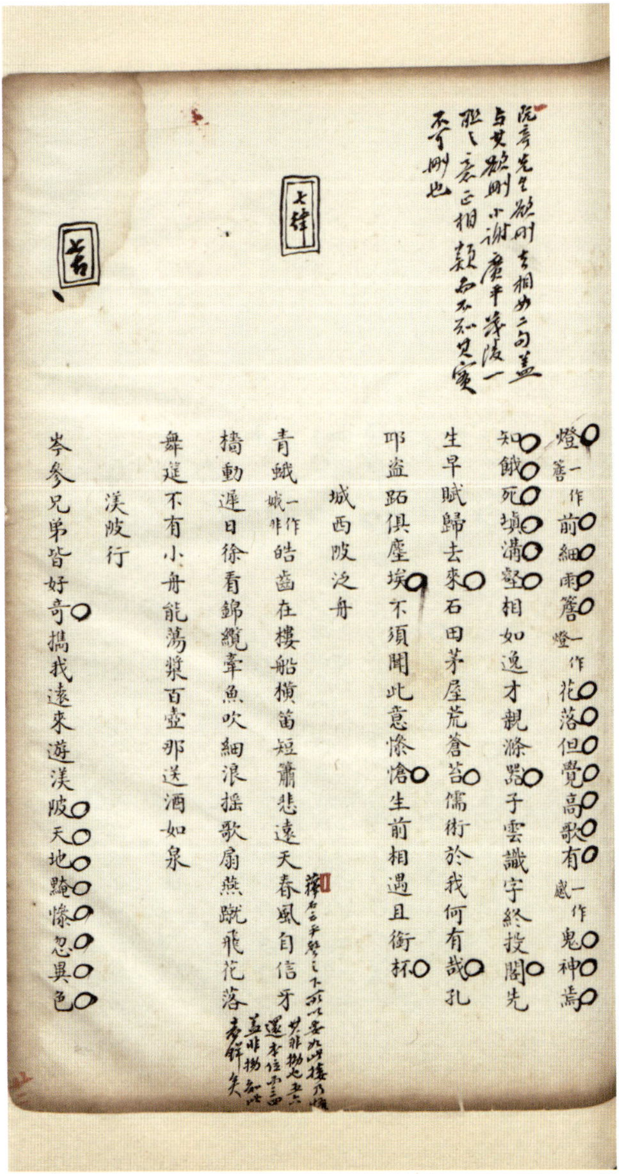
燈簷一作前細雨簷燈一作花落，但覺高歌有感一作鬼神，焉
知餓死填溝壑。相如逸才親滌器，子雲識字終投閣。先
生早賦歸去來，石田茅屋荒蒼苔。儒術於我何有哉，孔
丘盜跖俱塵埃。不須聞此意慘愴，生前相遇且銜杯。

阮亭先生欲刪去相如二句，蓋與其欲刪小謝、庾平等後一聯之意正相類，而不知其實不可刪也。

七律

城西陂泛舟

青蛾蛾一作娥皓齒在樓船，橫笛短簫悲遠天。春風自信牙
檣動，遲日徐看錦纜牽。魚吹細浪搖歌扇，燕蹴飛花落
舞筵。不有小舟能盪槳，百壺那送酒如泉。

七古

渼陂行

岑參兄弟皆好奇，攜我遠來遊渼陂。天地黤慘忽異色，

《翁批杜詩·杜詩一》，内頁正文、批點

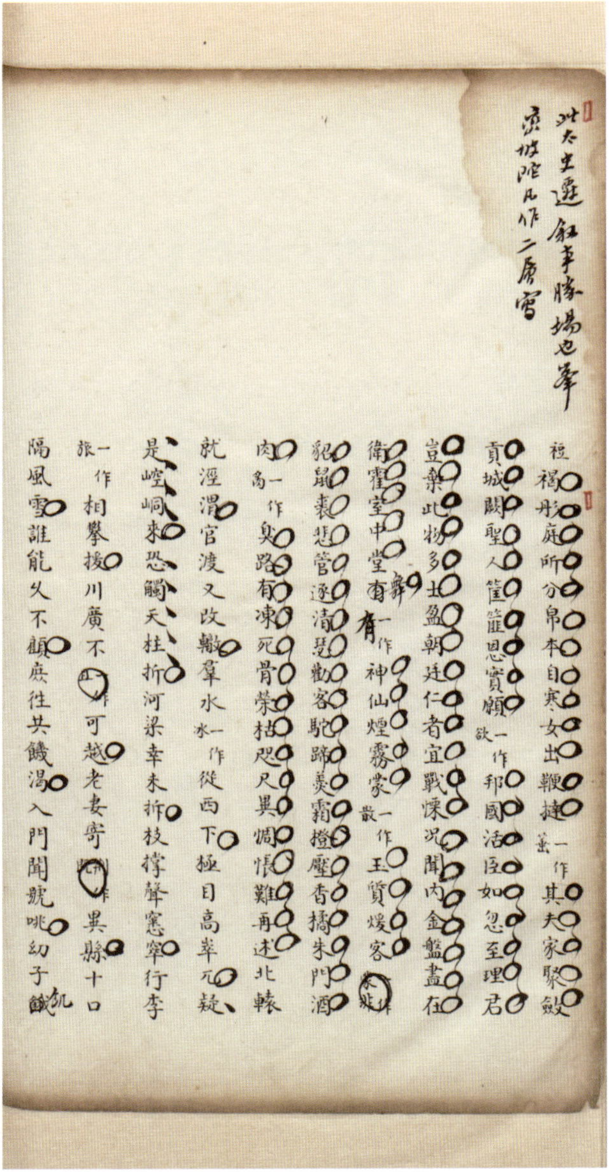

此太史遷敘事脉場也筆
家城陀凡作二層寫

（裋）褐彤庭所分帛本自寒女出鞭撻（蓋一作）其夫家聚斂
貢城闕聖人筐篚恩實願（欲一作）邦國活臣如忽至理君
豈棄此物多士盈朝廷仁者宜戰慄況聞內金盤盡在
衛霍室中堂有（舞）（有一作）神仙煙霧蒙（散一作）玉質煖客
貂鼠裘悲管逐清瑟勸客駝蹄羹霜橙壓香橘朱門酒
肉（爲一作）臭路有凍死骨榮枯咫尺異惆悵難再述北轅
就涇渭官渡又改轍羣水（水一作）從西下極目高崒兀疑
是崆峒來恐觸天柱折河梁幸未拆枝撐聲窸窣行李
（旅一作）相攀援川廣不（一作）可越老妻寄（一作）異縣十口
隔風雪誰能久不顧庶往共饑渴入門聞號咷幼子饑

《翁批杜詩·杜詩一》，內頁正文、批點

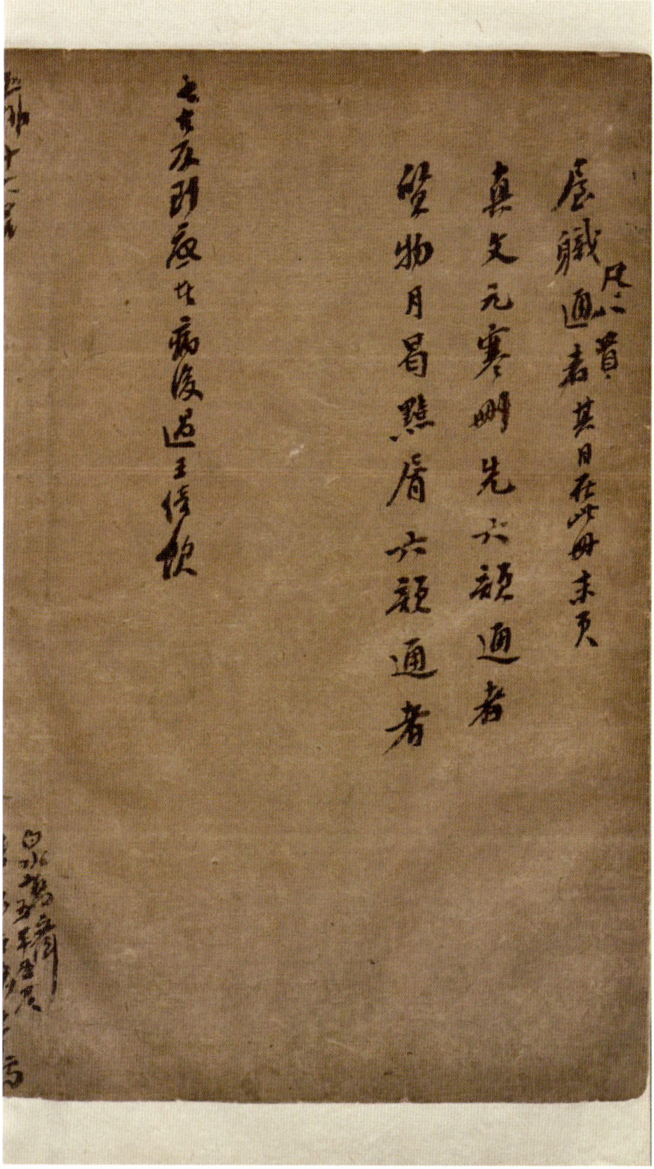

《翁批杜詩·杜詩一》,封底筆記

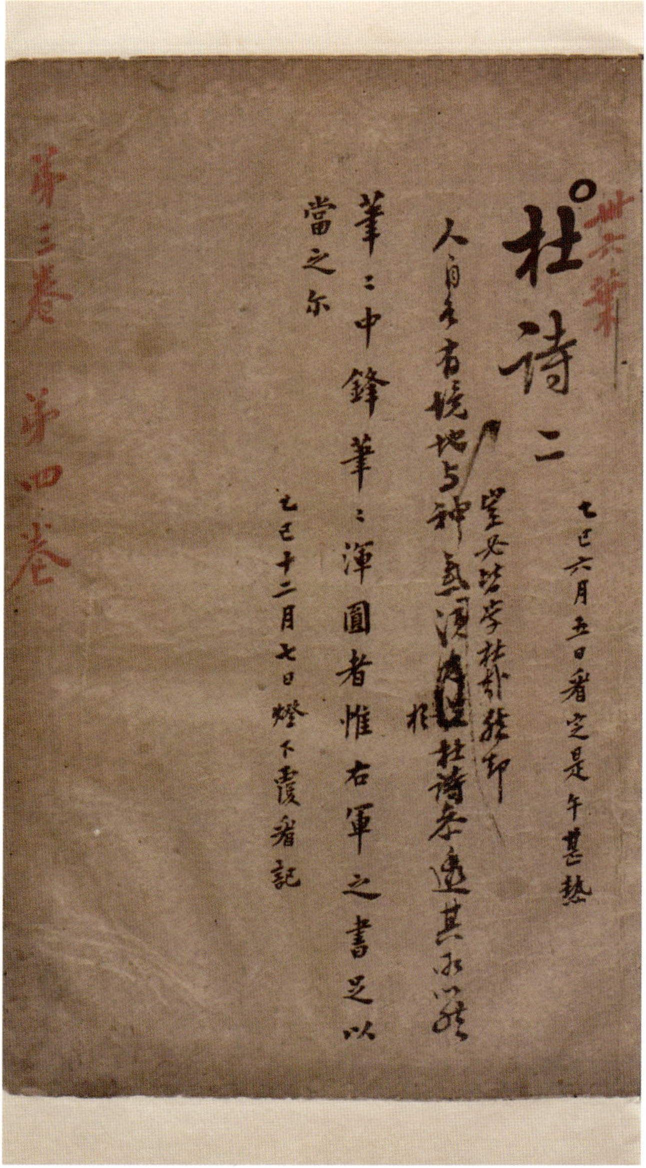

《翁批杜詩·杜詩二》,封面題記

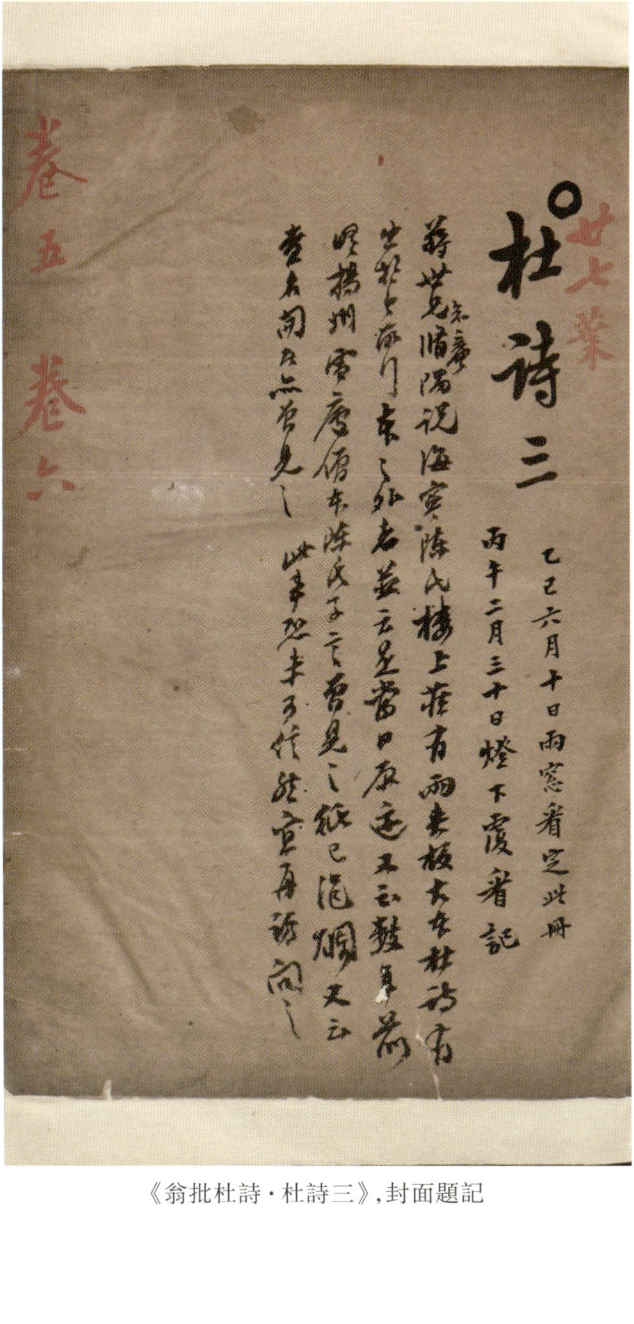

《翁批杜詩・杜詩三》,封面題記

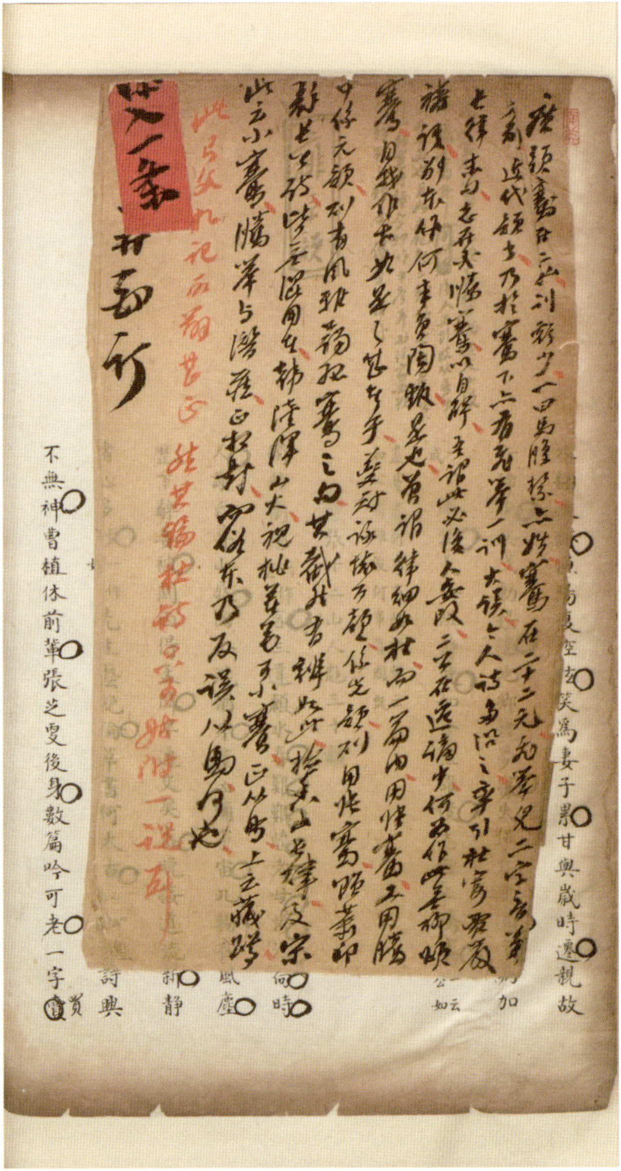

《翁批杜詩·杜詩三》,内頁正文、批點、夾籤

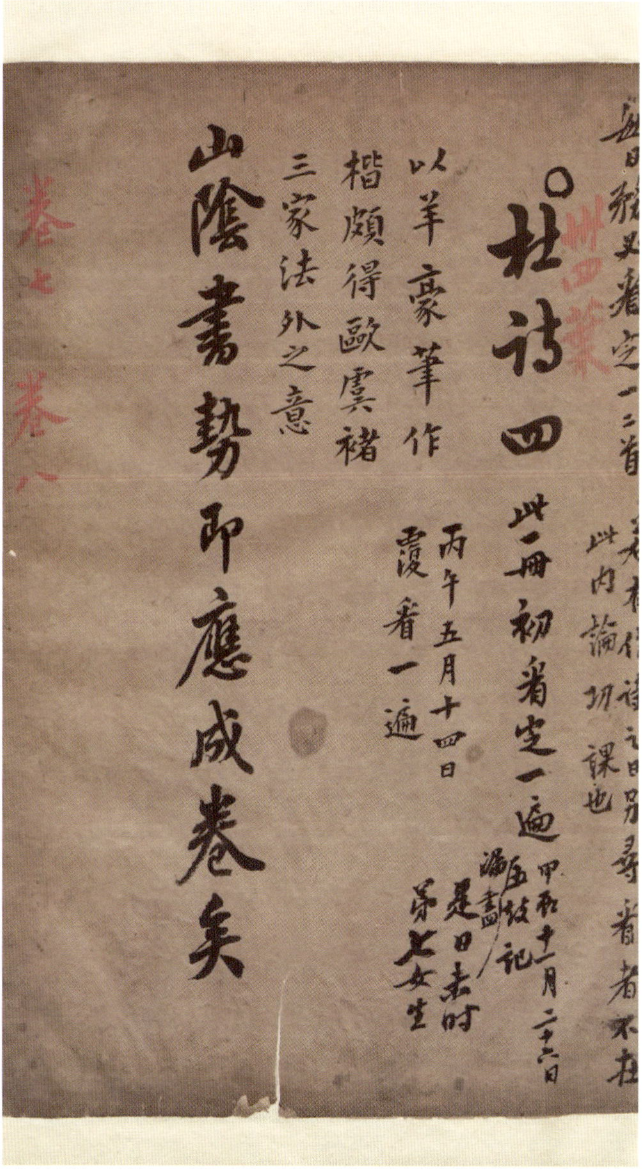

《翁批杜詩·杜詩四》,封面題記

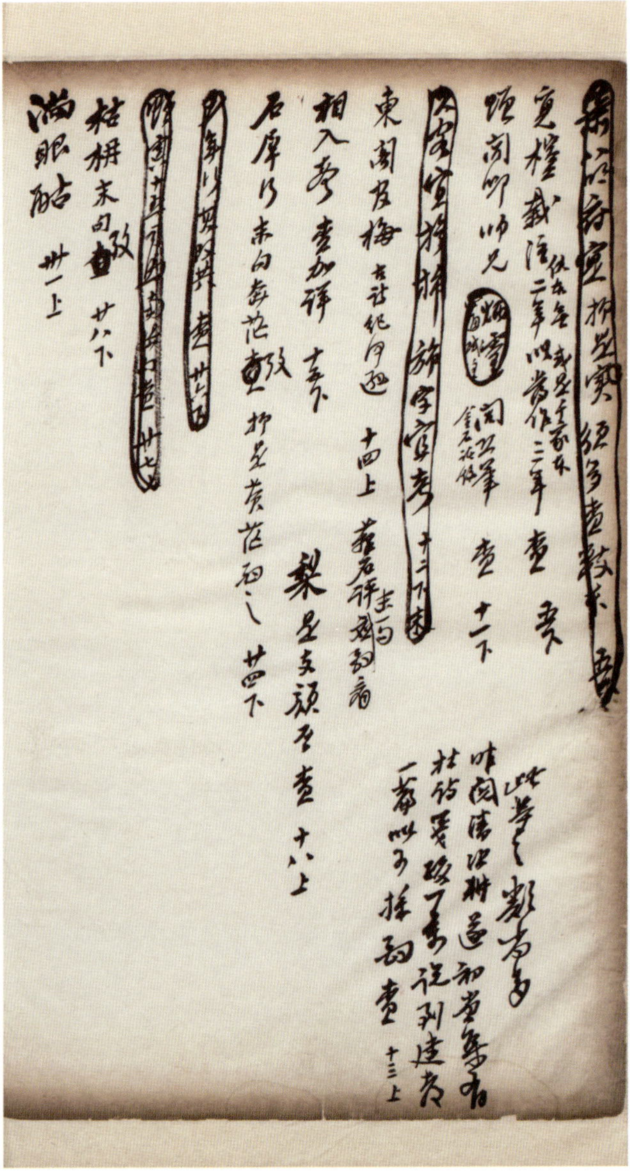

《翁批杜詩·杜詩四》,卷前待查筆記

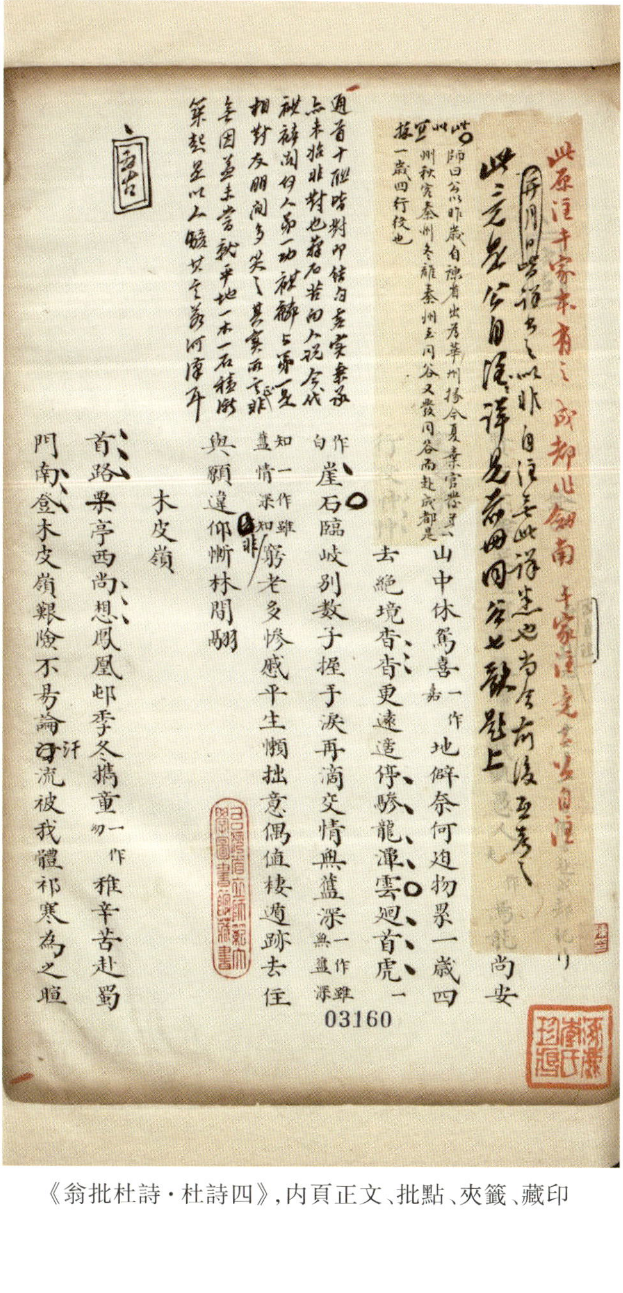

《翁批杜詩·杜詩四》，内頁正文、批點、夾籤、藏印

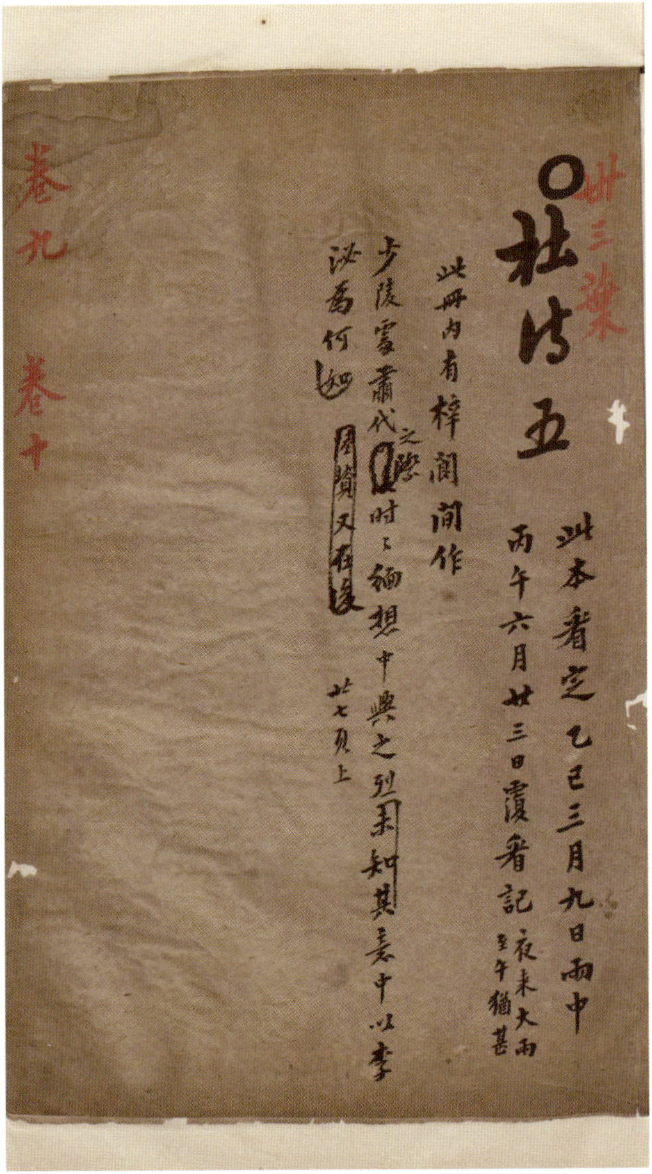

《翁批杜詩·杜詩五》,封面題記

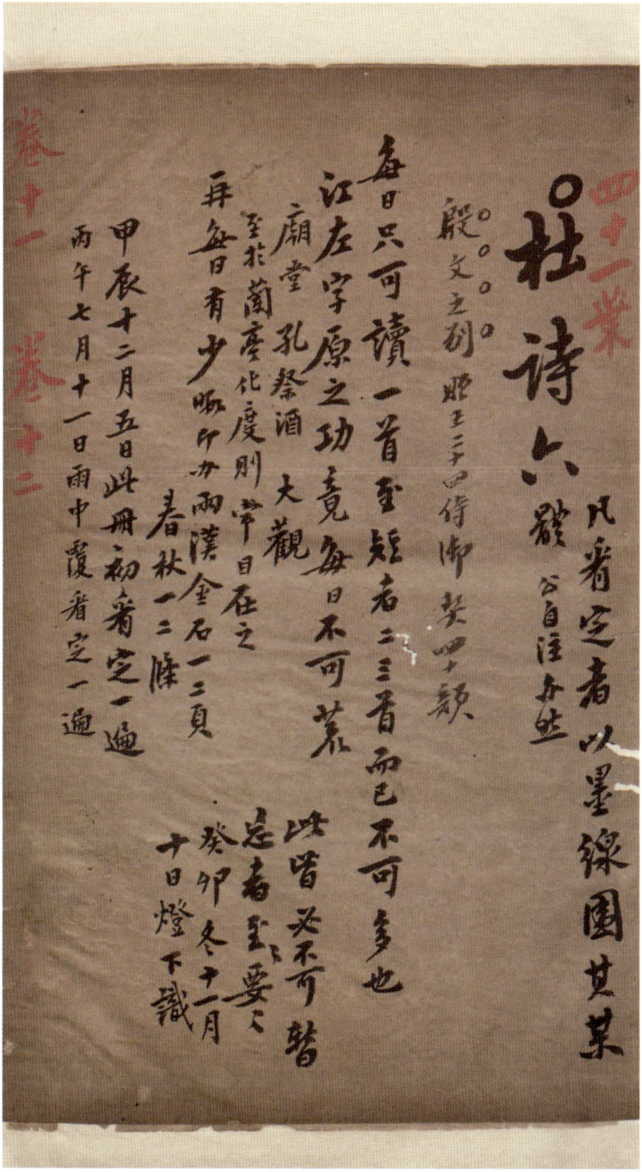

《翁批杜詩·杜詩六》,封面題記

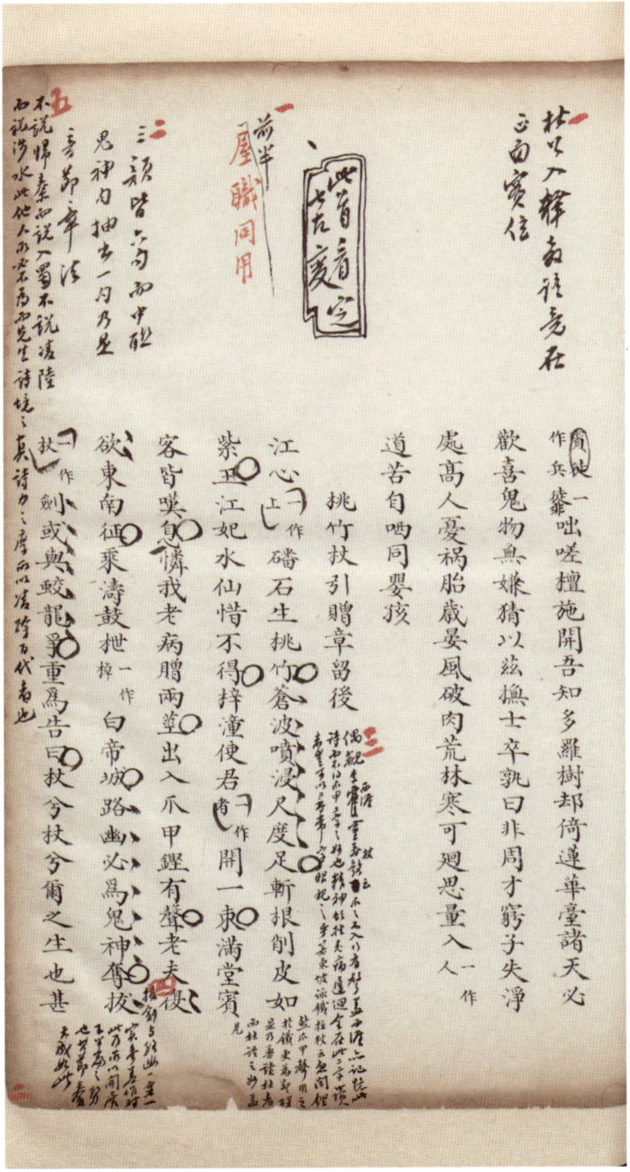

《翁批杜詩・杜詩六》，內頁正文、批點

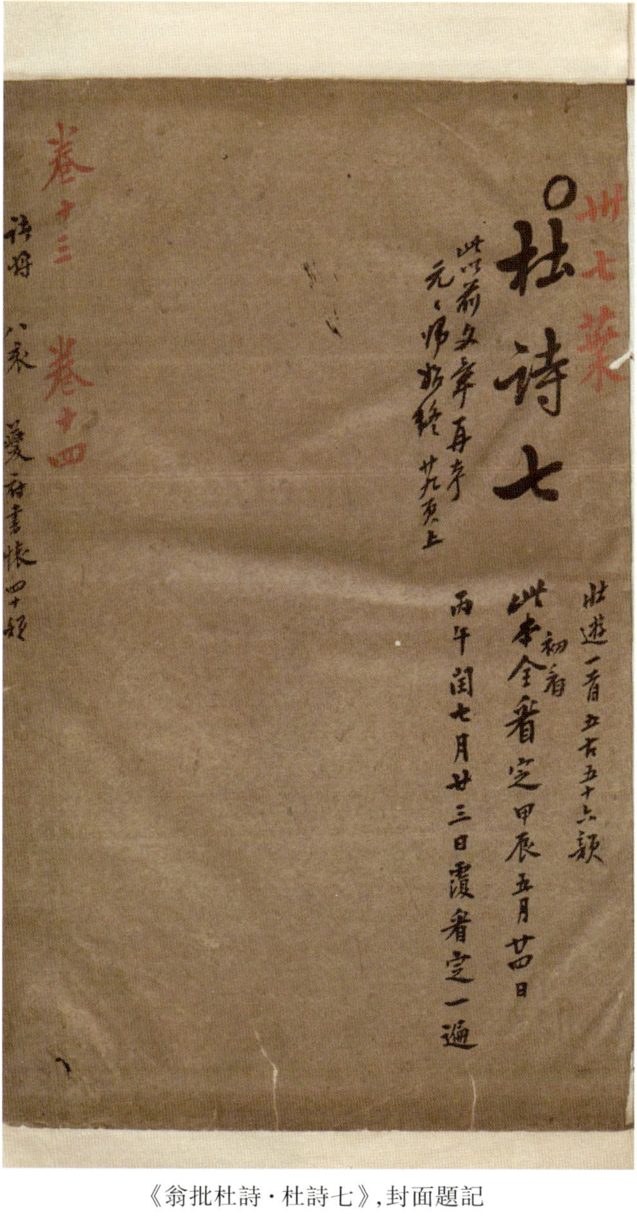

《翁批杜詩·杜詩七》,封面題記

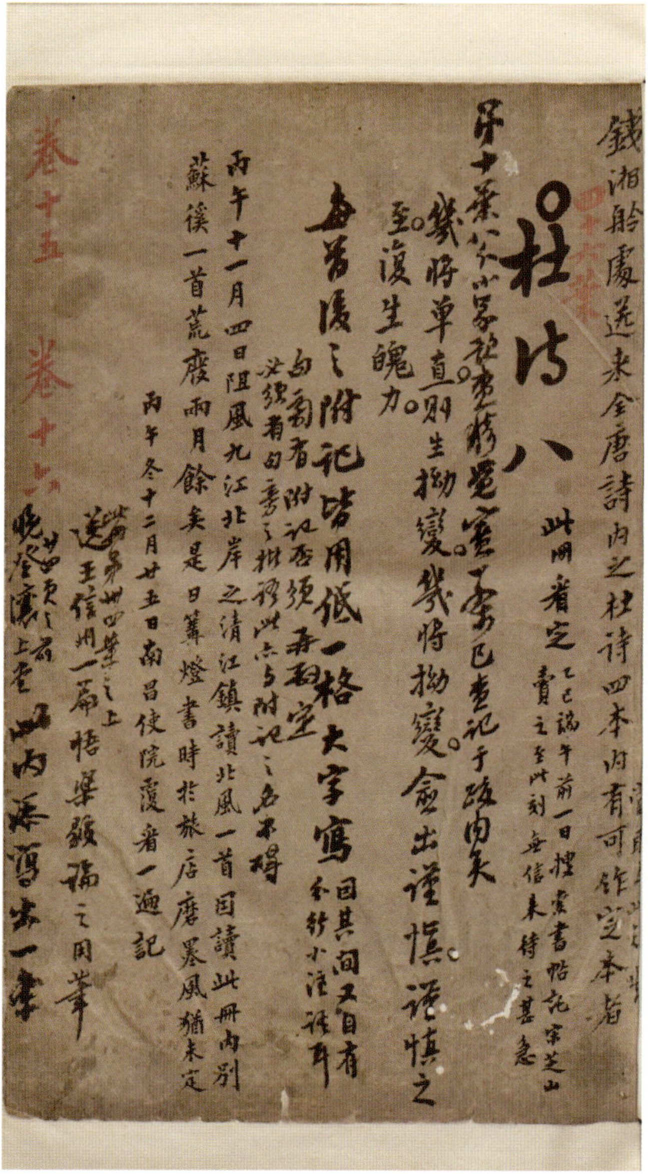

《翁批杜詩·杜詩八》,封面題記

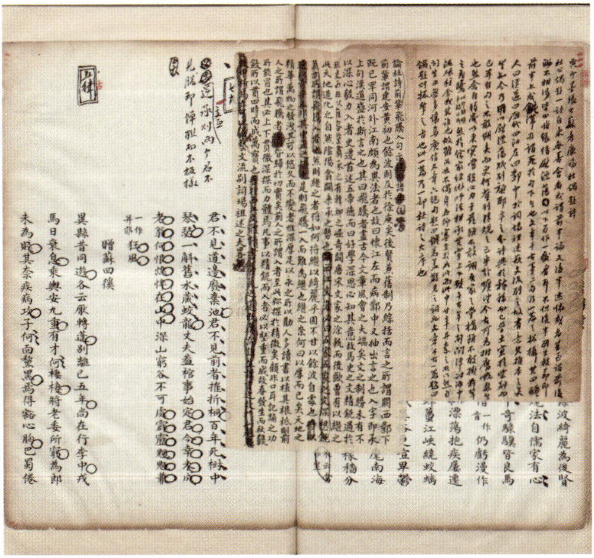

《翁批杜詩・杜詩八》，內頁正文、批點、夾籤

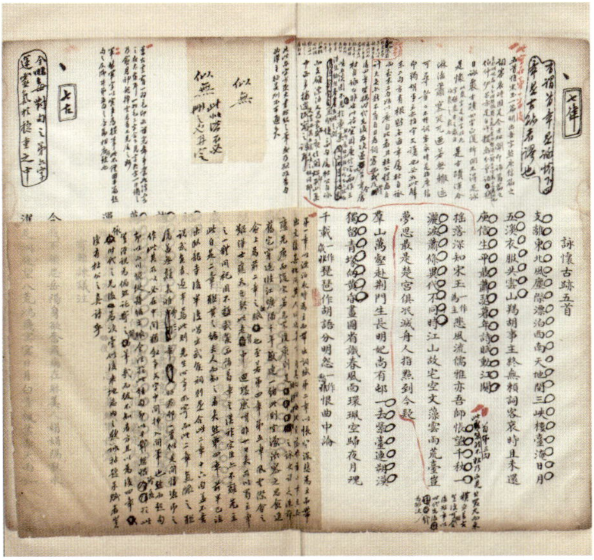

《翁批杜詩・杜詩八》，內頁正文、批點、夾籤

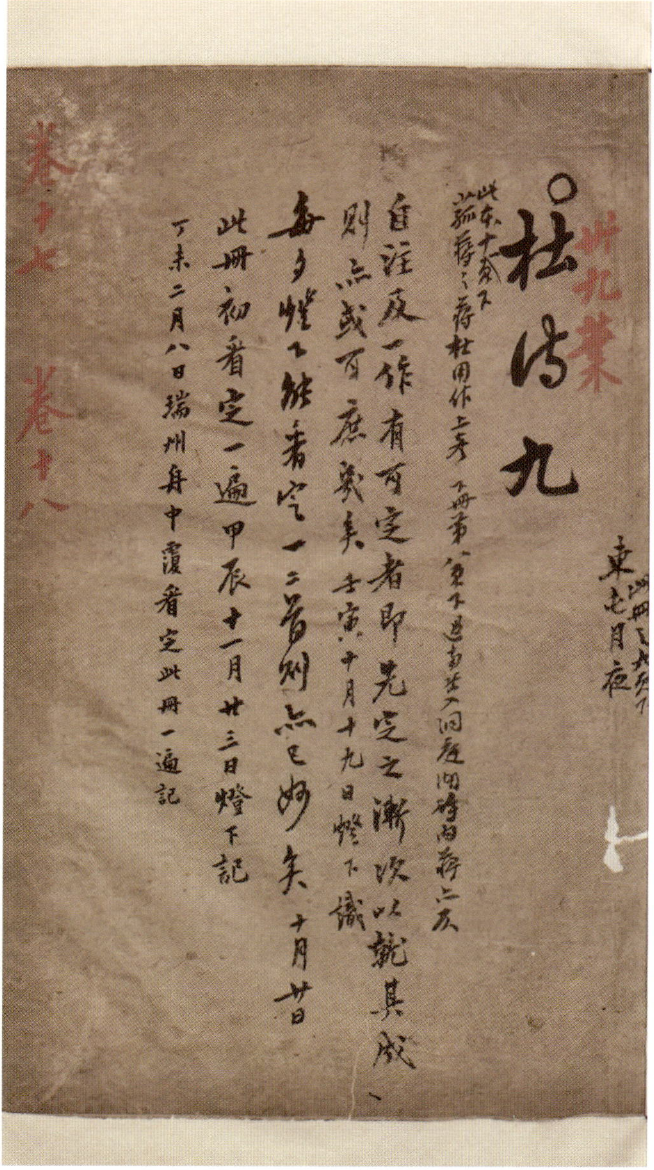

《翁批杜詩·杜詩九》,封面題記

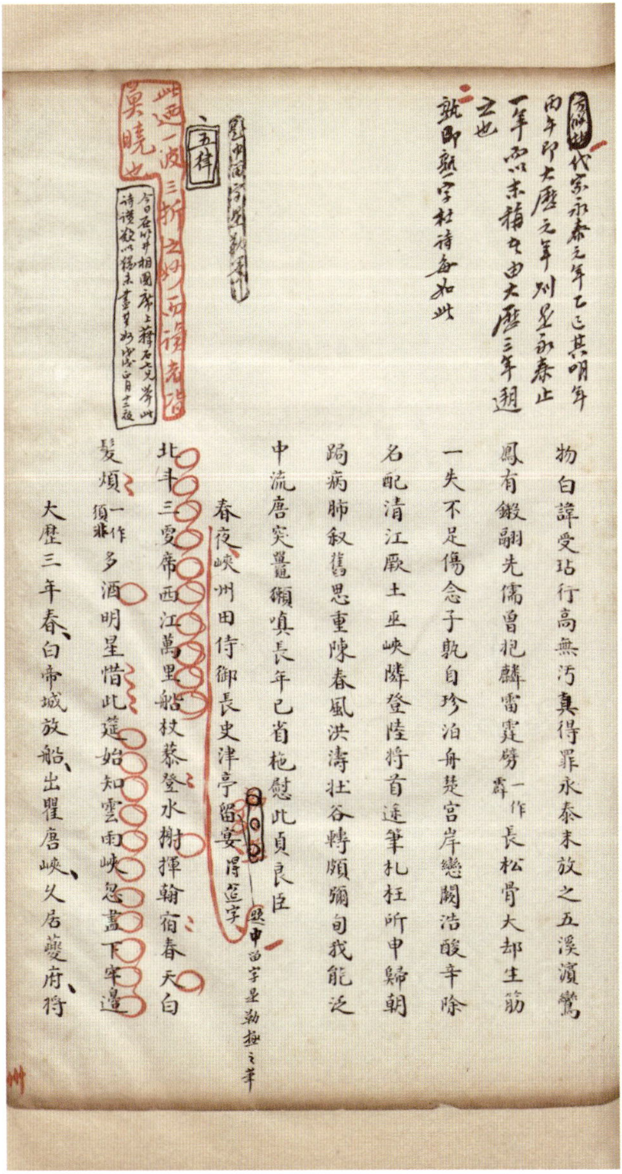
物白諱受玷行高無汚真得罪永泰末放之五溪濱鸞鳳有鍛翮先儒曾抱麟雷霆霹一作劈長松骨大却生筋一失不足傷念子𣁽自珍泊舟楚宮岸戀闕浩酸辛除名配清江厥土巫峽鄰登陸將首途筆札枉所申歸朝跼病肺敘舊思重陳春風洪濤壯谷轉頗彌旬我能泛中流唐突鼉獺嗔長年已省柂慰此貞良臣

春夜峽州田侍御長史津亭留宴得筵字

北斗三更席西江萬里船杖藜登水榭揮翰宿春天白髮煩一作須多酒明星惜此筵始知雲雨峽忽盡下牢邊

大歷三年春白帝城放船出瞿唐峽久居夔府將

《翁批杜詩·杜詩九》,内頁正文、批點

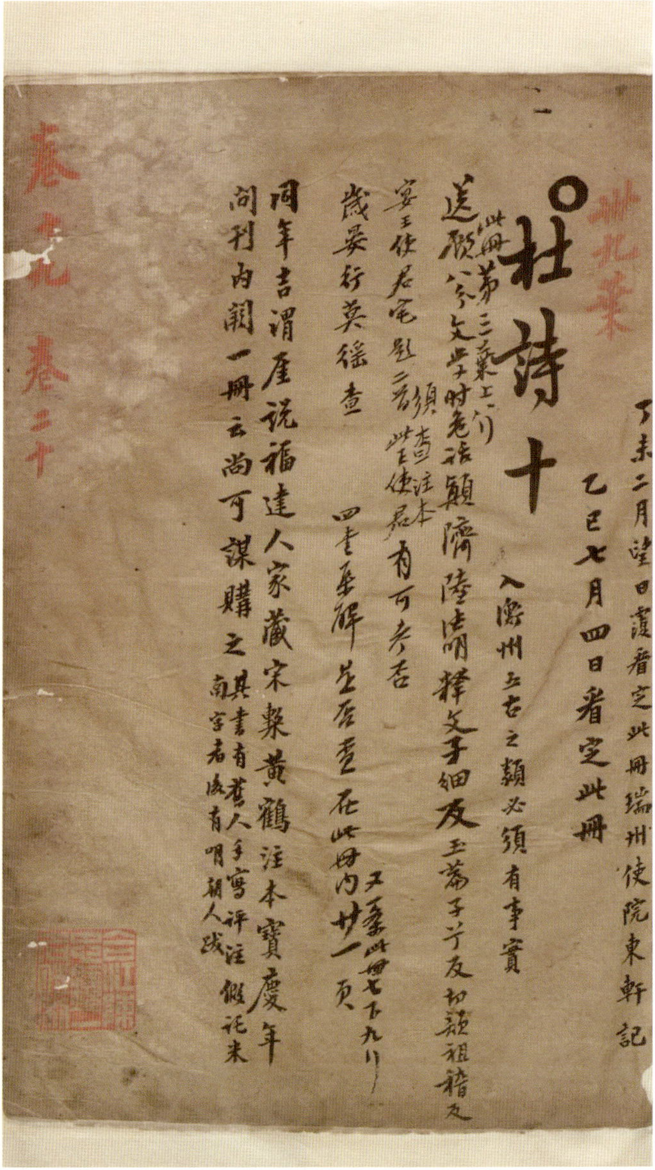

《翁批杜詩·杜詩十》,封面題記

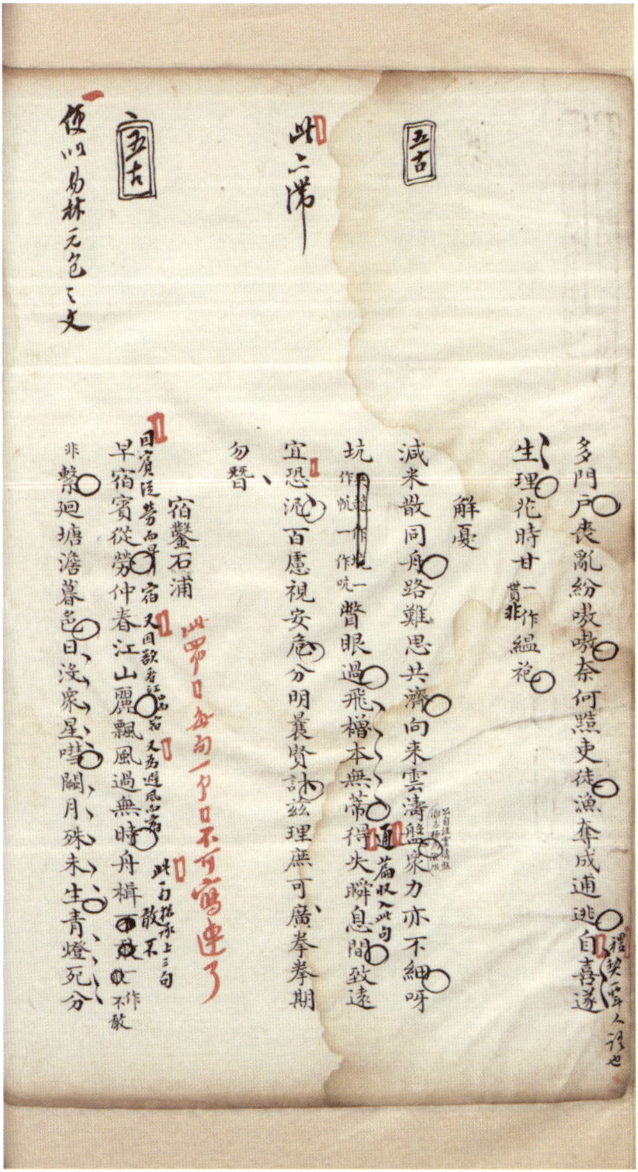

《翁批杜詩·杜詩十》，内頁正文、批點

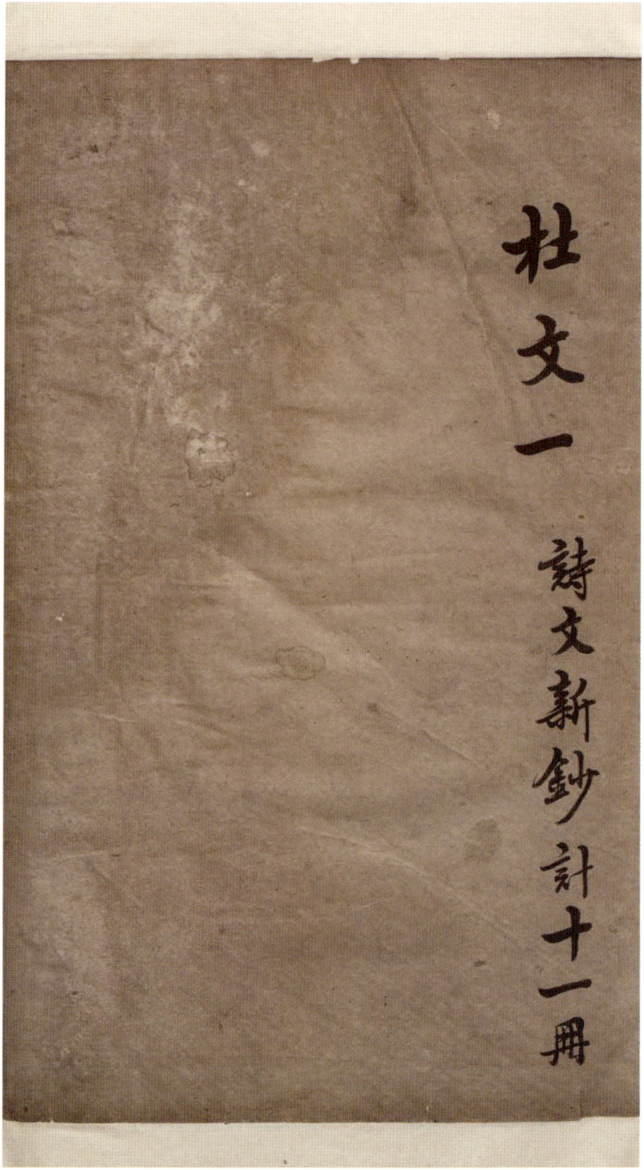

《翁批杜詩·杜文一》,封面題記

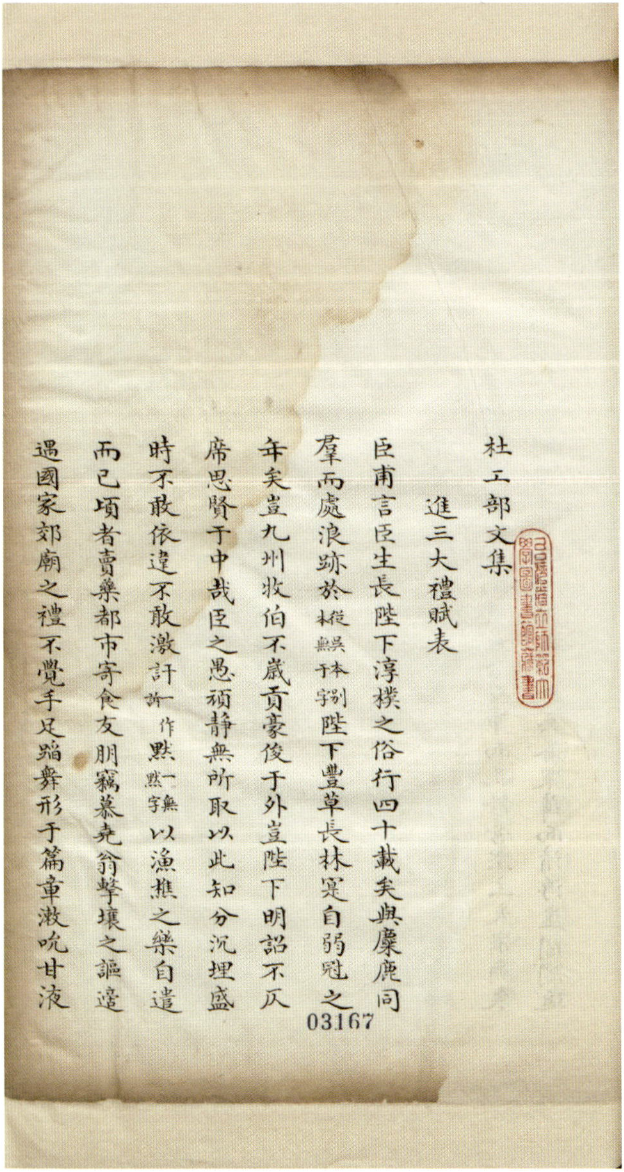
杜工部文集

進三大禮賦表

臣甫言臣生長陛下淳樸之俗行四十載矣與麋鹿同羣而處浪跡於（從吳本別本無于字）陛下豐草長林實自弱冠之年矣豈九州牧伯不歲貢豪俊于外豈陛下明詔不仄席思賢于中哉臣之愚頑静無所取以此知分沉埋盛時不敢依違不敢激訐（一作許）默（一無默字）以漁樵之樂自遣而已頃者賣藥都市寄食友朋竊慕堯翁擊壤之謳適遇國家郊廟之禮不覺手足蹈舞形于篇章漱吮甘液

03167

《翁批杜詩·杜文一》，内頁正文、藏印

總目

提要

本書係針對臺灣師範大學圖書館所藏清儒翁方綱手批《杜詩附記》稿本進行校釋，對於臺灣師大藏本的源始本末，無論是藏者及印記或流傳過程，考訂精審，十分可取，不止能讓學人瞭解翁批手稿的相關問題，也可讓書志學者瞭解相關藏書的流散或彙聚過程。翁批手稿係以仇兆鰲《杜詩詳注》爲底本，鈔寫杜甫存世詩、賦、文全帙，仇注亦多因襲，偶加己意。至附記部分，則多讀杜心得，融鑄衆説而獨出胸臆，甚富研究價值。本書全文點校，眉目清晰，然後依校勘成例，詳細記録，文字異同則取清宣統元年夏勤邦抄本《杜詩附記》對校，校釋部分則取清錢謙益《錢注杜詩》、浦起龍《讀杜心解》、仇兆鰲《杜詩詳注》與楊倫《杜詩鏡銓》爲據，而以仇、楊爲主。復蒐羅相關之研究專書、學位論文、期刊論文以爲參考。全書採用繁體竪排，並加以標點，遇有人名、書名、紀年、詩論等專有名詞，加以考釋。全書蒐羅詳細，校讀仔細，所下工夫甚深，對杜詩研究及版本學，均有重大而深遠的貢獻。

自序

——開蒙詩學懷師教，考辨書痕樂道心

筆者於一九八二年入學臺灣師範大學國文學系，大一時即選修先師汪中（字履安，號雨盦，一九二六—二〇一〇）教授「樂府詩選」課程，當時即分別購買閱讀了老師所注《樂府詩選注》（臺北：學海出版社，一九七九年），南朝梁鍾嶸撰、汪中老師選注《詩品注》（臺北：正中書局，一九七八年），以及汪中老師所撰《杜甫》（臺北：河洛圖書出版公司，《古風叢書》，一九七七年），霑潤於老師底藴深厚的詩學涵養，自此啓蒙並奠定了筆者對於中國古典詩學的意致與基礎；尤其，閱讀《杜甫》一書，對於詩聖生命的際遇與詩作，有了更進一步的瞭解與體會。大二時，「詩選及習作」爲必修課程，親炙於尤師信雄教授，當時以高步瀛選注之《唐宋詩舉要》（臺北：明倫出版社，一九七一年）爲上課教材，老師講解詳盡、分析透徹，又要求背誦重要代表詩作，更加深化了筆者對於唐宋詩人的藝術品賞。大四時，因治學興趣與求道方嚮改變，逐漸由小學、文學，而轉嚮經學與思想的研習；不過，仍然抽暇旁聽了陳師文華教授所開設的「專家詩：杜甫」選修課程，當時上課指定教材爲清陽湖楊倫編輯的《杜詩鏡銓》（臺北：華正書局，一九八一年），因選修人數衆多，上課地點安排在老舊的「通」字樓二樓，陳師講説宏亮鏗鏘，精神矍鑠昂揚，詩心聖情不斷縈繞迴響於同學心耳之中，至今猶印象深刻，難以忘懷。陳師的碩士學位論文爲《杜甫詩律探微》（一九七七）、博士學位論文爲《杜甫傳記唐宋資料考辨》（一九八七），都是汪師雨盦所指導，筆者之後深造於碩、博士班期間，選習汪師所開設之「詩學專題研究」與「專家詩研究」（以杜甫與李商隱詩爲主），皆曾借覽閱讀陳師兩篇學位論文，並參照其所撰《不廢江河萬古流：杜甫詩賞析》，潛研默誦經年，遂與譽稱「詩聖」「詩史」的一代詩宗杜甫，結下永恒的詩學因緣，儒心交會。本書可謂二十餘年來，筆者讀杜研詩的歷程印記。

本書之所以能夠完成，順利問世，最大的推動助力在於筆者曾經執行專題研究計劃：「臺灣師大國文系圖珍稀古籍整理研究」（二〇〇四年八月至二〇〇五年七月），以及臺灣師範大學學術研究推升計劃：「臺灣師範大學圖書館所藏綫裝古典善本整理考訂」（二〇〇七年四月至二〇〇八年三月）。一九五〇年四月，撥存「國立東北大學」圖書一萬三千七百六十二册，移交當時「臺灣省立師範學院」（臺灣師大前身）圖書館寄藏；其中，「國立東北大學」圖書八千七百三十一册移撥國文學系圖書室寄存，一九六六年十月，國文系圖編有《東北大學寄存師大國文系綫裝圖書目録》，分類依總館所訂規制：經部共計一百三十二部九百八十三册，史部共一百八十五部二千零九十册，子部共一百七十一部一千四百零五册，集部共二百八十部二千四百六十八册，叢書共八十三部一千七百八十四册。根據臺灣師大圖書館、「中央圖書館」前館長王振鵠教授所撰《書緣：圖書館生涯五十年》「二、與圖書館結緣：師大服務階段（一九四九至一九七七年）」頁三四至三六記載：

東北大學移存圖書約二萬二千册。綫裝書中部分明刊本、抄本轉交「中央圖書館」保管。「教育部」交師院接管中文綫裝書一萬三千多册、日文書近九千册。

軍界要職、藏書家陳繼承先生藏書，其碑帖收集十分豐富，一批大字的私人收藏圖書，經潘重規先生介紹，讓售師範學院，明清版本都很珍貴，將近百餘種，二千册。

盧氏藏書近三百種，四千册。

藏書中精善的版本：宋版《孟子集注》、清翁方綱手批《杜詩》、清章宗源《隋書經籍志考證》、米芾撰《寶晋英光集》（烏絲欄傳鈔四庫本）、清全祖望手抄本《國語》等歷代批本、抄本、批校本與稿本共三百餘種。

五十年間，「國語推行委員會」裁撤後，有一批音韻學方面的書移交師院圖書館供備教學參考，約二百種千餘册，成爲師大特藏之一部分。

劉真校長時代原藏於本部行政大樓三樓。

以上軍界藏書家陳繼承圖書數量，臺灣師大圖書館館史所載館購陳氏藏書一千二百册，以及「臺灣省教育廳國語推行委員會」移贈圖書，總計五百餘册，則與王教授記載頗有誤差，尚待考證。「國語會」移交圖書，多係趙蔭棠舊藏音韻學資料與「趙蔭棠舊藏」特藏圖書，其中有不少精善版本，今已統一歸藏於臺灣師大圖書館總館八樓古籍善本書室，學者參閱研究十分方便。

筆者所執行以上二計劃，主要以臺灣師大圖書館移交典藏與館購珍藏的綫裝古籍爲考察對象，又分爲總館、國文系所圖二部分，包括原「國立東北大學」寄存舊藏善本、歷年搜集、館購古籍、捐贈等。其中，善本書包括：宋本一，係東北大學寄存之宋版《孟子集注》，原十四册，今存十一册（二、三、四册缺），筆者嘗考證疑爲「明覆宋本」，恐非真正的宋刊原版。元本一，應係一九五六年七月四日財産登録號爲「三二五六—三二五七」的元成宗「大德版本」東漢應劭《風俗通義》（上下）二册，時價一百元。明本一百二十二，清批校抄本六十六，頗多善本，彌足珍貴，重要精善的版本則有號稱「鎮館三寶」者：一、東北大學寄存宋版《孟子集注》；二、館購清翁方綱、徐星伯《翁批杜詩》；三、清章宗源《隋書經籍志考證》。除了「鎮館三寶」外，王振鵠《書緣：圖書館生涯五十年》頁三五，另記載有：「米芾撰《寶晋英光集》、清全祖望手抄本《國語》等歷代刊本、抄本、批校本與稿本共三百餘種。」又有清段玉裁、江藩、繆荃孫、許心梅、丁晏等名家批校本以及明嘉靖刊本、鈔本等二百餘種。以上並其他刊本共一百九十部、一千六百三十三册，加上二〇〇二年九月以後集中典藏的「普通綫裝書」二萬四千二百四十七册，臺灣師大總館典閱組記録的善本書及綫裝書數量總計是二萬五千八百八十册。筆者於此二計劃執行期間，曾經逐一檢核目録，勘驗史實，標注善本，考察淵源，究竟始末，期能提供「辨章考鏡，汲古開新」的研究參考。尤其，「東北大學寄存圖書」典藏五十餘年，隱而未彰，且遺珠失收於二〇〇三年中國東北三省圖書館彙編的《東北地區古籍綫裝書聯合目録》，筆者所撰《臺灣師範大學圖書館總館綫裝古籍善本考述》一文，可資參考。

此外，筆者於二〇〇四年暑期，自荷蘭萊頓大學漢學研究院交换研究一年返歸臺灣師大述職後，即積極從事於清儒翁方綱與焦循傳世稿本搜討與抄録工作，並自二〇〇四年十二月八日起，開始至臺師大總館一樓典閱組，洽該組主任吕春嬌博士、組員周實梅小姐，借閲抄寫翁方綱手批《杜詩》(《翁批杜詩》)。從此之後，衹要是總館開館上班時間，筆者課餘之暇，幾乎天天至典閲組報到，雙手戴上白色綿質手套，逐册逐卷逐頁翻讀，以鉛筆抄寫於筆記簿上，至二〇〇五年三月七日，始將全稿題記、款識、眉批、夾批、校注等通讀抄録一過，而忽忽歷時已近三整月。總館同仁對筆者認真執著的精神與勤懇的敬業態度，莫不投以欽慕尊敬的目光，嘘寒問暖，備覺温馨，因此樂而忘疲，時常渾然忘我，不知下班還書時間已到。而今，筆者再度檢視所抄資料，因公私兩忙，歷經數年，直至二〇〇九年八月至二〇一〇年七月，因教授休假研究一年，始較有寬時裕力，從事校釋工作；復歷經年時間勠力，經常日夜不休，反覆考查，才能得償心願，有志者事竟成，真是感觸良多。省思當年筆抄書記資料，仍可見多處記載抄録進程，以下略録幾則，藉資回顧，並懷想當時種種：

二〇〇四年十二月八日（星期三）上午，始至師大總館查録古籍善本，並借閱《翁批杜詩》，開函檢視，逐册瀏覽，逐葉翻讀。

二〇〇四年十二月十三日（星期一）上午，始録《翁批杜詩》卷一卷二。於十二月十五日（星期三）鈔録卷二畢。十二月二十二日（星期三），始以楊倫《杜詩鏡銓》與《翁批杜詩》相對核校，抄録序目及批注内容。

二〇〇五年二月二日（星期三），抄録《翁批》卷十一《題桃樹》畢事。二月四日（星期五），抄録第八册卷十三扉頁題記等畢事。

《翁批》於卷十八《晚晴》「六龍寒急光徘徊」句旁，以硃筆標記，而墨書批注，曰：「作《易》者，其有憂患乎！」二〇〇五年三月三日（星期四）抄至此篇竟事。

二〇〇五年三月七日（星期一）十七時，《翁批杜詩》全稿核校抄録完畢。

再者，根據臺灣師大圖書館總館典藏組《「國立」臺灣師範大學圖書館中文圖書登録簿》第一册，編號：「〇〇〇〇一—〇九九九一」；時間：「一九五六年一月至一九五七年六月」，於一九五六年七月四日，登録編號「〇三一五六—六七」之《翁批杜詩》，記曰：「抄本，二九（大小），綫裝，本館購，五〇〇元，十二册。」按：《翁批杜詩》版面實際大小，長爲二十九厘米，寬爲十七點七厘米。《翁批杜詩》手評稿本共十二册，購藏後因各册原封面污損，又加覆黄色厚紙裝潢，新裱封面以黑墨楷書書題「翁批杜詩」，翻頁則爲原藏家所書「共十二册」紅字、「翁批杜詩　目録」金字，此爲舊封面，藍紙封皮，下貼總館典藏編目分類號：「D070/343/1:1」，「D」代表集部；左下有標籤，有「十二册，小桃二號，一六」字樣。至於「翁批圖書」典藏流傳情況，筆者考查此稿相關典藏題記、款識鈐印，大致可以知悉此書曾經轉徙收藏、流傳經眼之情況，概括大致如下：翁方綱→梁章鉅、葉志詵、徐松→胡義質→李在銑、翁引達、黄遵憲→陳時利→夏勤邦。此後，此稿爲民國軍界藏書名家陳繼承所得，國民政府遷臺後，携來臺灣，約於一九五六年，經由當時臺灣師大國文系潘師重規教授中介，轉售臺灣師大圖書館典藏至今，目前保存狀況良好，並已建置數字典藏，學者上網檢閲尚稱便利。此稿曾經臺灣學者如陳師文華、李豐楙、賴貴三、吴銘能、宋如珊、徐國能等諸位教授借閲，並從事相關研究，著有成果，粲然可觀。有關詳細的典藏始末與考查資料，請參考本書前言《〈翁批杜詩〉稿本源流考述》一節内容，恕不贅述於此。

根據史載，詩聖杜甫（七一二—七七〇），字子美，祖籍襄陽（今湖北襄陽市），曾祖父時移居河南府鞏縣（今河南鞏義市）。杜甫一生，可分兩個階段，以四十五歲爲界，也就是以「安史之亂」爲轉折點。「安史之亂」以前，爲其讀書、漫遊、求仕時期，《奉贈韋左丞丈二十二韻》詩嘗自稱「讀書破萬卷，下筆如有神」。杜甫既出身「奉儒守官」的世家門第，自幼接受儒家思想的薰陶，如前詩所云「致君堯舜上，再使風俗淳」，正是他自始至終的政治思想。因此，杜甫詩歌能從多方面反映時代的動亂局勢，抒發沉痛的悲憤之情，成爲鑒照時代的鏡子與記録心聲的詩史。當時的一些重大政治事件，以及封建統治階級的腐敗、社會上貧富的懸殊、人民生活的痛苦、民族矛盾的激化，都在杜甫的詩歌中充分地描繪出真實的景況；在藝術表現上，杜甫善於廣泛吸取前人詩歌創作的長處，注意反復錘煉，在藝術技巧與語言運用上，都達到了前所未有的高度，因此他嘔心瀝血的詩歌創作，被後來學者譽稱爲「詩史」，終於獲得了歷史的肯定與文化的共鳴。因此，杜甫在中國文學史上，成爲最偉大的現實主義詩人，可謂實至名歸，當之無愧。

目前《杜詩》較詳盡的注本甚多，其中清仇兆鰲《杜少陵集詳注》（《杜詩詳注》），後經筆者以里仁書局所刊行之四册本《杜詩詳注》，逐詩逐卷對校，才恍然大悟仇本正是《翁批杜詩》抄録杜甫原詩文與注釋的主要依據版本。不過，在此發現之前，筆者即已自費委請臺灣師大國文系李星瑩女棣，先以舊藏清楊倫編輯《杜詩鏡銓》詩文全帙，以及相關《翁批杜詩》研究文獻，囑托代爲録入，以便存檔檢校，資爲後續利用；星瑩女棣不負所托，十分盡責，如期交稿，節省後來清校氣力不少，協助襄贊之功，感激在心，在此一併致謝。總之，《翁批杜詩》（《杜詩附記》），可視爲翁方綱詩學「肌理」説理論的根源，而本書名爲「校釋」，係因筆者仔細比較核校《翁批杜詩》與中國國家圖書館典藏清宣統元年（一九〇九）夏勤邦抄本《杜詩附記》，校勘二者批注文字異同；尤其，夏氏抄本録有翁方綱《杜詩附記·自序》、翁氏門弟子梁章鉅跋等，皆未見於《翁批杜詩》稿本，亦未刊於翁方綱《復初齋文集》，不知其來源何處？從此《翁批杜詩》稿本與《杜詩附記》抄本兩相對校之下，足可證成翁方綱此稿於《杜詩》學、「肌理」詩學、評點學與書法藝術等方面，確實具有多重、多元的學術價值，值得深入研究。筆者因緣有幸竟觀畢抄此稿，並覆核於抄本全帙，深有所感於文天祥《正氣歌》「哲人日已遠，典型在夙昔。風簷展書讀，古道照顔色」的慨嘆，故不辭辛勞，鍥而不捨，雖封塵數年之久，終能隨時乘勢，堅持不輟，完成《翁批杜詩》手稿與《杜詩附記》抄本校釋工作，衷誠冀望能如實呈現杜甫「沉鬱頓挫」的史詩風格精神，以及翁方綱「真積力久則入」的治學態度風範，提供學者研究深化的文獻資料，庶幾無愧於斯文，而筆者學志未泯、道心常存，尤可爲師友子弟相觀而善、惕厲切磋的資鑒。而今書稿已成，回想過往點滴，甘苦自知，因著持志養氣的信心毅力，不覺已將詩韻墨馨，轉化爲神交古人的性靈嚮。

雖然，因筆者時力不足，兼以才情難濟，個中缺憾竄陋難免，無法盡善全美；不過，「却顧所來徑，蒼蒼横翠微」，静夜清晨之中，懷想反省過往的點點滴滴，心中確確實實充滿著無限的感動與不盡的謝忱。「履道坦坦，幽人貞吉」，循環往復，終始一貫，謹以此書策勵將來，作爲學術生命更上層樓的里程碑。師道學心，斯文在兹，薪火相傳，生生永續，庶幾不愧師教，無負平生。是爲序。

賴貴三　二〇一九年十一月二十日晨
謹識於臺灣師大屯仁學易咫進齋

凡例

一、本書校釋底本，以臺灣師範大學圖書館總館典藏翁方綱手批、徐松補批《杜詩附記》爲依據，其中詩文注釋爲正楷抄寫，題記評點等則多爲行草書法。凡翁批《杜詩附記》，於注文中簡稱《翁批》，《杜詩》例加書名號。

二、本書校本，以清宣統元年夏勤邦抄本《杜詩附記》爲依據，於注文中簡稱《附記》。夏勤邦抄本《杜詩附記》僅抄録手批文字及部分注釋，並未移録《杜詩》全部詩文，其所抄内容與翁批《杜詩附記》歧異或有增入者，逐一比較檢核，無者補録，異者注明。底本翁氏批語標明「翁批」，從夏勤邦本補録者，一般標明「翁注」，以示區別。

三、本書校釋除以上兩本外，復參照清錢謙益《錢注杜詩》、浦起龍《讀杜心解》、仇兆鰲《杜詩詳注》及楊倫《杜詩鏡銓》等專著。而經筆者檢查驗證，確認仇氏《詳注》係翁批《杜詩附記》詩文抄録底本，但翁批於仇注則時有取捨。

四、本書爲還原求真，參考翁批《杜詩附記》稿本編排，凡翁氏題記、眉批、校改、夾籤，以及評點符號、增補序跋、典藏款識等，詳加辨章考鏡；遇有人名、書名、紀年、詩論等專有名詞，於必要者皆加注説明，以明究竟，以資考索，以利徵驗。

五、翁批《杜詩附記》稿本、夏氏《杜詩附記》抄本，均照文寫録，原無句讀，本書俱加上新式標點，以利學者閲覽研參。

六、翁批《杜詩附記》題記中有自定體例者：（一）「竟有必須在句旁者，何可拘泥？評注但看神理應在某處，不必定在篇後」；（二）「每首後之附記，皆用低一格大字寫。因其間又自有分行小注語耳。句旁有附記否？須再酌定。必須有句旁之批語，此亦與附記之名不碍」。底本中有大量隨文夾批，本次整理，悉數置於篇後「翁批」中，大致依據翁批出現之次序排列。有黏貼夾籤者，皆一一釋文記録，辨明其騎縫圖章。

七、翁批《杜詩附記》常見密集添加評點符號如「○○○」「、、、」於詩句旁，以明示並强調精警詩句處，今予保留。底本圈點有一字數圈、數點，或二字三圈、三點等情形，本次整理悉改爲一字一點或一字一圈。底本又以硃、墨筆「」符號，框括批語於其中，或以表增補、或以標删除作用；又多有硃、墨筆乙正、增删等，首見或作用特殊則加注説明。因底本圈删塗改甚多，爲免繁瑣，除有必要校釋者，翁批已圈删不用之文字，一般不收録，徑録翁氏改定後之文字，確有價值者，於校釋中説明。

八、底本避諱字，如「丘」「玄」「胤」「曆」等，依例回改，不另出校説明。底本異體字，酌情改爲通行規範字。「己」「已」「巳」等形近易淆之字，據上下文義確定，一般不出校記。

九、本書除書影、自序與凡例外，架構體式安排爲三部分：一、「緒論」，分别考述翁方綱傳略、傳世重要稿本、治學態度與方法、翁方綱《杜詩附記》稿本源流。二、「正文」，整理校釋稿本十二册所有文字，包括款識、眉批、題記，並對校《杜詩附記》抄本，明二本異同。三、「結論」，綜論翁批《杜詩附記》批注特色、書法風格與學術價值。凡有必要者，均加注説明。

十、本書附録二種：一爲《翁方綱〈復初齋文集〉詩文論輯録》，輯録翁方綱詩論、文論多篇；二爲《翁方綱〈石洲詩話〉論杜詩輯録》。兩篇附録多與翁批《杜詩附記》詩論有關，可以匡補闕遺，相觀而善，對照參考。

十一、凡翁方綱傳世刊本、稿本等相關著述，以及歷來學者研究專書、學位與學報期刊論文等，甚爲豐富，皆盡力搜討，著録於「參考文獻」中。

目録

上册

杜詩附記卷弟二……六二

杜詩附記卷弟三……一〇三

杜詩附記卷弟四……一三四

杜詩附記卷弟六……二〇五

杜詩附記卷弟八……二六九

杜詩附記卷弟十……三四三

下册

杜詩附記卷第十二……四一八

杜詩七……四六一

杜詩附記卷第十三……四六三

杜詩九……六四五

杜詩附記卷弟十七……六四七

杜詩附記卷弟十八……六九〇

杜詩附記卷弟二十

附録一：翁方綱《復初齋文集》

緒論

——知人論世通今古，究法推原識淺深

一、前言

筆者於二〇一〇年歲初正式整理校釋《翁批杜詩》稿本，當時重新檢視閲抄的臺灣師大圖書館館藏清儒翁方綱《翁批杜詩》稿本筆記，雖然藏放於研究室書櫃之中已經多年，却歷久彌新。

當其時，除一邊逐頁翻閲札記《翁批杜詩》手稿之外，又重拾大學時期購讀爲旁聽「專家詩：杜甫」選修課程教材的清楊倫《杜詩鏡銓》，自目録以至正文，逐卷逐詩逐文、逐句逐字逐注對校鈔録，頗費眼手心力功夫。《杜詩鏡銓》是具有代表性的杜甫詩集注本之一，楊氏參考了宋代至清代的各家《杜詩》注本，頗能裁擇各家之長，並結合自己的研究心得，糾正、補充舊注中的一些錯誤與缺漏；本書的注釋比較平正通達，簡明扼要，不穿鑿附會，不作繁瑣的徵引與考證。楊氏除了著重根據歷史背景闡明作品的寫作年代與主旨外，還注意到對詩意的疏解，並精選諸家評箋作爲注釋的重要補充。由於具有上述特點，本書向來爲研究《杜詩》者所重視。〔一〕《杜詩詳注》附録有杜甫傳誌、年譜、評論等，實不勞筆者再費辭絮贅。其後，復以清仇兆鰲《杜詩詳注》與《翁批杜詩》手稿對校，才發覺原來翁方綱有關杜甫詩、文原典與詩句下文字的版本異同注釋，係以仇本爲抄寫底本，而多有翁氏的不同看法與意見；至於各册中的眉批題記，則是翁氏讀杜心得與考證徵引總成，頗爲可觀。而《杜詩詳注》於卷前録有劉昫《舊唐書·文苑傳》、宋祁《新唐書》杜甫本傳，以及杜氏世系、《杜工部年譜》、《杜詩凡例》（計二十則），於卷末又有《附編》二十六種，資料詳贍，引據豐實，足供研究參考。〔二〕

杜甫，字子美，祖籍襄陽（今湖北襄陽市），曾祖父時移居河南府鞏縣（今河南鞏義市）。杜甫一生可分爲兩個階段，以四十五歲爲界，即以「安史之亂」爲轉折點。「安史之亂」以前，是杜甫讀書、漫遊、求仕時期，先是漫遊吴、越等地。大曆元年（七六六），他作了一篇自傳性的叙事詩《壯遊》，從幼年學詩起，歷叙「放蕩齊、趙間，裘馬頗清狂」，直到洛陽應試不第後，居長安十年；而滯留巴、蜀的遊歷生活，作此詩時杜甫已五十五歲。而「安史之亂」爆發之後，他親歷離亂，飽經憂患，於唐肅

〔一〕 楊倫《杜詩鏡銓》，華正書局，一九八一年。華正書局使用原刻本標點出版，並附有郭紹虞《前言》、曹樹銘《楊倫〈杜詩鏡銓〉校記》、序文、凡例等，提供讀者研究參考。

〔二〕 仇兆鰲《杜詩詳注》，里仁書局，一九八〇年。

宗乾元二年（七五九）挈家入蜀，以後就在成都、梓州、閬州、夔州等地生活了將近十年。在此期間，四川節度使嚴武曾任杜甫爲節度參謀，並薦舉他任檢校工部員外郎，所以後人稱他爲「杜工部」。「安史之亂」結束之後，吐蕃、回紇却乘虛而入，藩鎮擁兵割據，戰亂時起，國家仍然動蕩不安。此時杜甫生活困苦，既擔憂時局，又深知已無力匡扶國運；於是，又在滯留夔州期間，將自己暮年多病的苦況、關心國家命運的深情及對昔日長安生活的懷念，結合眼前蕭森的秋景，融鑄於詩作中，寫成了悲壯蒼涼、意境深閎的《秋興八首》。這首組詩可説是杜甫晚年心境與藝術成就的最高表現，其高妙處表現於五方面：（一）嚴謹的章法結構；（二）善用聲律節奏，表達感情；（三）回環反復，前後對比；（四）情景交融，融情入景；（五）用字精鍊準確。唐代宗大曆三年（七六八），杜甫五十七歲，又帶著眷屬沿江而下，在今湖北、湖南等地漂泊，最後病死在耒陽（今湖南耒陽市）岑寂蕭索的江船上，詩人漂泊的一生，就在此劃上了「享年五十九歲」的文學歷史句點與悲劇時代的休止符。

杜甫出身「奉儒守官」的封建世家，自幼接受儒家思想的薰陶，「致君堯舜上，再使風俗淳」是他自始至終的政治思想。但是，在他生活和創作的年代裏，唐朝已由極盛轉嚮衰落，「安史之亂」把原來隱藏的各種社會衝擊問題，充分展示在世人面前，杜甫的政治理想與社會現實因而發生了尖鋭的矛盾。流離失所、動蕩不安的生活景況，導致杜甫對國家的動亂與人民的痛苦，有了比較深入的瞭解與真實的同情，更進而加深了他憂國憂民的思想。因此，當時的一些重大政治事件，以及封建統治階級的腐敗、社會上貧富的懸殊、人民生活的痛苦、民族矛盾的激化，都在杜甫的詩歌中得到了不同程度的反映。杜甫的詩歌能從多方面、多角度反映動亂的時代實際，成爲悲劇時代下最真實、最深刻的歷史鑒照。在藝術上，杜甫善於廣泛吸取前人詩歌創作的長處，注意反復錘鍊，在藝術技巧和語言運用上，都達到了前所未有的高度。杜甫因此成爲中國文學史上最偉大的現實主義詩人，被後人稱作「詩史」。〔一〕

以上簡述本書校釋緣起，杜甫生平梗概、詩作成就，作爲鋪陳背景；以下則回歸主題，分別考述翁方綱傳略、傳世重要稿本、治學態度與方法、《翁批杜詩》稿本源流，作爲本書校釋主題相關人物、歷史、文獻、進路與發展的外緣鋪陳。

二、翁方綱傳略

清儒翁方綱，生於雍正十一年（一七三三）癸丑八月十六日，卒於嘉慶二十三年（一八一八）戊

〔一〕「詩史」之名，首見於唐孟棨《本事詩》：「杜逢禄山之難，流離隴蜀，畢陳於詩，推見至隱，殆無遺事，故當時號爲『詩史』。」臺灣商務印書館，一九八三年。楊倫《杜詩鏡銓》附録一《傳誌》，録有劉昫《舊唐書》文苑本傳、宋祁《新唐書》本傳以及元稹《唐故檢校工部員外郎杜君墓係銘》。附録二又有《杜工部年譜》，附録三《諸家論杜》，以及仇兆鰲《杜詩詳注·附編》，都録有詳盡資料，可以提供參考。

寅，享壽八十有六歲。小名魁（父命）、桂麟（乾爹李濟庵命）、天保（乾爹賈國璿命）、增壽（師宏善寺僧命），幼時父母唯以「魁」呼之；[一]字正三，號覃溪，[二]又號彝齋、忠叙；[三]因得宋本《蘇詩》，顔其齋曰「寶齋」，自號「蘇齋」。[四]順天府直隸大興（今屬北京市）人，因地處京畿，故自稱爲「北京人」，且每於題跋末署名「北平翁方綱」或「大興翁方綱」。[五]乾隆十七年（一七五二）壬申進士，改庶吉士，以一等一名授編修。歷典江西、湖北、江南、順天鄉試，歷督廣東、江西、山東學政，官至内閣學士，左遷鴻臚寺卿。迭司文柄，精研經術，不爲漢、宋門户之見。嘗謂考訂訓詁之學，以衷於義理爲歸，立論持平，不爲風氣所囿，成爲清代乾嘉時期重要學者。

〔一〕李濟庵與賈國璿皆爲翁方綱之乾爹，四歲時又拜宏善寺僧爲師。見沈津《翁方綱年譜》，頁四、五。父自命小名「魁」。後以二弟（元綱）生，祖母呼方綱爲大魁，呼弟（元綱）爲二魁。

〔二〕乾隆十六年（一七五一），翁方綱十九歲時自號。《翁譜》：「冬，先生讀《漢書》，愛『揚子雲覃思』之語，自號覃溪，又號彝齋。」頁一三。

〔三〕乾隆十九年（一七五四），翁方綱二十二歲時，得知家族子孫之世次，因自號忠叙。見《翁譜》，頁一五、一六。

〔四〕乾隆十六年（一七五一），翁方綱十九歲時，因慕明代之陳文學（號蘇庵），故以「蘇齋」名書室，有私淑前賢之意。乾隆三十三年（一七六八），翁方綱年三十六，因得蘇軾書《天際烏雲帖》，又自號「蘇齋」。見《翁譜》，頁一一一三、四五。

〔五〕晚年時亦自署「八十老人方綱」或「八十五叟方綱」。見《翁譜》，頁四六三、四八三。

翁方綱祖母高氏爲人嚴正，然撫孫輩則極慈和；外祖張嗣琮（方九）爲順天廩貢生，自律謹嚴，不觀非聖之書，篤守宋五子學。[一]幼時家貧，欲學爲書，家中竟無片紙。九歲時，隨其父學作詩文；[二]十歲，乾隆七年壬戌（一七四二）參加童子試。九年（一七四四），十二歲，補順天府學生，始入學；簪花之日，天下大雨，而家徒四壁，無禦雨之具，衹能以油紙覆蓋衣衫之上，可知其早年境况之難堪。惟此時處境雖艱，却已開始受知於横山趙大鯨先生。[三]十年（一七四五）歲試，列爲三等；十二年（一七四七）赴通州應科試，列爲一等，繼應鄉試中舉人。翁方綱十四歲，乾隆十二年丁卯（一七四七）科鄉試中舉；然甫登鄉薦，父親純庵先生旋即逝世，享年五十二。十九歲，孜孜綴拾兩漢字義；嘗自訂課讀，日誦《漢書》一千字。二十歲時，乾隆十七年壬申（一七五二）

〔一〕詳參翁方綱《復初齋文集》卷五《家祠畫像記》，卷六《先外祖手蹟記》。

〔二〕翁方綱《復初齋文集》卷六《先大夫文藁册尾記》：「是爲乾隆六年辛酉……吾家僦居正陽門外般若寺衚衕陳氏之屋，坐南向北，三椽，中間一椽，方綱初讀五經於此。先大夫日課以小題，作半篇，教以應童子試之式，故每戲寫進字。先大夫常語方綱曰：吾家書香須有人繼，且望汝一進庠門耳。」

〔三〕趙大鯨，字横山，又字學齋，浙江仁和人。生於康熙二十五年（一六八六），卒於乾隆十四年（一七四九）。雍正甲辰（二年，一七二四）進士，乾隆八年（一七四三）視學江西後，即以都御史銜於甲子（一七四四）夏六月，視學京畿。翁氏十二歲，應童子試，補順天府學生，始受知於趙大鯨。是年試題「穆穆文王，得天下英才」。入試當日，至午，四藝試完畢，趙氏批先生卷，有「前途未可量」之語。是年，趙氏學政任滿，掌教於杭城紫陽書院。

八月會試，果如所願，高中進士；九月二十六日殿試，十月欽點翰林院庶吉士。翁氏一生多任文教之職於翰林院，嘗充江西、湖北、江南、順天等地鄉試副考官，會試同考官以及殿卷官等，仕途順遂，官場得意，鮮有其比，雖是十分幸運之事，但這也是他不斷努力的結果。

翁方綱二十一歲，時乾隆十八年癸酉（一七五三）十月二十日，妻韓氏[一]來歸；伉儷同喜詩書、金石，婚後頗多唱和之作，《復初齋詩集》中《和内》《寄内》詩多首，夫唱婦隨，十分恩愛。翁方綱二十四歲，母親張氏逝世。乾隆二十五年（一七六〇），翁氏二十八歲，其唯一的親弟元綱，早卒，年僅二十三歲。翁方綱前後共有三個妻妾，子女共十二人。根據《翁方綱年譜》，翁氏子女大都在青壯年時期陸續過世，這也使得翁方綱常是老淚縱横。如嘉慶十六年（一八一一），翁氏已七十九歲，而子樹培因積勞卒，年僅四十六歲。老年喪子，曾作《哭兒詩》《次兒樹培小傳》，收入《復初齋文集》，以抒其抑鬱之懷。逮八十三歲時，四男樹崑亦卒，白髮人送黑髮人，益增其愁悶哀嘆之悲情。

翁方綱平生擅長詞章考據及金石之學，對書畫、經術、義理、金石、碑帖、譜録、詩詞等藝學，無不研究精專，書法與碑帖鑒賞尤冠一時，爲世所重，成爲清代著名的書法與金石學大家。據翁方綱校訂《翁氏家事略記》，英和後記，跋曰：

先生最工蠅頭細書，嘗用文待詔故事，四旬後，元旦用瓜仁一粒書坡公《金殿當頭紫閣重》

〔一〕 翁方綱妻韓氏生於雍正八年（一七三〇），卒於乾隆五十八年（一七九三），享壽六十四歲。

絶句一首。六旬後，又以胡麻十粒黏於紅紙帖，每粒作「天下太平」四字；至戊寅歲元旦，書至第七粒，目倦不能成書。[一]

此外，翁方綱碩學鴻裁，潛心汲古，宏覽多聞，博學富才，於金石、譜録、書畫、詞章之學，皆能摘抉精審。[二]又受命分纂四部，校理内閣，善於文獻考據及版本校勘、鑑定，充分利用朱彝尊《經義考》作爲考校的依據，也曾編撰《經義考補正》十二卷，[三]對於歷代學術源流發展，考辨古今異同，檢證論説真僞，撮舉著作大凡，審鑒傳本得失，提挈諸書綱領，體會深厚，評騭各家學術得失優劣，可説是提要的標準範例，提供後學者觀善的資鑒。翁氏著作等身，犖犖大者有《經義考補正》《兩漢金石記》《粤東金石略》《蘇米齋蘭亭考》《小石帆亭著録》《米海岳年譜》《元遺山年譜》

〔一〕翁方綱原稿，英和校訂《翁氏家事略記》，北京圖書館出版社，二〇〇六年，頁五九、六〇。

〔二〕詳參易宗夔《新世説》：「翁名方綱……精心汲古，宏覽多聞，於金石、譜録、書畫、詞章之學，皆能抉摘精審。所著《兩漢金石記》，剖析毫芒。詩宗韓、杜、蘇、黄，多至六千餘篇。自諸經注疏以及史傳之考訂、金石文字之爬梳，皆貫徹洋溢於其中，蓋真能以學爲詩者。」四川大學出版社，一九九八年。沈津《翁方綱年譜》亦引録，可以互參。

〔三〕翁方綱《經義考補正》，乾隆五十七年（一七九二）濟南使院刻本。今有民國十三年（一九二四）上海博古齋石印《蘇齋叢書》本、《粤雅堂叢書》本。

《蘇詩補注》《復初齋文集》等。〔一〕故翁方綱《翁氏家事略記》，英和後記，又有跋曰：

先生博極群書，等身著述，而於古今體詩，尤所用力，今《復初齋集》已膾炙人口，意後之學者，必有如洪興祖、施元之之爲韓、蘇年譜者，第掇拾畸零，縱能成一家言，究不若及身自訂，較爲得實。……予以年家子，爲詞館後進，樂聞先生文章緒論，故從相國之子丐得付之梓，俾好事者附《復初齋集》以行，亦論世知人之一助云爾。〔二〕

翁方綱除了善於文獻考據及版本鑒定之外，於經學、詩學、〔三〕書志學、金石考據學以及書法藝術等方面，〔四〕成果豐碩，貢獻卓著，凡此皆可以鑒證翁氏不凡的學術造詣。因此，翁方綱是乾、嘉時代著名的金石學家、經學家、考據家、書法家、詩評家，也是一位創作詩人，在學術文化史上的歷史定位，應該重新加以認識，並提升其應有評價。

〔一〕 有關翁方綱生平學術，沈津《翁方綱年譜》爲目前最爲詳贍的參考文獻。

〔二〕 翁方綱原稿，英和校訂《翁氏家事略記》，頁一一九、一二〇。

〔三〕 翁方綱詩宗江西詩派，出入黄庭堅、楊萬里之間，提倡「肌理説」。

〔四〕 翁方綱與劉墉、梁同書、王文治同爲清代書法四大家。

三、翁方綱傳世重要稿本

翁方綱手稿至今尚存於世，彰明較著者有：（一）臺灣師範大學圖書館鎮館之寶《翁批杜詩》（《杜詩附記》）。[一]（二）澳門中央圖書館館藏《翁方綱纂四庫提要稿》。（三）美國柏克萊加州大學東亞圖書館館藏《翁方綱經學手稿五種》，此手稿五種計有：《易附記》《書附記》《詩附記》《禮記附記》《春秋附記》，均爲未經刊刻行世者。（四）香港大學馮平山圖書館館藏翁方綱手稿《經朠》與《詩境筆記》。[二]其中，臺灣師大圖書館珍藏翁氏手批及轉鈔的評點詩集多種，[三]尤以《翁批杜詩》（《杜詩附記》），「精批密圈，朱墨爛然，皆覃溪先生目光髯影，栩栩飛動處也」。[四]翁方綱手稿行草書並用，秀麗流暢，書風正如其人，兹分别考述於下，提供參考。

〔一〕詳參喬衍琯《臺灣師範大學的藏書》，《國語日報（副刊）·書和人》，一九七〇年十一月十四日第一四八期。

〔二〕有關翁方綱著述資料，詳參李豐楙《翁方綱著述考》，《書目季刊》第八卷第三期，頁四九、五〇。

〔三〕除《翁批杜詩》手稿外，至少尚有三種：（一）《復初齋文集》三十五卷，十二册，光緒三年（一八七七）重校本。（二）《復初齋詩集》六十二卷，乾隆、嘉慶刊本。（三）翁批《樊榭山房集》十卷、《續集》十卷、《集外詩》一卷，乾隆四年（一七三九）刊本；翁批評語不多，但頗精要，並非手稿，係光緒年間，繆荃孫傳録評本。

〔四〕詳參李豐楙《翁方綱及其詩論》，嘉新水泥公司文化基金會，一九七八年，頁一。

（一）《翁批杜詩》（《杜詩附記》）

翁方綱《翁批杜詩》手稿本綫裝二函十二册，現藏於臺灣師範大學圖書館總館八樓古籍善本室，典藏編號爲：「〇三一五六—六七」，筆者考查館藏財産登録簿，當係一九五六年七月四日，經由當時臺灣師大國文系潘師重規教授中介，自軍界藏書家陳繼承〔一〕處，以時價五〇〇元購藏所得。原稿僅於各册書首題「杜詩一」「杜詩二」……等，並未明書《杜詩附記》題名，不過內文卷中確偶有以硃筆題作「杜詩附記」者，經考查知悉翁氏尚有諸經「附記」書稿傳世，可知《杜詩附記》當爲其正名。不過，「翁批杜詩」因係典藏者後添書名，並逐册金字寫於卷端；加以臺灣師大圖書館館藏也以此名著録存目，故本書以「翁批杜詩」爲之定名，以與影印刊行的夏勤邦〔二〕「杜詩附記」抄本相互區别，以示版本不同。

〔一〕 據載：陳繼承（一八九三—一九七一），江蘇靖江人，軍校戰術教官、軍校教育長。參加過東征和北伐。國民黨陸軍中將。曾任第二十一師師長、第一軍軍長、武漢警備司令、軍政部次長、第十一戰區副司令長官、北平警備總司令等職。一九五〇年到臺灣。

〔二〕 夏勤邦，晚清學者，清屠紳《鶚亭詩話》載有其跋，可以參考，新文豐出版公司，一九八九年。不過，據金武祥《鶚亭詩話·序》曰：「光緒己丑，夏彦保明經在都門，見滇西師君範所輯《二餘堂叢書》中，有刺史《鶚亭詩話》二卷；彦保并於《江上詩鈔》中，録笏巖詩十五首，郵以寄余。」疑「夏彦保明經」，即「夏勤邦」，「彦保」當爲其字。

《翁批杜詩》稿本共二函，十二册（詩目一册，詩十册，文一册），二十卷，端楷鈔録杜甫詩、文全帙，每頁二十行，每行二十一字，此稿係先以楷書寫好《杜詩》全稿，再以行草書法批注眉批評點；除了翁方綱手批書迹外，據原藏者胡義質（鐵盦）[一]在此書「杜詩目」一册的書衣上注明：「另紙粘篇評語，凡翁筆俱有騎縫圖書，其無騎縫圖書者，爲徐星伯[二]手筆。」可知此稿尚有翁氏順天府大興同里後生徐松「另紙粘篇評語」，徐氏的部分補評手筆，經筆者檢視細察稿本中所黏貼夾籤的鈐印，確如胡氏所記，可以驗證。此稿各卷皆有題記、款識、圈點、眉批、旁注、尾評，内容十分豐富，書法行草互用，相當多姿繽紛。

〔一〕 胡義質，字鐵盦，亦作鐵盦，河南光山人。咸豐六年（一八五六）進士，官至順天府丞。收藏翁方綱手批《杜詩》稿本。並可參李放纂輯，周駿富輯《皇清書史》，明文書局，一九八五年。

〔二〕 徐星伯，臺灣師大館藏著録誤作「徐星友」，應加以更正。徐星伯，名松，星伯爲其字，又字孟品，順天府直隸大興（今屬北京市）人。生於乾隆四十六年辛丑（一七八一），卒於道光二十八年戊申（一八四八），享壽六十有八歲。徐氏其學博洽，道本經術，精析史事，尤長於地理之學，爲清代著名地理學家，以博雅名重一時。其先浙江上虞人，幼隨父宦京師，遂入大興籍。嘉慶十年（一八〇五）進士。由翰林督學湖南，因事遣戍伊犁，赦還，官至禮部郎中、陝西榆林知府。在翰林院時，入《全唐文》館，任提調兼總纂官。從《永樂大典》中輯出《宋會要》五百卷。西域水道，向無專書，遣戍伊犁期間，遍遊天山南北，詳記山川曲折，博稽載籍案牘，成《西域水道記》，並附之以圖。又撰《新疆識略》《〈漢書·地理志〉集釋》《〈漢書·西域傳〉補注》《新疆南北路賦》等。凡所著述，大都援古證今，得自親歷，均爲學者所推重。後人集其遺文爲《徐星伯先生小集》。

《翁批杜詩》（《杜詩附記》）二十卷爲翁方綱讀杜心得所在，但此書稿並未刊刻，目前影印出版者衹有夏勤邦抄本，抄本共二種，目前分別藏於國家圖書館、上海圖書館。（一）國家圖書館抄本：《北京圖書館善本書目》卷六《集部》著録此書，據周采泉《杜集書録》所載，《杜詩附記》十二册（詩十八卷，文一卷），曰：「《附記》之原稿本今藏北京圖書館，並有徐松所增批者，……豈別有副本耶？」[一]（二）上海圖書館抄本：上海古籍出版社《續修四庫全書》一七〇四册中，影印夏勤邦抄本，原書版框高一六五毫米、寬二二〇毫米；此抄本前有《杜詩附記自序》，後有梁章鉅跋與夏勤邦記各一則，不過此過録抄本僅抄翁氏批語，並未録杜甫詩文全帙，也未見徐松的增批夾籤，無法彰顯評點的形式特色，因此不如《翁批杜詩》稿本保存原貌的充實完整，又可欣賞其中書迹的流麗飛揚，這正是稿本與過録抄本在整體版式上最大的差別所在。

《翁批杜詩》稿本與《杜詩附記》抄本，二本内容略有異同，各有缺漏，且互有添補，誠如筆者臺灣師大國文研究所碩士班同學吴銘能教授《銖積寸累，蔚爲大觀：沈津輯〈翁方綱題跋手跡集録〉書後》一文所謂：

> 現本《續修四庫全書》第一七〇四册收入有門人過録《杜詩附記》二十卷，非但字體無法與翁氏蒼勁有神墨跡媲美，更糟是僅録批注，沒有引録杜詩原文，而細讀《杜詩附記》原稿本，

[一] 詳參周采泉《杜集書録》，上海古籍出版社，一九八六年，頁四九六。

則知杜詩完完整整恭楷謄録，一絲不苟，有的批注正好在某首詩中的某句旁，表明其爲詩眼關鍵處，過録本則對此没有注意，難免將其精髓大打折扣，此爲可惜之處！過録本也許當時鈔寫没有太大隔閡感，但時至今日，筆者仍以爲能閲讀原稿，實在比過録本較容易進入杜詩堂奥，至少隔閡感是可以削减大半的。甚盼有好事者能將此稿本影印出版，如此不僅對《翁方綱題跋手札集録》作補遺的工作，相信又是對學界一樁功德了。〔一〕

吴氏此文正指出了原稿本與過録抄本的差異所在。而本書即以臺灣師大館藏稿本與夏氏抄本對校，以期能還原《翁批杜詩》全貌。誠如吴氏所言，筆者志願爲「好事者」，盡心盡力校釋此稿全文付梓問世，或許對學界真是「一樁功德」，如此則區區辛勞，則可堪告慰了。而有關《翁批杜詩》稿本與《杜詩附記》抄本的比較，將在後節源流考述中詳細討論，暫不在此贅言。〔二〕

翁方綱十六歲始讀《杜詩》，於乾隆三十九年（一七七四）四十二歲時，「甲午十二月，分體讀

〔一〕詳參吴銘能《銖積寸累，蔚爲大觀：沈津輯〈翁方綱題跋手札集録〉書後》，《書目季刊》二〇〇三年六月第三七卷第一期，頁六九至九一。

〔二〕參照徐國能《翁方綱杜詩學探微》，《臺北大學中文學報》二〇〇六年創刊號，頁一七九至二〇四。後收入其《清代詩論與杜詩批評》第四章《翁方綱「肌理説」的杜詩批評：兼論厲鶚之杜詩學》，里仁書局，二〇〇九年，頁二二一至二七二。

《杜詩》」，[一]可知《翁批杜詩》（《杜詩附記》）始撰於此年。四十四歲時，翁氏作《贈楊彤三序》，文中提到：「予近注杜，已得千五百餘條，皆向時注家所未及。」另在《石洲詩話》卷六《漁洋評杜摘記·後記》云：「方綱自束髮誦詩，所見《杜詩》古今注本，已三十餘種，手録前人諸家之評及自附評語，丹黄塗乙，亦三十三遍矣。」於乾隆六十年乙卯（一七九五）六十三歲時，「是年又讀《杜詩附記》，有《杜詩附記·補》」；[二]嘉慶二十一年丙子（一八一六），翁氏八十四歲，羅振常《善本書所見録》卷四有記云：

稿本，題「大興翁方綱學」。所見爲第十六卷。有「蘇齋」（朱長方）、「覃溪」（朱方）二印。真楷似覃溪，或謂其子某所書也。每詩句下注各本異同，後低一格爲評語，眉上時有評。眉上時有評，確爲覃溪筆也。前有識語：「麻姑之爪可以搔癢，陳琳之檄可以愈風。丙子六月二十一日，左足跌患不能伸動，誦此册偶記。」[三]

可見翁氏用功於《杜詩》如此，即使不是空前，當也是絶後了。而翁氏一生研讀《杜詩》的進

[一] 此條爲《翁批杜詩》於《目録·第五册·百舌》詩前夾籤，爲《目録》僅見的批記。

[二] 沈津《翁方綱年譜》，頁一五二。此所謂《杜詩附記·補》，並未見有記録傳本，筆者以爲或許即是稿本所見的各卷黏貼夾籤。

[三] 詳參羅振常《善本書所見録》，上海古籍出版社，二〇一四年，頁一三四。沈津《翁方綱年譜》，頁四八〇。

境在《杜詩附記·自序》中交待得最爲清楚：

余幼而從事焉，始則涉魯訔、黄鶴[一]以來，諸家所謂注釋者，味之無所得也；繼而讀所謂千家注、九家注，益不省其所以然。于是，求近時諸前輩手評本，又自以小字鈔入；諸家注語，又自爲詮釋，蓋三十餘遍矣。乾隆丁丑、戊寅，[二]館于蠡縣，擱筆不爲詩者三年，始于諸家評語慎擇之，惟新城王漁洋[三]之語，最發深祕，乃遍摭其三十六種書，手鈔一編，題曰《杜詩

[一] 翁方綱《復初齋文集》卷十八《又跋杜工部草堂詩箋》：「注《杜詩》者以魯訔、黄鶴並稱。魯在黄前，而宋槧本絶少。此本卷前題云『嘉興魯訔編次，建安蔡夢弼會箋』，目録前闕其原序。考黄鶴補注頗採魯訔本之説，此蔡夢弼會箋者，即訔編次之本，蓋成於嘉泰甲子，在黄鶴注本之前十有二年也。卷内標舉杜公某年某地所作，頗具節次。……足見南宋時尚存《杜詩》原本之遺，而今皆不可問矣。」。可知翁方綱批注《杜詩》，實有淵源，而謹慎闕遺，精神可佩！另可參吕大防、蔡興宗、魯訔編《杜工部年譜》，北京圖書館出版社，一九九九年。又魯訔編《杜工部草堂詩年譜》，北京圖書館出版社，二〇〇五年；杜甫撰，魯訔編次、蔡夢弼會箋《杜工部草堂詩箋》，中華書局，一九八五年；黄鶴編《杜工部年譜》，北京圖書館出版社，一九九八年；杜甫撰，黄鶴集注、蔡夢弼校正《杜工部草堂詩箋補遺》，中文出版社，一九七七年；杜甫撰，黄鶴補注、范梈批選《杜工部詩千家注》，「國立」故宫博物院，一九九七年。

[二] 乾隆丁丑、戊寅，爲乾隆二十二年（一七五七）、二十三年（一七五八），翁方綱時爲二十五、二十六歲之間。

[三] 新城王漁洋，即王士禛，《翁批杜詩》中常引見。

話》，自以爲有得矣。[一]然而漁洋之言詩，得詩味矣，深繹而熟思之，此特漁洋之詩耳，非盡可以概《杜詩》也。一日，讀山谷[二]《大雅堂記》，而有會焉，曰：「諸先生之論説，皆賸語耳。」于是，手寫《杜詩》全本而咀咏之，束諸家評注不觀，乃漸有所得。如此又歲餘，而後徐徐附以手記，此所手記者，又塗乙刪改，由散碎紙條，積漸寫于一處。甲申、乙酉[三]以後，按試粤江，舟中稍暇，録成一帙，後乃見吴下有專刻《杜詩》全文，無注釋之本，便于携閲。庚戌[四]以後，内閣廳事每于待票籤未下時，當午無事，則以此本覆核，如此者又十年。

據此推論，《翁批杜詩》（《杜詩附記》）完成於嘉慶五年（一八〇〇）前後，時翁方綱已六十七歲，他以五十年的精力苦心鑽研《杜詩》，在《石洲詩話》卷六《漁洋評杜摘記·後記》中説：「若夫讀杜之法，愚自有《附記》二十卷，非可以評語盡之。」《翁批杜詩》充分展現點校批注、議論考訂等基本工夫，同時對《杜詩》的藝術根源與創作觀念有許多闡發，成爲《翁批杜詩》詩學

〔一〕 倫明《漁洋山人著述考》一文，評翁方綱《復初齋精華録評》，云：「覃谿評漁洋詩，余所見有數本，而皆不同。一余自藏覃谿草書評本……二金武祥《粟香隨筆》所刻，三繆荃孫《煙畫東堂小品》之一種，俱非僞托。蓋覃谿素好漁洋詩，隨手揮灑，非止一本，語各一端，見有先後，故不同也。」廣東人民出版社，二〇一七年。

〔二〕 山谷，即黄庭堅，《翁批杜詩》中常引見。

〔三〕 甲申、乙酉，爲乾隆二十九年（一七六四）、三十年（一七六五），翁方綱時爲三十二、三十三歲之間。

〔四〕 庚戌，爲乾隆五十五年（一七九〇），翁方綱時年五十八歲。

的核心。徐國能在《清代詩論與杜詩批評》一書中，特别探討了《杜詩附記》的背景與動機，説：

翁方綱心折杜詩，然他作《杜詩附記》，除了個人尚好，另有時代的因素，一爲不滿於歷代及當時的杜詩評注，一爲要力抗王士禛以「神韻説」貶抑杜詩的風氣。在《杜詩附記·自序》中，翁方綱分析歷來注杜者有兩類，一是「舉其詩中事實典故以注之」，一是「舉其篇章段落分合意旨以説之」，前者或流於支蔓，而後者「在宋元以前或泥於句義，或拙於解詁」，皆屬「以文害詞」之注，「明朝以後漸多以八比時文之用意例之，更非詩理矣」。……至於漁洋説杜，也引起翁方綱的不滿，翁對王的「補正」，也正是「肌理説」對「神韻説」的糾謬。……如上所述，翁方綱之作《杜詩附記》，部分原因是有意提出神韻所不能涵蓋的詩篇，漁洋所無法體會的詩藝，藉以矯正流布已廣的漁洋杜詩論，進而從中推敲出神韻或格調論詩之病，彰顯「肌理説」的論詩旨要。〔一〕

因此，徐氏總結《杜詩附記》的主要内容，包括了字詞校訂與考證、呈現杜詩藝術設計、駁論舊説以澄清誤解等幾方面。除了這類基礎性的駁正，翁方綱也有不少針對格調、神韻理論而發的批評。〔二〕

〔一〕詳參徐國能《清代詩論與杜詩批評》第四章《翁方綱「肌理説」的杜詩批評：兼論厲鶚之杜詩學》，里仁書局，二〇〇九年，頁二四八至二五一。

〔二〕詳參前書，頁二五一至二六一。

總而言之，現存《翁批杜詩》稿本與《杜詩附記》抄本，實爲翁方綱一生精研《杜詩》，朝夕翫味吟咏，深造自得的詩學完整傑作，並以之建立其「肌理説」評詩理論體系，也是翁氏繼《石洲詩話》之後，擺脱王士禛「神韻」詩説藩籬的重大憑藉與關鍵。目前所見以《翁批杜詩》（《杜詩附記》）稿本而研究翁方綱文學者，犖犖大者計有：李豐楙《翁方綱及其詩論》（一九七四年碩士論文），何石松《乾嘉詩學初探》（一九八三年碩士論文），宋如珊《翁方綱詩學研究》（一九九〇年碩士論文），楊淑玲《翁方綱肌理説研究》（二〇〇二年碩士論文），黄婉甄《清代性情詩論研究：以清代四大詩説爲主》（二〇〇三年碩士論文），以及徐國能《清代詩論與杜詩批評》（二〇〇九年升等副教授專書）。並其他相關研究論述，請檢索本書「參考文獻」。

（二）《翁方綱纂四庫提要稿》

翁方綱留心於典籍，見聞甚廣，故從乾隆三十八年（一七七三）開始編纂《四庫全書》，[一]至乾隆四十六年（一七八一）《四庫全書總目》完成，翁方綱始終是重要參與者，其具體職務是「校辦各

[一] 清朝於乾隆三十七年（一七七二）發起纂修《四庫全書》，合《永樂大典》輯佚書、内府舊藏與武英殿官刻書、外省採進之書擇而總之，歷時十餘年，抄繕了七部《四庫全書》（現存三部半）及《四庫簡明目録》《四庫總目提要》。

省送到遺書纂修官」，多年從事之後，完成分纂提要稿本。而當年《四庫全書》分纂官的《四庫提要稿》，流傳存世者有四：（一）邵晉涵《南江文鈔·四庫全書提要分纂稿》，僅存三十七篇；（二）姚鼐《惜抱軒書録》，僅存八十八篇；（三）余集《秋室學古録》，僅存七篇；（四）翁方綱《四庫全書總目提要稿》，〔一〕此稿全部二十五卷中，共有各省所進圖書的提要稿九百九十六篇（實有一千〇一種），居四者之冠，總計：經部書提要稿一百八十篇，其中歷代《易》學共八十五篇，幾達半數，可知翁氏《易》學造詣深厚，功力確實不凡；〔二〕史部書提要稿二百二十一篇，子部書提要稿一百七十七篇，集部書提要稿四百一十八篇。據此可知，《四庫全書總目提要稿》係當時由各分纂官撰述，而翁氏分撰將近千篇的提要稿，數量甚多，承擔了大量的工作，所有分纂官的提要稿，最後則由紀昀從事「一手删定」「總其成」的重要工作。因此，從分纂提要的數量比較上來看，翁氏此稿

〔一〕《翁方綱纂四庫提要稿》，上海科學技術文獻出版社，二〇〇〇年。並可參考潘繼安《翁方綱四庫提要稿述略》，收入《中華文史論叢》第一輯，上海古籍出版社，一九八三年；沈津《翁方綱與〈四庫全書總目提要〉》，收入《中國圖書文史論集（錢存訓先生八十榮慶紀念）》上篇，正中書局，一九九一年，頁一二一至一三二。

〔二〕筆者撰有《〈翁方綱纂四庫提要稿·經部·易類〉考釋（上）》，《中國學術年刊》二〇〇三年三月第二十四期，臺灣師範大學國文研究所，頁七七至一〇六。《〈翁方綱纂四庫提要稿·經部·易類〉考釋（下）》，《中國學術年刊》二〇〇四年三月第二十五期，臺灣師範大學國文研究所，頁一至三六，可供參考。後收入筆者《易學思想與時代易學論文集》，文津出版社，二〇〇七年。

在文獻史料方面的價值，似乎還在邵晉涵、姚鼐、余集三家提要稿之上。翁氏此稿不僅可以作爲對勘《四庫全書總目提要》根據的第一手資料，而且大有裨益於考查已佚的明末清初的圖書文獻。

此外，學者又可從上海圖書館藏《欽定四庫全書總目提要》稿本、南京圖書館藏《蘇齋纂校四庫全書事略》稿本、〔一〕國家圖書館藏《覃谿雜稿》手稿，〔二〕檢視翁方綱對於《四庫提要》貢獻的確切證明。可惜郭伯恭《四庫全書纂修考》、黄愛平《四庫全書纂修研究》，都未能利用此第一手最大宗重要的文獻資料。此稿是《四庫全書總目提要》編纂前期的原始文稿，最能保留及表現草創階段的原貌；其中，翁方綱從事此役的學術交流工作及其心血成果，都直接間接推動乾嘉學術蓬勃的研究風氣，創造出乾嘉學術的文化新象。

據陳先行《翁方綱纂四庫提要稿・弁言》〔三〕考證，此稿流徙典藏情況大致如下：原爲近代著名藏書家吴興劉承幹「嘉業堂」中物；一九四二年十月，流入張叔平之手，〔四〕張氏尋即賣給朱鴻

〔一〕 共二册計五十頁，此稿是研究翁方綱參與早期四庫館工作的一部重要史料。

〔二〕 由此稿可窺知翁方綱爲撰擬提要與校書所做的各種準備。

〔三〕 《翁方綱纂四庫提要稿》陳《弁言》，頁一一、一二。

〔四〕 張叔平，名振鋆，一字子羽，湖南長沙人，原在國民政府航空署任秘書，抗戰後曾任國民黨第三戰區駐上海聯絡處長。

儀；[一]至一九四五年五月，張氏使用手段又將翁稿等一批珍貴古籍（包括《罪惟録》等）從朱氏手中索回。[二]至一九五〇年，轉歸葡人José Maria Braga所有；一九五八年，José Maria Braga又將之售給澳門何東圖書館（今屬澳門中央圖書館）。筆者檢視複印書稿，所見典藏鈐印，計有：「何東圖書館」「張叔平」「世珩審定」「貴池劉子」「劉蔥石臧」「吴正有號」「文淵閣校理印」「朱韶」「聚學軒物」[三]「吴正裕號」「嘉賓藏書」「朱嘉賓」「校書天禄」等款識，可資爲鑒定的憑據。陳先行《翁方綱纂四庫提要稿·弁言》説：

翁方綱參與《四庫全書》編纂工作大致分爲兩個階段，一是在乾隆三十八年被推薦入館至四十二年（翁稿落款的最晚年代）校閲外省採進之書，二是在乾隆五十二年至五十五年奉命協助查閲文淵、文源、文津、文溯四閣抄本錯誤。翁稿是其校閲外省採進書時寫下的札記與案語，凡一千餘種，作爲編纂《四庫全書》過程中的原始文獻而能幸存至今，使得我們對《四

〔一〕朱鴻儀，字嘉賓，江蘇金壇人，時任上海億中銀行董事長。

〔二〕關於劉氏、張氏與朱氏之間買賣古籍案，上海圖書館所藏劉承幹《壬午讓書記事》稿本中記述甚詳。詳參陳《弁言》，頁一九。

〔三〕「聚學軒」爲劉世珩書齋名。劉氏，貴池南山村人，字蔥石、季芝，號聚廎、聚卿、繼盦、貴池學人、枕雷道士等。齋堂爲聚學軒、雙忽雷閣、宜春堂。

庫全書》編纂初期的部分工作有了一個直觀的瞭解：怎樣取舍採進之書；撰寫提要初稿的格式與反復修改的面貌；甚至連纂修官的分工也有所反映。〔一〕

原稿翁方綱未曾釐次，入藏嘉業堂後，劉氏曾請門人施韻秋氏整理抄寫一過，抄本分二十五卷，今藏復旦大學圖書館。〔二〕

一九八九年五月間，由鄧愛貞攜部分翁稿複印件陳送專家檢視，幸得已故的上海圖書館原館長顧廷龍、浙江省圖書館古籍部何槐昌，以及已故的華東師範大學周子美〔三〕協助，經鑒證確定此稿爲真本。據鄧愛貞《序》，引録何槐昌、周子美信文，分别記載曰：

……展目（何東圖書館八九年新閱覽室開幕典禮書籍目録展覽）的第一部分，即原嘉業堂藏書樓所藏古籍十六種，大部分我館也有收藏，且在全國也不屬少見，幾種抄校本確實珍貴。其中《欽定四庫全書·桯史》是屬四庫南三閣本，很可能就是我館珍藏的《文瀾閣四庫全書》散失的零種。北四閣本，書品、字體均比南三閣本大，且卷端蓋的璽印均爲閣名，即「文淵之寶」「文津之寶」。卷端蓋「古稀天子之寶」即是文瀾、文宗、文匯三部。《翁覃溪先生四庫

〔一〕《翁方綱纂四庫提要稿》陳《弁言》，頁一一、一二。

〔二〕陳《弁言》，頁一九。陳氏又將原稿與抄校本校核，比較異同，可供參考。

〔三〕周子美當年曾爲劉承幹編校古籍，編有《嘉業堂鈔校本目録　天一閣藏書經見録》一書。

提要手稿》影印件上有「貴池劉子」「曾經貴池南山村劉氏聚學軒藏」二印，此印爲貴州劉世珩藏書印，劉爲清末大藏書家，藏有珍本、孤本不少。此書上無劉承幹印鑒，是否爲嘉業堂藏書是可疑的。以上意見僅供參考，不一定正確。〔一〕

此書確爲劉氏珍藏翁方綱手稿本，極爲名貴。其所以没有加蓋劉氏嘉業堂稿本珍藏圖章緣故，因此書裝訂爲册頁式，與普通本子不同；當時有人主張嘉業堂刊入叢書(後來没有實現)，並且因此書式樣特出，所以没有加蓋嘉業堂收藏圖記。至於所印劉世珩圖記，那是另一個姓劉的收藏家，劉世珩與嘉業堂主人劉承幹本爲好友，也許此書由劉世珩轉讓與劉承幹的，此其一。其次在上海淪陷以後，劉承幹將大部分藏書設法出售，而張叔平即買到劉氏此書，張爲前清學部大臣張百熙的小兒子，他買嘉業堂書是想謀利，這書是他買去的一部，但不久即抗戰勝利了，後來張叔平又轉售與他人，但印上了「張叔平」的圖章。也可了解這圖章是張氏買此書的證據，此其二。……但此書無論如何價值的珍貴是愈來愈高的。〔二〕

此稿既經鑒定爲翁方綱真迹，澳門中央圖書館遂委托上海圖書館副館長王世偉教授、古籍部主任陳先行協助整理及出版，並送杭州富陽古籍印刷廠印刷裝訂，而由上海科學技術文獻出版社

〔一〕《翁方綱纂四庫提要稿》，鄧愛貞序，引何槐昌信文，頁七。
〔二〕《翁方綱纂四庫提要稿》，鄧愛貞序，引周子美信文，頁七至九。

於二〇〇〇年十月初版印刷問世。封面爲澳門當代書法家林近題籤,[一]責任編輯爲陳先行。翁稿實爲現存提要稿中數量最多的,爲研究《四庫全書總目》學者及學術界的幸事。陳先行更進一步分析翁稿提供讀者認識的四點面嚮:

一、札記的功用。二、翁氏在版本、目録、校勘方面所作的工作。三、案語對編纂四庫取捨的影響與分歧。四、案語與《總目提要》的異同。[二]

據陳氏《弁言》記載:「在翁稿記録的千餘種圖書中,有一百七十八種四庫與存目均未著録,其中除因内容乏善或卷帙不完等原因删削外,更多的是因『違礙』而遭禁毁。」此稿末頁,又有宣統庚戌年(一九一〇)十月十三日鄭孝胥等人觀款,以及一九四二年冬葉恭綽[三]書跋,跋文録如下:

覃溪平生劬學,而精力過人,故著述甚多。余曾見《復初齋稿本》百數册,乃昔爲景樸孫

[一] 林近,名崇栻,别署近,以號行,人稱「近翁」。讀書治藝之所曰「懷遠樓」。原籍廣東新會,一九二三年生於澳門。工書法,體凡三變,爲澳門藝壇中流砥柱,亦爲海内外藝苑人士所知重深服。

[二] 《翁方綱纂四庫提要稿》,陳《弁言》,頁一二至一八。

[三] 葉恭綽,生於清光緒七年(一八八一),民國時期,歷任鐵道部、交通部部長等職,著名的文學家、書畫家、文物鑒賞家,一代著名學者,而且他品德高尚,更爲後人所敬仰。

所藏者（樸孫似得之盛伯希家），後歸慈谿李氏，復又散失，恐已淪兵劫矣。兹爲南潯劉氏舊藏，與余昔日所見，當係同類而分散者。前輩治學精勤，迥非今人可及，而時際承平，學者得以雍容壇坫，崇其望實，尤足令人慕想也。子羽世弟出示因題，民國三十一年冬，番禺葉恭綽。〔一〕

宣統庚戌十月十三日孝胥獲觀，同日長沙程頌萬觀於海上。歸安朱孝臧觀，中江王潛觀，武進陳重威觀，桐城葉玉麟觀，新建夏敬觀拜觀，順德李淵碩敬觀，如皋冒廣生觀，清遠朱汝珍拜觀，順德蘇寶盉敬觀，南陵徐乃昌敬觀，廬江陳詩敬觀，武進趙尊嶽敬觀，仁和葉爾愷謹閱，吴興徐鴻寶敬觀，長樂鄭振鐸敬觀，永康王式園敬觀，貴陽許石枏敬讀。

綜觀以上的介紹，可知《翁方綱纂四庫提要稿》輾轉多手，倖存於今，斯文不泯。而筆者幸得觀覽，典型夙昔，尚友古人，深心神交，至感欣慶。尤其，此稿已成爲重要的學術歷史文獻，也是翁氏身爲乾嘉知名學者對於目録學的重大貢獻。由翁稿看來，《四庫全書總目提要》並非成於總纂官紀昀一家大手筆，而是分纂官們集體努力創作的結晶。而且，翁稿有部分圖書並未收入《四庫全書總目提要》中，正可補其闕遺不足，同時也提供了當時撰寫提要的原始材料，彌足珍貴。

〔一〕下鈐「恭綽」陽文正方篆印一方，「子羽世弟」即「張叔平」。鄭孝胥等觀款簽名，以及葉氏跋文，詳參《翁稿》，頁一六五六、一六五七。

翁稿所載各書，有的除撰寫提要外，還抄録其書篇目、序跋以及部分内容，隨筆所及，有評論，有記事，多存書林掌故，甚至摹寫藏書家印章字迹；有的則記載較略，每書僅撰提要稿一篇，更甚者則僅略記數語，或言該書抄録時注意事項，或説明其書不應校閲的理由，而未撰寫提要。較之邵晋涵、姚鼐、余集三家提要稿，翁稿更直接反映了當年纂修官校書時撰寫提要的實際情形。作爲纂修《四庫全書》中的原始文獻，翁稿極具珍貴的學術及史料的研究價值。

（三）《翁方綱經學手稿五種》

美國柏克萊加州大學東亞圖書館藏有翁氏經學手稿五種，編印爲《翁方綱經學手稿五種》，全七册，爲《易附記》《書附記》《詩附記》《禮記附記》與《春秋附記》。《翁方綱經學手稿五種》與《翁方綱纂四庫提要稿》，都是同樣以校書筆記、隨筆雜鈔，乃至繕録説明等内容爲主的稿本；而《經學手稿五種》更提供翁氏完整的經學識鑒全貌，此二書稿的影刊問世，爲研究者提供了不可多得的新資料。

《經學手稿五種》係翁方綱晚年奉差守陵，温研諸經，將數十年所記，加以校核，分卷編次，統名曰《附記》。據此稿題記，先後覆核於嘉慶六年（一八〇一），翁氏時年六十九歲；嘉慶八年（一八〇三），翁氏時年七十一歲；嘉慶十一年（一八〇六），翁氏時年七十四歲；嘉慶十四年（一八〇九)，翁氏時年七十七歲；嘉慶二十年(一八一五)，翁氏時年八十三歲，可知此稿至少歷時十四五年，才匯整完成定稿。這批手稿當時未經刊刻，後光緒年間《畿輔叢書》曾收入《詩附記》《禮記附記》《論語附記》《孟子附記》四種，[一]但其所據爲殘本，且有所改編，已失翁氏原稿舊觀。若據《詩附記》所存四卷稿本，其首頁《南陔之什》題下，鈐有「東北圖書館所藏善本」正方陽文篆印，可知此稿或諸經附記初稿，原曾典藏於「東北圖書館」；復據羅繼祖[二]《詩附記》卷末，於戊寅[三]秋題識曰：

〔一〕此四種筆者目前所見版本爲：翁方綱原稿，羅繼祖題識《詩附記》，存四卷，中華全國圖書館文獻縮微複製中心二〇〇一年據清稿本影印。《禮記附記》二册，中華書局一九八五年據《畿輔叢書》本排印。《論語附記》一册，中華書局一九八五年據《畿輔叢書》本排印。《孟子附記》一册，中華書局一九八五年據《畿輔叢書》本排印。

〔二〕羅繼祖(一九一三—二〇〇二)，原字奉高，後改字甘孺。浙江上虞人。羅振玉之孫。幼承家教，學貫文史，博涉多通。自幼酷愛書法，宗法唐、宋。精通《遼史》，著有《遼史校勘記》，曾校點《宋史》。著有《願學齋叢刊》《永豐鄉人行年録》《蜉寄留痕》《魯詩堂談往録》《墨庸小記》《羅繼祖絶妙小品文》《史編》《林下放言集》《兩啓軒韻語》等。

〔三〕此「戊寅」題記時間，以羅繼祖生卒年觀之，一九三八年或一九九八年皆有可能，不過筆者以此稿曾藏於「東北圖書館」，後來已歸併不見此名，或其前即爲羅氏家藏本，故得題識於此稿之上；且有「繼祖私印」正方陰文篆印，故推斷羅氏題記當作於一九三八年，羅氏時年二十六歲。

覃谿先生《詩附記》稿本闕上半，以校定州王氏刻本正合。惟刻本之卷一，此則作卷四，蓋先生諸經附記共六七種，本綜合分卷，王氏所刻未全，遂改每種分卷，非有異也。

羅氏所謂「定州王氏刻本」，其實就是清光緒五年（一八七九）定州王氏（灝）謙德堂刊本，此刊本目次題名作「翁覃溪詩附記」。〔一〕《詩附記》殘稿卷前，翁氏題記曰：「辛未六月七日覆核」「壬申十月十日覆核」「乙亥六月廿五日覆核」，「辛未」爲嘉慶十六年（一八一一），翁氏時年七十九歲；「壬申」，嘉慶十七年（一八一二），翁氏時年八十歲；「乙亥」，嘉慶二十年（一八一五），翁氏時年八十三歲。此時翁氏已屆八十高齡，猶不輟於學，其經學奠基甚早而厚積薄發，終於晚年底定諸經附記稿。

《經學手稿五種》稿本先以墨筆書其篇名頁數，繼以硃筆分其卷次，並有晚年先後題記其覆核時間如上，可知翁氏治學的精謹態度。翁方綱手撰《翁氏家事略記》，於嘉慶九年（一八〇四）甲子，時年七十二歲，有記曰：

……其餘月日無酬應，併無唱酬題詠之件。專心將數十年來，温肄諸經所記條件分卷寫藁，共得《易附記》十六卷、《書附記》十四卷、《詩附記》十卷、《春秋附記》十五卷、《禮記附記》十卷、《大戴禮附記》一卷、《儀禮附記》一卷、《周官禮附記》一卷、《論語附記》二卷、《孟

〔一〕 翁方綱《詩附記》，藝文印書館，一九六六年，《百部叢書集成》九四，《畿輔叢書》第三十一函。

子附記》二卷、《孝經附記》一卷、《爾雅附記》一卷。[一]

上海古籍出版社將此手稿影印出版，對揭示翁氏學術思想、治學方法及其經學上的成就，將大有裨益。[二]翁方綱《經學手稿五種》書法行草流麗，不僅具有書法欣賞與經學研究的雙重功能，更能體現「辨章學術，考鏡源流」的價值。由於翁方綱善於文獻考據及版本鑒定，故此稿大都能撮舉歷代著作大凡、提挈各書綱領、考辨異同真僞、審鑒傳本得失，可説是翁氏作爲乾嘉知名學者對於版本目録與經學檢證的貢獻。

（四）《經腴》《詩境筆記》

《經腴》，係翁方綱手稿，爲香港大學馮平山圖書館館藏，著録於《香港大學馮平山圖書館藏善本書録・經部・群經總義類》：「善，090.7/80，稿本一册，綫裝，函套。」此稿舊藏於翁方綱門生葉志詵處，後歸劉承幹「嘉業堂」，最終典藏於香港大學馮平山圖書館。此稿收藏印記有「葉志詵」

〔一〕翁方綱原稿，英和校訂《翁氏家事略記》，頁一一〇。

〔二〕筆者撰有《翁方綱〈易附記〉手稿初探》一文，發表於高雄師範大學經學研究所，二〇〇八年第二届全國經學學術研討會，二〇〇八年十一月十五日，頁一至三一。此文精簡綜合歸納翁氏於《易附記》「辨章考鏡、探賾索隱」的學問識鑒，可作爲初探翁氏《易》學旨趣的發軔。

「東卿過眼」「孫」「樵卿」「翁引達」「蘇孫過眼」「吴興劉氏嘉業堂藏書記」。其中，「葉志詵」「東卿過眼」「蘇孫過眼」三款識，也見於《翁批杜詩》卷第一首篇《遊龍門奉先寺》詩題下；「蘇孫」當係翁引達（一八一四—？），爲翁方綱孫，「葉志詵」與「翁引達」考證，詳參《翁批杜詩》卷第一注釋。

《詩境筆記》，亦爲翁方綱手稿，同爲香港大學馮平山圖書館館藏，著録於《香港大學馮平山圖書館藏善本書録·子部·雜家類》：「善，847.5/80-8，稿本十册，綫裝，函套。」此稿乃翁氏隨手雜録金石目録，書畫硃墨齊下，如册二，張丹叔所藏唐張萱《乞巧圖》絹本；卷三記宋徽宗題王齊翰《勘書圖》，黄居寶（按：疑應作「居寀」）畫北齊《斛律光像》絹本；卷四記李唐畫《山谷像》絹本，皆珍貴繪畫史料。所記金石或爲《兩漢金石記》及《粤東金石略》材料。此稿收藏印記有「孫氏蕙花仙館印章」「少筠審定」「蕙花館印」「孫頌之印」「翁引達」「蘇孫過眼」「素心居士」。末有孫雒卿跋云：

翁覃溪閣學天姿極高，篤學好思，尤精于考據，手著甚富，服官數十年，公餘之暇，專心經義字學，其平居無一日無一刻廢書也，又焉得不博哉，不僅徒以書法傳也。同治癸酉（十二年）十二月中澣，錢唐孫雒卿識于秋月芙蓉館。

又有繆荃孫跋云：

《詩境筆記》十册，凡五卷，爲學士手寫雜記，不獨是其真蹟爲可寶，閲之亦足長學問也。越一日又書，時在吴門舟次。〔一〕

「詩境」一詞，實有來歷。陸游嘗在「境湖」題「詩境」二字，翁方綱得其拓本，嘗親手摹，並懸掛於其「蘇齋」壁，賦題《蘇齋詩境歌》曰：「風騷陶謝尚不近，鏡湖放筆誰畦畛？軒軒萬古佇一襟，試叩精微來返本。所以陸扁齋題蘇，鏡湖肯執眉山乎？」翁氏借題發揮，評説陸游放筆直抒胸臆，其詩較粗豪直露；相對而言，蘇軾詩則酣放精微，故以「詩境」匾額懸於其「蘇齋」，而以此名歸之於蘇軾。〔二〕此二稿筆者尚未親見，俟諸來日。

除此之外，臺灣尚館藏有翁方綱手批清人詩集二部，其一爲臺灣「國家圖書館」館藏查慎行《敬業堂集》五十卷，據李豐楙《翁方綱著述考》考述曰：

翁批《敬業堂集》五十卷。康熙間原刊本，王漁洋作序、翁方綱手批，「中央圖書館」藏。首葉翁批：「此集是今日詩家正路，宜加删述。」此集翻閲多次，最早爲乾隆四十一年：「丙申八月先生姪孫機持來評本，爲繙閲一遍，其評前則陸辛齋，後則唐東江、朱竹垞、汪紫滄、徐

〔一〕此稿亦著録於繆荃孫《雲自在龕隨筆》卷四，世界書局，二〇一〇年五月，頁一五八。

〔二〕《蘇齋詩境歌》詳參翁方綱《復初齋詩集》卷六十一，頁二四四。翁氏另有《又題詩境石本》詩，亦可參。

方亮諸先生，又有先生自動筆處，然皆未臻精詣，甚矣，真此事之難言也。」次則乾隆四十三年戊戌九月、最晚五十一年，題于四十八卷末：「丙午冬十一月，南昌使院閲初白詩，至丁未九月三日饒州試院手評一遍訖。」覃谿手批，硃色較淡、字迹較草，可辨明也，大抵皆於字句、聲律著手，尤病其虚字，蓋與肌理説主質實不盡投合也。〔一〕

其二爲臺灣師大圖書館藏有厲鶚《樊榭山房集》綫裝十卷，《續集》十卷，《集外詩》一卷，十二册，二十九公分；清康熙間武林書坊繡墨齋刊本，清乾隆四年（一七三九）刊本眉注，光緒丁亥（一八八一）繆荃孫朱藍緑黄四色傳録，内有翁方綱、錢泰吉、錢儀吉、朱休度四家校語并跋。其中，黄色圈批爲翁方綱所評、藍色爲錢泰吉（警石）所評、〔二〕緑色爲錢儀吉（衎石，泰吉之兄）所評、黄色爲朱休度（梓廬）所評。翁氏手批校語，係對厲鶚詩的研究，非翁氏手批原稿，乃繆荃孫傳録諸翁氏評本，此集卷五末葉，翁批曰：「詩必酣放，乃見精微。」「若流入單窘，則虚中正復何有耶？」下署「丙辰九月十九日内閣直廬書」，「丙辰」爲嘉慶元年（一七九六），係翁氏於内閣直廬時所評閲者。翁氏又以畫論詩，曰：「近日惲南田謂：『打不破畫家一字圍，曰窘也。』此仿主客圖者，正坐一窘字。」據此可知，翁方綱的作詩方法論，在於見精微，而非襲貌，内化爲我，悟學而忘言，其所評

〔一〕　李豐楙《翁方綱著述考》，頁五〇。前第二引文「丙申」，排印誤作「丙中」。

〔二〕　李豐楙《翁方綱著述考》，頁五〇；徐國能《清代詩論與杜詩批評》，頁二三三，注二五，皆誤作「錢籜石」。

雖不多，但皆頗精要。凡此，皆可窺翁氏詩學之一斑。

四、翁方綱的治學態度與方法

衆所周知，大興翁方綱是清代乾嘉時期重要的學者，在經學、詩學、書志學、金石考據學以及書法藝術等方面，都有極大的貢獻，成就斐然。據沈津《翁方綱年譜》載，翁方綱之父、祖均十分重視讀書培植學問，受此家風庭訓影響，再加上翁父對翁氏期望殷切，翁方綱從九歲開始即習讀五經與時文，十五歲赴通州應科試，列爲一等，翁父甚喜；繼應鄉試中式舉人，二十歲會試中貢士，同年殿試，中式進士，朝考改爲庶吉士。早年仕途十分順遂，可惜翁父在翁方綱十六歲時即辭世，無法親眼目睹翁氏的成就。翁父卒後，家境陷入窘困，但翁方綱仍時時不忘讀書，充實學問；其後入館校書，翁方綱學問皆有根柢，其以古人爲師，以質資爲本，而又自成一家，甚得乾隆皇帝的賞識，因此「學問甚好」幾乎是每個人對翁氏的贊譽，故法式善嘗云：「予於並世士大夫中，所見讀書好古，無片時自暇者，先生一人而已。」〔一〕

翁方綱學而優則仕，一生多任職於翰林院，如翰林院侍講、翰林院侍讀學士等，而翰林院是國家儲才的機構，全國菁英會聚於此。翁方綱仕途平順，生活應不虞匱乏，但據沈津《翁方綱年譜》

〔一〕 法式善《跋覃溪先生臨文待詔書》，見沈津《翁方綱年譜》，序文，頁六。

與《翁方綱題跋手札集録》[一]記載，翁方綱晚年生活並不寬裕，經濟時時陷入拮据窘況，經常要靠借貸度日，五十九歲開始即有向人借銀立據的記録，其後爲嫁女、爲兒娶媳、爲兒籌措藥餌之資，以至爲兒辦理後事，均需向人借款才能解決生活上的問題。

此外，翁方綱中年後開始信佛，與寺廟僧侣有所往來，並相信抄寫佛經可以祈福消灾，圓滿功德。張廷濟曾云：「大興翁學士覃溪先生早年不譚釋典，中年病癱，頗資佛力，遂極崇信。」[二]翁方綱晚年每年總要書寫完成四部《金剛經》，這一習慣持續不間斷直到臨終。翁方綱中年開始篤信佛教及晚年困窘，此二方面資料是以往研究翁方綱學者較少提出者，今幸可據沈津《翁方綱年譜》與《翁方綱題跋手札集録》，得知翁方綱篤信佛教與晚年困窘的事實，對研究翁方綱生平有很大的助益。

〔一〕沈津《翁方綱題跋手札集録》。沈津就其所見，收集了翁方綱對於歷代碑刻、圖書、字畫以及鼎彝金石文物所作的題跋及致友朋手札，計一千三百八十六篇，五百餘通，約一百餘萬字，是已刊行中的翁氏著作之外最重要的輯佚，也是翁氏題跋、書札之集大成者，尤其翁氏手札涉及乾隆、嘉慶之際社會生活、歷史文化、藝術品鑒以及學術活動等，是第一手文獻資料，可以提供不少鮮爲人知之史實。手札多原件，爲國家圖書館、上海圖書館、浙江圖書館等館之珍藏，向未對外披露。研究乾嘉學派的學者，過去很少利用書札，蓋因不易得見。如今沈津利用多年時間輯成此書，有助於後學者之學術研究，貢獻甚大。

〔二〕詳參《翁譜》，頁二三八。

翁方綱一生博學多聞，著述等身，不論是經學之屬、碑帖之屬、詩集與詩學著作及文集等，均有可觀的數量。翁氏乃金石學中的正軌，其嗜古成癖，學識兼到，而又不憚煩勞，使節所至，殘幢斷碣，必多方物色，摹拓以歸。後代學者多將翁氏列入金石家之列，即是因其有關金石學著作甚多。翁氏書法藝術成就非凡，是清代四大書法家之一，成爲書壇上的佼佼者。翁氏八歲時即受其外祖父影響，對書法産生濃厚興趣，翁氏書法風格正似其人品性格，謹守法度，循規蹈矩，圓潤質厚。值得一提的是，翁方綱對於蘇軾書法特别沉醉，自翁氏三十六歲時購得蘇軾《天際烏雲帖》，並以「蘇齋」自號後，不但多次題跋《天際烏雲帖》，且翁氏後半生的歲月，在每年臘月十九日蘇軾誕辰，必定舉行供奉祭拜蘇軾畫像的儀式，〔一〕並廣邀好友讌集，欣賞東坡瀟灑飛動之筆墨，吟詩題詠。在詩學方面，翁方綱拈舉「肌理」二字，又鎔裁王士禛「神韻」、沈德潛「格調」、袁枚「性靈」諸説，遂成一家之言，其影響幾乎風靡清季整個詩壇，歷年來研究翁氏詩論的學者甚多，是翁氏衆多成就中被闡釋最爲詳盡的領域。

筆者於閲讀並理解翁方綱生平、著述及其成就之後，深知翁氏隨時勤於讀書筆記、從事學問撰述，因此宏觀多聞，且重視客觀考訂。以下歸納翁方綱的治學態度與方法，概約爲二端：

〔一〕詳參《翁譜》，頁一五二、一六六、一八五、一九二、一九六等。

(一)重視「多聞」「闕疑」與「慎言」

「多聞、闕疑、慎言」三者,可説是翁方綱治經做學問的方法。爲學之道,務在多聞,疑則闕之,慎於言語,如此則少過,翁氏認爲應覽群書以求「多聞」,可免於誤謬與不足,若所讀之書不足,對部分事理存有疑惑不甚明白時,寧可闕之,不强不知以爲知,可免好勝、嗜異之弊,衹對自己有把握的部分謹慎言之,如此才不至於遭受别人之指責。當時許多學者推崇漢學,再加上嗜異矜己,造成愈難明白經義的狀況,故翁氏提出此治經原則。其實這也可説是翁氏治學治經的普遍方法與原則。翁氏於書札中,不止一處提及此治學方法與態度,以下列舉數札,提供參照。

如《致吴嵩梁札》云:

> 昨見尊作,以陽明之言良知與孟子同論,即極言其不可矣,然此不惟不知孟子,且不知陽明也。孟子言良知,即性善之旨;陽明言良知,則是欲破朱子補格致之傳耳。……吾子竟未讀陽明《傳習録》,且於二程子以來言《大學》之次第條理皆未之詳,考而第見「良知」二字,以爲孟子嘗言之,此則不學之弊。若鄙人不言,更何人直言之?凡事當以聖言「多聞」「闕疑」

「慎言」三語銘之坐右也。〔一〕

吴嵩梁是翁方綱的門生，對於吴嵩梁認爲王陽明的良知與孟子的良知同論，翁氏則不以爲然，並直言指出吴嵩梁未讀應讀之書，作出此論實爲「不學之弊」，故翁方綱以「凡事當以聖言『多聞』『闕疑』『慎言』三語」勉勵吴嵩梁。另外，《致金正喜札》中，亦云：

惟義理之學不可空作議論，處今日經學大備，「六經」如日中天之際，斷不可只管講性理道德之虚辭，……惟經傳中有一説、二説相歧出者，則必當剖析之。所以學問之事，惟有時刻敬奉聖言，曰多聞、曰闕疑、曰慎言，三者盡之矣。〔二〕

〔一〕沈津《翁方綱題跋手札集録》，頁五一四，復云：「吴嵩梁，字蘭雪，江西東鄉人。年十五即以文字名。未冠，赴金陵應南巡召試，歸，受詩法於蔣士銓，得杜陵宗派，出遊吴越間，詩名籍起。嘉慶五年舉鄉試，官内閣中書，名振都下，篇什流播，及於海外。朝鮮侍郎申緯推爲詩佛。出知貴州黔西州，兩充鄉試同考官。」此札見《復初齋文集》卷十一。趙太順《翁方綱研究》云：「少時美風儀，善談論，翁方綱再使江西，賞鑒其詩，目爲射雕手，由是詩名頓起。翁方綱嘗作詩説，獨許詩髓，江西諸友，蘊山之後最秀者也。」「中國文化大學」藝術研究所一九九八年碩士論文，頁五七。

〔二〕沈津《翁方綱題跋手札集録》，頁五四三。

金正喜[一]爲朝鮮學者，也是翁方綱門生。札中亦重申「多聞、闕疑、慎言」三者實爲最重要的治學方法。清代經學大盛，如日中天，翁方綱説經以紬繹經義爲務，衷於義理爲主，雖兼採漢學家之考訂所得，仍以程朱之説爲依歸。翁氏認爲義理之學不可懸空議論，泛談虚辭，應「多聞、闕疑、慎言」，如此做學問才能踏實有所得。翁氏嗜學之心至老不變，由下一書札亦可看出：

愚今年衰齒八十有四，眼昏不能多看，而嗜學之心，討倍於往昔。每日卯刻起來，即取舊草稿輪流覆看，竟往往有自己脱誤字句處。又或引繹未詳審處，即於架上抽查。今又無人代查，每一條費幾許功夫，每日清晨必有改增改删之一二處。此則焉能遽借出與友共商乎？家中無識字相助之人，亦思欲就其略可自信者，先就近覓一人寫出，而其事尚未易就緒。去冬以來，就所記憶諸經史（如《損》卦，朱注「兩貝四朋」，俗刊作「兩龜四朋」。「築城伊減」，朱注「成溝也」，俗刊「城溝也」之類甚多。）以及詩文集，以及金石文字宜記出者，撮記爲《蘇齋筆

[一] 趙太順《翁方綱研究》云：「金正喜字元春，號阮堂、秋史、秋齋、覃揅齋，韓國忠清道禮山人。生於乾隆五十一年（一七八六），卒於咸豐六年（一八五六）。少年時受教於朝鮮學者貞蒙生、朴齊家學習『清朝學』，其後隨父入清，後以通曉易學、天文、地理、史學、經學、金石、音韻、佛學等，贏得清朝學界贊賞，並獲拜師事翁方綱和阮元的機遇。……金正喜二十四歲時拜訪翁方綱（時年七十八），翁方綱稱金正喜爲『海東英物』，又説他『經術文章，海東第一』，訂爲忘年交。」頁五九、六〇。

記》十六卷，此内無一閒談猥雜之俚語，若果寫有底本，當以副稿奉鑒也。〔一〕翁方綱即使高齡八十四眼昏不能多看他書，仍每日修訂以往所作之草稿舊章，足見其嗜學多聞、謹慎踏實的治學態度。

「多聞、闕疑、慎言」三者同樣重要，翁氏以此三者自勉亦勉人，而尤常以「不能闕疑」評論當時學者，如《答友人小牘》中云：

居今日而辨考載籍，其不得已而加議論者有二端焉。一則實有大關繫古人處，若皆觀望唯諾，不爲决擇，則古人受無窮之累。既如此，則雖實難下手，亦不得不爲之剖析也。一則實於寸心有憑據處，若不發抒，即是自欺其本志。既如此，則雖於古人非甚關切，而亦不妨爲剖析也。除此二端外，則闕疑其最要矣。嘗謂自古以來著述家總坐在處處求通而難於收拾，此天下古今之通病，而《周易》《春秋》爲尤甚矣。〔二〕

翁氏認爲在考辨書籍時，應持客觀態度，衹能在二種情形下才能加以議論；一是爲免古人受無窮之累而爲之剖析，另一則發抒内心之論，但此論必須有憑有據，不能空作泛論。除此之外，「闕疑」則是最重要的態度。《周易》與《春秋》因經文較難懂，故歷代著述家甚多，但常

〔一〕沈津《翁方綱題跋手札集録》，頁五四三。
〔二〕沈津《翁方綱題跋手札集録》，頁四九五。

「處處求通而難於收拾」，每每以主觀臆測論斷，徒增困擾，翁氏認爲這是古今天下的通病，如欲避免因好勝而臆測，遺害後學者，「闕疑」是極爲重要的治學態度。故翁氏云：「疑義相析之難，而闕疑之爲要也。」[一]治《易》尤其應如此，若無根據而擅加論定修改，甚且「獲罪千古」也，故翁氏云：

蓋因杭人施相《周易大象頌》而爲此書，專釋《大象》，每條附以贊語；其中，改「天行健」爲「天行乾」，「天地交」爲「地天交」之類，後跋述其自言「不闕疑而改經文，獲罪千古」，蓋已自知之矣！然實本無疑可闕，而妄改之也。[二]

以上是翁氏爲清舒鳧《易大象説録》所纂的提要稿部分内容。翁氏認爲原本無疑可闕的經文，舒鳧竟擅自篡改，確乎其言之「獲罪千古」。翁氏在《跋張惠言儀禮圖一首》中，對於張惠言《儀禮圖》《周易虞氏義》《虞氏消息》等書，評價亦爲「予讀之，謂其斷制過於自信，不能闕疑」[三]，可見在翁氏看來，當時有許多學者過於自信專斷，不能闕疑。同跋中又云：

書此跋時，一友來見，其人蓋專力漢學者。曰名物象數，治經所急也，子顧謂其同異可無

[一] 沈津《翁方綱題跋手札集録》，頁七。
[二] 《翁方綱纂四庫提要稿·易大象説録》，詳參筆者《〈翁方綱纂四庫提要稿·經部·易類〉考釋（下）》，頁二五。
[三] 沈津《翁方綱題跋手札集録》，頁七。

辨乎？予應之曰：是有説也。凡所爲學者，窮經以致用而已，其實有所據者，則不可無辨，其實害於義而悖於事者，則不可不辨，其關係非甚重大，而兩俱通者，則可以無辨；其有所關係，而原委難尋者，則可以無辨，如《易》「田獲三狐」，經不析言某事也。如《禮》「大饗有九有四」，經不析言其分合也。諸若此類，得其大旨而闕其細目，何害乎？至若所關甚鉅，而實不執一家以深考者，則如鄭氏必以禘爲祭天，核其實，既於《周官・大司樂》之文無所證據，而轉於《祭義》首節文義有違。於文義有違者，即是於義理有未安；於義理未安者，即是於義有所不可行者。況乎鄭氏又從而爲六天之説，近人有金榜者，撰《禮箋》傅會演説，分昊天上帝爲二，此其爲害於義理者匪細，皆由專執漢學者固滯一家之言，不甘於闕疑之所致也。故曰窮經以致用也。苟措諸實事而不可施行，而必泥執一家之言，以爲古説，其不爲邪説畔道不止，可勿戒諸！〔一〕

張惠言經學出於惠棟、江永兩家，治經最重《易》，且以漢《易》爲主。翁方綱治經、治《易》衷於義理，認爲窮經的目的在致用，至於漢學中的名物象數，則可援以考訂之，但不必拘泥專執於此。認爲關係重大者如「有所據」「害於義而悖於事」二者，則不可不辨；若「兩者俱通」或「原委難尋」者，則可以無辨。

〔一〕沈津《翁方綱題跋手札集録》，頁八。

翁氏治學重客觀考訂，希望能回歸經傳根本，將心力投注於經義應研究處，逐條審訂。翁氏無「文人相輕」之病，對於有根據且合於經義的創見發明，翁氏均予以肯定，如對元陳應潤《周易爻變義緼》所作之提要稿中，言及：

> 此書有至正丙戌自序一篇，大意在觀爻之變，以見《易》之緼；所列圖位，多與周子、邵子相異，其訓卦爻之辭，亦不引諸家《易》説，中亦頗有發明。……應抄存之。〔一〕

周敦頤與邵雍可説是宋代圖書象數派的代表人物，其説影響甚大。但陳應潤所列圖位異於周子與邵子，陳應潤於序《圖説》云：「周濂溪作《太極圖》，不言兩儀四象八卦，又加『無極』二字于『太極』之上，雜以老子之學，其圖不容不改。邵康節以丹經之學，撰先天之圖，以易其位，其圖不容不正。故作《易》有太極圖，於圓圈之下繫以兩儀、四象、八卦、四方、四時、二十八宿之位爲一圖。」〔二〕説明所列圖位異於周、邵之因。陳應潤專取爻變，其訓爻之辭不採引諸家《易》説，多所創發，因其非無根據，故翁氏稱其「頗有發明」而建議四庫總纂官應抄存之。

〔一〕《翁方綱纂四庫提要稿·周易爻變義緼》，詳參筆者《〈翁方綱纂四庫提要稿·經部·易類〉考釋（上）》，頁九八。
〔二〕同上注，頁九七。

(二)重視「考訂」與「訓詁」

乾、嘉之際考證學盛行，翁方綱亦喜談考訂，認爲逢此經學昌明之際，士人當以通經學古爲本務，通經學古的目的在於能知經書之義理與行聖人之道，而考訂即爲通經治經的方法與工具。翁氏更認爲考證即義理之學，不可遽分爲二，因爲考訂訓詁能有助於釐清正確的義理，避免因臆測而諸説紛紜。對於較難理解的《易》學，關係義理甚大處若有疑惑，當然也需客觀專精的考訂。

翁方綱精於考證，並洞明訓詁之道。於《困·九二》爻辭：「困於酒食，朱紱方來，利用享祀。征凶，无咎。」關於「朱紱方來」，翁氏即有詳密的考證：

朱紱，王者之服；赤紱，臣下之服，此《易》《詩》之所同也。「市」「芾」「韍」「紱」「韠」五字一訓，亦皆《易》《詩》之所同也。《説文》：「天子朱市，諸侯赤市。」分勿切。韠也，篆作「韍」，俗作「紱」。即此已明白無遺義矣。今惺齋所疑者，乃在《斯干》詩之鄭《箋》云：「天子純朱，諸侯黄朱。」疑於朱兼黄色，謂之赤耳。然《斯干》疏云：「芾所以明尊卑，雖同色而有差降。《乾鑿度》以爲天子之朝朱芾，諸侯之朝赤芾，朱深於赤……故天子純朱，言其深也；諸侯黄朱，明其淺也。舉其大色，皆得爲朱芾也。」此數語尤極分曉，蓋分析言之，則深者謂之朱，淺者謂之赤，而渾合言之，則統謂之朱芾。其《采芑》毛《傳》云：「朱芾，黄朱服者。」

《正義》曰：「服其受王命之服，黄朱之芾。」於諸侯之服，則謂之赤芾耳。又引《玉藻》：「一命緼韍黝珩，再命赤韍黝珩，三命赤韍葱珩。」是據諸侯而言，則是自《曹風·侯人》《小雅·采芑》《車攻》《斯干》《采菽》諸詩傳箋及《禮·玉藻》之説皆合矣。至《玉藻》注云：「緼，赤黄之間色。」疏云：「以蒨染之，其色淺赤。」此固不得與黄朱之「芾」同義，而亦可見毛氏所云，黄朱之是淺而非深矣。惺齋蓋未細會通稱爲朱、分析爲赤之義，故疑諸説之相背，而其實諸説固未嘗相背也。至於《易》之取象，各指所之，《困》取紱象，固不必牽上互之《巽》色白以爲疑，而即以程《傳》所分王者之服、臣下之服，亦正與前儒詩訓相合。朱子《本義》釋九二「朱紱方來」云：「上應之也。」釋九五「困於赤紱」云：「上下既傷，則反爲所困。」亦仍與程《傳》相合，黄東發所謂朱子亦未有他説以過之者也。蓋二與五應，故以君臣相應言之，豈必以互卦離明之義言之乎？

惺齋引孔穎達以爲「朱深云赤」，此條亦未分曉。按孔《疏》之意，乃謂朱深而赤淺，非謂朱淺而赤深也，今若泥此句朱深云赤之語，則義背矣。《詩·斯干》疏云：「朱深於赤。」故《困》卦注云：「朱深云赤是矣。」其下文又申説之，曰：「故天子純朱，明其深也；諸侯黄朱，明其淺也。」此條正與《采芑》疏「諸侯之服謂之赤芾」之義相應也。至《困》卦注「朱深云赤」句，乃鄭氏注語。鄭《注》又云：「《離》爲火，火色赤。四爻辰在午時，《離》氣赤爲朱是也。」

文王將王，天子制用朱韍。」據此，則鄭氏固以天子爲朱韍矣。李鼎祚《集解》曰：「《乾》爲大赤，朱紱之象也，赤紱謂二也。」據此言之，則《斯干》孔《疏》引鄭氏《易注》「朱深云赤」之語，亦猶是上句朱深于赤之旨，不過引此句以見「朱」「赤」二文可以通稱耳，而非謂赤之深過於朱也。是不得援此句之「深」字，致觸背上句之「深」字明矣，且孔《疏》又引《乾鑿度》之文矣。愚又按《乾鑿度》云：「孔子曰『朱赤者，盛色也』（孔《疏》引鄭氏『朱深云赤』一語，只應如此解），天子、三公、九卿朱紱，諸侯赤紱。」鄭氏注：「朱赤雖同，而有深淺之差。」此句亦極明析，可見《困》卦注「朱深云赤」一語，只極言朱赤之同色而已。孔《疏》引之，亦止以證朱赤之可通稱而已，至于朱深赤淺，則衆説所同，無可歧惑者也。〔一〕

關於「朱紱」與「赤紱」，王惺齋以爲「朱兼黄色，謂之赤耳」，又以爲朱淺而赤深，翁方綱於信札則開宗明義云：「朱紱，王者之服；赤紱，臣下之服，此《易》《詩》之所同也。」考證諸書，如《詩》、《乾鑿度》、《禮記·玉藻》、程《傳》、朱子《本義》等，認爲朱、赤同色而有色差，朱深而赤淺，但渾合言之，可統謂之朱芾。可見翁氏重視考訂訓詁以辨正歧惑。

經學是清代學術的生命，「考證樸學」是清代學術思想最大的特色，翁方綱受此風氣影響，晚年詩作漸少，而浸淫經術，經學著作達二十餘種，其中諸經附記有十二種之多。翁氏説經以紬繹經

〔一〕沈津《翁方綱題跋手札集録》，頁四九四。

義爲務，篤守程朱之學，宗漢唐精義，故其諸經附記，雖兼採漢學家之考訂所得，仍以朱子之説爲依據，較少創獲新見。

翁方綱論學，其旨歸於六經，認爲逢此經學昌明之際，士人當以通經學古爲本務，而通經學古的目的在於能知經書之義理與行聖人之道，因爲「必能知而後能行，必能行而後能知」，[一]故「知」與「行」互爲表裏。而「通經學古之事，必於考訂先之」，[二]「考訂」可以説是翁氏治經通經的方法與工具。翁氏喜談考訂，著有《考訂論》上、中、下三篇，認爲「凡考訂之學蓋出於不得已，事有歧出而後考訂之，説有互難而後考訂之，義有隱僻而後考訂之」，「曰多聞，曰闕疑，曰慎言，三者備而考訂之道盡於是矣」，「考訂之學，可以平吾心，可以漸問於學道之津矣」。[三]翁氏認爲以「多聞、闕疑、慎言」三原則從事考訂，才是正途，可視爲翁氏的治學方法與治經態度。

一般而言，清人在經學方面所作的努力，一是注釋，二是校勘，三是輯佚。就以《易》學而論，

〔一〕翁方綱《復初齋文集》卷七《讀李穆堂原學論》。
〔二〕翁方綱《復初齋文集》卷七《考訂論》。
〔三〕翁方綱《復初齋文集》卷七《考訂論》。

根據記載，清代《易》學專著，現存可知者有三百餘種，而清人雜著中之《易》學資料亦甚豐富。〔一〕清代《易》學就内容而言，有尊義理之學者，有言象數之學者，有闡發程朱《易》學者，有倡導或批駁圖書之學及邵雍《易》學者，也有調和義理與象數兩派觀點者。就經學傾嚮而言，有標榜宋學者，有推重漢學者，亦有折中漢、宋兩派者，派别雖分歧多方，但其宗旨不出於漢、宋兩代《易》學。清代《易》學可分兩個階段：一是宋《易》階段，由明末至清初。清初順治、康熙皇帝以程朱《易》學爲科舉的標準本，故清初以程朱《易》學主其牛耳，其中又可分象數《易》學及義理《易》學，象數派以圖書解《易》，義理派則反對圖書之學，而著重於經傳中的義理，雖然二派相互對立，但因經傳以明道，不追求於文字訓詁的解釋，不停留於圖書象數上，而將其作爲闡發性理的工具，則爲一致。另一是漢《易》階段，從清乾嘉全盛期至清末。此階段是用輯佚、校勘、考據的方法以治《易》，注重漢學，務求徵實，不同於富含哲理的宋《易》，而宋《易》此時漸趨消沉。〔二〕可知清初《易》學以程、朱《易》學爲主，至乾隆、嘉慶時代，清朝國力文化皆達於高峰，考證學（樸學）盛行，此時期

〔一〕黄師沛榮《易學乾坤》云：「清人雜著以『文集』『雜考』『提要』『序跋』『書信』『文例』等爲最大宗。」大安出版社，一九九八年，頁二六九。

〔二〕詳參康全誠《清代易學八家研究》，「中國文化大學」中國文學研究所一九九一年博士論文，頁六六。

「家家許、鄭，人人賈、馬」，[一] 拔宋幟而立漢幟，在《易》學研究上以漢《易》爲主流，並以吳派之惠棟爲代表人物。[二]

雖然當時學風如此，但翁方綱學宗程、朱，治《易》以宋《易》義理學爲主，嘗云：「自南宋以來，儒者研經之密，治理之精，孰有外於朱子者耶？」[三] 足見翁氏對朱子的推崇。又云：「方綱所以不敢輕言漢儒者，正所以尊宋儒也。」[四] 亦曾評論「漢儒之博贍」「宋儒之精微」，[五] 故翁氏並不排斥漢學，他認爲爲學之道在不偏於一邊，兼採宋、漢學優點應是最佳的治經方法。翁氏於《致

〔一〕梁啓超《清代學術概論》，臺灣商務印書館，一九八五年，頁一二一。

〔二〕王俊義、黄愛平《清代學術文化史論》云：「近人在研究乾嘉學術時，在肯定其共同特徵的基礎上，又根據其内部不同代表人物的不同特點，將其分做吳派和皖派。吳派以惠棟爲開山，皖派以戴震爲代表。因惠棟是江蘇吳縣人，戴震是安徽休寧人，各以其地望名其學派，這種明確的命名和劃分始於章太炎。……其後，梁啓超作《清代學術概論》，也完全採納了章太炎的説法。……自章、梁之説出，至今一個世紀，凡治清代學術思想史者，在論及乾嘉漢學的派别劃分時，大都沿用此説。」文津出版社，一九九九年，頁四〇、四一。

〔三〕沈津《翁方綱題跋手札集録》，頁五〇三。

〔四〕同上注。

〔五〕沈津《翁方綱題跋手札集録》，頁五六四。

君子扶樹遵教，期其不偏於一邊而已。往者朱、陸異同之説，其害至蔓衍於數百年而不可止，幸今日理學士明，然後人知其無庸辨矣。乃近日又有稍稍歧出者，則諸考證者每抑宋儒，而言義理者多輕漢儒。……推其所以然之故，則由於一二君子見窮理敦行之是，而名物、象數之不足以言學也，於是吐棄漢唐注疏，而專以扶經之奥爲職者，此其意固未嘗不著也。然馴之久，而其務博好異者又起，而專書名物、象數之學。其中又豈無考訂精核可以援古證今之處，而轉覺吾之言理者，於事物之變，未竟其原委，於是好學深思之士，亦復欲兩合之，而其力不足以有合也。於是一《易》也，而鄭、王多門；一《書》也，而古、今分疏；一《詩》也，而毛、朱歧立；一《禮》也，而俞、吴滋説。……至於小學，則今日之爲弟子正其趨者，若遇於許叔重之《説文》、顧野王之《玉篇》，而學者多不之省，何也？曰吾之義理，足以勝之也。……

尹嘉銓〔一〕《札》云：

〔一〕沈津《翁方綱題跋手札集録》曰：「尹嘉銓，字亨山，健餘子。博野人。雍正十三年舉人。從王步青講習《小學》《近思録》，又執贄方苞門下，授以《儀禮析疑》。性至孝。由刑部主事，歷官甘肅布政使，内調大理寺卿，原品休致。乾隆四十六年帝西巡，回蹕於保定行在，上疏爲父請謚。又疏請以湯斌、范文程、李光地、顧八代、張伯行及其父并從祀文廟，忤高宗意，逮治處絞。所著書因《名臣言行録》一編及《朋黨論》爲高宗所斥，皆毁無存。」頁五〇五。

吾必盡執四子之書，而外是者胥屏焉，則不可也。愚若存其是者，而於斯道胥有助焉。涓滴皆海也，撮壤皆山也，故曰千塗萬轍皆可以適國也。以方綱之意，今日爲學，所必不可牽合者亦有之，則俞、吴之於《禮》也，毛、朱之於《詩》也。此必不可牽合，以通其□者也。若鄭、王之《易》，則固未嘗不可參用矣，而况小學之書、朱子之説，原未免多在説理，此亦先儒苦心，不得不然。而今若再將古所謂六藝之實際，一概置爲可緩，則彼專談漢學者，皆群起而疑之，是自開其紛争之漸矣。……以窮經則古，而與道大適，則所謂漢儒之名物、象數者，曷當不有益於宋儒之訂證乎？〔一〕

翁方綱指出當時學界的現象，「考證者每抑宋儒，而言義理者多輕漢儒」，言宋《易》義理學者認爲宋學勝於漢學，漢儒之名物、象數不足以言學，於是吐棄漢唐注疏，導致宋儒多不省《説文》《玉篇》。翁氏認爲「必盡執四子之書，而外是者胥屏焉，則不可也」，爲學不應偏執一邊，祇研讀四子之書而將其他學問排除在外，如此則畫地自限。故翁氏認爲鄭玄《易》學與王弼《易》學可以相互參用，漢儒之名物與象數，亦有益於宋儒之訂證，二者可以相互參考援用，不必固執於一邊。翁方綱似有意調和漢學與宋學，此亦可體現翁氏兼容並蓄的學術性格。翁氏另一《致尹嘉銓札》又云：

〔一〕沈津《翁方綱題跋手札集録》，頁五〇二、五〇三。

凡爲學之方，毋論淺深、精粗、大小、遠近，其於求道，則一而已矣。方綱所以不敢輕言漢儒者，正所以尊宋儒也。近日若惠氏之書，敷陳漢學，可謂閎富矣。然其意實與朱子相遠，而惠氏之於味經之要，猶未知所歸也。自南宋以來，儒者研經之密，治理之精，孰有外於朱子者耶？若徒以宋儒之言爲平近，而逞奇炫博，好爲旁引遠摭者，此其心未定，而其氣未平也。即以恕谷當日不遠三千里，圖樂律於西河毛氏。毛氏之於禮樂可謂晰矣，若其《易傳》《春秋傳》，則不免好爲異議。而恕谷所著《大學辨業》者，本於習齋《四存編》，毛氏之門人又録西河之説以辨之，其實不過毛氏一家之言而已。足見爲學之道，不可偏執於一邊，今之盡信漢儒訓詁者，又豈能全無弊乎？[一]

上一札點出宋儒輕鄙漢學的缺點，此札除再次説明「爲學之道，不可偏執於一邊」，則似乎是針對當時學者盡信漢學而論。翁方綱治經以宋學爲主，尤尊朱子，故云「自南宋以來，儒者研經之密，治理之精，孰有外於朱子者耶？」但當時惠棟之漢學雄視一時學壇，影響大批學者崇尚漢學，批評宋儒之言過於平近，翁方綱則以「不可偏執一邊」評此現象，認爲那些逞奇炫博、好爲旁引遠摭之漢儒心未定、氣未平，而惠棟發揮漢儒之學，雖謂閎富，但其意與朱子相去甚遠，且不知惠棟

[一] 沈津《翁方綱題跋手札集録》，頁五〇三。

研經之旨歸爲何。毛奇齡之《易》學在「攻王弼、陳摶而力圖申明漢儒象數之學」，[一]並排擊宋《易》圖書學，但翁方綱評其「不免好爲異議」，此亦可爲盡信漢儒訓詁者之弊，故翁氏認爲治《易》不可偏執一方。綜合上述二札，翁方綱客觀考察當時學界的現象，無論宋學者或漢學者，皆往往以己之長攻彼之短，偏執一端，不能中庸而兼容並包，必不能得道之整全。

翁方綱認爲義理之學與考訂之學皆是通往聖人之道的途徑。世人仰瞻孔、孟之道，則必恪守程、朱之學，清代仍以程、朱《易》學課試諸生，故翁氏云士人自束髮即習讀程、朱大儒之論，及其後來所見日廣，竟逐漸薄視宋儒之學，甚至違背程、朱之學，翁氏認爲這是當時士林的積弊。另一方面，宋時諸儒亦存有一個缺點，即自恃其見義理之明，往往輕視古儒之訓詁考訂，不知《爾雅》及《説文》實爲解經之必需，不可忽略。故翁氏曾云「考證即義理之學，不分二事」，[二]有兼採宋學與漢學之意。翁氏《致曹文埴[三]札》又云：

〔一〕徐芹庭《易學源流》下册，「國立」編繹館，一九八七年，頁一〇三三。

〔二〕沈津《翁方綱題跋手札集録》，頁五四三。

〔三〕沈津《翁方綱題跋手札集録》：「曹文埴，字近薇，安徽歙縣人。精敏沉厚，風度凝整。少力學，恭儉自將，不爲華靡縱戲事。乾隆二十五年進士，選庶吉士，改編修。歷充日講起居注官、右春坊右庶子。以侍讀學士出督江西、浙江學政，入爲太子詹事。拜左副都御史，充《四庫全書》總閲官。三遷户部右侍郎、順天府尹，進加太子太保，賜歸故里。嘉慶三年，卒於家，謚文敏。」頁五六五。

至今日際會，聖人在上，實學光昭，乃得萃漢儒之博贍與宋儒之精微，一以貫之。學者束髮受書，皆從朱子章句集注始，及其後見聞漸廣，必從事於考證焉。則博綜漢唐注疏，以旁及諸家遞述之所得，皆所以資辨訂而暢原委也。顧其間師友所問難，名義所剖析，漸多漸衍，緒言日出。則考證之途又慮其旁涉，必以衷於義理者爲準則，博綜馬、鄭，而勿畔程、朱，乃今日士林之大閑也。故其墨守宋儒，一步不敢他馳，而竟致有東漢唐注疏於高閣，叩以名物、器數而不能究者，其弊也陋。若其知考證矣，而馳異聞，侈異説，漸至自外於程、朱而恬然不覺者，其弊又將不可究極矣。〔一〕

此札更明白指出宋儒及漢儒的優缺點。翁氏認爲學者皆從受書朱子始，部分學者篤守宋儒之學，考證以衷於義理爲準，不敢一步他馳，但因束漢唐注疏於高閣，故於名物器數常不能探究，故翁氏云宋儒精微但其弊也陋。部分學者則於考證時，不能以義理爲依歸，漸偏漢學，騁異聞、侈異説，逐漸疏離程、朱之學，故翁氏云漢學博贍，但嗜異之弊將不可究極矣。此外，翁方綱也不贊成以玄學或心學解《易》。對於王弼的「得意忘象」説，他提出以下見解：

漢儒説《易》多主象占，固不免穿鑿支離之弊；王弼承其後，遂有「得意在忘言，得言在忘象」之論，深斥象數之學，謂互體、卦變皆無足取，於是棄象不論。夫納甲、五行本非《易》

〔一〕沈津《翁方綱題跋手札集録》，頁五六四。

義所重，棄之可也；若互卦及動爻之變，其説見於《繫辭》，其法著於《左氏》，歷代諸儒相承有自，乃皆棄而不論，徒以虚詮義理爲主，何以得聖人觀象之本意乎？〔一〕

王弼提出「得意忘象」説，深斥漢《易》象數之學，不取互體、卦變之説。翁方綱則認爲漢《易》中之納甲、五行，因本非《易》義所重，可棄之不論，但互體及卦變説見於《繫辭》《左傳》，若皆棄而不論，如何得聖人觀象之本意？翁氏亦不贊成以老、莊之「虚無」解《易》，他説：

自魏、晉以後，竟皆視《周易》爲玄虚之談，且列於老、莊之次，其亦可謂言之無稽也矣。唐世經學，自孔疏、陸釋外，罕見於著録者，豈盡習於麗藻耶？豈徒事於隸、楷耶？韓之文起八代之衰，而於諸經，亦未有所詮次。爾時隋、唐藝文經籍所未備者，或尚有一二留遺足摭據者，何至數百年間寥寥曠隔，直至宋人始追古義，而又不甚留意詁訓爲可慨也。〔二〕

翁氏不贊同以玄學之「虚無」或「玄虚」解《易》，不應援老、莊玄學以入《易》。故翁氏云「自魏、晉以後，竟皆視《周易》爲玄虚之談」「直至宋人始追古義」，則翁氏對《易》學源流考察甚爲仔細，稱宋代義理學最接近《易》古義，可惜又有「不甚留意訓詁」的缺點。

宋代《周易》義理學發展至南宋時期，出現了一個新的分支：心學解《易》派，其代表人物及

〔一〕《翁方綱纂四庫提要稿·方舟易學》，詳參筆者《〈翁方綱纂四庫提要稿·經部·易類〉考釋（下）》，頁二。
〔二〕沈津《翁方綱題跋手札集録》，頁一五一。

著作爲王宗傳《童溪易傳》及楊簡《楊氏易傳》。翁氏亦反對以心學解《易》，對《楊氏易傳》所作的提要稿，文云：

簡嘗師事陸九淵，九淵以心學爲主，故簡所作《易解》，專以人心爲主，而象數事物皆略焉。當時或議其近禪，明楊時喬作《傳易考》，至斥爲異端，而元董真卿論林栗《易解》，亦引朱子云「楊敬仲文字可毀」之語。今觀此書，大都所造期於自得，至以《繫辭》「近取諸身」一段，爲不知道者僞作，則誣妄甚矣。〔一〕

楊氏以心學論《易》，有不少地方與佛學禪宗思想接近，開援禪以入《易》的風氣。翁方綱反對以心學解《易》，反對援禪以入《易》，認爲楊簡專以人心爲主，皆略象數，「大都所造期於自得」，不免有懸空議論之弊，且與《易》中之儒理義不合，故引明楊時喬與朱子之語，亦認爲此説爲「異端」，其文字「可毀」，批評亦嚴。翁方綱治經主回歸經傳根本，十分尊崇《易經》《易傳》及聖人，翁氏認爲《十翼》皆出聖門，故對「《十翼》之辭不盡出於聖人」之説，斥爲無謂之論，且云其「誣經非聖」，批評頗嚴。

翁方綱生當乾、嘉時期，當時是漢學全盛時期，歸納翁氏《易》學觀點，約有五項：（一）以宋學爲主，兼採漢學。（二）回歸經傳根本。（三）不贊成以玄學或心學解《易》。（四）不必求精於圖

〔一〕《翁方綱纂四庫提要稿·楊氏易傳》，詳參筆者《〈翁方綱纂四庫提要稿·經部·易類〉考釋（上）》，頁九二。

書學。(五)尊經傳及聖人。總結而論，翁方綱所處的時代背景，爲考證樸學盛行的時代，也是漢學佔上風的時代，許多學者鑽研漢《易》象數學，忽略義理學，偏執一端，翁氏則以宋《易》義理學爲主，兼採漢學，各取優點，這是與當時大部分學者所不同處，亦凸顯出翁氏好學、兼容並蓄的學術性格。且翁氏提示學者應「精究傳注，研審指歸」，回歸經傳根本，「以求聖人教人寡過之旨」，此觀念十分正確，值得依循追步。

翁方綱治經講求回歸經傳根本，不嗜異，不嗜博，考訂亦衷於義理，故云：「凡讀傳注，必以經爲主，慎無舍經以從傳。」[一]「凡援據辨訂訓詁校讎諸名家者，一以經律之。」[二]翁氏認爲惟有回歸經傳，熟讀本經，則無論是學問或行爲方面，皆不至流於離經叛道，背離正統規範。專力於本經，則可通貫一切，無論漢儒與宋儒皆需如此才能不流於叛道。對翁氏來説，叛道應是最嚴重的錯誤與缺點。若不能本諸經傳，異説紛呈，將更難明白經義，充分展現清儒實事求是的治學風範。

因此，本節特從經學的角度以及治《易》的視域，論述翁氏重視「多聞」「闕疑」與「慎言」，以及「考訂」與「訓詁」的治學態度與方法，藉此以檢視《翁批杜詩》稿本處處勤謹考證、覈實驗訂的筆迹，學者即能觀照，而體現無遺。

[一] 翁方綱《致金正喜札》，見沈津《翁方綱題跋手札集録》，頁五四二。此札見《復初齋文集》卷十一。

[二] 沈津《翁方綱題跋手札集録》，頁五六四。

五、翁方綱《杜詩附記》稿本源流考述

（一）翁方綱《杜詩》學考述

翁方綱詩學出於黄叔琳，而黄氏得自王士禛，讀其《小石帆亭著録序》：「石帆亭者漁洋論詩處，……昔吾邑黄崑圃先生，受學於漁洋，……方綱幼及崑圃之門，輒心慕之，後四十年，而方綱視學於此，竊思漁洋先生以詩學沾溉後賢，……先生言詩窺見古人精詣，誠所謂詞場祖述，江河萬古者矣。」因此，翁氏詩學與王士禛有著密切的淵源關係，而且都以《杜詩》爲其詩學、詩論的主要根據。翁氏自言十六歲始讀《杜詩》，〔一〕可知其詩學自《杜詩》入手；而至乾隆二十二、二十三年間（一七五七、一七五八），翁氏二十五、六歲間，即裒輯王士禛論杜之語，編成《漁洋杜詩話》，開啓其詩論之先聲。四十四歲時，作《贈楊彤三序》，文中提到：「予近注杜，已得千五百餘條，皆向時注家所未及。」〔二〕另又在《石洲詩話》卷六《漁洋評杜摘記》第八十三條，後記云及種種，文録如下：

方綱自束髮誦詩，所見《杜詩》古今注本，已三十餘種，手録前人諸家之評，及自附評語，

〔一〕沈津《翁方綱年譜》，頁一一。
〔二〕翁方綱《復初齋文集》卷十二，頁五〇一。

丹黄塗乙，亦三十三遍矣。大約注家於事實或有資以備考，於詩理則概未之有聞。評家本不易言，在杜公地分，既非後來學者所能仰窺，其謬誤擅筆者，固不必言矣。即或出於詩家，偶有所見，而就其稍近者，亦有二端：一則或出於初誦讀時，偶有未定之論；一則或爲學徒指點，有所爲而借發。此皆不足以言評杜也。即以近日王漁洋標舉「神韻」，於古作家，實有會心。然詩至於杜，則微之系説，尚不滿於遺山，後人更何從而措語乎？况漁洋於三唐雖通徹妙悟，而其精詣，實專在右丞、龍標間，若於杜則尚未敢以瓣香妄擬也。惟是詩理，古今無二，既知詩，豈有不知杜者？是以漁洋評杜之本，於詩理確亦得所津逮，非他家輕易下筆者比矣。愚幼而遊吾里黄崑圃之門，得遍識漁洋手定之説，既而於朋輩借閲，所稱漁洋評本者，大約非西樵之評本，則漁洋早年述西樵之評本。其後於同里趙香祖齋得漁洋評本，嘗以漁洋平日論杜語，逐條細較，實是其親筆無疑。昔在山東學使廨，刻拙作《小石帆亭著録》六卷，已載此本於《王氏遺書》目矣。海鹽張氏刻有《帶經堂詩話》一編，於漁洋論次古今詩，具得其概。學者頗皆問詩學於此書。而其末附有《評杜》一卷，細審之，則真贋混淆，有不得不辨析者。故因張刻此卷爲略記如右。若夫讀杜之法，愚自有《附記》二十卷，非可以評語盡之也。[一]

〔一〕翁方綱著，陳邇冬校點《石洲詩話》，頁二二九至二三〇。

翁氏對《杜詩》之用功勤謹，由此可見一二，而其「聞見之博，考訂之精，用心之勤，持論之正」，[一]可説是空前絶後的《杜詩》校評專家，而翁氏評點《杜詩》，至老不輟，一生研讀深造《杜詩》的歷程與進境，在《翁批杜詩》(《杜詩附記》)二十卷中，展現得最爲淋漓盡致。因此，夏勤邦抄本《杜詩附記・自序》[二]中，交待説明翁氏評杜的心路歷程最爲清楚詳盡，以下標點並注釋序文提供參考：

《杜詩》繼《三百篇》而興者也，《毛傳》《鄭箋》尚不能劃一，况《杜詩》乎？余幼而從事焉，始則涉魯訔、黄鶴以來諸家所謂注釋者，味之無所得也。繼而讀所謂千家注、九家注，蓋益不省其所以然；于是求近時諸前輩手批本，又自以小字鈔入諸家注語，又自爲詮釋，蓋三十餘遍矣。乾隆丁丑、戊寅，[三]館于蠡縣，擱筆不爲詩者三年，始于諸家評語慎擇之，惟新城王漁洋[四]之語，最發深祕，乃遍摭其三十六種書，手鈔一編，題曰《杜詩話》，自以爲有

〔一〕此四語引自翁氏門生張維屏《石洲詩話・跋》，參見前書，頁二五一。

〔二〕此序未見於《翁批杜詩》稿本，亦未刊於翁方綱《復初齋文集》，筆者轉録自夏勤邦抄本《杜詩附記》。

〔三〕乾隆丁丑、戊寅，爲清乾隆二十二年(一七五七)、二十三年(一七五八)，翁方綱時爲二十五、二十六歲之間。

〔四〕王士禛，字貽上，號阮亭，又號漁洋山人，山東新城(今恒台縣)人。順治進士，官至刑部尚書，有《帶經堂集》。自幼工詩，繼錢謙益、吴偉業後，爲文壇領袖。論詩以神韻爲宗，大抵出於南宋嚴羽「妙悟」(接下頁)

得矣。〔一〕然而漁洋之言詩，得詩味矣，深繹而熟思之，此特漁洋之詩耳，非盡可以概《杜詩》也。〔二〕一日，讀山谷《大雅堂記》，而有會焉，曰：「諸先生之論説，皆賸語耳。」于是，手寫《杜詩》全本而咀咏之，束諸家評注不觀，乃漸有所得。如此又歲餘，而後徐徐附以手記，

（接上頁）「興趣」之説，而以「不著一字，盡得風流」爲詩的最高境界，創爲「神韻」派。反對重修飾、掉書袋、發議論、無生氣的詩及豔麗詩風，主要是傾嚮於王維、孟浩然、韋應物、柳宗元一派最愛古澹自然、清新蘊藉的情調。爲了實踐他的理論，選擇以王維、孟浩然作品爲主的《唐賢三昧集》，作爲學詩範本。其説一出，遂成爲一代詩壇盟主。王氏絶句最能表現他的神韻，對於糾正專學盛唐的膚廓、晚唐的縟麗與宋人以議論、學問爲詩的偏向，發揮一定作用。但他强調神韻，容易流爲空調；而且「神韻」的理論，衹宜於短詩，長詩非所宜。因此，這一派的缺點是規模小，氣勢弱。

〔一〕參前引倫明《復初齋精華録評》，又引金武祥刻本跋：「可亭先生虚懷不棄，屬爲圈識，豈敢似外間輕論漁洋者乎？然亦僅圈記百卅餘篇，五古五律太少，求如七古七律之加圈至兩圈三圈者，再四尋研而竟不可得，何也？此間分寸毫釐，豈涉一執己見乎？」

〔二〕翁方綱撰《復初齋王漁洋詩評》一卷，係針對王士禛詩的批評，見繆荃孫《煙畫東堂小品》。是卷乃繆氏輯覃溪眉批漁洋詩者，覃溪手跋：「阮亭詩如海估揀取明璣紫貝，製作仙子五銖衣，隨手湊補，皆合五城十二樓中裝飾，但寒者不可以爲衣耳。」又曰：「五古五律五絶皆似録舊，即七古亦多爲格調所牽，惟七律七絶有神韻耳。」下署「丁未十一月二十一日」，丁未爲乾隆五十二年（一七八七），爲翁氏按試江西吉（接下頁）

此所手記者，又塗乙删改，由散碎紙條，積漸寫于一處。甲申、乙酉〔一〕以後，按試粤江，舟中稍暇，録成一帙，後乃見吴下有專刻《杜詩》全文、無注釋之本，便于携閲。庚戌〔二〕以後，内閣廳事每于待票籤未下時，當午無事，則以此本覆核，如此者又十年。其中用事人所共知者，不復寫入也；其事所系，其語所出，苟非寔有關于此篇筍縫節族者，槩弗録也。且吾所欲讀杜者何爲也哉？非欲攷史也，非欲綴緝詞藻也，唯欲知詩之所以爲詩而已。苟非上窺《三百篇》，中歷漢、魏、六朝，下逮宋、金、元、明，徹原委而共甘辛，敢輒于此舉筆贊一詞乎？是以敢與讀諸經條件，同題曰「附記」，以備自省、自擇焉爾。

（接上頁）安郡時。此係繆荃孫對翁方綱手稿的整理。《杜詩附記》五册首葉墨筆：「圈漁洋詩一遍，欲取初白詩看之，正亦互相爲用，丁未十一月廿三日舟泊黄埠腦記。」此卷中，可徵驗翁方綱讀王士禛、查慎行詩，及其讀詩的方法，讀詩比對互相爲用，即體現於此評本。覃溪評漁洋詩特有心得，如云其七律七絶有神韻，所評確當不易。又王漁洋選《古詩選注》三十二卷，《蘇齋叢書》本，叢書中是選幾佔什之三四，漁洋原選，翁方綱、葉廷勳校刻，此書原題作《重訂王文簡公五七言詩鈔》，覃溪序稱斯編實後學指南，有通途而無流弊，遂手校重録。是刻於凡例、詩題、原詩字句、作者姓名皆有考正，堪稱善本。又漁洋鈔五言詩不選杜、韓。

〔一〕甲申、乙酉，爲乾隆二十九年（一七六四）、三十年（一七六五），翁方綱時爲三十二、三十三歲之間。

〔二〕庚戌，爲乾隆五十五年（一七九〇），翁方綱時年五十八歲。

言者，心之聲；心之聲，則人之全體具見焉，豈有以迷離惝恍見真者乎？豈有以奇特超悟見真者乎？奇特超悟，偶一見之，則偶善者有之，未有時時處處以奇見者也。惝恍迷離，亦偶一見之，未有時時處處以變眩爲主者也。故曰：「民之質矣，日用飲食。」神弔多福，神聽和平，[一]胥系于此。讀《杜詩》，則句句見真，步步皆寔地也，由此可以理學業，可以定人品；即以詩言，可以加膏沃，可以養筆力、才藻，即所謂「羚羊挂角」，[二]三昧[三]之旨，亦必從此得之，此乃八面瑩澈之真境也。

[一] 此處前引「民之質矣，日用飲食」，係《詩經·小雅·天保》詩句。而「神弔多福」，係作者自《天保》之「神之弔矣，詒爾多福」濃縮而成；「神聽和平」，則係作者自《伐木》之「神之聽之，終和且平」濃縮而成。

[二] 「羚羊挂角，無迹可求」，語本出於南宋嚴羽《滄浪詩話》：「論詩如論禪。漢、魏、晋與盛唐之詩，則第一義也。大曆以還之詩，則小乘禪也，已落第二義矣。晚唐之詩，則聲聞辟支果也。……盛唐諸人，惟在興趣，羚羊挂角，無迹可求，故其妙處透徹玲瓏，不可湊泊；如空中之音，相中之色，水中之月，鏡中之象，言有盡而意無窮。近代諸公，乃作奇特解會，以才學爲詩，以議論爲詩，夫豈不工，終非古人之詩也。」

[三] 三昧，梵文「Samādhi」，又譯三摩地、三摩提，意譯爲等持、正心行處、心一境性。衹要心不散亂，專注於所緣境，皆可稱爲三摩地；因此，又可被譯爲「止」「定」。最早出自《奥義書》《瑜伽經》中，爲傳統印度教修行方式之一，八支瑜伽的第八支。後爲佛教所吸收，將持戒、禪定、智慧三者，合稱爲「三無漏學」。漢傳佛教經常將它譯爲「禪定」，一般俗語形容妙處、藴奥、訣竅等，皆以「三昧」稱之。

《蘇詩》之酣放，本極精微，然已不能如此矣。〔一〕是故，專學韓，則每有意于造奇；學白，每有意于閒曠平直；學李太白，每有意于超縱；學李義山，每在意趣藻飾；即使專主王、韋三昧，亦每在意存沖澹。凡專立一路者，其路非不正也；然而意有專趨，則易于漸滋流弊，未有若杜之得正、得真者。杜牧之云：「杜詩韓筆愁來讀，似倩麻姑癢處搔。」然吾謂：「此尚是偏著一邊言之，必如李義山云：『李杜操持事略齊，三才萬象共端倪。』此方是善言李杜者。」李太白，則讀者更不知此義耳。

從來説《杜詩》者多矣，約有二焉：一則舉其詩中事寔典故以注之，一則舉其篇章段落分合意旨以説之，二者皆是也。然而注事寔典故者，有與自注唐注相比附者，則可也；其支蔓稱引者，則不必襲之也。其注篇法、句法者，在宋元以前，或泥于句義，或拙于解詁，猶《孟子》云「以文害辭」者耳。在後，則明朝以後，漸多以八比時文之用意例之，更非詩理矣。以愚見：居今日，

〔一〕翁方綱撰《蘇詩補注》八卷，乾隆四十七年（一七八二）蘇齋刊本，收於《蘇齋叢書》，又收入《粤雅堂叢書》中，《蘇詩集注》多採其説。蓋自有《蘇詩》，注家無慮百數十，行世者惟永嘉王氏、吴興施氏、海寧查氏最著。是書序云：「幸得詳考施、顧二家《蘇詩》注本，始知海寧查氏所補者，猶或有所未盡。」因以宋嘉泰槧本《蘇集》爲主，翁方綱對查慎行《蘇詩補注》的訂補，復捃殘拾墜，廣事搜集，其查氏採輯未備者，條分件繫，積成八卷，授曹振鏞讀；翁方綱與曹振鏞論蘇軾詩所補原注一百七十五條，新補九十三條，卷七並附蘇氏書札二通，卷八附原注序略及顧景蕃《志道集》。翁氏所補注者，考訂寫作年月，辨證譌誤字句，於前人所注未合詩旨者，一一博徵衆書，爲之參證，洵有功於《蘇詩》也。

士皆知通經學古，則讀是集者，諒非童蒙目不識經傳、史籍者，則事實典故之注，轉可以無庸多述也。篇章段落，自當隨其本篇而自得之，有必不可不疏析者，乃證明之可也。愚則有二義焉：一則古本之編次，如宋槧某本下，略有次第可見者，如句字以諸本參合者，更宜精其剖擇也。再則篇中情境虛實之乘承，筍縫上下之消納，是乃杜公所以超出中、晚、宋後諸千百家獨至之詣。凡有足以窺見下筆之深祕者，苟可以意言傳之，則豈有滅盡線迹者哉？〔一〕元遺山云：「古雅難將子美親，精微全失義山真。」知義山所以似杜，則可以論杜矣。又曰：「少陵自有連城璧。」知遺山所云連城，則可以論杜矣。然而，遺山必以排比鋪陳，爲碔砆之外見，則吾不敢以高談薄之，遺山必以不度金鍼，爲鴛繡之獨祕，則吾亦不敢以爲然也。〔二〕

據此序文推論，《杜詩附記》幾經刪改，歷時十數年之後，基本完成於嘉慶五年（一八〇〇）前後，時翁氏已六十七歲，可視爲其早年所成諸經附記之後，最後完稿的唯一《杜詩》學附

〔一〕翁方綱手批查慎行《敬業堂集》五十卷，康熙間原刊本，王漁洋作序、翁方綱手批。首葉翁批：「此集是今日詩家正路，宜加刪述。」覃溪手批，硃色較淡，字迹較草，而可辨明，大抵皆於字句、聲律著手，尤病其虛字，蓋與其「肌理説」主質實，不盡投合。詳見前引。

〔二〕翁方綱手批《樊榭山房集》，卷五末葉翁批：「詩必酣放，乃見精微。」「若流入單窘，則虛中正復何有耶？」翁方綱又以畫論詩，曰：「近日惲南田謂：『打不破畫家一字圍，曰窘也。』此仿主客圖者，正坐一窘字。」據此可知，翁方綱的作詩方法論，在於見精微，而非襲貌，内化爲我，悟學而忘言，其所評雖不多，但皆頗精要。

記。〔一〕復據夏氏《杜詩附記》抄本所録翁方綱門生梁章鉅，〔二〕於道光三年（一八二三）癸未秋日所撰跋文曰：

讀詩難，讀《杜詩》尤難，世之注杜者，非失之散碎，即失之穿鑿。惟新城尚書〔三〕能窺其深秘，然新城論詩，專求神韵〔四〕；先生則闡發肌理，研精覃思，前後凡三十年，始成此册。嗣後，意有所得，隨時點定，又三十餘年。至晚歲，重加裝池，章鉅曾借讀一過，其中爲先生手寫者十之八，他人續寫者十之二，初時有圈識標記；重裝時，擬作樣本付梓，命工剔去，會事未果。今距先生殁，已五年矣。紙墨如新，哲人其萎，展閲是册，猶憶蘇齋談蓺時也。〔五〕

〔一〕參吴宏一主編《清代詩話考述》，「中央研究院」中國文哲研究所，二〇〇六年，頁五五八。

〔二〕梁章鉅，字閎中，又字茝林，號茝鄰，晚號退庵。祖籍福建長樂縣，清初徙居福州，自稱福州人。平生縱覽群籍，能詩善書，學識淵博，精鑒賞，富收藏，好金石。諳於掌故，善作筆記小品，五十餘年著作有七十餘種，爲清代各省督撫中著作最多者。著有《樞垣紀略》、《楹聯叢話》十二卷、《楹聯續話》四卷、《楹聯三話》二卷等。比較出名的有《歸田瑣記》《浪跡叢談》《退庵隨筆》。尤其是《浪跡叢談》保存了豐富的小説史料。

〔三〕新城尚書，即王士禛。

〔四〕有關王士禛「神韻説」，以及其他相關詩論之評議，詳參翁方綱《復初齋文集》卷八《神韻論上》《神韻論中》《神韻論下》。

〔五〕此跋未見於《翁批杜詩》手稿本，過録自影刊夏勤邦抄本《杜詩附記》。

由此跋可知翁方綱手批《杜詩》，而闡發其「肌理」説詩論，實得力於王士禛「神韻」説；翁氏認爲「神韻」太「虚」，必須救以「肌理」之「實」，《石洲詩話》卷四指出「唐詩妙境在虚處，宋詩妙境在實處」。而其「肌理」説之「理」，即是「義理」加上「文理」，並祖述黄庭堅「以質實爲本」詩法，此可驗證於其所撰《復初齋文集》卷十與《石洲詩話》卷四各論中，可知翁氏詩學雖淵源於王士禛，然而自成一家之學。

綜合以上考述，可知翁方綱自十六歲始讀《杜詩》，積五十年的篤學精力，苦心鑽研《杜詩》，而完成此傳世的手批《杜詩》稿本，據梁章鉅《浪跡叢談》載《蘇齋師説〈杜詩〉》一則，有：「吾師於《杜詩》工力最深，自言手批《杜集》凡二十三過，最後始成《讀杜附記》之定本，凡字句之異同，皆詳列句下云云。」[二]《翁批杜詩》處處展現翁氏點校、批注、議論、考訂、觀摩研治《杜詩》的基本工夫與深厚學養。《翁批杜詩》（《杜詩附記》）對於《杜詩》的藝術根源與創作觀念有許多精闢的闡發與詮釋，具有重要的學術研究與參考價值，是翁方綱《杜詩》學的核心所在。

（二）《杜詩附記》稿本與夏勤邦《杜詩附記》抄本比較

《杜詩附記》現存傳世版本有三：其一爲稿本，今典藏於臺灣師範大學圖書館總館八樓古籍善本書室，保存狀況良好，共二函，十二册（《目録》一册，《杜詩》十册，《杜文》一册），二十卷，每頁

〔一〕 參録自《翁批杜詩》稿本，首册目録卷前「陳時利」題記其後補録文字。

二十行，每行二十一字，長二十九厘米（著録三十四厘米）、寬十七點七厘米，書稿版面大方，甚便閲覽；著録及題籤都名曰「翁批杜詩」，稿内也有多卷硃筆題作「杜詩附記」者，與其早年所撰諸經附記，以及抄本名爲《杜詩附記》者，可謂彼此相應而同。此稿首册扉頁以下，以及各册卷首，都有典藏、經眼者的題記與款識，每卷卷前也有翁氏親筆備忘題記，以上書迹皆抄本所未見者。此稿第一册逐卷鈔録《杜詩目録》；第二至第十一册共十册，皆鈔《杜詩》，凡二十卷；第十二册鈔録《杜文》。《杜詩目録》及《杜詩》十册内，翁氏題記頗多，如云「甲午十二月，分體讀《杜詩》」「乙未正月三日，自《發秦州》起」「丙申六月十五，始讀一遍訖；是日送籜石出都」，凡此即乾隆三十九至四十一年間（一七七四—一七七六），翁氏自粤東歸時，所論《杜詩》相關日程學記；又如《杜詩一》首葉，題記曰：「廿卷鈔完一過，丁未十月廿三日，廣信試院校訖記。」此條係乾隆五十二年（一七八七），翁氏役使江西時所記，可知鈔閲批題《杜詩》次數極多，此稿墨迹亦非同時所書，時日相隔甚久；其次，翁氏手批，心力灌注，於《杜詩六》題記曰：「每日只可讀一首，至短者二三首而已，不可多也。」其讀詩之精，有如此者。

至於翁氏批注手法，如《杜詩一》題記曰：「評注但看神理應在某處，不必定在篇後，竟有必須在句旁者，何可拘泥？」故此翁氏手評稿本，硃墨爛然，可作墨寶翫賞。尤其，此稿中處處圈點、眉批、旁批與尾評，炳蔚紛陳，内容豐富，粲然可觀。不過，此稿不見翁氏自序，以及其門生梁章鉅跋，吴嵩梁、李彦章題款。再以書法而論，此稿以楷書鈔録《杜詩》《杜文》原本全文，再以行草眉批、夾籤、注記；據筆者逐一對校，此稿鈔録《杜詩》《杜文》底本，確定爲仇兆鰲〔一〕《杜少陵集詳注》（《杜詩詳注》）無疑；而仇本《杜詩》《杜文》原本詩句下注，翁氏亦多所採録，並校其異本、斷其是非。此外，臺灣師大館藏著録《翁批杜詩》版本爲「舊鈔本」，其實並不正確；此因其中僅有杜甫詩文，鈔寫自《杜甫詩文集》，而詩文下之注，雖多數參照仇氏《杜詩詳注》本鈔録，但翁方綱處處判定其非誤，時時乙正其疵訛，頗多增補己見者，筆者以爲當正名爲「稿本」。至於《翁批杜詩》附記部分，則多讀杜心得，融鑄衆説，而獨出胸臆，深富研究價值，值得深入探討。〔二〕復據前

〔一〕仇兆鰲，字滄柱，號知幾子，甬江（今浙江寧波）人。明末清初著名學者。著作多種，有《四書説約》《杜詩詳注》等，康熙二十八年（一六八九），五十二歲時，開始著手杜甫詩校注工作。康熙三十二年（一六九三），五十六歲時，《杜詩》研究集大成之作《杜詩詳注》完成脱稿，奏請進呈康熙帝御覽。康熙四十二年（一七〇三），六十六歲時，《杜詩詳注》付梓。康熙五十年（一七一一），七十四歲時，辭吏部右侍郎還鄉，於水路途中，完成《杜詩詳注》完整版。康熙五十二年（一七一三），七十六歲時，重輯《杜詩詳注》，全書正式完成。仇氏享壽八十歲，費二十五年心血，完成《杜詩詳注》鉅著。

〔二〕翁方綱與仇氏同享高壽，復有志一同，步武追踵，如出一轍，繼其《杜詩詳注》之後，亦費數十年學功，完成《翁批杜詩》批注稿本，可惜至今未有刊本傳世，而筆者因緣神交古人，經年累月，此書終於校釋完成，得以付梓出版，再三思之，感喟萬千。

引梁章鉅跋曰：「先生手寫者十之八，他人續寫者十之二。」以及《翁批杜詩》稿本首葉「杜詩目」書衣下，鐵盦胡義質於咸豐元年（一八五一）辛亥夏六月初五日題記，曰：

翁覃谿先生手評本，共拾貳册。另紙粘篇評語，凡翁筆俱有騎縫圖書，其無騎縫圖書者，爲徐星伯手筆。

此稿批注及夾籤文字書法，經筆者對證檢核筆迹，確認大部分爲翁方綱手批親書；其中十之二，殆爲此稿本所著録翁氏門生徐松手批增補者，不過徐氏所增批部分皆未署名，即以胡氏題記所謂：「另紙粘篇評語，凡翁筆俱有騎縫圖書，其無騎縫圖書者，爲徐星伯手筆。」其無騎縫圖書章者，以書法筆意審觀，似乎多出於翁氏手筆，也不能明確斷定係徐氏手筆。

其二爲抄本，共有原抄本與過録抄本二種：其一爲國家圖書館所藏《杜詩附記》二十卷抄本，詩十八卷、文一卷，著録於《北京圖書館善本書目》卷六《集部》，鈐有「北京圖書館」典藏長方印記，有梁章鉅跋，吴嵩梁、李彦章題款，並未見録原序，此當爲原抄本，可參考前引周采泉《杜集書録》；但因此抄本未曾影刊問世，筆者尚無緣親訪對校，仍待來日續爲勘驗補遺。其二爲《杜詩附記》二十卷抄本，今收入《續修四庫全書·集部·詩文評類》第一七〇四册，[一]乃據清宣統元年（一

[一] 翁方綱撰，夏勤邦抄《杜詩附記》，《續修四庫全書·集部·詩文評類》第一七〇四册，上海古籍出版社，一九九五年，頁二三五至六六五。

九〇九）夏勤邦抄本影印；惟此本抄有翁氏自序、梁章鉅跋、夏勤邦後記，但未見吴嵩梁、李彦章題款。夏氏宣統元年（一九〇九）九月既望後記云：

> 合肥李氏[一]藏有覃溪先生手寫《杜詩坿記》廿册，勤邦曾敬録副本，以便展閲。兹又摘鈔《坿記》爲單行之本，仍列詩目，俾存厓略。卷中其一、其二等字，係寫時私爲識别，非原册所有也。

據此可知，今藏於國家圖書館之《杜詩附記》或係李在銑所藏翁氏二十册稿本；而上海圖書館所藏抄本，則是夏氏摘鈔其《杜詩附記》副本之過録單行本，此稿僅録批注原稿，以及各卷次詩目，「仍列詩目，俾存厓略」，並未具録《杜詩》《杜文》以及相關題記、注記等，適與今影刊本同，可證此本係過録抄本無疑。以下對校《翁批杜詩》手稿本與夏氏過録《杜詩附記》抄本，概括分别，列表比較，以便學者把握理解二本異同大略：

〔一〕此「李氏」當即稿本題記之「李在銑」。李在銑，晚清人，名侯，一字芝陔，河北涿鹿人。富收藏，與翁同龢、寶熙交善。李氏於《翁批杜詩》稿本目録前題識，落款鈐印。此爲次葉，有芝陔題迹多行，翁方綱手稿的流傳，依其題款、印記，原藏胡義質鐵盦，後傳李氏芝陔處。

翁方綱《杜詩附記》稿本與夏勤邦《杜詩附記》抄本比較表

項目	《杜詩附記》稿本	《杜詩附記》抄本
版本時間	清乾隆二十九年（一七六四）至嘉慶五年（一八〇〇）間手稿本。	清宣統元年（一九〇九）過録抄本。
典藏題識	一、辛亥（一八五一）夏五月初五日，鐵盦胡義贊記。 二、庚午（一九三〇）中伏日，陳時利題。 三、己亥（一八九九），芝陔（李在銑）識。 四、光緒丁酉（一八九七）三月，芝陔（李在銑）識。 ※相關鈐印，請參考後文。	皆未録。
自序	無	抄於卷前，未注明出處。
杜詩目録	一册。逐卷鈔録《杜詩》十册、《杜文》一册，總十一册。 ※《杜詩目録》題下，有五方典藏篆印。其中，第五册《百舌》詩目録前，有翁氏夾籤題記一則。	無
各卷題記	《杜詩》十册，每册首卷前，皆有翁氏題記。《杜文》一册，則無題記。	無

正文	鈔録《杜詩》《杜文》原本，注釋、批點，内容詳盡。 ※《杜詩》各册每首詩詩題上，皆書明其詩體。	僅録卷次、詩題，以及翁氏批記。並未録詩句下注文，以及《杜文》。 ※每卷卷首均書「杜詩附記卷弟○」「大興翁方綱學」。
跋記	無	一、道光三年（一八二三）癸未秋日，翁氏門人梁章鉅跋。 二、宣統元年（一九〇九）九月既望，夏勤邦後記。

（三）《杜詩附記》稿本典藏題記款識考述

《翁批杜詩》手評稿本（含目録一册）共十二册，新裱封面以黑墨楷書書題「翁批杜詩」，翻頁則爲原藏家所書「共十二册」紅字、「翁批杜詩　目録」金字，此爲舊封面，藍紙封皮，下貼總館典藏編目分類號：「D070/343/1:1」，「D」代表集部；左下有標籤：「十二册，小桃二號，一六」。以下依各册所見典藏題記與款識，以考述此稿流徙典藏的歷程與經過，提供版本文獻學者觀照參研。

【一】胡義質題記

翁覃谿先生手評本，共拾貳册。

另紙粘篇評語，凡翁筆俱有騎縫圖書，其無騎縫圖書者，爲徐星伯手筆。

辛亥夏六月初五日，鐵盦胡義質記。

胡氏題記書於首册書衣「杜詩目」之下，相關考述已見前文，不復贅注。由此題記可知此稿曾經胡氏之手，題記後鈐有「芝陔過眼」四字正方陰文篆印，「芝陔」即後文另二題記「李在銑」之字，意謂此稿亦曾經李氏眼目，而後竟歸其所有。

【二】陳時利題識

退庵[一]筆記尊師説，讀杜書成力果醇。芝老有霧今可慰，我來發憤企通人。　庚午[二]中伏日，時利題。[三]

《浪跡叢談》載蘇齋師説《杜詩》一則，有：「吾師於《杜詩》工力最深，自言手批《杜集》凡二十三過，最後始成《讀杜附記》之定本，凡字句之異同，皆詳列句下云云。」[四]據第三册卷三首篇《得舍弟消息二首》，篇題下鈐有正方陽文篆印「陳時利」，筆者考查得知，

[一] 「退庵」爲梁章鉅之號。以下文字書法皆楷體帶行書。
[二] 庚午，爲民國十九年（一九三〇）。
[三] 其下鈐長方陽文篆印「鑑秋五十後乍」，「乍」即「作」。
[四] 此下鈐有「鑑秋」二字正方陽文篆印。

「時利」當即爲清末民初政界名人「陳時利」〔一〕。閲此二題記，可知《翁批杜詩》曾經陳氏眼手。

【三】「游悔廬秘笈録」典藏鈐印

前條陳氏題記鈐印之後，又見有「游悔廬秘笈録」正方陽文篆印。此印鈐於卷前目録扉頁題識之第三頁，即接前條「時利」題識次頁，接續下條「李在銑」題識第一則「先生有諸經附記……」該頁首行右下角，從右至左、由上而下，以「游悔」「廬秘」「笈録」排列先後篆刻。

筆者考查得知，「游悔廬」當是陳時利室名，著有《游悔廬自述詩》。

【四】李在銑題識二則

先生有諸經附記共十二種，《家事略》中載有其目，余曾得見原本，係自録，極精。以價卬手乏，〔二〕竟未能購，未知爲誰氏所得，至今念念不忘，特記於此，以俟博雅君子留意物色焉。芝陔識。時己亥，年八十又二。

〔一〕陳時利，字鑑秋，或作劍秋，四川合江縣人。清廪生，光緒三十三年（一九〇七）七月至八月，曾任職北京外城巡警總廳，又經歷光緒二十六年庚子（一九〇〇）義和團事變，後爲北洋政府後期政界名人，曾任警政司司長、内務部土木司司長、揚子江技術委員會委員長。

〔二〕兩則題記書法爲行草書，「價卬」即「價昂」，「手乏」之「手」多一筆，恐釋有誤。

是本舊爲胡鐵龕[一]府丞所藏，後轉歸於余。其評語之的當，攷據之詳確，向來俗解，一掃而空。即每册面上，隨筆所書，有自評語，有自戒語，前輩好學深思，使人讀之，良用自愧。至通體字畫之精妙，[二]乃其餘事，亦極可貴。此書宜付之梨棗，以永其傳。余老矣，姑俟之通人可耳。芝陔識。時光緒丁酉三月。

此二則題記文字後，皆鈐有「李在銑印」正方陰文篆印、「芝陔」正方陽文篆印。經筆者考查：李在銑，生卒不詳，晚清人，名侯，一字芝陔，河北涿鹿人。富收藏，與翁同龢、寶熙交善。李氏第一則題識於「己亥」，時爲光緒二十五年（一八九九）；第二則「丁酉」，則爲清光緒二十三年（一八九七）。由此四則，依其題記、款識，可知《翁批杜詩》稿本的流傳，原藏胡義質鐵盦，後傳李芝陔、陳時利處。

【五】《杜詩目録》題下款識五方

此「杜詩目録」標題下，鈐有五方篆文典藏印記，由上而下，由右而左，分別是：（一）正方陽文「宴坐室藏書印」篆印，「宴坐室」不知何人書室名，不過從上下款識觀之，筆者疑此爲下印「徐松」書室名，存此待考。（二）正方陽文大印，中分，右刻「大興徐氏藏圖籍印」篆印、左刻三行文字

〔一〕　胡鐵龕，即前文之胡義質，字鐵盦；「龕」當爲「盦」之筆誤。
〔二〕「妙」字前文，原書「好」字，點去後，改書「妙」字。

爲滿文，當即漢滿合珠鈐印，而此「徐氏」當是徐松（星伯），傳略已見前文。（三）長方陰文「人境廬」篆印，「人境廬」爲黄遵憲齋名。（四）正方陽文「涿鹿李氏珍藏」篆印，此「李氏」當即前條之李在銑（芝陔）。（五）長方陽文首尾兩端橢圓「台灣省立師範大學圖書館藏書」篆印，下蓋「〇三一五六」典藏編碼。從此典藏款識鈐印，可知此稿曾經徐松、黄遵憲、李在銑之手，而終歸藏於臺灣師大圖書館。

【六】《翁批杜詩》卷第一《遊龍門奉先寺》詩題下款識八方

此爲第一册卷一首篇下，所見八方典藏款識，由上而下，由右而左，分別爲：（一）正方陰文「李在銑印」篆印。（二）正方陽文「芝陔」篆印。（三）正方陽文「圖書彝鼎從遊[一]好」篆印。（四）正方合珠「葉」（陽文）「志詵」（陰文）篆印。（五）正方陽文「東卿過眼」篆印。（六）正方陰文「芝陔過眼」篆印。（七）正方陽文「蘇孫過眼」篆印。（八）正方陽文「涿鹿李氏珍藏」篆印。

其中，「李在銑印」「芝陔」「芝陔過眼」與「涿鹿李氏珍藏」均爲「李在銑」一人篆印，已考釋於前，茲不復贅。其餘初見篆印，以下分別考釋，俾能知人論世，知所傳遺。

「圖書彝鼎從遊好」「葉志詵」與「東卿過眼」三印，應均爲「葉志詵」所有。葉志詵（一七七

[一] 遊，此字讀同「吾」，義與「我」同，文出《石鼓文》：「遊車既工，遊馬既同。」《正字通》：「遊，《石鼓文》『我』。」《小雅·車攻》曰：「我車既攻，我馬既同。」詳參郭沫若《石鼓文研究》，科學出版社，一九六五年。

九——一八六三），字東卿、廷芳，湖北漢陽人。其父爲中書葉繼雯（字桐封，號雲素），富於收藏；其子即兩廣總督葉名琛。葉志詵爲翁方綱門人，道光二十五年（一八四五）曾刻翁氏《復初齋詩集》七十卷；又善書法，一生刻意學蘇，道光二十九年（一八四九）跋《聖教序》。葉氏精於醫學養生，亦通針灸，所輯醫書甚多，計有《神農本草經贊》《觀身集》《頤身集》《絳囊撮要》《信驗方録》《五種經驗方》《咽喉脉證通論》等，合稱《漢陽葉氏叢刻》，現有刻本行世。復篤信道教，愛好扶乩，其子名琛特建「長春仙館」供奉吕洞賓、李太白二仙；又闢「長春藥圃」，種植草藥。葉氏一家實爲官宦，同治間《續輯漢陽縣志》卷十八《葉志詵傳》云：「其頗有家財，肆力金石文字。」其家藏印，曰「葉志詵及見記」，又「葉名琛、名澧兄弟同鑒定」二印，《清稗類鈔·鑒賞類二·葉潤臣有十萬卷》可以參看。翁方綱《復初齋詩集》卷六十四有詩《以禮器碑末行小隸爲軸報東卿》曰：

慮虒一行隸兼篆，東京小隸此最先。黄山梁山鐙銅字，我見尚或疑摹傳。葉子爲我仿銅尺，此銘古質如初鐫。篋中無物可與儷，永壽韓相碑陰邊。拓工惜紙棄不顧，我昔量石捫星躔。良常王叟（澍）詫隸古，誤謂屢變來争妍。碑石勒名自誰始，二仇已在中郎前。山陽金鄉七人作，曜奴尚泐其一焉。岐陽十鼓無姓字，古今書手誰差肩。隸勢况居漢碑冠，閣道漫詡洪适編。幾年濡紙戟門畔，一條亦若量尺然。神光炯炯起豪末，金絲呦呦來豆籩。建初尺檀得共几，何減再拜聆官懸。摹尺圖兼摹此軸，氣壓百幅巾箱船。韓相碑函久闕此，一串珠斗垂璣璇。怳如中秋造尺夕，笙吹譜下寒宫圓。

又業師謝鴻軒《近代名賢墨迹》考録其生平傳略，親自書法，其文曰：

葉志詵，清湖北漢陽人，字東卿，號遂翁。生於乾隆四十四年（西元一七七九年），卒於同治二年（西元一八六三年），年八十有五，官至兵部郎中。博學好古，見聞賅洽，辭章雅令，固非翦陋者所能幾及，尤邃金石之學，剖析毫芒，收藏甚富，且以彝器爲多，吴榮光筠清館金石記多採録之。其子名琛，道光十五年乙未進士，由撫督官至體仁閣大學士；道光末，東卿就養廣東巡撫官署時，嘗據孫淵如所輯《神農本草經》，每物爲之贊，纂刊《神農本草經贊》三卷，附《月令七十二候贊》一卷。按是書採列孫輯吴普等所述，又自注其贊中所引典實，於古今本草注説，頗有取材，與醫家疏證發明之學，固屬殊塗，然對藥之本性功能，瞭然於目，自有會心，足爲神農功臣，亦可備本草駢枝之一種。後附《月令七十二候贊》，以類相從，自序考古今節候之異同沿革，注中引證經義，亦均不苟。工書，道光二十九年嘗跋《聖教序》，署年七十一歲，然功力渾雄，老而不衰，均徵其學養之深也。鴻軒謹識。

「蘇孫過眼」之「蘇孫」，筆者以爲當是清翁引達，其生平傳略，考尚未能詳。筆者據《香港大學馮平山圖書館藏善本書録》，其一爲翁方綱手稿《經腴》，原舊藏者之一，即爲上注之「葉志詵」，收藏印記分别爲：「葉志詵」「東卿過眼」「孫」「樵卿」「翁引達」「蘇孫過眼」「吴興劉氏嘉業堂藏書記」。其二亦爲翁方綱手稿《詩境筆記》十册凡五卷，綫裝函套，乃隨手雜録金石目録，所記金石或爲《兩漢金石記》及《粤東金石略》材料。收藏印記分别爲：「孫氏蕙花仙館印章」「少筠審定」「惠花館印」「孫頌之印」「翁引達」「蘇孫過眼」「素心居士」，末有孫雒卿跋。其一，「葉志詵」「東卿過眼」與「翁引達」「蘇孫過眼」並列；其二，「翁引達」「蘇孫過眼」並列，適可與《翁批》款識參較，且翁方綱號「蘇齋」，其孫號「蘇孫」名正言順，故推知「蘇孫」當即爲翁方綱之孫翁引達。

【七】《翁批杜詩》卷弟三《得舍弟消息二首》詩題下款識三方

本卷首篇題下，鈐有三枚典藏篆刻印記，由上而下，分别是：（一）「台灣省立師範大學圖書館藏書」，如前。（二）正方陽文「陳時利」篆印，爲此稿第一次鈐記，即是卷前之「時利」「鑑秋」。（三）「涿鹿李氏珍藏」，同前。陳時利與李在銑生平傳略，均已考見於卷一。

【八】《翁批杜詩》卷弟五《立秋後題》詩題下款識三方

由上而下，分别是：（一）「台灣省立師範大學圖書館藏書」，同前。（二）正方陽文「鑑秋」篆印。（三）「涿鹿李氏珍藏」，同前。「鑑秋」同前爲「陳時利」之字，「涿鹿李氏」同前即「李在銑」。

【九】《翁批杜詩》卷弟七《發同谷縣》詩題下款識三方

由上而下，分别是：（一）「陳忠鏡印」正方陰文篆印。（二）「涿鹿李氏珍藏」。（三）「台灣省立師範大學圖書館藏書」。以上爲典藏鈐印，「陳忠鏡印」爲陳時利之款識。

【一〇】《翁批杜詩》卷弟九《少年行》詩題下款識三方

由上而下，分別是：（一）「台灣省立師範大學圖書館藏書」。（二）正方陽文「玉臺」篆印。（三）「涿鹿李氏珍藏」。以上三印，除「玉臺」外，其餘二印均同各卷首篇題下所鈐者。以三印形式與體制較之，筆者以爲「玉臺」，與「陳時利」「鑑秋」篆刻同款，當是陳氏所有。

【一一】《翁批杜詩》卷弟十一《遣憂》詩題下款識三方

由上而下，分別是：（一）「台灣省立師範大學圖書館藏書」。（二）正方陽文「彝金」篆印。（三）「涿鹿李氏珍藏」。「彝金」，筆者以爲當是第二册卷一首篇所見之葉志詵印，以其富收藏鐘鼎寶彝之故。

【一二】《翁批杜詩》卷弟十三《移居夔州作》詩題下款識三方

由上而下，分別是：（一）「台灣省立師範大學圖書館藏書」。（二）正方陽文「隅園」篆印。（三）「涿鹿李氏珍藏」。除「隅園」外，其餘二印均同前此各册所見。浙江海寧陳氏有「隅園」園邸，不過筆者以爲此「隅園」篆印，或當爲「李在銑」之款識。

【一三】《翁批杜詩》卷弟十五《九日諸人集于林》詩題下款識三方

由上而下，分別是：（一）「台灣省立師範大學圖書館藏書」。（二）長方陽文「彝齋至寶」篆印。(三)「涿鹿李氏珍藏」。除「彝齋至寶」外，其餘二方皆同前各册所見者。「彝齋至寶」篆印之「彝齋」，筆者依翁方綱所藏明拓本《曹全碑》之典藏款識有「彝齋」「東卿過眼」與「墓志詵審定記」等鈐印，並依《翁批》各册卷首鈐印款識，斷爲「葉志詵」齋名，「葉志詵」生平傳略已見於前，此不贅録。

【一四】《翁批杜詩》卷第十七《秋日寄題鄭監湖上亭三首》詩題下款識三方

由上而下，分别是：(一)「台灣省立師範大學圖書館藏書」。(二)正方陽文「遊眼有神」篆印。(三)「涿鹿李氏珍藏」。除「遊眼有神」外，其餘二印俱同前。遊即「吾」，此印文與首册所鈐「圖書鼎彝從遊好」類似，筆者斷爲「葉志詵」所有，應無疑義。

【一五】《翁批杜詩》卷弟十九《暮歸》詩題下款識三方

由上而下，分别是：(一)「台灣省立師範大學圖書館藏書」。(二)正方陽文「鑑秋目識」篆印。(三)「涿鹿李氏珍藏」。除「鑑秋目識」外，其餘二印俱同前。此「鑑秋目識」印，適與本册扉頁所見正方陰文「合江陳忠鏡一名時利」篆印，前後相映。

綜合以上各卷藏家題記款識，可悉翁方綱《翁批杜詩》稿本曾經典藏、流傳、經眼於以下諸人：徐松、葉志詵、翁引達、黄遵憲、胡義質、李在銑，陳時利。其後又經夏勤邦之手，過録爲抄本。其間，不知經過何種途徑，此稿竟爲民國軍界藏書名家陳繼承所得，國民政府遷臺後，携來臺灣，於一九五六年，經由當時臺灣師大國文系潘重規教授轉介，售歸臺灣師大館藏至今，目前保存狀況良好，並已建置數字典藏，學者上網檢閲尚稱便利。

（四）《杜詩附記》稿本翁方綱題記款識考述

由《翁批杜詩》稿本中，統整翁方綱題記文字與款識篆印，可以考知此稿批記歷程，以下分册分卷逐一迻録説明，提供學者參考利用。

【一】《翁批杜詩·目録》第五册卷第九夾籤題記

翁氏於《目録》「第五册」《泛舟送魏十八倉曹還京因寄岑中允參范郎中》與《百舌》之間，貼有一楷體夾籤題記，文曰：

甲午十二月，分體讀《杜詩》。乙未正月三日，自《發秦州》起，兼即隨手記其所以然。丙申六月十五日，始讀一遍訖；是日，送擇石[一]出都。

[一] 擇石，或作「籜石」，即錢載（一七〇八—一七九三），其字號分别爲坤一、擇石、籜石、瓠尊、萬松居士。浙江秀水人。官編修，累遷禮部侍郎，與翁方綱爲同科進士，論學交善。至性肫篤，師桑弢甫（調元）最久。立朝三十年，秉正不阿，終其身食貧。晚罷歸，鬻畫以自給。其爲學，漁獵百家，尤工詩，精於韓、杜、蘇、黄，脱去町畦，自成一家。自爲《籜石齋詩集·序》，屢述父母劬勞，生平知遇，以爲所報答者，惟在此也。

「甲午」及以下「乙未」「丙申」，分别爲乾隆三十九年（一七七四）、四十年（一七七五）與四十一年（一七七六），翁方綱時年四十二、四十三與四十四歲。讀此題記，可知翁氏自乾隆三十九年（一七七四）甲午，年四十二歲時，始分體讀《杜詩》；其後二年陸續有所進度，隨手記其「所以然」，並時與詩友錢載相過從。

【二】《翁批杜詩》第二册卷第一卷前扉頁印記

第二册封面簽題「《翁批杜詩》卷一卷二」後，於空白扉頁右下，鈐有長方陰文篆印「華天月墜」一方。「墜」，《説文解字》：「墜，籀文地。」筆者臆此篆印當爲翁方綱所有，因此印可與第四册卷五卷前末頁所鈐翁氏號「覃谿」篆印，相互比觀，其用印位置相當，陰文篆印書法亦相類，故可推證爲翁氏藏印。

【三】《翁批杜詩》第二册卷第一卷前題記

《杜詩一》：四十二葉，卷一、卷二。

《全唐詩》後評本對過，《全唐詩》評本對過，《七言律選》内評本對過，此册看定，乙巳五月朔雨中。自昨日雨，至今日未止，乙巳十一月廿三日，燈下覆看記。每首内大段要緊處，發明事實者，亦必不可少。須於此十册看定後，另用一次工夫。注家、説家、詩家、文家，要將必須考證之題記出，此則仍是温理一遍之工夫也，乙巳八月十二日申刻記。廿卷鈔完一過，丁未十月十三日，廣信[一]試院校訖記。《杜詩》成書後，乃能專力《春秋》，乙巳冬十一月十五日，燈下記。竟有必須在句旁者，何可拘泥？評注但看神理應在某處，不必定在篇後。

以上均爲《翁批杜詩》卷前題記，硃墨爛然可觀，翁氏行書流麗俊爽，功力十分深厚。題記中，有二處關於時間紀録者：（一）「乙巳」，時爲清乾隆五十年（一七八五），翁方綱時年五十三歲。（二）「丁未」，時爲清乾隆五十二年（一七八七），翁方綱時年五十五歲。可知翁氏題記於五十三與五十五歲時，地點則在嶺南之「廣信試院」。

【四】《翁批杜詩》第三册卷第三卷前題記

《杜詩二》：卅六葉，弟三卷、弟四卷。

乙巳六月五日看定，是午甚熱。人自各有境地與神氣，豈必皆學杜哉？然却須於《杜詩》參透其所以然。筆筆中鋒、筆筆渾圓者，惟右軍之書足以當之爾。乙巳十二月七日，燈下覆看記。

「乙巳」同前條，時當乾隆五十年（一七八五），翁方綱時年五十三歲。而翁方綱爲清代書法名家，故於王羲之（右軍）書法特有深刻體會，並能與《杜詩》相互比看參酌；尤其，此稿中每册兩卷，首卷前俱有題記，書法蒼古遒勁，與内稿適足以相互輝映。

〔一〕廣信，即今江西上饒。

【五】《翁批杜詩》第四册卷第五卷前題記

《杜詩三》：廿七葉，卷五、卷六。

乙巳六月十日，雨窗，看定此册。丙午二月三十日，燈下覆看記。

蔣世兄[一]《知廉修隅説》：「海寧陳氏樓上藏有兩夾板大本《杜詩》，有出於今所行本之外者。」並云：「是當日原迹。」又云：「數年前，晤揚州雪廬僧，本陳氏子，言曾見之。紙已泡爛。」又云：「查名開[二]者，亦曾見之。」此事恐未可信，然宜再訪問之。

〔一〕蔣世兄，疑爲蔣士銓（一七二五—一七八四），字心餘，一字苕生，號清容（居士），又號藏園，自稱離垢居士，江西鉛山人。乾隆丁丑二十二年（一七五七）進士，曾任翰林院編修，乾隆稱士銓與彭元瑞兩人「江右兩名士」。工詩古文辭，七言古詩尤勝，與袁枚、趙翼並稱爲「江右三大家」（又稱「乾隆三大家」）。其詩題材廣泛，其中一部分反映社會矛盾，同情民間疾苦，如《饑民嘆》《禁砂錢》等；亦精南北曲，著有雜劇、傳奇十六種、《忠雅堂集》、《銅弦詞》、《紅雪樓九種曲》等。

〔二〕此「查名開者」，應係「查開」，其人生平不見諸史傳，而散見於志乘。乾隆四年（一七三九）修《海寧州志·孝友》記載：「查開，字宣門，號香雨。嗣瑮子。髫年遭家難，隨父入詔獄謫邊戍，至性過人，感動觀者。既長，偕兄扶櫬歸里，克以詩文繼家學。兼擅經濟，筮仕得中牟丞。時河陽荆條決口，鉅費累月不能合龍。開條議開引河疏故道，力任其勞，不旬日而水勢宣泄，堵塞成功。一時咸服其才。旋擢武陟令，地當衝劇，濱臨黄沁兩河，捍禦尤艱。莅任後不惜捐重貲募堡夫，風防雨守，無分寒暑，晝夜視事。兩歲無水潦之災，居民實利賴焉。尋以門房舊案（按：查嗣庭舊案）被議罷歸，力敦孝友，捐置義田，周恤宗黨。（接下頁）

《居易録》此條查採，二上。「興」字，查《詩注疏》，四下。胡元瑞〔一〕固未知韻，然此册之十頁下「農」字一條應考。仇四函二册，卷廿三之十二下。

以上文字筆法同前，行書流麗俊爽，功力十分深厚。「乙巳」爲清乾隆五十年（一七八五），翁方綱時年五十三歲。「丙午」爲清乾隆五十一年（一七八六），翁方綱時年五十四歲。「蔣世兄」，疑爲蔣士銓。此題記頁後，鈐有「覃谿」陰文正方篆印，爲翁方綱之號，此印爲《翁批杜詩》首見，與卷一前所鈐「華天月地」陰文篆印，篆法可以相互參證，疑此印亦當爲翁氏所有。

【六】《翁批杜詩》第五册卷第七卷前題記

《杜詩四》：卅四葉，卷七、卷八。

每日務必看定一二首。若有作詩之日，另尋看者，不在此内論功課也。此一册初看定一遍。甲辰十一月二十六日漏盡五鼓記。是日未時弟七女生。丙午五月十四日，覆看一遍。以

（接上頁）族以暴棺二十餘，咸爲安葬。卜築魏塘，搆别業于西湖，故交名流，酬酢不倦。尤珍先世手澤，校訂伯慎行《補注蘇詩五十卷》刊行，復合『王施兩家注』，正謁芟複，並列爲三家定本。嗣刻所著《吾匏亭詩集》，長洲沈宗伯德潛爲之序。」嘉慶五年（一八〇〇）修《嘉善縣志·僑寓》所載略同。

〔一〕胡元瑞，即胡應麟（一五五一—一六〇二），字元瑞，號少室山人，又號石羊生，浙江金華蘭溪人。自小喜好歌詩，著《詩藪》二十卷。其下《翁批》所注「仇」，係指清仇兆鰲《杜詩詳注》。

羊豪筆作楷，頗得歐、虞、褚三家法外之意。山陰書勢，即應成卷矣。

「甲辰」爲清乾隆四十九年(一七八四)，翁方綱時年五十二歲，初看定此册一遍，又有得女之喜。「丙午」爲乾隆五十一年(一七八六)，翁方綱時年五十四歲，又覆看此册一遍，其勤謹可知。又自記「以羊豪筆作楷，頗得歐、虞、褚三家法外之意」，而深有自信言道：「山陰書勢，即應成卷矣。」觀其題記文字，行書流麗俊爽，功力十分深厚，確有王羲之、歐陽詢、虞世南、褚遂良諸家書勢筆意，深堪翫賞。

【七】《翁批杜詩》第六册卷第九卷前題記

《杜詩五》：卅三葉，卷九、卷十。

此本看定。乙巳三月九日，雨中。丙午六月廿三日，覆看記。夜來大雨，至午猶甚。此册内，有梓、閬間作。少陵處肅、代之際，時時緬想中興之烈。未知其意中，以李泌爲何如？廿七頁上。

「《杜詩五》」以下題記，書法較爲端謹，與之前各卷流麗行書稍有不同，可知此時翁氏或較爲悠閒自得。「乙巳」爲乾隆五十年(一七八五)，翁方綱時年五十三歲，看定此册。「丙午」爲乾隆五十一年(一七八六)，翁方綱時年五十四歲，又覆看此册。而此册内，有杜氏客遊梓、閬間時作，並緬想杜甫處亂之際，未知其意中，以李泌之事爲何如？

【八】《翁批杜詩》第七册卷第十一卷前題記

《杜詩六》：四十一葉，卷十一、卷十二。

凡看定者，以墨線圍其某體。「公自注」亦然。殷文之别，《贈王二十四侍御契四十韻》。每日只可讀一首，至短者二三首而已，不可多也。江左字原之功，竟每日不可荒。此皆必不可暫忘者，至要至要。癸卯[一]冬十一月十日，燈下識。

《廟堂》《孔祭酒》《大觀》。[二]至於《蘭亭》《化度》[三]，則常目在之。

再每日有少暇，即辦兩漢金石一二頁，《春秋》一二條。甲辰十二月五日，此册初看定一遍。丙午七月十一日，雨中覆看定一遍。

以上題記，分别爲翁方綱五十一、五十二與五十四歲所寫，書法仍較爲端謹，與之前各卷流麗行書稍有不同。又記其體例曰：「凡看定者，以墨線圍其某體。『公自注』亦然。」又常閱覽《廟堂》《孔祭酒》《大觀》《蘭亭》《化度》等法帖，並從事於兩漢金石與《春秋》學事，可見翁氏謹嚴治學風範，以及深厚書學功力。

【九】《翁批杜詩》第八册卷第十三卷前題記

《杜詩七》：卌七葉，卷十三、卷十四。

[一]「癸卯」爲乾隆四十八年（一七八三），翁方綱時年五十一歲。

[二] 以上三種皆爲書法碑文，參見沈津《翁方綱題跋手札集録·跋孔子廟堂碑》，頁一〇〇至一〇二。

[三]《蘭亭》即《蘭亭集序》摹拓本；《化度》即《化度故僧邕禪師舍利塔銘》，簡稱《化度寺碑》的拓本。

《壯遊》一首，五古五十六韻。初看。此本全看定。甲辰五月廿四日。丙午閏七月廿三日，覆看定一遍。此以前文章，再考。元元歸始終，廿九頁上。《諸將》《八哀》《夔府書懷四十韻》。

題記時間同前，「甲辰」爲乾隆四十九年（一七八四），翁方綱時年五十二歲，看定全本。「丙午」爲乾隆五十一年（一七八六），翁方綱時年五十四歲，又覆看定一遍。書法仍較爲端謹，與之前各册首卷同。對於有疑義的文章、詩句，仍然記録備考，表現出篤實敦厚的學風。

【一〇】《翁批杜詩》第九册卷第十五卷前題記

《杜詩八》：四十六葉，卷十五、卷十六。

錢湘舲[一]處送來《全唐詩》内之《杜詩》四本，内有可作定本者。當取與此細對。此册

〔一〕錢湘舲，即錢棨（一七四三—一七九九），字湘舲，一字振威，江蘇長洲（今江蘇蘇州）人。出身書香世家，自幼飽讀詩書，勤學不輟，以才華過人，遠近聞名。乾隆四十四年（一七七九），以鄉試第一名成績中舉爲「解元」；乾隆四十六年（一七八一），進京參加會試，並在殿試中連得會元與狀元，成爲清代第一位「連中三元」的狀元，也是中國科舉史上唯一奪得六個第一的狀元（考秀才奪得「小三元」，考進士奪得「大三元」，故合稱「六元」）。乾隆認爲這是滿清開國以來的大喜事，也是「太平盛世」的瑞兆，傳臚三日，並親筆揮毫作《御制三元詩》以爲慶賀。沈津《翁方綱年譜》。乾隆四十六年辛丑（一七八一），翁方綱四十九歲，四月二十五日，記載有「傳臚錢棨一甲一名進士，爲國朝三元之端」。

看定。乙巳[一]端午前一日，搜索書帖，託宋芝山[二]賣之，至此刻無信來，待之甚急。弟十葉《八分小篆歌》，查「猗覺寮」一條，已查記于跋内矣。幾將單直，則生拗變；幾將拗變，愈出謹慎；謹慎之至，復生魄力。每首後之附記，皆用低一格大字寫。因其間，又自有分行小注語耳。句旁有附記否？須再酌定。必須有句旁之批語，此亦與附記之名不碍。

丙午十一月四日，阻風九江北岸之清江鎮，讀《北風》一首，因讀此册内《别蘇徯》一首，荒廢兩月餘矣。是日，篝燈書時，於旅店磨墨，風猶未定。丙午冬十二月廿五日，南昌使院覆看一遍記。此册第卅四葉之上《送王信州》一篇，悟《樂毅論》之用筆。廿四頁之前，《晚登瀼上堂》，此内添寫出一條。

題記書法仍較爲端謹，與之前各册首卷同；亦有流麗行書批記，錯落其間。此記分别書寫於翁氏五十三歲（乙巳年，一七八五）、五十四歲（丙午年，一七八六）兩年之間；其中，提到錢棨送來

[一]「乙巳」爲乾隆五十年（一七八五），翁方綱時年五十三歲。

[二] 宋芝山，即宋葆淳（一七四八—?），字師初，號芝山，晚號卷陬。山西安邑人。乾隆五十一年（一七八六）舉人，官隰州學正。性傲岸，遊迹半天下，所至以詩畫名。長於金石考據，善鑒别，隸書、行、楷，皆入能品。翁方綱《復初齋詩集》卷二十五有《題宋芝山所收楊鐵厓墨蹟後》，卷三十有《予既裝趙帖後有餘紙宋芝山爲畫鷗波酒舫圖作歌題後》，可見二人志同道合，頗有交誼。其畫作仍多傳世，公開拍賣。

《全唐詩》内《杜詩》四本,「内有可作定本者,當取與此細對」,可見翁氏取證細密工夫。又説到「搜索書帖,託宋芝山賣之」事,以及説明附記體例、客旅讀寫覆看種種,用功勤謹。

此外,翁氏於此卷《奉送蜀州柏二别駕將中丞命,赴江陵起居衛尚書太夫人,因示從弟行軍司馬位》詩,有眉批曰:「『朧送』『雲偷』,亦爲詩不惜作轉捩地也。」於此條下,注有「辛丑正月卅日」字樣,則此批書於乾隆四十六年(一七八一),翁方綱時年四十九歲。同卷《寄杜位》,又有眉批曰:「逕路單直,則拗勢漸生,亦是不得不然者。此亦可參褚河南《雁塔聖教序記》筆法也。乙未十月廿日。」此條後圈去不録,其中注記時間「乙未」,爲乾隆四十年(一七七五),翁方綱時年四十三歲。故與此册卷首題記相較,則此稿已歷十年,仍不斷增改,可見翁氏一貫治學勤恒、與時俱進的修養工夫與風範,值得敬佩與效法。

【一一】《翁批杜詩》第十册卷第十七卷前題記

《杜詩九》: 卅九葉,卷十七、卷十八。

此册之九頁下《東屯月夜》。此本十一頁下,「菰蔣」之「蔣」,杜用作上聲。下册第八頁下,《過南岳入洞庭湖》詩内,「蔣」亦仄。「自注」及「一作」,有可定者,即先定之。漸次以就其成,則亦或可庶幾矣。壬寅十月十九日,燈下識。每夕燈下,能看定一二首,則亦已妙矣,十月廿日。此册初看定一遍。甲辰十一月廿三日,燈下記。丁未二月八日,瑞州舟中,覆看定此册一遍記。

題記書法仍較爲端謹，與之前各册首卷同；偶有流麗行書批記，錯落行間。此記時間分别有三：翁氏五十歲（壬寅）、五十二歲（甲辰）與五十五歲（丁未），記録其自注、考定與初看此册狀況，最後於江西瑞州舟中，覆看定此册一遍，可知翁氏於《杜詩》各册都不斷考查、覆核，力求其完善。

此外，《翁批杜詩》卷十七《從驛次草堂復至東屯茅屋二首》詩下，亦原續有批記文字，曰：「此非精審不知也。吾今午辨趙集賢手跡，其渾朴者遜其秀發者，自謂知書矣，而篝燈時，又悟出此一句之理，爲之狂喜。甲辰十一月十二日。」後圈去不録。甲辰爲乾隆四十九年（一七八四），翁方綱時年五十二歲。復於卷十八《春夜峽州田侍御長史津亭留宴》詩，有批記曰：「今日在竹井相國席上，藦石七兄舉此詩讚歎，似猶未盡其妙。戊戌正月十二夜。」「戊戌」爲乾隆四十三年（一七七八），翁方綱時年四十六歲。可知此册經歷近九年，才完成定稿，「積學以儲寶」，「真積力久則入」，翁氏於《杜詩》學實爲典範。

【一二】《翁批杜詩》第十一册卷第十九卷前題記

《杜詩十》：卅九葉，卷十九、卷二十。

丁未二月望日，覆看定此册。瑞州使院東軒記。乙巳七月四日，看定此册。《入衡州》五古之類，必須有事實。此册第三葉上八行，《送顧八分文學》「時危話顛隮」，陸德明《釋文》

「子細反」,《玉篇》「子兮反」,《切韻》「祖稽反」。《宴王使君宅題二首》,此王使君有可考否?須查注本。《歲晏行》「莫徭」,查。《四書集解》是否查,在此册内廿一頁。又一條,此册七下九行。同年吉渭厓説:「福建人家藏宋槧黄鶴注本,寶慶年間刊,内闕一册。」云尚可謀購之。

其書有舊人手寫評注,假託米南宫者,後有明朝人跋。

題記書法仍較爲端謹,與之前各册首卷同;偶有流麗行書批記,錯落行間。翁氏於乙巳(乾隆五十年),五十三歲時看定此册;復於丁未(乾隆五十二年),五十五歲時,於江西瑞州使院東軒,覆看定此册。期間勤查補注,並與同年吉渭厓(夢熊)交流福建人家所藏宋槧黄鶴注本。翁氏題記至此結束,《杜文》一册無題記。觀其題記,可知翁氏自甲午(乾隆三十九年),時年四十二歲,以迄丁未(乾隆五十二年),時年五十五歲,歷經十三年之久,始將《杜詩》批定成稿,治學勤篤,功不唐捐,可感可佩!

(五)《杜詩附記》引録文獻資料

仇兆鰲《杜詩詳注》,第一册目録前有《杜詩凡例》計二十則。其中,「杜詩會編」謂:唐刺史樊晃首編《杜少陵詩集》行於江右,後王原叔取中秘藏本及舊家流傳者,定爲一千四百五篇;黄伯思校本則有千四百十七篇,蔡傅卿《草堂詩箋》取後來增益者,如卞圜、吴若、員安宇、裴煜輩所收,别爲逸詩一卷。「杜詩刊誤」謂：蔡興宗作《正異》……朱長孺采集宋元諸本，參列各句之下，獨稱詳悉。「杜詩褒貶」謂：「自元微之作序銘，盛稱其所作，謂自詩人以來，未有如子美者。故王介甫選四家詩，獨以杜居第一。秦少游則推爲孔子大成，鄭尚明則推爲周公制作，黄魯直則推爲詩中之史，羅景綸則推爲詩中之經，楊誠齋則推爲詩中之聖，王元美則推爲詩中之神。諸家無不崇奉師法，宋惟楊大年不服杜，詆爲邨夫子，亦其所見者淺。至嘉隆間，突有王慎中、鄭繼之、郭子章諸人，嚴駁杜詩，幾令身無完膚，真少陵蟊賊也。楊用修則抑揚參半，亦非深知少陵者。」「杜詩謬評」謂：「蔡夢弼注本，删去僞注，最爲潔净。但參入劉須溪評語，不玩上下文神理，而摘取一字一句，恣意標新，往往涉於纖詭，宋潛溪譏其如醉翁寱語，良不誣也。後來鍾、譚論詩，亦踵須溪之流派，全無精實見解。」「歷代注杜」謂：宋元以來，注家不下數百。……元時全注《杜詩》者，則有俞浙之《舉隅》，七律則有張性之《演義》，五律則有趙汸之《選注》。明初有單復之《讀杜愚得》，嘉靖間有邵寶之《集注》，張綖之《杜通》《杜古》及《七律本義》。……其最有發明者，則莫如王嗣奭之《杜臆》。「近人注杜」謂：如錢謙益、朱鶴齡兩家，互有同異。……若顧宸之《律注》，窮極苦心，而不無意見穿鑿。吴見思之《論文》，依文衍義，而尚少斷制剪裁。他如新安黄生之《杜説》、中州張溍之《杜解》……各有所長。以上是仇氏所録歷代重要《杜詩》評注家，可謂林林總總。

翁方綱《翁批杜詩》既以仇氏《杜詩詳注》爲詩、文、注之底本，故於參證版本多有本仇氏之説者。以下分別列出《翁批杜詩》其注記眉批中，所見援引的各種文獻資料，略觀其取資博厚的學養，以及言必有徵、事必有實的考據精神。因爲資料頗多，爲免佔據篇幅，就不再逐一細考詳明，僅録以備參如下。

【一】歷代各家《杜詩》注本

《翁批杜詩》於《杜詩》《杜文》，除「公自注」「原注」照録仇本之外，其中參考歷代各家注本，依據稿本所記録引用者，尚有以下多種：（一）草堂本。（二）唐顧陶本《唐詩類選》（引自宋吴曾《能改齋漫録》）。（三）《千家本》（杜甫撰，宋黄鶴補、元范梈批選《千家注》）、黄鶴、黄本、黄作。（四）蔡本、蔡傅卿《草堂詩箋》、《杜工部草堂詩箋》（《草堂詩箋》，唐杜甫撰，宋魯訔編次、蔡夢弼會箋）、魯訔、魯本、魯作。（五）《杜工部草堂詩箋補遺》，唐杜甫撰，宋黄鶴集注、蔡夢弼校正。（六）宋建安蔡氏（夢弼）《草堂詩話》。（七）宋徐鉉家本。（八）宋王洙、趙次公等注《分門集注杜工部詩》二十五卷。（九）宋吴若本逸詩。（一〇）宋吕東萊選本。（一一）宋郭（郭知達本）《九家集注杜詩》。（一二）宋槧本。（一三）《正異》（宋蔡興宗）。（一四）明王嗣奭《杜臆》十卷。（一五）明范濂本。（一六）郭云本（明郭子章）。（一七）朱本（清朱鶴齡輯注《杜工部詩集輯注》二十卷，松陵朱鶴齡《杜詩輯注》）。（一八）清仇兆鰲刻本。（一九）浦起龍《讀杜心解》。（二〇）清朱本（朱瀚作《七律解意》）。（二一）川本。（二二）俗本、俗作。（二三）陳無己本、陳作。（二四）陳浩然本、浩然本。（二五）王仲正本。（二六）盧本。（二七）其他：晉作，樊（唐刺史樊晃），姜氏，鄭氏[一]，劉作，李[二]。以上諸人尚未確知所指，録備後考。

【二】歷代各家参證論著

《翁批杜詩》所見参證歷代各家論述，依時代先後，整理排列如下：（一）司馬相如《大人賦》注。（二）楊雄《甘泉賦》。（三）張衡《思玄賦》。（四）潘岳《秋興賦并序》。（五）劉琨。（六）謝道韞《登山》（《泰山吟》）詩。（七）張協詩《七命》。（八）謝靈運《入華子崗是麻源第三谷五言》《擬阮瑀詩》《遊敬亭山詩》。（九）謝希逸《月賦》。（一〇）江總，六朝人引其詩句。（一一）何遜《入西塞示南府同僚》。（一二）李天生。（一三）韓愈《送董邵南序》。（一四）李商隱詩。（一五）樊宗師《絳守居園池記》。（一六）宋祁。（一七）王洙。（一八）歐陽修。（一九）王安石。（二〇）蘇軾《咏銕拄杖》、子蘇過。（二一）黄庭堅。（二二）黄伯思《東觀餘論》。（二三）洪邁。（二四）陸游《跋孟浩然詩集》。（二五）葉廷珪《海録碎事》。（二六）元好問。（二七）胡三省。（二八）趙汸。（二九）張遠。（三〇）李東陽《靈壽杖歌》。（三一）何景明。（三二）郎瑛。（三三）王慎中。（三四）申涵光。（三五）王士禄。（三六）朱彝尊。（三七）王士禛。（三八）其他：蔡君謨，龔芥隱，

〔一〕疑指「鄭卬」，仇兆鰲《杜詩詳注·附編》録有鄭氏《杜少陵詩音義序》。

〔二〕疑指「李綱」，仇兆鰲《杜詩詳注·附編》録有李氏《校定杜工部集序》。

顧少冶，杜田，張溍，海鹽劉氏，許，邵，吴，晁，陳，趙。[一]未能確知何人，亦録以備考。

【三】歷代經史文集著述

《翁批杜詩》所見參考歷代四部著述，依類分録如下：（一）經部：《毛詩》《詩·大雅·鄭箋》《詩疏》《正義》，《易經》，《論語》，《孟子》，陸德明《易·釋文》，《孝經注》，李樗、黄櫄《毛詩集解》。（二）史部：《史記》《漢書》《舊唐書》《唐書》《唐志》，吴仁傑《兩漢刊誤補遺》，祝穆《方輿勝覽》。（三）子部：《易林》，《元包》，王定保《摭言》，《名賢策問》。（四）集部：郭璞注《穆天子傳》，《昭明文選》《文選注》，李昉《文苑英華》，彭叔夏《文苑英華辯證》，姚鉉《文粹》，陸游《劍南集》，朱新仲《猗覺寮雜記》，《漫叟詩話》，剡川姚寬《西溪叢話》，李夢陽《空同集》，李攀龍《滄溟集》《古今詩删》，王士禛《漁洋詩話》《居易録》，周道仁《樂府》，《詩眼》，《潘子真詩話》。（五）其他：《説文》，《龍角山碑》，《玉篇》，徐鍇《説文繫傳》，《廣韵》《集韻》《韻會》，毛晃《增韻》，郭守正《校正押韻釋疑》，胡震亨《唐音統籤》等。

【四】時人師友門生相關論述

《翁批杜詩》所見引録時人、師友與門生論述，整理有以下諸家：（一）黄生。（二）趙執信所

[一]「陳」與「趙」，疑各指明陳文燭與宋趙次公，仇兆鰲《杜詩詳注·附編》録有陳氏《瀼西草堂記》、趙氏《草堂記略》。

刻《漁洋聲調譜》。（三）厲鶚。（四）錢載，引録其説最多。（五）紀昀。（六）梁章鉅。（七）清杭人翟晴湖。

綜合以上資料，可知翁方綱手批《杜詩》時，引録參證歷代與時人文獻甚多，故歷經數十年，在不斷反覆核對校補的進程之中，才能完成此一名山事業，可謂用功殷勤，治學篤實。此稿雖經翁氏清校幾近妥善，且有夏勤邦手抄本流傳；不過至今未有完整刊本問世，故筆者費心盡力，終於順利完成校釋，以告慰先儒翁氏在天之靈，也能得償夙願以酬學志了。

自序[一]

杜詩繼《三百篇》而興者也，《毛傳》《鄭箋》尚不能劃一，况杜詩乎？余幼而從事焉，始則涉魯訔、黄鶴以來，諸家所謂注釋者，味之無所得也；繼而，讀所謂千家注、九家注，益不省其所以然。于是，求近時諸前輩手評本，又自以小字鈔入；諸家注語，又自爲詮釋，蓋三十餘遍矣。乾隆丁丑、戊寅，館于蠡縣，擱筆不爲詩者三年，始于諸家評語慎擇之，惟新城王漁洋之語，最發深祕，乃遍摭其三十六種書，手鈔一編，題曰《杜詩話》，自以爲有得矣。然而，漁洋之言詩，得詩味矣，深繹而熟思之，此特漁洋之詩耳，非盡可以概《杜詩》也。一日，讀山谷《大雅堂記》，而有會焉，曰：「諸先生之論説，皆賸語耳。」于是，手寫《杜詩》全本而咀咏之，束諸家評注不觀，乃漸有所得。如此又歲餘，而後徐徐附以手記，此所手記者，又塗乙删改，由散碎紙條，積漸寫于一處。甲申、乙酉以後，按試粤江，舟中稍暇，録成一帙，後乃見吴下有專刻《杜詩》全文，無注釋之本，便于携閲。庚戌以後，内閣廳事每于待票籤未下時，當午無事，則以此本覆核，如此者又十年。其中，用事人所共知者，不復寫入也；其事所系，其語所出，苟非寔有關于此篇筍縫節族者，槩弗録也。且吾所欲讀杜者何爲也哉？非欲攷史也，非欲綴緝詞藻也，唯欲知詩之所以爲詩而已。苟非上窺《三百篇》，中歷漢、魏、六朝，下逮宋、金、元、明，徹原委，而共甘辛，敢輒于此舉，筆贊一詞乎？是以敢與讀諸經條件，同題曰「附記」，以備自省自、自擇焉爾。

言者，心之聲；心之聲，則人之全體具見焉，豈有以迷離惝怳見真者乎？豈有以奇特超悟見真者乎？奇特超悟，偶一見之，則倆善者有之，未有時時處處以奇見者也。惝怳迷離，亦偶一見之，未有時時處處以變眩爲主者也。故曰：「民之質矣，日用飲食。」神弔多福，神聽和平，胥系于此。讀《杜詩》，則句句見真，步步皆寔地也，由此可以理學業，可以定人品；即以詩言，可以加膏沃，可以養筆力、才藻，即所謂「羚羊挂角」，三昧之旨，亦必從此得之，此乃八面瑩澈之真境也。蘇詩之酣放，本極精微，然已不能如此矣。是故，專學韓，則每有意于造奇；學白，每有意于間曠平直；學李太白，每有意于超縱；學李義山，每在意趨藻飾；即使專主王、韋三昧，亦每在意存冲澹。凡專立一路者，其路非不正也；然而，意有專趨，則易于漸滋流弊，未有若杜之得正、得真者。杜牧之云：「杜詩韓筆愁來讀，似倩麻姑癢處搔。」然吾謂：「此尚是偏著一邊言之，必如李義山云：『李杜操持事略齊，三才萬象共端倪。』此方是善言李杜者。」李太白，則讀者更不知此義耳。

從來説《杜詩》者多矣，約有二焉：一則舉其詩中事寔典故以注之，一則舉其篇章段落分合意旨以説之，二者皆是也。然而，注事寔典故者，有與自注唐注相比附者，則可也。其支蔓稱引者，則不必襲之也；其注篇法、句法者，在宋元以前，或泥于句義，或拙于解詁，猶《孟子》云「以文害辭」者耳。在後，則明朝以後，漸多以八比時文之用意例之，更非詩理矣。以愚見：居今日士，皆知通經學古，則讀是集者，諒非童蒙目不識經、傳、史籍者，則事實典故之注，轉可以無庸多述也。篇章段落，自當隨其本篇而自得之，有必不可不疏析者，乃證明之可也。愚則有二義焉：一則古本之編次，如宋槧某本下，略有次第可見者；如句字以諸本參合者，更宜精其剖擇也。再則，篇中情境虚實之乘承，筍縫上下之消納，是乃杜公所以超出中、晚宋後，諸千百家獨至之詣。凡有足以窺見下筆之深祕者，苟可以意言傳之，則豈有滅盡線迹者哉？元遺山云：「古雅難將子美親，精微全失義山真。」知義山所以似杜，則可以論杜矣。又曰：

「少陵自有連城璧。」知遺山所云：「連城」，則可以論杜矣。然而，遺山必以排比鋪陳，爲碔砆之外見，則吾不敢以高談薄之，遺山必以不度金鍼，爲鴛繡之獨祕，則吾亦不敢以爲然也。

〔**賴校**〕〔一〕此自序文轉録自夏勤邦抄本。

杜詩目

胡義質題識[一]

翁覃谿先生手評本，共拾貳册。另紙粘篇評語，凡翁筆俱有騎縫圖書，其無騎縫圖書者，爲徐星伯手筆。　辛亥夏六月初五日，銕盦胡義質記。　芝陔過眼（印）。

〔賴校〕〔一〕小標題爲筆者所加，此節内皆同。按，此『杜詩目』及各家題識文字，原書於第一册封面，今移至《自序》後、『杜詩一』前，特此説明。　〔二〕辛亥爲咸豐元年（一八五一）。

陳時利題識

退庵筆記尊師説，讀杜書成力果醇；芝老有霧今可慰，我來發憤企通人。　庚午中伏日，時利題。　鑑秋五十後乍（印）

《浪跡叢談》載蘇齋師説杜詩一則，有：「吾師於杜詩工力最深，自言手批《杜集》凡二十三過，最後始成《讀杜附記》之定本，凡字句之異同，皆詳列句下云云。」　鑑秋（印）　游悔廬秘笈録（印）

李在銑題識

先生有諸經附記共十二種，《家事略》中載有其目，余曾得見原本，係自録，極精。以價卬手乏，竟未能購，未知爲誰氏所得，至今念念不忘。特記於此，以俟博雅君子留意物色焉。芝陔識。時己亥，年八十又二。　李在銑印（印）　芝陔（印）

是本舊爲胡鐵龕（盦）府丞所藏，後轉歸於余。其評語之的當，攷據之詳確，向來俗解，一掃而空。即每册面上，隨筆所書，有自評語，有自戒語，前輩好學深思，使人讀之，良用自愧。至通體字畫之精妙〔一〕，乃其餘事，亦極可貴。此書宜付之梨棗，以永其傳。余老矣，姑俟之通人可耳。芝陔識，時光緒丁酉三月。

〔賴校〕〔一〕「妙」字前原書「好」字，點去後，改書「妙」字。

翁方綱夾籤題記〔一〕

甲午〔二〕十二月，分體讀《杜詩》。

乙未正月三日，自《發秦州》起。兼即隨手記其所以然。

丙申六月十五日，始讀一遍訖；是日，送蘀石〔三〕出都。

〔**賴校**〕〔一〕此條爲《杜詩目》册中浮籤夾批，原貼於「第五册」《泛舟送魏十八倉曹還京因寄岑中允參范郎中》與《百舌》之間，今移録於此。〔二〕「甲午」及以下「乙未」「丙申」，分别爲乾隆三十九年（一七七四）、四十年（一七七五）與四十一年（一七七六），翁方綱時年四十二、四十三與四十四歲。〔三〕「蘀石」，或作「籜石」，即錢載（一七〇八—一七九三），其字號分别爲：坤一、蘀石、籜石、瓠尊、萬松居士。浙江秀水人。官編修，累遷禮部侍郎，與翁方綱爲同科進士，論學交善。至性肫篤，師桑弢甫（調元）最久。立朝三十年，秉正不阿，終其身食貧。晚罷歸，鬻畫以自給。其爲學，漁獵百家，尤工詩，精於韓、杜、蘇、黄，脱去町畦，自成一家。自爲《蘀石齋詩集·序》，屢述父母劬勞，生平知遇，以爲所報答者，惟在此也。

杜詩一

四十二葉　卷一　卷二[一]

《全唐詩》後評本對過，《全唐詩》評本對過。

《七言律選》內評本對過。

此册看定。乙巳[二]五月朔，雨中。自昨日雨，至今日未止。乙巳十一月廿三日，燈下覆看記。

每首內大段要緊處，發明事實者，亦必不可少。須於此十册看定後，另用一次工夫。注家、説家、詩家、文家，要將必須考證之題記出，此則仍是温理一遍之工夫也。乙巳八月十二日申刻記。

廿卷鈔完一過。丁未[三]十月十三日，廣信[四]試院校訖記。[五]

《杜詩》成書後，乃能專力《春秋》。乙巳冬十一月十五日，燈下記。

竟有必須在句旁者，何可拘泥？評注但看神理應在某處，不必定在篇後。〔六〕

〔**賴校**〕〔一〕此條文字均爲硃筆，「四十葉」書於「杜詩一」之右，「卷一」「卷二」書於本頁左上方。並以下文字，均爲《翁批杜詩》卷前題記，硃墨爛然可觀，行書流麗俊爽，功力深厚。〔二〕乙巳，時爲清乾隆五十年（一七八五），翁方綱時年五十三歲。〔三〕丁未，時爲清乾隆五十二年（一七八七），翁方綱時年五十五歲。〔四〕廣信，今江西上饒。乾隆五十一年九月，翁方綱奉命提督江西學政，次年十月，按試廣信府。〔五〕此條文字均用硃筆書寫。〔六〕以下爲次頁，有《翁批》待查注記十一條，除已圈去之五條不録外，未圈去六條釋録如下：一、「《前出塞》『手中挑青絲』，『挑』是平聲否？查。十四上九行。」此條爲《翁批》待查批注，疑尚未完成查檢，故保留而未圈去。二、「《同李太守登歷下古城員外新亭》，『籍』字查。」三、「《今夕行》『劉毅從來布衣願』，查《晋書》。」四、「『誰敢問山陵』，《贈汝陽王二十韻》有夾簽。」經檢視卷一《贈特進汝陽王二十韻》，確有「誰敢問山陵」夾簽批語，可以後參。五、「《樂遊園歌》題下注晦日。」六、「鄭諫議末句『途窮』。十三頁上。」

杜詩附記卷弟一〔一〕

大興翁方綱學〔二〕

〔賴校〕〔一〕按：筆者借閲筆鈔《翁批杜詩》稿本之時，係以與翁氏大約同時之清陽湖楊倫（西河）編輯之《杜詩鏡銓》爲之比對，不過兩者詩篇次第頗爲參差，一時無法理解原因何在？後來發現《翁批》係以清初前輩學者仇兆鰲《杜詩詳注》詩文爲《杜詩》目録篇次，故與《杜詩鏡銓》有所區别與不同；而此二本篇次，大抵依據《杜詩》撰寫詩體形式與時間先後爲編排，而仇本詳注於前，楊本鏡銓於後，互有鑒識與特色，可以相參觀善。因限於篇幅，即不再細加比較其間異同。〔二〕每册各卷卷題及題署，《杜詩附記》均標記「杜詩附記卷弟〇　大興翁方綱學」；《翁批杜詩》稿每册首卷多未見，而每册次卷首篇前則多以硃筆補寫上「杜詩附記卷弟〇」字樣，然都未見有「大興翁方綱學」字樣，今據夏勤邦本補題署，並補齊卷題，以下各卷皆同此例，不贅。

遊龍門奉先寺

已從招提遊，更宿招提境。陰壑生虛一作「靈」〔一〕籟，月林散清影。天闕〔二〕象緯逼，雲卧衣裳冷。欲覺聞晨鐘，令人發深省。

〔翁批〕五古。　或以闕實卧虛爲疑者，此固不足與辨。然曷不應之曰：「五、六闕實卧虛，則三、四陰虛月實，此亦即章法也。然以語杜，則此特甚淺者。」〔三〕

〔翁注〕聞王遵巖〔四〕有手評《杜詩》，遵巖不知詩，固無庸與之辨。然客或誦其評曰：「『已從招提遊』二句，已字、更字無謂。」此則謬誤之甚。蓋杜公著「招提」二字，已自不同，非龍門、奉先等字，僅作地名者比也。「招提」二字，則有禪諦之旨焉。「已從招提遊」，身入于禪境矣。「更宿招提境」，則栖泊于斯，非特一遊而已。是以通篇皆從寺中夜景，發覺悟之趣也。欲覺、聞鐘，頓發深省；然後，「已」字、「更」字之精神層折，慓然提念，此豈文法哉？直是棒喝偈子已矣。或曰：「如子所解，則杜公之咏夜景也，何不從梵天唄響，發大乘之藴，而僅以雲月常言耶？」曰：「此杜之寔語也。杜公學貫天人，筆破萬卷，豈不能用佛語乎？顧以爲夜宿于此，則莫若即言夜宿耳，此真善于言佛諦者也。迨其暮年詩曰：『重聞西方《止觀經》，老身古寺風泠泠。』則三藏六部之奥妙，俱以『風泠泠』

攝盡之，即今夜雲月之義也。此理固未可輕語于尋行數墨家也。然即以爲文之法言，則彼遵巖王氏固日研求古文氣脉者，豈未覩此詩題目乎？題曰『遊龍門奉先寺』，則此妙不可勝言矣。假使題曰『夜宿奉先寺』，則或疑『已』字、『更』字，尚自有説。今試觀題曰『遊寺』，而遊寺之景事，詩中却無一筆及之，乃于開首一語，以一『已』字勒盡之，此即史公化詳爲略之筆也。次句乃于題中用加一倍法，此則必用『更』字，而後通篇得勢，又所不待言者。如此看，乃知其詩與題，相爲虛寔顧盼，亦淮陰侯所謂『此在兵法者也』。遵巖之云，本不足與辨；然亦可因此而見杜公無一字無至理，則亦遵巖之有以發我耳。」

〔賴校〕〔一〕以下《翁批杜詩》於各詩句下，所標注之文字，多半以仇兆鰲《杜詩詳注》爲本，或據實移録，或省略不注，或增益己説，或斷以是非，要以考異刊誤爲準，可以互參相證。〔二〕「闕」字下本有批注：「《正異》作『閲』，姜氏作『闚』。」以筆圈去，蓋即删除之意，後此不再校釋説明。〔三〕清王夫之《薑齋詩話·下》曰：「一部杜詩，爲劉會孟堙塞者十之五，爲《千家注》沉埋者十之七，爲謝疊山、虞伯生污蠛，更無一字矣。開卷《遊龍門奉先寺》詩：『天闕象緯逼，雲卧衣裳冷。』盡人解一『卧』字不得，只作人卧雲中，故于『闕』字生許多胡猜亂度。此等下字法，乃子美早年未醇處，從陰鏗、何遜來，向後脱卸乃盡，豈黄魯直所知耶？」〔四〕王遵巖，即明王慎中（一五〇九—一五五九），字道思，初號南江，更號遵巖居士。因排行第二，又稱王仲子。福建泉州晉江安平鎮（今安海鎮）人。他不但爲明朝嘉靖年間之官吏，也是知名作家，是爲「嘉靖八才子」之首，爲明朝反復古風的代表人物之一，傳世著作有《王遵巖文集》《王遵巖文粹》《王遵巖家居集》《玩芳堂摘稿》等。

望嶽[一]

岱宗夫如何？齊魯青未了。造化鍾神秀，陰陽割昏曉。盪胸生曾雲，决眥入歸鳥。會當凌絶頂，一覽衆山小。

〔**翁批**〕五古。　「夫如何」三字，乃是從下句倒捲而出。「夫」字，即坐實岱宗如何者。齊、魯二邦，不爲小矣；顧不解其何以青猶未了也。晋人《望岳》詩云「氣象爾何物」[二]，似作訝而問之之詞，非到其境者不知也。今人誤解作空喝起下之詞，則乖其義。[三]

〔**賴校**〕〔一〕此詩爲唐玄宗開元二十四年（七三六）至二十八年（七四〇）間，杜甫第一次遊齊、趙時所作。這首五言古詩是現存杜詩中年代最早的作品，詩中描繪了泰山雄偉神秀的氣象，抒發了勇於攀登、積極嚮上的進取情懷。　〔二〕此「晋人」，應是東晋女詩人謝道韞；而翁批所書《望岳》詩「氣象爾何物」句，其出處當是《登山詩》（或曰《泰山吟》）之訛，其全詩曰：「峨峨東嶽高，秀極冲青天。巖中間虚宇，寂寞幽以玄。非工復非匠，雲構發自然。氣象爾何物？遂令我屢遷。逝將宅斯宇，可以盡天年。」復按：謝道韞，東晉陽夏（今河南太康）人。謝奕之女，王凝之（王羲之子）之妻。凝之被孫恩所殺，謝氏抽刃出門，手殺數人，乃被虜。後獲釋，自此寡居會稽。謝氏以詠雪聯句之敏才，爲其叔謝安讚賞，又因神情散朗，嫻雅超脱，有「林下風氣」之稱。今存詩二首，皆有魏晋人崇尚自然、尋佛嚮道之禪意在内。

〔三〕翁方綱《復初齋文集》（清道光間侯官李彦章刊，朱墨筆增改校樣本，臺灣師範大學圖書館典藏），卷十一《與友人論少陵望嶽詩》，適可與此條相觀而善，謹録供參較，其文曰：「向來解此詩者，皆以『岱宗夫如何』作一問，『齊魯青未了』作一答，若此，則首句直是『岱宗如何』四字可畢，何爲中間著一『夫』字？少陵豈有如此率爾安放之虚字，等於可有可無耶？此一『夫』字，乃是實按之詞，非虚字也，猶言『不圖爲樂之至於斯』。此一『夫』字，乃即下文之『青未了』也，乃即下文通篇之『盪胸』『層雲』諸實際也。蓋少陵固夙聞岱宗之高大矣，今一入望，乃不料其如此之綿亘無際，盡齊魯兩大邦之境，而其青尚未了，此其故直欲上叩真宰矣。『如何』者，仰而訝之之詞，將通篇神理，俱攝入一『夫』字中。於是乎，通篇神境，皆少陵之眼光矣。杜詩一字不輕下如此。」所謂「一字千金」者，翁氏解析誠然無妄。

登兖州城樓

東郡趨庭日，南樓縱目初。浮雲連海岱一作「嶽」，平野入青徐。孤嶂秦碑在，荒城魯殿餘。從來多古意，臨眺獨躊躇。

〔**翁批**〕五律。　此「秦碑」句，特約略憑弔之詞耳。不必與後來《李潮八分小篆歌》並論也。　顧宸[一]曰：「《輿地廣記》：『隋大業二年，改兖州爲魯郡。唐武德，克徐圓朗，復曰兖州。天寶元年，又改魯郡；至乾元元年，復爲兖州。』今曰兖州，當是開元二十三年，公下第後，游齊、趙時所作。」蔡夢弼[二]曰：「公父閑嘗爲兖州司馬，公時省侍，故有趨庭句。」[三]

〔**賴校**〕〔一〕詳參明顧宸（一六〇七—一六七四）《辟疆園杜詩注解》五言律卷一。　〔二〕詳參宋蔡夢弼箋注《杜工部草堂詩箋》卷一。　〔三〕此爲《翁批杜詩》貼條夾批，《附記》未見抄録，依首册卷前胡義質題記，另紙粘篇評語，凡翁筆俱有騎縫圖書，其無騎縫圖書者，爲徐星伯手筆。」對勘之後，經檢視比較，此條字體工整，與翁氏筆法不同，應可斷爲「徐星伯手筆」。以下有同此例者，或以「徐松（星伯）手筆」注明之，或不録於書中，不再校釋説明。

題張氏隱居二首

春山無伴獨相求，伐木丁丁山更幽。澗道餘寒歷冰雪，石門斜日到林丘。不貪夜識金銀氣，遠害朝看麋鹿遊。乘興杳然迷出處，對君疑是泛虛舟。

〔**翁批**〕七律。

之子時相見，邀人晚興留。霽王洙[一]作「霽」，一作「濟」潭鱣發發，春草鹿呦呦。杜酒偏勞勸，張梨不外求。前邨山路險，歸醉每無愁。

〔**翁批**〕五律。　朱鶴齡[二]曰：「《史·天官書》：『敗軍場，亡國之墟下，有積錢；金寶之上皆有氣，不可不察。』按《南史》載：『梁隱士孔祐至行通神，嘗見四明山谷中，有錢數百斛，視之如瓦石。樵人競取，入手即成沙礫。』『不貪夜識金銀氣』，殆是類耶。東坡謂：『深山大澤，有天地之寶，惟無意於寶者，能識之。』即此句義。」王文簡[三]《居易録》云：「孔博士東塘言，曲阜縣東北有石門山，即杜子美詩《題張氏隱居》所謂『春山無伴獨相求』，《劉九法曹、鄭瑕丘石門宴集》所謂『秋水清無底』者是也，李太白有《石門送杜二甫》詩『何言石門路，復有金尊開』，亦其地。山麓今尚有張氏莊，相傳爲唐隱士張叔明（一作卿）舊居。張蓋與李太白、孔巢父輩，同隱徂徠，稱『竹溪六逸』者也。山不甚高大，石峽對峙如門，故名。中有石門寺，寺後曰涵峰；峰頂有泉，流入溪澗，往往成瀑布，孔於寺前水匯處作亭，曰『秋水』；又於其左起館，曰『春山』，皆取杜句也。山南有兩小阜，俗稱金耙齒、銀耙齒者，子美詩『不貪夜識金銀氣』之句，蓋偶然即目耳，

非身歷其處，固不知也。」〔四〕

〔賴校〕〔一〕詳參宋王洙、趙次公等注《分門集注杜工部詩》。　〔二〕詳參清朱鶴齡輯注，韓成武等點校《杜工部詩集輯注》。　〔三〕王文簡，即王士禛（一六三四—一七一一），字貽上，號阮亭，别號漁洋山人，人稱「王漁洋」，山東新城（今山東桓臺）人。康熙四十九年（一七一〇），康熙帝眷念舊臣，特詔官復原職，因避雍正諱，改名士正。乾隆賜名士禎，謚文簡。《四庫全書總目提要》評其詩説：「當我朝開國之初，人皆厭明代王（世貞）、李（攀龍）之膚廓，鍾（惺）、譚（元春）之纖仄，於是談詩者競尚宋元。既而宋詩質直，流爲有韻之語録；元詩縟艷，流爲對句之小詞。於是士禛等以清新俊逸之才，範水模山，批風抹月，倡天下以『不著一字，盡得風流』之説，天下遂翕然應之。」錢鍾書《談藝録》評王漁洋詩，則説：「一鱗半爪，不是真龍。」　〔四〕此條爲《翁批杜詩》貼紙夾批，「王文簡《居易録》云」以下文字，《杜詩附記》抄録同，而其上「朱鶴齡曰」一段文字，《翁批》尚存，前後文間有墨筆引號，疑爲省略注記，故《附記》未録。又此貼條夾批，與前詩「顧宸」條狀況一致，應爲「徐松手筆」。又翁方綱《復初齋文集》卷十八《書王文簡五七言詩鈔後》曰：「西溟（姜宸英）序云：『七言詩去《三百篇》已遠，可以極作者之才思，義不主於一格，故鈔及宋元諸家。』此言非也。王文簡（王士禛）此鈔七言，及於宋元諸家者，以時代之變、才傑之出，非專舉唐人可以盡之；不比五言從來者遠，可以止於唐耳。蓋此鈔七言之意如此也。若果其於七言也，唐則及於張（張籍）、王（王建）、元（元稹）、白（白居易），宋、元則及誠齋（楊萬里）、廉夫（楊維楨）之徒，斯謂之不主一格矣。今文簡自撰凡例曰：『七言大旨以杜爲宗。唐、宋以來，蓋學杜者則取之（按：姚鼐《五七言今體詩鈔》作「善學杜者則取之」，《續修四庫》本同），非謂古今七言之變遂盡於此。』詳哉其言之矣。西溟既爲此書作序，豈未嘗一觀其自撰凡例邪？大約凡爲一書，不當使他人爲序，又狃於其文之擅名者以爲之序，而實於本書無所發明，徒滋障礙而已，不若自撰凡例之明白無疑耳。」由此文可知翁方綱對序跋凡例的重視，以及其「不妄作」的嚴謹治學態度，值得取資效法。

劉九法曹鄭瑕丘石門宴集

秋水清無底，蕭然净客心。掾曹乘逸興，鞍馬到荒林一作「去相尋」。能吏逢聯璧，華筵直一金。晚來横吹好，泓下亦龍吟。一云：「尊酒宜如此，人生復至今；白頭逢晚歲，相顧一悲吟。」

〔**翁批**〕五律。

與任城許主簿遊南池

秋水通溝洫，城隅進一作「集」小船。晚凉草堂本作「來」，非看洗馬，森木亂鳴蟬。菱熟經時一作「旬」雨，蒲荒八月天。晨朝降白露，遥憶舊青氈。

〔**翁批**〕五律。

對雨書懷走邀許主簿

東嶽雲峰起，溶溶滿太虛。震雷翻幕燕，驟雨落河一作「溪」魚。座對賢人酒，門聽長者車。相邀愧泥濘，騎馬到堦除。

〔**翁批**〕五律。

巳上人茅齋

巳公茅屋下，可以賦新詩。枕簟入林僻，茶瓜留客遲。江蓮摇白羽，天棘蔓徐鉉〔一〕家本作「蔓」，舊作「夢」，非青絲。空忝許詢輩，難酬支遁詞。

〔**翁批**〕五律。「輩」，謂忝與相輩行也。

〔**賴校**〕〔一〕徐鉉（九一六—九九一），字鼎臣，先世會稽人，後遷居廣陵（今江蘇揚州）。五代宋初文學家、書法家，與弟徐鍇（九二〇—九七四）有文名，精於文字學，號稱「二徐」。又與韓熙載齊名，江東謂之「韓徐」。徐鉉奉旨與句中正、葛湍、王惟恭等同校《説文解字》，於宋太宗雍熙三年（九八六）完成並雕版流布，世稱「大徐本」。曾編纂《文苑英華》《太平廣記》。著有《騎省集》（即《徐公文集》）三十卷。

房兵曹胡馬

胡馬大宛名，鋒稜瘦骨成。竹批雙耳峻，風入四蹄輕。所向無空闊，真堪託死生。驍騰有如此，萬里可横行。

〔**翁批**〕五律。

畫鷹

素練風一作「如」，非霜起，蒼鷹畫作殊。攫身思狡兔，側目似愁胡。絛鏇光堪摘，軒楹勢可呼。何當擊凡鳥，毛血灑平蕪。

〔**翁批**〕五律。

過宋員外之問舊莊公自注：「員外季弟執金吾，見知於代，故有下句。」

宋公舊池館，零落首陽阿。枉道祇從入，吟詩許更過？淹留問耆老一作「舊」，寂寞向山河。更識將軍樹，悲風日暮多。

〔翁批〕五律。

夜宴左氏莊

風林晋作「林風」，非纖月落，衣露静一作「净」琴張。暗水流花徑，春星帶草堂。檢書燒燭短，看劍一作「説劍」，一作「煎茗」，非引杯長。詩罷聞吴詠，扁舟意不忘。

〔翁批〕五律。

〔翁注〕《過宋員外舊莊》《夜宴左氏莊》，此二首下，宋槧本云：「右此二篇莫可攷，姑因次之。」〔一〕

〔賴校〕〔一〕此條見抄於《杜詩附記》，《翁批杜詩》未見。

臨邑舍弟書至苦雨黄河泛溢隄防之患簿領所憂因寄此詩用寬其意

二儀積風雨，百谷漏波濤。聞道洪河坼，遥連滄〔一〕海高。職司一作「思」，非憂悄悄，郡國訴嗷嗷。舍弟卑棲邑，防川領簿曹。尺書前日至，版築不時操。難假黿鼉力，空瞻烏鵲毛。燕南吹畎畝，濟上没蓬蒿。螺蚌滿近郭，蛟螭乘一作「横」九皋。徐關深水府，碣石小秋毫。白屋留孤樹，青天一作「雲」，非失一作「矢」，非萬艘。吾衰同泛梗，利涉想蟠桃。賴一作「却」倚一作「倚賴」，非天涯釣，猶能掣巨鼇。

〔翁批〕五排十二韻。　一、起二句，一、三字皆仄，所以鬱積其氣勢；而第四句，「滄」字之必平，以及中聯「烏鵲」句之「烏」字，「乘九皋」之「乘」字，各因勢而必用平者，皆從此一起句，厚蓄之矣。〔一〕　二、「棲邑」，猶言所居之邑，此二字本相連也。而又若以「卑棲」二字相串者。「簿曹」二字，本相連也；而又若以「領簿」二字相串者，杜公每有此種「生鐵鑄成，不可截斷」之句法。　三、誕語打諢，不然則何以收束？〔二〕

〔賴校〕〔一〕「滄」字旁，原批曰：「『滄』字提筆，必須平矣，然實于無意；不知不□先於上二句，著『積』字、『漏』字之二仄，乃合天然耳。」但以墨筆圈去。　〔二〕翁方綱於乾隆五十七年（一七九二）二月朔，時年六十歲，撰《新城縣新刻王文簡古詩平仄論序》，刊於《復初齋文集》卷三，可與此下《翁批杜詩》所論平仄音節各條，相互參考，其文曰：「詩家爲古詩無弗諧平仄者，無弗諧，則無所事論已。古詩平仄之有論也，自漁洋先生始也。夫詩有家數焉，有體格焉，有音節焉，是三者常相因也，而不可泥也；相通也，而不可紊也。先生之論古詩，蓋爲失諧者言之也；紊亦失也，泥亦失也，紊斯理之，泥斯通之，夫言豈一端而已？言固各有當也。方綱束髮學爲詩，得聞先生緒論於吾邑黄詹事，因得先生所爲《古詩聲調譜》者；既又見江南屢有刊本，或詳或略，又有所謂《詩問》《詩則》者，其論間有措拄，亦大同小異。今見新城此刻，抑又不同，或遂疑其有贋。方綱蓋嘗熟復先生言詩之旨，而知其不相悖也。夫張、王、元、白之雅操，不可以例杜、韓；山谷之逆筆，不可以概歐、梅。吾惡知先生當日有所爲而言之之爲桓司馬耶？爲南宮敬叔耶？其知者則曰舉一以反三也，其不知者則曰舉一而廢百也。今日高才嗜古者，稍有所得，輒往往訕薄先生，漸且加甚矣；其墨守先生之論者，尚知聞謦欬而愛慕之，得其片紙隻詞以爲拱璧。方綱若不爲之剔抉源委，俾讀者知其立言之所以然，其於甘辛丹素、經緯浮沉之界，所關非細，故因新城學官之請，而爲之序如此。」〔三〕《翁批》以上三段之標號「一、二、三」，均爲後加硃筆。凡以下所見數字標號，均爲後加硃筆，不再贅注。

假山〔一〕

天寶初，南曹小司寇舅，於我太夫人堂下壘一作「累」土爲山，一匱一作「簣」盈尺，以代彼朽木，承諸焚香瓷甌，甌甚安矣。旁植慈竹，蓋茲數峰，嵚岑嬋娟，宛有塵外致一本有「致」字，「致」又作「格」，乃不知興之所至，而作是詩。〔二〕

一匱功盈尺，三峰意出群。望中疑在野，幽處欲生雲。慈竹春陰覆，香爐曉勢分。

惟南將獻壽，佳氣日氤一作「氛」氳。

〔**翁批**〕五律。

〔**賴校**〕〔一〕翁批於此詩題上，硃筆「上空三格」四字，係其原所擬排版之格式體例。〔二〕翁批於此段詩序前三行頂格「天」「山」與「矣」三首字上，硃筆「此序文皆空上三格」，亦係其原所擬排版之格式體例。

龍門

龍門横野斷，驛樹出城來。氣色皇居近，金銀佛寺開。公自注：「山有佛寺，金碧照耀，最爲勝槩。」往來時屢改，川陸一作「水」，非日悠哉！相閲征途上，生涯盡幾回？

〔**翁批**〕五律。　一、此「盡」字上聲。

李監宅二首一作「李鹽鐵」

尚覺王孫貴，豪家意頗濃。屏開金孔雀，褥隱繡芙蓉。且食雙魚美，誰看異味重。門闌多喜色，女壻近乘龍。

華館黃作「落葉」，非春風起，高城煙霧開。雜花分户映，嬌燕入簾一作「簷」，非回。一見能傾座，虛懷只愛才。鹽車一作「官」，非雖絆驥，名是漢庭來。

〔翁批〕五律。一、後一首，見吴若〔一〕本逸詩；草堂本入正集，注云：「新添。」

〔賴校〕〔一〕吴若，宋人，生平未詳，輯有杜甫逸詩。

贈李白

二年客東都，所歷厭機巧。野人對腥羶一作「羶腥」，蔬食常不飽。豈無青精一作「粇」，亦作「䭀」飯，使我顏色好？苦乏大一作「買」，非藥資，山林跡如掃。李侯金閨彥一作「深」，非，脱身事幽討。亦一作「未」，非有梁宋遊，方期拾瑤草。

〔翁批〕五古。一、前八句，公自謂也。「金閨彥」正與「野人」相對。

重題鄭氏東亭公自注〔一〕：「在新安界。」

華亭入翠微，秋日亂清暉一作「輝」，非。崩石欹山樹，清一作「晴」，非漣曳水衣。紫鱗衝岸躍，蒼隼護巢歸。向晚尋征路，殘雲傍馬飛。

〔**翁批**〕五律。

〔**賴校**〕〔一〕「公自注」，《翁批》原作「原注」，「原」字點去，於其旁，改以「公自」二字。

陪李北海宴歷下亭公自注：「時邑人蹇處士等在座，李公〔一〕序。」

東藩駐皂蓋，北渚凌青荷一作「清河」，或作「清菏」。海右一作「内」此亭古，濟南名士多。雲山已發興，玉珮仍當歌。修竹不受暑，交流空湧波。蘊真愜所遇，落日將如何？貴賤俱物役，從公難重過。

〔**翁批**〕五古。

〔**賴校**〕〔一〕此「李公」，當是下詩「原注」之「李之芳」。

同李太守登歷下古城員外新亭原注：「時李之芳自尚書郎出齊州，製此亭。」

新亭結構罷，隱見清湖陰。原注：「亭對鵲湖。」跡籍臺觀舊，氣冥一作「溟」，非海嶽深。圓荷想自昔，遺堞感至今。芳宴此時具一作「俱」，非，哀絲一作「絃」，非千古心。主稱壽尊客，筵秩宴北一作「密」林。不阻蓬蓽興，得兼一作「兼得」，非梁甫吟。

〔**翁批**〕五古。

附　登歷下古城員外孫新亭　北海太守李邕

吾宗固神秀，體物寫謀長。形制開古迹，曾冰延樂方。太山雄地理一作「里」，巨壑眇雲莊。高興泊陳作「洎」煩促，永懷清典常。含弘知四大，出入見三光。負郭喜秔稻，安時歌吉祥。

暫如臨邑至䧿山湖亭奉懷李員外率爾成興

野亭逼湖水，歇馬高林間。鼉吼風奔浪，魚跳日映山。暫遊阻詞伯，却望懷青關。靄靄生雲霧，惟應促駕還。

〔**翁批**〕五律。

贈李白

秋來相顧尚飄蓬，未就丹砂愧葛洪。痛飲狂歌空度日，飛揚跋扈爲誰雄？

〔翁批〕七絶。

與李十二白同尋范十隱居

李侯有佳句，往往似陰鏗。余亦東蒙客，憐君如弟兄。醉眠秋共被，携手日一作「月」同行。更想幽期處，還尋北郭生。入門高興發，侍立小童清。落景聞寒杵，屯雲對古城。向來吟橘頌，誰欲「誰」，劉作「惟」；「欲」，一作「與」討蓴羹？不願論簪笏，悠悠滄海情。

〔翁批〕五排八韻。

鄭駙馬宅宴洞中

主家陰洞細煙霧，留客夏簟青一作「清」，非琅玕。春酒杯濃琥珀薄，冰漿椀碧瑪瑙寒。悞疑茅堂一作「屋」，非過江麓一作「底」，非，已入風磴霾雲端。自是秦樓壓鄭谷，時聞雜佩聲珊珊。

〔翁批〕七律。　一、「過江麓」「霾雲端」，亦是五、六與六、七兩字遞串句法。

冬日有懷李白

寂寞書齋裏，終朝獨爾思。更尋嘉樹傳，不忘角弓詩。短或作「裋」，非褐風霜入，還丹日月遲。未因乘興去，空有鹿門期。

〔**翁批**〕五律。　一、此阮亭先生〔一〕所謂「羚羊挂角，無迹可求」〔二〕者，而初非杜之極至。

〔**賴校**〕〔一〕阮亭先生，即《翁批》常引用評騭之王士禛，傳略詳前，不再贅録。　〔二〕「羚羊挂角，無迹可求」，語本出於南宋嚴羽《滄浪詩話》，參見前録《杜詩附記·自序》注下。

春日憶李白

白也詩無敵一作「數」，非，飄然思一作「意」不群。清新庾開府，俊逸一作「豪邁」鮑參軍。渭北春天樹，江東日暮雲。何時一樽酒，重與細論一作「話斯」文？

〔**翁批**〕五律。

送孔巢父謝病歸游江東兼呈李白

巢父掉頭不肯住，東將入海隨煙霧。詩卷長留天地間，釣竿欲拂珊瑚樹。深山大澤龍蛇遠，春寒野陰風景暮。蓬萊織女回雲車，指點虛無引歸路一作「是征路」。自是君身有仙骨，世人那得知其故？惜君只欲苦死留，富貴何如草頭露？一作：「我欲苦留君富貴，何如草頭易晞露。」蔡侯静者意有餘，清夜置酒臨前除。罷琴惆悵月照一作「點」，非席，幾歲寄我空中書？南尋禹穴見李白，一作「若逢李白騎鯨魚」，非。道甫問訊一作「信」今何如？一本云：「巢父掉頭不肯住，東將入海隨烟霧。書卷長携天地間，釣竿欲拂珊瑚樹。我擬把袂苦留君，富貴何如艸頭露？深山大澤龍蛇遠，花繁草青風景暮。仙人玉女迴雲車，指點虛無引歸路。若逢李白騎鯨魚，道甫問訊今何如？」

〔翁批〕七古。　釣竿、珊瑚、蓬萊、織女，似尚未能免一分之俗也。賴得「深山」一聯，邉空而來，增長逸氣。〔一〕

〔賴校〕〔一〕《翁批》釋「深山大澤龍蛇遠，春寒野陰風景暮」詩意，故謂之「邉空而來，增長逸氣」，此皆《翁批》著力之處，值得注意。

今夕行原注：「自齊、趙西歸，至咸陽作。」

今夕何夕歲云徂，更長燭明不可孤。咸陽客舍一事無，相與博塞爲歡娱。馮陵大叫呼五白，袒跣不肯成梟盧。英雄有時亦如此，邂逅豈即非良圖？君莫笑，劉毅從來布衣願，家無儋石輸百萬。

〔翁批〕七古。

贈特進汝陽王二十韻

特進群公表，天人夙德升。霜蹄千里駿，風翮九霄鵬。服禮求毫髮，推一作「惟」，非忠忘寢興。聖情常有眷，朝退若無憑。仙醴一作「醞」來一作「求」，非浮蟻，奇毛或賜鷹。清關塵不雜，中使日相乘。晚節嬉遊簡，平居孝義稱。自多親棣萼，誰敢問山陵？學業醇儒富，辭一作「才」華哲匠能。筆飛鸞聳立，章罷鳳騫一作「騫」，非騰。精理通談笑，忘形向友朋。寸長一作「腸」堪繾綣，一諾豈驕矜？已忝歸曹植，何知黄作「如」對李膺？招要恩屢至，崇重力難勝。披霧初歡夕，高秋爽氣澄。樽罍臨極浦，鳧雁宿張燈。花月窮遊宴，炎天避鬱蒸。硯寒金井水，簷動玉壺冰。瓢飲惟三徑，巖棲在百層陳作「巖居異一勝」。謬一作「且」持蠡測海，況挹酒如澠。鴻寶寧全秘，丹梯庶可淩《杜臆》作「凌」，他本作「陵」。淮王門有一作「下」，非客，終不愧孫登。

〔翁批〕五律。

謝靈運〔一〕《擬阮瑀詩》「躡步陵丹梯」，注：「丹梯，陛階也。」又《遊敬亭山詩》「即此陵丹梯」，注：「謂山也。」朱鶴齡〔二〕曰：「二注不同，當從前説。」方綱按：「朱説非也。此句上承『鴻寶』，下接『淮王』『孫登』，則此丹梯，正謂登山耳。」

〔翁注〕《舊唐書》：讓皇帝長子「璡封汝陽郡王」，「天寶初，終父喪，加特進。」又曰：「寧王薨，謚曰『讓皇帝』」，葬橋陵，號惠陵。「璡上表懇辭，手制不許」。《長安志》：「讓皇帝惠陵，在蒲城縣西北十里。」朱鶴齡曰：「言帝雖篤親親之誼，崇禮有加，而汝陽終恪守臣節〔三〕，不敢問及山陵之名，所謂孝義足稱者，此也。須溪云『山陵指祖宗』，大謬。」〔四〕謝靈運《擬阮瑀詩》「躡步陵丹梯」，注：「丹梯，陛階也。」又《遊敬亭山詩》「即此陵丹梯」，注：「謂山也。」朱鶴齡曰：「二注不同，當從前説。」方綱按：「朱説非也。此句上承『鴻寶』，下接『淮王』『孫登』，則此丹梯，正謂登山耳。」〔五〕 前一條酌改。以愚見：「誰敢問山陵」句，當時必有所指之實事，今不可考矣！

〔**賴校**〕〔一〕謝靈運（三八五—四三三），謝玄之孫，以襲封康樂公，稱「謝康公」「謝康樂」。浙江會稽人。原爲陳郡謝氏士族，著名山水詩人，創作活動主要在南朝劉宋時代；政治上屢有沉浮，常懷憤憤，遂寄情山水詩歌，而由謝靈運開始，山水詩乃成爲中國文學史上的一大流派，遂開後世山水詩之先河，打破了東晋玄言詩佔據詩壇統治地位的局面。謝詩注重字句的鍛煉，故鍾嶸《詩品》謂：「然名章迥句，處處間起；麗曲新聲，絡繹奔會。」並稱謝詩「尚巧似，而逸蕩過之」，而列入上品。唐朝大詩人李白，對謝靈運頗爲推崇，曾有「吾人詠歌，獨慚康樂」之句。謝詩多駢偶，多雕章琢句，開創南朝崇尚聲色之風。今人錢鍾書《談藝録·論阮大鋮詩》，以爲謝靈運「每以矜持矯揉之語，道蕭散逍遥之致，詞氣與詞意，苦相乖違。圓海（阮大鋮）況而愈下」。　〔二〕朱鶴齡（一六〇六—一六八三），字長孺，號愚庵，江蘇吴江人。明末諸生，明亡後隱居家鄉，專心著述，與顧炎武、錢謙益、吴偉業、萬斯同、徐乾學等往來。著有《毛詩通義》《杜工部年譜》《杜工部詩集輯注》等。四庫館臣評其學，曰：「惟鶴齡學問淹洽，往往嗜博好奇，愛不能割，故引據繁富，而傷於蕪雜者有之，亦所謂武庫之兵，利鈍互陳者也。要其大致，則彬彬矣。」　〔三〕《翁批》於此處書「未然」二字。　〔四〕《翁批》於此處書「此俟酌定」四字。接下文，於「謝靈運」旁書「此條當存」四字，《附記》僅録「謝靈運」此條，其以上及以下文字，則均未鈔録。　〔五〕此爲貼條夾批，書法字迹及其内容，確爲翁方綱所寫。並下條，《附記》均未抄録。

贈比部蕭郎中十兄公自注：「甫從姑之子。」

有美生人傑，由來積德門。漢朝丞相系，梁日帝王孫。蘊藉爲郎久，魁梧秉哲尊。詞華傾後輩，風雅藹一作「靄」，非孤騫一作「騫」，非。宅相榮姻戚，兒童惠討論。見知真自幼，謀拙愧一作「醜」，非諸昆。漂蕩雲天闊，沉埋日月奔。致君時已晚，懷古意空存。中散山陽鍛，愚公野谷邨。寧紆長者轍，歸老任乾坤。

〔**翁批**〕五排。一、杜詩「真」字，每有直下者，此原是筆力獨到，故自不妨。若後人頻效之，則成空架矣。

奉寄河南韋尹丈人公自注：「甫故廬在偃師，承韋公頻有訪問，故有下句。」

有客傳河尹，逢人問孔融。青囊仍隱逸，章甫尚西東。鼎食分一作「爲」門户，詞場繼國風。尊榮瞻地絶，疏放憶途窮。濁酒尋陶令，丹砂訪葛洪。江湖漂短一作「裋」，非褐，霜雪滿飛蓬。牢落乾坤大，周流一作「旋」道術空。謬慚知薊子，真怯笑揚雄。盤錯神明懼，謳歌德義豐。尸鄉餘土室，誰話祝〔二〕雞翁？一作「難説朔雞翁」。

〔**翁批**〕五排。　一、起四句，二句韋，二句自叙。以下「鼎食」三句説韋，「疏放」以下皆自叙矣。直至末四句，内以「謳歌」一句，説還韋耳。

〔**賴校**〕〔二〕「話」字下，原注曰：「《正異》作『誰話』，一作『難説』。」「祝」字下，原注曰：「一作『兕』，一作『衆』。」皆襲引仇兆鰲《杜詩詳注》，翁氏後圈去，統合而以下注代之。

贈韋左丞丈濟〔一〕

左轄頻虚位，今年得舊儒。相門韋氏在，經術漢臣一作「官」須。時議歸前烈一作「列」，古「列」與「烈」同，天倫恨莫俱。鴒原荒宿草，鳳沼接亨衢。有客雖安命，衰容豈壯夫？家人憂几杖，甲子混泥塗。不謂矜餘力，還來謁大巫。歲寒仍顧遇，日暮且踟蹰。老驥思千里，饑鷹待一呼。君能微感激，亦足慰榛蕪。一作「折骨效區區」。

〔**翁批**〕五排。　一、此則前四韻説韋，後六韻自述，與前篇不同矣。然後半之自述，所以較前多二韻者，亦正以「大巫」「感激」仍繞到韋，所以縈迴動宕，絶非板分前後二段耳。

〔**賴校**〕〔一〕詩題下原注曰「朱鶴齡曰：『千家本有公自注：「濟之兄洹，亦爲給事中。」此出黄鶴補注，他本無之，其實誤也。』」前後以硃筆引號標記。此注見於《集千家批點杜工部詩集》，即「千家本」。

仇氏《杜詩詳注》有注曰：「鶴注：此詩當是天寶七載冬作。」「天寶七載」爲唐玄宗戊子年，公元七四八年，杜甫時年三十七歲。

奉贈韋左丞丈二十二韻

紈袴不餓死，儒冠多誤身。丈人試静聽，賤子請具陳。甫昔少一作「妙」年日，早充觀國賓。讀書破萬卷，下筆如有神。賦料揚雄敵，詩看《摭言》作「將」子建親。李邕求識面，王翰願卜陳作「爲」〔一〕鄰。自謂頗挺出一作「生」，立登要路津。致君堯舜上，再使風俗淳。此意竟蕭條，行歌非隱淪。騎驢三十載盧本作「十三」〔二〕，旅食京華春。朝扣富兒門，暮隨肥馬塵。殘杯與冷炙，到處潛悲辛。主上頃見徵，欻然欲求伸。青冥却垂翅，蹭蹬無縱鱗。甚愧丈人厚，甚知丈人真。每於百僚上，猥誦佳句新。竊效貢公喜，難甘原憲貧。焉能心快快，秖是走踆踆。今欲東入海《摭言》作「洛」，即將西去秦。尚憐終南山，回首一作「望」，非清渭濱。常擬報一飯一作「餐」，況懷辭大臣。白鷗没一作「波」，非浩蕩，萬里誰能馴？

〔**翁批**〕五古。　一、擇石〔三〕云：「對疊，乃詩之弟一義也。不知而誤用筆，終身門外漢矣。」　二、「料」「看」，皆準擬之詞。　三、「行歌」二字，其氣甚長。　四、「踆踆」「浩蕩」，遂定此老一生之局。　五、似是中段六韻，前後各八韻；而其氣浩然，不可劃斷。《杜詩》篇章之妙，大抵仿此。亦或間有竟可以節族頓束分看者，究竟仍當以一氣領會耳。

〔賴校〕〔一〕此處本有「一作『卜』」原注，後圈去，翁氏圈改原詩「爲」作「卜」，當即以「卜」字爲正。〔二〕此注文「盧本」原作「盧注」，翁氏圈去「注」字改書「本」字。此注「盧本作『十三』」前，原注有「諸本作『三十載』」句；其後有「載，『載』作『年』」句，後均圈去，示不用之意。〔三〕蘀石，即錢載陳書（女）從曾孫。旅京師有「錢老相公」之稱。學問淵懋，品行修潔。工詩，善寫生，從學於陳書。游都門，蔣恒軒溥延主師席，因得親其點綴，筆法益進。其設色花卉，簡澹超脱，大有徐渭、陳淳遺意。所寫蘭石，天然逸致，蘭葉縱筆偃仰，神趣横溢，石用飛白法爲之，遒勁流動，絶無滯機。書法雖少遜，亦秀逸可喜。晚年致仕鬻畫。著《蘀石齋集》。傳詳《國朝畫徵續録》《桐陰論畫》《墨林今話》《清畫家詩史》等。

飲中八仙歌

知章騎馬似乘船，眼花落井水底眠〔一〕。汝陽三斗始朝天，道逢一作「見」，非麯車口流涎，恨不移封向酒泉〔二〕。　左相日興費萬錢，飲如長鯨吸百川，銜杯樂聖稱避舊本作「世」，《邵氏聞見録》作「避」賢〔三〕。　宗之蕭灑美少年，舉觴白眼望青天，皎如玉樹臨風前〔四〕。　蘇晋長齋繡佛前，醉中往往愛逃禪〔五〕。　李白一斗詩百篇，長安市上酒家眠，天子呼來不上船，自稱臣是酒中仙〔六〕。　張旭三杯草聖傳，脱帽露頂王公前，揮毫落紙如雲煙〔七〕。　焦遂五斗方卓然，高談雄辯驚四筵〔八〕。

〔翁批〕七古。　一、雖創格，實正矩也。其每人句法多少，伸縮自成章法。〔九〕　二、「脱帽」「露頂」，此特醉後之長史耳，其不以此槩平生書蹟可知。而《郎官記》外正書寥寥，世遂專以艸法傳，何也？

〔賴校〕〔一〕《翁批杜詩》於每一仙之詩句末，均畫一横綫示之。此第一仙「賀知章」。《舊唐書》載：賀知章，會稽永興人，性放曠，晚年尤縱誕，無復規檢，自號四明狂客，又稱秘書外監。天寶三載（七四四），上疏請度爲道士還鄉里。　〔二〕此第二仙「汝陽郡王李璡」。《舊唐書》載：讓皇帝長子璡，與賀知章、褚廷誨爲詩酒之交。　〔三〕此第三仙「李適之」。《舊唐書》載：李適之雅好賓客，飲酒一斗不亂。天寶元年（七四二）爲左丞相，五載罷，賦詩云：「避賢初罷相，樂聖且銜杯。爲問門前客，今朝幾個來？」　〔四〕此第四仙「崔宗之」。《舊唐書》載：崔宗之，日用之子，襲封齊國公。《李白傳》載：侍御史崔宗之謫金陵，與白詩酒唱和。　〔五〕此第五仙「蘇晋」。《新唐書》載：蘇晋，珦之子，數歲知爲文，歷官户、吏兩部侍郎，終太子左庶子。〔六〕此第六仙「李白」。據唐李肇《國史補》載：白在翰林，多沉飲。玄宗命撰樂詞，醉不可待，以水沃之，白稍能動，索筆一揮十數章，文不加點。〔七〕此第七仙「張旭」。《舊唐書》載：吴郡張旭善草書而好酒，每醉後，索筆揮灑，變化無窮，若有神助。〔八〕此第八仙「焦遂」。焦氏傳略，失載未詳。〔九〕「其每人句法，伸縮自成章法」一句，僅見於《杜詩附記》鈔録。

高都護驄馬行

安西都護胡青驄，聲價欻然來向東。此馬臨陣久無敵，與人一心成大功。功成惠養隨所致，飄飄一作「飃」，非遠自流沙至。雄姿未受伏櫪恩，猛氣猶思戰場利。腕一作「踠」促蹄高如踣鐵，交河幾蹴曾冰裂。五花散作雲滿身，萬里方看汗流血。長安壯兒不敢騎，走過掣電傾城知。青絲絡頭爲君老，何由却出横門道？

〔**翁批**〕七古。　神氣〔一〕。　骨節〔二〕。　神氣〔三〕。　眉目〔四〕。　神氣〔五〕。　「安西」「流沙」「交河」，到此一齊收勒。〔六〕　一、此少陵詠馬長句，開卷第一首，雄奇震盪之作。句句蜿蜒騰跳，純以神行。　二、以「心」字提起，以「汗血」收裹。「東向」

「流沙」「交河」「萬里」，只是西來一意，煙雲蹴踏，疊作四層，而毫不相犯。

〔賴校〕〔一〕首句「驄」字下書「神氣」二字，以彰顯「安西都護胡青驄」之昂揚神氣。〔二〕「骨節」二字，係形容「此馬臨陣久無敵，與人一心成大功」，並書於「一心」二字旁。〔三〕「神氣」二字，係形容「功成惠養隨所致，飄飄遠自流沙至」，書於「飄飄」二字旁。〔四〕「眉目」二字，係形容「五花散作雲滿身，萬里方看汗流血」，書於「流血」二字下。〔五〕「神氣」二字，係形容「青絲絡頭爲君老，何由却出橫門道」，書於「爲君」二字旁。〔六〕此條原書於末句「却出橫門道」旁。

冬日洛城北謁玄〔一〕元皇帝廟公自注：「廟有吳道子畫五聖圖。」

配極玄都閟，憑高一作「虛」禁籞一作「禦」，《正異》作「籞」長。守祧嚴具禮，掌節鎮非常。碧瓦初寒外，金莖一氣旁。山河扶繡户，日月近雕梁。仙李蟠根大，猗蘭奕葉光。世家遺一作「貽」舊史，道德付今王。畫手看前輩，吳生遠擅場。森羅移地軸，妙絶動宫墻。五聖聯晋作「連」龍衮，千官列一作「引」，非雁行。冕旒俱秀發，旌旆盡飛揚。翠柏深留景，紅梨迥得霜。風筝吹玉柱，露井凍《英華》作「動」，非銀床。〔二〕身退卑周室，經傳拱漢皇。

谷神如不死，養拙更何鄉一作「方」？

〔翁批〕五排。　一、「山河」一聯微俗，固不嫌於著相者，即吴畫鋪寫至八句之多，亦正與「谷神」「養拙」「一氣」「初寒」，相爲襯映〔三〕也。

〔賴校〕〔一〕「玄」字缺末筆，避清康熙「玄燁」名諱，凡詩中所見「玄」字，均同此例。　〔二〕「王」「揚」與「床」三字下，各標横綫符，以爲分段注記。　〔三〕《翁批》書作「襯映」，《附記》則抄作「映襯」，義雖無別，當以《翁批》爲正。

故武衛將軍挽詞三首〔一〕

嚴警當寒夜，前軍落大星。壯夫思敢陳作「敢」，一作「感」決，哀詔惜精靈。王者今無戰，書生已勒銘。封侯意疏闊，編簡爲誰青？

舞劍過人絶，鳴弓射獸能。銛鋒行愜順，猛噬失蹻騰。赤羽一作「雨」，非千夫膳，黄河十月冰。横行沙漠外，神速至今稱。

哀挽青門去，新阡絳水遥。路人紛雨泣，天意颯風飇。部曲精仍鋭，匈奴氣不驕。無由覩雄略，大樹日蕭蕭！

〔**翁批**〕五律。

〔**賴校**〕〔一〕《附記》抄作「二首」，當爲「三首」之誤。

贈翰林張四學士垍

翰林逼華蓋，鯨力破滄溟。天上張公子，宮中漢客星。賦詩拾翠殿，佐酒望雲亭。紫誥仍兼綰，黄麻似六經。内分魯作「頒」〔二〕金帶赤，恩與荔枝青。無復隨高鳳，空餘泣聚螢。此生任春草，垂老獨漂萍。儻憶山陽會，悲歌在一聽。

〔**翁批**〕五排。

一、弟一句、弟五句，音節相乘，猶之「花隱掖垣暮」「星臨萬户動」〔二〕，弟一句與弟三句，相乘也。

〔**賴校**〕〔一〕下接原注：「一作『分』。」後圈去，並圈改原詩「頒」字，易作「分」，因此删去原注。

〔二〕此兩句詩，見於杜甫《春宿左省》：「花隱掖垣暮，啾啾棲鳥過。星臨萬户動，月傍九霄多。不寢聽金鑰，因風想玉珂。明朝有封事，數問夜如何。」

樂遊園歌公自注：「晦日，賀蘭楊長史筵醉中作。」

樂遊古園崒一作「萃」，非森爽，煙綿碧草萋萋長。公子華筵勢最高，秦川對酒平如掌。長生木瓢示《英華》作「樂」真率，更調鞍馬狂一作「雄」，非歡賞。青春波浪芙蓉園，白日雷霆夾一作「甲」，非城仗。閶闔晴開詄舊作「昳」，趙定作「詄」，《英華》同蕩蕩，曲江翠幙排銀牓。拂水低回舞袖翻，緣雲清切歌聲上。却憶年年人醉時，只今未醉已先悲。數莖白髮那抛得？百罰一作「刻」，非深杯亦不辭《英華》作「辭不辭」。聖朝亦一作「已」知賤士醜，一物自一作「但」荷皇天慈一作「私」。此身飲罷無歸處，獨立蒼茫自詠詩。

〔翁批〕七古。　一、前十二句，後八句，恰於中間插入一韻，排蕩開展，以成節奏。　二、「一物」指「酒」爲是。　三、「醜」字收足「白髮」，「慈」字收足「深杯」。

同諸公登慈恩寺塔公自注：「時高適、薛據先有此作。」

高標跨蒼穹一作「天」，烈風無時休。自非曠一作「壯」士懷，登茲翻百憂。方知象教力，足一作「立」，非可追冥搜。仰穿龍蛇窟，始出《英華》作「驚」，非枝撐幽。七星在北户一作「户北」，非，河漢聲西流。羲和鞭白日，少昊行清秋。秦一作「泰」，非山忽破碎，涇渭不可求。俯視但一氣，焉能辯皇州？迴首叫虞舜，蒼梧雲正愁。惜哉瑶池飲一作「燕」，日晏一作「宴」，非崑崙丘。黄鵠去不息，哀鳴何所投。君看隨陽雁，各有稻粱謀。

〔**翁批**〕五古。

投簡咸一作「成」，非華兩縣諸子

赤縣官曹擁才傑，軟裘快馬當冰雪。長安一作「夜」，非苦寒誰獨悲？杜陵野老骨欲折。南山豆苗早荒穢，青門瓜地新凍裂。鄉里兒童項領成，朝廷故舊禮數絶。自然棄擲與時異，況乃疎頑臨事拙。饑卧動即向一旬，敝一作「弊」衣何啻聯百結。君不見空墻日色晚，此老無聲淚垂血！

〔**翁批**〕七古。　有此二句，所以「故舊」句淡然無迹，而愈覺其厚。〔一〕　極憤嫉語，以春容唱嘆出之，此亦《風》《雅》之正。〔二〕

〔**賴校**〕〔一〕此條爲夾批，釋「南山豆苗早荒穢，青門瓜地新凍裂」句詩意。〔二〕此條爲夾批，釋「鄉里兒童項領成，朝廷故舊禮數絶」句詩旨。以上兩則批語，俱不見録於《附記》。

杜位宅守歲

守歲阿戎一作「咸」家，椒盤已頌花。盍簪喧櫪馬，列炬散林鴉。四十明朝過一作

「是」，飛騰暮景斜。誰能更拘束？爛醉是生涯。

〔**翁批**〕五律。

敬贈鄭諫議十韻

諫官非不達，詩義早知名。破的由來事，先鋒孰敢争！思飄雲物外一作「動」，律中鬼神驚。毫髮無遺憾，波瀾獨老成。野人寧得所，天意薄浮生。多病休儒服，冥搜信客旌。築居仙縹緲，旅食歲峥嶸。使者求顔闔，諸公厭禰衡。將期一諾或作「語」，非重，欻使寸心傾。君見途窮哭，宜憂阮步兵。

〔**翁批**〕五排十韻。

兵車行

車轔轔，馬蕭蕭，行人弓箭各在腰。耶孃妻子走相送〔一〕，塵埃不見咸陽橋。牽衣頓足攔道哭，哭聲直上干雲霄。道旁過者問行人，行人但云點行頻。或從十五北防河，便至四十西營田。去時里正與裹頭，歸來頭白還《英華》作「猶」戍邊。邊庭《英華》作「庭」，一作「亭」流血成海水，武一作「我」皇開邊意未已。君不聞漢家山東二百州，千邨萬落生荆杞。縱有健婦把鋤犂，禾生隴畝無東西。况復秦兵耐苦戰，被驅不異犬與雞。長者雖有問，役夫敢伸恨？且如今年冬，未休關一作「隴」西卒。一云：「役夫心益憤，如今縱得休，還爲隴西卒。」縣官急索租，草堂本作「縣官云急索」，非。租稅從何出？信知生男惡，反是生女好：生女猶得嫁比鄰，生男一作「兒」，非埋没隨百草。君不見青海頭，古來白骨無人收。新鬼煩冤舊鬼哭，天陰雨濕聲一作「悲」啾啾。

〔翁批〕七古。

〔賴校〕〔一〕「送」字下，原注：「公自注云：『古樂府：不聞耶孃哭子聲，但聞黄河之水流濺濺。』後以引號標記，或欲去之。

前出塞九首

戚戚去故里，悠悠赴交河。公家有程期，亡命嬰禍羅。君已富土境，開邊一何多？棄絶父母恩，吞聲行負戈。

出門日已遠，不受途旅欺。骨肉恩豈斷？男兒死無時。走馬脱轡頭，手中挑青絲。

捷下萬仞一作「丈」，非岡，俯身試搴旗。

磨刀嗚咽水，水赤刃傷手。欲輕腸斷聲，心緒亂已久。丈夫誓許國，憤惋復何有？
功名圖麒麟，戰骨當速朽。

送徒既有長，遠戍亦有身。生死向前去，不勞吏怒嗔。路逢相識人，附書與六親。
哀哉兩決絕，不復同一作「問」，非苦辛！

迢迢萬里餘，領我赴三軍。軍中異苦樂，主將寧盡聞？隔河見胡騎，倏忽數百群。
我始爲奴僕，幾時樹功勳？

挽弓當挽强，用箭當用長；射人先射馬，擒賊《英華》作「寇」先擒王。殺人亦有限，
立一作「列」，非國自有疆。苟能制侵陵，豈在多殺傷？

驅馬天雨雪，軍行入高山。逕危抱寒石，指落曾冰間。已去漢月遠，何時築城還？
浮雲暮南征，可望不可攀。

單于寇我壘，百里風塵昏。雄劍四五動，彼軍爲我奔。虜其名王歸，繫頸授轅門。
潛身備行列，一勝何足論？

從軍十年餘，能無分寸功？衆人貴苟得，欲語羞雷同。中原有鬬爭，況在狄與戎？丈夫四方志，安可辭固一作「困」窮？

〔翁批〕五古。　一、從軍有苦樂，此又翻出一層。〔一〕　比興。〔二〕

〔賴校〕〔一〕此批釋「迢迢萬里餘」第五首詩。　〔二〕「比興」二字，批釋第七首末聯「浮雲暮南征，可望不可攀」詩句，書於「浮雲」旁。

送高三十五書記十五韻

崆峒小麥熟，且一作「吾」，非願休王師。請公問主將：焉用窮荒爲？饑鷹未飽肉，側翅隨人飛。高生跨鞍馬，有似幽并兒一作「并州兒」。脱身簿尉中，始與捶楚辭。借問今何官，觸熱向武威？答云一作「言」一書記，所媿國士知。人實不易知，更一作「尤」，非須慎其儀。十年出幕府，自可持旌麾一作「旗」，非。此行既特達，足以慰所思。一云「亦足慰遠思」。男兒功名遂，亦在老大時。常恨結驩淺，各在天一涯。又如參與商，慘慘中腸悲。驚風吹一作「飄」鴻鵠，不得相追隨。黄塵翳沙漠，念子何當一作「時」歸。邊城有餘力，早寄從軍詩。

〔**翁批**〕五古。　實十六韻。〔一〕

〔**賴校**〕〔一〕《翁批》於天頭注曰：「『十五韻』三字，在舊本如此否？似當删此三字也，詩是十六韻。」於此批旁又書「再定」二字，後以墨筆圈去，而於詩題「十五韻」旁批注「實十六韻」。

奉留贈集賢院崔于二學士國輔、休烈

昭代將垂白，途窮乃叫閽。氣衝星象表，詞感帝王尊。天老書題目，春官驗討論。倚風遺鶂路，隨水到龍門。竟與蛟螭雜，空聞一作「寧無」燕雀喧。青冥一作「雲」，非猶契闊一作「連湏洞」，凌舊作「陵」厲不一作「小」，非飛翻。儒術誠難起，家聲庶已存。故山多藥物，勝概憶桃源。欲整還鄉旆，長懷禁掖垣。謬稱三賦在，難述二公恩。公自注：「甫獻《三大禮賦》出身，二公嘗謬稱述。」

〔**翁批**〕五排十韻。　「鶂路」謂退飛也，「遺」猶忘也，「蛟螭」二句，參互承之。〔一〕

〔**賴校**〕〔一〕《翁批》「承之」，《附記》抄作「乘之」，「承」「乘」二義有别，當以《翁批》爲是。

貧交行

翻手作雲覆手雨，紛紛輕薄何須數？君不見管鮑貧時交，此道今人棄如土。

〔翁批〕七古。

送韋書記赴安西

夫子欻通貴，雲泥相望懸。白頭無藉一作「籍」〔一〕在，朱紱有哀憐。書記赴三捷一作「接」，公車留二年。欲浮江海去，此別意茫然。

〔翁批〕五律。一、趙曰：「『無藉在』，謂無所倚藉，故用對『哀憐』。舊注作『通籍』之『籍』，非是。」方綱按：申涵光〔二〕疑當作「籍貫」之「籍」，亦謬。

〔賴校〕〔一〕《翁批》原注作：「申氏疑作『籍』。」後圈去，改書「一作『籍』」。〔二〕此條爲附貼夾批，因有翁方綱按語，確爲其手筆。又申涵光（一六一八—一六七七），字孚孟，號鳧盟，一號聰山。直隸永年（今屬河北省）人。明太僕寺丞佳胤子，遺民，年十五，補諸生，順治中恩貢生，文名藉藉，絶意仕進，累薦不就。少年時，即以詩名聞河朔間，日與殷岳、張蓋相往來酬和，人稱「畿南三才子」，或號爲「廣平三君」（三人傳俱詳《清史稿·文苑傳一》）。其詩以杜甫爲宗，兼采衆家之長，

《清史稿·文苑傳一》評曰：「涵光爲詩，吞吐衆流，納之爐冶。一以少陵爲宗，而出入於高、岑、王、孟諸家。嘗謂：『詩以道性情，性情之真者，可以格帝天，泣神鬼。若專事附會，寸寸而效之，則啼笑皆僞，不能動一人矣。』尚書王士禛稱涵光開河朔詩派。學士熊伯龍謂今世詩人吾甘爲之下者，梟盟一人而已。」著有《聰山集》《荆園小語》諸書。

玄都壇歌寄元逸人

故人昔隱東蒙峰，已佩含景蒼精龍。故人今居子午谷，獨並一作「在」陰崖白一作「結」茅屋。屋前太古玄都壇，青石漠漠常《文粹》作「松」風寒。子規夜啼山竹裂，王母晝下雲旗翻一作「蟠」。知君此計成一作「誠」長往，芝草琅玕日應長。鐵鏁高垂不可攀，致身福地何蕭爽。

〔翁批〕七古。

曲江三章章五句

曲江蕭條秋氣高，菱荷枯折隨風濤，游子空嗟垂二毛。白石素沙亦相蕩，哀鴻獨叫求其曹。

即事非今亦非古，長歌激越梢林莽，比屋豪華固難數。吾人甘作心似灰，弟姪何傷淚如雨？

自斷此生休問天，杜曲幸有桑麻田，故將移住南山邊。短衣匹馬隨李廣，看射猛虎終殘年。

〔翁批〕七古。　一、翻却前人無數畦逕。〔一〕

〔賴校〕〔一〕此批係釋第二首詩首句「即事非今亦非古」。

奉贈鮮于京兆二十韻

王國稱多士，賢良復幾人？異才應間出一作「世」，爽氣必殊倫。始見張京兆，宜居漢近臣。驊騮開道路，鵰鶚離風塵。侯伯知何算一作「等」，文章實致身。奮飛超等級，容易失沉淪。脱略磻溪釣，操持郢匠斤。雲霄今已逼，台衮更誰親？鳳穴雛皆好，龍門客又新。義聲紛感激，敗績自逡巡。途遠一作「永」欲何向，天高難重陳。學詩猶孺子一作「子夏」，鄉賦忝一作「念」嘉賓。不得同晁錯，吁嗟後郄詵。計疏疑翰墨，時過憶松筠。獻納紆皇眷，中間謁紫宸。且隨諸彦集，方覬薄才伸。破膽遭前政，陰謀獨秉鈞。微生霑忌刻，萬事益酸辛。交合丹青地，恩傾雨露辰。有儒愁餓死，早晚報平津。

〔翁批〕五排二十韻。　一、以章末「前政」「忌刻」證之，則此聯「敗績」「逡巡」，即「後」字、「踈」字之影耳。　二、王西樵〔一〕云：『「計踈疑翰墨」十字中，無限頓挫。』愚按：「計」字，即指「翰墨」言。

〔賴校〕〔一〕王西樵，即王士禄（一六二六—一六七三），字子底，號西樵山人，山東新城人。爲王士禛大哥，漁洋幼學詩於西樵。順治九年壬辰（一六五二）進士，官吏部員外郎。有《表餘堂詩存》二卷、《十笏草堂詩選》九卷、《辛甲集》七卷、《上浮集》二卷。傳略參見《清詩紀事》。

白絲行

繰絲須長不須白，越羅蜀錦金粟尺。象一作「牙」牀玉手亂殷紅，萬草千花動凝碧。已悲素質隨時染一作「改」〔一〕，裂下鳴機色相射。美人細意熨貼平，裁縫滅盡針線跡。春天衣著爲君舞，蛺蝶飛來黄鸝語。落絮遊絲亦有情，隨風照日宜一作「疑」，非輕舉。香汗輕一作「清」塵汙顔色《英華》作「似微污」，一作「污不著」，開新合故置何許？君不見才《英華》作「志」士汲引難，恐懼棄捐忍羇旅。

〔**翁批**〕七古。　一、「改」字非也。然適足以見「染」字不盡之妙；且益以見上四句句尾，「白」「紅」「碧」三字相激射也。

〔**賴校**〕〔一〕《附記》所抄文字作「已非素質，隨時染，『染』，一作『改』」，《翁批》僅於原詩「染」字下注曰：「一作『改』。」《附記》偶選録一二，《翁批》注文多未抄入，凡以下同此例者，不再説明。

陪鄭廣文遊何將軍山林十首

不識南塘路，今知第五橋。名園依緑水，野竹上青霄。谷口舊相得，濠梁同見招。

平生爲幽興，未惜馬蹄遥。

百頃風潭上，千章草堂本作「重」，非夏木清。卑枝低結子，接葉暗巢鶯。鮮鯽銀絲鱠，香芹碧澗羹。翻疑柂樓底，晚飯越中行。

萬里戎王子，何年別月支？異花開《杜臆》作「來」絶域，滋蔓匝清池。漢使徒許作「慚」，非空到，神農竟不知。露翻兼雨打，開拆漸荆作「漸」，一作「日」離披。

旁舍連高竹，疎籬帶晚花。碾渦深没馬，藤蔓曲藏一作「垂」蛇。詞賦工無一作「何」益，山林跡未賒。盡捻《正異》作「拈」書籍賣，來問爾東家。

剩水滄江破，殘山碣石開。緑垂風折笋，紅綻雨肥梅。銀甲彈箏用邵作「卸」，金魚一作「盤」，非換酒來。興移無灑掃，隨意坐莓苔。

風磴吹陰一作「梅」，非雪，雲門吼瀑泉。酒醒思卧簟，衣冷欲一作「得」，非裝綿。野老來看客，河魚不取錢。秖一作「只」疑淳樸處，自有一山川。

棟一作「棘」樹寒雲色，茵蔯春藕香。脆添生菜美，陰益一作「蓋」，非食單一作「簞」，非涼。野鶴清晨出一作「至」，山精白日藏。石林蟠水府，百里獨蒼蒼。

憶過楊柳渚，走馬定昆池。醉把青荷葉，狂遺白接䍦。刺船思郢客，解水乞吴兒。坐對秦山晚，江湖興頗隨。

牀上書連屋，階前樹拂雲。將軍不好武，稚子總能文。醒酒微風入，聽詩静夜分。絺衣挂蘿薜，涼月白紛紛。

幽意忽不愜，歸期無奈何。出門流水住一作「注」，回首白雲一作「雜花」，非多。自笑燈前舞，誰憐醉後歌。秖應與朋好，風雨亦來過。

〔**翁批**〕五律。　一、須此點定題事，知初遊是夏日也，重遊則不必如是之板法矣。〔一〕　一、十首内，獨此首起句單行，是中間插入之篇法也。而獨此首結句，逐字對偶，此皆天然節奏。　一、三、四互承，此中間筆勢參錯處也。　一、初遊已作信宿矣。于《重過》[二]詩内，特以「休沐地」醒出之。

〔賴校〕〔一〕此爲第二首詩批注。以下分别爲第三、第七與第八首詩批注。標號均以「一」硃筆書之。〔二〕即卷一五律《重過何氏五首》，「休沐地」出於其第一首末聯：「重來休沐地，真作野人居。」

麗人行[一]

三月三日天氣新，長安水邊多麗人。態濃意遠淑且真，肌理細膩骨肉勻。繡一作「畫」羅衣裳照莫春，蹙金孔雀銀麒麟。頭上何所有？翠微《英華》作「爲」㔩《英華》作「匎」葉垂鬢脣。背一作「身」後何所見？珠壓腰衱一作「襻」穩稱身。就中雲幕椒房親，賜名大國虢與秦。紫駝之峰一作「珍」出翠釜，水精之盤行素鱗。犀筯厭飫久未下，鸞刀縷切空紛綸。黄門飛鞚不動塵，御厨絡繹送八珍。簫鼓一作「管」哀吟感鬼神，賓從雜一作「合」遝實要津。後來鞍馬何逡巡！當軒一作「道」下馬入一作「立」錦茵。楊花雪落覆白蘋，青鳥飛去銜紅巾。炙手可熱勢一作「世」，非絶倫，慎莫近《英華》作「向」前丞相嗔！

〔**翁批**〕七古。　一、「頭上」「背後」，此處實是二疊之音節，非三疊之音節；其有妄增者，蓋不知音節者也。必用二疊，方可以足上「繡羅」二句也。而「穩稱身」三字，又一齊收裹。

〔**賴校**〕〔一〕此詩作於唐玄宗天寶十二載（七五三）春，是杜甫十年困守長安時期的作品。

虢國夫人

虢國夫人承主恩，平明上馬入金一作「宫」門。却嫌脂粉涴顔色，澹掃蛾眉朝至尊。

〔**翁批**〕七絶。

九日曲江

綴席茱萸好，浮舟菡萏衰。百年秋已半，一作「季秋時欲半」。九日意兼悲。江水清源曲，荆門此路疑。晚來一作「年」，非高興盡，摇蕩菊花期。

〔**翁批**〕五律。

奉陪鄭駙馬韋曲二首

韋曲花無賴，家家惱殺人。緑樽須一作「雖」，非盡日，白髮好禁一作「傷」，非春。石角鈎衣破，藤梢一作「枝」刺眼新。何時占叢竹，頭戴小烏巾。

野寺垂楊裏，春畦亂水間。美花多映竹，好鳥不歸山。城郭終何事，風塵豈駐顔。誰能與〔一〕公子，薄暮欲俱還。

〔**翁批**〕五律。

〔**賴校**〕〔一〕「與」，《杜詩鏡銓》作「共」。

重過何氏五首

問訊東橋竹，將軍有報書。倒衣還命駕，高枕乃吾廬。花妥鶯捎蝶，溪喧獺趁魚。重來休沐地，真作野人居。

山雨樽仍在，沙沉榻未移。犬迎曾宿客，顧陶本作「犬憎閑宿客」。鴉護落巢兒。雲薄翠微寺，天清《雍録》作「寒」黄趙定作「皇」子陂。向來幽興極，步屧一作「屣」，一作「屐」到邵作「過」，一作「向」東籬。

落日平臺上，春風啜茗時。石欄斜點筆，桐葉坐題詩。翡翠鳴衣桁，蜻蜓立釣絲。自今幽興熟，一云「自逢今日興」。來往亦無期。

頗怪朝參懶，應耽野趣長。雨抛金鎖甲，苔卧緑沉槍。手自移蒲柳，家纔足稻粱。看君用幽意，白日到羲皇。

到此應常一作「嘗」宿，相留可判年。蹉跎暮容色一作「鬢」，悵望好林泉。何日霑微禄，歸山買薄田？斯遊恐不遂，把酒意茫然。

〔翁批〕五律。　一、前遊云「賣」，特詩境之波瀾；後遊云「買」，乃詩懷之歸宿。

陪諸貴公子丈八溝携妓納凉晚際遇雨二首

落日放船好，輕風生浪遲。竹深留客處，荷净納凉時。公子調冰水，佳人雪藕絲。片雲頭上黑，應是雨催詩。

雨來霑席上，風急一作「惡」打船頭。越女紅裙〔一〕濕，燕姬翠黛愁。纜侵堤柳繫，幔卷一作「宛」，非浪花浮。歸路翻蕭颯，陂塘五月秋。

〔翁批〕五律。

〔賴校〕〔一〕《杜詩鏡銓》「裙」作「妝」。

杜詩附記卷弟二

大興翁方綱學

醉時歌公自注：「贈廣文館博士鄭虔。」

諸公袞袞登臺一作「華」省，廣文先生官獨冷。甲第紛紛厭粱肉，廣文先生飯不足。先生有道出羲皇，先生有才一作「文」過屈宋。德尊一代常坎軻一作「壈」，名垂萬古知何用？杜陵野客人更一作「見」，非「嗤」，被褐短窄一作「穴」鬢如絲。日糴太倉五升米，時赴鄭老同襟期。得錢即相覓，沽酒不復疑，忘形到爾汝，痛飲真一作「直」吾師。清夜沉沉動春酌，燈一作「簷」前細雨簷一作「燈」花落。但覺高歌有一作「感」鬼神，焉知餓死填溝壑？相如逸才親滌器，子雲識字終投閣。先生早賦歸去來，石田茅屋荒蒼苔。儒術於我何有哉？孔丘盜跖俱塵埃。不須聞此意慘愴，生前相遇且銜杯。

〔翁批〕七古。　一、阮亭先生〔一〕欲删去「相如」二句，蓋與其欲删小謝〔二〕「廣平、茂陵」一聯之意正相類，而不知其實不可删也〔三〕，正當合謝詩讀之。

〔**賴校**〕〔一〕阮亭先生，即王士禛。〔二〕小謝，爲南北朝謝朓，係與「大謝」謝靈運相對而言。其下「廣平、茂陵」一聯，出於謝朓《新亭渚别范零陵雲》詩，曰：「洞庭張樂地，瀟湘帝子遊。雲去蒼梧野，水還江漢流。停驂我悵望，輟棹子夷猶。廣平聽方藉，茂陵將見求。心事俱已矣，江上徒離憂。」〔三〕《翁批》至此爲止。下句「正當合謝詩讀之」，爲《附記》所抄見，依此推知，《附記》所抄本，恐非此《翁批》手稿本，疑係過録清稿本。

城西陂泛舟

青蛾一作「娥」，非皓齒在樓船，横笛短簫悲遠天。春風自信牙檣動，遲日徐看錦纜牽。魚吹細浪摇歌扇，燕蹴飛花落舞筵。不有小舟能蕩槳，百壺那送酒如泉？

〔**翁批**〕七律。　蘀石云：「平聲之下，所以要如此接，乃悟其非拗也。五、六還本位，而三、四蓋非拗，知此者鮮矣。」〔一〕

〔**賴校**〕〔一〕《翁批》以長條形硃筆，記之於第三句「春風自信牙檣動」之「春」字旁，以示所録蘀石引文，所以增補此句聲義。《附記》則未見抄録。

渼陂行

岑參兄弟皆好奇，攜我遠來遊渼陂。天地黤慘忽異色，波濤萬頃〔一〕堆琉璃。琉璃汗漫泛舟入，事殊興極憂思集。鼉作鯨吞不復知，惡風白浪何嗟及。主人錦帆相爲開，舟子喜甚無氛埃。鳧鷖散亂棹謳發，絲管啁啾空翠來。沉竿續縵一作「蔓」深莫測，菱山谷作「芡」葉荷花净一作「静」如拭。宛在中流渤澥清，下歸無極一云「下臨無地」終南黑。半陂以南純浸山，動影裊窕冲融間。船舷暝戛雲際寺，水面月出藍田關。此時驪龍亦吐珠，馮夷擊鼓群龍趨。湘妃漢女出歌舞，金支翠旗光有無。咫尺但愁雷雨至，蒼茫不曉神靈意。少壯幾時奈老何，向來哀樂何其多？

〔翁批〕七古。

〔賴校〕〔一〕《杜詩鏡銓》「萬頃」作「萬里」。

渼陂西南臺

高臺面蒼陂，六月風日冷。蒹葭離披去，天水相與永。懷新目似擊，接要心已領。

仿像識鮫人，空濛辯魚艇。錯磨終南翠，顛倒白閣影。崷崒增光陰一作「輝」，乘陵惜俄頃。勞生愧嚴鄭，外物慕張邴。世復輕驊騮，吾甘雜鼃黽。知歸俗所忌一作「可忽」，取適一作「足」事莫並。身退豈待官，老來苦便静。况資菱芡足，庶結茅茨迥。從此具扁舟，彌年逐清景。

〔翁批〕五古。一、前六韻、後六韻，自成章法，此皆自大謝〔一〕來。二、「便静」，以静爲便適也；「便」字自作平聲讀，而二字義不雙對，與上句「待官」虚實正同。

〔賴校〕〔一〕「大謝」即謝靈運。

與鄠縣源大少府宴渼陂得「寒」字

應爲西陂好，金錢罄一餐。飯抄雲子白，瓜嚼水精寒。無計迴船下，空愁避酒難。主人情爛漫，持答翠琅玕。

〔翁批〕五律。

贈田九判官梁丘

崆峒使節上青霄，河隴降王款聖朝。宛馬總肥秦一作「春」苜蓿，將軍只數漢一作「霍」嫖姚。陳留阮瑀誰争長，京兆田郎早見招。麾下賴君才竝入一作「美」，獨能無意向漁樵。

〔翁批〕七律。

投贈哥舒開府翰二十韻

今代麒麟閣，何人第一功？君王自神武，駕馭必英雄。開府當朝傑，論兵邁古風。先鋒百戰一作「勝」在，略地一作「妙略」兩隅空。青海無《英華》作「飛」傳箭，天山早挂弓。廉頗仍走敵，魏絳已和戎。每惜河湟棄，新兼節制通。智謀垂睿《英華》作「眷」想，出入冠諸公。日月低秦樹，乾坤繞漢宫。胡人愁逐北，宛馬又從東。受命邊沙一作「軍麾」遠，歸來御席同。軒墀曾寵鶴，畋獵舊非熊。茅土加名數，山河誓始終。策行遺《英華》作「宜」，非戰伐，契合動昭融。勳業青冥上，交親氣概中。未爲珠履客，已見一作「是」白頭翁。壯節初題柱，生涯獨轉蓬。幾年春草歇，今日暮途窮。軍事留孫楚，行間識吕蒙。

一作：「鄉曲輕周處，將軍拔呂蒙。」防身一一作「腰將有」長劍，將一作「聊」欲倚崆峒。

〔**翁批**〕五排。一、百十九篇五排，備盡章法變化之妙，而此尤開卷之最蜿蜒騰踔者。二、「遺」，猶忘也，言其策略之神妙，有在乎戰伐之外者。

〔**翁注**〕「君王自神武」，「自」字乃自身之自，非自然、自是之自。「紫燕自超詣」同此。〔一〕

〔**賴校**〕〔一〕此段文字抄録於《附記》，《翁批》則未之見。

寄高三十五書記

歎息高生老，新詩日又多。美名人不及，佳句法如何？主將收才子，崆峒足凱歌。聞君已朱紱，且得慰蹉跎。

〔**翁批**〕五律。

送張十二參軍赴蜀州因呈楊五侍御

好去張公子，通家別恨添。兩行秦樹直，萬點蜀山尖。御史新驄馬，參軍舊紫髯。皇華吾善處，于汝定無嫌。

〔**翁批**〕五律。

贈陳二補闕

世儒多汩没，夫子獨聲名。獻納開東觀，君王問長卿。皂鵰寒始急，天馬老能行。自到青冥裏，休看白髮生。

〔**翁批**〕五律。

病後過一作「遇」王倚飲贈歌

麟角鳳觜世莫辯一作「識」，非，煎膠續弦奇自見。尚看王生抱此懷，在於甫也何由羨？且遇一作「過」王生慰疇昔，素知賤子甘貧賤。酷見凍餒不足耻，多病沉年苦無健。王生怪我顔色惡，答云伏枕艱難遍：瘧癘三秋孰可忍？寒熱百日交相戰。頭白眼暗坐有胝，肉黄皮皺命如綫。惟生哀我未平復，爲我力致美肴膳。遣人向市賒香粳一作「秔」，唤婦出房親自饌。長安冬菹酸且緑，金城土酥浄如練。兼求畜一作「富」豪一作「豕」且割鮮，密沽斗酒諧終宴。故人情義一作「味」晚誰似？令我手足輕欲旋。老馬爲駒信一作「驄」，非不虛，當時得意況深眷。但使殘年飽喫飯，只願無事長相見。

〔**翁批**〕七古。　　一、七古仄韻，一韻〔一〕到底之作。　　二、「飯」字，不算韻。

〔**賴校**〕〔一〕「一韻」二字，《附記》所抄，《翁批》眉批未見此二字。

送裴二虬尉永嘉

孤嶼亭何處？天涯水氣中。故人官就此，絶境興一作「與」誰同？隱吏逢梅福，遊山憶謝公。扁舟吾已就一作「僦」，王作「具」，一作「買」，把釣一作「只是」待秋風。

〔**翁批**〕五律。

贈獻納使一本無「使」字**起居田舍人澄**

獻納司存雨露邊一作「偏」，地分清切任才賢。舍人退食收封事，宮女開函捧一作「近」御筵。曉漏追趨一作「飛」青瑣闥，晴窓點檢白雲篇。揚雄更有河東賦，唯待吹噓送上天。

〔**翁批**〕七律。

崔駙馬山亭宴集

蕭史幽棲地，林間踏鳳毛。洑流何處入，亂石閉門高。客醉揮金椀，詩成得繡袍。清秋多宴會一云「賞樂」，終日困香醪。

〔**翁批**〕五律。

示從孫濟

平明跨驢出，未知一作「委」，非適誰門。權門多噂沓，且復尋諸孫。諸孫貧無事，宅一作「客」舍如荒村。堂前自生竹，堂後自生萱。萱草秋已死，竹枝霜不蕃吴作「繁」，郭作「翻」。淘米少汲水，汲多井水渾。刈葵莫放手，放手傷葵根。阿翁懶惰久，覺兒行步奔。所來一作「求」，非爲宗族，亦不爲盤飧。小人利口實一云「實利口」，薄俗難具論。勿受外嫌猜，同姓古所敦。

〔**翁批**〕五古。　一、比興兩段，凡四層，銜接變化。

九日寄岑參

出門復入門，雨一作「兩」，非脚但如一作「仍」舊。所向泥活活一作「浩浩」，思君令人瘦。沉吟坐西一作「秋」軒，一作「吟卧軒窗下」，非。飲一作「飯」食錯昏晝。寸步曲江頭，難爲一相就。吁嗟乎一作「呼」，非蒼生，稼穡不可救。安得誅雲師？疇能補天漏？大明韜日月，曠野號禽獸。君子强逶迤，小人困馳驟。維南有崇山，恐一作「漭」與川浸溜。是節一作「時」東籬菊，紛披爲誰秀？岑生多新詩一作「語」，性亦是醇酎。采采黄金花，何由滿一作「灑」，非衣袖？

〔**翁批**〕五古。

嘆庭前甘菊花

庭一作「堦」，一作「簷」前甘菊移時晚，青蕊重陽不堪摘。明日蕭條醉盡醒一作「盡醉醒」，殘花爛漫開何益？籬邊野外多衆芳，采擷細瑣升中堂。念兹空長大枝葉，結根失所纏一作「埋」風霜。

〔翁批〕七古。

承沈八丈東美除膳部員外郎阻雨未遂馳賀奉寄此詩

今日西京掾，多除南省郎。公自注：「府掾四人，同日拜郎。」通家惟沈氏，謁帝似馮唐。詩律群公問，儒門舊史長。清秋便寓直，列宿頓輝光。未暇申宴一作「安」，非慰，含情空激揚。司存何所比，膳部默悽傷。公自注：「甫大父昔任此官。」貧賤人事略，經過霖潦妨。禮同諸父長，恩豈布衣忘？天路牽騏驥，雲臺引棟梁。徒懷貢公喜，颯颯鬢毛蒼。

〔翁批〕五排十韻。一、篇首「馮唐」，篇末「貢公」，各自單用，亦成章法。

苦雨奉寄隴西公兼呈王徵士公自注：「隴西公，即漢中王瑀；徵士，瑯琊王徹。」

今秋乃淫雨，仲月來寒風。群木水光下，萬家一作「象」，非雲氣中。所思礙行潦，九里信不通。悄悄素滻路，迢迢天漢東。願騰六尺馬一作「駒」，背若孤征鴻。劃見公一作「君」子面，超然懽笑同。奮飛既胡越，局促傷樊籠。一飯四五起，憑軒心力窮。嘉蔬没溷濁，時菊碎榛叢。鷹隼亦屈猛，烏鳶何所蒙。式瞻北鄰居，取適南巷翁。挂席釣川漲，焉知清興終。

〔**翁批**〕五古。

秋雨嘆三首

雨中百草秋爛死，階下決明顏色鮮。著葉滿枝翠羽蓋，開花無數黃金錢。涼風蕭蕭吹汝急，恐汝後時難獨立。堂上書生空白頭，臨風三嗅馨香泣。

闌一作「蘭」風伏《英華》作「長」，荆公作「仗」雨秋紛紛，四海一云「萬里」八荒同一雲。去馬來牛不復辯，濁涇清渭何當分？禾一作「木」頭生耳黍穗黑，農夫田父一作「婦」無消息。城中斗一作「㪷」米換一作「抱」衾裯，非相許寧論兩相直？

長安布衣誰比數，反鎖衡門守環堵。老夫不出長蓬蒿，稚子無憂走風雨。雨聲颼颼催早寒，胡雁翅濕高飛難。秋來未曾陳浩然本作「省」見白日，泥污后一作「厚」土何時乾？

〔**翁批**〕七古。

〔**翁注**〕陸氏〔一〕《釋文》：「三嗅，音許又反。」杜公讀與今俗塾同，竟何怪乎！〔二〕

〔**賴校**〕〔一〕陸氏，即陸德明（五五〇—六三〇），名元朗，表字德明，以字行，蘇州吴縣人。儒學者，秦王府十八學士之一。著書《經典釋文》三十卷、《老子疏》十五卷、《易疏》二十卷。〔二〕此條爲《附記》所抄，《翁批》稿本未見録。

奉贈太常張卿垍舊作「均」，黄鶴定作「垍」〔一〕二十韻

方丈三韓外，崑崙萬國西。建標天地闊，詣絶古今迷。氣得神仙迥，恩承雨露低。相門清議衆，儒術大名齊。軒冕羅天一作「高」闕，琳瑯識介珪。伶官詩必誦，夔樂典猶稽。健筆凌鸚鵡，銛鋒瑩鸊鵜。友于皆挺拔，公望各端倪。通籍踰青瑣，亨衢照紫泥。靈虬傳夕箭，歸馬散霜蹄。能事聞重譯，嘉謨及遠黎。弼諧方一展，班序更何躋。適越空顛躓，遊梁竟慘悽。謬知終畫虎，微分是醯雞。萍泛一作「跡」，非無休日，桃陰想舊蹊。吹嘘人所羡，騰躍事仍睽。碧海真難涉，青雲不可梯。顧深慙一作「忘」，非鍛鍊，才小辱提携。檻束哀猿叫一作「巧」，非，枝驚夜鵲棲。幾時陪羽獵，應指釣璜溪。

〔**翁批**〕五排。　一、前十二韻，後八韻。

〔**賴校**〕〔一〕《翁批》有貼條夾批曰：「此條『均』『垍』二字未定。」《附記》則未見抄録。

上韋左相二十韻

鳳歷軒轅紀，龍飛四十春。八荒開壽域，一氣轉洪鈞。霖雨思賢佐，丹青憶舊樊作「舊」，一作「老」，一作「直」臣。應圖求駿馬，驚代〔二〕得騏驎一作「麒麟」。沙汰江河《英華》作「湖」濁，調和鼎鼐新。韋賢初相漢，范叔已歸秦。盛業今如此，傳經固絶倫。豫樟深出地，滄海闊無津。北斗司喉舌，東方領搢一作「縉」紳。持衡留藻鑑，聽履上星辰。獨步才超古，餘波德照鄰。一云「餘陰照北鄰」，非。聰明過管輅，尺牘倒陳遵。豈是池中物？由來席上珍。廟堂知至理，風俗盡還淳。才傑俱登用，愚蒙但隱淪。長卿多病久，子夏索居頻黄作「貧」，非。回首驅流俗，生涯似衆人。巫咸不可問，鄒魯莫容身。感激時將晚，蒼茫興有神。爲公《英華》作「君」歌此曲，涕淚在衣巾。

〔**翁批**〕五排。

一、「豈是池中物」一聯，乃渾言韋公所接之士，實已暗自寓矣。蓋其文勢承上「照鄰」「驚座」二句，既已説到接引人物，是以突插此二句於「廟堂」「至理」，「風俗」「還淳」之上，即所謂「才傑俱登用」也。「風俗」「還淳」而云「盡」，「才傑」「登用」而云「俱」者，即上所云「德照鄰」也。「廟堂」「至理」而云「知」者，即上所云「藻鑑」

「聰明」也。解此，則「但」字一轉，乃更有力。

〔賴校〕〔一〕原注：「今當作『世』。」蓋避唐太宗李世民諱而改，《翁批》圈去不用。

沙苑行

君不見左輔白沙如白水一作「白如水」，繚以周墻百餘里。龍媒昔是渥洼生，汗血今稱獻於此。苑中騋牝三千匹，豐草青青寒不死。食之豪健西域無一云「勝西域」，每歲攻一作「收」，一作「牧」駒冠邊鄙。王有虎臣司苑門，入門天廄皆雲屯。驌驦一骨獨當御，春秋二時歸一作「朝」至尊。至尊内外馬盈億，伏櫪在坰空大存。逸群絶足信殊傑，倜儻權奇難具論。纍纍塠阜藏奔突，往往坡陀縱超越。角壯翻同《英華》作「騰」麋鹿遊，浮深簸蕩黿鼉窟。泉出巨魚長比人，丹砂作尾黃金鱗。豈知異物同精氣，雖未成龍亦有神。

〔翁批〕七古。　特書。〔一〕　一、「異物」，謂魚與馬也。

〔賴校〕〔一〕此條爲眉批，以硃筆長形標記於「王有虎臣司苑門」之「王」字旁，以示「王」字精警作用。《附記》則未見抄。

橋陵詩三十韻因呈縣内諸官

先帝昔晏駕，兹山朝百靈。崇岡擁象設，沃野開天庭。即事壯重險，論功超五丁。坡陀因一作「用」厚地一作「力」，却略羅峻屏。雲闕虚冉冉，松風肅泠泠。石門霜露一作「霧」白，玉殿莓苔青。宫女晚一作「曉」，非知曙，祠官一作「臣」朝見星。空梁簇畫戟，陰井敲銅瓶。中使日夜繼一作「日相繼」，一作「日繼夜」，惟王心不寧。豈徒卹備享，尚謂求無形。孝理敦國政，神凝推道經。瑞芝産廟柱，好鳥鳴一作「巢」，一作「宿」巖扃。高嶽前嵂崒，洪河左瀅濙一作「瀠」。金城蓄峻趾，沙苑交迴汀。永與奥區固，川原紛眇冥。居然赤縣立，臺榭争岧亭。官屬果稱是，聲華真一作「宜」可聽。王劉美竹潤，裴李春蘭馨。鄭氏才振古，啖侯筆不停。遣詞必中律，利物常發硎。綺繡相展轉，琳琅愈一作「逾」青熒。側聞魯恭化，秉德崔瑗銘。太史候鳧影，王喬隨鶴翎。朝儀限霄漢，客思迴林坰。轗軻辭下杜，飄飖凌一作「陵」濁涇。諸生舊短一作「裋」褐，旅泛一浮萍。荒歲兒女瘦，暮途涕泗[一]零。主人念老馬，廨署一作「宇」容或作「寄」，一作「客」，非秋螢。流寓理豈愜，窮愁醉未一作「不」醒。何當擺俗累，浩蕩乘滄溟？

一、神光所攝，大氣迴薄，乃近日評者，頓折收束。〔三〕

〔**翁批**〕五古。 从此濬發。〔二〕 或苦其有累句，何也？

〔**賴校**〕〔一〕「涕泗」，《杜詩鏡銓》作「涕淚」。 〔二〕此條爲夾批，書於「推道經」三字，《附記》未抄録。 〔三〕此條爲夾批，書於「限霄漢」三字旁，《附記》未抄録。

送蔡希魯一作「曾」**都尉還隴右因寄高三十五書記**公自注：「時哥舒入奏，勒蔡子先歸。」

蔡子勇成癖，彎弓西射胡。健一作「男」兒寧鬬死，壯士耻爲儒。官是先鋒得，才緣挑戰須。身輕一鳥過，槍急萬人呼！雲幕隨開府，春城赴一作「入」上都。馬頭金匼匝一作「狎帢」，駞背錦模糊。咫尺雪一作「雲」山路，歸飛青一作「西」海隅。上公猶荆作「獨」，非寵錫，突將且前驅。漢使一作「水」黄河遠，凉州白麥枯。因君問消息，好在阮元瑜？

〔**翁批**〕五排。

醉歌行公自注：「别從姪勤，落第歸。」

陸機二十作文賦，汝更少年能綴文。總角草書又神速，世上兒子徒紛紛。驊騮作駒已汗血，鷙鳥舉翮連青雲。詞源一作「賦」倒流一作「傾」三峽水，筆陣獨掃千人軍。只今年浩然本作「生」纔十六七，射策君門期第一。舊穿楊葉真自知，暫蹶霜蹄未爲失。偶然擢秀非難取，會是排風有毛質。汝身已一作「即」見唾成珠，汝伯何由髮如漆？春光潭一作「淡」沲秦東亭，渚蒲牙白水荇青。風吹客衣日杲杲，樹攪離思花冥冥。酒盡沙頭雙玉瓶，衆賓皆一作「已」醉我獨醒。乃知貧賤别更苦，吞聲躑躅涕淚零。

〔翁批〕七古。

陪李金吾花下飲

勝地初相引，徐一作「余」，非行得自娱。見輕吹鳥毳，隨意數花鬚。細草稱偏坐一作「偏稱坐」，香醪懶再沽。醉歸應犯夜，可怕李一作「執」金吾。

〔翁批〕五律。

官定後戲贈公自注：「時免河西尉，爲右衛率府兵曹。」

不作河西尉，淒涼爲折腰。老夫怕趨走，率府且逍遥。耽酒須微禄，狂歌託聖朝。故山歸興盡，回首向風飈。

〔**翁批**〕五律。

去矣行

君不見韝上鷹，一飽即飛掣。焉能作堂上燕，銜泥附炎熱？野人曠蕩無靦顔，豈可久在王侯間？未試囊中餐玉法，明朝且入藍田山。

〔**翁批**〕七古。

夜聽許十一一作「許十損」，一作「許十」**誦詩愛而有作**

許生五臺賓，業白出石壁。余亦師粲可，身猶縛禪寂。何階子方便，謬引爲匹敵。離索晚相逢，包蒙欣有擊。誦詩渾一作「混」，非遊衍，四座皆一作「俱」辟易。應手看捶鈎，清心聽鳴鏑。精微穿溟涬，飛動摧霹靂。陶謝不枝梧，風騷共推激。紫燕舊作「鸞」自超詣，翠駮誰剪剔。君意人莫知，人間夜寥闃。

〔**翁批**〕五古。一、末句帶繳「禪寂」意。

戲簡鄭廣文虔兼呈蘇司業源明

廣文到官舍，繫一作「置」馬堂階下。醉則一作「即」騎馬歸，頗遭官長罵。才名三《英華》作「四」，《唐書》亦作「四」十年，坐客寒無氈。賴一作「近」有蘇司業，時時乞一作「與」酒錢。

〔**翁批**〕五古換韻。

夏日李公一云「李家令」見訪公自注：「李時爲太子家令。」

遠林暑氣薄，公子過我遊。貧居類村塢，僻近城南樓。傍舍頗淳樸，所須一作「願」亦易求。隔屋喚西家，借問有酒不？墻頭過濁醪，展席俯長流。清風左右至，客意已驚秋。巢多衆鳥鬭一作「喧」，葉密鳴蟬稠。苦遭一作「道」此物聒，孰謂陳作「語」吾廬幽？水花晚色静樊作「凈」，庶足充淹留。預恐樽中盡，更起爲君謀。

〔**翁批**〕五古。　一、「此物」二句，開啓元遺山〔一〕筆法。

〔**賴校**〕〔一〕元遺山，即元好問（一一九〇—一二五七），字欲之，號遺山，世稱「遺山先生」。河東北路忻州秀容（山西忻州）人。出生於世代書香的官宦人家，系出元魏，七歲能詩，金宣宗興定三年（一二一九）進士，官至尚書省左司員外郎。金亡不仕。古文繼承韓、柳，結構嚴密。詩主風骨，反對浮艷；其《論詩絶句三十首》，在文學批評史上頗有地位。編有《中州集》，著有《遺山集》《續夷堅志》。

天育驃騎《英華》作「圖」歌

吾聞天子之馬走千里，今之畫圖無乃是？是何意態雄且傑，駿趙作「駿」尾蕭梢朔風起。毛爲緑縹兩耳黄，眼有紫焰雙瞳方。矯矯一作「矯然」龍性一云「矯龍性逸」合草堂本云：「東坡書作『含』。」變化，卓立天骨森開張。伊昔太僕張景順，監牧攻駒一作「考牧攻駒」，一作「考牧神駒」閲清峻。遂令大奴守胡仔云：「東坡書作『字』。」天育，别養驥子憐神駿一作「俊」。當時四十萬匹馬，張公歎其材盡下。故獨寫真傳世人，見之座右久更新。年多物化空形影，嗚呼健步無由騁！如今豈無騕〔一〕褭與驊騮，時無王良伯樂死即休！

〔**翁批**〕七古。

〔**賴校**〕〔一〕仇兆鰲《杜詩詳注》與楊倫《杜詩鏡銓》，「腰」俱作「騕」，當以「騕」爲是。

驄馬行公自注：「太常梁卿敕賜馬也，李鄧公愛而有之，命甫製詩。」

鄧公馬癖人共知，初得花驄大宛種。夙昔傳聞思一見，牽來左右神皆竦。雄姿逸態何崷崒，顧影驕嘶自矜寵。隅自青熒夾鏡懸，肉駿荆公改作「駿」碨礌連錢動。朝來久草堂作「少」試華軒下，未覺千金滿高價。赤汗微生白雪毛，銀鞍却覆香羅帕。卿家舊賜公取之一作「能取」，一作「有之」，天廄真龍此其亞。晝洗須騰涇渭深，朝荆作「夕」，一作「晨」趨可刷幽并夜。吾聞良驥老始成，此馬數年人更驚。豈有四蹄疾於鳥，不與八駿俱先鳴。時俗造次那得致，雲霧晦冥方降精。近聞下詔喧都邑，肯使一作「知有」麒〔一〕驎地上行。

〔**翁批**〕七古。

〔**賴校**〕〔一〕此「麒」字，仇兆鰲《杜詩詳注》與楊倫《杜詩鏡銓》俱作「騏」，《翁批》當誤，應正之。

魏將軍歌

將軍昔著從事衫，鐵馬馳突重兩銜。被堅執鋭略西極，崑崙月窟東嶄巖。君門羽林萬猛士，惡若哮虎子所監。五年起家列霜戟，一日過海收風帆。平生流輩徒蠢蠢，長安少年氣欲盡。魏侯骨聳精爽緊，華嶽峰尖見秋隼。星纏寶校金盤陀，夜騎天駟超天河。欃槍熒惑不敢動，翠蕤雲旓相蕩摩。吾爲子起歌都護：酒闌插劍肝膽露，鉤陳蒼蒼玄武暮舊作「風玄武」。萬歲千秋奉明主〔一〕，臨江節士安足數！

〔**翁批**〕七古。　一、上有「欃槍、熒惑」，故收場以「鉤陳、玄武」配足之。

〔**賴校**〕〔一〕「明主」，《杜詩鏡銓》作「聖明」。

白水明府舅宅喜雨得「過」字

吾舅政如此，古人誰復過。碧山晴又濕，白水雨偏多。精禱既不昧，歡娛將謂何？湯年旱頗甚，今日醉絃歌。

〔**翁批**〕五律。

九日楊奉先會白水崔明府

今日潘懷縣，同時陸浚儀。坐開桑落酒，來把菊花枝。天宇清霜净，公堂宿霧披。晚酣留客舞〔一〕，鳧舄共差池。

〔翁批〕五律。

〔賴校〕〔一〕「晚酣留客舞」，《杜詩鏡銓》作「晚來留客醉」。

自京赴奉先縣詠懷五百字

杜陵有布衣，老大意轉拙。許身一何愚？竊比稷與契。居然成濩落，白首甘契闊。蓋棺事則已，此志常覬豁。窮年憂黎元，歎息腸内熱。取笑同學翁，浩歌彌激烈。非無江海志，蕭灑送日月。生逢堯舜君，不忍便永訣。當今廊廟具，構厦豈云缺？葵藿傾太陽，物性固莫一作「難」奪。顧惟螻蟻輩，但自求其穴。胡爲慕大鯨，輒擬偃溟渤？以兹悟生理，獨耻事干謁。兀兀遂至今，忍爲塵埃没。終愧巢與由，未能易其節。沉飲聊自遣一作「適」，放歌頗《杜臆》作「破」，非愁絶。歲暮百草零，疾風高岡裂。天衢陰崢嶸，客子中夜發。霜嚴衣帶斷，指直不得一作「能」結。凌晨過驪山，御榻在嵽嵲。蚩尤塞寒空，蹴踏崖谷滑。瑶池氣鬱律，羽林相摩戛。君臣留歡娱，樂動殷樛嶱荆公、歐公定爲「膠葛」，《正異》作「嶱嵑」。賜浴皆長纓，與宴非短一作「裋」褐。彤庭所分帛，本自寒女出。鞭撻一作「箠」其夫家，聚斂貢城闕。聖人筐篚恩，實願一作「欲」邦國活。臣如忽至理，君豈棄此物？多士盈朝廷，仁者宜戰慄。況聞内金盤，盡在衛霍室。中堂舞一作「有」神仙，煙霧蒙一作「散」玉質。煖客貂鼠裘，悲管逐清瑟。勸客駝蹄羹，霜橙壓香橘。朱門酒肉一作「瓮」臭，路有凍死骨。榮枯咫尺異，惆悵難再述。北轅就涇渭，官渡又改轍。群水一作「冰」從西下，極目高崒兀。疑是崆峒來，恐觸天柱折。河梁幸未拆，枝撑聲窸窣。行李一作「旅」相攀援，川廣不可越。老妻寄異縣，十口隔風雪。誰能久不顧？庶往共饑渴。入門聞號咷，幼子飢一作「餓」已卒。吾寧捨一哀？里巷亦嗚咽。所愧爲人父，無食致夭折。豈知秋禾一作「未」，誤登，貧窶有倉卒。生常免租税，名不隸征伐。撫跡猶酸辛，平人固騷屑。默思失業徒，因念遠戍卒。憂端齊終南，澒洞不可掇。

〔**翁批**〕五古。　一、此篇與《北征》相爲表裏。　二、「螻蟻輩」，别有喻也，以兹句是轉非

承。　此太史遷叙事勝場也。峰巒坡陀〔二〕，凡作二層寫。〔三〕

〔賴校〕〔一〕「坡陀」一詞，亦見於本詩下二首《奉同郭給事湯東靈湫作》，「坡陀」者，猶言「靡迤」（參見唐顔師古《匡謬正俗》），漢司馬相如《子虛賦》曰：「罷池坡陀，下屬江河。」又《哀二世賦》曰：「登坡陀之長坂。」〔二〕此條爲眉批，書於「彤庭所分帛，本自寒女出」之上。

奉先劉少府新畫山水障歌

堂上一作「中」不合生楓樹，怪底江山一作「山川」起煙霧。聞君掃却赤縣圖，乘興遣畫滄洲趣。畫師亦無數，好手不可遇。對此融心神，知君重毫素。豈但祁岳與鄭虔，筆跡遠過楊契丹。得非玄圃裂一作「坼」？無乃瀟湘翻？悄然坐我天姥下，耳邊已似〔一〕聞清猿。反思前夜風雨急，乃一作「恐」是蒲黄作「滿」城鬼神入。元氣淋漓障猶濕，真宰上訴天應泣。野亭春還雜花遠，漁翁暝踏孤舟立。滄浪水深青溟闊，《英華》作「滄浪之水清且闊」。欹岸側島《英華》作「欹峰側岸」秋毫末。不見湘妃鼓瑟時，至今斑竹臨江活。劉侯天機精，愛畫入骨髓。自有兩兒郎，揮灑亦莫比。大兒聰明到，能添老樹巔崖裏。小兒心孔開，貌得山僧及童子。若耶溪，雲門寺，吾獨胡一作「何」爲在泥滓？青鞋布襪從此始。

〔**翁批**〕七古。　一、坡公固云「萬象攝入牟尼珠」〔二〕，然安能似杜之吸入衆景，運實于虚耶？其妙在「元氣」二句，已包攝盡矣。所以，「野亭」「漁翁」「水島」「湘竹」，色色玲瓏，無不出神耳。

〔**賴校**〕〔一〕「似」，《杜詩鏡銓》作「是」。　〔二〕「坡公」即蘇東坡，翁方綱因得宋本蘇詩，命其齋曰蘇齋，自號蘇齋，詩藝及書法均深受東坡影響。「萬象攝入牟尼珠」句，亦見於翁方綱《復初齋詩集》卷五十二《金瑶岡一百二十本梅花書屋圖》。按：金瑶岡，即金芝原，爲翁方綱門人。

奉同郭給事湯東靈湫作

東山氣鴻濛，宫殿居上頭。君來必十月，樹羽臨九州。陰火煮玉泉，噴薄漲巖幽。有時浴赤日，光抱空中樓。閬風入轍跡，曠一作「廣」原一作「野」，非延冥搜。沸《正異》作「拂」天萬乘動，觀水百丈湫。幽靈一作「靈湫」斯一作「新」可佳一作「怪」，王命官屬休。初聞龍用壯，擘石摧林丘。中夜窟宅改，移因風雨秋。倒懸瑶池影，屈注滄一作「蒼」江流。味如甘露漿，揮弄滑且柔。翠旗澹偃蹇，雲車紛少留。簫鼓蕩四溟，異香泱漭浮。鮫人獻微綃，曾祝沉豪牛。百祥奔盛明，古先莫能儔。坡陀金蝦蟆，出見蓋有由。至尊顧之笑，王母不遺一作「青」收。復歸虛無底，化作長黄一作「龍與」虬。飄飄一作「飖」，非青瑣郎，文采珊瑚鉤。浩歌渌水曲，清絶聽者愁。

〔**翁批**〕五古。　一、叙一處之景事，而時事無不具見。　二、《穆天子傳》〔一〕「曾祝佐之」，郭璞注：「曾，猶重也。」據此，「曾」字者，層也。大約此篇多用《穆天子傳》語，乃合「王母」一段迷離神理。

〔**賴校**〕〔一〕《穆天子傳》，作者不詳，約成書於戰國時期，記周穆王巡遊事。西晉時出土，經當時人整理分爲五卷，今本將周穆王美人盛姬死事一卷併入，共六卷。《穆天子傳》是《汲冢書》中唯一流傳至今的一種。西晉時著作佐郎郭璞爲《穆天子傳》作注。郭璞，字景純，河東聞喜縣（今屬山西省）人，西晉建平太守郭瑗之子。東晉著名學者，既是文學家、訓詁學家，又是道學術數大師與遊仙詩的祖師。曾注釋《周易》《爾雅》《山海經》《穆天子傳》《方言》與《楚辭》等。郭璞一生詩文著作多達百卷以上，數十萬言，《晉書·郭璞傳》稱其「詞賦爲中興之冠」。

後出塞五首

男兒生世間，及壯當封侯。戰伐有功業，焉能守舊丘？召趙作「占」募赴薊門，軍動不可留。千金裝馬鞭一作「鞍」，百金裝刀頭。閭里送我行，親戚擁道周。斑白居上列，酒酣進庶羞。少年別有贈，含笑看吴鈎。

朝進東門營一作「營門」，暮上河陽橋。落日照大旗，馬鳴風蕭蕭。平沙列萬幕，部伍各見招。中天懸明月，令嚴夜寂寥。悲笳數聲動，壯士慘不驕。借問大將誰，恐是霍嫖姚。〔一〕

古人重守邊，今人一作「日」，非重高勳。豈知英雄主，出師亘一作「直」，非長雲。六合已一家，四夷且孤軍。遂使貔武一作「虎」士，奮身勇所聞。拔劍擊大荒，日收胡馬群。誓開玄冥北，持以奉吾君。

獻凱日繼踵，兩蕃靜無虞。漁陽豪俠地，擊鼓吹笙竽。雲帆轉遼海，粳稻來東吴。越羅與楚練，照耀輿臺軀。主將位益崇，氣驕凌上都。邊人不敢議，議者死路衢。

我本良家子，出師亦多門。將驕益愁思，身貴不足論。躍馬二十年，恐孤俗作「辜」，非明主恩。坐見幽州騎，長驅河洛昏。中夜間道歸，故里但空邨。惡名幸脱免，窮老無兒孫。

〔**翁批**〕五古。

〔賴校〕〔二〕全詩均加圈點，顯示出此詩的壯盛精彩。

蘇端薛復筵簡薛華醉歌

文章有神交有道，端復得之名譽早。愛客滿堂盡豪翰一作「傑」，非，開筵上日一作「月」，非思芳草。安得健步移遠梅，亂插繁花向晴昊？千里猶殘舊冰雪，百壺且試開懷抱。垂老惡聞戰鼓悲，急一作「羽」觴爲緩憂心擣。少年努力縱談笑，看我形容已枯槁。座中薛華善一作「能」醉歌，歌辭一作「醉歌」自作風格老。近來海內爲《英華》作「無」長句，汝與山東李白好。何劉沈謝力未工，才兼鮑照愁絕倒。諸生頗盡新知樂，萬事終傷不自保。氣酣日落西風來，願吹野水添金杯。如澠之酒常快意，亦荆作「不」知一作「如」窮愁安在哉！忽憶雨時秋井塌，古人白骨生青苔，如何不飲令心哀？

〔翁批〕七古。　　一、此篇「安得健步」與「安得并州快剪刀」，皆現成之安得也。下句「千里」，即從此句「遠」字出也；上句「思」字，却空中一提。　　一、「簡」字自不可泥以常理，直似〔二〕作「呈」字用耳。〔三〕　　二、蘀石云：「『歌』字似可轉平矣，再捺下去押『老』字，而其氣始蓄極也。」　　三、蘀石云：「惟其上面仄韻，步步謹嚴，所以捺不住，直散

出來，撒手空行也。即此一篇，可以悟矣。」[三]

〔賴校〕〔一〕《翁批》作「似」，《附記》則抄作「借」，應以「似」爲正。　〔二〕此條釋詩題「簡」字。　〔三〕翁方綱於《杜詩附記》常引述蘀石（錢載）詩説，顯見彼此識鑒一致，而情誼深篤。翁方綱《復初齋文集》卷七於《理説駁戴震作》後之附録，載有《與程魚門平錢戴二君議論舊艸》文，係與程晉芳衡論錢載與戴震異説，録以備參。文曰：「昨蘀石與東原議論相詆，皆未免於過激。戴東原新入詞館，斥詈前輩，亦蘀石有以激成之，皆空言無實據耳。蘀石謂東原破碎大道，蘀石蓋不知考訂之學，此不能折服東原也。詁訓名物，豈可目爲破碎？學者正宜細究考訂詁訓，然後能講義理也。宋儒恃其義理明白，遂輕忽《爾疋》《説文》，不幾漸流於空談耶？况宋儒每有執後世文字習用之義，輒定爲詁訓者，是尤蔑古之弊，大不可也。今日錢、戴二君之争辨，雖詞皆過激，究必以東原説爲正也。然二君皆爲時所稱，我輩當出一言持其平，使學者無歧惑焉。東原固精且勤矣，然其曰聖人之道必由典制名物得之，此亦偶就一二事言之可矣。若綜諸經之義，試問《周易》卦爻彖象乘承比應之義，謂必由典制名物以見之，可乎？《春秋》比事屬辭之旨，謂必由典制名物見之，可乎？即《尚書》具四代政典，有謨訓誥誓之法戒存焉，而必處處由典制名物求之，可乎？即《詩》具徵鳥獸草木，而有忠孝之大義、勸懲之大防，必盡由典制名物求之，可乎？聖門垂教，《論語》其正經也，《論語》《孟子》必以典制名物求之，可乎？《孝經》以典制名物求之，可乎？戴君所説者，特專指三禮與《爾疋》耳。三禮云者，經部統籤之稱也，究當分别言之。《小戴記》，

《禮》之傳也，當合《儀禮》説之，韓子已言《儀禮》非後世所用，顧宜知其義而已。其義難知，則合其經傳以求之。學者正宜先知《禮運》首段之並非歧入異説也；又宜知《學記》之並非泛事空説也；又宜知《玉藻》鄭氏所明脱爛處之不宜徑皆接合也；又宜知《樂記》十一篇之宜各審其篇次也。此又豈概以典制名物得之者乎？《周官》六典何以不略見於諸經？《禮記》六太何以不同於《周官》？古籍邈遠，不能詳徵，必欲一一具若目見而詳陳之乎？況禮所具者，周典耳。夫子於夏、殷禮皆能言之，以其無徵，故民弗從而不言也。今雖周之典制尚有存其略者，而其於善之無徵，民之弗從，則一也。是以方綱愚昧之見：今日學者但當纂言而不當纂禮。纂言者，前人解詁之同異、音訓之同異、師承源委之實際，則詳審擇之而已矣。若近日之元和惠氏（棟）、婺源江氏（永）以及戴君之輩，皆畢生殫力於名物象數之學，至勤且博，則實人所難能也。吾惟愛之重之，而不欲勸子弟朋友效之。必若錢君及蔣心畬（士銓）斥攷訂之學之弊，則妬才忌能者之所爲矣。故吾勸同志者，深以攷訂爲務，而攷訂必以義理爲主。」

晦日尋崔戢李封

朝光入甕牖，尸一作「方」，一作「宴」寢驚敝裘。起行視天宇，春氣漸和柔。興來一作「得興」，一作「乘興」不暇懶，今晨梳我頭。出門無所待，徒步覺自由。杖藜復恣意，免值公與侯。晚定崔李交，會心真罕儔。每過得酒傾一作「喫」，二宅可淹留。喜結仁里懽，況因令節求。李生園欲荒，舊一作「有」竹頗修修。引客看掃除，隨時成獻酬。崔侯初筵色，已畏空樽愁。未知天下士，至一作「志」性有此不？上古葛天民一作「氏」，非，不貽黄屋一作「綺」，非憂。至今阮籍等，熟醉爲身謀。威鳳高其一作「自高」翔，長鯨吞九州。地軸爲之翻，百川皆亂流。當歌欲一放，淚下恐莫收。濁醪有妙理，庶用一作「與」慰沉浮。

〔翁批〕五古。

白水崔少府十九翁高齋三十韻

客從南縣來，浩蕩無與適。旅食白日長，況當朱炎赫。高齋坐林杪，信宿游衍闃。清晨陪躋攀，傲睨俯峭壁。崇岡相枕帶，曠野迴一作「迥」，一作「懷」咫尺。始知賢主人，贈此遣愁寂〔一〕。危階根青冥，曾冰生淅瀝。上有無心雲，下有欲落石。泉聲聞復息一作「急」，動静隨所激一作「擊」。鳥呼藏其身，有似懼彈射。吏隱適一作「通」，一作「道」情性，茲焉其窟宅。白水見舅氏，諸翁乃仙伯。杖藜長松下一作「陰」，作尉窮谷僻。爲我炊雕胡，逍遥展良覿。坐久風頗怒一作「愁」，誤，晚來山更碧。相對十丈蛟，欻翻盤渦圻。何得空裏雷，殷殷尋地脉。煙氛一作「氣」靄一作「藹」崷一作「崟」崒，魍魎森慘戚。崑崙崆峒巔，回首如一作「知」不隔。前軒頹一作「摧」反照，巉絶華嶽赤。兵氣漲林巒，川光雜鋒鏑。知是相公軍，鐵馬雲一作「烟」霧積。玉觴淡無味，胡羯豈强敵？長歌激屋梁，淚下流衽席。人生半哀樂，天地有順逆。慨彼萬國夫，休明備征狄一作「敵」。猛將紛填委，廟謀蓄長策。東郊何時開？帶甲且未一作「來」，誤釋。欲告清宴罷一作「疲」，誤，難拒幽明迫。三歎酒食傍，何由似平昔！

〔翁批〕五古。

〔賴校〕〔一〕「愁寂」，《杜詩鏡銓》作「岑寂」。

三川觀水漲二十韻

我經華原來，不復見平陸。北上惟土山，連天走窮一作「穹」谷。火雲無時出一作「出無時」，飛電常在目。自多窮岫雨，行潦相豗蹙。蓊匌川氣黄，群流會空曲。清晨望高浪，忽謂陰崖踣。恐泥竄蛟龍，登危聚麋鹿。枯查卷拔樹，礧磈共充塞。聲吹鬼神下，勢閲人代速。不有萬穴歸，何以尊四瀆。及觀泉源漲，反懼江海覆。漂沙坼岸去一作「去岸」，漱壑松柏禿。乘陵陳作「淩」破山門，迴斡裂一作「倒」地軸。交洛赴洪河，及關豈信宿。應沉數州没，如聽萬室哭。穢濁殊未清，風濤怒猶蓄。何時通舟車？陰氣不一作「亦」，非黲朱云：「當作『墋』。」黷。浮生有蕩汩，吾道正羈束。人寰難容身，石壁滑側足。雲雷屯一作「此」不已，艱險路更跼。普天無川梁，欲濟願水縮。因悲中林士，未脱衆魚腹。舉頭向蒼天，安得騎鴻鵠？

〔翁批〕五古。　一、詩實廿三韻。　一、「踣」「塞」字，入屋韻，此亦屋、職通用也。

月夜

今夜鄜州月，閨中只獨看。遥憐小兒女，未解憶長安。香霧雲鬟濕，清輝玉臂寒。何時一作「當」倚虚幌，雙照淚痕乾？

〔**翁批**〕五律。

哀王孫

長安城頭頭樊作「多」，一作「頸」白烏，夜飛延秋門上呼。又向一作「來」人家啄大屋，屋底達官走避胡。金鞭折斷九馬死，骨肉不得一作「待」同馳驅。腰下寶玦青珊瑚，可憐王孫泣路隅。問之不肯道姓名，但道困苦乞爲奴。已經百日竄荆棘，身上無有完肌膚。高帝子孫盡隆一作高準，龍種自與常人殊。豺狼在邑龍在野，王孫善保千金軀。不敢長語臨交衢，且爲王孫立斯須。昨夜東一作「春」風吹血腥，東來橐一作「駱」駝滿舊都。朔方健兒好身手，昔何勇鋭今何愚？竊聞天子已傳位，聖德北服南單于。花門剺面請雪恥，慎勿出口他人狙一作「徂」。哀哉王孫慎勿疎，五陵佳氣無時無。

〔**翁批**〕七古。　一韻平，内有疊韻。〔一〕

〔**賴校**〕〔一〕《翁批》天頭眉批，以墨筆圈起，《附記》未抄録。

悲陳陶

孟冬十郡良家子，血作陳陶澤中水。野曠一作「廣」天清一作「晴」無戰聲，四萬義軍同日死。群胡歸來血一作「雪」洗箭，仍唱一云「撚箭」夷歌〔一〕飲都市。都人迴面向北啼，日夜更望官軍至。一云「前後官軍苦如此」。

〔翁批〕七古。　一韻仄，短篇。〔二〕

〔賴校〕〔一〕「夷歌」，《杜詩鏡銓》作「胡歌」。　〔二〕《翁批》天頭眉批，以墨筆圈起，《附記》未抄録。

悲青坂

我軍青坂在東門，天寒飲馬太白窟。黄頭奚兒日向西，數騎彎弓敢馳突。山雪河冰野樊作「晚」，《樂府》作「已」蕭瑟，青是烽煙白人骨。焉得附書與我軍，忍待明年莫倉卒？

〔翁批〕七古。　一韻仄，短篇，中有疊韻。〔一〕

〔賴校〕〔一〕《翁批》天頭眉批，以墨筆圈起，《附記》未抄録。

避地

避地歲時晚，竄身筋骨勞。詩書遂墻壁，奴僕且旌旄。行在僅聞信，此生隨所遭。神堯舊天下，會見出腥臊。

〔**翁批**〕五律。

對雪

戰哭多新鬼，愁吟獨老翁。亂雲低薄暮，急雪舞迴風。瓢棄樽無緑，爐存火似紅。數州消息斷，愁坐正書空。

〔**翁批**〕五律。

元日寄韋氏妹

近聞韋氏妹，迎在漢鍾離。郎伯殊方鎮，京華舊國移。秦一作「春」城迴北斗，郢樹發南枝。不見朝正使，啼痕滿面垂。

〔**翁批**〕五律。

春望

國破山河在，城春一作「荒」，非草木深。感時花濺淚，恨別鳥驚心。烽火連三月，家書抵萬金。白頭搔更短，渾欲不勝簪。〔一〕

〔**翁批**〕五律。

〔**賴校**〕〔一〕此詩後之末頁有待查筆記三則，録下備參：一、「凡八首：屋、職通者，其目在此册末頁。真、文、元、寒、删、先六韻通者。質、物、月、曷、黠、屑六韻通者。」二、「七古仄到底者《病後過王倚飲》。」三、「五排十七首。」按：此「五排十七首」，係計《翁批》卷一、卷二篇數而言。筆記另成一頁，不在正文内。此頁左下角，有「白水塢齋，五本五尺，清……」注記，可惜不甚清晰，無法細辨。筆者於二〇〇四年十二月十五日（星期三）鈔録卷二畢。

杜詩二

卌六葉[一]　第三卷　第四卷

乙巳[二]六月五日看定，是午甚熱。

人自各有境地與神氣，豈必皆學杜哉？然却須於《杜詩》參透其所以然。

筆筆中鋒、筆筆渾圓者，惟右軍[三]之書足以當之爾。

乙巳十二月七日，燈下覆看記。[四]

〔賴校〕〔一〕「卌六葉」爲硃筆，書於「杜詩二」之右。其後「第三卷」「第四卷」亦爲硃筆題記，書於此頁最左側上端。〔二〕乙巳，即清乾隆五十年，公元一七八五年，翁方綱時年五十三歲。〔三〕右軍，即王羲之，中國書法大家，有「書聖」之稱。爲東晉南遷琅琊王氏貴胄，後官拜右軍將軍，人稱「王右軍」。傳世有《蘭亭集序》。其書法尺牘，散見於唐臨諸法帖、十七帖、日本的《喪亂》《孔侍中》等名品。其子王獻之(三四四—三八六)亦爲書法家。王羲之的書法實踐，變當時流行的章草、八分爲今草、行書、楷書，是書體轉换時期平地而起的高峰。翁方綱爲清代帖學書法名家，故於右軍書法特有深刻體會，並能與杜詩相互比看參酌。《翁批》此稿每册卷前俱有題記，書法蒼古遒勁，與内稿相互輝映。

〔四〕此頁後，有查檢資料筆記六則，除已圈去之三條不録外，未圈去待查三條，内容釋録如下：一、「《羌邨》，放翁語似必須引，仇本竟不引之。十二上。」二、「《北征》題下注，查。十三上。」三、「掃灑，《北征》末，仇本是『掃灑』，再多查之。」

杜詩附記卷弟三

大興翁方綱學

得舍弟消息二首

近有平陰信，遥憐舍弟存。側身千里道，寄食一家邨。烽舉新酣戰，啼垂舊血痕。不知臨老日，招得幾人一作「時」，非魂。

汝懦歸無計，吾衰往未期。浪傳烏鵲喜，深負鶺鴒詩。生理何顔面，憂端且歲時。兩京三十口，雖在命如絲。

〔翁批〕五律。

憶幼子

驥子春猶隔，鶯歌暖正繁。別離驚節换，聰慧晋作「惠」與誰論。澗水空山道，柴門老樹邨。憶渠愁只荆作「即」，一作「正」睡，炙背俯晴軒。

〔**翁批**〕五律。

一百五日夜對月

無家對寒食，有淚如金波。斫却顧陶本作「折盡」月中桂，清光應更多。仳離放紅蘂，想像顰舊作「嚬」，非青蛾晋作「娥」，非。牛女漫愁思，秋期猶渡河。

〔**翁批**〕五律。三、四誕甚，實亦出於無聊，故不覺放筆如許。

遣興

驥子好男兒，前年學語時。問知人客姓，誦得老夫詩。世亂憐渠小，家貧仰母慈。鹿門携不遂，雁足繫難期。一云：「鹿門携有處，鳥道去無期。」天地軍麾滿，山河戰角悲。儻一作「東」歸免相失，見日敢辭遲。

〔**翁批**〕五排六韻。

塞蘆子

五城何迢迢？迢迢隔河水。邊兵盡東征，城内空荆杞。思明割懷衛，秀巖西未已。迴一作「迴」略大荒來一作「東」，崤函蓋虚爾。延州秦北户，關防猶可倚。焉得一萬人，疾驅塞蘆子。岐一作「頃」，非有薛大夫，旁制山賊起。近聞昆戎徒，爲退三百里。蘆關扼兩寇，深意實在此。誰能一作「敢」，非叫帝閽陳作「門」，胡行速如鬼！

〔翁批〕五古。

哀江頭〔一〕

少陵野老吞聲哭，春日潛行曲江曲。江頭宫殿鎖千門，細柳新蒲爲誰緑？憶昔霓旌下南苑，苑中萬物生顔色。昭陽殿裏第一人，同輦隨君侍君側。輦前才一作「詞」，非人帶弓箭，白馬嚼一作「嚥」，非嚙黄金勒。翻身向天一作「空」仰射雲，一笑《正異》作「笑」，别本作「箭」，蔡君謨作「發」正墜雙飛翼。明眸皓齒今何在？血污遊魂歸不得。清渭東流劍閣深，去住彼此無消息。人生有情淚沾臆，江水一作「草」江花豈終極？黄昏胡騎塵滿城，欲往城南望城一作「忘城」，一作「忘南」北。

〔**翁批**〕七古。　一、「憶昔」以下開局，另爲一韻，此篇自不得以屋、職通用例之。　二、「一笑」既與「翻身」相對，又與「明眸皓齒」相生，其作「一箭」者，乃適與「帶弓箭」相複耳。作「一發」則更無謂。　三、「臆」字疊入一韻，動宕頓挫。

〔**賴校**〕〔一〕這首詩是唐肅宗至德二載（七五七），杜甫被安禄山拘留在長安時所寫，面對著荒凉的景象，回想起當年的盛况，不禁引起無限感慨，因而寫成這首詩，抒發了國破家亡的悲痛。

大雲寺贊公房四首

心在水精域，衣霑春雨時。洞門盡徐步，深院果幽期。到一作「倒」扉一作「屣」，非開復閉，撞鐘齋及兹。醍醐長發性，飲一作「飯」食過扶衰。把臂有多日，開懷無愧辭。黄鸝一作「鶯」度結構，紫鴿下罘罳一云「芳菲」。愚一作「芳」意會所適，花邊行自遲。湯休起我病，微笑索題詩。

細軟青絲履，光明白氎巾。深藏供老宿，取用及吾身。自顧轉無趣，交情何尚新。道林才不世，惠遠德過人。雨瀉一作「滴」暮簷竹，風吹春一作「青」，非井芹。天陰對圖畫，最覺潤龍鱗。

燈影照無睡，心清聞妙香。夜深殿突兀，風動金琅璫一作「鋃鐺」。天黑閉春院，地清棲暗芳。玉繩迥一作「迴」斷絶，鐵鳳森翺翔。梵放時出寺，鐘殘仍殷牀。明朝在沃野，苦見塵沙黄。

童兒汲井華，慣捷《海録》作「健」瓶上一作「在」手。霑灑不濡地，掃除似無箒。明一作「晨」霞爛複閣，霽霧搴高牖。側塞被徑花，飄飄委墀一作「堦」柳。艱難世事迫，隱遁佳期後。晤語契深心，那能總鉗口？奉辭還杖策，暫别終回首。泱泱一作「浹浹」泥污人，狺狺舊作「听」國多狗。既未免羈絆一作「寓」，時來憩奔走。近公如白雪，執熱煩何有？

〔翁批〕五古。「盡」上聲。〔一〕　此非談禪詩，而談禪之詩，以此爲極至。〔二〕　一、題不言「宿」，益見四章神理一片。　二、此時少陵亦尚未老，而詩皆具老態，諸詩亦皆須考年矣。此條再定。〔三〕

〔賴校〕〔一〕此條爲夾批，書於第一首詩「洞門盡徐步」旁。　〔二〕此批係注説第二首詩，而《附記》未見；字體較端整，與全稿行草批注書體不同，當爲其後所增補之眉批。　〔三〕此條《翁批》以墨筆圈去，《附記》亦未見。

雨過蘇端公自注：「端置酒。」

雞鳴風雨一作「雲」，非交，久旱雲一作「雨」亦好。杖藜入春泥，無食起我早。諸家憶所歷，一飯一作「飽」跡便一作「更」，非掃。蘇侯得數過，歡喜每傾倒。也復一作「復也」可憐人，呼兒具梨棗。濁醪必在眼，盡醉攄懷抱。紅稠屋角花，碧委一作「秀」墻隅草。親賓縱一作「絶」，非談謔，喧鬧慰一作「畏」，非衰老。況蒙霈澤垂，糧粒或自保。妻孥隔軍壘，撥棄不擬道。

〔翁批〕五古。一、「久旱雲亦好」，定是「雲」字；或乃謂對下篇「既雨晴亦佳」，當作「雨亦好」者，非是。

喜晴

皇天久不雨，既雨晴亦佳。出郭眺西一作「四」郊，肅肅一作「蕭蕭」，非春增華。青熒陵陂麥，窈窕桃李一作「杏」花。春夏各有實，我饑豈無涯。干戈雖横放，慘澹鬭龍蛇。甘澤不猶愈，且耕今未賒。丈夫則帶甲，婦女終在家。力難及黍稷，得種菜與麻。千載商山芝，往者東門瓜。其人骨已朽一作「滅」，非。此道誰疵瑕？英賢遇轗軻，遠引蟠泥沙。顧慚昧所適，回首白日斜。漢陰有鹿門，滄海有靈一作「雲」，非查。焉能學衆口，咄咄空一作「同」，非咨嗟！

〔翁批〕五古。一、四皓，漢事；邵平，亦非唐事。而一云「千載」，一云「往者」，此間有斤兩焉，有神氣焉，非以時代久近爲辭也。「爲園須似邵平瓜」，却是正用局趣；「商山芝」，却是翻用，此理可思。〔一〕　並非炤顧「晴」字，而「晴」字有神無迹。〔二〕

〔賴校〕〔一〕「此理可思」，《附記》抄作「此理可想」。　〔二〕此條爲眉批，以硃筆標記於「回首白日斜」句旁，《附記》未見。

送率府程録事還鄉公自注：「程携酒饌，相就取别。」

鄙夫行衰謝，抱病昏忘一作「妄」，非集。常時往還人，記一不識十。程侯晚相遇，與語才傑立。薰然耳目開，頗覺聰明入。千載得鮑叔，末契有所及。意鍾一作「中」，非老柏青，義動修蛇蟄。若人可數見，慰我垂白泣。告别無淹晷，百憂復相襲。内愧突不黔，庶羞以一作「庶明似」，非賙給。素絲挈長魚，碧酒隨玉粒。途窮見交態，世梗悲路澀。東風吹春冰，泱漭一作「莽」后土濕。念君惜羽翮，既飽更思戢。莫作翻雲鶻，聞呼向禽急。

〔翁批〕五古。

鄭駙馬池臺喜遇鄭廣文同飲

不謂生戎馬，何知共酒盃。燃臍郿塢敗，握宋景文作「禿」節漢臣回。白髮千莖雪，丹心一寸灰。別離經死一作「此」地，披寫忽登臺。重對秦簫發，俱過阮宅一作「巷」來。留連一作「醉留」春夜舞一作「席」，淚落强一作「更」徘徊。一云：「醉連春苑夜，舞淚落徘徊。」

〔翁批〕五排六韻。

喜達行在所三首原注：「自京竄自鳳翔。」

西憶岐陽信，無人遂却回。眼穿當一作「看」，非落日，心死著寒灰。霧《英華》作「茂」樹行相引，蓮峰趙作「連山」望忽一作「或」，非開。所親驚老瘦，辛苦賊中來。

愁思胡笳夕，凄凉漢苑春。生還今日事，間道暫時人。司隸章初睹，南陽氣已新。喜心翻倒極，嗚咽淚一作「涕」沾巾。

死去憑誰報，歸來始自憐。猶瞻太白雪，喜遇武功天。影靜千官一作「門」裏，心蘇七校前。今朝漢社稷，新數中興年。〔一〕

〔翁批〕五律。一、題目「行在所」三字，大書特書。

〔賴校〕〔一〕三首詩均密加圓圈標記，顯見翁氏極爲重視。

送樊二十三侍御赴漢中判官

威弧不能弦，自爾無寧歲。川谷血横流，豺狼沸相噬。天子從北來，長驅振凋敝。頓兵岐梁下，却跨沙漠裔。二京陷未收，四極我得制。蕭索一作「瑟」漢水清，緬通淮湖一作「河」税。使者紛星散，王綱尚旒綴。南伯從事賢，君行立談際。坐一作「生」知七曜曆，手畫三軍勢。冰雪净聰明，雷霆走精鋭。幕府輟諫官，朝廷無此一作「比」，非例。至尊方旰食，仗爾布嘉惠。補闕暮徵入，柱史晨征憩。樊作：「補闕入柱史，晨征固多憩。」正當艱難時，實藉長久計。迴風吹獨樹，白日照執袂。慟哭蒼煙根，山門萬重一作「里」閉。居人莽牢落，遊子方迢遞。徘徊悲生離，局促老一世。陶唐歌遺民，後漢更列一作「别」，非帝。我一作「恨」無匡復資一作「姿」，聊欲從此逝。

〔翁批〕五古。「憩」字即指「祖席」言。〔一〕

〔賴校〕〔一〕此條爲眉批，釋中段「柱史晨征憩」之「憩」字，《附記》未見。

送韋十六評事充同谷防禦判官

昔没賊中時，潛與子同遊。今歸行在所，王事有去留。偪側兵馬間，主憂急良籌。子雖軀幹小，老一作「志」氣横九州。挺身艱難際，張目視寇一作「仇」，非讎。朝廷壯其節，特舊作「奉」詔令參謀。鑾輿駐鳳翔，同谷爲咽喉。西扼弱水道，南鎮枹罕一作「氐羌」陬。此邦承平日，剽劫吏所羞。况乃胡未滅，控帶莽悠悠。府中韋使君，道足示懷柔。令姪才俊茂，二美又何求。受詞太白脚，走馬仇池頭。古色一作「邑」沙土裂，積陰雲雪稠。一作「霜雪稠」，一作「雪雲稠」，一作「積雪陰雲稠」。羌父豪猪靴一作「帽」，羌兒青兕裘。晋作「漢兵黑貂裘」。吹角向月窟，蒼山一作「山蒼」旌旆愁。鳥驚出死樹，龍怒拔老湫。古來無人境，今代横戈矛。傷哉文儒士，憤激馳林丘。中原正格鬭，後會何緣由。百年賦命定，豈料沉與浮。且復戀良友，握手步道周。論兵遠壑静一作「净」，亦可縱冥搜。題詩得秀句，札翰時相投。

〔**翁批**〕五古。

述懷

去年潼關破，妻子隔絶久。今夏草木長，脱身得西走。麻鞋見天子，衣袖見一作「露」兩肘。朝廷慜生還，親故傷老醜。涕淚受拾遺，流離主恩厚。柴門雖得去，未忍即開口。寄書問三川，不知家在否？比聞同罹禍，殺戮到雞狗。山中漏茅屋，誰復依户牖。摧頽蒼松根，地冷骨未朽。幾人全性命？盡室豈相偶？嶔岑一作「崟」猛虎場，鬱結迴我首。自寄一封書，今已十月後。反畏消息來，寸心亦何有？漢運初中興，生平老耽酒。沉思歡會處，恐作窮獨一作「塗」，非叟。

〔**翁批**〕五古。　一、「茂樹行相引」〔一〕，即「草木長」注脚。

〔**賴校**〕〔一〕「茂樹行相引」詩句，出自前之《喜達行在所三首》。

得家書

去憑遊客寄一云「休汝騎」，來爲附家書。今日知消息，他鄉且舊居。熊兒幸無恙，驥子最憐渠。臨老羈孤極，傷時會合疎。二毛趨帳殿，一命待鸞輿。北闕妖氛滿，西郊白露初。涼風新過雁，秋雨欲生魚。農事空山裏，眷言終一作「終篇言」荷鋤。

〔翁批〕五排八韻。

送長孫九侍御赴武威判官

驄馬新鑿蹄，銀鞍被來好。繡衣黄白郎，騎向交河道。問君適萬里，取别何草草！天子憂涼州，嚴程到須早。去秋群胡反，不得無電掃。此行收陳作「牧」，非遺甿，風俗方再造。族父領元戎，名聲國晋作「閣」，非中老。奪我同官良，飄飄按城堡。使我不能餐，令我惡懷抱。若人才思闊，溟漲浸一作「漫」，非絶島。樽前失詩流，塞上得一作「多」，非國寶。皇天悲送遠，雲雨白浩浩。東郊尚烽火，朝野色枯槁。西極柱亦傾，如何正穹昊。

〔翁批〕五古。

送從弟亞赴河西一作「安西」判官

南風作秋聲，殺氣薄炎熾。盛夏鷹隼擊，時危異人至。令弟草中來，蒼然一作「茫」

請論事。詔書引上殿，奮舌動天意。兵法五十家，爾腹爲篋笥。應對如轉丸郭作「圓」，非，疎通略文字。經綸皆新語，足以正神器。宗廟尚爲灰，君臣俱一作「皆」下淚。崆峒地無軸，青浩然作「清」，非海天軒輊一作「轅」，非。西極最瘡痍，連山暗烽燧。帝曰大布衣，藉卿佐元帥。坐看清流沙，所以子奉使。歸當再前席，適遠非歷一作「虛」試。須存武威郡，爲畫長久利。孤峰石戴驛，快馬金纏轡。黄羊飫不羶，蘆一作「魯」酒多還醉。踴躍常人情，慘澹苦士志。安邊敵何有，反正計始遂。吾聞駕鼓車，不合用騏驥。龍吟迴其頭，夾輔待所致。

〔翁批〕五古。一、「天子從北來」「鑾輿駐鳳翔」「天子憂涼州」，皆鄭重特書矣。此篇復以「詔書」「帝曰」，作兩層提掇。

送靈州李判官

羯胡腥四海，回首一茫茫。血戰乾坤赤，氛迷日月黄。將軍專策略，幕府盛才良。近賀中興主，神兵動朔方。

〔翁批〕五律。

奉送郭中丞兼太僕卿充隴右節度使三十韻

詔發山西一作「西山」將，秋屯一作「營」隴右兵。淒涼餘部曲，燀一作「烜」赫舊家聲。鵰鶚乘時去，驊騮顧主鳴。艱難須一作「思」上策，容易即前程。斜日當軒蓋，高一作「歸」風卷旆旌。松悲天水冷，沙亂雪山清。和虜猶懷惠，防邊詎一作「不」敢驚。古來於異域，鎮静示一作「得」，非專征。燕薊奔封豕，周秦觸駭鯨。中原何慘《英華辯證》云「當作『墋』」黷〔一〕，餘一作「遺」孽尚縱横。箭入昭陽殿，笳吹一作「吟」細柳營。内人紅袖泣一作「短」，非，王子白衣行。宸極祆《英華》作「妖」星動一作「大」，園陵一作「林」，非殺氣平。空餘金盌出，無復繐帷輕。毁廟天飛雨，焚宫火徹明。罘罳朝共落，楡桷夜同傾。三月師逾整，群胡一作「兇」勢就烹。瘡痍一作「恭承」親接戰，勇決一作「餘勇」冠垂成。妙譽期元宰，殊恩且列卿。幾時迴節鉞，戮力掃欃槍。圭竇一作「蓬户」三千士，雲梯七十城。耻非齊説客，秖似魯諸生。通籍微班忝，周行獨坐榮。隨肩趨漏刻，短髮寄一作「媿」簪纓。徑欲依劉表，還疑一作「能無」厭禰衡。漸衰那一作「寧」此別，忍淚獨含情。廢邑狐狸語，空郡虎豹争。人頻墜塗炭，公豈忘精誠。元帥調新律一作「鼎」，前軍壓舊京。安邊仍扈從，莫作一作「無使」

後功名。

〔**翁批**〕五排。此二句，含蓄咽住。〔二〕　一、「中原」正與「異域」對，蓋此篇之意不重在邊事，而重在餘孽未靖也。國靖人安，則邊事不難理耳。「箭入昭陽殿」以下十二句，正極寫中原之不靖，此則文之心也。　二、「廢邑」一聯，又是「箭入」十二句之一小結架。　三、「安邊仍扈從」五字，收勒極緊。

〔**賴校**〕〔一〕《英華辯證》云：「庾信《哀江南賦》『茫茫慘黷』，杜詩『中原何慘黷』，據陸機《漢功臣贊》『上墋下黷』，並當作『墋』。」〔二〕此條爲夾批，書於「古來於異域」二句旁。

送楊六判官使西蕃

送遠秋風落，西征海氣寒。帝京氛祲滿，人世別離難。絕域遥懷怒，和親願結歡。敕書憐贊普，兵甲望長安。宣命一作「令」前程急，惟良待士寬。子雲清自守，今日一作「令尹」，非起爲官。垂淚方投筆，傷時即據鞍。儒衣山鳥怪，漢節野童看。邊酒排金盌一作「盞」，夷歌捧玉盤。草肥一作「輕」蕃馬健，雪重拂廬乾。慎爾參籌畫，從茲正羽翰。歸來權可取，九萬一朝摶。

〔**翁批**〕五排。　一、判官之出使，正其權未取之時也，重筆皆輕消之。　二、「今日」對「子雲」，須知是在骨節中頓挫而出，僅以字眼借對言者，抑末也。　三、「雪重拂廬乾」，此等圓湛穩重之句，紙上乃不留一點墨痕，不知何以善於修詞，至于如此。

〔**翁注**〕與梁茝林〔一〕説「雪重拂廬乾」句。上句「草肥蕃馬健」，是寫景事也。此句則就景事，以收攝全篇也。「雪重」二字，即篇内「氛祲滿」「遥懷怒」「前程急」「兵甲」「垂淚」諸句也。「拂廬乾」，即篇内「和親願結歡」「惟良待士寬」「今日起爲官」「從兹正羽翰」「九萬一朝搏」諸句也。言氛祲雖盛，而判官此行，則皆消弭無事也。若由「惟良待士寬」之筆，盡力發揮，不知須費多少筆墨。而此却似與上句一樣寫景，今人渾然不覺，一切字句皆于此掃浄訖，所以謂「不著一字」也。〔二〕

〔**賴校**〕〔一〕梁茝林，即翁方綱門人梁章鉅，福建長樂人，字閎中，又字茝林。道光間官至江蘇巡撫，兼署兩江總督，著述甚豐，以筆記小説《浪跡叢談》名於世。　〔二〕此條爲《附記》所抄，《翁批》則未見。

哭長孫侍御

道爲詩一作「謀」，一作「諫」，俱非書重，名因賦一作「雅」頌雄。禮闈曾擢桂，憲府屢一作

「舊」，一作「近」乘驄。流水生涯盡，浮雲世事空。惟餘舊臺柏，蕭瑟一作「颯」九原中。

〔翁批〕五律。

奉贈嚴八閣老

扈聖一作「扈從」，或作「今日」登黄閣，明公獨妙年。蛟龍得雲雨，鵰鶚在秋天。客禮容疎放，官曹可一作「許」接聯。新詩句句好，應任老夫傳。

〔翁批〕五律。一、上有「容」字，下有「任」字，則弟六句「可」字，在即離輕重間爲得之。

月

天上秋期近，人間月影清。入河蟾不没，搗藥兔長生。只益丹心苦，能添白髮明。干戈知滿地一作「道」，非，休照國西營。

〔翁批〕五律。一、國有干戈，身有白髮，覺併蟾兔，皆多事可厭。

留別賈嚴二閣老兩院補闕得「雲」字。一作：「兩院遺補諸公，得『聞』字。」

田園須暫往一作「住」，戎馬惜離群。去遠留詩別，愁多任酒醺。一秋常苦雨，今日始無雲。山路時一作「晴」吹角一作「笛」，那堪處處聞。

〔翁批〕五律。　一、論題目，則歸興是賓，別緒是主；論作者心事，則別緒是賓，歸興是主也。有謂五、六句輕率者，豈知言之選哉？

晚行口號

三川不可到，歸路晚山稠。落雁浮寒水，饑烏集戍樓。市朝今日異，喪亂幾時休。遠媿梁江總，還家尚黑頭。

〔翁批〕五律。

獨酌成詩

燈花何太喜，酒綠一作「色」正相親。醉裏從趙作「曾」，非爲客，詩成覺有神。兵戈猶在眼，儒術豈謀身。苦一作「共」，非。被微官縛，低頭媿野人。

〔翁批〕五律。一、晋唐人書「苦」字、「共」字相近。

徒步歸行公自注：「贈李特進。自鳳翔赴鄜州，途經邠州作。」

明公壯年值時危，經濟實藉英雄姿。國之社稷今若是，武定禍亂非公誰。鳳翔千官且飽飯，衣馬不復能輕肥。青袍朝士最困者，白頭拾遺徒步歸。人生交契無老少，論交《英華》作「心」何必先同調。妻子山中哭向天，須公櫪上追風驃。

〔翁批〕七古。

九成宮

蒼山入百里，崖斷如杵臼。曾宮憑風迴一作「迥」，非，岌嶪土囊口。立神扶棟梁一作「宇」，鑿翠開户牖。其陽産靈芝，其陰宿牛斗。紛披一作「扶」長松倒一作「側」，揭巘怪石走。哀猿啼一聲，客淚迸林藪。荒哉隋家帝，製此今頹朽。向使國不亡，焉爲巨唐有。雖無新增修，尚置《英華》作「署」官居守。巡非瑶水遠，跡是雕墻後。我行陳作「來」屬時危，仰望嗟嘆久。天王守晉、晁並作「狩」太白，駐馬更搔一作「回」首。

〔翁批〕五古。　一、此時非徒步矣。　二、木華《海賦》〔一〕，今校本或改作「臣唐」，讀此，知古本是「巨唐」也。亦是章法，接下「天王」，故作此大書特書之筆。

〔賴校〕〔一〕木華《海賦》，收於《昭明文選》。

玉華宫

溪迴一作「迴」，非松風長，蒼鼠竄古瓦。不知何王殿，遺構絶壁下。陰房鬼火青，壞道哀湍瀉。萬籟真笙竽一作「竽瑟」，秋色一作「氣」，一作「光」正一作「極」蕭灑。美人爲黄土，况乃粉黛假。當時侍金輿，故物獨石馬。憂來藉草坐，浩歌淚盈把。冉冉征途間，誰是長年者。

〔翁批〕五古。

〔翁注〕滄溟録唐五古極少，而獨取此，反不取《九成》篇，乃大言唐無五古，亦舛矣。〔一〕

〔賴校〕〔一〕滄溟，即明李攀龍（一五一四—一五七〇），字於鱗，號滄溟，歷城（今山東濟南）人，明朝官員，一生清白耿介。知名文學家與評論家，「後七子」之首，著有《滄溟集》。李氏《古今詩删》卷十「五古」僅録杜甫《玉華宫》，未選録《九成宫》。又，卷十之首《選唐詩序》云：「唐無五言古詩，而有其古詩。」翁方綱語乃駁李説。此條《翁批》未見，爲《附記》所抄。

羌邨三首

峥嶸赤雲西，日脚下平地。柴門鳥雀噪，歸客一作「客子」千里至。妻孥怪我在，驚定一作「走」，非還拭淚。世亂遭飄蕩，生還偶然遂。鄰人滿墻頭，感歎亦歔欷。夜闌更秉燭，相對如夢寐。

晚歲迫偷生，還家少歡趣。嬌兒不離膝，畏我復却去。憶昔好一作「多」追凉，故繞池邊樹。蕭蕭北風勁，撫事煎百慮。賴知禾黍《英華》作「黍秫」收，已覺糟牀注。如今足斟酌，且用慰遲暮。

群雞正一作「忽」亂叫，客至雞鬭争一云「正生」。驅雞上樹木，始聞叩柴荆。父老四五人，問我久遠行。手中各有携，傾榼濁復清。莫一作「苦」辭酒味薄，黍地無人耕。兵革既未息，兒童一作「郎」盡東征。請爲父老歌，艱難愧深一作「餘」，非情。歌罷仰天歎，四座涕一作「淚」縱横。

〔翁批〕五古。　一、「歸客千里至」五字，即是「鳥雀噪」聲。　二、陸放翁〔一〕云：「杜詩『夜闌更秉燭』，意謂夜已深矣，宜睡，而復秉燭，以見久客喜歸之意。僧德洪妄云『更』當平聲讀，烏有是哉！」〔二〕　特於秋景寫之。〔三〕

〔賴校〕〔一〕陸放翁，即宋陸游（一一二五—一二〇九），字務觀，越州山陰人。才氣超逸，尤長於詩。　〔二〕此條釋第一首「夜闌更秉燭」句，《翁批》祇見「陸放翁云」四字，硃筆標號「二」，書於「夜闌更秉燭」句旁；其下，復以硃筆書「空二行」字樣。此條「陸放翁云」以下文字，爲《杜詩附記》所抄，出於陸游《老學庵筆記》卷六。　〔三〕此條爲夾批，書於第二首詩「蕭蕭北風勁」旁。

北征

一本《北征》題下注云：「歸至鳳翔，墨制放往鄜州作。」〔一〕

皇帝二載秋，閏八月初吉。杜子將北征，蒼茫問家室。維時遭艱虞一作「危」，朝野少暇日。顧慙恩私被，詔許歸蓬蓽。拜一作「奉」辭詣闕下一云「閤門」，怵惕久未出。雖乏諫諍姿，恐君有遺失。君誠中興主，經緯固密勿。東胡反未已，臣甫憤所切。揮涕戀行在，道途一作「路」猶恍惚。乾坤含陳浩然本作「合」瘡痍，憂虞何時畢。靡靡踰阡陌，人煙眇蕭瑟一作「索」。所遇多被傷，呻吟更流血。回首鳳翔縣，旌旗晚明滅。前登寒山重，屢得飲馬窟。邠郊入地底，涇水中蕩潏。猛虎立我前，蒼崖吼時裂。菊垂今秋花，石戴一作「帶」，一作「載」古車轍。青雲動高興，幽事亦可悦。山果多瑣細，羅生雜橡栗。或紅如丹砂，或黑如點漆。雨露之所濡，甘苦一作「酸」齊結實。緬思桃源内，益歎身世拙。坡陀望鄜畤，巖谷郭作「谷巖」互出没。我行已水濱，我僕猶木末。鴟鳥一作「梟」鳴黄桑，埜鼠拱亂穴。夜深一作「中」，非經戰場，寒月照白骨。潼關百萬師，往者散一作「敗」，非何卒。遂令半秦民，殘害爲異物。況我墮一作「隨」，非胡塵，及歸盡華髮。經年至茆屋，妻子衣百結。慟哭松聲迴一作「迴」，非，悲泉共幽一作「鳴」咽。平生所嬌一作「驕」兒，顔色白勝雪。見耶背面啼，垢膩脚不襪。牀前兩小女，補綻一作「綴」才一作「纔」過膝。海圖拆一作「坼」波濤，舊繡移曲折。天吴及紫鳳，顛倒在裋一作「短」褐。老夫情懷惡，嘔泄一作「咽」卧數日。一云「數日卧嘔泄」。那無一作「能」，非囊中帛，救汝寒凛慄。粉黛亦解苞一作「包」，衾裯稍羅列。瘦妻面復光，癡女頭自櫛。學母無不爲，曉妝隨手抹。移時施朱鉛，狼籍畫眉闊。生還對童稚，似欲忘饑渴。問事競挽鬚，誰能即嗔喝。翻思在賊愁，甘受雜亂聒。新歸且慰意，生理焉得説一作「脱」，非。至尊尚蒙塵，幾日休練卒。仰觀一作「看」

天色改，坐一作「旁」，非覺妖一作「袄」氛一作「氣」豁。陰風西北來，慘澹隨回紇一作「鶻」。其王願助順，其俗善一作「喜」馳突。送兵五千人，驅馬一萬匹。此輩少爲貴，四方服勇決。所用皆鷹騰，破敵過一作「如」箭疾。聖心頗虛佇，時議氣欲奪。伊洛指掌收，西京不足拔。官軍請深入，蓄鋭可一作「何」，浩然本作「伺」俱發。此舉開青徐，旋瞻略恒碣。昊天積霜露，正氣有肅殺。禍轉亡胡歲，勢成擒胡月。胡命其能久，皇綱未宜絶。憶昨一作「昔」狼狽初，事與古先别。奸臣竟葅醢，同惡隨蕩析。不聞夏殷衰，中自誅褒妲。周漢獲再興，宣光果明哲。桓桓陳將軍，仗鉞奮忠烈。微爾人盡非，於今國猶活。淒凉大同殿，寂寞白獸闥。都人望翠華，佳氣向金闕。園陵固有神，掃灑數不缺。煌煌太宗業，樹立甚宏達。

〔**翁批**〕五古。　豈以「丹砂」一聯，輒與《南山》比量耶？〔一〕　一、二《雅》以後，直接此篇。〔三〕二、所以必落到「陳玄禮」〔四〕者，蓋文章氣脉到此，必須關鎖。《大雅》之「維師尚父」「時維鷹揚」，正此法也。

〔**賴校**〕〔一〕「一本」下「北征」二字，不見於《附記》。《翁批》爲貼條夾籤，其下尚有墨筆「此須再考定」注記，其左側復以硃筆注「仇、朱、千家皆無，恐非公注」「題下注」，《附記》均未見。　〔二〕此條爲《翁批》眉批，而《附記》抄本未見。

〔三〕仇兆鰲《杜詩詳注》卷之五，於《北征》詩末，徵引歷來衆家評論，甚具參考價值，擇録備稽：一、宋東坡云：「古今詩人多矣，而惟杜子美爲首，豈非以其饑寒流落，一飯未嘗忘君與。」又云：「《北征》詩識君臣大體，忠義之氣，與秋色争高，可貴也。」二、宋葉夢得曰：「長篇最難，晉魏以前，無過十韻者，蓋古人以意逆志，初不以叙事傾倒爲工。至杜子美《北征》《述懷》諸篇，窮極筆力，如太史公記傳，此古今絶唱也。」三、元范梈曰：「孫莘老嘗謂老杜《北征》詩勝退之《南山》詩，王平甫以爲《南山》勝《北征》，終不能相服。時山谷尚少，乃曰：『若論工巧，則《北征》不及《南山》，若書一代之事，與《國風》《雅》《頌》相爲表裏，則《北征》不可無，而《南山》雖不作，未害也。』二公之論遂定。」四、明王嗣奭曰：「昌黎《南山》，韻賦爲詩，少陵《北征》，韻記爲詩，體不相蒙。《南山》琢鏤湊砌，詰屈奇怪，創體傑出，不可無一，不可有二，不易學，亦不必學，總不脱文人習氣。《北征》固是雅調，古來詞人多用之，如韓之《赴江陵寄三學士》等作，庶可與之雁行也。」又曰：「其篇法幻妙，若有照應，若無照應，若有穿插，若無穿插，不可捉摸。」五、明胡應麟曰：「杜之《北征》《述懷》，皆長篇叙事，然高者尚有漢人遺意，平者遂爲元白濫觴。」六、明唐汝詢曰：「杜五言古，體情莫妙於《三别》，嘆事莫核於《三吏》，自訴莫苦於《紈綺》，經濟莫備於《北征》。《夢李白》《寫懷》見其高，《望嶽》《慈恩寺》取其壯。他若《留花門》、前後《出塞》、《玉華》、《九成》諸作，胸中羅宇宙，無所不有，斯見其大。」七、明鍾惺曰：「讀少陵《奉先詠懷》《北征》等篇，知五言古長篇不易作。當於潦倒淋漓、忽正忽反、若整若亂、時斷時續處，得其篇法之妙。」觀以上諸家詩評，《杜詩》文心聖史知過半矣。

〔四〕此條釋後文之「桓桓陳將軍，仗鉞奮忠烈」。按：陳玄禮係唐玄宗「安史之亂」時之龍武將軍兼御林軍統領，馬嵬驛兵變，誅殺楊國忠，並逼楊貴妃自縊。據《資治通鑑》卷二百一十八載：玄宗至馬嵬驛，左龍武大將軍陳玄禮，整比六軍以從。玄禮以禍由楊國忠，欲誅之。命吐蕃使者遮國忠馬，訴以無食。國忠未及對，軍士呼曰：「國忠謀反。」遂殺之，以槍揭其首。上出驛門，慰勞軍士，令收隊。軍士不應，使高力士問之。玄禮對曰：「國忠謀反，貴妃不宜供奉，願陛下割恩正法。」上令力士引貴妃於佛堂，縊殺之。

行次昭陵

舊俗疲庸主，群雄問獨夫。讖歸龍鳳質，威定虎狼都。天屬尊堯典，神功協禹謨。風雲隨絕一作「逸」，非足，日月繼高衢。文物多師古，朝廷半老儒。直詞寧戮辱，賢路不崎嶇。往者灾猶降，蒼生喘未蘇。指麾安率土，盪滌撫洪鑪。壯士悲陵邑，幽人拜鼎湖。玉衣晨自舉，鐵《英華》作「石」馬汗常趨。松柏瞻虛一作「靈」，非殿，塵沙立暝樊作「暗」，非途。寂寥開國日，流恨滿山隅。

〔翁批〕五排。

一、「文物」一聯，此謂朴氣。

二、凡古今文字、書畫、石刻，總以朴氣爲至。

山谷所云「以古人爲師，以質厚爲本」〔二〕，解此，則一切機法，均之詞費矣。三、「寂寥」二字，似與「開國日」三字不接者，此正以「寂寥」二字，幽咽到極處，乃忽然「開國日」三字一聲飛出，方是驚心動魄之筆也。上接「瞻」字、「立」字，下接「流恨」，則「恨」字即從「開國日」流出，正以無笱縫爲笱縫耳。

〔**賴校**〕〔一〕山谷，即宋黄庭堅。黄庭堅《山谷老人刀筆》卷四，曰：「……然要須以古人爲師，筆法雖欲清勁，必以質厚爲本，古人論書，以沉著痛快爲善。……凡書之害，姿媚是其小疵，輕佻是其大病。」因此，翁方綱在《兩漢金石記·序》中，提出以黄山谷「以古人爲師，以質厚爲本」爲指導思想，作爲其書論的總則，特别强調：「書雖小道，而篆隸之後，變爲正楷，漢魏之後，結爲晉唐，蓋一言以蔽之，曰質厚而已矣。」翁氏認爲漢隸的風格以質樸、古拙爲主，因此提倡崇古樸，尚質厚的審美觀，極力推崇學習漢碑、唐碑，開啓了乾嘉崇唐學歐之風。同時，翁氏詩宗江西詩派，出入黄庭堅、楊萬里之間，其崇古樸、尚質厚的詩歌、書學思想實際上源於黄庭堅。翁氏於《復初齋文集》中，反覆强調這一主張，如《丁受堂字説》曰：「山谷云：『以古人爲師，以質厚爲本。』不第爲學書言之也。」如《送張肖蘇之汝陽序》曰：「山谷有言曰『以質厚爲本』，姜白石曰『離而能合』，此二語是詩文、書法之總訣也。」如《三元詩序》云：「夫士，以學養爲歸，以質厚爲本，此讀書立身之要言。」如《貴溪畢生時文序》曰：「吾嘗寶山谷二言曰：『以古人爲師，以質厚爲本。』三十年來，與天下賢喆論文，不出此語。」如《刻黄詩全集序》云：「自方綱年十九誦淛游陳蘇庵（即陳許廷）

輯《漢書》，則奉先生『質厚爲本』一語爲問學職志，今將四十年，所與學吕敬身修辭立誠之訓者，不外乎此。」如《漁洋先生精華録序》曰：「愚在江西三年，日與學人講求山谷詩法之所以然，第於中得二語，曰：『以古人爲師，以質厚爲本。』」由此可知，翁氏不管是論詩歌，還是評書法，都深受黄庭堅「以古人爲師，以質厚爲本」的「崇古尚樸」思想的影響，並將其作爲治學的旨趣與研究的總綱。

重經昭陵

草昧英雄起，謳歌曆數歸。風塵三尺劍，社稷一戎衣。翼亮貞文德，丕承戢武威。聖圖天廣大，宗祀日光輝。陵寢盤空曲，熊羆守翠微。再窺松柏路，還有一作「見」五雲飛。

〔**翁批**〕五排。　一、「翼亮」「丕承」，接得穩重。　二、「聖圖」「宗祀」一聯，用於安史亂後，乃見其妙。

彭衙行

憶昔避賊初，北走經險艱。夜深彭衙道一作「門」，非，月照白水山。盡室久徒步，逢人多厚顔。參差谷鳥吟一作「鳴」，不見遊子還。癡女饑咬我，啼畏虎狼一作「猛虎」聞。懷中掩其口，反側聲愈嗔。小兒强解事，故索苦李餐。一旬半雷雨，泥濘相牽攀一作「攀牽」。既無禦雨一作「濕」備，徑滑衣又寒。有時經一作「最」契闊，竟日數里間。埜果充糇糧，卑枝成屋椽。早行石上水，暮宿天邊煙。小留周晋作「固」，一作「同」家窪，欲出蘆子關。故人有孫宰，高義薄曾雲。延客已曛黑，張燈啓重門。煖湯濯我足，剪紙招我魂。從此出妻孥，相視涕闌干。衆雛爛漫睡，喚起霑盤飧。誓將與夫子，永結爲弟昆。遂空所坐堂，安居奉我歡。誰肯艱難際，豁達露心肝？别來歲月周，胡羯仍構患。何當有翅翎，飛去墮爾前？

〔翁批〕五古。　一、「結弟昆」對上「出妻孥」，「誓將」對下「露心肝」，則此二句，自指孫宰之誓言也。且借「喚起」字，神氣聯貫而下，更不消復醒出眉目矣。此皆自然神理合拍，毋煩解詁者。然近日名流，或轉高談杜之神韻，而不肯向筍縫處用意，則又安得不剖析

言之？　二句單收。〔一〕

〔賴校〕〔一〕此條爲夾批，書於「何當有翅翎，飛去墮爾前」二句旁。

喜聞官軍已臨賊境二十韻

胡虜一作「騎」潛京縣，官軍擁賊壕。鼎魚猶假息，穴蟻欲何逃。帳殿羅玄冕，轅門照白袍。秦山當警蹕，漢苑入旌旄。路失一作「濕」，非羊腸險，雲横雉尾高。五原空壁壘，八水散風濤。今日看天意，遊魂貸爾曹。乞降那更得，尚詐莫徒勞。元帥歸龍種，司空握一作「擁」，非豹韜。前軍蘇武節，左將吕虔刀。兵氣回飛鳥，威聲没巨鼇。戈鋋開雪色，弓矢向一作「尚」秋毫。天步艱方盡，時和運更遭。誰云遺一作「貴」毒螫一作「蠆」，已是沃腥臊。睿想一作「思」丹墀近，神行羽衛牢。花門騰絶漠，拓《唐書》作「柘」羯渡臨洮。此輩感恩至，羸俘何足操。鋒先衣染血，騎突劍吹毛。喜覺都城動，悲憐一作「連」子女號。家家賣釵釧，只待一作「準擬」獻春醪。

〔翁批〕五排。　一、「此輩」字，再見矣。　二、「鋒先」「騎突」，從上聯「騰」字、「渡」字來，其句法峻削，乃一定必至之勢，或謂失大方者，非也。結句〔一〕，面面俱到，而却是實事，所以爲史也，讀《春秋》，當知此意。

〔**賴校**〕〔一〕「結句」二字原無，《附記》有之，據補。

杜詩附記卷第四

大興翁方綱學

收京三首

仙仗離丹極，妖星帶一作「照」玉除。須爲下殿走，不可好樓居。一云：「得非群盜起，難作九重居。」暫屈汾陽駕，聊飛燕將書。依然七廟略，更與萬方初。

生意甘衰白，天涯正寂寥。忽聞哀痛詔，又下聖明朝。羽翼懷一作「慚」，非商老，文思憶帝堯。叨逢罪己日，灑涕一作「霑灑」望青霄。

汗馬收宮闕，春城鏟賊壕。賞應歌杕杜，歸及薦櫻桃。雜虜橫戈數一作「槊」，非，功臣甲第高。萬方頻一作「同」送喜，無乃聖躬勞。

〔翁批〕五律。　一、「甲第高」，不必有心照應「好樓居」也，而自合史法。

送鄭十八虔貶台州司户傷其臨老陷賊之故闕爲面别情見於詩

鄭公樗散鬢成一作「如」絲，酒後常稱老畫師。萬里傷心嚴譴日，百年垂死中興時。蒼惶一作「伶俜」已就長途往，邂逅無端出餞遲。便與先生應永訣，九重泉路一作「下」盡交期。

〔翁批〕七律。頓挫。〔一〕

〔賴校〕〔一〕「頓挫」二字，《翁批》書於「酒後常稱老畫師」句旁，而《附記》未見。

臘日

臘日常年一作「年年」暖尚遥，今年臘日凍全消。侵陵雪色還萱草，漏洩春光有一作「是」，非柳條。縱酒欲謀良一作「長」夜醉，歸一作「還」家初散一作「放」紫一云「北」宸朝。口脂面藥隨恩澤，翠管銀罌下九霄。

〔翁批〕七律。

奉和賈至舍人早朝大明宮公自注：「舍人先世掌絲綸〔一〕。」

五夜漏聲催曉箭，九重一作「天」春色醉仙桃。旌旂俗作「旗」，非日暖龍蛇動，宮殿風微燕雀高。朝罷香煙携滿袖，詩成珠玉在揮毫。欲知世掌絲綸美，池上于一作「如」今有一作「得」，非鳳毛。

〔翁批〕七律。　一、和詩則自有貫注處，後人乃欲品其甲乙，何也？　二、擇石云：「弟六句『在』字，占上去；弟七句『欲知』字，妙於提起。若不提起，則弟六句即塌下矣。」又云：「五、六句在奉和，必應如此旋轉，以管題也，此種詩讀完後〔二〕，紙上並無一字也。」

〔賴校〕〔一〕《翁批》作「掌絲綸」，《附記》則抄作「嘗掌絲綸」，多一「嘗」字，爲原稿所無。　〔二〕《翁批》作「讀完後」，《附記》缺「後」字，依原稿當有「後」字。

附　早朝大明宮呈兩省僚友

賈　至

銀燭朝天紫陌長，禁城春色曉蒼蒼。千條弱柳垂青瑣，百囀流鶯遶建章。劍佩聲隨玉墀步，衣冠身惹御爐香。共沐恩波鳳池上一作「裏」，朝朝染翰侍君王。

附　和前　王　維

絳幘雞人報一作「送」曉籌，尚衣方進翠雲裘。九天閶闔開宫殿，一作「九天宫殿開閶闔」。萬國衣冠拜冕旒。日色纔臨仙掌動，香煙欲傍袞龍浮。朝罷須裁五色詔，佩聲歸向鳳池頭。

附　和前　岑　參

雞鳴紫陌曙光寒，鶯囀皇州春色草堂作「夜」闌。金闕曉鐘開萬户，玉階仙仗擁千官。花迎劍佩星初落，柳拂旌旂露未乾。獨有鳳凰池上客，陽春一曲和皆難。

宣政殿退朝晚出左掖

天門日射黄金牓，春殿晴曛一作「薰」赤羽旗。宫草霏霏一作「微微」承委珮，鑪煙細細駐游絲。雲近蓬萊常五一作「好」色，雪殘鳷鵲亦多時。侍臣緩步歸青瑣，退食從容出每遲。

〔**翁批**〕七律。　一、擇石云：「不是『每』字，便不參活句矣。若參活句，而失本位則過火，又以巧反成拙也。『常』字、『亦』字，皆是參活句。」

紫宸殿退朝口號

户外昭容紫袖垂，雙瞻御座引朝儀。香飄合殿春風轉，花覆千官淑景移。晝漏稀舊作「聲」，千家本定作「稀」聞高閣黄作「閤」報，天顔有喜近臣知。宫中每出歸東省，會送夔龍集一作「到」鳳池。

〔**翁批**〕七律。

春宿左省

花隱掖垣暮，啾啾棲鳥過。星臨萬户動，月傍九霄多。不寢《英華》作「寐」聽金鑰《英華》作「鑠」，因風想玉珂。明朝有封事，數問夜如何。

〔**翁批**〕五律。

晚出左掖

晝刻傳呼淺。春旗簇仗齊。退朝花底散。歸院柳邊迷。樓雪融城濕，宮雲去殿低。避人焚諫草，騎馬欲雞棲。

〔**翁批**〕五律。　一、緩歸遲出之意，至此首發抒盡致。　二、「焚諫艸」與前章「有封事」，相爲開合消納，評者或以爲得大臣之體，得諫臣心事，皆皮相也。

〔**翁注**〕愚舊評此詩云：「非身在『柳邊』而致『迷』也，乃心在君側，而如迷也。此起句『淺』字、『齊』字，是其願依殿庭，欲多留一瞬不可得，而覺『晝漏傳呼』，何以如是其時刻之短淺；『春旗簇仗』，何以如是其速齊也。五、六句即景比興，覺趨班退出之草草，不及雪雲之低濕久停也。『拾遺曾奏數行書』，特後來追擬遺懷之詞耳。騎馬之朝儀等諸栖塒之況味，自問無所建白，袖中諫草何所用哉？唐室中興，而諫臣自述如此，憂時之志，戀主之懷，面面瑩澈，而中鋒寫照，一字不外露，三代而下，繼《風》《雅》者，更何人哉？」〔一〕

〔**賴校**〕〔一〕此條爲《附記》抄於二評之後，而《翁批》未見，故知《附記》所據爲後來另一鈔本。

題省中壁〔一〕

掖垣竹埤梧十尋，洞門對霤舊作「雪」，《正異》定作「霤」常陰陰。落花遊絲白日静，鳴鳩乳燕青春深。腐儒衰晚謬通籍，退食遲迴違寸心。衮職曾無一字補，許身愧比雙南金。

〔**翁批**〕七律。

〔**賴校**〕〔一〕《杜詩鏡銓》作「題省中院壁」，多一「院」字。

一、「退食遲迴違寸心」，是此間數篇之總結。

送賈閣老出汝州

西掖梧桐樹，空留一院陰。艱難歸故里，去住損春心。宫殿青門隔，雲山紫邏深。人生五馬貴，莫受二毛侵。

〔**翁批**〕五律。

送翰林張司馬一云「學士」**南海勒碑**公自注：「相國制文。」

冠冕通南極，文章落上台。詔從三殿一云「天上」去，碑到百蠻開。野舘穠一作「濃」花發，春帆細雨來。不知滄海上《英華》作「使」，天遣幾時迴。

〔翁批〕五律。　一、詩中「碑」字，謂碑文墨本也，是未鐫於石而先稱碑者。　二、「有」〔一〕，《英華》本作「使」字，益可證「天遣」字是另提説，不指君命而言。

〔賴校〕〔一〕《附記》於「有」字天頭上，批云：「五行第一字『有』，恐『上』字之謁。」

曲江陪鄭八丈南史飲

雀啄江頭黄柳花，鵁鶄鸂鶒滿晴沙。自知白髮非春事，且盡芳樽戀物華。近侍即今難浪跡，此身那得更無家。丈人才〔一〕力猶强健，豈傍青門學種瓜？

〔翁批〕七律。　一、擇石云：「弟三句撇出去，乃兜轉來也。末二句『丈人』一提起，必應如是乃成章。『豈』字儘力撇出，乃不塌下也。」

〔賴校〕〔一〕原注：「卞本作『文』。」後圈去不用，即與清擇石（錢載）所云一致。

曲江二首

一片花飛減却春，風鄭氏作「花」飄萬點正愁人。且看欲盡花經一作「驚」，非眼，莫厭傷多酒入脣。江上小堂川本作「棠」巢翡翠，苑一作「花」，《正異》定作「苑」邊高塚卧麒麟。細推物理須行樂，何用一作「事」浮一作「榮」名絆此身？

朝回日日典春衣，每日江頭盡醉歸。酒債尋常行處有，人生七十古來稀。穿花蛺蝶深深見一作「舞」，非，點水蜻蜓款款〔一〕一作「緩緩」飛。傳語風光共流轉，暫時相賞莫相違。

〔翁批〕七律。　一、擇石云：「起處三句伴一句。」

曲江對酒

苑外江頭坐不歸，水精宫一作「春」殿轉霏微。桃花細逐楊花落，蔡云：「老杜墨跡初作『欲共梨花語』〔一〕，自以淡筆改三字。」黄鳥時一作「仍」，非兼白鳥飛。縱飲久判人共棄，懶朝真與世相違。吏一作「含」情更覺滄洲遠，老大徒傷未拂衣。

〔翁批〕七律。

〔賴校〕〔一〕夾注「欲共梨花語」之「梨花」，《杜詩詳注》作「楊花」。

曲江對晋作「值」雨

城上春雲覆苑墻，江亭晚色静年一作「天」芳。林花著雨燕支一作「脂」濕一作「落」，水荇牽風翠帶長。龍武新軍深一作「經」駐輦，芙蓉别殿漫焚香。何時詔一作「重」此金錢會，暫一作「爛」醉佳人錦瑟傍。

〔翁批〕七律。　一、擇石云：「首二句疊起，已有雨意；三句點出雨，四句『風』字，乃是對雨也。而『風』字，亦是雨中之風。」　二、「經」字、「重」字，皆可以驗作詩之筍縫。

奉答岑參補闕見贈

窈窕清禁闥一作「闕」，罷朝歸不同。君隨丞相後，我往一作「住」，非日華東。冉冉柳枝碧，娟娟花蕊紅。故人得佳句，獨一作「猶」贈白頭翁。

〔翁批〕五律。

附　寄左省杜拾遺

岑參

聯步趨丹陛，分曹限紫微。曉隨天仗入，暮惹御香歸。白髮悲花落，青雲羨鳥飛。聖朝無闕事，自覺諫書稀。

奉贈王中允維

中允聲名久，如今契闊深。共傳收庾信，不比得陳琳。一病緣明主，三年獨此心。。。。。。。。。。
窮愁應有作，試誦白頭吟。

〔翁批〕五律。

送許八拾遺歸江寧覲省甫昔時嘗客遊此縣於許生處乞瓦棺寺維摩圖樣志諸篇末

詔許辭中禁，慈顏赴樊作「拜」北堂。一云：「天語辭中禁，家榮赴北堂。」聖朝新孝理，祖席倍輝光。一云：「行子倍恩光。」內一作「贈」，非帛擎偏重，宮衣著更香。淮陰清一作「新」，非夜驛，京口渡江航。竹引趨庭曙，山添扇枕涼。一云：「春隔雞人晝，秋期燕子涼。」十年過一作「賜書誇」父老，幾日一作「壽酒」賽一作「樂」城隍。看畫曾飢渴，追蹤恨一作「限」淼茫。虎、頭、金、粟、影，神、妙、獨、難、忘。

〔**翁批**〕五排。　一、李迂仲、黄實父《毛詩集解》引杜子美詩「趨庭赴北堂」〔一〕。

〔**賴校**〕〔一〕《毛詩集解》亦作《毛詩李黄集解》，四十二卷，宋李樗（迂仲，迂齋先生）、黄櫄（實父）撰。此書收於《四庫全書·經部十五·詩類一》，引詩見卷八「伯兮」條。

因許八奉寄江寧旻上人

不見旻公三十年，封書寄與淚潺湲。舊來好事今能否，老去新詩誰與一作「爲」傳。棋局動隨幽一作「尋」澗竹，袈裟憶上泛湖船。聞張遠作「憑」，《杜臆》作「問」，俱非君話我爲官在，頭白昏昏只醉眠。

〔**翁批**〕七律。　一、「聞」字提筆，一氣渾圓，若作「問」，則謬矣。「憑」字較「問」稍通，而筆痕太出。「話」是許話，「聞」是旻聞。

題李尊師松樹障子歌

老夫清晨梳白頭，玄都道士來相訪。握髮一作「手」呼兒延入户，手提新畫青松障。障子松林静杳冥，憑軒忽若無丹青。陰崖却承霜雪一作「露」，一作「霧」，皆非幹，偃蓋反走虬龍形。老夫生平好奇古，對此興與精靈聚。已知仙客意相親，更覺良工心獨苦。松下丈人巾屨同，偶坐似一作「自」，非是商一作「南」山翁。悵望一作「惆悵」聊歌紫芝曲，時危慘澹來悲風。

〔翁批〕七古。　却，倒也。

得舍弟消息

風吹紫荆樹，色與春庭暮。花落辭故枝，風迴返一作「反」無處。骨肉恩書重，漂泊難相遇。猶有淚成河，經天復東注。

〔翁批〕五古。

送李校書二十六韻

代北有豪鷹，生子毛盡赤。渥洼騏驥兒一作「種」，尤異是虎一作「龍」脊。李舟名父子，清峻流樊作「時」輩伯。人間好少一作「妙」年，不必須白皙。十五富文史，十八足賓客。十九授校書，二十聲輝一作「煇」，一作「烜」赫。衆中每一見，使我潛動魄。自恐二男兒，辛勤養無益。乾元元一作「二」年春，萬姓始安宅。舟也衣綵衣，告我欲遠適。倚門固有望，斂衽就行役。南登吟白華，已見楚山碧。藹藹咸陽都，冠蓋日雲一作「已如」積。何時太夫人，堂上會親戚。汝翁草明光，天子正前席。歸期豈爛漫，別意終感激。顧我一作「己」蓬屋姿，謬通金閨一作「門」籍。小來習性懶，晚節一作「歲」慵轉劇。每愁悔吝作，如覺天地窄。羡君齒髮新，行己能夕惕。臨岐意頗切，對酒不能喫。迴身視緑野，慘澹如荒澤。老雁春忍陳作「忍春」饑，哀號待枯麥。時哉高飛燕，絢練新羽翮。長雲濕褒斜，漢水饒巨石。無令軒車遲，衰疾悲宿昔。

〔**翁批**〕五古。一、「悔吝」「夕惕」，必是別緒所及，切於行誼之深，古人詩不苟作如此。

偪側行

公自注：「贈畢曜。」「偪側」一作「偪仄」，一作「偪偪」，詩内同。「畢曜」，一作「畢四曜」。

偪側何偪側，我居巷南子巷北。可憐鄰里間，十日不一見顔色。自從官馬送還官，行路難行澀如棘。我貧無乘非無足，昔者相過一作「遇」今不得。實不是一作「未敢」愛微軀一作「慵相訪」，又非關足無力。一本二句無「實」「又」二字。徒步翻愁官長怒，此心炯炯君應識。曉來急雨春風顛，睡美不聞鐘鼓傳。東家蹇驢許借我，泥滑不敢騎朝天。已令請急會通籍，一云「已令把牒還請假」。男兒性一作「信」命絶可憐。焉能終日心拳拳，憶君誦詩神凛然。辛夷始花亦一作「又」已落，况我與子非壯年。街頭酒價常苦貴，方外酒徒稀醉眠。速宜一作「徑須」相就飲一斗，恰有三百青銅錢。

〔**翁批**〕七古。　一、前十二句，後十四句。「拳拳」句插入一韻，雖不必，其前段亦與相配。而「足」字終當入韻，此亦屋、職通用之一處也。至於前後二段之伸縮變化，則又以句法長短爲音節耳。

贈畢四曜

才大今詩伯，家貧苦宦卑。飢寒奴僕賤，顔狀老翁爲。同調嗟誰惜，論文笑自知。流傳江鮑體，相顧免無兒。

〔**翁批**〕五律。　一、通首皆指畢説，即「奴僕賤」，亦含嗟惜之意。

題鄭十八著作丈一作「虔」。題下一本有「故居」二字。

台州地闊一作「僻」海冥冥，雲水長和島嶼青。亂後一作「繾綣」故人雙別淚，春深一作「飄飄」逐客一浮萍。酒酣懶舞誰相拽，詩罷能吟不復聽。第五橋東一作「邊」流恨水，皇陂岸北結愁亭。賈生對鵩傷王傅，蘇武看羊陷賊庭。可念此翁一作「心」，一作「公」懷一作「常」直道，也霑新國用輕刑。禰衡實恐遭江夏，方朔虛傳是歲星。窮巷悄然或作「一朝」車馬絶，案頭乾死讀書螢。

〔**翁批**〕七排。「自笑燈前舞，誰憐醉後歌」，當亦對照朋好而言。〔一〕

〔**賴校**〕〔一〕此爲眉批，《附記》未見，《翁批》於本詩「酒酣懶舞誰相拽」處標一硃記，故此批乃釋此句。

瘦《英華》作「老」，詩同**馬行**

東郊瘦一作「老」馬使我傷，骨骼一作「骸」，非硉兀如堵墻。絆之欲動轉欹側，此豈有意仍騰驤。細看六一作「火」，非印帶官字，衆道三一作「官」，非軍遺路旁。皮乾剥落雜一作「盡」泥滓，毛暗蕭條連雪霜。去歲奔波逐餘寇，驊騮不慣不得將。士卒多騎内厩馬，惆悵恐是病乘黄。當時歷塊誤一蹶，委棄非汝能一作「難」，非周防。見人慘澹若哀訴，失主錯莫無晶《英華》作「睛」，非光。天寒遠放雁爲伴一作「侶」，日暮不一作「未」，非收烏啄瘡。誰家且養願終惠，更試明年春草長。

〔翁批〕七古平到底。　活句，當句打跌而出。〔一〕　一、此與《病柏》《枯柟》一例。二、杜公七古，惟此與《哀王孫》，是平韻一韻到底者。而彼尚有插疊一韻，此則無之，則是獨此一首爲平韻，極平正之式矣。然却尚非杜七古之極至者。

〔賴校〕〔一〕此條爲夾批，書於「驊騮不慣不得將」句旁。

義鶻行

陰崖二蒼從《英華》，一作「有蒼」，一作「有二」鷹，養子黑柏顛。白蛇登其巢，吞噬一作「之」恣一作「資」朝餐。雄飛遠求食，雌者鳴辛酸。力强不可制，黄口無《英華》作「寧」半存。其父從西歸一作「來」，翻身入長煙。斯須領健鶻，痛憤一作「憤懣」，一作「冤憤」寄所宣。斗上捩孤影，噭哮一作「無聲」來九天。修鱗脱遠枝，巨顙拆老拳。高空得蹭蹬，短一作「茂」草辭蜿蜒。折尾能一掉一作「擺」，飽《英華》作「饑」腸皆一作「今」已一作「以」，一云「已皆」穿。生雖滅衆雛，死亦垂千年。物情有報復，快意貴目前。兹實鷙鳥最，急難心炯然。功成失所往一作「在」，用舍何其賢。近經潏水湄，此事樵夫一作「人」傳。飄蕭覺素髮，凛欲《英華》作「烈」，一作「若」衝儒冠。人生許與分，只在一云「亦存」顧盼間。聊爲義鶻行，用一作「永」，非激壯士肝。

〔翁批〕五古。

畫鶻行

高堂見生一作「老」鶻，颯爽動秋骨。初驚無拘攣一作「卷」，何得立突兀。乃知畫師妙，巧一作「功」刮造化窟。寫此一作「作」神駿姿，充君眼中物。烏鵲滿樛枝，軒然恐其出。側腦看青霄，寧爲衆禽没。長翮如刀劍，人寰可超越。乾坤空崢嶸，粉墨且蕭瑟。緬思一作「想」，非雲沙際，自有煙霧質。吾今意何傷，顧步獨紆鬱。

〔翁批〕五古。　一、此篇全開啓後來元遺山五言詩法，至其中鈎環疊襵、圓厚沈蓄之妙，則非遺山所能盡耳。

端午日賜衣

宫衣亦有名，端午被恩榮。細葛含風軟，香羅疊雪輕。自天題處濕，當暑著來清。意内稱一作「恰稱身」長短，終身荷聖情。

〔**翁批**〕五律。　一、「題處濕」申咏「有名」之意。

酬孟雲卿

樂極傷頭白，更長一作「深」愛燭紅。相逢難一作「雖」衮衮，告别莫匆匆。但恐天河落，寧辭酒盞空。明朝牽世務，揮淚各西東。

〔**翁批**〕五律。

至德二載甫自京金光門出間一作「問」道歸鳳翔乾元初從左拾遺移華州掾與親故别因出此門有悲往事

此道昔歸順，西郊胡正一作「騎」繁。至今猶一作「殘」破膽，應一作「猶」有未招魂。近。

侍一作「得」，非歸京邑，移官遠一作「豈」，非至尊。無才日衰老，駐馬望千門。

〔翁批〕五律。　一、「遠」字自傷，違君側也。作「豈」字者，謬矣。人臣惟君所使，若遷謫果由於君意，遂可怨望耶？此等板本，悖理傷教，學者所當辭而闢之，不特文義欠通而已。

寄高三十五詹事

安穩高詹事，兵戈久索居。時來如一作「知」宦達，歲晚莫情疏。天上多鴻雁，池一作「河」中足鯉魚。相看過半百，不寄一行書。

〔翁批〕五律。

贈高式顔

昔別是何處？相逢皆老夫。故人還寂寞，削跡共艱虞。自失論文友，空知賣酒壚。平生飛動意，見爾不能無。

〔翁批〕五律。

題鄭縣亭子

鄭縣亭子澗之濱，户牖憑高發興新。雲斷岳蓮臨大路一作「道」，天晴一作「清」宫一作「官」柳暗長春。巢邊野雀一作「鵲」群欺燕，花底山蜂遠趁人。更欲題詩滿青竹，晚來幽獨恐傷神。

〔翁批〕七律。　揅石云：「不題也，此是活句。」〔一〕

〔賴校〕〔一〕此條爲夾批，書於「更欲題詩滿青竹」句旁，釋「更欲」二字。

望岳

西岳崚嶒一云「危稜」竦處尊，諸峰羅立一作「列」如一作「似」，非兒孫。安得仙人九節杖，拄到玉女洗頭盆。車箱入谷無歸一作「回」路，箭栝朱作「柏」，晋作「閣」，一作「闕」，一作「括」通天有一門。稍待西一作「秋」風凉冷後，高尋白帝問真源。

〔翁批〕七律。　一、「處」去聲。　二、揅石云：「既用『如』字，則三、四自然拗矣。五、六平正開拓，所以消上之拗。」

早秋苦熱堆案相仍

七月六日苦炎蒸一作「熱」，對食暫餐還不能。常一作「每」，非愁夜來一作「中」自足蝎，況一作「仍」，非乃秋後轉一作「復」多蠅。束帶發狂欲大叫，簿書何急來相仍。南望青松架短一作「絶」壑，安得一作「能」，非赤脚踏層冰。

〔翁批〕七律。一、「堆案」不言何物，直至詩内乃點明之，此自不礙，不必以此議杜公立題之拙。一、此弟一句，有韻爲是。二、「青松架短壑」五字，可畫。

觀安西兵過赴關中待命二首

四一作「西」鎮富精鋭，摧鋒皆絶倫。還聞獻士卒，足以静風塵。老馬夜知道，蒼鷹饑一作「秋」著人。臨危經久戰，用急始如神。

奇兵不在衆，萬馬救中原。談笑無河北，心肝奉至尊。孤雲隨殺氣，飛鳥避轅門。竟日留歡一作「觀」，非樂，城池未覺喧。

〔翁批〕五律。

九日藍田崔氏莊

老去悲秋强自寬，興來今一作「終」，非日盡君歡。羞將短髮還吹帽，笑倩旁人爲正冠。藍水遠從千澗落，玉山高並兩峰寒。明年此會知誰健一作「在」，醉一作「再」把茱萸仔細看。

〔翁批〕七律。　一、浦氏〔一〕謂：「『仔細看』，是看山水，確不可易。」

〔賴校〕〔一〕浦氏，即浦起龍（一六七九—一七六二），無錫人。屢試不中，困頓三十餘年，以在鄉坐館教書維生。潛心研究杜甫詩作，積十多年研究成果，撰成《讀杜心解》，其中《讀杜提綱》與《少陵編年詩目譜》甚便入門參考。雍正八年（一七三〇）中進士，官至蘇州府學教授，任五華書院、紫陽書院講席，門下學生有王昶、錢大昕等經史名家。

崔氏東山草堂

愛汝玉山草堂静，高秋爽氣相一作「多」鮮新。有時自發鐘磬響，落日更見漁樵人。盤剥白鴉谷口栗，飯煮青泥坊底芹。何爲西莊王給事，柴門空閉好一作「鎖」松筠。

〔**翁批**〕七律。一、因「東山」，又帶出「西莊」。二、朱竹垞〔一〕云：「勤、斤等字，自屬殷部，試取杜詩誦之，凡勤、斤字，寧與真同用，無與文同用者。」

〔**賴校**〕〔一〕朱竹垞，即朱彝尊，字錫鬯，號竹垞，又號醧舫，行十，晚號小長蘆釣魚師，又號金風亭長，明末清初浙江嘉興人，著名詩人、詞人、經學家。清順治六年(一六四九)，彝尊挈家移居嘉興梅會里(今嘉興市王店鎮)，其故宅今爲王店曝書亭公園。彝尊讀書過目成誦，博通經史，擅長詩詞，爲浙西詞派的創始者，又精於金石考證之學。詩與王士禛齊名，《清史稿·朱彝尊傳》曰：「當時王士禛工詩，汪琬工文，毛奇齡工考據，獨彝尊兼有衆長。」有《日下舊聞》四十二卷、《明詩綜》一百卷、《詞綜》三十六卷、《曝書亭集》八十卷、《經義考》等；《鶴徵前録》注云：「先生又有《瀛洲道古録》《五代史注》《禾録》諸書，俱屬稿未成。」

遣興三首

我今日夜憂，諸弟各異方。不知死與生，何况道路長。避寇一分散，飢寒永相望。豈無柴門歸？欲出畏虎狼。仰看雲中雁，禽鳥亦有行。

蓬生非無根，漂蕩隨高風。天寒落萬里，不復歸本叢。客子念故宅，三年門巷空。悵望但烽火，戎車滿關東。生涯能幾何，常在羈旅中。

昔在洛陽時，親友相追攀。送客東郊道，遨遊宿南山。烟塵阻長河，樹羽成皋間。回首載酒地，豈無一日還。丈夫貴壯健，慘戚非朱顏。

〔翁批〕五古。

獨立

空外一鷙鳥，河間雙白鷗。飄颻搏擊便，容易往來遊。草露亦多濕，蛛絲仍未收。天機近人事，獨立萬端憂。

〔翁批〕五律。　一、此「河間」，非地名。

至日遣興奉寄北省舊閣老兩院故人〔一〕二首

去歲兹晨捧御牀，五更三點入鵷行。欲知趨走傷心地，正想氤氲滿眼香。無路從容陪語笑，有時顛倒著衣裳。何人却一作「錯」憶一作「認」窮愁日，日日一作「愁」，非愁隨一線長。

憶昨逍遥供奉班，去年今日胡云：「《英華》作『冬至』。」侍龍顏。麒麟不動爐煙上《詩眼》

作「轉」，孔雀徐開扇影還。玉几一作「座」由來天北極，朱衣只在殿中間。孤城此日腸堪斷，愁對寒雲雪一作「白」滿山。

〔翁批〕七律。　一、「只在」者，認定不移，若長久在眼之意。

〔賴校〕〔一〕「故人」，《附記》於其下注云：「一作『補遺』。」《翁批》與《杜詩詳注》皆未見。

路逢襄陽楊少府入城戲呈一作「戲題四韻附呈」〔一〕**楊四員外綰**公自注：「甫赴華州日，許寄員外茯苓。」〔二〕一本：「戲題四韻附呈許員外爲求茯苓。」〔三〕

寄語楊員外，山寒少茯苓。歸來稍暄一云「候和」暖，當爲斸青冥。翻動一作「倒」龍蛇一作「神仙」窟，封題鳥獸形。兼將老藤杖，扶汝醉初醒。

〔翁批〕五律。　一、「候」字改「稍」字，足盡斟酌之理。凡若此類，皆確屬當日自定本也。自餘所存一作某者，未盡出公自定也。特出自刻本沿寫之異，亦間有可參酌者耳。

〔賴校〕〔一〕「戲呈」下注，僅見於《翁批》。　〔二〕「公自注」以下文，《翁批》與《附記》同。　〔三〕「一本」以下文字，僅見於《附記》。

湖城東遇孟雲卿復歸劉顥宅宿宴飲散因爲醉歌

一本，題上有「冬末以事之東都」七字。〔一〕

疾風吹塵暗河縣，行子隔手不相見。湖城城東《英華》作「東」，一作「北」，一作「南」一開眼，駐馬偶識雲卿面。向非劉顥爲地主，嬾回鞭轡成高一作「城南」宴。劉侯歡一作「歎」，非我携客來，置酒張燈促華饌。且將款曲終今夕，休語一作「話」艱難尚酣戰。照室紅爐促曙光《英華》作「簇曙花」，縈窗素月垂文《英華》作「秋」練。天開地裂長安陌一作「春」，非，寒盡春生一云「紫陌春寒」洛陽殿。豈知驅車復同軌，可惜刻漏隨更箭。人生會合不可常，庭樹雞鳴淚如綫一作「霰」。

〔翁批〕七古仄到底。　一、七古仄韻到底之作。〔二〕　二、「開眼」，從上「暗」字來。　三、

蘀石云：『照室』一聯，自然對寫細凈；非此一聯，則下聯亦拓不出大筆來。」　四、

「同軌」，自用《別賦》〔三〕。

〔賴校〕〔一〕《附記》則抄作「蔡本，題上有『冬末以□之東都』七字。」□缺字，當爲「事」字。　〔二〕《附記》抄作「七古仄韻，一韻到底之作」，多「一韻」二字。　〔三〕《別賦》，南朝梁江淹所作，另有

《恨賦》一篇，亦傳世著聲。

閿鄉姜七少府設鱠戲贈長歌

姜侯設鱠當嚴冬，昨日今日皆天風。河凍味魚一作「黄河美魚」，一作「未漁」，一作「冰魚」，一作「取魚」，《潘淳詩話》〔一〕作「味魚」，朱注作「鮇魚」不易得，鑿冰恐侵河伯宫。饔人受魚鮫人手，洗魚磨刀魚眼紅。無聲細下飛碎一作「素」雪，有骨已剁觜春葱。偏勸腹腴愧年少，軟炊香飯一作「粳」緣老翁。落碪何曾白紙濕，放筯未覺金盤空。〔二〕新歡便飽姜侯德，清觴異味情屢極。東歸貪一作「貧」，非路自覺難，欲別上馬身無力。可憐爲人好心事，於我見子真顔色。不恨我衰子貴時，悵望且爲今相憶。

〔翁批〕七古。　一、有謂「腹腴」二句，當在「金盤」句下者，妄也。　二、兩「人」字、兩「魚」字，層疊參差而出，乃不板滯。

〔賴校〕〔一〕《潘淳詩話》：南宋潘淳撰，亦作《潘子真詩話》。潘淳（生卒年不詳），一作潘惇，字子真，新建（今屬江西）人。少穎異，好學不倦，師事黄庭堅。曾任建昌縣尉，《江西通志》有傳。《潘子真詩話》，不知卷數。原書久佚，郭紹虞、羅根澤均輯其佚文，甚便參考。　〔二〕仇兆鰲《杜詩詳注》

於「落碪何曾白紙濕，放筯未覺金盤空」句下，注曰：「二句舊在『老翁』之下，今依《杜臆》改正。」而《翁批》則改回舊貌，因此可知，《翁批》雖緣《詳注》而注，而時有異同處。

戲贈閿鄉秦少府吴若作「少公」，一作「翁」〔二〕短歌

去年行宫當一作「守」太白，朝回君是同舍客。同心不減骨肉親，每語見許文章伯。今日時清兩京道，相逢苦覺人情好。昨夜邀歡樂更無，多才依舊能潦一作「傾」倒。

〔翁批〕七古。

〔翁注〕「歡」下即接「樂」字，古人拙處。〔二〕

〔賴校〕〔一〕篇題「秦少府」下注，《附記》未見。　〔二〕此批見於《附記》，《翁批》稿中未見。

李鄠縣丈人胡馬行

丈人駿馬名胡騮，前年避胡一作「賊」過金牛。迴鞭却走見天子，朝飲漢水暮靈州。自矜胡騮奇絶代，乘出千人萬人愛。一聞説盡急難才，轉益愁向駑駘輩。頭上鋭耳批秋竹，脚下高蹄削寒玉。始知神龍别有種，不比俗一作「凡」馬空多肉。洛陽大道時再

清，累日喜得俱東行。鳳臆龍鬐《英華》作「鬒」，一作「鱗」，一作「鱗鬐」未易識，側身注目長風生。

〔**翁批**〕七古。

觀兵

北庭送壯士，貔虎數尤多。精鋭舊無敵，邊隅今若何。妖氛擁白馬，元帥待琱戈。莫守鄴城下，斬鯨遼海波。

〔**翁批**〕五律。　一、末句以音節勒住。

憶弟二首 公自注：「時歸在河南陸渾莊。」

喪亂聞吾弟，饑寒傍濟州。人稀書一作「吾」，非不到，兵在見何由。憶昨狂催走，無時病去憂。即今千種恨，惟共水東流。

且喜河南定，不問鄴城圍。百戰今誰在，三年望汝歸。故園花自發，春日鳥還飛。斷絶人煙久，東西消息稀。

〔**翁批**〕五律。

得舍弟消息

亂後誰歸得，他鄉勝故鄉。直一作「若」爲心厄苦，久念一作「得」與刊作「汝」存亡。汝書猶在壁，汝妾一作「室」已辭房。舊犬知愁恨，垂頭傍我牀。

〔**翁批**〕五律。　一、亂離之作，音律每隨之而生變。

不歸

河間尚戰一作「征」伐，汝骨在空城。從弟人皆有，終身恨不平。數金憐俊邁，總角愛聰明。面上三年土，春一作「秋」風草一作「吹」又生。

〔**翁批**〕五律。

贈衛八處士

人生不相見，動如參與商。今一作「此」夕復何夕，共此燈燭光。一云「共宿此燈光」，非。

少壯能幾時，鬢髮各已蒼。訪舊魯作「問」半爲鬼，驚一作「嗚」呼熱中腸。焉知二十載，重上君子堂。昔別君未婚，男一作「兒」女忽成行。怡然敬父執，問我來何方。問答乃未已陳本作「未及已」，兒女一作「驅兒」羅酒漿。夜雨剪春韭，新一作「晨」炊間一作「聞」，非黄粱。主稱會面難，一舉累十觴。十觴亦不醉一作「辭」，感子故意長。明日隔山岳，世事兩茫茫。

〔翁批〕五古。　一、偶然具體，漢魏其情，有以發之。

洗兵行公自注：「收京後作。」

中興諸將收山東，捷書夜一作「夕」，一作「日」報清晝同。河廣傳聞一葦過，胡危命在破竹中。秖殘鄴城不日得，獨任朔方無限功。京師皆騎汗血馬，回紇餧肉蒲萄宫。已喜皇威清海岱，常思仙仗過崆峒。三年笛裏關山月，萬國兵前草木風。成王功大心轉小，郭相謀深一作「謀猷」，一作「深謀」古來少。司徒清鑒懸明鏡，尚書氣與秋天杳。二三豪俊爲時出，整頓乾坤濟時了。東走無復憶鱸魚，南飛覺有安巢一作「枝」鳥。青春復隨冠冕入，紫禁正耐煙花繞。鶴駕通宵鳳輦備，雞鳴問寢龍樓曉。攀龍附鳳勢一作「世」莫當，天下盡化爲侯王。汝等豈知蒙帝力，時來不得誇身强。關中既留蕭丞相，幕下復用張子房。張公一生江海客，身長九尺鬚眉蒼。徵起適遇風雲會，扶顛始知籌策良。青袍白馬更何有，後漢今周喜再昌。寸地尺天皆入貢，奇祥異瑞爭來送。不知何國致白環，復道諸山得銀甕。隱士休歌紫芝曲，詞人解《西溪叢話》〔一〕作「角」撰河清一云「清河」頌。田家望望惜雨乾，布穀處處催春種。淇上健兒歸莫嬾，城南思婦愁多夢。安得壯士挽天河，净洗甲兵長不用。

〔**翁批**〕七古。　大書史法。〔二〕　一、偶然具體，初唐其氣，足以舉之。　二、犢石云：「三、四句且未諧，所以妙。」方綱按：「不特三、四句也，直至『蒲萄宮』句，皆未諧也。蓋因起句七字，健筆特提，聳立而起，所以此一韻之前半，不能遽作諧調。至弟三段，又用平聲，則『攀龍附鳳』之諧、『後漢今周』之諧，又轉在首尾，而中間『爲侯王』『誇身强』『鬚眉蒼』，又多作不諧之句，於其間乃極變化乘承之勢。」〔三〕　三、犢石云：「『張公』句一振起，尤峻嶒。」又云：「此二句，亦是對也。」　四、犢石云：「『嬾』字，必要仄聲。」

〔**賴校**〕〔一〕《西溪叢話》，宋剡川姚寬著。姚寬（一一〇五—一一六二），字令威，號西溪，嵊縣（今屬浙江）人，舜明子。以父蔭補官，官至權户部員外郎、樞密院編修官。高宗紹興三十二年（一一六二）召對時，卒於殿廷，年五十八。有《西溪集》十卷，已佚，傳世有《西溪叢話》二卷。《（寶慶）會稽續志》卷五有傳。姚寬詩，以《江湖後集》及他書所録，編爲一卷。〔二〕此條爲夾批，書於「中興諸將收山東」句旁。〔三〕此條《翁批》書於首行地脚，書法流麗，字體甚小，而尚能辨，《附記》所抄，完全無遺。

新安吏公自注：「收京後作。雖收兩京，賊猶充斥。」

客行新安道，喧呼聞點兵。借問新安吏，縣小更無丁。府帖一作「符」昨夜一作「日」下，次選中男行。中男絶短小，何以守王城。肥男有母送，瘦男獨伶俜。白水暮東流，青山猶一作「聞」哭聲。莫自使眼枯，收汝淚縱横。眼枯即一作「却」見骨，天地終無情。我軍取一作「至」，一作「收」相州，日夕望其平。豈意賊難料，歸軍星散營。就糧近故壘，練卒依舊京。掘壕不到水，牧一作「看」馬役亦輕。况乃王師順，撫養甚分明。送行勿泣血一作「垂泣」，僕射如父兄。

〔**翁批**〕五古。一、豈有賊尚充斥，而不用兵者？豈有因私家骨肉之别，而不點兵者？此篇後半，勸之、慰之，乃《風》《雅》之正也。後四篇，又極叙别情，使人知從軍之苦。《記》曰：「夫言豈一端而已，言固各有當也。」

潼關吏

士卒何草草，築城潼關道。大城鐵不如，小城萬丈餘。借問潼關吏，修關一作「築城」還備胡。要我下馬行，爲我指山隅。連雲列戰格，飛鳥不能踰。胡來但自守，豈復憂西都。丈人視要處，窄一作「穿」狹容單車。艱難奮長戟，萬吴作「千」，非古用一夫。哀哉桃林戰，百萬化爲魚。請囑防關將，慎勿一作「莫」學哥舒。

〔翁批〕五古。

石壕吏

暮投石壕邨，有吏夜捉人。老翁踰墻走，老婦出門看一作「出看門」。吏呼一何怒，婦啼一何苦。聽婦前致詞，三男鄴城戍。一男附書至一作「到」，二男新戰死。存一作「在」者且一作「是」偷生，死者長已矣。室中更無人，惟《文粹》作「所」有乳下孫。孫有一作「有孫」母未去，出入一作「更」無完裙。一云：「孫母未便出，見吏無完裙。」老嫗力雖衰，請從吏夜歸。急應河陽役，猶得備晨炊。夜久語聲絶，如聞泣幽咽。天明登前途，獨與老翁别。

〔翁批〕五古。

新婚别

兔絲附蓬麻，引蔓故一作「固」不長。嫁女與征夫，不如棄路旁。結髮爲君妻一作「妻子」，席不煖君牀。暮婚晨告别，無乃太匆忙。君行雖一作「既」，非不遠，守邊赴一作「戍」河陽。妾身未分明，何以拜姑嫜。父母養我時，日夜令我藏。生女有所歸，雞狗一作「犬」亦得一作「相」將。君今往死地，一作「君今死生地」，一作「君生往死地」。沉痛迫中腸。誓欲隨君去一作「往」，形勢反蒼黄。勿爲一作「改」，非新婚念，努力事戎行。婦人在軍中，兵氣恐不揚。自嗟貧家女，久致一作「致此」羅襦裳。羅襦不復施，對君洗紅粧。仰視百鳥飛，大小必雙翔。人事一作「生」多錯迕，與君永相望。

〔翁批〕五古。

垂老别

四郊未寧静，垂老一作「死」，非不得安。子孫陣亡盡，焉用身獨完。投杖出門去，同行爲辛酸。幸有牙齒存一作「好」，非，所悲骨髓一作「肉」，非乾。男兒既介胄，長揖别上官。老妻卧路啼，歲暮衣裳單。孰知是死别，且復傷其寒。此去必不歸，還聞勸加餐。土門壁甚堅，杏園度亦難。勢異鄴城下，縱死時猶寬。人生有離合，豈擇衰老一作「盛」端。憶昔少壯日，遲迴竟長嘆。萬國盡征戍一云「東征」，烽火被岡巒。積屍草木腥，流血川原丹。何鄉爲樂土，安敢尚盤桓。棄絶蓬室居，塌然摧肺肝。

〔翁批〕五古。

無家别

寂寞天寶後，園廬但蒿藜。我里百一作「萬」餘家，世亂各東西。存者無消息，死者爲一作「委」塵泥。賤子因陣敗，歸來尋舊一作「故」蹊。久行見空巷一作「室」，日瘦氣慘悽。但對狐與狸，豎毛怒我啼。四鄰何所有，一二老寡妻。宿鳥戀本枝，安辭且窮棲。方春獨荷鋤，日暮還灌畦。縣吏一作「令」知我至，召令習鼓鞞。雖從本州役，内顧無所携。近行止一身，遠去終轉迷。家鄉既盪盡，遠近理亦齊。永痛長病母，五年委溝谿。生我不得力，終身兩酸嘶。人生無家别，何以爲蒸黎。

〔**翁批**〕五古。　《風》《雅》之正，即是史法。〔一〕　言「兩」者，「母」與「身」也。〔二〕

〔**賴校**〕〔一〕《翁批》書於篇題與首句「寂寞天寶後」之間，《附記》未見。〔二〕此條爲眉批，釋末第三句「終身兩酸嘶」之「兩」義，《附記》未見。

夏日歎

夏日出東北，經天陵一作「陵天經」中一作「東」街。朱光徹厚地，鬱蒸何由開。上蒼久無雷，無乃號令乖。雨降不濡物，良田起黄埃。飛鳥苦熱死，池魚涸其泥。萬人尚流冗，舉目惟蒿萊。至今大河北，化一作「盡」作虎與豺。浩蕩想幽薊，王師安在哉？對食不能餐，我心殊未諧。眇然貞觀初，難與數子偕。

〔**翁批**〕五古。　一、「雷」字不算韻。　二、「虎」「豺」，指盜賊也，所以下接「王師」。

夏夜歎

永日不可暮，炎蒸毒我一作「中」腸。安得萬里風，飄飖吹我裳？昊天出華月，茂林延疎光。仲夏苦夜短，開軒納微涼。虚明見纖毫，羽蟲亦飛揚。物情無巨細，自適固其常。念彼荷戈士，窮年守邊疆。何由一洗濯，執熱互相望。竟夕擊刁斗，喧聲連萬方。青紫雖被體，不如早還鄉。北城悲笳發，鸛鶴號且翔。況復一作「懷」煩促倦，激烈思時康。〔一〕

〔**翁批**〕五古。

〔**賴校**〕〔一〕《翁批》本册末頁有所書筆記四條，録以供參：一、「此册内二十八之上。」二、「支韻内字有應入真韻者，須以《唐韻》查之。」三、「七古仄到底者，《湖城東遇孟雲卿》。」四、「五排八首。」

杜詩三

廿七葉　卷五　卷六[一]

乙巳[二]六月十日，雨窗，看定此册。

丙午[三]二月三十日，燈下覆看記。

蔣世兄[四]《知廉修隅説》：「海寧陳氏樓上藏有兩夾板大本《杜詩》，有出於今所行本之外者。」並云：「是當日原迹。」又云：「數年前，晤揚州雪鑪僧，本陳氏子，言曾見之。紙已泡爛。」又云：「查名開者[五]，亦曾見之。」此事恐未可信，然宜再訪問之。[六]

〔賴校〕〔一〕以上文字均爲硃筆，「二十七葉」書於「杜詩三」之右，「卷五」「卷六」書於本頁左上方。並以下文字，均爲《翁批杜詩》卷前題記，行書流麗俊爽，功力十分深厚。〔二〕「乙巳」爲清乾隆五十年（一七八五），翁方綱時年五十三歲。〔三〕「丙午」爲清乾隆五十一年（一七八六），翁方綱時年五十四歲。　〔四〕蔣世兄，疑爲蔣士銓，字心餘，一字苕生，號清容(居士)，又號藏園，自署離垢居士，江西鉛山人。乾隆丁丑二十二年(一七五七)進士，曾任翰林院編修，乾隆稱士銓與彭元瑞兩人「江右兩名士」。工詩古文辭，七言古詩尤勝，與袁枚、趙翼並稱爲「江右三大家」(又稱「乾隆三大家」)。其詩題材廣泛，其中一部分反映了社會矛盾，同情民間疾苦，如《饑民嘆》《禁砂錢》等；亦精南北曲，著有雜劇、傳奇十六種、《忠雅堂集》、《銅弦詞》、《紅雪樓九種曲》等。　〔五〕此「查名開者」，應係「查開」，其人生平不見諸史傳，而散見於志乘。乾隆四年(一七三九)修《海寧州志·孝友》記載：「查開，字宣門，號香雨。嗣瑮子。髫年遭家難，隨父入詔獄謫邊戍，至性過人，感動觀者。既長，偕兄扶櫬歸里，克以詩文繼家學。兼擅經濟，筮仕得中牟丞。時河陽荆條決口，巨費累月不能合龍。開條議開引河疏故道，力任其勞，不旬日而水勢宣泄，堵塞成功。一時咸服其才。旋擢武陟令，地當衝劇，濱臨黄沁兩河，捍禦尤艱。莅任後不惜捐重貲募堡夫，風防雨守，無分寒暑，晝夜視事。兩歲無水潦之災，居民實賴焉。尋以門房舊案(按：查嗣庭舊案)被議罷歸，力敦孝友，捐置義田，周恤宗黨。族以暴棺二十餘，咸爲安葬。卜築魏塘別業于西湖。故交名流酬酢不倦。尤珍先世手澤，校刊伯慎行《補注蘇詩》五十卷刊行，復合『王施兩家注』，正訛芟複，並列爲三家定本。嗣刻所著《吾匏亭詩集》，長洲沈宗伯德潛爲之序。」嘉慶五年(一八〇〇)修《嘉善縣志·僑寓》所載略同。　〔六〕此後次頁尚有待查筆記七則，除四條以墨筆圈去者外，録以備參：一、「《居易録》此條查採。二上。」二、「『興』字，查《詩注疏》。四下。」

三、「胡元瑞固未知韻，然此册之十頁下『農』字一條應考。仇四函二册，卷廿三之十二下。」《翁批》所注「仇」，係指清仇兆鰲《杜詩詳注》。此條下鈐陰文正方「覃谿」篆印，書鈐於頁後左端。又此條之「胡元瑞」，即明胡應麟，字元瑞，號少室山人，又號時羊生，浙江金華蘭溪人，自小喜好歌詩，著《詩藪》二十卷。

杜詩附記卷弟五

大興翁方綱學

立秋後題

日月不相饒，節序昨夜隔。玄蟬無停號，秋燕已如客。平生獨往願，惆悵年半百。罷官亦由人，何事拘形役。

〔翁批〕五古。　一、時方立秋，而云「秋燕已如客」，可云妙於語言。時方歲半，而云「惆悵年半百」，亦警策之至矣。

貽阮隱居 昉

陳留風俗衰，人物世不數。塞上得阮生，迥繼先父祖。貧知静者性，白一作「自」，非益毛髮古。車馬入鄰家，蓬蒿翳環堵。清詩近道要，識字一作「子」，非用心苦。尋我草逕微，褰裳踏寒雨。更議居遠郊，避喧甘猛虎。足明箕潁客，榮貴如糞土。

〔翁批〕五古。

遣興三首

下馬古戰場，四顧但茫然。風悲浮雲去，黄葉墜一作「墮」我前。朽骨穴螻蟻，又爲蔓草纏。故老行歎息，今人尚開邊。漢虜互勝負樊作「失約」，封疆不常全。安得廉頗一作「耻」，非將，三軍同晏眠。

高秋登寒一作「塞」山，南望馬邑州。降虜東擊胡，壯健盡不留。穹廬莽牢落，上有行雲愁。老弱哭道路，願聞甲兵休。鄴中事反覆一云「何蕭條」，死人積如丘。諸將已茅土，載驅誰與謀。

豐年孰一作「既」，一作「亦」云遲，甘澤不在早。耕田秋雨足，禾黍已映道。春苗九月交，顔色同日老。勸汝衡門士，勿悲尚枯槁。時來展才力，先後無醜好。但訝鹿皮翁，忘機對芝一作「芳」，一作「叢」草。

〔**翁批**〕五古三。　一、「載驅」云者，猶之乘軒之喻、肉食之譏也。至於「衡門士」，則深關抱負矣，却又以「鹿皮翁」掉開。　一、正不知稷、离之願，果酬在爾日如何布置；然以諸葛武侯匡時之略，有踰管、晏，而郭冲之〔一〕論以未濟爲憾者，時爲之也。先後無醜好之言，殆將履之而後難歟！〔二〕

〔**賴校**〕〔一〕《翁批》書作「郭冲之」，而《附記》抄作「桓冲之」，當以《翁批》爲正。蓋裴松之在爲《三國志·蜀書·諸葛亮傳》作注時，嘗引東晉王隱《蜀記》所載郭冲之言，即可證之。　〔二〕以上兩條，分别釋第二首與第三首詩。

留花門

花門一作「北門」，一作「北方」天驕子，飽肉氣勇決。高秋馬肥健，挾矢射漢月。自古以爲患，詩人厭薄伐。修德使其來，羈縻固不絶。胡爲傾國至，出入暗金闕。中原有驅除，隱忍用此物。公主歌黄鵠，君王指白日。連雲屯左輔，百里見積雪。長戟鳥休飛，哀笳曙一作「曉」幽咽。田家最恐懼，麥倒桑枝折。沙苑臨清渭，泉香草豐潔。渡河不用船，千騎常撇烈一云「滅没」，《正異》作「撇捩」。胡塵踰太行，雜種抵京室。花門既須留，原野轉蕭瑟。

〔**翁批**〕五古。　一、質、物、月、屑，四部通用。　二、王新城《居易録》云〔一〕：「樓攻媿〔二〕《答杜仲高書》云：『杜《留花門》「連雲屯左輔，百里見積雪」，以趙次公之詳且博，略不注釋，蓋「花門」即「回鶻」。嘗考回鶻之俗，衣冠皆白，故連屯左輔百里，如積雪然也。』此條新異可喜。」愚按：「此條非新異也。上句『連雲』虚，而此句『積雪』寔也；上句『左輔』寔，而此句『百里』虚也。有此『積雪』之實致形容，乃覺上句『連雲』之虚寫爲有著也。即此上、下句雲雪之參差蹉對，而句法之理在焉，此之謂『熟精《選》理』〔三〕也。漁洋先生乃目樓攻媿語爲新異，此故其所以答門人問『熟精《文選》理』，謂『理』字不必深求其解者也，而何以訓詩學乎？」

〔**賴校**〕〔一〕《翁批》僅書「王新城《居易録》云」七字，以下以硃筆書「空三行」，並無以下文字，而《附記》抄録之，可知《附記》所本非《翁批》原稿，此又一證。「王新城」，即清王士禛，已見於前，此不複贅。　〔二〕樓攻媿，即樓鑰，字大防，南宋詩人、文學家。慶元道鄞縣（今浙江寧波）人。直言敢諫，宋光宗有「樓舍人朕亦憚之」語。在朝與權臣不和，曾辭去官職。早年隨仲舅汪大猷使金，著有《北行日録》。另有《攻媿集》一百二十卷，是研究樓家家族與四明歷史的好材料。　〔三〕翁方綱《復初齋文集》卷十《杜詩熟精文選理理字説》，可與此條相印證，「熟精《文選》「理」詩句，出自《杜詩》卷十四末四首《宗武生日》，全文已迻録於該詩翁批下，可備互參，由此可證，詩、文一致之理，而《杜詩》則其尤爲彰明較著者。此外，《復初齋文集》卷七《理説駁戴震作》，於「理」義之究竟，又引《周易·繫辭傳》與《禮記·樂記》爲説，録文於下，以備稽考：「近日，休寧戴震一生畢力於名物象數之學，博且勤矣，實亦考訂之一端耳。乃其人不甘以考訂爲事，而欲談性道以立異於程朱。就其大要，則言理力詆宋儒，以謂理者是密察條析之謂，非性道統挈之謂，反目朱子「性即理也」之訓，謂入於釋、老真宰真空之説，竟敢列入文集，説理字至一卷之多。其大要則如此。其反覆駁詰牽繞諸語，不必與剖説也，惟其中最顯者，引經二處，請略申之。一引《易》曰：『易簡而天下之理得矣，天下之理得，而成位乎其中矣。』試問：《繫辭傳》此二語，非即性道統挈之理字乎？『成位乎其中』者，謂《易》道也，則人之性即理，無疑者也；對上『賢人之德』『賢人之業』，則此句『理』字，以人所具性道統挈言之，更無疑也。此處正承天地定位而言《易》之成位乎其中，豈暇遽以凡事之腠理條理言耶？此不待辨而明者也。再則又引《樂記》『天理滅矣』。《樂記》曰：『人生而静，天之性也。感於物而動，性之欲也。物至知知，然後好惡形焉，好惡無節於内，知誘於外，不能反躬，天理滅矣。』此句天理對下人欲，則天理即上所云天之性也，正是性即理也之義，而戴震轉援此二文以謂皆密察條析之理，非性即理之理，蓋特有意與朱子立異，惟恐人援此二文以詰難之，而必先援二經語以實其密理條析之説，可謂妄矣！夫理者，徹上徹下之謂，性道統挈之理即密察條析之理，無二義也。義理之理即文理、肌理、腠理之理，無二義也。其見於事，治玉、治骨角之理，即理官、理獄之理，無二義也。事理之理即析理、整理之理，無二義也。假如專以在事在物之條析名曰理，而性道統挈處無此理之名，則《易·繫辭傳》「易簡而天下之理得矣」、《樂記》「天理滅矣」，即此二文先不可通矣。吾故曰戴震文理未通也！《樂記》此段下，愚既略附記矣；《易·傳》首章下，則不敢也。是以别録此篇，題以『駁戴震』，豈得已哉？」

佳人

絶代有佳人，幽居在空一作「山」谷。自云良家子，零落依草木。關中昔喪亂一作「敗」，兄弟遭殺戮。官高何足論，不得收骨肉。世情惡衰歇，萬事隨轉燭。夫壻輕薄兒，新人美吴作「已」如玉。合昏尚知時，鴛鴦不獨宿。但見新人笑，那聞舊人哭。在山泉水清，出山泉水濁。侍婢賣珠迴，牽蘿補茅屋。摘花不插髮一作「髻」，一作「鬢」，采柏動盈掬一作「握」。天寒翠袖薄，日暮倚修竹。

〔翁批〕五古。一、壬寅[二]八月五日，于崇效寺餞曲江，聞曉嵐説「轉燭」字，出《佛説貧窮老公經》，言貧賤富貴，轉瞬遷流之易，此於本詩之意尤切也，亦可見杜公無書不讀耳。

此經之文，在《永樂大典》内見之。

〔翁注〕又記于後卷《寫懷》篇，更爲精切。〔二〕

〔賴校〕〔一〕此「壬寅」爲清乾隆四十七年（一七八二），此年適紀昀（曉嵐）主編總纂《四庫全書》完成，而翁方綱亦與其事爲分纂官，今澳門中央圖書館藏有《翁方綱纂四庫全書提要稿》。復按：清紀昀，字曉嵐，又字春帆，晚號石雲，又號觀弈道人、孤石老人，謚號文達，直隸獻縣（今河北獻縣）人。在文學作品、通俗評論中，常被稱爲「紀曉嵐」。清乾隆年間著名學者，政治人物，官至禮部尚書、協辦大學士，曾任《四庫全書》總纂官。〔二〕請後參卷十七最後一篇《寫懷二首》附記批語。此條《附記》抄記，綴於「《永樂大典》内見之」之後，《翁批》未見。

夢李白二首

死別已吞聲，生別常惻惻。江南瘴癘地，逐一作「遠」客無消息。故人入我夢，明我長一作「常」相憶。恐非平生魂，路遠一作「迷」不可測。魂來楓林一作「葉」青，魂一作「夢」返關塞黑。君今在羅網，何以有羽翼？落月滿屋梁，猶疑照一作「見」顏色。水深波浪闊，無使蛟龍得。

浮雲終日行，遊子久不至。三夜頻夢君，情親見君意。告歸常局促，苦道來不易。江湖多風波一云「秋多風」，舟楫恐失墜。出門搔白首，若一作「苦」負平生志。冠蓋滿京華，斯人獨顦顇。孰云網恢恢，將老身一作「才」反累。千秋萬歲名，寂寞身後事。

〔翁批〕五古。一、「何以有羽翼」，著在「魂來」「魂返」之下方，見重申唱嘆之致，而昧者顧欲移此聯於前，何也？一、即前首「無使蛟龍得」之意，迷離之中，愈見纏綿，絶非重複。〔一〕此老竟先知之，奇哉！〔二〕

〔賴校〕〔一〕以上兩條，各釋第一與第二首詩。〔二〕《翁批》此條書於「千秋萬歲名，寂寞身後事」之後，而《附記》未見。

有懷台州鄭十八司户虔 公自注：「虔坐污賊，貶台州司户。」

天台隔三江一云「江海」，風浪無晨暮。鄭公縱得歸，老病不識路。昔如水一作「江」，晋作「天」上鷗，今如樊作「爲」罝中兔。性命由他人，悲辛但狂顧。山鬼獨一脚，蝮虵長如樹。呼號傍孤城，歲月誰與度。從來禦魑魅，多爲才名悮。夫子嵇阮流，更被一作「遭」時俗惡。海隅微小吏，眼暗髮垂素。黄帽映趙作「鳩杖近」青袍，非供折腰具。平生一杯酒，見我故人遇。相望無所成，乾坤莽回互。

〔翁批〕五古。　一、「夜雨」「簷花」一段，風味豈堪迴首？

遣興五首

蟄龍三冬卧，老鶴萬里心。昔時賢俊人，未遇猶視今。嵇康不得死一云「且不死」，孔明有知音。又如壠坻一作「隴底」松，用舍在所尋。大哉霜雪幹，歲久爲枯林。

昔者一作「在昔」龐德公，未曾入州府。襄陽耆舊間，處士節獨一作「猶」，非苦。豈無濟時策一作「術」，終竟畏羅罟。一作「終歲畏罪罟」。林茂鳥有歸，水深魚知聚。舉家隱一作「依」鹿門，劉表焉得取。

陶潛避俗翁，未必能達道。觀其著詩集，頗亦恨枯槁。達生豈是足，默識蓋不早。有子賢與愚，何其掛懷抱。

賀公雅吴語，在位常清狂。上疏乞骸骨，黄冠歸故鄉。爽氣不可致，斯人今則亡。山陰一茅宇，江一作「淮」海日凄一作「清」涼。

吾憐孟浩然，裋郭作「短」褐即長夜。賦詩何必多，往往凌鮑謝。清江空舊魚一作「舊魚美」，一作「舊美魚」，春雨餘甘蔗。每望東南雲，令人幾悲吒。

〔翁批〕五古。　一、此非譏陶也，不得死於句下。〔一〕

〔賴校〕〔一〕此條釋第三首詩。

遣興二首

天用莫如龍，有時繫扶桑。頓轡海徒湧，神人身更長。性命苟不存，英雄徒自强。

吞聲勿復道，真宰意茫茫。

地用莫如馬，無良復誰記。此日千里鳴，追風可君意。君看渥洼種，態與駑駘異。

不雜一作「在」蹄齧間，逍遥有能事。

〔翁批〕五古。

遣興五首

朔風飄胡雁，慘澹帶砂礫。長林何蕭蕭，秋草萋更碧。北里富薰天，高樓夜吹笛。

焉知南鄰客，九月猶絺綌。長陵鋭頭兒，出獵待明發。騂一作「觲」弓金爪鏑，白馬蹴微雪。未知所馳逐，但見暮光滅。歸來懸兩狼，門户有旌節。

漆有用而割，膏以明自煎。蘭摧白露下，桂折秋風前。府中羅舊尹，沙道尚依然。赫赫蕭京兆，今爲時所憐。

猛虎憑其威，往往遭急縛。雷吼徒咆哮，枝撑已在脚。忽看皮寢處，無復睛閃爍。人有甚於斯，足以勸一作「戒」元惡。

朝逢一作「送」富家葬，前後皆一作「見」，非輝光。共指親戚大，緦麻百夫行。送者各有死，不須羨其强。君看束縛一作「練」去，亦得歸山岡。

〔**翁批**〕五古。　一、全不知有阮、陳，又豈其左太冲之足泥？〔一〕

〔**賴校**〕〔一〕此釋第一首詩。「阮」當指竹林七賢之一的阮籍，「陳」當指建安七子之一的東漢陳琳，「左太冲」即西晋左思。

秦州雜詩二十首

滿目悲生事，因人作遠遊。遲迴度隴怯，浩蕩及一作「入」關愁。水落魚龍夜，山空鳥鼠一作「通」秋。西征問烽火，心折此淹留。

秦州城一作「山」北寺，勝跡一云「傳是」隗囂宮。苔蘚山門古，丹青野殿空。月明垂葉露，雲逐度溪風。清渭無情極，愁時獨向東。

州圖領同谷，驛道出流沙。降虜兼千帳，居人有萬家。馬驕一作「蹺」朱一作「珠」汗落，胡舞白題一作「蹄」斜。年少臨洮子，西來亦自誇。

鼓角緣邊郡，川原欲夜時。秋聽殷地發，風散入雲悲。抱葉寒蟬靜，歸山一作「來」獨鳥遲。萬方聲一概，吾道竟何之。

南張遠作「西」使宜天馬，由來萬匹强。浮雲連陣没，秋草徧一作「滿」山長。聞説真龍種，仍殘一作「空餘」老驌驦。哀鳴思戰鬬，迥立向蒼蒼。

城上胡笳奏，山邊漢節歸。防河赴滄海，奉詔發金微一作「徽」。士苦形骸黑，林疎鳥獸稀。那堪吴作「聞」往來戍，恨解鄴城圍。

莽莽萬重山，孤城石一作「山」谷間。無風雲出塞，不夜月臨關。屬國歸何晚，樓蘭斬未還。煙塵一一作「獨」長望，衰颯正摧一作「催」顔。

聞道尋源使，從天此路迴。牽牛去幾許，宛馬至今來。一望幽燕隔，何時郡國開。東征健兒盡，羌笛暮吹哀。

今日明人眼，臨池好驛亭。叢篁低地碧，高柳半天青。稠疊多幽事，喧呼閱使星。老夫如有此，不異在郊坰。

雲氣接崑崙，涔涔塞雨繁。羌童看渭水，使一作「估」客向一作「尚」河源。煙火軍中幕，牛羊嶺上邨。所居秋草静，正閉小蓬門。

蕭蕭古塞冷，漠漠秋雲一作「風」低。黄鵠翅垂雨，蒼鷹饑啄泥。薊門誰自北，漢將獨征西。不意書生耳一作「眼」，臨衰厭一作「見」鼓鞞。

〔翁批〕五律。　一、此首特於中間，變調作關紐，乃文章自然之節族也。

山頭南一作「東」郭寺，水號北流泉。老樹空庭得，清渠一邑傳。秋花危石底，晚景卧鐘邊一作「前」。俛仰悲身世，溪風爲颯一作「肅」然。

〔翁批〕一、此首復以山水開接，章法整而能變，變而仍整。

傳道東柯谷，深藏數十家。對門藤蓋瓦，映竹水穿沙。瘦地翻宜粟顧作「栗」，悞，陽坡可種瓜。船人近相一作「相近」報，但恐失桃花。

〔翁批〕一、「東柯」「仇池」「佇想」，凡四首。

萬古仇池穴，潛通小有天。神魚今一作「人」一作「久」不見，福地語真傳。近接西南境，長懷十九泉。何時一作「當」一茅屋，送老白雲邊。

〔翁批〕一、「萬古」二字，浩然長往，大有神氣，豈許後人撏撦？

未暇泛滄海，悠悠兵馬間。塞一作「寒」門風落木，一作「塞風寒落木」。客舍雨連山。阮籍行多興，龐公隱不還。東柯遂疎懶一作「放」，休鑷鬢毛斑。

〔翁批〕一、此首起句，竟若消納上章者，讀至此，乃愈覺上章首二字，神氣之長。二、「遂」者，猶未遂之詞也，筆已透過一重矣。妙在五、六二句，援古寄興，醖藉吟哦，有以養之。

東柯好崖谷，不與衆峰群。落日邀雙鳥，晴天養一作「卷」片雲。野人矜一作「吟」絶險，水竹會平分。採藥吾將老，兒童未遣聞。

邊秋陰易夕一作「久」，不復辯晨光。簷雨亂淋幔，山雲低度墻。鸕鷀窺淺井，蚯蚓上深一作「高」堂。車馬何蕭索，門前百草長。

地僻秋將盡，山高客未歸。塞雲多斷續，邊日少光輝。警急烽常報，傳聞一作「聲」檄屢飛。西戎外甥國，何得迕一作「近」天威。

鳳林戈未息，魚海路常難。候火雲烽一作「峰」峻，懸軍幕一作「暮」井乾。風連西極動，月過北庭寒。故老思飛將，何時一作「人」議築壇？

唐堯真自聖，野老復何知。曬藥能無婦，應門亦一作「幸」有兒。藏書聞禹穴，讀記憶一作「悟」仇池。爲報鴛行舊，鷦鷯在一作「寄」一枝。

〔翁批〕一、「州領同谷」「穴憶仇池」，皆披圖經作也。

月夜憶舍弟

戍鼓斷人行，邊秋一作「秋邊」一雁聲。露從今夜白，月是故鄉明。有弟皆分散一作「羈旅」，無家問死生。寄書長不達，況乃未休兵。

〔**翁批**〕五律。

天末懷李白

凉風起天末，君子意如何？鴻雁幾時到，江湖秋水多。文章憎命達，魑魅喜人過。應共冤魂語，投詩贈汨羅。

〔**翁批**〕五律。一、迢迢遠意，全以神行，此《楚騷》之變也。

宿贊公房

公自注：「贊，京師大雲寺主，謫此安置。」

杖錫何來此一作「久」，秋風已颯然。雨荒深院菊，霜倒半池蓮。放逐寧違一作「虧」性，虛空不離禪。相逢成夜宿，隴月向人圓。

〔**翁批**〕五律。

赤谷西崦人家

躋險不自喧荆作「宣」，一作「安」，出郊已清目。溪迴日氣煖，逕轉山田熟。鳥雀依茅茨，藩籬帶松菊。如行武陵暮，欲問桃花一作「源」宿。

〔翁批〕五古。　一、予每按行山郡，時見嶺曲村塍，輒憶此詩，慨然有感。

西枝邨尋置草堂地夜宿贊公土室二首

出郭眄細岑，披榛得微路。溪行一流水，曲折方屢渡。贊公湯休徒，好静心跡素。昨枉霞上作，盛論巖中趣。怡然共攜手，恣意同遠步。捫蘿澀先登，陟巘眩反顧。要求陽岡煖，苦陟晉作「步」，一作「涉」陰嶺沍。惆悵老大藤，沉吟屈蟠樹。卜居意未展，杖策迴且暮。層巔餘落日，草蔓已多露。

天寒鳥已歸，月出山晉作「山」，一作「人」更静。土室延白光，松門耿疎影。躋攀倦日短，語樂寄夜永。明燃林中薪，暗汲石底一作「泉」井。大師京國舊，德業天機秉。從來支許遊，興趣江湖迴。數奇謫關塞，道廣存箕潁。何知戎馬間，復接塵事屏。幽尋豈一路，遠色有諸嶺。晨光稍朦朧，更越西南頂。

〔**翁批**〕五古。

寄贊上人

一昨陪錫杖，卜鄰南山幽。年侵腰脚衰，未便陰崖秋。重岡北面起，竟日陽光留。茅屋買一作「置」，非兼土，斯焉心所求。近聞西枝西，有谷杉桼古「漆」字，他本作「黍」，非稠。亭午頗和暖，石一作「沙」，非田又足收。當期塞一作「寒」，非雨乾，宿昔齒疾瘳。徘徊虎穴上，面勢龍泓頭。柴荆具茶茗，逕一作「遥」，非路通林丘。與子成二老，來往亦風流。

〔**翁批**〕五古。

太平寺泉眼

招提憑高岡，疎散連草莽。出泉枯柳根，汲引歲月古。石間一作「門」，非見海眼，天畔縈水府。廣深丈尺間，宴息敢輕侮。青白二小蛇，幽姿可時覩。如絲氣或上，爛漫爲雲雨。山頭到山下，鑿井不盡土。取供十方僧，香美勝牛乳。北風起寒文，弱藻舒一作「勝」，非翠縷。明涵客衣浄，細蕩林影趣。何當宅下流，餘潤通藥圃。三春濕黄精，一食生毛羽。

〔**翁批**〕五古。　一、以東坡《廬山》〔一〕二詩同讀，便不能有此深静質實。

〔**賴校**〕〔一〕宋僧惠洪《冷齋夜話》卷七《東坡廬山偈》，曰：「東坡游廬山，至東林，作偈曰：『溪聲便是廣長舌，山色豈非清浄身。夜來八萬四千偈，它日如何舉似人？』同卷《廬山老人於般若中了無剩語》，又云：『横看成嶺側成峰，遠近看山了不同。不識廬山真面目，只緣身在此山中。』魯直曰：『此老人於般若：横説竪説，了無剩語。非其筆端有口，安能吐此不傳之妙哉！』」

東樓

萬里流沙道，西行吴作「征西」，一作「西征」過此一作「北」，非門。但添新一作「征」，非戰骨，不返舊征一作「死生」，非魂。樓角凌風迥，城陰帶水一作「雨」昏。傳聲看驛使，送節向河源。

〔**翁批**〕五律。　一、起句「西行」，專指征夫也。所以七八句是提筆。

雨晴 一云「秋霽」

天際舊作「水」，非。容齋〔一〕作「永」，一作「外」秋雲薄，從西萬里風。今朝好晴景，久雨不妨農。塞一云「岸」，非柳行疎翠，山梨結小紅。胡笳樓上發，一雁入高空。

〔翁批〕五律。

〔賴校〕〔一〕容齋，當即洪邁，字景盧，號容齋，饒州鄱陽人。南宋名臣，官至尚書右僕射、同中書門下平章事兼樞密使，以端明殿學士致仕。以筆記《容齋隨筆》《夷堅志》聞名於世。《容齋隨筆》與北宋沈括《夢溪筆談》齊名：《夢溪筆談》以科學技術見長，《容齋隨筆》則長於史料和考據，被公認爲研究宋代歷史必讀之書。

寓目

一縣蒲萄熟，秋山苜蓿多。關雲常帶雨，塞水不成河。羌女輕一作「摇」，非烽燧，胡兒掣山谷作「掣」，諸本作「制」駱駝。自傷遲暮眼，喪亂飽經過。

〔翁批〕五律。

山寺

野寺殘僧少，山園細路高。麝香眠石竹，鸚鵡啄金桃。亂水一作「石」通人過，懸崖置屋牢。上方重閣晚，百里見秋一作「纖」毫。

〔**翁批**〕五律。

即事

聞道花門破，和親事却非。人憐漢公主，生得渡河歸。秋思拋雲髻一作「鬟」，腰支賸一作「勝」，非寶衣。群凶猶索戰，回首意多違。

〔**翁批**〕五律。　此似不可。〔一〕

〔**賴校**〕〔一〕此條爲夾批，書於「秋思拋雲髻」句旁，《附記》未抄見。

遣懷

愁眼看霜露，寒城菊自花。天風隨斷柳，客淚墮清一作「晴」，非笳。水净樓一作「城」

陰直，山昏塞日斜。夜來歸鳥盡，啼殺後棲鴉。

〔**翁批**〕五律。

天河

常時任顯晦，秋至輒一作「最」，趙作「轉」分明。縱被微雲掩，終能一作「當」，一作「輸」永夜清。含星動雙闕，伴月照邊城。牛女年年渡，何曾風浪生。

〔**翁批**〕五律。　一、「風浪」，「風」字必平，乃一篇音節收束處也，五律弟三字之關鍵，喫緊如此。

初月

光細弦豈陳作「欲」，一作「初」上，影斜輪未安。微升古塞一作「堞」外，已隱暮雲端。河漢不改色，關山空自寒。庭前有白露，暗滿菊花團。

〔**翁批**〕五律。　一、「弦豈」，「豈」字必仄，此亦一篇音節所發也。「初」字，或是當日原稿，未經改定之本耶？

擣衣

亦知戍不返，秋至拭清砧。已近苦一作「暮」寒月，况經一作「驚」長别心。寧辭擣衣一作「熨」倦，一寄塞垣深。用盡閨中力，君聽空外音。

〔翁批〕五律。

一、「熨」字，不及「衣」字。

歸燕

不獨避霜雪，其如儔侣稀。四時無失序，八月自知歸。春色豈相訪一作「誤」，衆雛還識機。故巢儻未毁，會傍主人飛。

〔翁批〕五律。

一、「知歸」「識機」，皆與「避霜雪」相應，而語意有賓主也。是以「春色」與「霜雪」「八月」，皆不相犯；「衆雛」與「儔侣」，亦不相犯。豈爲尋春哉？故爲求侣耳。直到「傍主人飛」，而「歸」字乃足。

促織

促織甚微細，哀音一作「聲」，非何動人。草根吟一作「冷」，非不穩，牀下意一作「夜」相親。久客得無淚，故吴作「放」妻難及晨。悲絲一作「絃」與急管，感激異天真。

〔**翁批**〕五律。

一、獨此首下半，忽有得於題事之外者，倍覺沉頓異常。

螢火

幸因腐草出，敢近太陽飛。未足臨書卷，時能點客衣。隨風隔幔小，帶雨傍林微。十月清霜重，飄零何處歸。

〔**翁批**〕五律。

蒹葭

摧折不自守一作「與」，非，秋風吹若何。暫時花戴一作「載」，一作「帶」雪，幾處一作「墮水」葉沉波。體弱春甲一作「風」，一作「苗」早，叢長夜露多。江湖後摇落，亦一作「只」，非恐歲蹉跎。

〔**翁批**〕五律。　自覺微婉頓挫。〔一〕

〔**賴校**〕〔一〕《翁批》手稿僅書「微婉頓挫」四字，《附記》所抄增「自覺」二字。

苦竹

青冥亦自守，軟弱强扶持。味苦夏蟲避，叢卑春鳥疑。軒墀曾不重，剪伐欲一云「亦」無辭。幸近幽人屋，霜根結在兹。

〔**翁批**〕五律。

除架公自注：「瓜架也。」〔一〕

束薪已零落，瓠葉轉一作「卷」蕭一云「相」踈。幸結白花了，寧辭青蔓除。秋蟲聲不去，暮雀意何如。寒事今牢落，人生亦有初。

〔**翁批**〕五律。

〔**賴校**〕〔一〕此詩天頭貼有一夾籤，僅書「有否」二字。

廢畦

秋蔬擁霜露，豈敢惜凋殘。暮景數枝葉，天風吹汝寒。緑霑泥滓盡，香與歲時闌。生意春如昨，悲君白玉盤。

〔翁批〕五律。

夕烽

夕烽來不近一作「止」，每日報平安。一云：「夕烽明照灼，了了報平安。」塞上傳光一作「聲」，非小，雲邊落一云「數」，非點殘。照秦通警急，過隴自艱難。一云：「燄銷仍再滅，烟迴不勝寒。」聞道蓬萊殿，千門立馬看。一云：「恐照蓬萊殿，城中幾道看。」

〔翁批〕五律。

秋笛

清商欲盡奏，奏苦血霑衣。他日傷心極，征人白骨歸。相逢恐恨過，故作發聲微。

不見秋雲動，悲風稍稍飛。

〔翁批〕五律。

日暮

日暮一作「落」風亦起，城頭烏一作「鳥」，蔡定作「烏」尾訛。黄雲高未動，白水已揚波。羌婦語還笑《杜臆》作「笑」，舊作「哭」，胡兒行且歌。將軍别换一作「上」，一作「换駿」馬，夜出擁雕一作「彫」戈。

〔翁批〕五律。一、樂府神理，忽於五律得之。

野望

清秋望不極，迢遞起層陰。遠水兼天净，孤城隱霧深。葉稀風更落，山迥日初沉。獨鶴歸何晚，昏鴉已滿林。

〔翁批〕五律。

空囊

翠柏苦猶食，明一作「晨」霞高一作「朝」可餐。世人共鹵莽，吾道屬艱難。不爨井晨凍，無衣牀夜寒。囊空恐羞澀，留得一錢看。

〔**翁批**〕五律。

病馬

乘爾亦已久，天寒關塞深。塵中老盡力，歲晚病傷心。毛骨豈殊衆，馴良猶至今。物微意不淺，感動一沉吟。

〔**翁批**〕五律。　十字中無限頓挫，所以云「意不淺」。〔一〕

〔**賴校**〕〔一〕此批釋「塵中老盡力，歲晚病傷心」二句，書於其旁，而《附記》未抄見。

蕃劍

致一作「至」此自僻遠，又非珠玉裝。如何有奇怪，每夜吐光芒。虎氣必騰上一作

「趙」，龍身寧久藏。風塵苦未息，持汝奉明王。

〔**翁批**〕五律。

銅瓶

亂後碧井廢，時清瑶殿深。銅瓶未失水，百丈有哀音。側想美人意，應悲一作「非」，非寒甃沉。蛟龍半缺落，猶得折黄金。

〔**翁批**〕五律。　一、弟二句與弟七句，特出提頓，此其最易見者。

杜詩附記卷弟六

大興翁方綱學

送遠

帶甲滿天地，胡爲君遠行。親朋盡一哭，鞍馬去孤一作「邊」城。草木歲月晚，關河霜雪清。别離已昨日，因見古一作「故」人情。

〔翁批〕五律。　一、弟七句，是筋節，是消納。　二、浦二田以此詩指杜公自説，雖亦有味，究未必然。〔一〕

〔賴校〕〔一〕浦二田，即清浦起龍，生平傳略，已見前注；此條可參見其所著《讀杜心解》。又此條係《附記》所抄文字，《翁批》原稿僅作：「浦二田以此詩指杜公自説，却有味。」

送人從軍公自注：「時有吐蕃之役。」〔一〕

弱水應無地，陽關已近天。今君渡砂磧，累月斷人煙。好武寧論命，封侯不計年。馬寒防失道，雪没錦鞍韉。

〔**翁批**〕五律。

〔**賴校**〕〔一〕此題上《翁批》貼有夾籤，書曰：「此是自注否？從千家本録出，朱鶴齡諸本無。」《附記》未見。

示姪佐公自注：「佐，草堂在東柯谷。」

多病秋風落，君來慰眼前。自聞茅屋趣，只想竹林眠。滿谷山雲起，侵籬澗水懸。嗣一作「阮」，非宗諸子姪，早覺仲容賢。

〔**翁批**〕五律。

佐還山後寄三首

山晚黄一作「浮」雲合，歸時恐路迷。澗寒人欲到，林一作「邨」黑鳥應棲。野客茅茨小，田家樹木低。舊諳疎懶叔，須汝故相携。

白露黄粱熟，分張素有期。已應舂得細，頗覺寄來遲。味豈同金一作「甘」菊，香宜配緑一作「紫」葵。老人他日愛，正想滑流匙。

幾道泉澆圃，交横落幔一作「蔓」，一作「幔落」坡。葳蕤秋葉少一作「小」，一作「菜色少」，非，隱映野雲多。隔沼連香芰，通林帶女蘿。甚聞霜薤白，重惠一作「薦」意如何。

〔**翁批**〕五律。　一、江總〔二〕亦有「交枝落幔陰」之句，蓋六朝人習用語。其實，即以上章「侵籬澗水懸」一句證之，便明白矣。

〔**賴校**〕〔二〕江總，字總持，南北朝考城人。工文辭，長於豔詩。初仕南朝梁，後入陳，官至尚書令，故世稱爲「江令」。後爲陳後主（叔寶）寵愛，君臣日夜遊宴，不理政務，以至於國家滅亡。後入隋，拜上開府。卒於江都。下《翁批》所引其「交枝落幔陰」詩句，出於《至德二年十一月十二日升德施山齋三宿決定罪福懺悔詩》：「四知無矯志，三施啓幽心。簡通避人物，偃息還山林。曲澗停驂響，交枝落幔陰。池臺聚凍雪，欄牖噪歸禽。石彩無新故，峰形詎古今。大車何杳杳，奔馬遂駸駸。何以修六念，虔誠在一音。未泛慈舟遠，徒令願海深。」

從人覓小胡孫許寄

人説南州路，山猿樹樹懸。舉家聞若咳山谷作「咳」，舊作「駭」，一作「共愛」，爲寄小如拳。預哂愁胡面，初一作「何」，非調見馬鞭。許求聰慧一作「惠」者，童稚捧應癲。

〔翁批〕五律。　一、《漁洋詩話》謂：「『童稚』句，一本在『聞若咳』下；『爲寄』句，在『聰慧者』下，應從之。」〔一〕

〔賴校〕〔一〕此條爲《附記》所抄，《翁批》僅見「《漁洋詩話》一條」六字，書於此詩末句後，其下則硃筆書「空三行」三字，此「空三行」文字，當即後來《附記》所據抄本所增補内容。

秋日阮一作「陳」隱居致薤三十束

隱者柴一作「荆」，非門内，畦蔬遶舍秋。盈筐承露薤，不待致書求。束比青芻色，圓齊玉筯頭。衰年關鬲冷，味暖併一作「腹」，一作「復」無憂。

〔翁批〕五律。

秦州見勅一作「除」目薛三璩吴作「璩」，一作「據」授司議郎畢四曜除監察與二子有故遠喜遷官兼述索居凡三十韻

大雅何寥闊一作「廓」，斯人尚典型。交期余潦倒，材力爾精靈。二子聲一作「陞」同日，諸生困一經。文章開突正作「窔」奥一云「陝」，遷擢潤朝廷。舊好何由展，新詩更憶聽。别來頭併白，相見眼終青。伊昔貧皆甚，同憂歲一作「心」，非不寧。栖遑分半菽，浩蕩逐流萍。俗態猶猜忌一作「忍」，非，妖一作「祆」氛忽一作「遂」，非杳冥。獨慚投漢閣，俱一作「但」，非議哭秦庭。還蜀秖無補一作「益」，囚梁亦固扃。華夷相混合，宇宙一羶腥。帝力收三統，天威總四溟。舊都俄望幸，清廟肅惟馨。雜種雖一作「難」高壘一作「壁」，長驅甚建瓴。焚香淑景殿，漲水望雲亭。法駕初還日，群公若會星。宫臣仍點染，柱史正零丁。官忝趨棲鳳，朝回歎一作「欲」聚螢。唤人看騕褭，不嫁惜娉婷。掘劍知埋獄，提刀見發硎。侏儒應共飽，漁父忌偏醒。旅泊窮清渭，長吟望濁涇。羽書還似急，烽火未全停。師老資殘寇，戎生及近坰。忠臣詞憤激，烈士涕飄零。上一云「小」，非將盈邊鄙，元勳溢鼎

銘。仰思調玉燭，誰定握一作「淬」青萍。隴俗輕鸚鵡，原情類鶺鴒。秋風動關塞，高臥想儀形一作「刑」，非。

〔翁批〕五排三十韻。

寄彭州高三十五使君適虢州岑二十七長史參三十韻公自注：「時患瘧病。」

故一作「古」，非人何寂寞，今我獨淒涼。老去才難一作「雖」盡，秋來興甚長。物情尤可見，詞客未能忘。海內知名士，雲端各異方。高岑殊緩步，沈鮑得同行。意愜關飛動，篇終接混茫。舉天悲富駱，近代惜盧王。似爾官仍貴，前賢命可傷。諸侯非棄擲，半刺已翱翔。詩好幾時見，書成無信一作「使」將。男兒行處是，客子鬬一作「問」身强。羈旅推賢聖，沉綿抵咎殃。三年猶瘧疾，一鬼不一作「未」銷亡。隔日搜脂髓，增寒抱雪霜。徒然潛隙地，有靦屢鮮粧。何太龍鍾極，於今出處妨。無錢居帝里，盡室在邊疆。劉表雖遺恨，龐公至死藏。心微傍魚鳥，肉瘦怯豺狼。隴草蕭蕭白，洮雲片片黄。彭門一云「天彭」劍閣外，虢略鼎湖旁。荆玉簪頭冷，巴牋染翰光。烏麻蒸續曬，丹橘露應嘗。豈異神仙宅，俱兼山水鄉。竹齋燒藥竈，花嶼讀書床。更得清新否，遥知對屬忙。舊官寧改漢，淳俗本歸一作「不離」唐。濟世宜公等，安貧亦士常。蚩尤終戮辱，胡羯漫猖狂。會待妖一作「祆」氛静一作「滅」，論文暫裹糧。

〔翁批〕五排三十韻。　坤一〔一〕云：「『甚』字之氣極長。」一、一氣揮斥，撒手懸厓之作。　二、此詩蓋處處提筆，筆筆不見鋒尖，神乎技矣。〔二〕　三、末段「山」字，必要平聲，此一路神氣使然，不獨「詩好」「書成」、「彭門」「魚鳥」諸聯之叶應也。是頓，是勒，是要吟哦。

〔賴校〕〔一〕坤一，即錢載，其詩精於杜（甫）、韓（愈）、蘇（軾）、黄（庭堅），脱去町畦，自成一家，其造語盤崛，專於章句上争奇，而罕用僻字僻典，多講究詩法者也；翁方綱亦自云與籜石共燈燭，研聲律尺黍，把卷論詩，十年吟諷，以質厚爲本。錢氏又精於考據，以考據爲詩，與翁方綱如出一轍，陳衍以爲錢載應勝沈歸愚（德潛），如其《石遺室詩話》卷五，云：「一例詩翁饒派别，故應籜石勝歸愚。」又，此條釋第四句「秋來興甚長」，而《附記》未見。　〔二〕《翁批》此下有以下文字：「此境地唐人皆擱筆矣。以書道例之，則孫率府《書譜》所以直接右軍；而右軍所以直接秦篆者也。」此其書家深究源流之學，惟後以筆圈去不録。

寄岳州賈司馬六丈巴山嚴八使君兩閣黃作「閣」老五十韻

衡岳啼猿裏，巴州鳥道邊。故人俱不利一作「別」，非，謫宦兩悠一作「茫」然。開闢乾坤正一作「大」，榮枯雨露偏。長沙才子遠，釣瀨客星懸。憶昨趨行殿，殷憂捧御筵。討胡愁李廣，奉使待張騫。無復雲臺仗，虚修水戰船。蒼茫城七十，流落劍三千。畫角吹一作「欷」，非秦晉一作「塞」，旄頭俯澗瀍。小儒輕董卓，有識笑苻堅。浪作禽填海，那將血一作「矢」射天。萬方思助順，一鼓氣無前。陰散陳倉北，晴曛太白巔。亂麻屍積衛，破竹勢臨燕。法駕還雙闕，王師下八川。此時霑奉引，佳氣拂周旋。貔虎開吳作「開」，一作「間」金甲刊作「匣」，非，麒麟受玉鞭。侍臣諳入仗，廄馬解登仙。花動朱樓雪，城凝碧樹煙。衣冠心慘愴，故老淚潺湲。哭廟悲風急，朝正霽景鮮。月分梁漢米，春給一作「得」水衡錢。内蘂繁於纈，宫莎俗本作「花」，非軟勝綿。恩榮同拜手，出入一作「處」最隨肩。晚著華堂醉，寒重繡被眠。轡齊兼秉燭，書枉滿懷牋。每覺昇元輔，深期列大賢。秉鈞方咫尺，鎩翮一作「羽」再聯翩。禁掖朋從改一作「换」，微班性命全。青蒲甘受一作「就」戮，白髮竟誰憐。弟子貧原憲，諸生老伏當作「服」虔。師資謙未達，鄉黨敬何一作「推」先。舊好腸堪斷，新愁一作「秋」，非眼欲穿。翠乾危棧竹，紅膩小湖一作「池」蓮。賈筆論孤憤，嚴詩一作「君」，非賦幾篇。定知深意苦一作「好」，莫使衆人傳。貝錦無停織，朱絲有斷絃。浦鷗防碎首，霜鶻不空拳。地僻昏炎瘴，山稠隘石泉。且將棋度日，應用酒爲年。典郡終微眇，治中實棄捐。安排求傲吏，比興展歸田。去去才難得，蒼蒼理又玄。古人稱逝矣，吾道卜終焉。隴外翻投跡，漁陽復控弦。笑爲妻子累，甘與歲時遷。親故行稀少，兵戈動接連。他鄉饒夢寐，失侶自迍邅。多病加一作「成」淹泊，長吟阻靜便。如公盡雄俊，志在必騰騫。一云：「公如盡憂患，何事有陶甄。」樊云：「如公盡雄俊，何事負陶甄。」

〔翁批〕五排五十韻。　一、「騰騫」，字从鳥，在元韻，蓋杜公偶誤入仙韻，作「騰騫」耳。後人必欲改从鳥者，固所不必也。且如「求飽或三鱣」，「鱣」字自是杜公誤以《楊震傳》「鱣」字押作平聲耳。而注家必欲假「鱣鮪」之「鱣」音以傅會之，何哉？　「《廣韻》騫在二仙，訓『虧少』，『一曰馬腹縶，亦姓』。騫在二十二元，『飛舉皃』，二字音義各別。近代韻書，乃於騫下亦有飛舉一訓，大誤。今人詩多沿之，牽引杜《寄賈嚴》長律末句『志在必騰騫』以自解，吾謂此必後人妄改。二公在遷謫中，何爲作此無聊頌禱語？別本作『何事負陶甄』是也。曾謂律細如杜，而一篇内用『張騫』，又用『騰騫』，自我作古如是之甚者乎？《夔府詠懷百韻》係先韻，則用『張騫』；《贈蕭郎中》係元韻，則有『風雅藹孤騫』之句，其截然有辨如此。檢香山長律，及宋蘇長公詩，皆無混用者。韓《陸渾山火》『視桃著花可小騫』，正从鳥；上云「藏蹲」，此云『小騫』，騰擧與潛藏正相對，而俗本乃反誤从馬，何也？」〔二〕此弓父〔三〕《札記》所辯甚正。然其論《杜詩》，只可姑附一説耳。」〔三〕

〔**賴校**〕〔一〕「此弓父」以下文字皆爲硃筆。　〔二〕弓父，即盧文弨，清朝中期著名學者、校勘學家、考據學家、目録學家、教育家。字召弓，一字檠齋，號磯漁，晚號「弓父」，「抱經」是其堂號，世稱「抱經先生」，浙江餘姚人（先世居於餘姚，今寧波，後徙於仁和，今杭州）。　〔三〕此爲貼條夾籤，乃針對上一條内容。夾籤左上方再以墨書曰：「再酌訂。」又再黏一貼條曰：「添入一條。」此條夾籤右上角鈐有長方陽文「壺天」篆刻騎縫章，當是翁方綱之鈐印，道家稱仙境爲「壺天」。東嶽泰山登峰途中，有「壺天閣」，位於斗母宫北，始建於明代，原名升仙閣，清乾隆十二年（一七四七）拓建後，改爲今名，因而得名。清嘉慶年間，崔映辰題聯：「壺天日月開蒼徑，盤路風雲入翠微。」又嘉慶間，泰安知府廷鐊於閣上題聯：「登此山一半已是壺天，造絶頂千重尚多福地。」門洞上雙柏横生，盤結嚮上，奇偉壯觀。壺天閣西北是回馬嶺坊。泰山登至此處，山勢陡峭，峰迴路轉，馬不能繼續前行，故名。回馬嶺坊後有馬蹄盤，因盤路陡絶岌岌，東南上而西北折，狀如馬蹄而名。

寄張十二山人彪三十韻

獨卧嵩陽一作「雲」客，三違潁水春。艱難隨老母，慘澹向時人。謝氏尋山屐，陶公漉酒巾。群凶彌宇宙，此物在風塵。歷下辭姜被，關西得孟鄰。早通交契密，晚接道流新。静者心多妙一作「好」，先生藝絶倫。草書何太古，詩興不無神。曹植休前輩，張芝更後身。數篇吟可老，一字買堪貧。將恐曾防寇，深潛一作「情」託所親。寧聞倚門夕，盡力潔飧晨。疎懶爲名誤，驅馳喪我真。索居尤一作「猶」寂寞，相遇益酸一作「悲」，一作「愁」辛。流轉一云「轉徙」依邊徼，逢迎念席珍。時來故舊少，亂後别離頻。世祖修高廟，文公賞從臣。商山猶入楚，渭一作「源」，非水不離一作「知」，非秦。存想青龍秘，騎行白鹿馴。耕巖非谷口，結草即一作「欲」河濱。肘後符應驗，囊中藥未陳。旅一作「放」懷殊不愜，良覿眇無因。自古皆悲恨，浮生有屈伸。此邦今一作「全」，非尚武，何處且依仁。鼓角凌天籟，關山倚一作「信」月輪。官壕一作「場」羅鎮一作「錦」磧，賊火近洮岷。蕭瑟一作「索」論兵地，蒼茫鬬將辰。大軍多一作「無」處所，餘孽尚紛綸。高興知籠鳥，斯文起一作「豈」獲麟。窮秋正摇落，回首望松一作「湘」，非筠。

〔**翁批**〕五排三十韻。　此下深致寄之之意。〔一〕　一、「將恐」四句，説張也；「疏懶」三句，杜公自説也；「相遇」三句，拍合「高興」二句，同收。　二、「亂後別離頻」直吸至「良覿」句。

〔**賴校**〕〔一〕此條爲夾批，以硃筆標記，書於「疎懶爲名誤，驅馳喪我真」句旁。《附記》未抄見。

寄李十二白二十韻

昔年有狂客，號爾謫仙人。筆落驚《英華》作「聞」風雨，詩成泣鬼神。聲名從此大，汩没一朝伸。文彩承殊渥，流傳必絶倫。龍舟移棹晚，獸錦奪袍新。白日來深殿，青雲滿後塵。乞歸優詔許，遇我宿一作「夙」心親。未負一作「遂」幽棲志，兼全寵辱身。劇《英華》作「戲」談憐野逸，嗜酒見天真。醉舞梁園夜，行歌泗水春。才高心不展，道屈善無鄰。處士禰衡俊，諸生原憲貧。稻粱求未足，薏苡謗何頻。五嶺炎蒸地，三危放逐臣。幾年遭鵩鳥，獨泣向一作「獨立向」，一作「不獨泣」麒麟。蘇武先朱作「元」還漢，黄公豈事秦。楚筵辭醴日，梁獄上書辰。已用當時法，誰將此義一作「議」陳？老吟秋月下，病起暮江濱。莫怪恩波隔，乘槎與一作「得」，非問津。

〔**翁批**〕五排二十韻。　一、沉鬱之極，字字涕淚而出之。　二、末句非誕語也，真宰上訴，即屈子之題壁矣。

所思公自注：「得台州司户虔消息。」

鄭老身仍竄，台州信始一作「所」傳。爲農山澗曲，卧病海雲邊。世已疎儒素，人猶乞酒錢。徒勞望牛斗，無計斸龍泉。

〔**翁批**〕五律。　一、結二句，指蘇源明。

別贊上人

百川日東流，客去亦不息。我生苦一作「若」飄蕩，何時有終極。贊公釋門老，放逐來上國。還爲世塵嬰，頗帶憔悴色。楊枝晨在手，豆子雨已熟。是身如浮雲，安可限南北。異縣逢舊友一作「交」，初欣寫胸臆。天長關塞寒一作「遠」，歲暮饑凍一作「寒」逼。野風吹征衣，欲別向曛一作「昏」黑。馬嘶一作「場」〔一〕，非思故櫪，歸鳥盡斂翼。古來聚散地，宿昔長荆棘。相看俱衰年，出處各努力。

〔**翁批**〕五古。　此則不必定以禪理論矣。〔二〕

〔**賴校**〕〔一〕仇兆鰲《杜詩詳注》注曰：「一作『鳴』。」可知《翁批》另有所參，不盡依《詳注》。〔二〕此條爲眉批，有硃筆標記，評「古來聚散地，宿昔長荆棘」二句。

兩當縣吴侍御江上宅

寒城朝煙淡，山谷落葉赤。陰風千里來，吹汝江上宅。鶡雞號枉渚，日色傍阡陌。借問持斧翁，幾年長沙客。哀哀失木狖，矯矯避弓翮。亦知故鄉樂，未敢思宿昔。昔在鳳翔都，共通金閨一作「門」籍。天子猶蒙塵，東郊暗長戟。兵家忌間諜，此輩常接跡。臺中領舉劾，君必慎剖析。不忍殺無辜，所以分白黑。上官權許與，失意見遷斥。仲尼甘旅人，向子識損益。朝廷非不知，閉口休歎息。余時忝諍臣，丹陛實咫尺。相看受狼狽，至死難塞責。行邁心多違，出門無與適。於公負明義，惆悵頭更白。

〔**翁批**〕五古。　一、「旅人」二句，援古作頓宕；「朝廷」一聯，乃愈有味。或乃妄欲移易先後者，何也？

發秦州 原注：「乾元二年〔一〕，自秦州赴同谷縣紀行。」〔二〕

我衰更懶拙，生事不自謀。無食問樂土，無衣思南州。漢源十月交，天氣如凉一作「凉如」，非。秋。草木未黄落，况聞山水一作「東」，非。幽。栗亭名更嘉，下有良田疇。充腸多薯蕷，崖蜜亦易求。密竹復冬笋，清池可方舟。雖傷一作「云」。旅寓遠，庶遂平生遊。此邦俯要衝，實恐人事稠。應接非本性，登臨未銷憂。谿谷無異石，塞田始微收。豈復慰老夫，惘然難久留。日色隱孤戍，烏啼滿城頭。中宵驅車去，飲馬寒塘流。磊落星月高，蒼茫雲霧浮。大哉乾坤内，吾道長悠悠。

〔**翁批**〕五古。　　實對虚。〔三〕　　必上聲。〔四〕

〔**賴校**〕〔一〕乾元二年，爲唐肅宗己亥歲，時當公元七五九年。　〔二〕《翁批》貼一夾籤，曰：「原注尾，一本有『十二首』三字。此注千家本無之，未知是公自注否？恐未必是。俟再詳定。」《附記》未見抄。〔三〕此條爲夾批，書於「思南州」二字旁，蓋所以釋「我衰更懶拙，生事不自謀。無食問樂土，無衣思南州」二聯，乃一實一虚相對。《附記》亦未見抄。〔四〕此條爲夾批，書於「清池可方舟」之「可」字旁。

赤谷

天寒霜雪繁，遊子有所之。豈但歲月暮，重來未有一云「亦未」期。晨發赤谷亭，險艱一作「難」方自兹。亂石無改轍，我車已載脂。山深苦多風，落日童稚飢。悄然邨墟迥，煙火何由追。貧病轉零落一云「飄零」，故鄉不可思。常恐死道路，永爲高人嗤。

〔翁批〕五古。

鐵堂峽

山風吹遊子，縹緲乘險絶。硤形藏堂隍，壁色立積荆作「精」鐵。徑摩穹蒼蟠，石與厚地裂。修纖無垠一作「限」，非竹，嵌空一作「孔」，非太始雪。威遲哀壑底，徒旅慘不悦。一作「徒懷松柏悦」，非。水寒長冰横，我馬骨正折。生涯抵弧矢，盜賊殊未滅。飄蓬踰三年，回首肝肺熱。

〔翁批〕五古。

鹽井

鹵中草木白，青者官鹽煙。一云「直者青鹽煙」。官作既有程，煮鹽煙在川。汲井歲搰搰一作「榾榾」，出車日連連。自公斗三百，轉致斛六千。君子慎止足，小人苦喧闐。我何良歎嗟，物理固自一作「亦固」然。

〔翁批〕五古。

寒硤一作「峽」

行邁日悄悄，山谷勢多端。雲門轉絶岸，積阻霾天寒。寒硤郭作「峽」不可度，我實一作「貧」，非衣裳單。況當仲冬交，泝沿增波瀾。野人尋烟語，行子傍水餐。此生免荷殳，未敢辭路難。

〔翁批〕五古。　動氣。[一]　一、「交」字，平句作開；而下句「沿增波」，乃皆平語字，仄句作開。而下句「子傍水」，乃皆仄，何哉？淮陰侯[二]所云：「此在兵法者也。」到得「殳」字，平句[三]一收勒，而「敢辭路」三字，極陽開陰閉之勢，於是通體之平仄消納，無一不受職矣。此豈趙秋谷[四]所刻《漁洋聲調譜》之能限制者耶？

〔賴校〕〔一〕此條爲夾批，書於「泝沿增波瀾」旁，而《附記》未見。〔二〕淮陰侯，即漢韓信，淮陰（今江蘇淮安）人，軍事家，是西漢開國名將，漢初三傑之一，留下許多著名戰例和策略。韓信爲漢朝立下汗馬功勞，歷任齊王、楚王、淮陰侯等，却也因其軍事才能引起猜忌。漢高祖劉邦戰勝主要對手項羽後，韓信的勢力被一再削弱；最後，韓信由於被控謀反，被吕雉（即吕后）及蕭何騙入宫内，處死於長樂宫鐘室。〔三〕《翁批》原稿作「平句」，而《附記》抄作「平聲」，恐是「平句」之訛。〔四〕趙秋谷，即清趙執信，字仲符，號秋谷，晚號飴山，山東益都人。王士禛甥婿。九歲能文，康熙十八年（一六七九）進士，散館授翰林院編修。康熙二十三年（一六八四），任山西鄉試正考官；二十五年（一六八六），升右春坊右贊善，兼翰林院檢討，並擔任《明史》纂修官，官至右贊善。著有《談龍録》《飴山堂文集》等。乾嘉時期，「聲調説」以趙執信開其端，嘗問詩之聲調於王士禛，士禛靳之，乃歸取唐人集排比鈎稽，竟得其法，作《聲調譜》，暢論樂府、古詩、律詩之聲調平仄、拗句、黏對，頗盡開山之功，其例多言古體詩五言重第三字，七言重第五字，而以上下二字消息之，大抵以三平爲正格云云，其後論詩言聲調者多宗之，奉爲圭臬。翁方綱於其論，亦多相發明；蓋翁氏論詩，質實渾厚，根柢六經，宗江西詩法，推闡趙執信《聲調譜》，易王士禛之「神韻」，融沈德潛之「格調」爲「肌理」説，於詩學甚有裨益，故清劉聲木《萇楚齋隨筆》卷三，云：「（翁方綱）推闡趙秋谷宫贊執信《聲調譜》之説，撰《小石帆亭著録》六卷，以暢厥旨，其法益密；易王文簡公論詩主『神韻』之説爲『肌理』二字，亦可備一説，皆於詩學有裨，獨至其所自作之詩，極與所言相反，其詩實陰以國朝漢家考證之文爲法，尤與俞正燮《癸巳類稿》《癸巳存稿》相似，每詩無不入以考證。」

法鏡寺

身危適他州，勉强終勞苦。神傷山行深，愁破崖寺古。嬋娟碧鮮《正異》《英華》皆作「蘚」净，蕭摵寒籜聚。回回一作「洄洄」山一作「石」根水，冉冉松上雨。洩雲蒙清晨，初日翳復吐。朱甍半光炯，户牖粲可數。拄一作「枉」策忘前期，出一作「高」蘿已亭午。冥冥子規叫，微徑不敢一作「復」取。

〔翁批〕五古。

青陽峽

塞外苦厭山，南行道一云「登路」彌惡。岡巒相經亘，雲水氣參錯。林迴硤角來，天窄一作「穿」，非壁面削。磎西五里石，奮怒向我落。仰看日車側，俯恐坤軸弱。魑魅嘯有一作「有狂」，非風，霜霰浩漠漠。憶昨一作「昨憶」踰隴坂，高秋視吴嶽。東笑蓮華卑，北知崆峒薄。超然侔壯觀，已謂殷一作「隱」寥廓。突兀猶趁人，及兹歎一作「谷」，非冥寞。

〔翁批〕五古。　一、蓮華、崆峒、瞿唐、大庾、崑崙、玄圃，亦皆不免於依類之料邪！此亦鋪陳排比之一端也。

龍門鎮

細泉兼輕冰，沮洳棧道濕。不辭辛苦行，迫一作「迨」此短景急。石門雪雲一作「雲雷」，一作「雲雪」隘一作「溢」，古鎮峰巒集。旌竿暮慘澹，風水白刃澀。胡馬屯成皋，防虞此何及。嗟爾遠戍人，山寒夜中泣。

〔翁批〕五古。

石龕

熊羆咆我東，虎豹號我西。我後鬼長嘯，我前狨又啼。天寒昏無日，山遠道路迷。驅車石龕下，仲冬見虹霓。伐竹者誰子，悲歌上一作「抱」，非雲梯。爲官採美箭，五歲供梁齊。苦云直簳一作「笴」盡，無以充一作「盡」提携。奈何漁陽騎，颯颯驚蒸黎。

〔**翁批**〕五古。

積草嶺公自注：「同谷界。」

連峰積長陰，白日遞隱見。颼颼林響交，慘慘石狀變。〔一〕山分一作「外」積草嶺，路異明《唐志》作「鳴」水縣。旅泊吾道窮一作「東」，衰年歲時倦。卜居尚百里，休駕投諸彥。邑有佳主人，情如已會面。來書語絶妙，遠客驚深眷。食蕨不願餘，茅茨眼中見。

〔**翁批**〕五律。

〔**賴校**〕〔一〕天頭貼一夾籤曰：「查。」蓋欲考查此四句來龍去脉，惜未見其結果記録。

泥功《唐書》作「公」**山**

朝行青泥上，暮在青泥中。泥濘一作「穽」非一時，版築勞人功。不畏道途一作「路」永一作「遠」，乃將一作「及此」，一作「反將」汨没同。白馬爲鐵驪，小兒成老翁。哀猿一作「猱」透却墜，死鹿力所窮。寄語北來人，後來莫忽忽。

〔**翁批**〕五古。

鳳凰臺原注：「山峻不至高頂。」一本「山峻」下，有「人」字。〔一〕

亭亭鳳凰臺，北對西康州。西伯今寂寞，鳳聲亦悠悠。山峻路絶蹤，石林氣高浮。安得萬丈梯，爲君上《英華》作「居」上頭。恐有無母雛，飢寒日啾啾一作「啁啾」。我能剖心血一作「出」，飲啄慰孤愁。心以當竹實，炯然無一作「忘」外求。血以當醴泉，豈徒比清流。所重王者瑞，敢辭微命休。坐看綵翮長一作「舉」，舉一作「縱」意八極周。自天銜瑞圖《英華》作「圖讖」，飛下十二樓。圖以奉一作「獻」至尊，鳳以垂鴻猷。再光中興業，一洗蒼生憂。深衷正一作「止」爲此，群盜何淹留。

〔**翁批**〕五古。　一、此詩後半，未免滯而近於誕矣〔二〕，非詩之正也，豈得爲杜曲致解説乎？然雖如此，在杜固非其至者，即以詩理言，亦非詩之正也。《究竟》《通合》《紀行》諸篇，皆即境質寔，而獨此間，偶借題忽發奇想，亦是文章隨地之變。韓子之文，約六經之旨，起八代之衰，而自命怪怪奇奇；杜則無一筆涉怪奇也，只有《秦州紀行》中間，偶一寫之，正亦未容深泥耳。

〔賴校〕〔一〕《翁批》天頭貼一夾籤，曰：「原注『山峻』下，一有『人』字。此注千家本無。」〔二〕《翁批》僅見以下文字：「一、此詩後半，未免滯而近誕。」此後一大段文字，《翁批》手稿所無，乃《附記》所抄，又可知《附記》所抄底本，殆爲《翁批》之後增訂鈔本。

乾元中寓同谷縣作歌七首〔一〕

有客有客字子美，白頭亂一作「短」髮垂過一作「兩」耳。歲拾橡栗隨狙公，天寒日暮山谷裏。中原無書一作「主」，非歸不得，手脚凍皴皮肉死。嗚呼一歌兮歌已一作「獨」哀，悲風爲我從天一作「東」來。

長鑱長鑱白木柄，我生託子以爲命。黄獨山谷作「獨」，東坡作「精」無苗山雪盛，短衣數挽不掩脛。此時與子空一作「同」歸來，男呻女吟四壁静。嗚呼二歌兮歌始放，閭一作「鄰」里爲我色惆悵。

有弟有弟在遠方一作「各一方」，三人各瘦何人强。生别展轉不相見，胡塵暗天道路長。東飛鴐鵝後鶖鶬，安得送我置汝傍。嗚呼三歌兮歌三發，汝歸何處收一作「取」兄骨。

有妹有妹在鍾離，良人早歿諸孤癡。長淮浪高蛟龍怒，十年不見來何時一作「遲」。

扁舟欲往箭滿眼，杳杳南國多旍旗。嗚呼四歌兮歌四奏，林猿浩然本作「林猨」，一作「竹林」爲我啼清晝。

四山多風溪水急，寒雨一作「風」颯颯枯樹一云「樹枝」濕。黄蒿古城雲不開，白一作「元」，非也，此字必仄狐跳梁黄狐立。我生何爲在窮谷，中夜起坐萬感集。嗚呼五歌兮歌正長，魂招不來歸故鄉。

南有龍兮在山湫，古木巃嵸枝相樛。木葉黄落龍正蟄，蝮蛇東來水上游。我行怪此安敢出，拔劍欲斬且復休。嗚呼六歌兮歌思遲一云「怨遲遲」，溪壑爲我迴春姿。

男兒生不成名身已老，三一作「十」年飢走荒山道。長安卿相多少年，富貴應須致身早。山中儒生舊相識，但話宿昔傷懷抱。嗚呼七歌兮悄終曲，仰視皇天白日速。

〔**翁批**〕七古。　此乾元二年冬作，而乾元止有二年，不應爾時遽稱『乾元中』，且作詩時，又豈即知明年之改上元元年，而於題渾書『乾元中』耶？詳此題稱『乾元中』者，必是少陵晚歲自定其詩，追溯標題云爾也。當時偶然作此七歌，未必先書題目於前耳。因斯以推，則前後諸篇題下，有原注者，皆是公後來所自爲者，非出於後人也。　一、弟二歌於弟三句疊入一韻，弟三歌則於弟五句疊入一韻，此皆偶然隨手之變也。所以，弟七歌不得不放出長句，此亦音節自然激應。〔二〕 一、「木葉」一聯，看其對法，此於弟六歌中，便已辨得結束矣。「溪壑」「回春」，天然章法。 一、「長安卿相」「山中儒生」，又似蹉對，又似遞下作疊者，變化之至，實即整頓之至也。

〔賴校〕〔一〕仇兆鰲《杜詩詳注》引諸家論此詩，謹擇其要者四，録以備參：一、南宋朱子曰：「杜陵此歌七章，豪宕奇崛，至其卒章，嘆老嗟卑，則志亦陋矣，人可以不聞道哉。」二、明胡應麟曰：「杜《七歌》亦倣張衡《四愁》，然《七歌》奇崛雄深，《四愁》和平婉麗。漢唐短歌，各爲絶倡，所謂異曲同工。」三、明王嗣奭曰：「《七歌》創作，原不倣《離騷》，而哀實過之。讀《離騷》未必墮淚，而讀此不能終篇，則以節短而聲促也。」四、明申涵光曰：「《同谷七歌》，頓挫淋漓，有一唱三歎之致，從《胡笳十八拍》及《四愁詩》得來，是集中得意之作。」〔二〕此條乃釋第三首詩。其後兩條，分別釋第六、第七首詩。

萬丈潭 原注：「同谷縣作。」〔一〕

青溪合一作「含」冥寞，神物有顯晦。龍依積水蟠，窟壓萬丈内。跼步凌垠堮或作「鄂」，側身下煙靄。前臨洪濤寬，却立蒼石大。山危一徑盡，崖一作「岸」絶兩壁對。削成根虛無，倒影垂澹瀩。吴本作「瀬」，朱云「《玉篇》《廣韻》《增韻》，俱無『瀬』」。黑如陳作「爲」，一作「知」

灣澴底，清見光炯碎。孤雲一作「峰」倒一作「到」來深，飛鳥不在外。高蘿成帷一作「帳」幄，寒木壘吴作「累」，一作「疊」旌旆。遠川曲通流，嵌竇潛洩瀨。造幽無人境，發興自我輩。告歸遺恨多，將老斯遊最。閉藏修鱗蟄，出入巨石趙刻作「爪」礙。何當一作「事」炎一作「暑」天過，快意風雨一作「雲」會。〔一〕

〔**翁批**〕五古。　一、「如」字、「見」字，相爲明暗開合，其有作「知」字者，非也。

〔**賴校**〕〔一〕《翁批》天頭貼一夾籤，曰：「此原注，千家本無。」　〔二〕《翁批》第六卷終，此册卷末《翁批》之待查筆記五則，存録備參：一、「《别贊上人》五古，屋、職通。屋、職通者，凡八首。已另作考矣。」二、「『相看俱衰年，出處各努力』，五平五仄。《别贊上人》。」三、「『有客有客字子美』，七仄。」四、「添入一條，三册十九之下，此再酌定。」五、「五排五首。」

杜詩四

卌四葉　卷七　卷八[一]

每日務必看定一二首。

若有作詩之日，另尋看者，不在此内論功課也。

此一册初看定一遍。甲辰[二]十一月二十六日漏盡五鼓記。是日未時弟七女生。

丙午[三]五月十四日，覆看一遍。

以羊豪筆作楷，頗得歐、虞、褚三家法外之意。

山陰書勢，即應成卷矣。[四]

〔賴校〕〔一〕以上文字均爲硃筆，「卌四葉」書於「杜詩四」之右，「卷七」「卷八」書於本頁左上方。並以下文字，均爲《翁批杜詩》卷前題記，行書流麗俊爽，功力十分深厚。以下題記，由右而左，由上而下，依次釋録。　〔二〕「甲辰」爲清乾隆四十九年（一七八四），翁方綱時年五十二歲。

〔三〕「丙午」爲清乾隆五十一年（一七八六），翁方綱時年五十四歲。　〔四〕按：以上爲一頁，其次頁有《翁批》待查條目數則，除圈去者不録外，依次抄於下，以備參稽：一、「『覓榿栽』注，二年似當作三年。查，五下。仇本無，或是千家本。」二、「《贈閭丘師兄》『閭丘筆』，金石諸録。查，十一下。」三、「此等之類尚多，昨閲潘次耕《遂初堂集》，有『杜詩箋跋』一條，説到《建都》一篇，似可採酌。查，十三上。」四、「東閣官梅，《古詩紀》何遜。十四上，擳石評末一句，應酌看。」五、「『相』入聲。查加詳，十五下。」六、「『梨』是支韻否？查，十八上。」七、「《石犀行》末句『奔茫』，考。抑是『蒼茫』，酌之，廿四下。」八、「《枯枏》末句，考，廿八下。」九、「滿眼酤，卅一上。」

杜詩附記卷第七

大興翁方綱學

發同谷縣公自注：「乾元二年十二月一日，自隴右赴成都紀行。」〔一〕

賢有不黔突，聖有不煖席。況我飢愚人一作「夫」，焉能尚安宅。始來茲山中，休駕喜一作「嘉」地僻。奈何迫物累，一歲四行役。忡忡去絶境，杳杳更遠適。停驂龍潭雲，迴首虎一作「白」崖石。臨岐別數子，握手淚再滴。交情無舊深，一作「雖無舊深知」，一作「雖舊情深知」，非。窮老多慘慼。平生懶拙意，偶值棲遁跡。去住與願違，仰慚林間翮。

〔翁批〕五古。　一、通首十聯皆對，即結句虛實乘承，亦未始非對也。捧石苦向人説：「今代麒麟閣，何人弟一功？」「麒麟」與「弟一」是相對，友朋間多笑之，其實所言正非無因，蓋未嘗就平地一木、一石積漸築起，是以人駭其言，若河漢耳。

〔賴校〕〔一〕「乾元二年」爲唐肅宗二年（七五九）。此注上天頭貼有夾籤二，其一：「此原注，千家本有之，成都作劍南，千家詩竟云公自注。（以上硃筆，以下墨書）并月日（按：三字圈去）皆詳書之，似非，自注無此詳悉也。當合前後互考之，此竟是公自注，詳見前册《同谷七歌》題上。」其二：「師曰：公以昨歲自諫省出爲華州掾，今夏棄官發華州，秋客秦州；冬離秦州，至同谷；又發同谷，而赴成都，是一歲四行役也。此似宜採。」

木皮嶺

首路栗亭西，尚想鳳凰邨。季冬攜童一作「幼」稚，辛苦赴蜀門。南登木皮嶺，艱險不易論。汗流被我體，祁寒爲之暄。遠岫一作「峘」爭輔佐，千巖自崩奔。始知五嶽外，別樊作「更」有一作「見」他山尊。仰干一作「看」塞大明，俯入裂厚坤。再聞虎豹鬭，屢踣風水昏。高有廢閣道，摧折如斷一作「短」轅。下有冬青林，石上走長根。西崖特秀發，焕若靈芝繁。潤聚金碧氣，清無沙土痕。憶觀崑崙圖，一作「墟」。目擊玄圃存。對此欲何適，默傷垂老魂。

〔**翁批**〕五古。

白沙渡

畏途隨長江，渡口下絶岸。差池上舟楫，杳窕入雲漢。天寒荒野外，日暮中流半。我馬向北嘶，山猿飲相喚。水清石礧礧，沙白灘漫漫。迥一作「倏」然洗愁辛，多病一疎散。高壁抵嶔崟一作「岑」，洪濤越凌亂。臨風獨回首，攬轡復三嘆。

〔翁批〕五古。

水會渡「會」一作「回」

山行有常程，中夜尚未安。微月没已久，崖傾路何難。大江動一作「當」我前，洶若溟渤寬。篙師暗理楫，歌笑輕波瀾。霜濃木石滑，風急一作「烈」，一作「冽」手足寒。入舟已千憂，陟巘仍萬盤。迴一作「迥」眺一作「出」積水一作「石」外，始知衆星乾。遠遊令人瘦，衰疾蹔加餐。

〔翁批〕五古。〔一〕

〔賴校〕〔一〕《翁批》天頭本有眉批，曰：「此是上半月之初幾日。初一日發同谷縣。」後圈去。

飛仙閣

土一作「出」門山行窄，微徑緣一作「徑微上」秋毫。棧雲闌干峻，梯石結構牢。萬壑欹疏林一作「竹」，積陰帶奔濤。寒日外澹泊，長風中怒號。歇鞍在地底，始覺所歷高。往來雜坐卧，人馬同疲勞。浮生有定分，飢飽豈可逃。嘆息謂妻子，我何隨汝一作「爾」曹。

〔翁批〕五古。

〔翁注〕末結得此真境質想，而後前半之洶涌，兜結得住。〔一〕

〔賴校〕〔一〕此條爲《附記》所抄，《翁批》未見；惟《翁批》原有二條眉批，曰：「此一路皆棧道。」「以下四首皆棧道。」後圈去不録。

五盤

五盤雖云險，山色佳有餘。仰凌棧道一作「閣」細，俯映江木疏。地僻無網罟，水清反多魚。好鳥不妄飛，野人半巢居。喜見淳樸俗，坦然心神舒。東郊尚格鬬，巨猾何時除。故鄉有弟妹，流落隨丘墟。成都萬事好一作「在」，非，豈若歸吾廬。

〔**翁批**〕五古。　一、「巢居」句，生出下半首。

龍門閣

清江下龍門，絶壁無尺土。長風駕高一作「白」浪，浩浩自太古。危途中縈盤，仰望垂綫縷。滑石欹誰鑿，浮梁裊相拄。目眩隕雜花，頭風吹過雨。百年不敢料，一墜那得取。飽聞一作「知」經瞿塘，足見度大庾。終身歷艱險，恐懼從此數。

〔**翁批**〕五古。　一、較「經」字，則「歷」字實矣。較「歷」字，則「數」字又實。然「數」字究竟仍是提空之筆，但覺圓光罩向頂上，此所以爲大家。「梁拄」「縈縷」「雜花」「過雨」，宛若與「百」字、「一」字俱倒映在末一「數」字内者，而定影視之，又聲色、臭味、痕跡之俱無，此妙真化工也。

石櫃閣

季冬一作「冬季」日已長，山晚半天赤。蜀道多早一作「草」花，江間饒奇石。石櫃曾波上，臨虛蕩高壁。清暉回群鷗，暝色帶遠客。羈棲負幽意，感嘆向絶跡。信甘孱懦嬰，不獨凍餒迫。優游謝康樂，放浪陶彭澤。吾衰未自由一作「安」，非，謝爾性所一作「有」，非適。

〔翁批〕五古。　一、「羈栖」「感歎」一收，「優游」「放浪」再收，棧道四詩，此小頓束也。

桔柏渡

青冥寒江渡，架一作「駕」竹爲長橋。竿濕煙漠漠，江永風蕭蕭。一云：「竹竿濕漠漠，江水風蕭蕭。」連笮動嫋娜，征衣颯飄颻。急流鴇鷁散，絶岸黿鼉驕。西轅自兹異，東逝不可要。高通荆門路，闊會滄海潮。孤光隱顧盼，遊子悵寂寥。無以洗心胸，前登但山椒。

〔翁批〕五古。　一、「孤光」從「青冥」激盪而出。

劍門

惟天有設險，劍門一作「閣」天下壯。連山抱西南，石角皆北向。兩崖崇墉倚，刻畫城郭狀。一夫一作「人」，非怒臨關一作「門」，非，百萬未可傍。川嶽儲精英，天府興寶藏。〔一〕珠玉陳作「玉帛」走中原，岷峨氣悽愴。三皇五帝前，鷄犬各一作「莫」，非相一作「自」，非放。後王尚柔遠，職貢道已喪。至今一作「令」英雄人，高視見霸王。并吞與割據，極力不相讓。吾將罪真宰，意欲鏟疊嶂。恐此復偶然，臨風默一作「黯」惆悵。

〔翁批〕五古。　一、稷、离胸次，曠然一吐。　二、仇氏刻本謂：「於舊人寫此詩墨迹，見『珠玉』上有『川嶽』二句，今從之。」

〔翁注〕聞劍門石壁間刻此詩，嘗屢訪諸入蜀者，此間有「珠玉」一聯否？有友録其石刻，此詩寔無此聯。然此石刻，亦非杜公唐時手迹也。後人所刻，第據集本耳。以詩論之，寔有此二句爲是，奚其石刻之是泥？奚其仇本之專信耶？〔二〕

〔賴校〕〔一〕「川嶽儲精英，天府興寶藏」，《翁批》插入，楊倫《杜詩鏡銓》未見，而仇氏《杜詩詳注》於「珠玉走中原」句下，注云：「往見舊人手卷，此句之上，有『川嶽儲精英，天府興寶藏』二句，方接以『珠玉』云云。」則翁氏所插入二詩句，乃本於此注可知。　〔二〕此條《附記》所抄，《翁批》未見。

鹿頭山

鹿頭何亭亭，是日慰飢渴。連山西南斷，俯見千里豁。遊子出京華一云「咸京」，劍門不可越。及兹險阻盡，始喜原野闊。殊方昔三分，霸氣曾間發。天下今一家，雲端失雙闕。悠然想揚馬，繼起名硉兀。有文一作「才」令人傷，何處埋爾骨。紆餘、脂膏地，慘澹、豪俠窟。仗鉞非老臣，宣風豈專達。冀公柱石姿，論道邦國活。斯人亦何幸，公鎮踰歲月。

〔翁批〕五古。　一、「紆餘」「慘澹」之沉頓收裹，人所及知也。「地」字、「窟」字之老成穩重，人所不及知也。

成都府

翳翳桑榆日，照我征衣裳。我行山川異，忽在天一方。但逢新人民，未卜見故鄉。大江東流去一作「從東來」，遊子日月一作「去日」長。曾城填華屋，季冬樹木蒼。喧然名都會，吹簫間一作「奏」，非笙簧。信美無與適，側身望川梁。鳥雀夜各歸，中原杳茫茫。初月出不高，衆星尚争光。自古有羈旅，我何苦哀傷。

〔翁批〕五古。

酬高使君相贈一本，題無「相贈」二字。

古寺僧牢落，空房客一作「得」，非寓居。故人供祿米，鄰舍與園蔬。雙樹容聽法，三車肯載書。草玄吾豈敢，賦或似一作「比」相如。

〔**翁批**〕五律。

附　贈杜二拾遺　高適

傳道招提客，詩書自討論。佛香時入院，僧飯屢過門。聽法還應難，尋經剩一作「剩」欲翻。草玄今已畢，此外一作「後」更何言？

卜居

浣花溪一作「之」，一作「流」水水西頭，主人爲卜林塘幽。已知出郭少塵事，更有澄江銷客愁。無數蜻蜓齊上下，一雙鸂鶒對沉浮。東行萬里堪乘興，須向山陰上一作「入」小舟。

〔**翁批**〕七律。　一、擇石云：「弟二句之拗得妙，全在上句複一『水』字之得聲音也。」〔二〕愚謂：「以音節論，『水』字之必複出無疑矣。以詩旨言之，則杜自秦入蜀，初就浣花溪之卜居，必重頓此『水』字，其境乃真也。」　二、擇石云：「『東行』提起，則不弱下。」愚謂：「以用筆提唱言之，則『東行』字之提筆爲得勢。以詩旨言之，則此題初到西蜀卜居，而以『東行』提唱收結，其境、其情乃真也。」

〔**賴校**〕〔二〕《翁批》稿注，僅及於此：「愚謂」以下文字，未見於《翁批》，係《附記》所抄增補内容，下一條同此。

王十五司馬弟出郭相訪遺營草堂貲

客裏何遷次，江邊正寂寥。肯來尋一老，愁破是今朝。憂我營茅棟，携錢過野橋。他鄉唯表弟，還往莫辭勞一作「遥」。

〔**翁批**〕五律。

蕭八明府實處覓桃栽

奉乞桃栽一百根，春前爲送浣花邨。河陽縣裏雖無數，濯錦江頭一作「邊」未滿園。

〔翁批〕七絶。

從韋二明府續處覓綿一作「錦」竹一作：「覓錦竹三數叢。」

華軒藹藹他年到，綿竹亭亭出縣高。江上舍前無此物，幸分蒼翠拂波濤。

〔翁批〕七絶。一、「江上」「舍前」，二字相偶；「分蒼」「翠拂」「波濤」，三字相偶，皆自然之節族。

憑何十一少府邕覓榿木栽

草堂塹西無樹林一作「木」，非，非子誰復見幽心。飽聞榿木三年大，公自注：「蜀人以榿爲薪，三年可燒。」〔一〕與致溪邊十畝陰。

〔翁批〕七絶。

〔賴校〕〔一〕《翁批》於天頭貼一夾籤，曰：「有否？注二年，抑是三年？查。」可見翁氏之考證精神。

憑韋少府班覓松樹子栽

落落出群非欅柳，青青不朽豈楊梅。欲存老蓋千年意，爲覓霜根數寸栽。

〔翁批〕七絶。

又於韋處乞大邑瓷盌公自注：「大邑在臨邛。」〔一〕

大邑燒瓷輕且堅，扣如哀一作「寒」玉錦城傳。君家白盌勝霜雪，急送茅齋也可憐。

〔翁批〕七絶。

〔賴校〕〔一〕《翁批》於天頭貼一夾籤，曰：「有否？」而篇題下「公自注」三字圈起標記，故應是欲查「公自注」之有否。

詣徐卿覓果栽一作「覓果子」。

草堂少花今欲栽，不問緑李與黄梅。石筍街中却歸去，果園坊裏爲求來。

〔翁批〕七絶。

堂成

背郭堂成蔭白茅，緣江路熟俯青郊。榿林礙日吟風葉，公自注：「榿木必不材，可充薪而已，惟蜀地最宜種。」〔一〕籠竹和煙滴露梢。暫止一作「下」飛烏將數子，頻來語燕定新巢。旁人錯比揚雄宅，懶慢一作「惰」，非無心作解嘲。

〔翁批〕七律。　一、三、四每句下半，以四字領一字，穩順圓足，恰與五、六銜接。

〔賴校〕〔一〕《翁批》於天頭貼一夾籤，曰：「有此注乎？」「公自注」三字亦圈記，蓋欲確定是否有此「公自注」，而此注並不見於仇氏《杜詩詳注》，不知《翁批》何所本？

蜀相

丞一作「蜀」，非相祠堂何處尋？錦官城外柏森森。映堦碧草自春色，隔葉黃鸝空一作「多」，非好音。三顧頻煩郭作「繁」，非天下計，兩朝開濟老臣心。出師未捷一作「用」，非身先死，長使英雄淚滿襟。

〔**翁批**〕七律。　一、題則自云「蜀相」，詩亦云「蜀相」，則非矣。

梅雨

南京犀一作「西」浦道，四月熟黄梅。湛湛一作「黤黤」長江去，冥冥細雨來。茅茨疎易濕，雲霧密難開。竟日蛟龍喜，盤渦與岸迴。

〔**翁批**〕五律。

爲農

錦里煙塵外，江邨八九家。圓荷浮小葉，細麥落一作「墮」，非輕花。卜宅從兹老，爲農去國賒。遠慚勾漏令，不得問丹砂。

〔**翁批**〕五律。

有客

患氣經時久，臨江卜宅新。喧卑方避俗，疎快頗宜人。有客過茅宇，呼兒正葛巾。

自鋤稀菜甲，小摘爲情親。

〔**翁批**〕五律。

賓至

幽棲地僻經過少，老病人扶再拜難。豈有文章驚海内，漫勞車馬駐江干。竟日淹留佳客坐，百年麤糲腐儒餐。不一作「莫」嫌野外無供給，乘興還來看藥欄。

〔**翁批**〕七律。

狂夫

萬里橋西一一作「新」，非草堂，百花潭水即滄浪。風含翠篠娟娟净一作「静」，雨裛紅蕖冉冉香。厚禄故人書斷絶，恒飢稚子色凄凉。欲填溝壑唯疎放，自笑狂夫老更狂。

〔**翁批**〕七律。

田舍

田舍清江曲一作「上」，柴門古道旁。草深迷市井，地僻懶衣裳。櫸柳唐顧陶《類編》作「楊柳」，《正異》作「柜柳」枝枝弱，枇杷樹樹一作「對對」香。鸕鷀西日照，曬翅滿漁梁。

〔翁批〕五律。

江邨

清江一曲抱邨流，長夏江邨事事幽。自去自來一作「歸」梁上燕，相親相近水中鷗。老妻畫紙爲一作「成」棋局，稚子敲針作釣鉤。但有故人供樊作「分」禄米，一作「多病所須惟藥物」。微軀此外更何一作「無」，非求。

〔翁批〕七律。

江漲

江漲柴門外，兒童報急流。下牀高數尺，倚杖没中洲。細動迎風燕，輕搖逐浪鷗。

漁人縈小楫，容易拔一作「捩」船頭。

〔**翁批**〕五律。

野老

野老籬邊一作「前」，非江岸迴，柴門不正逐江開。漁人網集澄潭下，估客船隨返照來。長路關心悲劍閣，片雲何事一作「意」傍琴臺。一作「行雲幾處傍琴臺」。王師未報收東郡，城闕秋生畫角哀。公自注：「南京同兩都，得云城闕也。」〔二〕

〔**翁批**〕七律。　一、犖石云：「『王師』是提起來，以唱出去也。」

〔**賴校**〕〔一〕《翁批》天頭黏一夾籤，曰：「《野老》詩尾。『公自注：得稱城闕』，千家本。『原注：至德二年，陞成都爲南京，故得稱城闕』，仇本。『原注：南京同兩都，得云城闕也』。」

雲山

京洛雲山外，音書静不來。神交作賦客，力盡望鄉臺。衰疾江邊卧，親朋日暮迴。白鷗元水宿，何事有餘哀。

〔**翁批**〕五律。　只此地所謂親朋者耳。〔一〕

〔**賴校**〕〔一〕此條爲夾批，以硃筆標記，書於「親朋日暮迴」句旁。

遣興

干戈猶未定，弟妹各何之。拭淚霑襟一作「巾」血，梳頭滿面絲。地卑荒野大，天遠暮江遲。衰疾那能久，應無見汝期一作「時」。

〔**翁批**〕五律。

遣愁

養拙蓬爲户，茫茫何所開？江通神女舘，地隔望鄉臺。漸惜容顏老，無由弟妹來。兵戈與人事，回首一悲哀。

〔**翁批**〕五律。

杜鵑行《英華》作司空曙詩。[一]

古時杜宇稱望帝，魂作杜鵑何微細？跳枝竄葉樹木中，搶佯《英華》作「翔」瞥捩雌隨雄。毛衣慘黑貌一作「自」憔悴，衆鳥安肯相尊崇？隳《英華》作「陋」形不敢棲華屋，短翮惟願巢深叢。穿皮啄朽觜欲秃，苦飢始得食一蟲。誰言善雛不自哺？此語亦足爲愚蒙。聲音咽咽如有謂《英華》作「咽噦若有謂」，號啼略與嬰兒同，口乾垂血轉迫促，似欲《英華》作「欲以」上訴於蒼穹。蜀人聞之皆起立，至今斅學傳遺風《英華》作「相效傳微風」。迺知變化不可窮，豈思昔日居深宮，嬪嬙一作「妃」左右如花紅。

〔**翁批**〕七古。

〔**翁注**〕此非杜公作，宜從《英華》本删之。[二]

〔**賴校**〕[一]《翁批》貼有夾籤，曰：「此等皆應另編，須通查挑出。必非杜，不消説也。（按：以上墨書，以下分二行硃筆。）自應分他集互見一種若干首，外諸家所收又若干首。」《附記》未抄録。

[二]此條《翁批》未見，爲《附記》另所抄見。

題壁上韋偃畫馬歌一作「題壁畫馬歌」。下注云：「韋偃畫。」又一本題無「馬」字。

韋侯別我有所適，知我憐渠一作「君」畫無敵。戲一作「試」拈禿筆掃驊騮，歘見騏驎出東壁。一匹齕草一匹嘶，坐看千里當霜蹄。時危安得真致此，與人同生亦同死。

〔**翁批**〕七古。　一、「真」字，從「坐看」出。

戲題王宰畫山水圖歌一本題云「戲題畫山水圖歌」，下注云：「王宰畫，宰丹青絕倫。」〔一〕

十日畫一水，五日畫一石。能事不受相促迫《英華》作「逼」，王宰始肯留真跡。壯哉崑崙方壺一作「丈」圖，挂君高堂之素壁。巴陵洞庭日本東，赤一作「南」岸水與銀河通，中有雲氣隨飛龍。舟人漁子入浦漵，山木盡亞一作「帶」，非洪濤風。尤工遠勢古莫比，咫尺應須論一作「千」，一作「行」萬里。焉得并州快剪刀，剪取吳松一作「淞」半江水。

〔**翁批**〕七古。

〔**賴校**〕〔一〕此首詩與下首詩之間，貼一夾籤，上半已殘，缺字情況不明，曰：「□□□宰畫山水圖，

□□□偃雙松圖。」

戲爲韋偃雙松圖歌

一本題云「戲韋偃爲雙松圖歌」，又一本題云「戲爲雙松圖歌」，下注云：「韋偃。」

天下幾人畫古松一作「樹」，非，畢宏已老韋偃少。絶筆長風起纖末，滿堂動色嗟神妙。兩株慘裂苔蘚皮，屈鐵交錯迴高枝。白摧朽骨龍虎死，黑入太陰雷雨垂一作「隨」，松根胡僧憩寂寞，龐眉皓首無住著。偏袒右肩露雙脚，葉裏松子僧前落。韋侯韋侯數相見，我有一匹好東一作「素」，非絹，重之不減錦繡段。已令拂拭光凌亂，請公放筆爲直幹。

〔**翁批**〕七古。一、良工心苦在「葉裏」「僧前」句之綰結收裏也。「戲」字一波三折，則末段具之。

北鄰

明府豈辭滿，藏身方告勞。青錢買野竹，白幘岸江皋。愛酒晋山簡，能詩何水曹。時來訪老疾，步屧到蓬蒿。

〔**翁批**〕五律。

南鄰

錦里先生烏角巾，園收芋一作「芧」，非栗不一作「未」全貧。慣看賓客一云「門户」兒童喜，得食堦除鳥雀馴。秋水纔深一作「添」四五尺，野航魯直作「艇」恰受兩三人。白沙翠竹江邨一作「山」，非暮一作「路」，相送或作「對」柴門一作「籬門」，或作「籬南」月色新。

〔**翁批**〕七律。　一、「賓客」「兒童」「堦除」「鳥雀」，較之「礙日」「吟風」，句法又變。二、後四句展放一幨畫圖出來，與起首七字相映，章法妙甚！

過南鄰朱山人水亭

相近竹參差，相過人不知。幽花欹滿樹，細一作「小」，胡云：「麗澤本作『野』。」水曲一作「細」通池。歸客邨非遠，殘樽席更移。看君多道氣，從此數追隨。

〔**翁批**〕五律。　一、「人不知」，自是謂來往翛然，在塵埃交際之外耳。或謂竹林掩翳，非也。末句「多道氣」，即「人不知」注脚。

因崔五侍御寄高彭州一絶

百年已過半，秋至轉飢寒。爲問彭州牧，何時救急難。

〔**翁批**〕五絶。

奉簡高三十五使君

當代論才子，如公復幾人？驊騮開道路，鷹隼出風塵。行色秋將晚，交情老更親。天涯喜相見，披豁對一作「道」，非吾真。

〔**翁批**〕五律。

和裴迪登新津寺寄王侍郎公自注：「王時牧蜀。」

何恨一作「限」，非倚山木？吟詩秋葉黄。蟬聲集古寺，鳥影度寒塘。風物悲遊子，登臨憶侍郎。老夫貪佛日，隨意宿僧房。

〔**翁批**〕五律。一、弟五句謂裴也，「悲」「憶」收「何恨」，「隨意」又消納之。

贈蜀僧閭丘師兄公自注：「太常博士均之孫。」

大師銅梁秀，籍籍名家孫。嗚呼先博士，炳靈精氣奔。惟一作「往」昔武皇后，臨軒御乾坤。多士盡儒冠，墨客藹雲屯。當時上紫殿，不獨卿相尊。世傳閭丘筆，峻極逾一作「侔」崑崙。鳳藏丹霄暮一作「穴」，龍去一作「出」，非白水渾。青熒雪嶺東，碑碣舊製存。斯文散都邑，高價越璵璠。晚看作者意，妙絶與誰論。吾祖詩冠古，同年蒙主恩。豫章夾日月，歲久空深根。小子思疎闊，豈能達詞門。窮秋一作「愁」一揮淚，相遇即諸昆。我住錦官城，兄居祇樹園。地近慰旅愁，往來當丘樊。天涯歇滯雨，粳稻卧不翻。漂然薄遊倦，始晋作「如」，非與道侶一作「旅」，非敦。景晏步修廊，而無車馬喧。夜闌接軟語，一作「夜言詞柔軟」，非。落月如金盆。漠漠世界黑一作「空」，一作「穴」，一作「冥」，皆非，驅驅爭奪繁。惟有摩尼珠，可照濁水源。

〔翁批〕五古。

泛溪

落景下高堂，進舟泛迴溪。誰謂築居小？未盡喬木西。遠郊信荒僻，秋色有餘淒。練練峰上雪，纖纖雲表霓。童戲左右岸，一云「兒童戲左右」。罟弋畢提携。翻倒荷芰亂，指揮徑路迷。得魚已割一作「劌」，非鱗，採藕不洗泥。人情逐鮮美，物賤事已一作「亦」，一作「跡」睽。吾郵靄暝姿，異舍雞亦棲。蕭條欲何適，出處庶可齊。衣上見新月，霜中登故畦。濁醪自初熟，東城多鼓鼙。

〔翁批〕五古。一、「吾郵」「異舍」，接法安重渾厚，此爲《風》《雅》之則。二、「登」乃豐登意，「醪熟」句從此生。

出郭

霜露晚淒淒，高天逐望低。遠煙鹽井上，斜景雪峰西。故國猶兵馬，他鄉亦一作「正」鼓鼙。江城今夜客，還與舊烏啼。

〔翁批〕五律。

恨別

洛城一別四一作「三」千里，胡騎長驅五六年。草木變衰行劍外，兵戈阻絶老江邊。思家步月清宵立，憶弟看雲白日眠。聞道河陽近乘勝，司徒急爲破幽燕。

〔翁批〕七律。　一、浩浩乎！元氣鼓盪而行，更不必以弟一句、弟七句之平仄互換爲呼吸矣。　二、蘀石云：「『行劍外』『老江邊』，必應倒裝於下三字者也。」

散愁二首

久客宜旋旆，興王未息戈。蜀星陰見少，江雨夜聞多。百萬傳一作「轉」深入，寰區望匪他。司徒下燕趙，收取舊山河。

聞道并州鎮，尚書訓士齊。幾時通薊北？當日報關西。戀闕丹心破，霑衣皓首啼。老魂招不得，歸路恐長迷。

〔翁批〕五律。　一、末十字收入弟六句之内。〔一〕　二、「寰區」與「百萬」對，則「弟一」何不可與「麒麟」對者。　一、當去聲。〔二〕

〔賴校〕〔一〕此條釋第一首詩。　〔二〕此條釋「戀闕丹心破」之「闕」字。

建都十二韻

蒼生未蘇息，胡馬半乾坤。議在雲臺上，誰扶黄屋尊。建都分魏闕，下詔闢荆門。恐失東人望，其如西極存。時危當雪耻，計大豈輕論。雖倚三堦正，終愁萬國翻。牽裾恨不死，漏網辱殊恩。永負漢庭哭，遥憐湘水魂。窮冬客江劍一云「劍外」，隨事有田園。風斷青蒲節，霜埋翠竹根。衣冠空穰穰，關輔久一作「遠」昏昏。願枉一作「願駐」，一作「惟駐」，非長安日，光輝郭作「暉」照北原。

〔翁批〕五排。　一、曰「北」、曰「東」、曰「西」、曰「分」、曰「半」，終篇不曾吐一「南」字。

杜五排到此篇，純是血淚，所謂「浩然之氣，塞乎天地之間」者，豈得以句字之平仄、音節求之？然即以一、三、五字，乘除翕闢之理言，亦極正變、起伏、出没、神化之能矣。

〔翁注〕「江劍」「田園」「青蒲」「翠竹」，皆不必與長安、關輔相關照也，而神理自然關注。三百篇之後，子史文集寔皆罕此傑構。〔一〕

〔賴校〕〔一〕此條爲《附記》所抄，《翁批》未見。

郪夜

風色蕭蕭暮一作「蕭蕭風色暮」，非，江頭人不行。郪春雨外急，鄰火夜深明。胡羯何多難，樵漁一作「漁樵」寄此生。中原有兄弟，萬里正含情。

〔翁批〕五律。　一、凡一、三相乘之理，有迴帶，有消納。

寄楊五桂州譚公自注：「因州參軍段子之任。」

五嶺皆炎熱，宜人獨桂林。梅花萬里外，雪片一冬深。聞此寬相憶，爲邦復好音。江邊送孫楚，遠附白頭吟。

〔翁批〕五律。　一、此首一、三，即以迴帶爲消納，更不費力，亦自各爲章法。

西郊

時出碧雞坊，西郊向草堂。市橋官柳細，江路一作「岸」野梅香。傍架齊書帙，看題檢一作「減」藥囊。無人覺「覺」舊作「競」，一作「與」，荊公定作「覺」來往，疎懶意何長。

〔**翁批**〕五律。　一、一遥倏然疏懶之神。　二、如此首，則又因起五字之領韻，以爲音節，章法又别。　三、自然是「覺」字好，然「競」字、「與」字，亦皆可參想，當日原稿改動如此，所以須用旁並存者也。

和裴迪登蜀州東亭送客逢早梅相憶見寄

東閣官梅動詩興，還如何遜在揚州。此時對雪遥相憶，送客逢春一作「花」，非可一作「更」，非自由。幸不折來傷歲暮，若爲看去亂鄉一作「春」，非愁。江邊一樹垂垂發，朝夕催人自白頭。

〔**翁批**〕七律。　一、蜀州原題本，亦致佳。〔一〕　一、此即阮亭所謂「羚羊挂角，透徹玲瓏」者，不必僅賞其五、六句，乃爲知言之選。「若爲看去亂鄉愁」，謂裴，非杜自謂也。「若爲」是指點形容之詞，非轉語也。與上聯可自由對照，如以燈取影。　二、𢹂石云：「弟一句不是『何遜』也，得『還如』二字以雕空之。然亦是偶然爲之，非可篇篇用此法也。〔二〕『還如』『幸不』『若爲』諸字，吾但見其妙詣，是寔境，非虚字也。豈得爲後人七律，多用虚字者所藉口哉？」

〔**賴校**〕〔一〕此條評詩題。〔二〕以上文字，《翁批》硃筆書之，但曰：「擇石云：第一句不是『何遜』也，得『還如』二字以雕空之。然亦是偶然，若首首用此法，則不成詩矣。」内容大同小異，不過以下文字，則《附記》補抄，而《翁批》未見。

暮登四一作「西」安寺鐘樓寄裴十迪

暮倚高樓對雪峰，僧來不語自鳴鐘。孤城返照紅將斂，近市浮煙翠且重。多病獨愁常闃寂，故人相見未從容。知君苦思緣詩瘦，太一作「大」向交遊萬事慵。

〔**翁批**〕七律。

寄贈王十將軍承俊

將軍膽氣雄，臂懸兩角弓。纏結青驄馬，出入錦城中。時危未授鉞，勢屈難爲功。賓客滿堂上，何人高義同。

〔**翁批**〕五律，拗。　一、亦非拗也，此兀傲之格，想亦因題而施之，不可考矣。

奉酬李都督表丈早春作

力疾坐清曉，來詩悲早春。轉添愁伴客，更覺老隨人荆作「身」。紅入桃花嫩一作「嫔」，青歸柳葉新。望鄉應一作「猶」未已，四海尚風塵。

〔翁批〕五律。

題新津北橋樓得「郊」字

望極春城上，開筵近鳥巢。白花簷外朵，青柳檻前梢。池水觀爲政，厨煙覺遠庖。西川供客一作「遠」眼一作「醉客」，惟有一作「偏愛」此江郊。

〔翁批〕五律。　一、只取實境，所以異於中、晚。

遊修覺寺

野寺江天豁，山扉花竹幽。詩應有神助，吾得及春遊。徑石相一作「深」，非縈帶，川雲自一作「晚」，非去留。禪枝宿衆鳥，漂轉暮歸愁。

〔**翁批**〕五律。　一、二、三乘承之變，虚實背向，轉轉不窮〔一〕。　二、有五、六句，乃愈見三、四之宕往；有三、四句，乃愈見末句之頓挫。

〔**賴校**〕〔一〕《翁批》稿作「轉轉不窮」，而《附記》抄作「展轉不窮」。

後遊

寺憶曾一作「重」，一作「新」，俱非遊處、，橋憐再渡時、。江山如有待，花柳更無私。野潤煙光薄，沙暄日色遲。客愁全爲減，捨此復何之。

〔**翁批**〕五律。

絶句漫興九首

眼見一作「前」客愁愁不醒，。無賴春色到江亭。。即遣花開一作「飛」深一作「從」造次，便教一作「覺」鶯語太丁寧。

手種桃李非無主，野老墻低還是一作「似」家。恰似春風相欺得，夜來吹折數枝花。

熟一作「耐」知晋作「孰如」茅齋絶低小，江上燕子故來頻。銜泥點污琴書内，更接飛蟲打著人。

二月已破三月來，漸老逢春能幾回？莫思草堂作「辭」，非身外無窮事，且盡生前有限杯。

腸斷江春一云「春江」欲盡一作「白」頭，杖藜徐步立芳洲。顛狂柳絮隨風舞，輕薄桃花逐水流。

懶慢無堪不出邨，呼兒日一作「自」在掩柴門。蒼苔濁酒林中静，碧水春風野外昏。

糝徑楊花鋪白氈，點溪荷葉疊一作「累」，非青錢一云「鈿」，非。筍一作「竹」根雉一作「稚」子無人見，沙上鳬雛傍母眠。

舍西柔桑葉可拈，江畔細麥復纖纖。人生幾何春已夏，不放香醪如蜜甜。

隔户一云「户外」楊柳弱嫋嫋，恰似十五女兒腰。誰謂朝來不作意，狂風挽斷最長條。

〔**翁批**〕七絶。　一、其中有物，所以只管如此，而不至於過，此所以爲詩之聖也。過則不可也，山谷亦尚未至於太過，楊誠齋〔一〕則太過矣！而誠齋之恭弱，又非山谷可比矣！是以過猶不及。　一、陸放翁〔二〕曰：「白樂天用『相』字，多作入聲，如『爲問長安月，如何不相離』是也，此詩亦當從入聲讀，思必切。」〔三〕

〔賴校〕〔一〕楊誠齋，即宋楊萬里，字廷秀，號誠齋，吉水（今江西省吉水縣）人，一生力主抗金，與尤袤、范成大、陸游合稱南宋「中興四大詩人」。其詩起初模仿江西詩派，後則棄之，而另闢蹊徑。他在《誠齋荆溪集自序》自述：「予之詩，始學江西諸君子，既又學後山（陳師道）五字律，既又學半山老人（王安石）七字絶句，晚乃學絶句於唐人。……是日（戊戌）即作詩，忽若有寤，於是辭謝唐人及王、陳、江西諸君子，皆不敢學，而後欣如也。」終於自成一家，即宋嚴羽《滄浪詩話》所謂「誠齋體」，「誠齋體」的特點之一，是富於幽默詼諧、活潑自然，一反「江西詩派」的生硬槎枒。對當時詩壇風氣之轉變，頗起作用。錢鍾書《宋詩選注》説：「在當時，楊萬里却是詩歌轉變的主要樞紐。」有《誠齋集》傳世，一生作詩兩萬多首，存詩四千二百餘首，詩文全集一百三十三卷。傳詳《宋史》卷四三三《楊萬里傳》。 〔二〕陸放翁，即陸游，亦是一名出色的書法家，草書學唐代的張旭，行書則學自五代的楊凝式（八七三—九五四）；除此之外，也受蘇軾、黄庭堅、米芾的影響，但稍飄逸。游嘗愛蜀道風土，題其生平所爲詩曰《劍南詩稿》，其詩清新刻露，而出以圓潤，能自成一家。 〔三〕以上兩條，各釋第一首與第二首詩。關於第二條批語，《翁批》又貼有夾籤，曰：「記此條應添注，宜再詳之。陸放翁是《老學庵筆記》否？」

客至 公自注：「喜崔明府相過。」

舍南舍北皆春水，但見一作「有」群鷗日日來。花徑不曾緣客掃，蓬門今始爲君開。

盤飧市遠無兼味，樽酒家貧只舊醅。肯與鄰翁相對飲，隔籬呼取盡餘杯。

〔翁批〕七律。　一、攓石云：「三句伴一句，則五、六更不可欹側矣。」

遣意二首

囀枝黄鳥近，泛渚白鷗輕。一逕野花落，孤邨春水生。衰年催釀黍，細雨更一作「夜」移橙。漸喜交游絶，幽居不用名。

簷影微微落，津流脉脉斜。野船一作「松」，非明細火，宿雁《杜臆》作「鷺」聚一作「起」圓一作「寒」沙。雲掩初弦月，香傳小樹花。鄰人有美酒，稚子夜一作「也」，非能賒。

〔翁批〕五律。　一、此是向晦將夜之景，故「宿」字、「聚」字，直貫而下，與《艸堂即事》篇「宿」字，有向背之别，俗本乃以彼章之「宿鷺起圓沙」，欲移易於此邪。

漫成二首

野日荒荒一作「野月茫茫」白，春一作「江」流泯泯清。渚蒲隨地有，邨徑逐門成。只作披衣慣，常從漉酒生。眼前無俗物，多病也身輕。

江皋已仲春，花下復清晨。仰面貪看鳥，回頭錯應人。讀書難字過，對酒滿壺頻。近識峨眉老，公自注：「東山隱者。」知余懶是真。

〔**翁批**〕五律。

杜詩附記卷弟八

大興翁方綱學

春夜喜雨

好雨知時節，當春乃一作「及」，非發生。隨風潛入夜，潤物細無聲。野徑雲俱黑，江船火獨明。曉看紅濕處，花重錦官城。

〔翁批〕五律。　化工。〔一〕

〔賴校〕〔一〕「化工」二字，《翁批》係釋「當春乃發生。隨風潛入夜，潤物細無聲」三句，而《附記》未抄録。

春水

三月桃花浪一作「水」，江流復舊痕。朝來没沙尾一作「岸」，碧色動柴門。接縷垂芳餌，連筒灌小園。已添無數鳥，争浴故相喧。《英華》作「不知無數鳥，何意更相喧」，非是。

〔**翁批**〕五律。

江亭

坦腹江亭暖，長吟野望時。水流心不競，雲在意俱遲。寂寂春將晚，欣欣物自私。故林歸未得，排悶强裁詩。

〔**翁批**〕五律。　化工。〔一〕

〔**賴校**〕〔一〕「化工」二字，《翁批》係釋「欣欣物自私」句，有硃筆注記，上下相應，而《附記》未抄録。

早起

春來常早起，幽事頗相關。帖石防隤岸，開林出遠山。一丘藏曲折，緩步有躋攀。童僕來城市，瓶中得酒還。

〔**翁批**〕五律。

落日

落日在簾鈎，溪邊春事幽。芳菲緣岸圃，樵爨倚灘舟。啅雀争枝墜，飛蟲滿院遊。濁醪誰造汝，一酌一云「酌罷」散千愁。一云「一酌罷人憂」。

〔翁批〕五律。

可惜

花飛有底急，老去願春遲。可惜歡娱地，都非少壯時。寬心應是酒，遣興莫過詩。此意陶潛解，吾生後汝期。

〔翁批〕五律。

獨酌

步屧一作「步履」，一作「倚杖」深林晚，開樽獨酌遲。仰蜂粘落絮趙作「蘂」，行一作「倒」蟻上枯梨。薄劣慙真隱，幽偏得自怡。本無軒冕意，不是傲當時。

〔**翁批**〕五律。

徐步

整履一作「屐」，一作「屣」步青蕪，荒庭日欲晡。芹泥隨燕觜，蘂粉一作「花蘂」上蜂鬚。把酒從衣濕，吟詩信杖扶。敢論才見忌，實有醉如愚。

〔**翁批**〕五律。

寒食

寒食江邨路一作「樹」，風花高下飛。汀煙輕冉冉，竹日净暉暉。田父一作「舍」要皆去，鄰家問一作「鬧」不違。地偏相識一作「失」，非盡，雞犬亦忘歸一作「機」。

〔**翁批**〕五律。　一、後四句，儼然有桃花源想。

石鏡

蜀王將此鏡，送死置空山。冥寞憐香骨，提携近玉顏。衆妃無復嘆，千騎亦虛還。

獨有傷心石，埋輪月黄作「玉」宇間。

〔翁批〕五律。

琴臺

茂陵多病後，尚愛卓文君。酒肆人間世，琴臺日暮雲。野花留寶靨，蔓草見羅裙。歸鳳求凰意，寥寥不復聞。

〔翁批〕五律。 一、「意」字獨有千古，少陵之於長卿，具眼如此，視小杜之「薰香摘艷高」，宜百萬層矣。

春水生二絶

二月六夜春水生，門前小灘一云「籬」渾欲平。鸕鷀鸂鶒莫漫喜，吾與汝曹俱眼明。

一夜水高二尺《杜臆》作「丈」强，數日不可更禁當。南市津頭有船賣一作「買」，非，無錢即買繫籬旁。

〔翁批〕七絶。 一、此必有爲而作。〔一〕

〔**賴校**〕〔一〕此批書於第一首詩末尾。

江上值一作「置」，非水如海勢聊短述

爲人性僻耽佳句，語不驚人死不休。老去詩篇渾漫與從黄鶴本，别作「興」，春來花鳥莫深愁。新添水檻供垂釣，故著浮槎替入舟。焉得思如陶謝手，令渠述作與同遊。

〔**翁批**〕七律。　一、蘀石云：「因水如海勢，而胸次曠然。述其平生六句，言詩不複而不妄，然已目空一切矣。略將浮槎了却，斯爲謹嚴，然已恰好，蓋多不得也。俗子乃寫水，不知此非另一手也，蓋偶然應如此耳。如此，乃是聊短述。」

〔**翁注**〕水如海勢，似應有奇恣大篇以寫之也。豈知老去懶漫，不能搜琢奇恣，不過作檻以供釣，作槎以代舟已耳，焉得具此如海勢之手以副之哉！述作是虛擬，陶、謝亦虛致，舉似陶，是閒曠之筆耳，足見杜公意中所謂「驚人」者，非若後人學爲李長吉〔一〕、楊廉夫〔二〕之奇麗，以爲驚人者也。以「短述」自題，則其胸次之浩淼雄大，不知如何，是乃不寫之寫也，是乃無字句之跋浪掣鯨也。其寔，正面只得五、六句，質寔無文，以此爲短述，勝于千百句之奇恣矣，其味之深長，爲何如哉！「故著」，「故」字是新故之故，猶言極凡常也。

杜詩「故故滿晴天」「清秋燕子故飛飛」，「故」字皆然。〔三〕

〔賴校〕〔一〕李長吉，即唐李賀，字長吉，與李白、李商隱三人，並稱唐代「三李」。祖籍隴西，生於福昌縣昌谷（今河南洛陽宜陽縣）。李賀詩受楚辭、古樂府、齊梁宫體、李白、杜甫、韓愈等多方面影響，經自己熔鑄、苦吟，形成非常獨特的風格，故被稱爲「詩鬼」。李賀的詩歌雖然數量不多，却比較難讀；最大的特色，就是刻意錘煉語言，造語奇雋，凝練峭拔，色彩濃麗；兼以想像豐富奇特，旖旎絢爛，上訪天河、游月宫，下論古今、探鬼魅，筆下有許多精警、奇峭而有獨創性的語言，可以説尚「奇」是李賀所處的時代，特別是他的良師益友韓愈所代表的「韓孟詩派」共同的追求。清姚文燮《昌谷集注》，以爲李賀與杜甫，貌異心同，李賀詩歌實爲貞元、元和時代的詩史，鈎稽兩《唐書》，以史證詩，雖不無穿鑿附會，但也有不少值得參考的地方。〔二〕楊廉夫，即元楊維楨，字廉夫，號鐵崖，晚年號東維、東維子，别號抱遺老人，或稱鐵笛道人、鐵崖道人、鐵道人、鐵龍道人，會稽（今浙江紹興）諸暨楓橋人。三十三歲，以《春秋》登元晋宗泰定四年丁卯（一三二七）進士第，曾參與修纂宋、遼、金三史，著《正統辯》，官至江西等處儒學提舉。晚年居松江，往來蘇松一帶，泯迹江浙間；因其學問文章氣節，而來從學者衆。其文放逸險絶，稱「鐵崖體」，書風亦狂怪清勁，與文風相類，有《鐵崖古樂府》等集。〔三〕此條議論文字，《翁批》未見，爲《附記》所抄，可知《翁批》手稿之後，尚有增補抄本，即《附記》所據之抄本。

水檻遣心一作「興」二首

去郭軒楹敞，無邨眺望賒。澄江平少岸，幽樹晚多花。細雨魚兒出，微風燕子斜。城中十萬户，此地兩三家。

蜀天常夜雨，江檻已朝晴。葉潤林塘密，衣乾枕席清。不堪祇老病，何得尚一作「向」，非浮名。淺把涓涓酒，深憑送此生。

〔翁批〕五律。　二首通注於此。〔一〕

〔賴校〕〔一〕此條爲夾批，以硃筆標記，書於「深憑」二字旁。

江漲

江發蠻夷漲，山添雨雪流。大聲吹地轉，高浪蹴天浮。魚鼈爲人得，蛟龍不自謀。輕帆好去便，吾道付滄洲。

〔翁批〕五律。

朝雨

凉氣曉一作「晚」，非蕭蕭，江雲亂眼飄。風鳶一作「鴛」，非藏近渚，雨燕集深條。黄綺終辭一作「投」，非漢，巢由不見堯。草堂樽酒在，幸得過清朝一作「宵」，非。

〔翁批〕五律。

晚晴

村晚驚風度，庭幽過雨霑。夕陽薰細草，江色映疎簾。書亂誰能帙，杯乾自可添。時聞有餘論，未怪老夫潛。

〔翁批〕五律。

高柟

柟樹色冥冥，江邊一蓋青。近根開藥圃，接葉製茅亭。落景陰猶合，微風韻可聽。尋常絶醉困，卧此片時醒。

〔**翁批**〕五律。

惡樹

獨遶虛齋徑，常持小斧柯。幽陰成頗雜，惡木剪還多。枸杞因一作「固」吾有，雞棲奈汝一作「爾」何。方知不材者一云「木」，生長漫婆娑。

〔**翁批**〕五律。

江畔一作「上」獨步尋花七絶句

江上被花惱不徹，無處告訴只顛狂。走覓南鄰愛酒伴，公自注：「斛斯融，吾酒徒。」〔二〕經旬出飲獨空床。

〔**翁批**〕七絶。　此七首看定。　一、前二句「只」字頓挫，後二句「獨」字頓挫，此二字皆虛字，「獨」非獨步之獨也，猶言只有空床而已，此段「顛狂」向誰著落？

〔**賴校**〕〔一〕《翁批》貼一夾籤，標記此「公自注」，而書曰：「此是自注無疑。」

稠花亂蘂畏江濱，行步欹危實一云「獨」怕春。詩酒尚堪驅使在，未須料理白頭人。

〔翁批〕畏怕犯而不犯。〔一〕

〔賴校〕〔一〕《翁批》於「詩酒尚堪驅使在」句，以硃筆牽引於天頭，而書此批語。

江深竹静兩三家，多事紅花映白花。報答春光知有處，應須美酒送生涯。

〔翁批〕一、「多事」收捲，「美酒」又收捲。

東望少城花滿煙，百花高樓更可憐。誰能載酒開金盞一作「鎖」，喚取佳人舞繡筵。

〔翁批〕開宕。〔一〕

〔賴校〕〔一〕此爲夾批，書於「東望少城花滿煙」旁，一言以蔽之，所以形容此詩之風格特色。

黄師塔前江水東，春光懶困倚微風。桃花一簇開無主，可愛深紅愛晋作「映」，一作「與」淺紅。

〔翁批〕一、「主」字、「愛」字，皆從「春光懶困」反映出之。

黄四娘家花滿蹊，千朵萬朵壓枝低。留連戲蝶時時舞，自在嬌鶯恰恰啼。

〔**翁批**〕顛狂驅使，到此收盡。〔一〕

〔**賴校**〕〔一〕此條爲夾批，以硃筆標記，書於「留連戲蝶時時舞，自在嬌鶯恰恰啼」句旁。

不是愛花即欲一作「肯」死一作「看花即索死」，只恐花盡老相催。繁枝容易紛紛落，嫩蘂一作「葉」商量細細開。

〔**翁批**〕吟哦唱嘆。〔一〕

〔**賴校**〕〔一〕此條爲夾批，以硃筆標記，書於「繁枝容易紛紛落」句旁。

進艇

南京久客耕南畝，北望傷神坐一作「卧」北牕。晝引老妻乘小艇，晴看稚子浴清江。俱飛蛺蝶元相逐，竝蒂芙蓉本自雙。茗飲蔗漿攜所有，瓷甖無謝玉爲缸。

〔**翁批**〕七律。　一、俱是實地。　蘀石云：「正與『傷神』相映。」〔一〕

〔**賴校**〕〔一〕此條爲夾批，以硃筆標記，書於「俱飛蛺蝶元相逐」句旁。

一室

一室他鄉遠一作「老」，空林暮景懸。正愁聞塞笛，獨立見江船。巴蜀來多病，荆蠻去幾年一作「千」。應同王粲宅，留井峴山前。

〔**翁批**〕五律。

所思

苦憶荆州醉司馬，公自注：「崔吏部漪。」謫官一作「居」樽酒一作「俎」定常開。九江日落醒何處？一柱觀頭眠幾回。可憐懷抱向人盡，欲問平安無使來。故憑錦水將雙淚，好過瞿唐灩澦堆。

〔**翁批**〕七律。一、一路傾瀉騰跳之勢，都從首一句一五七之仄聲得之。第三句、弟五字是平聲，然後知整齊之至，即變化之至；熨貼之至，即奔放之至也。

聞斛斯六官未歸

故人南郡去，去索作碑錢。本賣文爲活，翻令室倒懸。荊扉深蔓草，土銼冷疏煙。老罷休無賴，歸來省醉眠。

〔**翁批**〕五律。　一、「老罷」，猶言老去。

赴青城縣出成都寄陶王二少尹

老被樊籠役，一作「老恥妻孥笑」。貧嗟出入勞。客情投異縣，詩態憶吾一作「君」，非曹。東郭滄江一作「浪」合，西山白雪高。文章差底病，回首興滔滔。

〔**翁批**〕五律。　一、「文章差底病」，即惟貧何病之意，「差」字不必泥也。「文章」正收弟四句，「差底病」消納弟二句。

野望因過常少仙

野橋齊渡馬，秋望轉悠哉。竹覆青城合，江從灌口來。入邨樵徑引，嘗果栗皺〔一〕

一作「圓」開。落盡高天日，幽人未遣回。

〔**翁批**〕五律。

〔**賴校**〕〔一〕《翁批》貼一夾籤，以硃筆引號前後標記，書曰：「姚寬《西溪叢語》：杜詩『嘗果栗皺開』，或作『皺』字，殊不可解。《集韻》：『皺，側尤切，革紋蹙也。』《漢上題襟》：周繇詩云：『開栗弋之紫皺。』貫休云：『新蟬避栗皺。』又云：『栗不和皺落。』即栗蓬也。」此籤條内容，見於仇兆鰲《杜詩詳注》，可證知翁氏係抄據自仇本，而《附記》未抄録。

丈人山

自爲青城客，不唾青城地。爲愛丈人山，丹梯近幽意。丈人祠西佳氣濃，緣雲擬住最高峰。掃除白髮黄精在，君看他時冰雪容。

〔**翁批**〕七古。

寄杜位

近聞寬法離一作「别」新州，想見懷歸尚百憂。逐客雖皆萬里去，悲君已是十年流。

干戈況復塵一云「行」，非隨眼，鬢髮還應雪一云「白」，非滿頭。玉壘題書心緒亂，何時更得曲江遊。

〔翁批〕七律。

送裴五赴東川

故人亦流落，高義動乾坤。何日通燕塞，相看老蜀門。東行應暫別，北望苦銷魂。凜凜悲秋意，非君誰與論。

〔翁批〕五律。

送韓十四江東省覲

兵戈不見老萊衣，嘆息人間萬事非。我已無家尋弟妹，君今何處訪庭闈。黄牛峽静灘聲轉一作「急」，白馬江寒樹影稀。此别應須各努力，故鄉猶恐未同一作「能」，一作「堪」歸。

〔翁批〕七律。一、蘀石云：「妙在是直下之對收。」

柟一作「高」，非樹爲風雨所拔歎

倚江柟樹草堂前，故一作「古」老相傳二百年。誅茅卜居總爲此，五月髣髴聞寒蟬。東南飄風動地至，江翻石走流雲氣。榦晋作「幹」，非排雷雨猶力争，根斷泉源豈天意。滄波一作「蒼茫」，非老樹性所愛，浦上童童一作「亭亭」，非一青一作「車」，非蓋。野客頻留懼雪霜，行人不過聽竽籟。虎倒龍顛委榛一作「荆」棘，淚痕血點垂胸臆。我有新詩何處吟，草堂自此無顔色。

〔翁批〕七古。 一、蘀石云：「叙事乃用力作對，所以妙也，此法須知。」 一、「滄波老樹」，重起提唱，此詠嘆頓挫法也。

茅屋爲秋風所破歌

八月秋高風怒號，卷我屋上三重茅。茅飛度江灑一作「滿」江郊，高者掛罥長林梢，下者飄轉沉塘一作「堂」，非坳。南邨群童欺我老無力，忍能對面爲盗賊，公然抱茅入竹去。脣焦口燥呼不得，歸來倚杖自嘆息。俄頃風定雲墨色，秋天漠漠向昏黑。布衾多年冷似一作「象」，非鐵，驕兒惡卧踏裏裂。牀牀一作「牀頭」屋漏無乾處，雨脚如麻未斷絶。自經喪亂少睡眠，長夜沾濕何由徹。安得廣厦千萬間，大庇天下寒士俱歡顔，風雨不動安如山。嗚呼！何時眼前突兀見此屋，吾廬獨破一作「壞」，非受凍死一作「意」，非亦足。

〔**翁批**〕七古。

石笋行

君不見益州城西門，陌一作「街」上石笋雙高蹲。古來一作「老」，又作「遠」相傳是海眼，苔蘚蝕《英華》作「蝕」，舊作「食」盡波濤痕。雨多一作「來」往往得一作「有」瑟瑟，此事恍惚難明論。恐是昔時卿相墓一作「冢」，立石爲表今仍存。惜哉俗態好蒙蔽，亦如小臣媚至尊。政化錯迕失大體，坐看傾危受厚恩。嗟爾石笋擅虚名，後來未識猶駿奔。安得壯士擲天外，使人不疑見本根。

〔**翁批**〕七古。

石犀行

君不見秦時蜀太守，刻石立作三蔡云：「當作五。」犀牛。自古雖有厭勝法，天生江水向一作「須」東流。蜀人矜誇一千載，泛溢不近張儀樓。今年灌口一作「注」損户口，此事或恐爲神羞。修築吴作「終藉」堤防出衆力，高擁木石當清秋。先王作法皆正道，鬼怪何得參人謀。嗟爾三犀不經濟，缺訛只與長川逝。但見元氣常一作「相」調和，自免洪一作「波」濤恣凋瘵。安得壯士一云「作者」提天綱，再平水土犀奔一作「蒼」茫。

〔翁批〕七古。

杜鵑行

君不見昔日蜀天子，化爲一云「作」杜鵑似老烏。寄巢生子不自啄，群鳥至今爲一作「與」哺雛。雖同君臣有舊禮，骨肉滿眼身羈孤。業工竄伏深樹裏《英華》作「頭」，非，四月五月偏號呼。其聲哀痛口流血，所訴何事常區區。爾豈郭作「惟」摧殘始晋作「如」發憤，羞帶羽翮傷形愚。蒼天變化誰料得，萬事反覆何所無。萬事反覆何所無，豈憶當殿群臣趨？

〔**翁批**〕七古。

〔**翁注**〕《石笋》以下三篇，皆非杜之至者，在集中偶存，此等亦不必似近日所流傳，倘爲謄寫。新城二王先生評本，率爾舉筆抹之也；惟至漁洋之議《八哀》詩，則漁洋之誤耳。〔一〕

〔**賴校**〕〔一〕此條爲《附記》所抄，《翁批》未見，可知尚有增補清稿抄本，爲《附記》所憑據。

逢唐興劉主簿弟

分手開元末，連年絶尺書。江山且相見，戎馬未安居。劍外官人冷，關中驛騎疎。輕舟下吴會，主簿意何如。

〔**翁批**〕五律。

敬簡王明府

葉縣郎官宰，周南太史公。神仙才有數，流落意無窮。驥病思偏秣，鷹秋一作「愁」怕苦籠。看君用高義，耻與萬人同。

〔**翁批**〕五律。

重簡王明府

甲子西南異，冬來只薄寒。江雲何夜盡一作「静」，非，蜀雨幾時乾。行李須相問，窮愁豈有一作「自」寬。君聽鴻雁響，恐致稻粱難。

〔**翁批**〕五律。

百憂集行

憶年一作「昔」十五心尚孩，健如黄犢走復來。庭前八月梨棗熟，一日上樹能千迴。即今倏忽已五十，一作「即今年纔五六十」。坐卧只多少行立。强將笑語供主人，悲見生涯百憂集。入門依舊四壁空，老妻覩我顔色同。癡兒未知父子禮，叫怒索飯啼門東。

〔**翁批**〕七古。

徐卿二子歌

君不見徐卿二子生絶奇，感應吉夢相追隨。孔子釋氏親抱送，并是天上麒麟兒。大兒九齡色清徹，秋水爲神玉爲骨。小兒五歲氣食牛，滿堂賓客皆回頭。吾知徐公百不憂，積善衮衮生公侯。丈夫生兒有如此二雛者，名位豈肯卑微休。「名位」上一有「異時」二字。

〔翁批〕七古。　十字句。〔一〕

〔賴校〕〔一〕此條爲天頭眉批，以硃筆標記，對應「丈夫生兒有如此二雛者」句。

戲作花卿歌

成都猛將有花卿，學語小兒知姓名。用如快鶻風火生，見賊惟多身始輕。綿州副使著柘趙曰：「當作『赭』。」黄，我卿掃除即日平。子璋一作「章」髑髏血模糊，手提擲還崔大夫。李侯重有此節度，人道我卿絶世一作「代」無。既稱絶世無，天子何不喚取守東都。

〔翁批〕七古。

贈花卿

錦城絲管日《樂府》作「曉」紛紛，半入江風半入雲。此曲衹應天上有《樂府》作「去」，人間能得幾回聞。

〔翁批〕七絶。

少年行二首

莫笑田家老瓦盆，自從盛酒長一作「養」兒孫。傾銀注玉《英華》作「玉」，舊作「瓦」驚人眼，共醉終同卧竹根。

巢燕引一作「養」雛《英華》作「兒」渾去盡，江花結子已一作「也」無多。黄衫年少來宜《叢語》作「宜來」數，不見堂前東逝波。

〔翁批〕七絶。一、「巢燕」「江花」，自指本事言之。

贈虞十五司馬

遠師虞秘監，公自注：「世南。」〔一〕今喜識玄孫。形象丹青逼，家聲器宇存。凄凉憐筆勢，浩蕩問詞源。爽氣金天豁，清談玉露繁。佇鳴南嶽鳳，欲化北溟鯤。交態知浮俗，儒流不異門。過逢連客位，日夜倒芳樽。沙岸風吹葉，雲江月上一作「在」軒。百年嗟已半，四座敢辭喧。書籍終相與，青山隔故園。

〔**翁批**〕五排。　一、「凄凉憐筆勢」，則永興之玄孫，當亦善書也。然，篇首云「遠師」，則杜公雖不專以書名，而其學永興書，亦可徵已，蓋唐人書學皆如此。

〔**賴校**〕〔一〕《翁批》貼一夾籤，曰：「查。」仇氏《杜詩詳注》引《唐書》：「虞世南，餘姚人。太宗踐阼，遷太子右庶子。固辭，改爲秘書監，封永興縣子。世南殁，太宗勅圖其像於凌煙閣。」又：「時稱世南五絶，四曰文詞，五曰書翰。」故《翁批》中所謂「學永興書」者，即學虞世南書法。

病柏

有柏生崇岡，童童狀車一作「青」蓋。偃蹇一作「蹷」龍虎姿，主邵本作「正」，非當風雲會。

神明依正直，故老多再拜。豈知千年根，中路顏色壞。出非不得地，蟠據亦高大。歲寒忽無憑一作「用」，非，日夜柯葉改一作「碎」，非。丹鳳領九雛，哀鳴翔其外。鴟鴞志意滿，養子穿穴一作「窟」內。客從何鄉來，佇立久吁怪。靜求元精一云「無根」理，浩蕩難倚賴。

〔翁批〕五古。　一、真氣逼塞，而頓束次弟出之，所以不特「顏色壞」與「柯葉改」，句法不必避也。即外內二韻脚相鄰，並亦更拍，足激響耳。

病橘

群一作「伊」橘少生意，雖多亦奚爲。惜哉結實小一作「少」，非，酸澀如棠梨。剖一作「割」，非之盡蠹蝕一作「蟲」，采掇爽所一作「其」宜。紛然不適口，豈只一作「止」存其皮。蕭蕭半死葉，未忍一作「忽忽」別故枝。玄冬霜雪積，況乃迴風吹。嘗聞蓬萊殿，羅列瀟湘姿。此物歲不稔，玉食失一作「少」光輝。寇盜尚憑陵，當君減膳時。汝病是天意，吾諗荆作「敢」，一作「愁」，非罪有司。憶昔南一作「聞」海使，奔騰獻荔支一作「枝」。百馬死山谷，到今耆舊悲。

〔翁批〕五古。　一、篇末引事咽住。

枯椶

蜀門多椶一作「栟」櫚，高者十八九。其皮割剥甚，雖衆亦易朽。徒布一作「有」，非如雲葉，青青歲寒後。交横集斧斤，凋喪先蒲柳。傷時苦軍乏，一物官盡取。嗟爾江漢人，生成復何有。有同枯椶木，使我沉嘆久。死者即已休，生者何一作「能」自守。啾啾黄雀啄一作「啅」，側見寒蓬走。念爾形影乾一作「枯形影」，非，摧殘没藜莠。

〔翁批〕五古。

枯柟

楩柟枯崢嶸，鄉黨皆莫記。不知幾百歲，慘慘無生意。上枝摩蒼一作「皇」，非天，下根蟠厚地。巨圍雷霆拆一作「坼」，萬孔蟲蟻萃。凍雨落流膠，衝風奪佳一作「嘉」氣。白鵠遂不來，天鷄爲愁思。猶含棟梁具，無復霄漢一作「雲霄」志。良工古昔少，識者出涕淚。種榆水中央，成長何容易。截承金露盤，裊裊不自畏。

〔翁批〕五古。　榆作露盤事，查。〔一〕

〔**賴校**〕〔二〕《翁批》貼一夾籤，曰：「記查一條。」係針對此條而標記，以備考查。

不見公自注：「近無李白消息。」

不見李生久，佯狂真可哀。世人皆欲殺，吾意獨憐才。敏捷詩千首，飄零酒一杯。匡山讀書處，頭白好歸來。

〔**翁批**〕五律。

草堂即事

荒邨建子月，獨樹老夫家。雪一作「霧」裏江船渡，風前竹徑斜。寒魚依密藻，宿鷺起《杜臆》作「雁聚」，非圓沙。蜀酒禁愁得，無錢何處賒。

〔**翁批**〕五律。　一、「魚依」「鷺起」正相擊應，則此「宿」字，與《遺意》次章「宿雁」，「宿」字順下者，迥不相同。

徐九少尹見過

晚景孤邨僻，行軍數騎來。交新徒有喜，禮厚愧無才。賞静憐雲竹，忘歸步月臺。

何當看花蘂，欲發照江梅。

〔**翁批**〕五律。

范二員外邈吴十侍御郁特枉駕闕展待聊寄此作

暫往比鄰去晋作「至」，非，空聞二妙歸。幽棲誠簡略，衰白已光輝。野外貧家遠，邨中好客稀。論文或不媿，肯重款柴扉。

〔**翁批**〕五律。

王十七侍御掄許携酒至草堂奉寄此詩便請邀高三十五使君同到

老夫卧穩朝慵起，白屋寒多暖始開。江鸛一作「鶴」巧當幽徑浴，鄰雞還過短墻來。繡衣屢許携家醖，皂蓋能忘折野梅。戲假霜威促山簡，須成一醉一作「醉裹」習池迴。

〔**翁批**〕七律。 一、蘀石云：「兩人並未曾來，所以必應從自家起，而寫草堂也。然亦須五、六了當，若俗手叙題，便是應酬而不入扣矣。」

王竟攜酒高亦同過共用「寒」字

臥病荒郊遠，通行小徑難。故人能領客，攜酒重相看。自愧無鮭一作「蝦」菜，空煩卸馬鞍。移樽一作「時」勸山簡，頭白恐風寒。公自注：「高每云：汝年幾不必小于我，故此句戲之。」草堂本公自注：「高每云：汝年幾小，且不必小于我，此句戲之也。」〔一〕

〔翁批〕五律。

〔賴校〕〔一〕仇氏《杜詩詳注》僅注曰：「原注：『高每云：汝年幾小，且不必小於我，故此句戲之。』」與《翁批》相較，略有不同。

陪李七司馬皂江上觀造竹橋即日成往來之人免冬寒入水聊題短作

簡李公此題下，一本云「二首」。

伐竹黃作「伐木」，朱瀚作「代木」，非爲橋結構同，褰裳不涉往來通。天寒白鶴歸華表，日落青龍見水中。顧我老非題柱客，知君才是濟川功。合歡《正異》作「觀」却笑千年事，驅石何時到海東？

〔**翁批**〕七律。

觀作橋成月夜舟中有述還呈李司馬草堂本題如此。一本無此題，合上章爲一首。〔一〕

把燭橋成一作「成橋」夜，迴舟客坐一作「坐客」時。天高雲去盡，江迴月來遲。衰謝多扶病，招邀屢有期。異方乘此興，樂罷不無悲。

〔**翁批**〕五律。

〔**賴校**〕〔一〕仇氏《杜詩詳注》注曰：「草堂本有此題。諸本通上章爲二首。」與《翁批》相較，略有不同。

李司馬橋成一作「了」**承高使君自成都迴**

向來江上手紛紛，三日功成事出群。已傳童子騎青竹一作「馬」，總擬橋東待使君。

〔**翁批**〕七絕。

入奏行贈西山檢察使竇侍御

竇侍御，驥之子，鳳之雛。年未三十忠義俱，骨鯁絕代無！炯如一段清冰出萬壑，置在迎風露寒一作「寒露」之玉壺。蔗漿歸厨金碗凍，洗滌煩熱足以寧君軀。政一作「整」，非用疎通合典則，戚聯豪貴躭文儒。兵革《英華》作「甲兵」未息人未蘇，天子亦念西南隅。吐蕃憑陵氣頗粗，竇氏檢察才能俱從樊本，一作「應時須」。運糧繩橋壯士喜，斬木火井窮《英華》作「寒」，非猿呼。八州刺史思一戰，三城守邊却可圖。此行入奏計未小，密奉聖旨恩宜一作「應」殊。繡衣春當一作「飄飄」霄漢立，綵服日向一作「粲粲」庭闈趨。「開濟人所仰，飛騰時正須」，從樊本，一本無此二句。省郎京尹必俯拾一作「相付」，江花未落還成都。江花未落還成都，從吴本，重出此句。肯訪浣花老翁無？一云「公來肯訪浣花老」。爲君酤吴作「酣」酒滿眼酤，二句《英華》作：「携酒肯訪浣花老，爲君著衫捋髭鬚。」與奴白飯馬青芻。《英華》無此句。

〔翁批〕七古。　一、從樊本是，但複一「俱」字韻耳。然前一「俱」字在開句，亦見古人用韻、章法相間合之理。〔一〕

〔賴校〕〔一〕此條釋「竇氏檢察才能俱」句下注，而《附記》未抄此批。

得廣州張判官叔卿書使還以詩代意

鄉關胡騎滿一作「遠」，非，宇宙蜀城偏。忽得炎州信，遥從月峽傳。雲深驃騎幕，夜隔孝廉船。却寄雙愁眼，相思一作「望」淚點懸。

〔翁批〕五律。

魏十四侍御就敝廬相别

有客騎驄馬，江邊問草堂。遠尋留藥價，惜别倒或作「到」，非文場。入幕旌旗動，歸軒錦繡香。時應念衰疾，書疏一作「迹」及滄浪。

〔翁批〕五律。　一、「倒」是傾倒。

贈别何邕

生死論交地，何由見一人。悲君隨燕雀，薄宦走風塵。綿谷元通漢，沱江不向秦。五陵花滿眼，傳語故鄉春。

〔翁批〕五律。

絶句

江邊踏青罷，回首見旌旗。風起春城暮，高樓鼓角悲。

〔翁批〕五絶。　一、似隔句對法，而以一氣疊下，其氣充足有餘。

贈别鄭錬赴襄陽

戎馬交馳際，柴門老病身。把君詩過日，念此别驚神。一云「念别意驚神」。地闊峨眉晚一作「曉」，或作「遠」，天高峴首春。爲於耆舊内，試覓姓龐人。

〔翁批〕五律。　一、句法即是章法，於此可悟。

重贈鄭錬絶句

鄭子將行罷使臣，囊無一物獻尊親。江山路遠羈離日，裘馬誰爲感激人。

〔翁批〕七絶。

江頭五咏

丁香

丁香體柔弱，亂結枝猶墊。細葉帶浮毛，踈花披素艷。深栽小齋後，庶使一作「近」

幽人占。晚墮蘭麝中，休懷粉身念。

〔**翁批**〕五古。

麗春

百草競春華，麗春應最勝。少須一作「頃」，非好顏色一作「好顏色」，非，多漫枝條賸。紛紛桃李枝，處處總能移。如何此貴重，《正異》作「如何貴此種」，晋作「稀如此貴重」。却怕有人知。

〔**翁批**〕五古。

梔子

梔子比衆木，人間誠未多。於身色有用，與道氣相一作「傷」和。紅取風霜實，青看雨露柯。無情移得汝，貴在映江波。

〔**翁批**〕五律。

鸂鶒

故使籠寬織，須知動損毛。看雲猶一作「莫」，非悵望，失水任呼號。六翮曾經剪，孤、飛卒一作「只」未高。且無鷹隼慮，留滯莫辭勞。

〔**翁批**〕五律。《江頭五咏》之四。

花鴨

花鴨無泥滓，階前一作「中庭」每緩行。羽毛知獨立，黑白太分明。不覺群心妬，休牽衆眼驚。稻粱霑一作「知」，非汝在，作意莫先鳴。

〔**翁批**〕五律。《江頭五咏》之五。

野望

西山白雪三城一作「奇」，一作「年」戍，南浦清江萬里橋。海内風塵諸弟隔，天涯涕淚一身遥。惟將遲暮供多病，未有涓埃答聖朝。跨馬出郊時極目，不堪人事日一作「自」，非蕭條。

〔**翁批**〕七律。　一、擇石云：「三、四句，其句中之氣甚長。」　二、擇石云：「五、六緊接極清，並無糾纏。」　三、擇石云：「弟七句提起來，而於『時』字轉氣，則挺爽又不複。」

畏人

早花隨處發一作「發處」，非，春鳥異方啼。萬里清江上，三年一作「峰」落日低。畏人成小築，褊性合幽棲。門逕一作「逕没」從榛草趙汸作「塞」，無心待一作「走」馬蹄。

〔翁批〕五律。

屏跡二首〔一〕

用拙存一作「誠」，非吾道，幽居近物情。桑麻深雨露，燕雀半生成。村鼓時時急，漁舟箇箇輕。杖藜從白首，心跡喜雙清。

晚起家何事，無營地轉幽。竹光團一作「圍」野色，舍一作「山」影漾江流。失學從兒懶，長貧任婦愁。百年渾得醉，一月不梳頭。

〔翁批〕五律。　一、如此詩而題曰「屏跡」，渾乎太和元氣。

〔賴校〕〔一〕《附記》頁三八八，抄作「展跡二首」，又於下一首《另一首》小序書「屏跡」，可知詩題「展跡」爲「屏跡」之誤。關於詩題，《翁批》又有一條圈去之批注，曰：「按：或另有題，則另編，此須細玫。《衰年》一首，自以編在末爲是。」

另一首 此首諸本連前作三首，今從《千家注》本，以前二詩爲《屏跡》二首，而附此首于後，闕其原題。〔一〕

衰年一作「顔」甘屏跡，幽事供高卧。鳥下竹根行，龜開萍葉過。年荒酒價乏，日併園蔬課。獨一作「猶」酌甘泉歌，一作「獨酌酣且歌」，一作「獨酌飲甘泉」。歌長擊樽破。〔二〕

〔**翁批**〕五古。　一、此三詩舊本以「用拙存吾道」爲首章，《衰年》篇居其三。朱本、仇本皆以《衰年》篇爲首章，蓋以其有「屏跡」二字也。《千家注》本作《屏跡二首》，竟無《衰年》一首，據此則《衰年》一篇當另編，不必因有「屏跡」二字而泥之。〔三〕

〔**賴校**〕〔一〕又有兩條已圈去之批注，其一曰：「已另寫後，此作雙行。」後乃改定爲此題下注。其二曰：「《另一首》三字，竟作大字，爲題目之式。」此即定其篇題格式之體例。　〔二〕此詩後頁，爲《翁批》篇末所書注記二則，録以備參：一、「『清暉回萍鷗，曙色帶遠客』。五平五仄。」二、「五排二首。」此已成爲《翁批》手稿之慣例。　〔三〕《翁批》此《另一首》詩詩文及批注，係另以行書書寫於卷末，書法流麗酣暢，令人讀來，賞心悦目，快意之至。

杜詩五

卌三葉　卷九　卷十〔一〕

此本看定。乙巳〔二〕三月九日，雨中。

丙午〔三〕六月二十三日，覆看記。夜來大雨，至午猶甚。

此册内，有梓、閬間作。

少陵處肅、代之際，時時緬想中興之烈。未知其意中，以李泌〔四〕爲何如？二十七頁上。〔五〕

〔賴校〕〔一〕以上葉數、卷次文字均爲硃筆，「卌三葉」書於「杜詩五」之右，「卷九」「卷十」書於本頁左上方。「杜詩五」並以下文字，均爲墨書，「杜詩五」以下題記，書法較爲端謹，與之前各卷流麗行書稍有不同，可知此時翁氏較爲悠遊。以下題記，由右而左，由上而下，依次釋録。　〔二〕「乙巳」爲清乾隆五十年（一七八五），翁方綱時年五十三歲。　〔三〕「丙午」爲清乾隆五十一年（一七八六），翁方綱時年五十四歲。

〔四〕唐李泌，字長源，唐朝宰相。據其子李繁《鄴侯家傳》載：「趙郡中山（今屬河北省定縣一帶）人。」遠祖李弼，父李承休官吴房縣令，娶汝南周氏爲妻，聚書兩萬餘卷，並告誡子孫不得賣書，故韓愈《送諸葛覺往隨州讀書》詩曰：「鄴侯家多書，插架三萬軸」。李泌是肅宗太子時代的好友，在「安史之亂」曾協助肅宗返京，參預軍國大議，拜銀青光禄大夫，但約定返京後即引退衡山（今屬湖南省）。代宗時，召爲翰林學士，不久因得罪權臣元載，被代宗外放爲杭州刺史以避禍。德宗時，元載失勢，復召回朝廷並授散騎常侍。貞元中，拜中書侍郎平章事，封鄴縣侯。李泌以虚誕自任，輔佐四朝天子，「服餌過當，暴成狂躁之疾，以至棄代」，貞元四年（七八八）三月，辭世。有文集二十卷。又「未知」至「何如」，《翁批》以引號括起，其下原批注：「陸贄又在後。」後圈去。

〔五〕卷前扉頁題記之後，《翁批》又有待查及已查筆記數則，書注於次頁，已查者皆圈去，以下分別依序存録備參：未查者二則，一、「嚴武詩是杜本詩之前乎？查。一頁上。仇本如此，再通考之。」二、「金騕褭，騕字應是上聲。嬌饒，饒是食旁否？仇本饒再查考之。十八上。」已查者十則，一、「上番。三上。」二、「送嚴公入朝，查事實。六上。」三、「嗟不起，查。十一上。」四、「青螺粟。十二上。」五、「楚隔，《寄高適》，十二下。」六、「《漁陽》一首事，查。十六中。」七、「《有感》五首事，查。十七下。」八、「宗族，《奉送崔都水翁下峽》。十八下。」九、「闕庭分未到，指房公也。查事再定。陪王漢州，留杜綿州，泛房公西湖。二十三下。」十、「《送元二》查。二十九下。『晉室丹陽尹』句，查。」

杜詩附記卷弟九

大興翁方綱學

少年行

馬上龔芥隱作「騎馬」誰家白面一作「薄媚」，非郎，臨階《英華》作「軒」下馬坐一作「踏」人牀。不通姓氏粗豪龔作「疎」，非甚，指點銀瓶索酒嘗一云「酒味嘗」，非。

〔**翁批**〕七絶。

即事

百寶裝腰帶，真珠絡臂韝。笑時花近眼，舞罷錦纏頭。〔一〕

〔**翁批**〕五絶。

〔**賴校**〕〔一〕《翁批》貼一夾籤，曰：「附詩應在本詩之後，此首迺在前，何也？應改附本詩之後。然亦不可知，或原本如此，且不可輕改，且酌考之。此附詩之式，應通身畫一辨理，如前高適五律下。一本具書某處太守字樣，是否須畫一？」

附　寄題杜二錦江野亭

嚴　武

漫向江頭把釣竿，懶眠沙草愛風湍。莫倚善題《鸚鵡賦》，何須不著鵕鸃冠。腹中書籍幽時曬，肘後醫方静處看。興發會能馳駿一云「五」馬，終當一作「須」直一作「重」到使君灘。

奉酬嚴公寄題野亭之作

拾遺曾奏數行書，懶性從來水竹居。奉引濫騎沙苑馬，幽棲真釣錦江魚。謝安不倦登臨費一作「賞」，阮籍焉知禮法疎。枉沐一作「何日」旌麾出城府，草茅無一作「蕪」，一作「荒」徑欲教鋤。

〔翁批〕七律。

嚴中丞枉駕見過公自注：「嚴自東川除西川，勅令兩川都節制。」

元戎小隊出郊坰，問柳尋花到野亭。川合東西瞻使節，地分南北任流一作「孤」，非萍。扁舟不獨如張翰，皂一作「白」帽還應一作「應兼」似管寧。寂寞一云「今日」江天雲霧裏，何人道有少微星。

〔翁批〕七律。　一、「元戎小隊」，既與下句，迴不相涉；且「元戎小隊」，又非板對，所以「問柳尋花」，毫不覺其板熟。　二、蘀石云：「起處亦是三句與一句交關，接下五、六；然後，客三句，主三句，結又用『何人』，則賓、主俱貫在内矣。」　三、蘀石云：「後四句如此寫，則『地分南北』始不浮。」

遭田父泥飲美嚴中丞

步屧隨春風，邨邨自花柳。田翁逼社日，邀我嘗春酒。酒酣誇新尹，畜眼未見有。迴頭指大男，渠是弓弩手。名在飛騎籍，長番歲時久。前日放營農，辛苦救衰朽。差科死則已，誓不舉家走。今年大作社，拾遺能住否。叫婦開大瓶，盆中爲吾取。感此氣揚揚，須知風化首。語多雖雜亂，説尹終在口。朝來偶然出，自卯將及酉。久客惜人情，如何拒鄰叟。高聲索果栗，欲起時被肘。指揮過無禮，未覺邨野醜。月出遮我留，仍嗔問升斗。

〔翁批〕五古。　一、此等叙置，三代已下，自太史遷而外，更無弟二人。

奉和嚴中丞西城晚眺十韻

汲黯匡君切，廉頗出將頻。直詞才不世，雄略動一作「用」如神。政簡移風速，詩清立意新。層城臨暇一作「媚」，非景，絶域望餘春。旂尾蛟龍會，樓頭燕雀馴。地平江動蜀，天闊樹浮秦。帝念深分閫，軍須遠算緡。花羅封蛺蝶，瑞錦送麒麟。辭第輸高義，觀圖憶古人。征南多興緒，事業闇相親。

〔翁批〕五排。　一、作到「天闊樹浮秦」，則已直到巔頂矣。其下止餘四韻，而「秦」字之下，更復無路可出，乃此處提唱〔一〕「帝念」四韻，八句之中，稠疊沉厚，竟若不爲收場計者，如銀雲托月之妙。「帝念」四句，必是和詩之日〔二〕，有此實事。

〔賴校〕〔一〕《翁批》稿作「提唱」，《附記》則抄作「忽提」。　〔二〕「日」字，《附記》抄作「時」。

中丞嚴公雨中垂寄見憶一絶奉答二絶

雨映行宫一作「官」，一作「雲」，皆非辱贈詩，元戎肯赴野人期一云「欲動野人知」，非。江邊老病雖無力，强擬晴天理釣絲。

何日雨晴雲出溪，白沙青石先一作「洗」，非無泥。只須伐竹開荒徑，倚一作「拄」杖穿花聽馬嘶一作「鳥啼」，非。

〔翁批〕七絶。　一、後卷「秋沙先少泥」〔二〕，「先」字亦去聲，可以相證。

〔賴校〕〔一〕「秋沙先少泥」句，見於杜甫《到郪》詩：「碧澗雖多雨，秋沙先少泥。蛟龍引子過，荷芰逐花低。老去參戎幕，歸來散馬蹄。稻粱須就列，榛草即相迷。蓄積思江漢，疏頑惑町畦。暫酬知己分，還入故林棲。」

謝嚴中丞送青城山道士乳酒一瓶

山瓶乳酒下青雲，氣味濃香幸見分。鳴鞭走送憐漁父，洗盞開嘗對馬軍。公自注：「軍州謂驅使騎爲馬軍。」

〔**翁批**〕七絶。

三絶句

楸一作「春」樹馨香倚釣磯，斬新花蘂未應飛。不如醉裏風吹一云「春風」盡，可一作「何」忍醒時雨打稀。

門外鸕鷀去一作「久」不來，沙頭忽見眼相猜。自今已後知人意，一日須來一百迴。

無數春笋滿林生，柴門密掩斷人行。會須上番〔一〕看成竹，客至從嗔不出迎。

〔**翁批**〕七絶。

〔**賴校**〕〔一〕《翁批》貼一夾籤，曰：「『番』字注。既是西蜀方言，即不消説。」

戲爲六絶句

庾信文章老更成，凌雲健筆意縱横。今人嗤點流傳賦，不覺前賢畏後生。

〔**翁批**〕七絶。　一、末句，反言之也。〔二〕惟此一首末句，以反筆勒住，所以下章之「江河萬古」「掣鯨碧海」，氣更伸長也。

〔賴校〕〔一〕以上爲《翁批》稿本文字，而《附記》則多抄出以下文字，爲《翁批》所無。

楊王一云「王楊」盧駱當時體，輕薄爲文哂未休。〔一〕爾曹身與名俱滅，不廢江河萬古流。

縱使盧王操翰墨，劣於漢魏近風騷。龍文虎脊皆君馭，歷塊過都見爾曹。

〔翁注〕「見」，猶對也，「君馭」虛，「爾曹」實。〔一〕

〔賴校〕〔一〕此條爲《附記》所抄，《翁批》未見。

才力應難跨或作「誇」，非數公，凡今誰是出群雄。或看翡翠蘭苕上，未掣鯨魚碧海中。

不薄今人愛古人，清詞麗句必爲鄰。竊攀屈宋宜方駕，恐與齊梁作後塵。

〔翁批〕一、一曰「爾曹」，再曰「爾曹」；既曰「今人嗤點」，又曰「凡今誰是」，其薄之也至矣，豈好薄今哉？所以愛古也。舊解「不薄今人」，作含蓄語〔二〕，非是。　二、此章竟與暢說，引繩批根，誠亦有所不得已也。

〔賴校〕〔二〕《翁批》稿作「語」，《附記》抄作「解」。

未及前賢更勿疑，遞相祖述復先誰。別裁僞體親風雅，轉益多師是汝師。

〔**翁批**〕一、最後一章，低徊唱嘆，有味乎！其言之。　二、杜於詞場祖述，必取則於前賢，此亦三王祭川之義也。山谷亦曰：「以古人爲師，以質厚爲本。」

野人送朱櫻

西蜀櫻桃也自紅，野人相贈滿筠籠。數回細寫愁仍破，萬顆勻圓訝許同。憶昨賜霑門下省，退朝擎出大明宫。金盤玉筯無消息，此日嘗新任轉蓬。

〔**翁批**〕七律。

嚴公仲夏枉駕草堂兼携酒饌得「寒」字　草堂本一作：「鄭公枉駕，携饌訪水亭。」

竹裹行厨洗玉盤，花邊立馬簇金鞍。非關使者徵求急，自識將軍禮數寬。百年地闢仇作「僻」，非柴門迥，五月江深草閣寒。看弄漁舟移白日，老農何有罄交歡。

〔**翁批**〕七律。　一、五、六與「老農何有」自相抱合，所以「百年」字内具身世感歎之神理，而奈何後人襲之。　自計此生無多栖泊，百年之内，闢此草堂，此正是末句「何有」二字圓光所結也。而不知者以爲必與「深」字板對，遂改爲「僻」，於是「僻」「迥」「深」「寒」

成四對矣。三、四押住五、六，浩然身世直住〔一〕末句，所以後半章法別出頓挫，不覺遂重構粘聯，此在杜公亦非有意也。而不知者遂謂其意中先有五、六一聯，則於詩理全未體會矣。

〔**賴校**〕〔一〕《翁批》稿作「住」，《附記》抄作「注」。

嚴公廳宴同詠蜀道畫圖得「空」字

日臨公舘静，畫一作「列」滿地圖雄。劍閣星橋北，松州雪嶺東。華夷山不斷，吴蜀水相通。興與煙霞會，清樽幸不空。

〔**翁批**〕五律。

戲贈友二首

元年建巳月，郎有焦校書。自誇足膂力，能騎生馬駒。一朝被馬踏，脣裂板齒無。壯心不肯已，欲得東擒胡。

元年建巳月，官有王司直。馬驚折左臂，骨折面如墨。駑駘漫一作「慢」深陳浩然作「染」

泥，何不避雨色。勸君休嘆恨，未必不爲福。

〔翁批〕五古。　一、屋、職通用。

大雨

西蜀冬不雪，春農尚嗷嗷。上天回哀眷，朱夏雲鬱陶。執熱乃沸鼎，纖絺成縕袍。風雷颯萬里，霈澤施蓬蒿。敢辭茅葦漏，已喜黍豆高。三日無行人，二江聲怒號。流惡邑里清，矧兹遠江皋。荒庭步鸛鶴，隱几望波濤。沉疴聚藥餌，頓忘所進勞。則知潤物功，可以貸不毛。陰色静壠畝，勸耕自官曹。四鄰耒耜出一云「出耒耜」，非，何必吾家操。

〔翁批〕五古。　一、此真不愧自許稷、卨矣，周文公復出，陳王業，頌《思文》於洛京，亦不過如此。

溪漲

當時浣花橋，溪水纔尺餘。白石一作「日」明可把，水中有行車。秋夏忽泛溢，豈惟一作「伊」，非入吾廬。蛟龍亦狼狽，况是鼈與魚。兹晨已半落，歸路跬步踈。馬嘶未敢動，前有深填淤。青青屋東蔴，散亂床上書。不知遠山雨，夜來復何如。我遊都市間，晚憩必邨墟。乃知久行客，終日思其居。

〔翁批〕五古。

大麥行

大麥乾枯小麥黄，婦女一作「人」，非行泣夫走藏。東至集壁西梁洋，問誰腰鐮胡與羌。豈無蜀兵三千人一云「千人去」，簿一作「部」領辛苦江山長。安得如鳥有羽翅，託身白雲歸故鄉。

〔翁批〕七古。

奉送嚴公入朝十韻

鼎湖瞻望遠，象闕憲章新。四海猶多難，中原憶舊臣。與時安反側，自昔有經綸。感激張天步，從容静塞塵。南圖迴羽翮，北極捧星辰。漏鼓還思晝，宫鶯罷囀春。空留玉帳術，愁殺錦城人。閣道通丹地，江潭隱白蘋。此生那老蜀，不死會歸秦。公若登台輔，臨危莫愛身。

〔翁批〕五排。　一、「不知萬乘出，雪涕風悲鳴。受辭劍閣道，謁帝蕭關城」，即「張天步」之注脚也。　二、「還思」「罷囀」，含蓄頓挫，直包括至德、乾元以來無限舊緒。注家但以夏時入覲，詁之淺矣。

附　酬别杜二

嚴　武

獨逢堯典日，再覩漢官儀。未效風霜勁，空慙雨露私。夜鐘清萬户，曙漏拂千旗。並向殊一作「斜」庭謁，俱承别館追。斗城憐舊路，涪舊作「渦」，錢氏定作「涪」水惜歸期。峰樹還相伴，江雲更對誰一作「垂」，非？試回滄海棹，莫一作「更」妬敬亭詩。秪是書應寄，無忘酒共持。但令心事在，未肯鬢毛衰。最悵巴山裏，清猿惱夢思。

送嚴侍郎到綿州同登杜使君江樓宴得「心」字

野興每難盡，江樓延賞心。歸朝送使節，落景惜登臨。稍稍煙集渚，微微風動襟。

重船依淺瀨，輕鳥度曾陰。檻峻背幽谷，牕虛交茂林。燈光一作「花」，非散一作「徹」遠近，月彩静高深。城擁朝來客，天横醉後參。窮途衰謝意，苦調短長吟。此會共能幾，諸孫賢至今。公自注：「杜使君，乃宗人也。」〔一〕不勞朱户閉，自待白河沉。

〔**翁批**〕五排。一、亦不必定以旌節之重、羇旅之輕，借作比興也。而有意無意間，自成天然節拍。二、點出「朝來」，以見留此終日，直至夜闌之永久也。上面「延」字、「惜」字，一路神氣，唱嘆出之。

〔**賴校**〕〔一〕《翁批》貼一夾籤，曰：「應查。此蓋是公自注。」

奉濟驛重送嚴公四韻

遠送從此别，青山空復情。幾時盃重把，昨夜月同行。列郡謳歌惜，三朝出入榮。江邨獨歸處一作「去」，寂寞養殘生。

〔**翁批**〕五律。

送梓州李使君之任公自注：「故陳拾遺，射洪人也，篇末有云。」

籍甚黄丞相，能名自潁川。近看除刺史，還喜得吾賢。五馬何時到，雙魚會早傳。老思筇杖拄一作「竹杖」，冬要錦衾眠。不作臨岐恨，惟聽舉最先。火雲揮汗日，山驛醒心泉。遇害陳公殞，于今蜀道憐。君行射洪縣，爲我一潸然。

〔翁批〕五律。

觀打魚歌

綿州江水之一作「水」東津，魴魚鱍鱍色勝銀。漁人漾舟沉大網，截江一擁數百鱗。衆魚常才盡却棄，赤鯉騰出如有神。潛龍無聲老蛟怒，迴一作「西」，非風颯颯吹沙塵。饔子左右揮霜刀，鱠飛金盤白雪高。徐州禿尾不足憶一作「惜」，漢陰槎頭遠遁逃。魴魚肥美知第一，既飽驩娱亦蕭瑟。君不見朝來割素鬐，咫尺波濤永相失。

〔翁批〕七古。　一、「勝」字去聲，此字無作平用者，即此可推。

又觀打魚

蒼江漁子清晨集，設網提綱萬一作「取」魚急。能者操舟疾若風，撑突波濤挺叉入。小魚脱漏不可記一作「紀」，半死半生猶戢戢。大魚傷損皆垂頭，屈强泥沙一云「沙頭」有時立。東津觀魚已再來，主人罷鱠還傾杯。日暮蛟龍改窟穴，山根鱣鮪隨雲雷。干戈格鬬尚未已，一云「干戈兵革鬬未止」。鳳凰麒麟安在哉？吾徒胡爲縱此樂，暴殄天物聖所哀。

〔翁批〕七古。

越王樓歌

綿州州府何磊落，顯慶年中越王作。孤城西北起高樓，碧瓦朱甍照城郭。樓下長江百丈清，山頭落日半輪明。君王舊跡今人賞，轉見千秋萬古情。

〔翁批〕七古。　一、八句之中，七句諧，四句粘聯，豈必其異於初唐哉？即阮亭先生甄録初唐七古，必惟短章是取，以爲有氣格者。由通人觀之，則亦所不必也。

海棕行

左綿公館清江濆，海棕一株高入雲。龍鱗犀甲相錯落，蒼稜白皮十抱文。自一作「但」，非是衆木亂紛紛，海棕焉知身出群。移栽北辰一作「地」不可得，時有西域胡僧識。

〔翁批〕七古。

姜楚公畫角鷹歌

楚公畫鷹鷹戴角，殺氣森森一作「如」到幽朔。觀者貪愁一作「徒驚」掣臂一作「壁」飛，畫師不是無心學。此鷹寫真在左綿，却嗟真骨遂虚傳。梁間燕雀休驚怕，亦未趙作「未必」搏空上九天。

〔翁批〕七古。　一、云「不是無心學」者，乃其意欲「傳真骨」耳。弟五句「真」字，一按旋；於第六句，以「真」字掃之，此開合之妙也。「觀者」之「愁」與「燕雀」之「怕」，前後各自布勢，則亦不必以「到幽朔」「上九天」爲呼吸之能矣。杜公天然章法，往往如此，絶非人力架構而成。

東津送韋諷攝閬州録事

聞説江山好，憐君吏隱兼。寵行舟遠泛，惜别酒頻添。推薦非承乏，操持必去嫌。他時如按縣，不得慢陶潛。

〔**翁批**〕五律。

光禄坂行

山行落日下絶壁，南望千山萬山一作「水」，非赤。樹枝有鳥亂鳴時，瞑色無人獨歸客。馬驚不憂深谷墜，草動只怕長弓射。安得更似開元中，道路即今多一作「何」，非擁隔。

〔**翁批**〕七古。

苦戰行

苦戰身死馬將軍，自云伏波之子孫。干戈未定失壯士，使我嘆恨傷精魂。去年江南《英華》作「南行」討狂賊，臨江把臂難再得。别時孤雲今不飛，時獨看雲淚横臆。

〔**翁批**〕七古。

去秋行

去秋涪江木落時，臂槍一作「蒼」走馬誰家兒。到今不知白骨處，部曲有去皆無歸。遂州城中漢節在，遂州城外巴人稀。戰場冤魂每夜哭，空令野營猛士悲。

〔**翁批**〕七古。

廣州段功曹到得楊五長史譚書功曹却歸聊寄此詩

衛青開幕府，楊僕將樓船。漢節梅花外，春城海水邊。銅梁書遠及，珠浦使將旋。貧病他鄉老，煩君萬里傳。

〔**翁批**〕五律。

送段功曹歸廣州

南海春一作「青」天外，功曹幾月程一作「行」。峽、雲、籠、樹、小，湖、日、落《正異》作「蕩」船、明。

交趾丹砂重，韶州白葛輕。幸君因旅一作「估」客，時寄錦官城。

〔翁批〕五律。

題玄武禪師屋壁

何年顧虎頭，滿壁一作「座」，非畫滄一作「瀛」洲。赤日石林氣，青天江海一作「水」流。錫飛常近鶴，杯渡不驚鷗。似得廬山路，真隨惠遠遊。

〔翁批〕五律。一、若非前半氣之充盛如此，則後半近擬齊、梁矣。

悲秋

涼風動萬里，群盜尚縱横。家遠傳一作「待」書日，秋來爲客情。愁窺高鳥過，老逐衆人行。始欲投三峽，何由見兩京。

〔翁批〕五律。

客夜

客睡何曾著，秋天不肯明。入一作「卷」簾殘月影，高枕遠一作「送」江聲。計拙無衣食，途窮仗友生。老妻書數紙，應悉未歸情。

〔翁批〕五律。

客亭

秋窗猶曙色，落木一作「木落」更高一作「天」風。日出寒山外，江流宿霧中。聖朝無棄物，衰一作「老」，一作「多」病已成一云「衰」翁。多少殘生事，飄零似轉蓬。

〔翁批〕五律。

九日登梓州城

伊昔黄花酒，如今白髮翁。追歡筋力異，望遠歲時同。弟妹悲歌裏，乾坤一作「朝廷」醉眼中。兵戈與關塞，此日意無窮。

〔翁批〕五律。

九日奉寄嚴大夫

九日應愁思，經時冒險艱。不眠持漢節，何路出巴山。小驛香醪嫩，重巖細菊草堂作「雨」斑。遥知簇鞍馬，回首白雲間。

〔翁批〕五律。

附　巴嶺答杜二見憶

嚴　武

卧向巴山落月時，兩鄉千里夢相思。可但步兵偏愛酒，也知光禄最能詩。江頭赤葉楓愁容，籬外黄花菊對誰？跛馬望君非一度，冷猿秋雁不勝悲。

秋盡

秋盡東行且未迴，茅齋寄在少城隈。籬邊老却陶潛菊，江上徒逢袁紹杯。雪嶺獨看西日落一云「暮」，劍門猶阻一作「斷」北人來。不辭萬里長爲客，懷抱何時好一開一云「得好開」。

〔**翁批**〕七律。

戲題寄上漢中王三首公自注：「時王在梓州，斷酒不飲，篇中戲述。」〔一〕

西漢親王子，成都老客星。百年雙白鬢，一別五秋一作「飛」螢。忍斷杯中物，祇一作「眠」，非看座右銘。不能隨皂蓋，自醉逐流萍。

策杖時能出，王門異昔遊。已知嗟不起，未許醉相留。蜀酒濃無敵，江魚美可求。終思一酩酊，净掃雁池頭。

群盜無歸路，衰顔會遠方。尚憐詩警策，猶記一作「憶」酒顛狂。魯衛彌尊重，徐陳略喪亡。空餘枚一作「故」，非叟在，應念早升堂。

〔**翁批**〕五律。　一、「嗟不起」，仇氏作「述王自歎病酒不能起之詞」是也。〔二〕

〔**賴校**〕〔一〕《翁批》於「梓州」下，有硃筆批記曰：「一有『初至』二字。」復於「篇中」之「中」字旁，硃筆批記曰：「一作『有』。」又云：「一作『篇中有戲』。」　〔二〕此條釋第二首詩。

翫月呈漢中王

夜深露氣清，江月滿江城。浮一作「游」客轉危坐，歸舟應獨行。關山同一照《海録》〔一〕作「點」，烏鵲自多驚。欲得淮王術，風吹暈已生。

〔**翁批**〕五律。

〔**賴校**〕〔一〕此《海録》，當是《海録碎事》之省稱。《海録碎事》乃宋葉廷珪爲詩文創作所彙集的新奇材料之讀書筆記。自宋紹興十九年（一一四九）問世後，似乎罕有問津者。本書保存了許多亡佚多時的文獻資料。葉廷珪，一作庭珪，字嗣忠，號翠巖，宋福建甌寧人。政和五年（一一一五）進士，除武邑丞。廷珪性故喜讀書，每聞士大夫家有異書無不借，借無不讀，讀無不終篇。嘗恨無貲，不能盡寫，作數十大册，擇其可用者手抄之，名曰《海録》。出知泉州，取而類之，曰《海録碎事》。莫伯驥《五十萬卷樓藏書目録初編》卷十二云：「陸氏心源嘗論《武夷學案》列葉廷珪爲同調，而不詳其里貫，以廷珪爲福建甌寧縣人，稱其著有《海録本事詩》《海録選句圖》《海録碎事》等書，惟《海録碎事》今傳於世。觀其自序《海録》諸書，皆爲詩料而設，其人亦詩人也。傳自得序稱其無日不作詩，並未講學，亦非治經家，蓋辭章之士也。」

相從行贈嚴二别駕「行」一作「歌」。一云：「嚴别駕相逢歌。」

我行入東川，十步一迴首。成都亂罷氣蕭索趙作「瑟」，一作「颯」，浣花草堂亦何有。梓中一作「州」，非豪俊一作「貴」大者誰，本州從事知名久。把臂開樽飲我酒，酒酣擊劍蛟龍吼。烏帽拂塵青螺一作「騾」粟，紫衣將炙緋衣走。銅盤燒蠟光吐日，夜如何其初促膝。黄昏始扣主人門，誰謂俄頃晋作「我傾」，非膠在漆。萬事盡付形骸外，百年未見《英華》作「及」，非歡娱畢。神傾意豁真佳士，久客多憂今愈疾。高視乾坤又可一作「何」，非愁，一體一作「軀」，非交態同一作「真」，非悠悠。垂老遇君未恨晚，似君須向古人求。

〔翁批〕七古。　一、舊注：「『青螺粟』，帽之紋也。」此説當存之，未可臆定；或乃改爲「青騾」，則不可通。

贈韋贊善别〔一〕

扶病送君發，自憐猶不歸。秖應盡客淚，復作掩荆扉。江漢故人少，音書從此稀。往還二十載，歲晚寸心違。

〔**翁批**〕五律。

〔**賴校**〕〔一〕此篇題上，有硃筆書曰：「空二格。」此爲其篇題擬定刊刻格式。

寄高適

楚隔乾坤遠，難招病客魂。詩名惟我共，世事與誰論！北闕更新主，南星落故園。定知相見日，爛漫倒芳樽。

〔**翁批**〕五律。

野望

金華山北一作「南」，非涪水西，仲冬風日始凄凄。山連越巂蟠三蜀，水散巴渝下五谿。獨鶴不知何事舞，饑烏似欲向人啼。射洪春酒寒仍緑，極目一作「目極」傷神誰爲携。

〔**翁批**〕七律。　一、一「始」字，前後之眼，謂到此地，乃見也。　二、擇石云：「末二句亦對疊也，『誰』字必平。」

冬到金華山觀因得故拾遺陳公學堂遺跡

涪右衆山内，金華紫崔嵬。上有蔚藍天，垂光抱瓊臺。繫舟接絶壑一作「壁」，杖策窮縈回。四顧俯層巔，淡然川谷開。雪嶺日色一作「光」，非死，霜鴻有餘哀。焚香玉女跪，霧裏仙人來。陳公讀書堂，石柱仄青苔。悲風爲我起，激烈傷雄才。

〔翁批〕五古。　一、「焚香」二句，實境也。不知者，乃奮筆抹之。若此處不以實境接，則推彼評者之意，必仍沿上「雪嶺」「霜鴻」，作空濛慘澹之筆，則前半既脱節，而後四句亦無力矣。杜公天然匠矩，故非從安排得耳。

陳拾遺故宅

拾遺平昔居，大屋一作「宅」，非尚修椽。悠揚一作「悠悠」，非荒山日，慘澹《英華》作「崔崒」，非故園一作「國」，非煙。位下曷足傷，所貴者聖賢。有才繼騷雅，哲匠不比肩。公生揚馬後，名與日月懸。同遊英俊人，多秉輔佐權。彦昭超吴作「趙」，非玉價，郭振起通泉。到今素壁滑，灑翰銀鉤連。盛事會一時，此堂豈千年。終古立一作「占」，非忠義，感遇有遺篇一作「編」，非。

〔**翁批**〕五古。　一、「所貴者聖賢」，謂子昂〔一〕詩中所稱也。「名與日月懸」，接上句「揚馬來」，則位置子昂亦恰合。而評者或謂「其以『日月』『聖賢』，比擬太過」，何也？

〔**賴校**〕〔一〕子昂，即唐陳子昂，字伯玉，梓州射洪（今屬四川）人。因曾任右拾遺，後世稱爲陳拾遺。家豪富，少好學，輕財好義，有任俠之風。其詞高昂清峻，雄渾蒼凉，頗具風力。他在《與東方左史虬修竹篇并書》文中，慨嘆「漢魏風骨，晋宋莫傳」；批評「齊梁間詩，彩麗競繁，而興寄都絶」。他稱美東方虬《詠孤桐篇》「骨氣端翔，音情頓挫，光英朗練，有金石聲」；「不圖正始之音，復睹於兹，可使建安作者，相視而笑」。他要求詩歌繼承《詩經》「風、雅」的優良傳統，有比興寄托，有政治社會内容；同時要恢復建安、黄初時期的風骨，即思想感情表現明朗，語言頓挫有力，形成一種爽朗剛健的風格，一掃六朝以來的綺靡詩風。陳子昂的詩歌創作，以其進步、充實的思想内容，質樸、剛健的語言風格，對整個唐代詩歌産生了巨大影響。其後張九齡《感遇》詩、李白《古風》，都以他的《感遇》詩爲模範。杜甫此詩對他評價極高。杜甫不少關心國事民生的詩篇，可明顯地看出是受了他的影響。白居易《與元九書》、元稹《敘詩寄樂天書》都談到他們努力寫作諷諭詩，都受到陳子昂《感遇》詩的啓發。白居易《初授拾遺》詩還把陳子昂與杜甫相提並論，説：「杜甫陳子昂，才名括天地。」陳子昂存詩一百多首，其中最有代表性的是《感遇》詩三十八首、《薊丘覽古贈盧居士藏用》七首與《登幽州臺歌》，今傳《陳伯玉文集》十卷。

謁文公上方〔一〕

野寺隱喬木，山僧高下居。石門日色異，絳氣横扶疎。窈晋作「窅」窕入風磴，長蘿紛卷舒。庭前猛虎卧，遂得文公廬。俯視萬家邑，煙塵對階除。吾師雨花外，不下十年餘。長者自布金，禪龕只晏如。大一作「火」珠脱玷翳，白月一作「日」當空虚。甫也南北人，蕪蔓少耘鋤。久遭詩酒污，何事忝簪裾。王侯與螻蟻，同盡隨丘墟。願聞第一義，迴向心地初。金篦刮眼膜，價重百車渠。無生有汲引，兹理儻吹嘘。

〔翁批〕五古。

〔賴校〕〔一〕《翁批》本於天頭眉批，曰：「杜公詩多入佛理，而大段神氣，不覺亦奇。」後圈去不録。

奉贈射洪李四丈明甫

丈人屋上烏，人好烏亦好。人生意氣豁，不在相逢早。南京亂初定，所向色一作「邑」，《正異》定作「色」枯槁。遊子無根株，茅齋付秋草。東征下月峽，挂席窮海島。萬里、須十金，妻孥未相保。蒼茫風塵際，蹭蹬騏驎老。志士懷感傷，心胸已傾倒。

〔翁批〕五古。

早發射洪縣南途中作

將老憂貧窶，筋力豈能及。征途乃吴作「後」，一作「復」侵星，得使諸病入。鄙人寡道氣，在困無獨立。俶裝逐徒旅，達曙一作「曉」凌險澀。寒日出霧遲，清江轉山急。僕夫行不進，駑馬若郭作「苦」，非維縶。汀洲稍疎散，風景開怏一作「悁」悒。空慰所尚懷，終非曩遊集。衰顏偶一破，勝事難屢一云「皆空」挹。茫然阮籍途，更灑楊朱泣。

〔翁批〕五古。

通泉驛南去通泉縣十五里山水作

溪行衣自濕，亭午氣始散。冬温蚊蚋集一作「在」，人遠鳧鴨亂。登頓生一作「坐」，非曾陰，欹傾出高岸。驛樓衰柳側，縣郭輕煙畔。一川何綺麗，盡日一作「目」窮壯觀。山色遠寂寞，江光夕滋漫。傷時愧孔父，去國同王粲。我生苦飄零，所歷有嗟嘆。

〔**翁批**〕五古。　一、玩題及詩，知是沿水傍山而行。

過郭代公故宅

豪俊一作「雋」初未遇，其迹或脱略。代公尉通泉一作「通泉尉」，非，放意何自若。及夫登衮冕，直氣森噴薄。磊落見異人，豈伊常情度。定策神龍後，宫中翕清廓。俄頃辯尊親，指揮存顧託。群公有一作「見」，非慚色，王室無削弱。迥出名臣上，丹青照臺閣。我行得遺跡一作「址」，非，池館皆疏鑿。壯公臨事斷，顧步涕横落。精魂凛如在，所歷終蕭索。二句他本在前「噴薄」句下，今從草堂本在此。高詠寶劍篇，神交付冥漠。

〔**翁批**〕五古。

觀薛稷少保書畫壁

少保有古風，得之陝郊篇。惜哉功名忤一作「誤」，但見書畫傳。我遊梓州東，遺跡涪水邊。畫藏青蓮界，書入金牓懸。仰看垂露姿，不崩亦不騫。鬱鬱三大字，蛟龍岌相纏。又揮西方變，發地扶屋椽、、、。慘澹壁飛動，到今色未填。此行疊壯觀，郭薛俱才賢。不知百載後，誰復來通泉。

〔**翁批**〕五古。

通泉縣署壁後薛少保畫鶴

薛公十一鶴，皆寫青田真。畫色久欲盡，蒼然猶出塵。低昂各有意，磊落如長人。佳此志氣遠，豈惟粉墨新。萬里不以力，群遊森會神。威遲白鳳態，非是倉鶊鄰。高堂未傾覆，常一作「幸」得慰嘉賓。曝露墻壁外，終嗟風雨頻。赤霄有真骨，恥飲洿池津。冥冥任所往，脱略誰能馴。

〔**翁批**〕五古。

陪王侍御宴通泉東山野亭

江水東流去，清樽日復斜。異方同宴賞，何處是京華。亭景臨山水，邨煙對浦沙。狂歌遇形一作「過于」，一作「遇于」勝，得醉即爲家。

〔**翁批**〕五律。

陪王侍御同登東山最高頂宴姚通泉晚携酒泛江

姚公美政誰與儔，不減昔時陳太丘。邑中上客有柱史，多暇日陪驄馬遊。東山高頂羅珍羞，下顧城郭銷我憂。清江白日落欲盡，復携美人登綵舟。笛聲憤怨一作「怒」哀中流，妙舞逶迤夜未休。燈前往往大魚出，聽曲低昂如有求。三更風起寒浪湧，取樂喧呼覺船重。滿空星河光破碎，四座賓客色不動。請公臨深一作「江」，非莫相違，迴船罷酒上馬歸。人生歡會豈有極，無使霜露一作「過」，非霑人衣。

〔**翁批**〕七古。

漁陽

漁陽突騎猶精鋭，赫赫雍王都一作「前」節制。猛將翻一作「飄」，非然恐後時，本朝不入非高計。禄山北築雄武城，舊防敗走歸其營。繫書請問燕耆舊，今日何須十萬兵。

〔**翁批**〕七古。

花底

紫萼扶千蘂，黄鬚照萬花。忽疑行暮雨，何事入朝霞。恐是潘安縣，堪留衛玠車。深知好顏色，莫作委泥沙。

〔翁批〕五律。

柳邊

只道梅花發，那一作「誰」知柳亦新。枝枝總到地，葉葉一作「蘂蘂」，非自開春。紫燕時翻翼，黄鸝不露身。漢南應老盡，霸上遠愁人。

〔翁批〕五律。

聞官軍收河南河北 一云：「收兩河。」

劍外忽傳收薊北，初聞涕淚滿衣裳。却看妻子愁何在，漫卷詩書喜欲狂。白首一作「日」放歌須縱酒，青春作伴好還鄉。即從巴峽穿巫峽，便下襄陽向洛陽。公自注：「余田園在東川。」

〔**翁批**〕七律。

遠遊

賤子何人記，迷方一作「芳」，非著處家。竹風連野色，江沫擁春沙。種藥扶衰病，吟詩解嘆嗟。似聞胡騎走，失喜問京華。

〔**翁批**〕五律。

春日梓州登樓二首

行路難如此，登樓望欲迷。身無却少壯，跡有但舊作「但有」羈栖。江水流城郭，春風入鼓鼙。雙雙新燕子，依舊已銜泥。

天畔登樓眼，隨春一作「風」，非入故園。戰場今始定，移晋作「栘」，非柳更一作「豈」能存。厭蜀交遊冷，思吴勝事繁。應須理舟楫，長嘯下荆門。

〔**翁批**〕五律。　一、眼遠而思近，眼假而思真。

杜詩附記卷弟十

大興翁方綱學

有感五首

將帥蒙恩澤，兵戈有歲年。至今勞聖主，何以報皇天。白骨新交戰，雲趙汸作「輪」臺舊拓邊。乘槎斷消息，無處覓張騫。

幽薊餘蛇樊作「封」豕，乾坤尚虎狼。諸侯春不貢，使者日相望。慎勿吞青海，無勞問越裳。大君先息戰，歸馬華山陽。

洛下舟車入，天中貢賦均。日聞紅粟腐，寒待翠華春。莫取金湯固，長令宇宙新。不過行儉德，盜賊本王臣。

丹桂風霜急，青梧日夜凋。由來强幹地，未有不臣朝。授鉞親賢往，卑宮制詔遥。終依古封建，豈獨聽簫韶。

胡一作「盜」滅人還亂，兵殘將自疑。登壇名絶假，報主一作「執玉」爾何遲。領郡輒無色，之官皆有詞。願聞哀痛詔，端拱問瘡痍。

〔翁批〕五律。

〔賴校〕〔一〕此條釋第五首詩「兵殘將自疑」之「自疑」。一、「自疑」者，自己生疑也，與「自然」之「自」不同。〔一〕

春日戲題惱郝使君兄一本無「兄」字

使君意一作「俊」，非氣凌青霄，憶昨歡娱常見招。細馬時鳴金騕褭，佳人屢出董嬌饒。東流江水西飛燕，可惜春光不相見。願携王趙兩紅顔，再騁肌膚如素樊作「雪」練。通泉百里近梓州，請一作「諸」公一來開我愁。舞處重看花滿面，樽前還有錦纏頭。

〔翁批〕七古。

題郪原一作「縣」**郭三十二明府茅屋壁**

江頭且繫船，爲爾獨相憐。雲散灌壇雨，春青彭澤田。頻驚適小國，一擬問高天。別後巴東路，逢人問幾賢。

〔**翁批**〕五律。　一、「幾」字與「獨」字對。

奉送崔都水翁下峽

無數涪江筏，鳴橈總發時。别離終不久，宗族忍相遺。白狗黄牛峽，朝雲暮雨祠。所過憑一作「頻」，非問訊，到日自題詩。

〔**翁批**〕五律。

郪城西原送李判官兄武判官弟赴成都府

憑一作「發」高送所親，久坐惜芳辰。遠水非無浪，他山自有春。野花隨處發，官一作「妖」，非柳著行新。天際傷愁别，離筵何太頻。

〔**翁批**〕五律。　二〔二〕、「别」「離」二字，竟相連用之，此是拙筆。

〔**賴校**〕〔一〕〔二〕《翁批》硃筆，係與前二詩《題郪原郭三十二明府茅屋壁》之批注「一」相序。其下二詩之《翁批》「一」「二」相連屬，亦同此例。

涪江泛舟送韋班歸京得「山」字

追餞同舟日，傷春一作「心」一水間。飄零爲客久，衰老羨君還。花遠一作「雜」重重樹，雲輕處處山。天涯故人少，更益一作「憶」，非鬢毛斑。

〔翁批〕五律。　一、五、六正爲「傷春」二字寫照，但以天然圖畫賞之者，猶未盡也。

泛舟送魏十八倉曹還京因寄岑中允參范郎中季明

遲日深江一作「春」水，輕舟送別筵。帝鄉愁緒外，春色淚痕邊。見酒須相憶，將詩莫浪傳。若逢岑與范，爲報各衰年。

〔翁批〕五律。　二、「各」字，魏亦在其中，岑、范亦在其中，魏逢岑、范矣，則安用報哉？然實是文勢如此。

送路六侍御入朝

童稚情親四一作「三」十年，中間消息兩茫然。更爲後會知何地，忽漫相逢是別筵。

不分一作「忿」桃花紅似錦，生憎柳絮白於一作「如」綿。劍南春色還無賴，觸忤愁人到酒邊。

〔**翁批**〕七律。

涪城縣香積寺官閣

寺下春江深不流，山腰官閣迥添愁。含風翠壁孤雲細，背日丹楓萬木稠。小院迴廊春一作「深」，一作「清」，皆非寂寂，浴鳧飛鷺晚悠悠。諸天合在藤蘿外，昏黑應須到上頭。

〔**翁批**〕七律。　一、疊字著在五、六句尾，渟〔二〕蓄穩重。

〔**賴校**〕〔一〕《翁批》稿書作「渟」，《附記》則抄作「停」。

泛江送客

二月頻送客，東津江欲平。煙花山際重，舟楫浪前輕。淚逐勸盃落一作「下」，愁連吹笛生。離筵不隔日，那得易爲情。

〔**翁批**〕五律。　一、通幅水光動宕〔一〕，乃知題首一字，非虛設也。

〔賴校〕〔一〕《翁批》稿書作「動宕」，《附記》則抄作「動蕩」。

雙燕

旅食驚雙燕一作「雙飛燕」，銜泥入此一作「北」堂。應同避燥濕，且復過一作「遇」，非炎凉。養子風塵際，來時道路長。今秋天地在，吾亦離殊方。

〔翁批〕五律。　一、弟七句，似欲縮一小影，於弟二句内也，亦足見五、七律，總以弟二句與第七句，相爲呼噏耳。

百舌

百舌來何處？重重祇報春。知音兼衆語，整翮豈多身。花密藏難見一云「難相見」，非，枝高聽轉新。過時如發口，君側有讒人。

〔翁批〕五律。

上牛頭寺

青山意不盡，衮衮上牛頭。無復能拘礙，真成浪出遊。花濃春寺静，竹細野池幽。

何處啼鶯切，移時獨未休。

〔**翁批**〕五律。

望牛頭寺

牛頭見鶴林，梯逕繞幽深。一云「秀麗一何深」。春色浮一作「流」，非山外，天河宿《正異》作「没」，非殿陰。傳燈無白日，布地有黄金。休作狂歌老，迴看不住心。

〔**翁批**〕五律。

登牛頭山亭子

路出雙林外，亭窺萬井中。江城孤照日，山一作「春」谷遠含風。兵革身將老，關河信不通。猶殘數行淚，忍對百花叢。

〔**翁批**〕五律。

上兜率寺

兜率知名寺，真如會法堂。江山有巴蜀，棟宇自齊梁。庾信哀雖久，何蔡作「周」顒好不忘。白牛車遠近，且欲上慈航。

〔翁批〕五律。

望兜率寺

樹密當山逕，江深隔寺門。霏霏雲氣重一作「動」，閃閃浪花翻。不復知天大，空餘見佛尊。時應清盥一云「興」罷，隨喜給孤園。

〔翁批〕五律。

甘園

春日清江岸，千甘二頃園。青雲羞一作「著」，誤葉密，白雪避花繁。結子隨邊使，開筒一作「籠」，非近至尊。後於桃李熟，終得獻金門。

〔**翁批**〕五律。

陪李魯訔作「章」梓州王閬州蘇遂州李果州四使君登惠義寺

春日無人境，虚空不住天。鶯花隨世界，樓閣倚一作「寄」山巔。遲暮身何得，登臨意惘一作「寂」，非然。誰能解金印，瀟灑共安禪。一云：「三車將五馬，若個合安禪。」

〔**翁批**〕五律。

數陪李魯訔作「章」，下同梓州泛江有女樂在諸舫《方輿勝覽》作「渚舫」戲爲艷曲二首贈李

上客迴空騎，佳人滿近船。江清歌扇底，野曠舞衣前。玉袖《杜臆》作「燕」，非凌風立，金壺《杜臆》作「覓」，非隱趙汸作「引」，非浪偏。競將明媚色，偷眼艷陽天一作「年」，非。

白日移歌袖一作「裏」，非，青霄近笛床。翠眉縈度曲，雲鬢儼成一作「分」行。立馬千山暮，迴舟一水香。使君自有婦，莫學野鴛鴦。

〔**翁批**〕五律。

送何侍御歸朝公自注：「李梓州泛舟筵上作。」「李」，魯訔作「章」。

舟楫諸侯餞，車輿使者歸。山花相映發，水鳥自孤飛。春日垂霜鬢，天隅把繡衣。故人從此去一作「遠」，寥落寸心違。

〔**翁批**〕五律。

江亭送眉州辛別駕昇之得「蕪」字

柳影含雲幕一云「重」，江波近酒壺。異方驚會面，終宴惜征途。沙晚低風蝶，天晴喜浴鳧。別離傷老大，意緒日荒蕪。

〔**翁批**〕五律。

行次鹽亭縣聊題四韻奉簡嚴遂州蓬州兩使君咨議諸昆季

馬首見鹽亭，高山擁縣青。雲溪花淡淡一作「漠漠」，春郭水泠泠。全蜀多名士，嚴家聚德星。長歌意無極，好爲老夫聽。

〔**翁批**〕五律。

倚杖原注：「鹽亭縣作。」〔一〕

看花雖郭内一作「外」，非，倚杖即溪邊。山縣早休市，江橋春聚一作「近」，非船。狎一作「野」鷗輕白浪一云「日」，非，歸雁喜青一作「清」，非天。物色兼生意，凄凉憶去年。

〔**翁批**〕五律。

〔**賴校**〕〔一〕《翁批》另有硃筆注曰：「千家本無『公自注』字。」

惠義寺送王少尹赴成都得「峰」字

苒苒谷中寺，娟娟林表峰。闌干上處遠，結構坐來重。騎馬行春徑，衣冠起暮一作「晚」鐘。雲門春一作「青」寂寂一作「寂寞」，此別惜相從。

〔**翁批**〕五律。

惠義寺園一本無「園」字送辛員外

朱櫻此日垂朱實，郭外誰家負郭田。萬里相逢貪握手，高才仰望足離筵。

〔翁批〕七絶。

又送

雙峰寂寂對春臺，萬竹青青照一作「送」，非客杯。細草留連侵坐軟，殘花悵望近人開。同舟昨日何由得，竝馬今朝未擬迴。直到綿州始分首一作「手」，江邊樹裏共誰來。

〔翁批〕七律。

巴西驛亭觀江漲呈竇十五使君二首

宿雨南江漲，波濤亂遠峰。孤亭凌噴薄，萬井逼春容。霄漢愁高鳥，泥沙困老龍。天邊同客舍，携我豁心胸。

轉驚波作惡一作「怒」，即恐岸隨流。賴有盃中物，還同海上鷗。〔一〕關心小剡縣，傍眼見揚州。爲接情人飲，朝來減片一作「半」愁。

〔**翁批**〕五律。

〔**賴校**〕〔一〕《翁批》於此詩上貼一夾籤，曰：「《晋書·佛圖澄傳》：『支道林在京師，聞澄與諸公遊，乃曰：澄公其以石季龍爲海鷗鳥也。』杜詩『賴有杯中物，還同海上鷗』，此在何首，查。五册弟廿三頁，翻轉一行（按：此句硃筆）。此以印證此册六下鷗一首。」此夾籤右上角鈐一「壺天」篆印，如前所見。

又呈竇使君

向晚波微一作「猶」綠，連空岸脚一作「却」青。日兼春有暮，愁與醉無醒。漂泊猶杯酒，踟躕此驛亭。相看萬里外，同是一浮萍。

〔**翁批**〕五律。

陪王漢州留杜綿州泛房公西湖

舊相恩追後，春池賞不稀。闕庭分未到，舟楫有光輝。豉化蓴絲熟，刀鳴鱠縷飛。

使君雙皂蓋，灘淺正相依。

〔翁批〕五律。 一、前四句，自是杜公自言知己之感。仇注前後二説，自相矛盾。

得房公池鵝

房相西池鵝一群，眠沙泛浦白於一作「如」雲。鳳凰池上應回首，爲報籠隨王右軍。

〔翁批〕七絶。

答楊梓州

悶到房舊作「楊」，郭知達〔一〕本定作「房」公池水頭，坐逢楊子鎮東州。却向青溪不相見，迴船應郭作「因」載阿戎遊。

〔翁批〕七絶。

〔賴校〕〔一〕宋郭知達注有《九家集注杜詩》三十六卷，今有清《文淵閣四庫全書》本。

舟前小鵝兒公自注：「漢州城西北角官池作。」〔一〕

鵝兒黄似酒，對酒愛新鵝。引頸嗔船逼一作「過」，無行亂眼多。翅開遭宿雨，力小困滄波。客散層城暮，狐狸奈若何。

〔**翁批**〕五律。

〔**賴校**〕〔一〕此上《翁批》貼一夾籤，曰：「查。」

官池春雁二首

自古稻粱多不足，至今鸂鶒亂爲群。且休悵望看春水，更恐歸飛隔暮雲。

青春欲盡急還鄉，紫塞寧論尚有霜。翅在雲天終不遠，力微矰繳絶須防。

〔**翁批**〕七絶。

投簡梓州幕府兼簡韋十郎官黄本無「官」字。郭云：「新添。」

幕下郎官安穩無？從來不奉一行書。固知貧病人須棄，一作「不知貧病關何事」。能使韋郎跡也踈。

〔**翁批**〕七絶。

漢川王大録事宅作

南溪老病客，相見下肩輿。近髮看烏帽，催蓴煮白魚。宅中平岸水，身外滿牀書。憶爾才名叔，含淒意有餘。

〔**翁批**〕五律。

短歌行送祁録事歸合州因寄蘇使君

前者途中一相見，人事經年記君面。後生相勸一作「動」，非何寂寥，君有長才不貧賤。君今起柁春江流，余亦沙邊具小舟。幸爲達書賢府主，江花未盡會江樓。

〔**翁批**〕七古。

送韋郎司直歸成都

竄身來蜀地，同病得韋郎。天下兵一作「干」戈滿，江邊歲月長。別筵花欲暮，春日鬢一作「春鬢色」俱蒼。爲問南溪竹一作「笋」，抽梢合過墻。公自注：「余草堂在成都西郭。」

〔翁批〕五律。

寄題江外草堂公自注：「梓州作，寄成都故居。」

我生性放誕，雅欲逃自然。嗜酒愛風一作「修」竹，卜居必一作「此」林泉。遭亂到蜀江，卧疴遺晋作「遺」，非所便。誅茅初一畝，廣地方一作「必」，非連延。經營上元始，斷手寶應年。敢謀土木麗，自覺面勢堅。亭臺一作「臺亭」隨高下，敞豁當清川。雖一作「惟」有會心侶，數能同釣船。干戈未偃息，安得酣歌眠。蛟龍無定窟，黄鵠摩蒼天。古來達士志一作「賢達志」，一作「達士志」，寧受外物牽。顧惟魯鈍姿，豈識悔吝先。偶携老妻去，慘澹凌風煙。事跡無固必，幽貞媿一作「貴」，非雙全。尚念四小松，蔓草易一作「已」拘纏。霜骨不堪一作「甚」長，永爲鄰里憐。

〔翁批〕五古。　一、「逃自然」，謂逃於自然〔一〕，猶「逃禪」之「逃」。　二、「貞」雖訓正，然前人《易》解，本兼「貞信固守」之義，此詩後數句，亦深得玩《易》之旨也。「幽貞」正繳上「固必」，則「貞」字以「固守」爲訓可知。蓋念及成都一畝之椽，而自愧其不克久居也。若云有愧於正，則杜公出處之義，何所不正哉？

陪章留後侍御宴南樓得「風」字

絶域長夏晚，茲樓清宴同。朝廷燒棧北，鼓角漏舊作「滿」，《正異》及《英華》皆作「漏」天東。屢食將軍第一作「邸」，仍騎一云「驕」御史驄。本無丹竈術一作「訣」，那免白頭翁。寇盜狂歌外，形骸痛飲中。野雲低度水，簷雨細隨風。出號江城黑，題詩蠟炬一作「燭」紅。此身醒復醉，不擬哭途窮。

〔翁批〕五排八韻。

臺上得「凉」字

改席臺能俗本作「爲」迥，留門月復光。雲霄一作「行」遺暑濕，山谷進風凉。老去一杯足，誰憐屢舞長。何須把官燭，似惱鬢毛蒼。

〔翁批〕五律。

送王十五判官扶侍還黔中得「開」字

大家東征逐楊作「將」，陳作「隨」子回，風生洲渚錦帆開。青青竹笋迎船出，白白一作「日日」江魚入饌來。離別不堪無限意，艱危深仗濟時才。黔陽信使應稀少，莫怪頻頻一作「頻煩」勸酒盃。

〔翁批〕七律。

喜雨

春旱天地昏，日色赤如血。農事都已樊作「未」休，兵戈况騷屑。巴人困軍須，慟哭厚土熱。滄江夜來雨，真宰罪一雪。穀根小一作「少」蘇息，沴氣終不滅。何由見寧歲，解我憂思結。峥嶸群一作「東」山雲，交會未斷絶。安得鞭雷公，滂沱洗吴越。公自注：「時浙右多盗賊。」

〔翁批〕五古。　一、寫「喜」字，只得一半，而精神鬱勃滿紙。

述古三首

赤驥頓長纓，非無萬里姿。悲鳴淚至地，爲問馭者誰。鳳凰從東一作「天」來，何意復高飛。竹花不結實，念子忍朝饑。古來一作「時」君臣合，可以物理推。賢人識定分，進退一作「用」固一作「因」其宜。

市人日中集，於利競錐刀。置膏烈火上，哀哀自煎熬。農人望歲稔，相率除蓬蒿。所務穀一作「農」，非爲本，邪贏無乃勞。舜舉十六相，身尊道何高。秦時任商鞅，法令如牛毛。

漢光得天下，祚永固有開。豈惟高祖聖，功自蕭曹來。經綸中興業，何代無長才。吾慕寇鄧勳，濟時信一作「亦」良哉。耿賈亦宗臣，羽翼共徘徊。休運終四百，圖畫在雲臺。

〔翁批〕五古。　一、少陵處肅、代之際，時時緬想中興之烈。〔一〕

〔賴校〕〔一〕此條釋第三首詩。

陪章留後惠義寺餞嘉州崔都督赴州

中軍待上客，令肅事有恒。前驅入寶地，祖帳飄金繩。南陌一作「伯」既留歡，茲山亦深登。清聞樹杪磬，遠謁雲端僧。迴策匪新岸樊作「崖」，非，所攀仍舊藤。耳激洞門飈，目存寒谷冰。出塵閟軌躅，畢景遺炎蒸。永願坐長夏，將衰棲大乘。羈旅惜宴會，艱難懷友朋。勞生共幾何，離恨兼相仍。

〔**翁批**〕五古。

送竇九歸成都

文章亦不盡，竇子才縱横。非爾更苦一作「持」節，何人符大名。讀書雲閣觀，問絹錦官城。我有浣花竹，題詩須一行。

〔**翁批**〕五律。

章梓州水亭公自注：「時漢中王兼道士席謙在會，同用『荷』字韻。」

城晚通雲霧，亭深到芰荷。吏人橋外少，秋水席邊多。近屬淮王至，高門薊子過。荆州愛山簡，吾醉亦長歌。

〔**翁批**〕五律。

章梓州橘亭餞成都竇少尹得「凉」字

秋日野亭千橘香，玉杯錦席高雲凉。主人送客何所作，行酒賦詩殊未央。衰老應爲難離別一云「難爲應離別」，非，賢聲此去有輝光。預傳籍籍新京兆一作「尹」，青史無勞數一作「缺」，非趙張。

〔**翁批**〕七律。　音「佐」。〔一〕

〔**賴校**〕〔一〕此條爲夾批，釋「何所作」之「作」字。

隨章留後新亭會送諸君

新亭有高會，行子得良時。日動映江幕，風鳴排檻旗。絶葷終不改，勸酒一作「醉」

欲無辭。已墮峴山淚，因題零雨詩。

〔**翁批**〕五律。

客舊館

陳迹隨人事，初秋别此亭。重來梨葉赤，依舊竹林青。風幔何一作「前」時卷，寒砧昨夜聲或疑作「聽」。無由出江漢，愁緒一作「秋渚」，非日冥冥。

〔**翁批**〕五古。

戲作寄上漢中王二首公自注：「王新誕明珠。」

雲裏不聞雙雁過，掌中貪看吴作「見」一珠新。秋風嫋嫋吹江漢，只在他鄉何處人。

謝安舟楫風還起，梁苑池臺雪欲飛。杳杳東山攜漢妓嚴滄浪作「妓去」，泠泠一作「陰陰」修竹待王歸。

〔**翁批**〕七絶。

椶拂子

椶拂且薄陋，豈知身效能。不堪代白羽，有足除蒼一作「青」蠅。熒熒金錯刀，濯濯一作「擢擢」朱絲繩。非獨顔色好，亦由一作「用」顧盼一作「眄」稱。吾老抱疾病，家貧臥炎蒸。咂膚倦撲滅，賴爾甘服膺。物微世競棄，義在誰肯徵。三歲清秋至，未敢闕緘縢。

〔**翁批**〕五古。

送陵州路使君之郭作「赴」任

王室比荆作「此」，非多難，高官皆武臣。幽燕通使者，岳牧用詞人。國待賢良急，君當拔擢新。佩刀成氣象，行蓋出風塵。戰伐乾坤破，瘡痍府庫貧。衆寮宜潔白，萬役但一作「萬物役」，非平均。霄漢瞻佳士一作「家事」，非，泥塗任此身。秋天正搖落，回首大江濱。

〔**翁批**〕五排八韻。

送元二適江左[一]

亂後今相見，秋深復遠行。風塵爲客日，江海送君情。晉室丹陽尹，公孫白帝城。經過自愛惜，取次莫論兵。

〔翁批〕五律。　舊注以「元二」爲「元結」，昔人已辨其非是。一、「丹陽尹」句，只作所過之地解，猶言丹陽郡治耳。

〔賴校〕〔一〕《翁批》於此篇題上，貼一夾籤，曰：「題下注，似非。查。此詩頗有辨其非元結者，通查各本再定。」且詩題下原有小字：「公自注：元結也。」後圈去。詩文末尾原亦有小字：「原注：元嘗應孫吴科舉。」後以墨筆圈去。

九日

去年登高郪縣北，今日重在涪江濱。苦遭白髮不相放，羞見黄花無數新。世亂鬱鬱久爲客，路難悠悠常傍人。酒闌却憶十年事，腸斷驪山清路塵。

〔翁批〕七律。

對雨

莽莽天涯雨，江邊獨立時。不愁巴道路，恐濕一作「失」，非漢旌旗。雪嶺防秋急，繩橋戰勝遲。西戎甥舅禮，未敢背恩私。

〔翁批〕五律。

薄暮

江水長流一作「最深」地，山雲薄暮時。寒花隱亂草，宿鳥探一作「擇」深枝。故一作「舊」國見何日，高秋心苦悲。人生不再好，鬢髮自一作「白」成絲。

〔翁批〕五律。

閬州奉送二十四舅使自京赴任青城

聞道王喬舄，名因太史傳。如何一作「何如」碧鷄使，把詔紫微天。秦嶺愁回首一作「馬」，涪江醉泛船。青城漫污雜，吾舅意淒然。

〔翁批〕五律。

王閬州筵奉酬十一舅惜别之作

萬壑樹聲滿，千崖秋氣高。浮舟一作「雲」，非出郡郭，别酒寄江濤。良會不復久，此生何太勞。窮愁但一作「唯」，非有骨，群盜尚如毛。吾舅惜分手，使君寒贈袍。沙頭暮黄鵠一作「鶴」，失侣自一作「亦」哀號。

〔翁批〕五排六韻。

閬州東樓筵奉送十一舅往青城得「昏」字

曾城有高樓舊作「會」，制古丹雘存。迢迢百餘尺，豁達開四門。雖有一作「會」，非車馬客，而無人世喧。遊目俯大江，列筵慰别魂。是時秋冬交，節往顔色昏。天寒鳥獸伏一作「休」，霜露在草根。今我送舅氏，萬感集清樽。豈伊山川間，回首盜賊繁。高賢意不暇，王命久崩奔。臨風欲慟哭，聲出已復吞。

〔翁批〕五古。「間」，去聲。〔一〕

〔賴校〕〔一〕此條以硃筆標記，釋「豈伊山川間」之「間」字。

放船

送客蒼溪縣，山寒雨不開。直愁騎馬滑，故作泛舟迴。青惜峰巒過，黃知橘柚來。江流大一作「天」，非自在，坐穩興悠哉。

〔翁批〕五律。

薄遊

淅淅一作「漸漸」風生砌，團團日一作「月」隱墻。遥一云「滿」，非空秋雁滅一作「過」，半嶺暮雲長一云「張」，非。病葉多先墜，寒花只暫香。巴城添淚一作「月」，非眼，今夕一作「夜」復清一作「秋」，非光。

〔翁批〕五律。

嚴氏溪放歌一作「放歌行」。

天下兵一作「甲」馬未盡銷，豈免溝壑常漂漂。劍南歲月不可度，邊頭公卿仍獨樊作況、我飄蓬鮑作「轉」，非無定所，終日慽慽忍羈旅。秋宿樊作「夜」，非霜一作「清」，非溪素月高，喜得與子長夜語。東遊西還力實倦，從此將身更何許。知子松根長茯苓，遲暮有意來同煮。

〔翁批〕七古。　醒醒。〔一〕　放出此句諧極。〔二〕　一、題不明出贈人，渾入「嚴氏溪」三字中。

〔賴校〕〔一〕此條爲眉批，以硃筆標記，評「獨覺志士」之「獨」字。〔二〕此條爲夾批，以硃筆標記，書於「秋宿霜溪素月高」句旁。

一、此較《寄元逸人》何如？漁洋先生乃獨取彼，而不取此。

警急公自注：「高公適領西川節度。」

才名舊楚將，妙略擁兵機。玉壘雖傳檄，松州會解圍。和親知計拙，公主漫無歸。青海今誰得，西戎實飽飛。

〔翁批〕五律。

王命

漢一云「漠」北豺狼滿，巴西道路難。血埋諸將甲，骨斷使臣一云「君」，非鞍。牢落新燒棧，蒼茫舊築壇。深懷喻蜀意，慟哭望王官一云「京鑾」，非。

〔翁批〕五律。

征夫

十室幾人在，千山空自多。路衢唯見哭，城市不聞歌。漂梗無安地，銜枚有荷戈。官軍未通蜀，吾道竟如何。

〔翁批〕五律。

西山三首

夷界荒山頂，蕃州積雪邊。築城依一作「連」白帝，轉粟上青天。蜀將分旗鼓，羌兵助一作「動」鎧鋌一作「井泉」。西南背和好，殺氣日相纏。

辛苦三城戍，長防萬里秋。煙塵侵火井，雨雪閉松州。風動將軍幕一作「蓋」，天寒使者裘。漫山賊營一云「戍壁」，非壘，迴首得無憂。

子弟猶深入，關城未解圍。蠶崖鐵馬瘦，灌口米船稀。辯士安邊策，元戎決勝威。今朝烏鵲喜，欲報凱歌歸。

〔**翁批**〕五律。

與嚴二郎一作「歸」，非奉禮別

別君誰暖眼，將老病纏身。出涕同斜日，臨風看去塵。商歌還入夜，巴俗自爲鄰。尚愧微軀在，遥聞盛禮新。山東群盜散，闕下受降頻。諸將歸應盡，題書報旅人。

〔**翁批**〕五排六韻。

贈裴南部公自注：「聞袁判官自來，欲有按問。」

塵滿萊蕪甑，堂横單父琴。人皆知飲水，公輩不偷金。梁獄書應一作「因」上，一云「作」，公自注：「去聲。」〔一〕秦臺鏡欲臨。獨醒時所嫉，群小謗能深。即出黄沙在，何一作「應」

須白髮侵。使君傳舊德，已見直繩心。

〔翁批〕五排六韻。

〔賴校〕〔二〕《翁批》貼一夾籤，書曰：「作，注去聲。此恐但是原注耳，未必公自注也。再俟通查。」

巴山

巴山遇中使，云自陝郭作「陜」，舊作「峽」，非城來。盜賊還奔突，乘輿恐未回。天寒邵伯樹，地闊望仙臺。狼狽風塵裏，群臣安在哉。

〔翁批〕五律。

早花

西京安穩未，不見一人來。臘日一作「月」巴江曲，山花已自開。盈盈當雪杏，艷艷待春一作「香」，非梅。直苦風塵暗，誰憂客一作「容」，非鬢催。

〔翁批〕五律。

發閬中

前有毒蛇後猛虎，溪行盡日無邨塢。江風蕭蕭雲拂地，山木慘慘天欲雨。女病妻憂歸意速一作「急」，秋花錦石誰能一作「復」，非數。別家三月一書來一作「得書」，避地何時免愁苦。

〔翁批〕七古。

江陵望幸

雄都元壯麗，望幸歘威神。地利西通蜀，天文北照秦。風煙含越鳥，舟楫控吴人。未枉周王駕，終期漢武巡。甲兵分聖旨，居守付宗臣。早發雲臺仗刊作「路」，恩波起涸鱗。

〔翁批〕五排六韻。

愁坐

高齋常見野，愁坐更臨門。十月山寒重，孤城水氣昏。葭萌氐種迥，左擔犬戎屯一作「存」。終日憂奔走，歸期未敢論。〔一〕

〔翁批〕五律。

〔賴校〕〔一〕此册底頁左上角，《翁批》書有「五排九首」文字。

翁方綱手稿六種校釋

翁批杜詩手稿校釋

下

賴貴三 校釋

廣陵書社

杜詩六

四十一葉　卷十一　卷十二〔一〕

凡看定者，以墨線圍其某體。「公自注」亦然。

殷文之別，《贈王二十四侍御契四十韻》。

每日只可讀一首，至短者二三首而已，不可多也。

江左字原之功，竟每日不可荒。

此皆必不可暫忘者，至要至要。癸卯〔二〕冬十一月十日，燈下識。

《廟堂》《孔祭酒》《大觀》。〔三〕

至於《蘭亭》《化度》〔四〕，則常目在之。

再每日有少暇，即辦兩漢金石一二頁，《春秋》一二條。

甲辰〔五〕十二月五日，此册初看定一遍。

丙午〔六〕七月十一日，雨中覆看定一遍。〔七〕

〔賴校〕〔一〕以上葉數、卷次文字均爲硃筆，「四十一葉」書於「杜詩六」之右，「卷十一」「卷十二」書於本頁左上方。「杜詩六」並以下文字，均爲墨書，「杜詩六」以下題記，書法仍較爲端謹，與之前各卷流麗行書稍有不同，可知此時翁氏較爲悠遊。以下題記，由右而左，由上而下，依次釋録。　〔二〕「癸卯」爲清乾隆四十八年（一七八三），翁方綱時年五十一歲。　〔三〕以上三種皆爲書法碑文，參見沈津：《翁方綱題跋手札集録·跋孔子廟堂碑》，頁一〇〇至一〇二。　〔四〕《蘭亭》即《蘭亭集序》摹拓本；《化度》即《化度故僧邕禪師舍利塔銘》，簡稱《化度寺碑》的拓本。　〔五〕「甲辰」爲清乾隆四十九年（一七八四），翁方綱時年五十二歲。　〔六〕「丙午」爲清乾隆五十一年（一七八六），翁方綱時年五十四歲。　〔七〕次頁有十一條檢查筆記，除圈去七條已查不録外，尚有四條待查，録釋如下：一、「原注一條，查。廿四下。仇本無此注。」二、「《懷舊》一首注，查。廿五下。仇本有。」三、「《除艸》注。廿八下。仇本有。」四、「《聞高常侍亡》題下注，卅一下。仇本内駁此注。」

杜詩附記卷弟十一

大興翁方綱學

遣憂

亂離知又甚，消息苦難真。受諫無今日，臨危憶古人。紛紛乘白馬，攘攘著一作「看」，非。黄巾。隋氏留宫室，焚燒何太頻。

〔翁批〕五律。

冬狩行公自注：「時梓州刺史章彝兼侍御史，留後東川。」

君不見東川節度兵馬雄，校獵亦似觀成功。夜發猛士三千人，清晨合圍步驟同。禽獸已斃十七八，殺聲落日迴蒼穹。幕前生致九青兕，馲駝嵬峞垂玄熊。東西南北百里間，髣髴蹴踏寒山空。有鳥名鸛鴿，力不能高飛逐走蓬。肉味不足登鼎俎，胡爲見羈虞羅中。春蒐冬狩候得同，使君五馬一馬驄。況今攝行大將權，號令頗有前賢風。飄然時危一老翁，十年厭見旌旗紅。喜君士卒甚整肅，爲我迴轡擒西戎。草中狐兔盡何益，天子不在咸陽宫。朝廷雖無幽王禍，得不哀痛塵再蒙。嗚呼！得不哀痛塵再蒙！

〔**翁批**〕七古。　一、題即《春秋》之筆。　一、一「已」字，迴勒無數筆墨，則「殺聲」句，乃倍覺安雅，而毫不麄獷矣。　二、八字句者，首一尾五；七字句者，首二尾三，乃使兩個「不」字翹負而起，一「羈」字方得妥帖安和。　三、「間」字、「權」字，皆以平聲提筆，和諧之至。

山寺公自注：「章留後同遊，得『開』字。」

野寺根一作「限」石壁，諸龕遍崔嵬。前佛不復辯，百身一莓苔。雖一作「唯」有古殿存，世尊亦塵埃。如聞龍象泣，足令信者哀。使君騎紫馬，捧擁從西來。樹羽静千里，臨江久徘徊。山僧衣藍縷，告訴棟梁摧。公爲顧一作「領」賓從荆作「賓從」，一作「賓徒」，一作「兵徒」，非，咄嗟檀施開。吾知多羅樹，却倚蓮華臺。諸天必歡喜，鬼物無嫌猜。以兹撫士卒，孰曰非周才。窮子失净處，高人憂禍胎。歲晏風破肉，荒林寒可迴。思量入一作「人」道苦，自哂同嬰孩。

〔翁批〕五古。　一、杜公入釋教語，竟在正面實位。

桃竹杖引贈章留後

江心一作「上」磻石生桃竹，蒼波噴浸尺度足。斬根削皮如紫玉，江妃水仙惜不得。梓潼使君一作「者」開一束，滿堂賓客皆嘆息。憐我老病贈兩莖，出入爪甲鏗有聲。老夫復欲東南征，乘濤鼓枻一作「棹」白帝城。路幽必爲鬼神奪，拔一作「杖」劍或與蛟龍争。重爲告曰：杖兮杖兮，爾之生也甚正直，慎勿見水踴躍學變化爲龍。使我不得爾之扶持，滅跡於君山湖上之青峰。噫，風塵澒或作「鴻」洞兮豺虎咬人，忽失雙杖兮吾將曷從。

〔翁批〕此首看定。七古變。　一、前半屋、職同用。　二、三韻皆六句，而中聯「鬼神」句抽出一句，乃是音節章法。　三、偶觀李西涯〔一〕《靈壽杖歌》云「爪之不入行有聲」，蓋西涯亦記憶此詩，而不得「爪甲」二字之妙也。精神頓挫，老病遲迴，全在此二字，讀者豈可以尋常字眼視之乎？若東坡《詠鐵拄杖》云「忽聞鏗然爪甲聲」，用之於鐵更爲警醒，是乃善讀杜者，而杜語之妙益見。　四、「拔劍」與「路幽」，一虚一實，參差作對，此乃所以開展下半篇之勢也，其節奏天成如此。　五、不説歸秦，而説入蜀；不説凌陸，而説涉水，此他人所必不爲，而先生詩境之真、詩力之厚，所以凌跨百代者也。　六、「持」字、「人」字兩出，句皆平聲，此乃正其極放筆處，亦即其音節收攝處。

〔賴校〕〔一〕李西涯，即明李東陽，字賓之，號西涯，謚文正，明長沙府茶陵州人。明代中後期茶陵詩派的核心人物，《明史》中寫道：「弘治時，宰相李東陽主文柄，天下翕然宗之。」

將適吴楚留别章使君留後兼幕府諸公得「柳」字

我來入蜀門，歲月亦已久。豈惟長兒童，自覺成老醜。常恐性坦率，失身爲杯酒。近辭痛飲徒，折節萬夫後。昔如縱壑魚，今如喪家狗。既無遊方戀，行止復何有。相逢半新故，取别隨薄厚。不意青草湖，扁舟落吾手。眷眷章梓州，開筵俯高柳。樓前出騎馬，帳下羅賓友。健兒簸紅旗，此樂或難朽。日車隱崑崙，鳥雀噪户牖。波濤未足畏，三峽徒雷吼。所憂盗賊多，重見衣冠走。中原消息斷，黄屋今安否？終作適荆鑾，安排用莊叟。隨雲拜東皇，挂席上南斗。有使即寄書，無使長迴首。

〔**翁批**〕五古。　此數句，可作下半部詩序。〔一〕　一、「無使」二字虛活，不與「有使」相對。

〔**賴校**〕〔一〕此條爲眉批，以朱筆標記，評「中原消息斷」以下數句。《附記》未見抄。

舍弟占歸草堂檢校聊示此詩

久客應吾道，相隨獨爾來。熟知江路近，頻爲草堂迴。鵝鴨宜長數，柴荆莫浪開。東林竹影薄，臘月更須栽。

〔**翁批**〕五律。

歲暮

歲暮遠爲客，邊隅還用兵。煙塵犯雪嶺，鼓角動江城。天地日流血，朝廷誰請纓。濟時敢愛死，寂寞壯心驚。

〔**翁批**〕五律。

送李卿曄

王子思歸日，長安已亂兵。霑衣問行在，走馬向承明。暮景巴蜀僻，春風江漢清。晉山雖自棄，魏闕尚含情。

〔翁批〕五律。一、「蜀」「江」二字，非拗也，必如此，乃見迴折之勢，此亦一定音節章法，不然太直矣。

釋悶

四海十年不解兵，犬羊一作「戎」也復臨咸京。失道非關出襄野，揚鞭忽是過湖城。豺狼塞路人斷絶。烽火照夜屍縱横。天子亦應厭奔走，群公固合思昇平。但恐誅求不改轍，聞道嬖孽能一作「今」全生。江邊老翁錯料事，眼暗不見風塵清。

〔翁批〕七古。〔一〕

〔賴校〕〔一〕《翁批》本有眉批，曰：「一句一句，自己從胸中、眼中寫出之。」後圈去不録。

贈別賀蘭銛

黃雀飽野粟，群飛動荆榛。今君一作「吾」，非抱何恨，寂寞向時人。老驥倦驤首，蒼一作「飢」鷹愁易馴。高賢世未識，固合嬰饑貧。國步初反正，乾坤尚風塵。悲歌鬢髮白，遠赴湘吴春。我戀岷下芋，君思千里蓴。生離與死别，自古鼻酸辛。

〔**翁批**〕五古。

閬山歌

閬州城東靈一作「雪」，非山白，閬州城北玉臺一作「壺」碧。松浮欲盡不盡雲，江動將崩未一作「已」崩石。那知根無鬼神會，已覺氣與嵩華敵。中原格鬭且未歸，應結一作「著」茅齋著一作「向」，一作「看」青壁。

〔**翁批**〕七古。

閬水歌

嘉陵江色一作「山水」，一作「江水」何所似，石黛碧玉相因依。正憐日破浪花一云「閬山」出，更復春從沙際歸。巴童蕩槳欹側過，水鷄一作「鳥」，非銜魚來去飛。閬中勝事可腸斷，閬州城南天下稀。

〔翁批〕七古。一、五、六若出虞道園〔一〕，則以幽深含味矣，杜則無所不有。

〔賴校〕〔一〕虞道園，即元虞集，字伯生，號道園。别署青城山樵，人稱邵庵先生。祖籍蜀郡仁壽（今屬四川省）。能文善詩，當時號爲大家，被譽爲元詩四大家之一。著有《道園學古録》等，與柳貫、揭傒斯、黄溍號爲「儒林四傑」。

江亭王閬州筵餞蕭遂州

離亭非舊國，春色是他鄉。老畏歌聲繼一作「短」，一作「斷」，愁隨吴作「從」舞曲長。二天開一云「悲」寵餞，五馬爛輝一作「生」光。川路風煙接，俱宜一云「看」下鳳凰。

〔翁批〕五律。

陪王使君晦日泛江就黄家亭子二首

山豁何時斷，江平不肯流。稍知花改岸，始驗鳥隨舟。結束多紅粉，歡娱恨白頭。非君愛人客，晦日更禁一作「添」愁。

有徑金沙軟，無人碧草芳。野畦連蛺蝶，江檻俯鴛鴦。日晚煙花亂，風生錦繡香。不須吹急管，衰老易悲傷。

〔**翁批**〕五律。

泛江

方舟不用檝，極目總無波。長日容盃酒，深江净綺羅。亂離還奏樂，飄泊且聽歌。故國流清渭，如今花正多。

〔**翁批**〕五律。

收京

復道收京邑，兼聞殺犬戎。衣冠却扈從，車駕已還宮。尅復誠如此，安危一作「扶持」在數公。莫令回首地，慟哭起悲風。

〔翁批〕五律。

巴西聞收京錢作「宮」闕一無「闕」字送班司馬入京二首

聞道收宗廟朱作「京邑」，鳴鑾自陝歸。傾都看黄屋，正殿引朱衣。劍外春天遠，巴西勑使稀。念君經世亂，匹馬向王畿。

群盜至今日，先朝忝從臣。歎君能戀主，久客羨歸秦。黄閣一作「閤」長司諫，丹墀有故人。向來論社稷，爲話涕霑巾。

〔翁批〕五律。

城上荆作「空城」

草滿巴西緑，空城山谷作「城空」白日長。風吹花片片，春動一作「蕩」水一作「春送雨」，非茫茫。八駿隨天子，群臣從武皇。遥聞出巡狩，早晚徧遐荒。

〔**翁批**〕五律。

傷春五首公自注：「巴閬僻遠，傷春罷，始知春前已收宫闕。」

天下兵雖滿，春光一作「青春」日自濃。西京疲百戰，北闕任群凶。關塞三千里，煙花一萬重。蒙塵清路舊作「露」急，御宿且一作「有」誰共。殷復前王道，周遷舊國容。蓬萊足雲氣，應合總從龍。

鶯入新年語，花開滿故枝。天清一作「青」風卷幔，草碧水通一作「連」池。牢落官軍遠，蕭條萬事危。鬢毛元自白，淚點向來垂。不是無兄弟，其如有别離。巴山春色静，北望轉逶迤。

日月還相鬭，星辰屢合一云「亦屢」圍。不成誅執法，焉得變危機。大角纏兵氣，鈎陳出帝畿。煙塵昏御道，耆舊把天衣。一作：「固無牽白馬，幾至著青衣。」行在諸軍闕，來朝大將稀。賢多隱屠釣，王肯載同歸。

再有朝廷亂，難知消息真。近傳郭作「聞」王在洛，復道使歸一作「通」秦。奪馬悲公主，登車泣貴嬪。蕭關迷北上，滄海欲東巡。敢料安危體，猶多老大臣。豈一作「得」無嵇紹血，霑灑屬車塵。

聞説初東幸，孤兒却走多。難分太倉粟，競棄魯陽戈。胡虜登前殿，王公出御河。得無一作「忍爲」中夜舞，誰一作「宜」憶大風歌。春色生烽燧，幽人泣薜蘿。君臣重修德，猶足見時和。

〔**翁批**〕五排。皆六韻。

暮寒

霧隱平郊樹，風含廣岸波。沉沉春色静，慘慘暮寒多。戍鼓猶長擊，林鶯遂不歌。忽思高宴會，朱袖拂雲和。

〔**翁批**〕五律。

遊子

巴蜀愁誰語，吴門興杳然。九江春草外，三峽暮帆前。厭就成都卜，休爲吏部眠。蓬萊如可到，衰白問群一作「神」仙。

〔**翁批**〕五律。　一、「遊」字，擲筆一笑。

滕王亭子二首公自注：「亭在玉臺觀内，王曾典此州。」

君王臺榭枕巴山，萬丈丹梯尚可攀。春日鶯啼修竹裏，仙家犬吠白雲間。清江錦一作「碧」石傷心麗，嫩蘂濃花滿目斑。人到於今歌出牧，來遊此地不知還。

〔**翁批**〕七律。

寂寞春山路，君王不復行。古墻猶竹色，虚閣自松聲。鳥雀荒郵暮，雲霞過客情。尚思歌吹入，千騎擁一作「把」霓旌。

〔**翁批**〕五律。

玉臺觀二首公自注：「滕王造。」

中天積翠玉臺一云「虚」遥，上帝高居絳節朝。遂有馮夷來擊鼓，始知嬴女善吹簫。江光隱見黿鼉窟，石勢參差一作「差池」烏鵲橋。更肯一作「有」，非紅顔生羽翼一作「翰」，便應黄髮老漁樵。

〔翁批〕七律。

浩劫因王造一云「起」，平臺訪古遊。彩一作「綵」雲蕭史駐，文字魯恭留。宫闕通群帝，乾坤到十洲。人傳有笙鶴，時過北一作「此」山頭。

〔翁批〕五律。

奉寄章十侍御公自注：「時初罷梓州刺史、東川留後，將赴朝廷。」

淮海維揚一俊人，金章紫綬照青春。指麾能事迴天地，訓練强兵動鬼神。湘一作「襄」西不得歸關羽，河内猶宜一作「疑」借寇恂。朝覲從容問幽仄，勿云江漢有一作「老」，非垂綸。

〔**翁批**〕七律。

南池

峥嶸巴閬間，所向盡山谷。安知有蒼池，萬頃浸坤軸。呀然閬城南，枕一作「控」帶巴江腹。芰荷入異縣，秔稻共比屋。皇天不無意，美利戒止足。高田失西成，此物頗豐熟。清源多衆魚，遠岸富喬木。獨嘆楓香林，春時好顏色。南有漢王一作「主」，非祠，終朝走巫祝。歌舞散靈衣，荒哉舊風俗。高皇一作「堂」，非亦明主一作「王」，非，魂魄猶正直。不應空陂上，縹緲親酒肉一作「食」。淫祀自古昔，非惟一川瀆。干戈浩茫茫，地僻傷極目。平生江海一云「溟渤」興，遭亂身局促。駐馬問漁舟，躊躇慰羈束。

〔**翁批**〕五古。　一、屋、職同用。　二、「春時好顏色」，是半歇不斷之語，一口氣縮入「干戈浩茫茫」中。

將赴荆南寄别李劍州

使君高義驅今古，寥落三年坐劍州。但見文翁能化俗一作「蜀」，焉知李廣未封侯。路經灧澦雙蓬鬢，天入滄浪一釣舟。戎馬相逢更何日，春風迴首仲宣樓。

〔翁批〕七律。

奉寄别馬巴州公自注：「時甫除京兆功曹，在東川。」

勳業終一作「真」歸馬伏波，功曹非一作「無」復漢蕭何。扁舟繫纜沙邊久，南國浮雲水上多。獨把魚竿終遠去，難隨鳥樊作「烏」，非翼一相過。知君未愛春湖色，興在驪駒白玉珂。

〔翁批〕七律。

奉待嚴大夫

殊方又喜故人來，重鎮還須濟世才。常怪偏裨終日待，不知旌節隔年回。欲辭巴徼啼鷺合，遠下荊門去鷁催。身老時危思會面，一生襟一作「懷」抱向誰開。

〔翁批〕七律。一、後《將別巫峽》詩，亦以「鷁」與「鷺」對。

渡江

春江不可一作「用」渡，二月已風濤。舟楫攲斜疾一作「甚」，魚龍偃卧高。渚花張一作「兼」素錦，汀草亂青袍。戲問垂綸客，悠悠見一作「是」，非汝曹。

〔翁批〕五律。

自閬州領妻子却赴蜀山行三首

汩汩一作「浥浥」避群盜，悠悠經十年。不成向南國，復作遊西川。物役水虚照，魂傷山寂然。我生無倚著，盡室畏途邊。

長林偃風色，迴復一作「首」意猶迷。衫裹翠微潤，馬銜青草嘶。棧一作「逕」懸斜避石，橋斷却尋溪。何日干一作「兵」戈盡，飄飄媿老妻。

行色遞隱見，人煙時有無。僕夫穿竹語，稚子入雲呼。轉石驚魑魅，抨弓落狖鼯。

真供一笑樂，似欲慰窮途。

〔**翁批**〕五律。

別房太尉墓

他鄉復行役，駐馬別孤墳。近淚無乾土，低空一作「空山」有斷雲。對碁陪謝傅，把劍覓徐君。惟見林花落，鶯啼送客聞。

〔**翁批**〕五律。

將赴成都草堂途中有作先寄嚴鄭公五首

得歸茅屋赴成都，直一作「真」，非爲文翁再剖符。但使閭閻還揖讓，敢論松竹久荒蕪。魚知丙穴由來美，酒憶郫筒不用酤。五馬舊曾諳小徑，幾回書札待潛夫。

處處青江帶白蘋，故園猶得見殘春。雪山斥候無兵馬，錦里逢迎有主人。休怪兒童延俗客，不教鵝鴨惱比鄰。習池未覺風流盡，況復荆州賞更新。

竹寒沙碧浣花溪，橘一作「菱」刺藤梢咫尺迷。過客徑須愁出入，居人不自解東西。

書籤藥裹封蛛網，野店山橋送馬蹄。肯一作「豈」，非藉荒庭春草一作「新月」色，先拚一作「判」一飲醉如泥。

常苦沙崩損藥欄，也從江檻落風湍。新松恨不高一作「長」千尺，惡竹應須斬萬竿。生理秖憑黃閣老，衰顔一作「容」欲付一作「赴」紫金丹。三年奔走空皮骨，信有人間行路難。

錦官一作「館」，非城西生事微，一作「錦官生事城西微」。烏皮几在還思歸。昔去爲憂亂兵入，今來已恐鄰人非。側身天地更懷古，回首風塵甘一作「且」息機。共説總戎雲鳥陣，不妨遊子芰荷衣。

〔**翁批**〕七律。　一、直呼成都艸堂爲故園矣。〔一〕

〔**賴校**〕〔一〕此條釋第二首詩。

春歸

苔徑臨江竹，茅簷覆地花。別來頻甲子，歸到一作「倏忽」忽一作「又」春華。倚杖看孤石，傾壺就淺沙。遠鷗浮水静，輕燕受風斜。世路雖多梗，吾生亦有涯。此身一作「且應」醒復醉，乘興即爲家。

〔**翁批**〕五排六韻。

歸來

客裏有所適一作「過」，歸來知路難。開門野鼠走，散帙壁魚乾。洗杓斟一作「開」新醖，低頭拭小盤一作「著小冠」。憑誰給麴蘖，細酌老江干。

〔**翁批**〕五律。

草堂

昔我去草堂，蠻夷塞成都。今我歸草堂，成一作「此」都適無虞。請陳初亂時，反覆乃須臾一作「斯須」。大將赴朝廷，群小起異圖。中宵斬白馬，盟歃氣已麤。西取邛南兵，北斷劍閣隅。布衣數十人，亦擁專城居。其勢不兩大，始聞蕃漢殊。西俗作「兩」，誤卒却倒戈，賊臣互相誅。焉知肘腋禍，自及梟獍一作「鏡」徒。義士皆痛憤，紀綱亂相踰。一國實三公，萬人欲爲魚。唱和作威福，孰肯一作「能」辯無辜。眼前列晋作「引」杻械，背後吹笙竽。談笑行殺戮，濺一作「流」血滿長衢。到今用鉞地，風雨聞號呼。鬼一作「人」妾與鬼馬，色悲充爾娱。國家法令在，此又足驚吁。賤子且奔走，三年望東吴。弧矢暗江海，難爲遊五湖。不忍竟舍此，復來薙榛蕪。入門四松在，步屧一作「堞」萬竹疎。舊犬喜我歸，低徊入衣舊作「我」裾。鄰里喜我歸，沽酒携胡蘆一作「提榼壺」。大官喜《英華》作「知」我來，遣騎問所一作「我」須。城郭喜《英華》作「知」我來，賓客隘一作「溢」邨墟。天下尚未寧，健兒勝腐儒。飄飄一作「飄颻」風塵際，何地置一作「致」，非老夫？於時見《英華》作「是」疣贅，骨髓幸未枯。飲啄愧殘生，食薇不敢餘。

〔**翁批**〕五古。一、四個「喜」字，皆是悲涕中出，無聊之極者也。此等運化樂府，正如右軍臨鍾太傅諸帖，借以發露自己之神骨，而彼無識之徒，如李滄溟〔一〕者，方且讀而得志，以爲已竊比之也。

〔**賴校**〕〔一〕李滄溟，即明李攀龍，字於鱗，號滄溟，歷城（今山東濟南）人，明朝官員、文學家，後七子之首。一生清白耿介，身後寥落。著有《滄溟集》。

四松

四松初移時，大抵三尺强。别來忽三歲一作「載」，離立如人長。會看根不拔，莫計枝凋傷。幽色幸一作「會」秀發，疎柯亦一作「已」昂藏。所插小藩籬，本亦有隄防。終然振撥損，得愜一作「愧」，非千葉黄。敢爲故林主，黎庶猶未康。避賊今始歸，春草滿空堂。覽物嘆衰謝，及兹慰凄凉。清風爲我起，灑面若微霜。足爲一作「以」送老資一作「姿」，聊待一作「將」偃蓋張。我生無根蔕，配爾一作「汝」亦茫茫。有情且賦詩，事迹可兩一作「兩可」忘。勿矜千載後，慘澹蟠穹蒼。

〔翁批〕五古。　　一、東坡便不能如此渾圓。

題桃樹

小徑升堂舊不斜，五株桃樹亦從一作「重」，非遮。高秋總饋一作「餧」貧人實，來歲還舒滿眼花。簾户每宜通乳燕，兒童莫信打慈鴉。寡妻群盗非今日，天下車書正一作「已」，非一家。

〔**翁批**〕七律。　六句皆是往日景事，此句『莫信』亦是往日之詞，讀者多因此句，悮會作今日説耳，所以猝難理會也。〔一〕　一、此因一桃樹，而嘅想往日也。弟一句「舊」字，弟七句「非」字，爲之眉目。「五株」以下五句，皆言往日之景象如此。同年錢蘀石每過余，輒談此詩，蘀石曰：「『舊』字之妙，極其通靈，此種詩得《三百篇》遺意，所以獨有千古也。」又曰：「前六句總注於結句，所以題桃樹而發之也。『寡妻群盗』，是今日也。當初原不如此，天下渾然元氣，相恤相望，何苦似今日之阻絶相殘，視如秦越乎？此種作法，乃是極平常之理，人自不解耳。蓋人人元各具萬物一體之懷，此作詩之根本也。」　《題桃樹》七律，未必與《四松》《水檻》一時所作。編杜詩者，固未能篇篇詳攷其歲時，而此詩非重歸成都草堂時作，則玩其詩，自知之。〔二〕　《爲雩都劉廣文説杜題桃樹詩》：「因一室而推之天下，因一樹而推及萬物，聖賢胞與之懷，稷、离經綸之量也。非爲此桃樹作也，拈此一物，以慨時事耳，故題曰『題桃樹』。中四句，皆指往日言之，『舊』字、『非』字正相呼吸，『正』字揔收，『亦從遮』即上句『不斜』之注脚。作詩之日，乃『寡妻群盗』之日也，迴憶小逕不斜、五桃遮門之日，乃天下車書一家之日，非今作詩之『寡妻群盗』日也。蓋少陵所居之室，門内有桃樹五株焉。其從前承平無事時，原不禁人之摘實而食也；是以一入其門，直見五桃當逕，桃樹之外則宅門也，桃樹之内則堂室也，並未嘗於門之内、桃之外，别營一斜曲掩護之垣扉、籬棘也。至是，當天寶亂後，人自爲計，家自爲謀；於是乎，家人遂生防人摘食之計，爲之籬垣以掩蔽之。因此而入門之逕，遂不得不遷就斜曲，以升於堂矣。少陵不覺覩今懷昔，而慨然曰：『此小逕升堂之斜曲者，何爲也哉？爲此桃樹故耳。』其實，舊日直入門、直升堂，並不如此之斜也。不過，一入門即見五株桃樹，遮其堂室，而亦不妨聽其遮也。秋則食實，春又開花，不特人我同此食實、看花之境；抑且鳥雀共此飛翔栖止之所，萬物一體，即一居室，而胞與無私之景象，藹然在目也。於是慨然遠想曰：『此正天下一家之日也，非今作詩時，寡妻群盜之日也。』就此一物之植，而俯仰今昔之感，所該者，非一事矣。」〔三〕

〔**賴校**〕〔一〕此條爲夾批，以硃筆標記，書於「兒童莫信打慈鴉」句旁。　〔二〕此條爲《附記》所抄，《翁批》未見，顯爲後來所補。　〔三〕此爲《翁批》所貼夾籤，字體較工整，而《附記》未見。翁方綱《復初齋文集》卷十一《答劉廣文問杜題桃樹詩》，適與此條雷同，或此籤爲其初稿，後乃略易其題，兩篇可以相觀而善。翁氏析解詳密，深中詩人肯綮，可謂善讀詩，而雅嫻詩旨比興之奧藴者。

水檻

蒼江多風飈，雲雨晝夜飛。茅軒駕巨浪，焉得不低垂。遊子久在外，門户無人持。高岸尚爲一作「如」，非谷，何傷浮柱欹。扶顛有勸誡，恐貽識者嗤。既殊大厦傾，可以一木支。臨川視萬里，何必欄檻爲。人生感故物，慷慨有餘悲。

〔翁批〕五古。一、二句一轉，所謂一彈再三歎。如此一小題，而其中古今上下，無所不有。「扶顛」何謂乎？豈謂救房相耶？筆筆是提向空處，而筆筆坐落實地。

破船

平生江海心，宿昔具扁舟。豈惟清溪上，日傍柴門遊。蒼皇一作「惶」避亂兵，緬邈懷仇本作「緬懷邈」，非[一]舊丘。鄰人亦已非，野竹獨或作「何」，非修修。船舷不重扣，埋没已經秋。仰看西飛翼，下愧東逝流。故者或可掘，新者亦易求。所悲數奔竄，白屋難久留。

〔翁批〕五古。　天下有道，甫也要具舟何用哉？[二]

〔**賴校**〕〔一〕《翁批》本有眉批，曰：「『緬邈』句是據依仇滄柱本也，豈仇能定《正異》於他本如此耶？然確是『緬邈懷舊丘』無疑也。此所以要考定而成一正本耳。」後圈去。〔二〕此條爲夾批，以硃筆標記，評「所悲數奔竄」句。

奉寄高常侍 一云：「寄高三十五大夫。」

汶上相逢年頗多，飛騰無那一作「奈」故人何。總戎楚蜀應全未，方駕一云「僨」曹劉不啻過。今日朝廷須汲黯，中原將帥憶廉頗。天涯春色催遲暮，别淚遥添錦水波。

〔**翁批**〕七律。

贈王二十四侍御契四十韻

往往雖相見，飄飄愧此身。不關輕紱冕，俱一作「但」是避風塵。一别星橋夜，三移斗柄春。敗亡非赤壁，奔走爲黄巾。子一作「爾」去何瀟灑，余藏異隱淪。書成無過雁，衣故有懸鶉。恐懼行裝數，伶俜卧疾一云「病」頻。曉鶯工迸淚，秋月解傷神。會面嗟黧黑，含悽話苦辛。接輿還入楚，王粲不歸秦。錦里殘丹竈，花溪得釣綸。消一作「宵」

中秖自惜，晚起索誰親。伏柱聞周史，乘槎有一作「似」漢臣。鴳舊作「鴛」鴻不易狎，龍虎未宜馴。客則一作「即」挂冠至，交非傾蓋新。由來意氣合，直取性情真。浪迹同生死，無心耻賤貧。偶然存蔗芋，幸各對松筠。麤飯依他日，窮愁怪此辰。女長裁褐一作「葛」穩，男大卷書勻。漰口江如練，蠶崖雪似銀。名園當翠巘，野棹沒青蘋。屢喜王侯宅，時邀一作「逢」江海人。追隨不覺晚，款曲動彌旬。但使芝蘭秀，何須一作「煩」棟宇鄰。山陽無俗物，鄭驛正留賓。出入竝鞍馬，光輝參一作「忝」，非席珍。重遊先主廟，更歷少城闉。石鏡通幽魄，琴臺隱絳脣。送終惟糞土，結愛獨荊榛。置酒高林下，觀碁積水濱。區區甘累趼，稍稍息勞筋。網聚粘圓鯽，絲繁煮細蓴。長一作「慨」，非歌敲柳癭，小睡憑藤輪。農月須知課，田家敢忘勤。浮生難去食，良會惜清晨。列國兵戈暗，今王德教淳。要聞除猰貐，休作畫麒麟。洗眼看輕薄，虛懷任屈伸。莫令膠漆地，萬古重雷陳。

〔**翁批**〕五排四十韻。看定。「話」字領通篇。〔一〕興也。〔二〕一、「工」與「解」，言其境之熟也，正收緊「飄飄」「往往」。二、「偶然存蔗芋」四句，上下縈迴，無限頓挫。三、詩至於杜，句句字字，皆真實境會也。敖器之謂白樂天，如山東父老話農桑，事事言言，皆著寔然，杜公已具此理，特更超、更渾耳。〔三〕四、筋、勤，入真韻。

〔**賴校**〕〔一〕此條爲夾批，以硃筆標記，書於「含棲話苦辛」句旁。　〔二〕此條爲夾批，以硃筆標記，書於「石鏡通幽魄」句。　〔三〕《翁批》於此條後，另有硃批一條，前後以引號標記，而《附記》未抄録，其文曰：「朱彝尊《與魏善伯書》：『勤、斤等字，自屬殷部。試取杜甫詩誦之，凡勤、斤字，寧與真同用，無有與文同用者。』」又墨批曰：「此條另用。」按，此條已見卷四《崔氏東山草堂》之批語。

登樓

花近高樓傷客心，萬方多難此登臨。錦江春色來一作「水流」天地，玉壘浮雲變古今。北極朝廷終不改，西山寇盗莫相侵。可憐後主還祠廟，日暮聊爲梁父吟。

〔**翁批**〕七律。

寄邛州崔録事

邛州崔録事，聞在果園坊。久待無消息，終朝有底忙。應愁江樹遠，怯見野亭荒。浩蕩風塵一作「烟」，非際，誰知酒熟香。

〔**翁批**〕五律。

王録事許修草堂貲不到聊小詰

爲嗔王録事，不寄草堂貲。昨屬愁春雨，能忘欲漏時？

〔**翁批**〕五絶。

歸雁

東來千里客，亂定一作「走」，非幾年歸。腸斷江城雁，高高正一作「向」北飛。

〔**翁批**〕五絶。

絶句二首

遲日江山麗，春風花草香。泥融飛燕子，沙煖睡鴛鴦。

江碧鳥逾白，山青花欲燃。今春看又過，何日是歸年。

〔**翁批**〕五絶。

寄司馬山人十二韻

關内昔分袂，天邊今轉蓬。驅馳不可説，談笑偶然同。道術曾留意，先生早擊蒙。家家迎薊子，處處識壺公。長嘯峨嵋北，潛行玉壘東。有時騎猛虎，虚室使仙童。髮少何勞白，顔衰肯更紅。望雲悲轗軻，畢景羨冲融。喪亂形仍役，凄涼信不通。懸旌要路口，倚劍短亭中。永作殊方客，殘生一老翁。相哀骨可換，亦遣馭清風。

〔翁批〕五排十二韻。　自謂。〔一〕一、「虚室使仙童」，「使」字咽住不發，直到「亦遣」，方縱出之。

〔賴校〕〔一〕此條爲夾批，墨書於「道術曾留意」句旁。

黄河二首

黄河北岸海西軍，椎鼓鳴鐘天下聞。鐵馬長鳴不知一作「如」，非數，胡人高鼻動成群。

黄河南一作「西」岸是吾一作「故」，非蜀，欲須供給家無粟。願驅衆庶戴君王，混一車書棄金玉。

〔**翁批**〕七絶。　一、「家」字，不但上承「吾」字，亦下對「君王」也。「吾」字，乃是竹枝體之「吾」字，非杜公之自謂矣。

揚旗公自注：「二年夏六月，成都尹嚴公置酒公堂，觀騎士試新旗幟。」

江風一作「風雨」颯長夏，府中有餘清。我公會賓客，肅肅有異聲。初筵閲軍裝，羅列照廣庭。庭空六一作「四」馬入，駛騤揚旗一作「旆」旌。迴迴偃飛蓋，熠熠迸流星。來衝一作「纏」風飈急，去擘山嶽傾。材歸俯身盡，妙取略地平。虹蜺就掌握，舒卷隨人輕。三州陷犬戎，但見西嶺青。公來練猛士，欲奪天邊城。此堂不易升，庸蜀日已寧。吾徒且加餐，休適蠻與荆。

〔**翁批**〕五古。

絶句六首

日出籬東水，雲生舍北泥。竹高鳴翡翠，沙僻舞鷗一作「鶤」雞。

藹藹花蘂亂，飛飛蜂蝶多。幽棲身懶動，客至欲如何。

鑿井交椶葉，開渠斷竹根。扁舟輕裊纜，小徑曲通郵。

急雨捎溪足，斜暉轉樹腰。隔巢黃鳥並，翻藻白魚跳。

舍下筍穿壁，庭中藤刺一作「到」簷。地晴絲冉冉，江白草纖纖。

江動月移石，溪虛雲傍花。鳥棲知故道，帆過宿誰家？

〔**翁批**〕五絕。

絕句四首

堂西長筍別開門，塹北行椒却背郵。梅熟許同朱老喫，松高擬對阮生論。公自注：「朱阮劍外相知。」

欲作魚梁雲覆一作「復」湍，因驚四月雨聲寒。青溪先有蛟龍窟，竹石如山不敢安。

兩箇黃鸝鳴翠柳，一行白鷺上青天。牕含西嶺千秋雪，門泊東吴萬里船。

藥條藥一作「菜」甲潤青青，色過棕亭入草亭。苗滿空山慚取譽，根居隙地怯成形。

〔**翁批**〕七絕。

寄李十四員外布十二韻公自注：「新除司議郎兼萬州别駕，雖尚伏枕，已聞理裝。」

名參漢望苑，職述景題輿。巫峽將之郡，荆門好附書。遠行無自苦，内熱比何如。正是炎天闊，那堪野舘疎。黄牛平駕浪，畫鷁上凌虚。試待盤渦歇，方期解纜初。悶能過小徑，自一作「日」爲摘嘉蔬。渚柳元幽僻，邨花不掃除。宿陰繁素柰，過雨亂紅蕖。寂寂夏先晚，泠泠風有餘。江清心可瑩，竹冷髮堪一作「宜」梳。直作移巾几，秋帆發敝廬。

〔翁批〕五排。

軍中醉歌寄沈八劉叟

酒渴愛江清，餘酣一作「甘」，非漱晚汀。軟沙欹坐穩，冷石醉眠醒。野膳隨行帳，華音發從伶。數盃君不見，都一作「醉」，非已遣沈冥。

〔翁批〕五律。

丹青引 公自注：「贈曹將軍霸。」

將軍魏武之子孫，於今爲庶爲清門。英雄割據雖一作「皆」已矣，文彩風流猶一作「今」尚存。學書初學衛夫人，但恨無晋作「未」，非過王右軍。丹青不知老將至，富貴於我如浮雲。開元之中一作「年」，非常引見，承恩數上南薰殿。凌煙功臣少顔色，將軍下筆開生面。良相頭上進賢冠，猛將腰間大羽箭。褒公鄂公毛髮動，英姿颯爽一作「颯颯」來樊作「猶」酣戰。先帝御一作「天」馬玉花驄，畫工如山貌不同。是日牽來赤墀下，迥一作「夐」立閶闔生長風。詔謂將軍拂絹素，意匠慘澹經營中。斯須九重真龍出，一洗萬古凡馬空。玉花却在御榻上，榻上庭前屹相向。至尊含笑催賜金，圉人太僕皆惆悵。弟子韓幹早入室，亦能畫馬窮殊相《英華》作「狀」。幹惟畫肉不畫骨，忍使驊騮氣凋喪。將軍盡一作「畫」，非善一作「妙」，一作「善畫」蓋有神，必一作「偶」逢佳士亦寫真。即今飄泊干戈際，屢貌尋常行路人。途窮反遭俗眼白，世上未有如公貧。《英華》作「他富至今我徒貧」。但看古來盛名下，終日坎壈纏其身。

〔翁批〕七古。　節族。〔一〕　自然是「猶」，尚存《左傳》「于今尚猶有泉」可證也。若作

「今」字，則弟二句已重頓「今」字矣。此種文字，太史遷叙垓下、鉅鹿戰事之後，古今無二。〔一〕詩到此等化神巔頂，則「畫肉不畫骨」，亦不必謂其應前「學書初學」「爲庶爲清門」之節族矣。吾亦不敢以節族目之矣。〔三〕

〔賴校〕〔一〕此條爲夾批，「節族」即「節奏」，此釋「於今爲庶爲清門」之兩「爲」，與後句「學書初學衛夫人」，亦有相同之夾批，亦同釋兩「學」字。〔二〕此條乃注「斯須九重真龍出，一洗萬古凡馬空。玉花却在御榻上，榻上庭前屹相向。至尊含笑催賜金，圉人太僕皆惆悵」，《翁批》於首句「斯須」字旁加硃筆標記。〔三〕此條係釋「幹惟畫肉不畫骨，忍使驊騮氣凋喪」句，《翁批》於首句「幹惟」字旁加硃筆標記。以上諸條《翁批》注文，《附記》均未抄録，不知何故。

韋諷録事宅觀曹將軍畫馬圖一本題下有「歌」字，一作「引」。

國初已來畫鞍馬，神妙獨數江都王。將軍得名三樊作「四」，非十載，人間又《英華》作「不」，非見真乘黄。曾貌先帝照夜白，龍池十日飛霹靂。内府殷紅瑪瑙盤一作「盌」，非，婕好傳詔才人索。盤賜將軍拜舞歸，輕紈細綺相追飛一作「隨」，非。貴戚權門得筆跡，始覺屏障生光輝。昔日太宗拳毛騧，近時郭家獅子花。今之新一作「畫」圖有二馬，復令識者久嘆嗟。此皆戰騎一敵萬，縞素漠漠開風沙。其餘七匹亦殊絶，迥若寒空動烟雪。霜蹄蹴踏長楸間，馬官厮養森成列。可憐九馬争神駿，顧視清高氣深穩。借問苦心愛者誰，後有韋諷前支遁。憶昔巡幸新豐宫，翠華拂天來向東。騰驤磊落三萬匹，皆與此圖筋骨同。自從獻寶朝河宗，無復射蛟江水中。君不見金粟堆前松柏裏，龍媒去盡鳥呼風。

〔**翁批**〕七古。　此乃直寫到馬之氣，直寫到畫馬者之心。〔一〕　添入一條。韋諷是題中所有，支遁則古事也。以古合今作押韻，人多不知其妙義，蓋通篇寫畫馬，至此直寫出「氣」字，則真馬湧現紙上矣。所以賞其神駿者，惟一支遁耳。今日我在韋諷宅觀圖，豈偶然哉？竟是古今同此心眼也。如此託到深微卓見處，方將前半之「馬官厮養」與夫「婕好才人」者，皆净掃虚空也。韋諷之愛馬，未必遽能儕於支遁，然而尊題之法，不得不如此説也，所以結段直將筋骨收束出來，正與此段「氣」字相圓成也。三萬馬之筋骨，亦未必遽能盡似此畫，然而作者命意收結之法，不得不如此説也。〔二〕

〔**賴校**〕〔一〕此條釋「可憐九馬争神駿，顧視清高氣深穩」。《翁批》此條及以下夾籤，《附記》均未抄録，亦不知何故。　〔二〕此條爲《翁批》夾籤，首句「添入一條」爲另貼一張紅紙墨書夾籤，「韋諷是題中所有」以下爲原貼夾籤，行書流麗，粲然可觀，此籤右上角鈐有騎縫章「壺天」長方陽文篆印一方。

送韋諷上閬州録事參軍

國步猶艱難，兵革未衰息。萬方哀一作「尚」，非嗷嗷，十載一作「年」，非供軍食。庶官務割剥，不暇憂反側。誅求何多門，賢者貴爲德。韋生富春秋，洞澈有清識。操持紀綱地，喜見朱絲直。當令晋作「因循」豪奪吏，自此無顔色。必若救瘡痍，先應去蝥賊。揮淚臨大江，高天意悽惻。行行樹佳政，慰我深相憶。

〔**翁批**〕五古。　一、「朱絲」從「綱紀」生出。

太子張舍人遺織成褥段

客從西北來，遺我翠一作「細」織成。開緘風濤湧，中有掉尾鯨。逶迤羅水族，瑣細不足名。客云充君褥，承君終宴榮。空堂魑魅一作「魍魎」，非走，高枕形神清。領客珍重意，顧我非公卿。留之懼不祥，施之混柴荆。服飾定尊卑，大哉萬古程。今我一賤老，裋一作「短」褐更無營。煌煌珠宫物，寢處禍所嬰。嘆息當路子，干戈尚縱横。掌握有權柄，衣馬自一作「已」肥輕。李鼎死岐陽，實以驕貴盈。來瑱賜自盡，氣豪直一作「真」阻兵。皆一作「昔」，非聞黄金多，坐見悔吝生。奈何田舍翁，受此厚貺情。錦鯨卷還客，始覺心和平。振我麤席塵，媿客茹一作「飯」藜羹。

〔翁批〕五古。

憶昔二首

憶昔先皇巡朔方，千乘萬騎入咸陽。陰山驕子汗血馬，長驅東胡胡走藏。鄴城反覆不足怪，關中小兒壞紀綱，張后不樂上爲忙。至今今上猶撥亂，勞心一作「身」焦思補四方。我昔近侍叨奉引，出兵一作「兵出」整肅不可當一作「忘」，非。爲留猛士守未央，致使岐雍防西羌。犬戎直來坐御床，百官跣足隨天王。願見北地傅介子，老儒不用尚書郎。

憶昔開元全盛日，小邑猶藏萬家室。稻米流脂粟米白，公私倉廩俱豐荆作「盈」，一作「富」實。九州道路無豺虎晋作「狼」，非，遠行不勞吉日出。齊紈魯縞車班班，男耕女桑不相失。宫中聖人奏雲門，天下朋友皆膠漆。百餘年間未灾變，叔孫禮樂蕭何律。豈聞一絹直萬錢，有田種穀今流血。洛陽宫殿燒焚盡，宗廟新除狐兔穴。傷心不忍問耆舊，復恐初從亂離説。小臣魯鈍無所能，朝廷記識一作「憶」蒙禄秩。周宣中興望我皇，灑淚一作「血」江漢身一作「長」，非衰疾。

〔**翁批**〕七古。　一、杜七古，自《瘦馬行》外，一韻到底者甚少；此前一首，與《哀王孫》皆有插入韻者，至此篇雖無插韻之句，而第三句亦以入聲作出句，雖非韻而神致飄忽，亦似幾於有插韻者，故遂以十一韻成章。畢竟不取整齊，然亦皆自然無意，非必與前一首相炤也。

杜詩附記卷弟十二

大興翁方綱學

寄董卿嘉榮十韻

聞道君牙帳，防秋近赤霄。下臨千仞雪一作「千雪嶺」，却背五繩橋。海内久戎服，京師今晏朝。犬羊曾爛熳，宫闕尚蕭條。猛將宜嘗膽，龍泉必在腰。黄圖遭污辱，月窟可焚燒。會取干戈利，無令斥候驕。居然雙捕虜，自是一嫖姚。落日思輕騎，高一作「秋」天憶射鵰。雲臺畫形像，皆爲掃氛妖。

〔翁批〕五排十韻。

立秋雨院中有作

山雲行絶塞，大火復西流。飛雨動華屋，蕭蕭梁棟秋。窮途愧知己，暮齒借前籌。

已費清晨謁，那成長者謀。解衣開北户，高枕對南樓。樹濕風凉進，江喧水氣浮。禮寛心有適，節爽病微瘳。主將歸調鼎，吾還訪舊丘。

〔翁批〕五排八韻。　一、小謝《觀朝雨》之變。〔一〕

〔賴校〕〔一〕「小謝」即謝朓，其《觀潮雨》詩有名句曰：「朔風吹飛雨，蕭條江上來。」謝朓，字玄暉，陳郡陽夏（今河南太康）人。他和「大謝」謝靈運一樣，都是謝家貴族子弟。自少好學，夙有文名，加以美風姿，性豪放，時人都喜與之交遊，嘗出任宣城太守，故世稱「謝宣城」。謝朓是永明詩人的代表。他關於聲律對仗和寫景狀物的技巧，對於唐代詩壇有着深刻的影響。杜甫《寄岑嘉州》説「謝朓每篇堪諷誦」，李白更是經常提起謝朓。

奉和嚴鄭公軍城早秋

秋風嫋嫋動高旌，玉帳分弓射虜營。已收滴博雲間戍，欲奪胡三省〔一〕作「次取」蓬婆雪外城。〔二〕

〔翁批〕七絶。

〔賴校〕〔一〕胡三省，宋元之際歷史學家，浙東史學派代表人物之一。原名滿孫，字身之，號梅澗，有兄弟五人，排行第三，寧海（今浙江寧海縣）中胡村人。後取《論語》「吾日三省吾身」一句，改名三省，又字景參。著有《資治通鑑音注》，公認是《資治通鑑》的最佳注釋，讀《通鑑》不可不讀《胡注》。

〔二〕《翁批》本有眉批，曰：「此篇音節尚是六朝之遺。」後以墨筆圈去，故《附記》未抄。

附　軍城早秋

嚴　武

昨夜秋風入漢關，朔雲邊雪一作「月」滿西山。更催飛將追驕虜，莫遣一作「放」沙場匹馬還。

院中晚晴懷西郭茅舍

幕府秋風日夜清，澹雲疎雨過高城。葉心朱實看一作「堪」時落，階面青苔先自一作「元自」，一作「老更」，皆非生。復有樓臺銜暮景，不勞鐘鼓報新晴。浣花溪裏花饒笑，肯信吾兼一作「今」吏隱名。

〔翁批〕七律。　　一、毛晃《增韻》〔一〕：「先事而爲曰『先』，又當後而前曰『先』。《月令》『先立春』，《晉書》『祖生先吾着鞭』，皆先見切。」宋郭守正《校正押韻釋疑》〔二〕云：

「《〈易〉有太極賦》押先天，作平聲者，皆不取是也。」愚按：「杜詩『階面青苔先自生』『秋沙先少泥』『荷鉏先童稚』之類，皆音去聲。」

〔賴校〕〔一〕毛晃《增韻》，即南宋毛晃增注、其子毛居正校勘重增的《增修互注禮部韻略》。此書以《禮部韻略》爲主，修訂工作主要有四點：「增字」「增圈」「正字」「修訂注釋」。但曾經受到《四庫提要》的批評，説它「不知古今文字之别，又不知古今聲韻之殊」。但從音韻學的角度看來，正是因爲毛晃父子「不知古今文字之别」，才不受正統韻書的束縛，記録了反映當時實際語音的情況。而《禮部韻略》係北宋丁度（公雅）等編，五卷，仍分兩百零六個韻，對《廣韻》所代表的語音系統没有大的變動，但收字比《廣韻》大爲減少，祇收録常用字，共九千五百九十個字；注釋也從簡，甚至有些常用的字乾脆不注。原本已不存，現有二種增訂本，北宋《附釋文互注禮部韻略》（不注作者，可能是集體編撰的官書）和南宋毛晃《增修互注禮部韻略》。〔二〕此書即宋歐陽德隆撰、郭守正增修《增修校正押韻釋疑》，共五卷。

宿府

清秋幕府井梧一作「桐」寒，獨宿江城蠟炬一作「燭」殘。永夜角聲悲自語，中天月色好誰看。風塵荏苒音書絶，關塞蕭條行路難。已忍伶俜十年事，强移棲息一枝安。

〔**翁批**〕七律。

到郪

碧澗雖多雨，秋沙先陳作「亦」少泥。蛟龍引子過，荷芰逐花低。老去參戎幕，歸來散馬蹄。稻粱須就列，榛草即相迷。蓄積思江漢，疎頑吳作「頑疎」惑一作「感」町畦。暫一作「稍」酬知己分，還入故林棲。

〔**翁批**〕五排六韻。一、有「思」字提筆，則「惑」字自不與「相迷」犯複也。

郪雨

雨聲傳兩夜，寒事颯高秋。攬一作「挈」，非帶看朱紱，開箱覩黑裘。世情只益睡，盜賊敢忘憂。松菊新霑洗，茅齋慰遠遊。

〔**翁批**〕五律。

獨坐

悲秋一作「愁」，非迴白首，倚杖背孤城。江斂〔一〕洲渚出，天虚風物清。滄溟恨一作「服」，非衰謝，朱紱負平生。仰羡黄昏鳥，投林羽翮輕。〔二〕

〔**翁批**〕五律。

〔**賴校**〕〔一〕原書「劍」，以硃筆改作「斂」。〔二〕《翁批》原有眉批，曰：「弟三句『洲渚』，與弟五句『恨衰』，乘承迴斡。」後以墨筆圈去，故《附記》未抄。

倦夜顧陶《類編》〔一〕作「倦秋夜」。

竹凉侵卧内，野月滿一作「遍」庭隅。重露成涓滴，稀星乍有無。暗飛螢自照，水宿鳥相呼。顧陶《類編》作「飛螢自照水，宿鳥競相呼」，非。萬事干戈裏，空悲清夜徂。

〔**翁批**〕五律。　一、末句弟三字一個平聲，孤懸耿耿。

〔**賴校**〕〔一〕唐顧陶《類編》此條所據，係引自宋吴曾《能改齋漫録》所録。

陪鄭公秋晚北池臨眺

北池雲水闊，華館闢秋風。獨鶴元一作「先」，非依渚，衰荷且映空。采菱寒刺上，踏藕野泥中。素檝分曹往，金盤小徑通。萋萋露草碧，片片晚旗紅。盃酒霑津吏，衣裳與釣翁。異方初艷菊，故里亦高桐。摇落關山思，淹留戰伐功。嚴城殊未掩一作「啓」，清宴已知終。何補參軍一作「卿」乏一作「事」，歡娱到薄躬。

〔翁批〕五排十韻。　　比也。〔一〕

〔賴校〕〔一〕此條爲夾批，以硃筆標記，書於「獨鶴」二字旁。

遣悶奉呈嚴公二十韻

白水魚一作「漁」竿客，清秋鶴髮翁。胡爲來一作「居」幕下，衹合在舟中。黄卷真如律，青袍也自公。老妻憂坐痺，幼女問頭風。平地專欹倒，分曹失異同。禮甘衰力就，義忝上官通。疇昔論詩早，光輝仗鉞雄。寬容存性拙，剪拂念途窮。露裛思藤架，煙霏想桂叢。信然龜觸網，直作鳥窺籠。西嶺紆郵北，南江繞舍東。竹皮寒舊翠，椒實雨新紅。浪簸船應坼，杯乾甕即空。藩籬生野徑，斤斧任樵童。束縛酬知己，蹉跎效小忠。周防期稍稍，太簡遂忽忽。曉入朱扉啓，昏歸畫角終。不成尋別業，未敢息微躬。烏鵲愁銀漢，駑駘怕錦幪。會希全物色，時放倚梧桐。

〔翁批〕五排二十韻。　一、「龜網」「烏籠」下，乃以「西嶺」「南江」曠接之，此所謂「不成尋別業」也。

送舍弟穎一作「頻」，一作「潁」赴齊州三首

岷嶺南蠻北，徐關東海西。此行何日到，送汝萬行啼。絶域惟高枕，清風獨杖藜。危時暫相見，衰白意都迷。

風塵暗不開，汝去幾時來。兄弟分離苦，形容老病催。江通一柱觀，日落望鄉臺。客意長東北，齊州安在哉。

諸姑今海畔，兩弟亦山東。去傍干戈覓，來看道路通。短衣防戰地，匹馬逐秋風。莫作俱流落，長瞻碣石鴻。

〔翁批〕五律。　一、元相所謂鋪陳排比，何必長篇哉！蓋有深於情文、理氣之精微者，若以呼

吸開合乍求之，亦不可遽得也。〔一〕

〔**賴校**〕〔一〕《翁批》此條釋第一首詩。

嚴鄭公堦下新松得「霑」字

弱質豈自負，移根方爾瞻。細聲侵一作「聞」，非玉帳，踈翠近珠簾。未見紫煙集，虚蒙清露霑。何當一百丈，欹蓋擁高簷。

〔**翁批**〕五律。

嚴鄭公宅同詠竹得「香」字

緑竹半含籜，新梢纔出墻。色侵書帙晚，陰過酒樽凉。雨洗娟娟净，風吹細細香。但令無剪伐，會見拂雲長。

〔**翁批**〕五律。

晚秋陪嚴鄭公摩訶池泛舟得「溪」字 公自注：「池在府内，蕭摩訶所開，因是得名。」〔一〕

湍駛一作「駃」，非風醒酒，船回一作「行」，非霧起隄。高城秋自落，雜樹晚相迷。坐觸鴛鴦起，巢傾翡翠低。莫須驚白鷺，爲伴宿青一作「清」溪。

〔**翁批**〕五律。

〔**賴校**〕〔一〕《翁批》貼一夾籤，曰：「有否？此注仇本無。」

奉觀嚴鄭公廳事岷山沲江畫圖十韻得「忘」字

沱水臨一作「流」中坐，岷山到一作「對」，俗本作「赴」北一作「此」堂。白波吹一作「侵」，非粉壁，青嶂插雕梁。直訝松杉冷，兼疑菱荇香。雪雲虚點綴，沙草得微茫。嶺雁隨毫末，川蜺飲練光。霏紅洲蘂亂，拂黛石蘿長。谷暗一作「暗谷」，非非關雨，楓丹一作「丹楓」，非不爲霜。秋成一作「城」，非玄圃外，景物洞庭旁。繪事功殊絶，幽襟興激昂。從來謝太傅，丘壑道難忘。

〔**翁批**〕五排十韻。

過故斛斯校書莊二首 公自注：「老儒艱難，病於庸蜀，歎其歿後，方授一官。」

此老已云歿，鄰人嗟一作「嘆」未一作「亦」休。竟無宣室召，徒有茂陵求。妻子寄他食，園林非昔遊。空餘一作「堂」繐帷在，淅淅野風秋。

燕入非傍舍，鷗歸祇故池。斷橋無復板，卧柳自生枝。遂有山陽作，多慚鮑叔知。素交零落盡，白首淚雙垂。

〔**翁批**〕五律。

懷舊 原注：「公前名預，避御諱，改名源明。」〔一〕

地下蘇司業，情親獨有君。那因喪一作「衰」，非亂後，便有一云「更作」死生分。老罷知明鏡，悲來望白雲。自從失詞伯，不復更論文。

〔**翁批**〕五律。

〔**賴校**〕〔一〕《翁批》貼一夾籤，曰：「此注千家本無，未必是。仇本有之。」《附記》未抄。

哭台州鄭司户蘇少監

故舊誰憐我，平生鄭與蘇。存亡不重見，喪亂獨前途。豪俊何人一作「人誰」，非在，文章掃地無。羈遊萬里闊，凶問一年俱。白首一作「日」中原上，清秋大海隅。夜臺當北斗，泉路窅一作「著」東吴。得罪台州去，時危棄碩儒。移官蓬閣後，穀貴殁潛夫。流慟嗟何及，銜冤有是夫。道消詩發興，心息酒爲徒。許與才雖薄，追隨跡未拘。班揚名甚盛，嵇阮逸相須。會取君臣合，寧詮品命殊。賢良不必展，廊廟偶然趨。勝決風塵際，功安造化鑪。從容詢一作「拘」，非舊學，慘澹閟陰符。擺落嫌疑久，哀傷志力輸。俗依綿谷異，客對雪山孤。童稚思諸子，交朋列友于。情乖清酒送，望絶撫墳呼。瘧病一作「痢」餐巴水，瘡痍老蜀都。飄零迷哭處，天地日榛蕪。

〔翁批〕五排二十二韻。　放聲。〔一〕

〔賴校〕〔一〕此條爲夾批，書於「得罪台州去」句旁。

別唐十五誡因寄禮部賈侍郎

九載一相見一作「逢」，非，百年能幾何。復爲萬里別，送子山之阿。白鶴久同林，潛魚本同河。未知棲集期，衰老强高歌。歌罷兩悽惻，六龍忽蹉跎。相視髮皓白，况難駐羲和。湖星墜燕地，漢將仍横戈。蕭條四海内，人少豺虎多。少人慎莫投，多虎信所過。飢有易子食，獸猶畏虞羅。子負經濟才，天門鬱嵯峨。飄飄一作「飄飖」，非適東周，來往若一作「亦」，非崩波。南宫吾故人，白馬金盤陀。雄筆映千古，見賢心靡一作「匪」他。念子善師事，歲寒守舊柯。爲我謝賈公，病肺卧江沱。

〔翁批〕五古。　一、十六韻，只三韻三平耳。中間「駐羲和」「畏虞羅」，極出以宛轉音節，乃苦調也。

初冬

垂老戎衣窄一作「穿」，「穿」，去聲，歸休寒色一作「氣」，非深。漁舟上急水，獵火著高林。日有習池醉，愁來梁父吟。干戈未偃息，出處遂何心。

〔**翁批**〕五律。　一、「遂」是「遂意」之「遂」。

觀李固請司馬弟一作「題」**山水圖三首**

簡易一作「易簡」，非高人意一作「體」，非，匡床竹火爐。寒天留遠客，碧海挂新圖。雖對連山好，貪看絶島孤。群仙不愁思，冉冉下蓬壺。

方丈渾連水，天台總映雲。人間長見畫，老去一云「身老」恨空聞。范蠡舟偏一作「偏舟」，非小，王喬鶴不群。此生隨萬物，何路出塵氛。

高浪垂翻屋，崩崖欲壓床。野橋一作「樓」，非分子細，沙岸繞微茫。紅浸珊瑚短，青懸薜荔長。浮查並坐得一作「相並坐」，非，仙老暫相將。

〔**翁批**〕五律。　一、「得」字，掩蓄深穩之至。〔一〕

〔**賴校**〕〔一〕此條釋第三首「浮查並坐得」之「得」字。

至後

冬至至後日初長，遠在劍南思洛陽。青袍白馬有何意，金谷銅駝非故鄉。梅花欲開不自覺，棣萼一別永相望。愁極本憑詩遣興，詩成吟咏轉凄凉。

〔**翁批**〕七律。

寄賀蘭銛

朝野歡娱後，乾坤震蕩中。相隨萬里日，總作白頭翁。歲晚仍分袂，江邊更轉蓬。勿云俱異域，飲啄幾回同？

〔**翁批**〕五律。

送王侍御往東川放生池祖席

東川詩友合，此贈怯輕爲。况復傳宗匠舊作「近」，仇本作「匠」，空然惜別離。梅花交近野，草色向平池。儻憶江邊卧，歸期願早知。

〔**翁批**〕五律。

正月三日歸溪上有作簡院内諸公

野外堂依竹，籬邊水向城。蟻浮仍臘味，鷗泛已春聲。藥許鄰人斸，書從稚子擎。白頭趨幕府，深覺負平生。

〔**翁批**〕五律。

敝廬遣興奉寄嚴公

野水平橋路，春沙映竹邨。風輕粉蝶喜，花暖蜜蜂喧。把酒宜一作「且」深酌，題詩好細論。府中瞻暇日，江上憶詞源。跡忝一作「寄」朝廷舊，情依節制尊。還思長者轍，恐避席爲門。

〔**翁批**〕五排六韻。

營屋

我有陰江竹，能令朱夏寒。陰通積水内，高入浮雲端。甚一作「如」疑鬼物憑，不顧剪伐殘。東偏若面勢，户牖永可安。愛惜已六載，兹晨去千竿。蕭蕭見白日，洶洶開奔湍。度堂匪華麗，養拙異考槃。草茅雖薙葺，衰疾方少寬。洸然順所適，此足代加餐。寂無斤斧響，庶遂憩息歡。

〔**翁批**〕五古。

除草公自注：「去蕣也。」〔一〕

草有害於人，曾何生阻修。其毒甚蜂蠆，其多彌道周。清晨步前林，江色未散憂。芒刺在我眼，焉能待高秋。霜露一作「雪」一霑凝一作「衣」，蕙葉亦難留。荷耡先童稚，日入仍討求。轉致水中央，豈無雙釣舟。頑根易滋蔓，敢使依舊丘。自兹一作「移」，非藩籬曠，更覺松竹幽。芟夷不可闕，疾惡信如讎。

〔**翁批**〕五古。

〔**賴校**〕〔一〕《翁批》貼有夾籤，曰：「此有否？仇本有此注。」

春日江邨五首

農務邨邨急，春流岸岸深。乾坤萬里眼，時序百年心。茅屋還堪賦，桃源自可尋。艱難昧一作「賤」，一作「淺」生理，飄泊到如今。

〔**翁批**〕五律。

〔**翁注**〕第六句「自」字，是「原自如此」之自也。桃源初非異境，原自可尋，但媿我未能尋耳。〔一〕

〔**賴校**〕〔一〕此釋第一首詩，爲《附記》所抄，《翁批》未見。

迢遞來三蜀，蹉跎有一作「又」六年。客黄作「容」身逢故舊，發興自林泉。過懶從衣結，頻游任履穿。藩籬頗無限一作「無限景」，恣意向一作「買」江天。

〔**翁批**〕一、「買」字，太著迹也。雖未能遽尋桃源，而此心嚮往久矣。〔二〕

〔**翁注**〕此即以起句之「迢遞」「蹉跎」，承接弟一首末句之「艱難」「漂泊」，乃覺前起之「村村」「岸岸」，其氣局音節，自然皆合拍。　弟二句「有」字，是「春秋十有幾年」「二十有幾

年」之「有」字。　弟四句「自」字，乃「自己」之「自」也。正與上句「逢故舊」相對，我自因林泉發興耳，豈直爲故舊哉。〔二〕

〔賴校〕〔一〕此條釋末句「恣意向江天」及小字注「一作買」。《翁批》僅作「『買』字太著迹」，其餘文字皆爲《附記》所抄，當是後來增補。　〔二〕此及以上二條釋第二首詩，爲《附記》所抄，《翁批》未見。

種竹交加翠，栽桃爛熳紅。經心石鏡月，到面雪山風。赤管隨王命，銀章付老翁。豈知牙齒落，名玷薦賢中。

扶病垂朱紱，歸休步紫苔。郊扉存一作「在」晚計，幕府愧群材。燕外晴絲卷，鷗邊水葉開。鄰家送魚鼈，問我數能來。

〔翁注〕言鄰來問我也，接燕鷗，映幕才。〔一〕

〔賴校〕〔一〕此條爲《附記》所抄，《翁批》未見。

群盗哀王粲，中年召賈生。登樓初有作，前席竟爲榮。宅入先賢傳，才高處士名。異時懷二子，春日復含情。

〔翁批〕一、弟七句，空際頓挫。〔一〕

〔**賴校**〕〔一〕此條《翁批》僅作「空隙頓挫」,「第七句」見《附記》所抄。

長吟

江渚翻鷗戲,官橋帶柳陰。江飛競渡日,草見踏青一作「春」心。已撥形骸累,真爲爛熳深。賦詩新一作「歌」,句穩,不覺一作「免」自長吟。

〔**翁批**〕五律。

春遠

肅肅花絮晚,菲菲紅素輕。日長惟鳥雀,春遠獨柴荆。數有關中亂,何曾劍外清。故鄉一作「園」,非歸不得,地入亞夫營。

〔**翁批**〕五律。

絶句三首

聞道巴山裏,春船正好行趙作「還」。都將百年興,一望九江城趙作「山」。

水檻温江口，茅堂石笱西。移船先主廟，洗藥浣花一作「沙」溪。

謾一作「設」，非道春來好，狂風太放顛。吹一作「飛」花隨水去，翻却釣魚船。

〔翁批〕五絶。

三韻三篇

高馬勿捶一作「唾」面，長魚無損鱗。辱馬馬毛焦，困魚魚有神。君看磊落士，不肯易其身。

蕩蕩萬斛船，影若揚一作「摇」白虹。起檣必椎牛，挂席集衆功。自非風動天，莫置大水中。

烈一作「列」士惡多門，小人自同調。名利苟可取，殺身傍權要。何當官曹清，爾輩堪一笑。

〔翁批〕五古三韻。

天邊行

天邊老人歸未得，日暮東臨大江哭。隴右河源不種田，胡騎羌兵入巴蜀。洪濤滔天風拔木，前飛禿鶖後鴻一作「黄」鵠。九度附書向洛陽，十年骨肉無消息。

〔**翁批**〕七古。　一、屋、職通用。　二、此下三篇，即前卷《同谷七歌》之後闋也，而氣益豪縱矣。

莫相疑行

男兒生無所樊作「一生無」成頭皓白，牙齒欲落真可惜。憶獻三賦蓬萊宫，自怪一日聲烜一作「輝」，一作「燀」赫。集賢學士如堵墻，觀我落筆中書堂。往時文采動人主，此《文粹》作「今」日飢寒趨路旁。晚將末契託年少《文粹》作「末節契年少」，當面輸一作「論」心背面笑。寄謝悠悠世上兒，不一作「莫」，非争好惡莫相疑。

〔**翁批**〕七古。

赤霄行

孔雀未知牛有角，渴飲寒泉逢觝觸。赤霄玄圃須往來，翠尾金花不辭辱。江中淘河嚇飛燕，銜泥却落羞華屋。皇孫猶曾蓮勺困，衛朱云：「當作鮑。」莊見貶傷其足。老翁慎莫怪少年，葛亮貴和書有篇。丈夫垂名動萬年，記憶細故非高賢。

〔翁批〕七古。

聞高常侍亡〔一〕

歸朝不相見，蜀使忽傳亡。虛歷金華省，何殊地下郎。致君丹檻折，哭友白雲長。獨步詩名在，秖令故舊傷。

〔翁批〕五律。　一、此哭友，别有所指，想是高之實事。

〔賴校〕〔一〕《翁批》注曰：「公自注：『忠州作。』」後圈去，而貼一夾籤曰：「是否？仇注内駁此注。其非『公自注』無疑。」

去蜀

五載客蜀郡，一年居梓州。如何關塞阻，轉作瀟湘遊。萬一作「世」事已黄髮，殘生隨白鷗。安危大臣在，不一作「何」必淚長流。

〔翁批〕五律。　一、忽出三平字爲句，此亦鬱塞之極，不得不然者〔一〕，併非有意炤應起句之五仄也，而神氣自然拍合耳。

〔賴校〕〔一〕《翁批》書作「者」，《附記》抄作「耳」，當以「者」爲正。

喜雨

南國旱一作「早」，非無雨，今朝江出雲。入空纔漠漠，灑迥已紛紛。巢燕高飛盡，林花潤色分。晚來聲不絶一作「更急」，應得夜深聞。

〔翁批〕五律。

宿青溪驛奉懷張員外十五兄之緒

漾舟千山内，日入泊枉一作「荒」渚。我生本飄飄，今復在何許。石根青楓林，猿鳥聚儔侶。月明遊子静，畏虎不得語。中夜懷友朋，乾坤此深阻。浩蕩前後間，佳期赴一作「付」荆楚。

〔**翁批**〕五古。　一、佳勝之光陰，乃虚擲於此日乎？「付」字亦正可相參。

狂一作「短」歌行贈四兄

與兄行年校一歲，賢者是兄愚者一作「是」弟。兄將富貴等浮雲，弟竊一作「切」功名好權勢。長安秋雨十日泥，我曹鞴馬聽晨雞。公卿朱門未開鎖，我曹已到肩相齊。吾兄睡穩方舒膝，不襪不巾踏曉日。男啼女哭莫我知，身上須繒腹中實。今年思我來嘉州，嘉州酒重一作「香」花繞一作「滿」樓。樓頭喫酒樓下卧，長歌短咏一作「歌」迭一作「還」，一作「遠」相酬。四時八節還拘禮，女拜弟妻男拜弟。幅巾鞶帶不掛身，頭脂足垢何曾洗。吾兄吾兄巢許倫，一生喜怒長任真。日斜枕肘寢已熟，啾啾唧唧爲何一作「何爲」人。

〔**翁批**〕七古。　一、此詩前後「弟」字兩押，前去而後上。按：《説文》「弟，韋束之次弟也。特計切」；《玉篇》則以「男子後生爲弟」入「大禮切」下，「以次弟」入「大例切」下；《廣韻》上聲《十一薺》「徒禮切，兄弟也」，去聲《十二霽》「特計切，次弟也」。今爲兄弟字，蓋《説文》作「次第」之「弟」，本無上聲；而後來通爲「兄弟」之「弟」，乃上、去同用耳。〔一〕

〔**賴校**〕〔一〕《翁批》此條後，尚有二段文字，其一曰：「然一篇之内，前押去，後押上，以爲不倫矣。」其二曰：「曉日、穩睡與斜日、熟寢，亦複。」後均圈去不録。

宴戎州楊使君東樓

勝絶驚身老，情忘發興奇。座從歌妓密，樂任主人爲。重碧拈舊作「酟」，一作「擎」，一作「拓」，皆非春一作「筒」酒，輕紅擘荔枝〔一〕。樓高欲愁思，横笛未休吹。

〔**翁批**〕五律。

〔**賴校**〕〔一〕《翁批》原有眉批，曰：「阮亭先生賞『輕紅擘荔枝』句，然何如末句之神到。」後圈去不録。

渝州候嚴六侍御不到先下峽

聞道乘驄發，沙邊待至今。不知雲雨散，虛費短長吟。山帶烏蠻闊，江連白帝深。船經一柱觀，留眼一作「滯」共登臨。

〔翁批〕五律。

撥悶別本作「贈嚴二别駕」者，誤。

聞道雲安麴米春，纔傾一盞即醺人。乘舟取醉非難事，下峽銷愁定幾巡。長年三老遥憐汝，捩柁開頭一作「鳴鐃」捷有神。已辨青錢防雇直，當令美味入吾脣。

〔翁批〕七律。

宴忠州使君姪宅

出守吾家姪，殊方此日歡。自須遊阮舍一作「巷」，不是怕湖一作「溪」灘。樂助長歌逸一作「送」，杯一作「林」，非饒旅思寬。昔曾如意舞，牽率强爲看。

〔**翁批**〕五律。

禹廟

禹廟空山裏，秋風落日斜。荒庭垂橘柚，古屋畫龍蛇。雲氣生虚《英華》作「噓青」壁，江聲走白沙。早知乘四載，疏鑿控三巴。

〔**翁批**〕五律。　一、「早知」二字，直從五、六句曠望得之，而歎明德之遠，與山川並峙也。〔一〕

〔**賴校**〕〔一〕《翁批》原有眉批，曰：「當隨刊之日，英靈直貫，注到今日也。江走、雲生、三巴一線，都入『早知』十字之内。」後圈去不録。

題忠州龍興寺所居院壁

忠州三峽内，井邑聚雲根〔一〕。小市常争米，孤城早閉門。空一作「豈」，非看過客淚，莫覓主人恩一作「言」。淹泊一作「薄」仍愁虎，深居賴獨園。

〔**翁批**〕五律。　一、詩家多以雲根爲石，此類書相沿用之耳。《唐音統籤》〔二〕：「雲根，六朝人先用之。宋孝武《登樂山詩》『屯煙擾風穴，積水溺雲根』。」此自指石也。蓋詩人刻畫石狀，目爲雲根，本自可通。然，杜詩「井邑聚雲根」「穿水忽雲根」，則非石之謂也，必取詩家所用雲根，悉以爲石，則如張景陽詩「雲根臨八極」〔三〕，將以爲石臨乎？〔四〕

〔賴校〕〔一〕《翁批》原有眉批，曰：「此句『雲根』，亦不指石也。」後圈去不録。　〔二〕明胡震亨撰《唐音統籤》。　〔三〕張景陽，即張協，西晋文學家，字景陽，安平（今屬河北省）人。曾任公府掾、秘書郎、華陰令等職。惠帝末年，天下紛亂，辭官隱居，以吟詠自娱。永嘉初，復徵爲黄門侍郎，託病不就，後逝於家。張協與其兄張載、其弟張亢，均是西晋有名的文人，時稱「三張」。南朝梁鍾嶸在《詩品》總論中，把他們與陸機、陸雲、潘岳、左思等並提，作爲西晋文學的代表。《隋書・經籍志》録張協有集四卷，已佚。明張溥輯《漢魏六朝百三家集》中有《張孟陽集》《张景陽集》。景陽詩句「雲根臨八極」，録見於《昭明文選・雜詩上・雜詩十首之十》：「雲根臨八極，雨足灑四溟。」　〔四〕此條釋「雲根」之義，適可與卷十七《東屯月夜》附記批語互參，此條文字辨析稍略，而後條内容詳贍，論證益加豐確，可以相觀而善。

哭嚴僕射歸櫬

素幔隨流水，歸舟返舊京。老親如一作「知」，非宿昔，部曲異平生。風送一作「逆」，非蛟龍匣一作「雨」，非，天長驃騎營。一哀三峽暮，遺後見君情。

〔**翁批**〕五律。

旅夜書懷

細草微風岸，危檣獨夜舟。星垂一作「隨」平野闊，月湧大江流。名豈文章著，官應一作「因」老病休〔一〕。飄飄一作「飄零」，非何所似，天地一作「外」，非一沙鷗。

〔**翁批**〕五律。

〔**賴校**〕〔一〕《翁批》原有眉批，曰：「此五、六句，以單字領起，清雅之至。」後圈去不録。

放船

收帆下急水，卷幔逐回灘。江市戎戎暗，山雲淰淰寒。荒林一作「村荒」，非無徑入，獨鳥怪人看。已泊城樓底，何曾夜色闌。

〔**翁批**〕五律。

雲安九日鄭十八携酒陪諸公宴

寒花開已盡，菊蘂獨盈枝。舊摘人頻異，輕香酒暫隨。地偏初衣裌，山擁更登危。萬國皆戎馬，酣歌淚欲垂。〔一〕

〔翁批〕五律。

〔賴校〕〔一〕《翁批》原有眉批，曰：「問一九日詩，而各篇各自有實境，如畫花有淺深、凹凸之不同。」後圈去不録。

答鄭十七郎一絶

雨後過畦潤，花殘步屐遲。把文驚小陸，好客見當時。

〔翁批〕五絶。

別常徵君

兒扶猶杖策，卧病一秋强。白髮少新洗，寒衣寬總長。故人憂見及，此別淚相望舊作「忘」，黄生〔二〕作「望」。各逐萍流轉，來書細作行。

〔**翁批**〕五律。

〔**賴校**〕〔二〕黄生(一六二二—一六九六?)，著有《一木堂詩稿》《唐詩摘鈔》《唐詩矩》《唐詩評三種》等。

長江二首

衆水會涪萬，瞿塘争一門。朝宗人共挹，盗賊爾誰尊。孤石隱如馬，高蘿垂飲猿。歸心異波浪，何事即飛翻。

浩浩終不息，乃知東極深一作「臨」。衆流歸海意，萬國奉君心。色借瀟湘闊，聲驅灧澦沉一作「深」。未辭添霧雨，接上過一作「遇」，非衣襟。

〔**翁批**〕五律。　一、末句，即思異水而湧泉之意。〔一〕

〔**賴校**〕〔一〕此條釋第一首詩。《翁批》原有接續文字，曰：「此則杜公拖沓風氣。」後圈去不録。

承聞故房相公靈櫬自閬州啓殯歸葬東都有作二首

遠聞房太尉一作「守」，非，歸葬陸渾山。一德興王後，孤魂久客間。孔明多故事，安石竟崇班。他日嘉陵淚一作「涕」，仍霑楚水還。

丹旐飛飛日，初傳發閬州。風塵終不解，江漢忽同流。劍動黄注：「一作『近』。」親身匣，書歸故國樓。盡哀知有處，爲客恐長休。

〔翁批〕五律。

將曉二首

石城除擊柝，鐵鎖欲開關。鼓角愁荒塞，星河落曙一作「曉」山。巴人常小梗，蜀使動無還。垂老孤帆色，飄飄一作「飄颻」犯百一作「白」蠻。

軍吏迴官燭，舟人自楚歌。寒沙縈一作「蒙」薄霧，落月去清波。壯惜身名晚，衰慚應接多。歸朝日簪笏，筋力定如何。

〔翁批〕五律。　一、「迴」字沉頓。〔一〕

〔**賴校**〕〔一〕此條釋第二首詩首句「軍吏迴官燭」之「迴」字。

懷錦水居止二首

軍旅西征僻，風塵戰伐多。猶聞蜀父老，不忘舜謳歌。天險終難立，柴門豈重過。朝朝巫峽水，遠逗郭作「遠遠」錦江波。

萬里橋西一作「南」宅，百花潭北莊。層軒皆面水，老樹飽經霜。雪嶺界天白，錦城曛日黃。惜哉形勝地，回首一茫茫。

〔**翁批**〕五律。　一、一逆旅栖止耳，而天壤界局，迴斡於胸前眼際。〔一〕

〔**賴校**〕〔一〕此條釋第一首詩。

青絲

青絲白馬誰家子，麄豪且逐風塵起。不聞漢主放妃嬪，近静潼關掃蜂蟻。殿前兵馬破汝時，十月即爲齏粉期。不如一作「未如」，一作「未知」面縛歸金闕，萬一皇恩下玉墀。

〔**翁批**〕七古。

三絶句

前一作「去」年渝州殺刺史，今年開州殺刺史。群盜相隨劇虎狼，食人更肯留妻子。二十一家同入蜀，惟殘一人出駱谷。自説二女齧臂時，迴頭却向秦雲哭。殿前兵馬雖驍雄，縱暴略與羌渾同。聞道殺人漢水上，婦女多在官軍中。

〔翁批〕七絶。

遣憤

聞道花門將，論功未盡歸。自從收帝里，誰復總戎一云「兵」機一云「軍麾」。蜂蠆終懷毒，雷霆可震威。莫令鞭血地，再濕漢臣衣。〔一〕

〔翁批〕五律。

〔賴校〕〔一〕《翁批》原有眉批，曰：「變二《雅》後，有杜公爲之發揮，唐音見厚處，遂與周並。」後圈去不録。

十二月一日三首

今朝臘月春意動，雲安縣前江可憐。一聲何處送書雁，百丈誰家上瀨一作「水」船。未將梅蘂驚愁眼，要一作「更」取椒一作「楸」花媚遠天。明光起草人所羨，肺病幾時朝日邊。

新亭舉目風景切，茂陵著書消渴長。春花不愁不爛熳，楚客惟聽棹相將。寒輕市上山煙碧，日滿樓前江霧黄。負鹽出井此溪女，打鼓發船何郡郎。

即看燕子入山扉，豈有黄鸝歷翠微。短短桃花臨水岸，輕輕柳絮點人衣。春來準擬開懷久，老去親知見面稀。他日一盃難强進，重嗟筋力故山違。

〔翁批〕七律。一、前四句，總收入弟五句内；然後益見弟六句之沈厚。二、弟七句「他日」，總繳三章。〔一〕

〔賴校〕〔一〕以上二條，俱釋第三首詩。

又雪

南雪不到地，青崖霑未消。微微向日薄，脉脉去人遥。冬熱鴛鴦病，峽深豺虎驕。

愁邊有江水，焉得北之朝。

〔**翁批**〕五律。

雨

冥冥甲子雨，已度立春時。輕箑須一作「煩」相向，纖絺恐自疑。煙添纔有色，風引更如絲。直覺巫山暮，兼催宋玉悲。

〔**翁批**〕五律。

南楚

南楚青春異，暄寒早早分。無名江上草，隨意嶺頭雲。正月蜂相見，非時鳥共聞。杖藜妨躍馬，不是故離群。

〔**翁批**〕五律。

水閣朝霽奉簡雲安嚴明府一作「嚴雲安」

東城抱春岑，江閣鄰石面。崔嵬晨雲白，朝旭一作「日」射芳甸。雨檻臥花叢，風床展書卷一作「輕幔」，非。鈎簾宿鷺起，丸藥流鶯囀。呼婢取酒壺，續兒誦文選。晚交嚴明府，矧此數相見。

〔**翁批**〕五古。

杜鵑

西川有杜鵑，東川無杜鵑。涪萬一作「南」無杜鵑，雲安有杜鵑。我昔遊錦城，結廬錦水邊。有竹一頃餘，喬木上參天。杜鵑暮春至，哀哀叫其間。我見常再拜，重是古帝魂。生子百鳥巢，百鳥不敢嗔一作「喧」。仍爲餧其子，禮若奉至尊。鴻雁及羔羊，有禮太古前。行飛與跪乳，識序如一作「又」知恩。聖賢古一作「吾」，非法則，付與一作「之」後世傳。君看禽鳥情，猶解事杜鵑。今忽暮春間，值我病經年。身病不能拜，淚下如迸泉。

〔**翁批**〕五古。

子規

峽裏雲安縣，江樓翼瓦齊。兩邊山木合，終一作「盡」日子規啼。眇眇春風見，蕭蕭夜色淒一作「悽」。客愁那聽此，故作傍一作「傍旅」人低。

〔翁批〕五律。

客居

客居所居堂，前江後山根。下塹萬尋岸，蒼濤鬱飛翻。葱青衆木梢，邪豎雜石痕。子規晝夜啼，壯士斂精魂。峽開四千里，水合數百源。人虎相半居，相傷終兩存。蜀麻久不來，吴鹽擁荆門。西南失大將，商旅自星奔。今又降元戎，已聞動行軒。舟子候利涉，亦憑節制尊。我在路中央，生理不得論。卧愁病脚廢，徐步視小園。短畦帶碧草，悵望思王孫。鳳隨其凰去，籬雀暮喧繁。覽物想故國，十年别荒一作「鄉」，非邨。日暮歸幾翼，北林空自昏。安得覆八溟，爲君洗乾坤。稷契易爲力，犬戎何足吞。儒生老無成，臣子憂四藩一作「四番」，魯直刊作「憂思翻」。篋中有舊筆，情至時復援。

〔**翁批**〕五古。　一、似四段，又似兩段，然終不可劃斷。蓋讀《杜詩》，無可劃斷之理；若以間架、節族、分合觀之，固自無所不可。　二、「客居」「所居」「相半」「相傷」，皆節族之自然蟬聯而下者。　三、又見「稷契」二字。　自是寄託之詞。〔一〕

〔**賴校**〕〔一〕此條爲夾批，以硃筆標記，書於「悵望思王孫」句旁。

石硯 公自注：「平侍御者。」

平公今詩伯，秀發吾所羨。奉使三峽中，長嘯得石硯。巨璞禹鑿餘，異狀君獨見。其滑乃波濤，其光或雷電。聯坳各盡墨，多水遞隱見。揮灑容數人，十手可對面。比公頭上冠，貞一作「正」質未爲賤。當公賦佳句，況得終清宴。公含起草姿，不遠明光殿。致于丹青地，知汝隨顧眄盼。

〔**翁批**〕五古。　一、所以及於「頭上冠」者，當日必有事實，特今不可考耳；而或者遂奮筆抹之。

贈鄭十八賁

温温士君子，令我懷抱盡。靈芝冠衆芳，安得闕親近。遭亂意不歸，竄身跡非隱。細人尚姑息，吾子色愈謹。高懷見物理，識者安肯哂。卑飛欲何待，捷徑應未忍。示我百篇文，詩家一標準。羇離交屈宋，牢落值顔閔。水陸迷畏一作「長」途，藥餌駐修軫。古人日已遠，青史字不泯。步趾咏唐虞，追隨飯葵堇一作「謹」，誤。數杯資好事，異味煩縣尹。心雖在朝謁，力與願矛盾。抱病排金門，衰容豈爲敏。

〔翁批〕五古。　一、「捷徑應未忍」，「忍」字下得好，此則聖賢分上事矣，詩人不能知也。

别蔡十四著作

賈生慟哭後，寥落無其人。安知蔡夫子，高義邁等倫。獻書謁皇帝，志已清風塵。流涕灑丹極，萬乘爲酸辛。天地則瘡一作「創」痍，朝廷多一作「當」，非正臣。異才復間出，周道日惟新。使蜀見知己，别顔始一伸。主人薨城府，扶櫬歸咸秦。巴道此相逢，會我病江濱。憶念鳳翔都，聚散俄十春。我衰不足道，但願子意一作「章」，非陳。稍令社稷安，自契魚水親。我雖消渴甚，敢忘帝力勤。尚思未朽骨，復覩耕桑民。積水駕三峽，浮龍倚長津一云「輪囷」，非。揚舲洪濤間，仗子濟物身。鞍馬下秦塞，王城通北辰。玄甲聚不散，兵久食恐貧。窮谷無粟帛，使者來相因。若馮一作「逢」南轅吏陳作「使」，書札到天垠。

〔**翁批**〕五古。

寄常徵君

白水青山空復春，徵君晚節傍風塵。楚妃堂上色殊衆，海鶴堦前鳴向人。萬事糾紛猶絶粒，一官羈絆實藏身。開州入夏知凉冷，不似雲安毒熱新。

〔**翁批**〕七律。

寄岑嘉州公自注：「州據蜀江外。」

不見故人十年餘，不道故人無素書。願逢顔色關塞遠，豈意出守江城居。外江三峽且相接，斗酒新詩終自一作「日」疎。謝朓每篇堪諷誦，馮唐已老聽吹噓。泊船秋夜經

春草，伏枕青楓限玉除。眼前所寄選何物，贈子雲安雙鯉魚。〔一〕

〔**翁批**〕七古。

〔**賴校**〕〔一〕第七册至此終篇。後頁有筆記三條，録以備參：一、「《憶昔》二首，皆七古之一韻到底者。前一首平韻，有插入韻；後一首仄韻，無插入韻。」二、「須謄正本，添入一條。」三、「五排十七首。」

杜詩七

卌七葉　卷十三　卷十四〔一〕

《壯遊》一首，五古五十六韻。

初看。此本全看定。甲辰〔二〕五月廿四日。

丙午〔三〕閏七月廿三日，覆看定一遍。

此以前文章，再考。

元元歸始終。廿九頁上

《諸將》《八哀》《夔府書懷四十韻》。〔四〕

〔賴校〕〔一〕以上葉數、卷次文字均爲硃筆，「卌七葉」書於「杜詩七」之右，「卷十三」「卷十四」書於本頁左上方。「杜詩七」並以下文字，均爲墨書，「杜詩七」以下題記，書法仍較爲端謹，與之前各册首卷同。以下題記，由右而左，由上而下，依次釋録。〔二〕「甲辰」爲清乾隆四十九年（一七八四），翁方綱時年五十二歲。 〔三〕「丙午」爲清乾隆五十一年（一七八六），翁方綱時年五十四歲。 〔四〕次頁有十條檢查筆記，尚有「嫦。卅六下」一條待查，圈去九條已查者，録釋如下：一、「鄭南玭。五下。」二、「有合《神農書》語，亦出於楚俗。此句未批入。查酌。七上。」三、「《張旭艸書圖》。『張王』十五之下。」四、「《贈李十五丈别》，題下并詩内二處注，查。十六下。」五、「神翰顧不一，以是説書否？未批入，酌。廿六上。」六、「田父嗟膠漆，注家作何解？廿八上。」七、「先露。廿九上。」八、「《贈李八秘書》起啓事，查。卅二下。」九、「《吹笛》七律五、六句，查。卅五上。」

杜詩附記卷弟十三

大興翁方綱學

移居夔州作或作「郭」

伏枕雲安縣，遷居白帝城。春知催柳別，江與一作「已」，非。放船清。農事聞人説，山光見鳥情。禹功饒斷石，且就土微平。

〔**翁批**〕五律。　一、「與」者，「乞與」之「與」。一老飄然江山，若爲之相助者；《上白帝城》詩亦云「煩形勝」者是也。

船下夔州郭宿雨濕不得上岸別王十二郭作「二十」**判官**

依沙宿舸船，石瀨月娟娟。風起春燈亂，江鳴夜雨懸。晨鐘雲外濕，勝地石堂偏一作「烟」。柔艣輕鷗外，含悽一作「情」覺汝賢。

一、「石堂」，當是王判官所寓處，故以「汝」字結之。

〔**翁批**〕五律。

漫成一首

江月去人只數尺，風燈照夜欲三更。沙頭宿鷺聯拳静一作「起」，船尾跳魚撥一作「潑」，一作「跋」剌鳴。

〔**翁批**〕七絶。

客堂

憶昨離少城，而今異楚蜀。捨舟復深山，窅窕一林麓。棲泊雲安縣，消中内相毒。舊疾甘一作「廿」載一作「再」，一作「戴」，一作「戰」來，衰年得無足一作「得弱足」，一作「弱無足」。死爲殊方鬼，頭白免短促。老馬終望雲，南雁意在北。别家長兒女，欲起慚筋力。客堂序節改，具物對羈束。石暄蕨芽紫，渚秀蘆笋緑。巴鶯一作「稼」，非紛未稀，徼一作「要」，非麥早向熟。悠悠日動江，漠漠春辭木。臺郎選才俊，自顧亦已極。前輩聲名人，埋没何所得。居然綰章紱，受性本幽獨。平生憩息地，必種數竿竹。事業只濁醪，營葺但草屋。上公有記者，累奏資薄禄。主憂豈濟時，身遠彌曠職。修一作「循」文廟算正，獻可天衢直。尚想趨朝廷，毫髮裨社稷。形骸今若是，進退委行色。

〔翁批〕五古。　一、屋、職同用。　二、「得無足」正與「甘載來」相呼吸。「足」者，「知足」之「足」。　三、「亦已極」，與下「只」字、「但」字，皆與上文「甘載來」「得無足」，神理一片。

引水

月峽瞿唐雲作頂，亂石崢嶸俗無井。雲安沽水奴僕悲，魚復移居心力省。白帝城西萬竹蟠，接筒引水喉不乾。人生流滯生理難，斗水何直百憂寬。

〔翁批〕七古。

示獠奴阿段

山木蒼蒼落日曛，竹竿裊裊細泉分。郡人入夜争餘瀝，豎一作「稚」子尋源獨不聞。病渴三更迴白首，傳聲一注濕青雲。曾驚陶侃胡奴異，怪爾常穿虎豹群。

〔翁批〕七律。　一、接上《引水》一篇。

上白帝城

城峻隨天壁，樓高更一作「望」，非女墻。江流思夏后，風至憶襄王。老去聞悲角，人扶報夕陽。公孫初恃險，躍馬意何長。

〔翁批〕五律。

上白帝城二首

江城含變態，一上一回新。天欲今朝雨，山歸萬古春。〔一〕英雄餘事業，衰邁久風塵。取醉他鄉客，相逢故國人。兵戈猶擁蜀，賦斂强一作「尚」輸秦。不是煩形勝，深愁畏一作「慙」損神。

白帝空祠廟，孤雲自往來。江山城宛轉，棟宇客徘徊。勇略今何在，當年亦壯哉。後人將酒肉，虚殿日塵埃。谷鳥鳴還過，林花落又開。多慙病無力，騎馬入青苔。

〔翁批〕五排二首。　一、「山歸萬古春」，「歸」字即「青歸柳葉新」〔二〕「歸」字，即「一日克己

復禮，天下歸仁」〔三〕「歸」字。〔四〕自然不須更注出，城上有廟矣。〔五〕

〔**賴校**〕〔一〕《翁批》注曰：「此等句，後人如何能作？後人如何能曉？」後圈去不録。〔二〕出自杜詩《奉酬李都督表丈早春作》：「紅入桃花嫩，青歸柳葉新。」〔三〕出自《論語・顏淵第十二》：「顏淵問仁。子曰：『克己復禮爲仁，一日克己復禮，天下歸仁焉。爲仁由己，而由人乎哉？』顏淵曰：『請問其目？』子曰：『非禮勿視，非禮勿聽，非禮勿言，非禮勿動。』顏淵曰：『回雖不敏，請事斯語矣！』」〔四〕此條釋第一首詩。《翁批》原有眉批，曰：「此神化之境，工部所以大不可階也。後來注家，皆不知其所以然。」後圈去不録。於第二首詩，又有原批曰：「一片神氣，必如此，然後謂之通。」亦圈去不録。〔五〕此條爲夾注，以硃筆標記，書於第二首詩「江山城宛轉，棟宇客徘徊」句旁，而《附記》未抄録。

陪諸公上白帝城一有「樓」字，「樓」一作「頭」**宴越公堂之作**千家本公自注：「越公，楊素也。有堂在城上，畫像尚存。」〔一〕

此堂存古制一作「製」，非，城上俯江郊。落構垂雲雨，荒堦蔓草茅。柱穿蜂溜蜜，棧缺燕添巢。坐接春盃氣，心傷艷蘂梢。英靈如過隙，宴衎願投膠。莫問東流水一作「水清淺」，非，生涯未即拋。

〔**翁批**〕五排。

〔**賴校**〕〔一〕《翁批》貼一夾籤，曰："『越公』一段注，不知是『公自注』否？首五字不似自注口氣，千家本刻『公自注』。"以上文字較端整，以下大字書寫則較疏放，曰："此等似只寫明是千家本，即不妨矣。"此夾籤下，原有眉批曰："題下『越公，楊素也』一十四字，《千家注》本云『公自注』。今按：詩中無畫像意，蓋詩止賦其所宴之堂，故以此堂直起，至於『英靈過隙』，乃帶筆耳。此注蓋唐人舊注，非出公自爲也。"後圈去不録。

白帝城最高樓

城尖徑昃一作「翼」，非旌旆愁，獨立縹緲之飛樓。峽圻雲霾龍虎卧一作「睡」，江清日抱黿鼉遊。扶桑西枝對一作「封」，非斷石，弱水東影隨長流。杖藜嘆世者誰子，泣血迸空回白頭。

〔**翁批**〕七律。

武侯廟

遺廟丹青落一作「古」，空山草木長。猶聞辭後主，不復卧南陽。

〔翁批〕五絶。

八陣圖

功蓋三分國，名成八陣圖。江流石不轉，遺恨失吞吴。

〔翁批〕五絶。　一、自然是失在「吞吴」，猶言鑄錯不成也。

曉望白帝城鹽山

徐步携斑杖，看山仰白頭。翠深開斷壁，紅一作「江」，非遠結飛樓。日出清一作「寒」江望，暄和散旅愁。春城見松雪，始擬進歸舟。

〔翁批〕五律。

灧澦堆

巨石一作「積」，非水中央，江寒出水長。沉牛答雲雨，如馬戒舟航。天意存傾覆，神功接混茫。干戈連解纜，行止憶垂堂。

〔翁批〕五律。　一、行則有舟航之險，不行則又有干戈之險，於是無處不作灧澦觀矣。

老病

老病巫山裏，稽留楚客中。藥殘他日裏，花發去年叢。夜足霑沙雨，春多逆水風。合分雙賜筆，猶作一飄蓬。

〔翁批〕五律。

近聞

近聞犬戎遠遁逃，牧馬不敢侵臨洮。渭水逶迤白日静，隴山蕭瑟秋雲高。崆峒五原亦無事，北庭數有關中使。似聞贊普更求親，舅甥和好應難棄。

〔**翁批**〕七古。　一、「似聞」與「近聞」不同，非義山《馬嵬》詩所得藉口。

負薪行

夔州處女髮半華，四十五十無夫家。更遭喪亂嫁不售，一生抱恨長一作「堪」咨嗟。土風坐男使女立，男一作「應」當門户一作「應當門户」，《英華》作「應門當户」女出入。十有一作「猶」八九負薪歸，賣薪得錢應一作「當」供給。至老雙鬟一作「環」只垂頸，野花山葉銀釵並。筋力登危集市門，死生射利兼鹽井。面粧首飾雜啼痕，地褊衣寒困石根。若道巫山女麤醜，何得北一作「此」有昭君邨。

〔**翁批**〕七古。

最能行

峽中丈夫絶輕死，少在公門多在水。富豪有錢駕大舸，貧窮取給行艓子。小兒學問止論語，大兒結束隨商旅。欹帆側柁入波濤，撇漩一作「旋」梢濆無險阻。朝發白帝暮江陵，頃來目擊信有徵。瞿唐漫天虎鬚一作「眼」怒，歸州長年行一作「與」最能。此鄉之人器一作「氣」量窄，悮競南風疎北客。若道士一作「土」無英俊才，何得山有屈原宅。

〔**翁批**〕七古。　一、前篇結句，以不對承對句；此篇結句，以對句承不對，皆自然之節奏。　二、唐、宋時，已視《論語》爲幼學常業之書；宋初，趙普讀《論語》，史論以爲學力有限，可見其來已非一日。

寄韋有夏郎中

省郎憂病士，書信有柴胡。飲子頻通汗，懷君想報珠。親知天畔少，藥餌一作「味」峽中無。歸楫生衣卧，春鷗洗翅呼。猶聞上急水，早作取平塗。萬里皇華使，爲僚記腐儒。

〔**翁批**〕五排。

峽中覽物 一本題上無「峽中」二字

曾爲掾吏趨三輔，憶在潼關詩興多。巫峽忽如瞻華嶽，蜀江猶似見黄河。舟中得病移衾枕，洞口經春長薜蘿。形勝有餘風土惡，幾時回首一高歌。

〔翁批〕七律。

憶鄭南 題下一有「玭」字

鄭南伏毒寺一作「守」，瀟灑到江心。石影銜珠閣，泉聲帶玉琴。風杉曾曙倚，雲嶠憶春臨。萬里蒼茫一作「滄浪」外一作「水」，龍蛇只自深。

〔翁批〕五律。

贈崔十三評事公輔

飄飖一作「飄飄」西極馬，來自渥洼池。颯飄寒一作「定」，一作「鄧」山桂，低徊風雨枝。我聞龍正直，道屈爾何爲。且有元戎命，悲歌識者誰一作「知」。官聯辭冗長，行路徙一作「洗」欹危。脱劍主人贈，去帆春色隨。陰沉鐵鳳闕，教練羽林兒。天子朝侵早，雲臺仗數移。分軍應供給，百姓日支離。黠吏因封己，公才或守雌。燕王買一作「賈」駿骨，渭老得熊羆。活國名公在，拜壇群寇疑。冰壺動瑶碧，野水失蛟螭。入幕諸彦集一作「聚」，渴賢高選宜。騫騰坐可致，九萬起於斯。復進出矛戟，昭然開鼎彝。會看之子貴，非，歎及老夫衰。豈但江曾決，還思霧一披。暗塵生古鏡，拂匣照西施。舅氏多人物，無慚困翮垂。

〔**翁批**〕五排。　一、一氣十二聯，須看其每句弟三字脱换向背之妙。然此實非中間忽作拗變；亦因起處八句，太出飄忽也。若中間不如此，則末八句亦何由放平乎？　二、「集」字必應入聲，不應去聲，以上一聯「在」字是去聲也。此句不特换一「彦」字耳。

奉寄李十五秘書文嶷二首

避暑雲安縣，秋風早下來。暫留刊作「之」魚復浦，同過楚王臺。猿鳥千崖窄，江湖萬里開。竹枝歌未好，公自注：「《竹枝歌》，巴渝之遺音也，惟峽人善唱。」〔二〕畫舸莫陳作「且」輕一作「遲」回。

行李千金贈，衣冠八尺身。飛騰知有策，意度不無神。班秩兼通貴，公侯出異人。玄成負文彩，世業豈沉淪。

〔**翁批**〕五律。　一、言未到峽中，則且莫迴船也。「峽人善唱」，是自注無疑。

〔**賴校**〕〔二〕《翁批》貼一夾籤，曰：「此是乎？查。朱注引此作『舊注』，恐是自注。」

雷

大旱山嶽焦，密雲復無雨一云「覆如雨」。南方瘴癘地，罹此農事苦。封内必舞雩，峽中喧擊鼓。真龍竟寂寞，土梗空僂俯他本作「俯僂」。吁嗟公私病，税斂缺不補。故老仰面啼，瘡痍向誰數。暴尪或前聞，鞭巫張遠作「石」，非非稽古。請先偃甲兵，處分聽人主。萬邦但各業，一物休盡取。水旱其數一云「數至」然，堯湯免親覩。上天鑠金石，群盗亂豺虎。二者存一端，愆陽不猶愈。昨宵殷其雷，風過齊萬弩。復吹霾翳散，虚覺神靈聚。氣暍腸胃融，汗濕一作「滋」衣裳污一作「腐」。吾衰尤一作「猶」拙計一作「計拙」，失望築場圃。

〔翁批〕五古。　一、農事之苦，本是實地正面，而轉若消納通篇，以作出路者。

火千家本公自注：「楚俗，大旱則焚山、擊鼓，有合《神農書》。」

楚山經月火，大旱則斯舉。舊俗燒蛟一作「虵」龍，驚惶致雷雨。爆嵌魑魅泣，崩凍嵐陰昈。羅落沸百泓，根源皆太一作「萬」古。青林一灰燼，雲氣無處所。入夜殊黄作「珠」，非赫然，新秋照牛女。風吹巨焰作，河漢一作「棹」，一作「淡」騰一作「勝」煙柱。勢欲焚崑崙，光彌焮洲渚。腥至焦長蛇，聲吼一作「吼争」纏猛虎。神物已高飛，不一作「只」見石與土。爾寧要謗讟，憑此近熒侮。薄關長吏憂，甚味至精主。遠遷誰撲滅，將恐及環堵。流汗卧江亭，更深氣如縷。

〔翁批〕五古。一、「雲氣」句轉關。二、刺楚俗也，「爾」指楚人。三、「薄關」，猶《毛詩》「薄汙」「薄澣」「薄言」之「薄」字。

熱三首

雷霆空霹靂，雲雨竟虚無。炎赫衣流汗，低垂氣不蘇。乞爲寒水玉，願作冷秋菰。何晋作「那」，非似兒童歲，風凉出舞雩。

瘴雲終不滅，瀘水復西來。閉户人高卧，歸林鳥却回。峽中都是一作「似」火，江上只空一作「聞」雷。想見陰宫雪，風門颯沓一作「踏」，非開。

朱李沉不冷，彫菰一作「胡」，非炊屢新。將衰骨盡病，被暍一作「褐」，非味空頻。欻翕炎蒸景，飄颻征戍一作「伐」，非人。十年可解甲，爲爾一霑巾。

〔翁批〕五律。

夔州歌十絶句

中巴之東巴東山，江水開闢流其間。白帝高爲三峽鎮，瞿唐一作「夔州」險過百牢關。

白帝夔州各異城，蜀江楚峽混殊名。英雄割據非天意，霸王一作「主」并吞在物情。

群雄競起問一作「問」，郭作「向」，並非前朝，王者無外見今朝。比訝漁陽結怨恨，元聽舜日舊簫韶。

赤甲白鹽俱刺天，閭閻繚繞接山巔。楓林橘樹丹青合，複道重樓錦繡懸。

瀼東瀼西一萬家，江南江北一作「江北江南」春冬花。背飛鶴子遺瓊蕊，相趁鳧雛入蔣牙。

東屯稻畦一百頃，北有澗水通青苗。晴浴狎鷗分處處，雨隨神女下朝朝。

蜀麻吴鹽自古通，萬斛之舟行若風。長年三老長歌裏，白晝一作「買」攤錢一作「白馬灘前」高浪中。

憶昔咸陽都市合，山水之圖張賣時。巫峽曾經寶屏見，楚宫猶對碧峰疑。

武侯祠堂一作「生祠」，非不可忘，中有松柏參天長。干戈滿地客愁破，雲日如火炎天涼。

閬風玄圃與蓬壺，中有高唐一作「堂」天下無。借問夔州壓何處，峽門江腹擁城隅。。

〔翁批〕七絶，《竹枝》之類。　二字破空而來。〔一〕　一、「吾將罪真宰，意欲鏟疊嶂」，此篇末二句，其注脚也。　一、「買」字不必存，特因「馬」字，故存之。　一、「雨隨神女峰」對「楚宮」，漸次寫入杳渺矣，故以「江腹」「城隅」束住。〔二〕

〔賴校〕〔一〕此條爲夾批，以原筆標記，書於第十首「中有」二字旁。　〔二〕《翁批》以上三條，分釋第二首、第七首與第十首詩。

毒熱寄簡崔評事十六弟

大火舊作「暑」運金氣，荆揚不知秋。林下有塌翼，水中無行舟。千室但掃地，閉關人事休。老夫一作「大」，非轉不樂，旅次兼百憂。蝮蛇暮偃蹇，空床難暗投。炎宵惡明燭，况乃懷舊丘。開襟仰内弟，執熱露白頭。束帶負芒刺，接居成阻修。何當清霜飛，會子臨江樓。載聞大易義，諷詠一作「興」詩家流。藴藉異時輩，檢身非苟求。皇皇使臣體，信是德業優。楚材擇杞梓，漢苑歸驊騮。短章達我心，理爲一作「待」識者籌。

〔**翁批**〕五古。　一、崔評事《易》義。

信行遠修水筒草堂本公自注：「引泉筒也。」

汝性不茹葷，清净僕夫内。秉心識本一作「根」源，於事少凝滯。雲端水筒坼，林表山石碎。觸熱藉子修，通流與厨會。往來四十里，荒險崖谷大。日曛驚未餐一作「食」，貌赤愧相對。浮瓜供老病，裂餅嘗所愛。於斯答恭謹，足以殊殿最。詎要方士符，何假將軍蓋高麗本作「佩」。行諸直如筆，用意崎嶇外。

〔**翁批**〕五古。

催宗文樹雞柵

吾衰怯行邁，旅次展崩迫。愈風傳烏雞，秋卵方漫喫。自春生成者，隨母向百翮。驅趁制不禁，喧呼山腰宅。課奴殺青竹，終日憎赤幘。踏藉盤桉翻，塞蹊使之隔。墻東有隙晉作「閒散」地，可以樹高柵。避熱時來晉作「未」歸，問兒所爲跡。織籠曹其内，令入不得擲。稀間苦一作「可」，非突過，觜爪一作「距」還污席。我寬螻蟻遭，彼免狐貉厄。應宜各長幼，自此均勍敵。籠柵念有修，近身見一作「知」，非損益。明明領處分，一一當剖析。不昧風雨晨，亂離減憂慼。其流則凡鳥，其氣心匪石。倚賴窮歲晏，撥煩及一作「去」冰釋。未似尸鄉翁，拘留蓋阡陌。

〔**翁批**〕五古。　一、《杜臆》謂：「舊本顛錯，移『踏藉盤桉翻』句，在『終日』句上；移『課奴殺青竹』句，在『塞蹊』句上；移『避熱時來歸，問兒所爲迹』二句，在『我寬』句上。」仇本從之，不知「踏藉盤桉」，正接上句「憎」字也；「織籠曹其内」，正接上句「問兒所爲跡」也，此所謂「一一當剖析」也。「不得」二字，直貫下「稀間」二句，則「我寬」「彼免」雙接，更從容不迫耳。豈有此間插入「來歸」「問跡」二句之理耶？《杜臆》之不可信，往往如此；仇本妄從之，而外間學人，或有執以爲説者，故不可以不辨。

貽華陽柳少府

繫馬喬木間，問人野寺門。柳侯披衣笑，見我顔色温。並坐石下堂一作「堂下石」，一作「石堂下」，俛視大江奔。火雲洗月露，絶壁上朝暾。自非曉相訪，觸熱生病根。南方六七月，出入異中原。老少多暍死，汗踰水漿翻。俊才得之子，筋力不辭煩。指揮當世事，語及戎馬存。涕淚一云「流涕」濺衣一作「我」裳，悲風排帝閽。鬱陶抱長策，義仗知者論。吾衰卧江漢，但媿識璵璠。文章一小技，於道未爲尊。起予幸斑白，因是託子孫。俱客古信州，結廬依毁垣。相去四五里，徑微山葉繁。時危挹佳士，况免軍旅喧。醉從趙女舞，歌鼓秦人盆。子壯顧我傷，我驩兼淚痕。餘生如過鳥，故里今空村。

〔**翁批**〕五古。　一、所謂「道」者，正因語及「戎馬」「抗懷」「稷禼」「十六相」耳，非泛泛致謙也。

七月三日亭午已後校熱退晚加小凉穩睡有詩因論壯年樂事戲呈元二十一曹長

今兹商用事，餘熱亦已末。衰年旅炎方，生意從此活。亭午減汗流，比一作「北」，非鄰耐人聒。晚風爽烏匼，筋力蘇摧折。閉目踰十旬，大江不止渴。退藏恨雨師，健步聞一作「供」旱魃。園蔬抱金玉，無以供採掇。密雲雖聚散，徂暑終一作「經」，非衰歇。前聖眘焚巫，武王親救暍。陰陽相主客，時序遞回斡。灑落惟清秋，昏霾一空闊。蕭蕭紫塞雁，南向欲行列。欻思紅顏日，霜露凍堦闥。胡馬挾雕弓，鳴弦不虚發。長鈚逐狡兔，突羽當滿月。惆悵白頭吟，蕭條遊俠窟。臨軒望山閣，縹緲安可越。高人鍊丹砂，未念將朽骨。少壯跡頗疎，歡樂曾倏忽。杖藜風塵際，老醜難剪拂。吾子得神仙，本是池中物。賤夫美一睡，煩促嬰詞筆。

〔翁批〕五古。

牽牛織女

牽牛出河西，織女處其東。萬古永相望，七夕誰見同。神光一作「仙」竟一作「意」難候，此事終蒙朧。颯然精靈魯訔作「爽」合，何必秋遂通。亭亭新粧立，龍駕具層空一作「穹」。世人亦爲爾，祈請走兒童。稱家隨豐儉，白屋達公宫。膳夫翊堂殿，鳴玉凄房櫳。曝衣遍天下，曳月揚微風。蛛絲小人態，曲綴一作「掇」瓜果中。初筵裛重露，日出甘所終一作「從」，非。嗟汝未嫁女，秉心鬱忡忡。防身動如律，竭力機杼中。雖無舅姑一作「姑舅」事，敢昧織作功。明明君臣契，咫尺或未容。義無棄禮法，恩始夫婦恭。小大有佳期，戒之在至公。方圓苟齟齬，丈夫多英雄一云「勿替丈夫雄」。

〔翁批〕五古。　一、「中」字再押。

〔翁注〕此等亦其即事偶成，非必讀而效之，不必從而爲之辭也。杜詩廣大悉備，無所不有，後人篇篇爲加箋釋，則何必哉？〔一〕

〔賴校〕〔一〕此《翁批》未見，爲《附記》所抄録。

雨

峽雲行清曉，煙霧相徘徊。風吹蒼江樹朱子改作「去」，董作「澍」，雨灑石壁來。淒凉生餘寒，殷殷兼出一作「山」雷。白谷變氣候，朱炎安在哉。高鳥濕不下，居人門未開。楚宮久已滅，幽珮爲誰哀。侍臣書王夢，賦有冠古才。冥冥翠龍駕，多自巫山臺。

〔翁批〕五古。　一、後半全入迷離飄緲，益見「峽雲」二字起勢之妙。

雨〔一〕

行雲遞崇高，飛雨靄而至。潺潺石間溜，汩汩松上駛。亢陽乘秋熱，百穀皆一作「亦」

已棄。皇天德澤降，焦卷有生意。前雨傷卒暴，今雨喜容易。不可無雷霆，間作鼓增氣。佳聲達中宵，所望時一致。清霜九月天，髣髴見滯穗。郊扉及我私一作「栽耘」，非，我圃日蒼翠。恨無抱甕力，庶減臨江費。

〔翁批〕五古。　一、兩「我」字相疊，道理、音節，俱十分圓足。

〔賴校〕〔一〕《翁批》本有眉批，曰：「此篇逼近小謝，而尤質實。」後圈去不録。

雨二首

青山澹無姿，白露誰能數。片片水上雲，蕭蕭沙中雨。殊俗狀巢居，層臺俯一作「附」，非風渚。佳客適萬里，沉思情延佇。掛帆遠色外，驚浪滿吴楚。久陰蛟螭出，寇盜一云「冠蓋」，非復幾許。

空山中宵陰，微冷先枕席。回風起清曙一作「曉」，非，萬象萋已碧。落落出岫雲，渾渾倚天石。日假何道行，雨含長江白。連檣荆州船，有士荷戈一作「矛」戟。南防草鎮慘，霑濕赴遠役。群盜下辟山，總戎備强敵。水深雲光廓，鳴艣各有適。漁艇息一作「自」

悠悠，夷歌負樵客。留滯一老翁，書時記朝夕。

〔**翁批**〕五古。

江上

江上日多雨一作「病」，非，蕭蕭荆楚秋。高風下木葉，永夜攬一作「挈」，非貂裘。勳業頻看鏡，行藏獨倚樓。時危思報主，衰謝不能休。

〔**翁批**〕五律。　一、「勳業」「行藏」四字，無限頓蓄，若與下三字一直讀下，則少味矣。

雨晴

雨時一作「晴」山不改，晴罷峽如新。天路看一作「休」，非殊俗，秋江思殺人。有猿揮淚盡，無犬附一作「送」書頻。故國愁眉外，長歌欲損神。

〔**翁批**〕五律。　一、「秋江思殺人」，非「雨晴」之題，不足當之，可謂精能之至矣。「有」「無」二字，皆〔二〕從空曠中轉出。

〔**賴校**〕〔一〕「皆」字，《附記》抄作「當」。

雨不絶

鳴雨既過漸細晋作「細雨」微，映空摇颺如絲飛。堦前短草泥不亂，院裹長條風乍稀。舞石旋應將乳子，行雲莫自濕仙衣。眼邊江舸何匆促一作「遽」，未待晋作「得」安流逆浪歸。

〔**翁批**〕七律。一、久不得歸之人，觸物皆有感發。

晚晴

返一作「晚」照斜初徹一作「散」，浮雲薄未歸。江虹明遠一作「近」，非飲，峽雨落餘飛。鳧雁一作「鶴」終高去，熊羆覺自肥。秋分客尚在，竹露夕一作「久」，非微微。

〔**翁批**〕五律。

雨

萬木雲深隱，連山雨未開。風扉掩不定，水鳥去一作「過」仍迴。鮫館如鳴杼，樵舟豈伐枚。清涼破炎毒，衰意欲登臺。

〔**翁批**〕五律。

奉漢中王手札

國有乾坤大，王今叔父尊。剖符來蜀道，歸蓋取荆門。峽險通舟峻一作「過」，江長注海奔。主人留上客，避暑得名園。前後緘書報，分明饌玉恩。天雲浮絶壁，風竹在華軒。已覺良一作「涼」宵永陳作「逸」，何看駭浪翻。入期朱邸雪，朝傍一作「望」紫微垣。枚乘文章老，河間禮樂存。悲秋宋玉宅，失路武陵源。淹泊俱崖口，東西異石根。夷音迷咫尺，鬼物倚一作「傍」朝一作「黄」昏。犬馬誠爲戀，狐狸不足論。從容草奏罷，宿昔奉清罇。

〔**翁批**〕五排十四韻，此首看定。　一、「國有乾坤大」，此「有」字，乃「奄有」之「有」，非「有如」之「有」。　二、「老」之云者，歎詞，非誇詞也。　三、「涼」字、「望」字，俱不必存，而可參筍縫之理，所以不得不存。　四、末五字，收捲通篇。頓挫。〔一〕

〔**賴校**〕〔一〕此條爲夾批，書於「枚乘文章老」句旁。

返照

楚王宫北正黄昏，白帝城西過雨痕。返照入江翻石壁，歸雲擁樹失山邨。衰年病肺惟高枕，絶塞愁時早閉門。不可久留豺虎亂，南方實有未招魂。

〔翁批〕七律。　一、嘗取《劍南集》中「痕」字之句，集鈔觀之，以爲放翁善用「痕」字也。至杜公此篇，則邨失、魂招，無一不攝入，昌黎謂「雷硠巨刃」，斯其至矣。二、豈惟「豺虎亂」是特提之筆哉？「高枕」「閉門」，乃正是泬寥空曠中特提之筆耳。予曩時，每以東坡《虎跑》《惠山》二篇中「欹枕」「閉門」，較其頓挫即離之勢，豈復能與此同論耶？〔一〕

〔賴校〕〔一〕《翁批》此二條書法工整謹飭，端楷細緻，不若《翁批》中多數行書流麗瀟灑，亦一况味。

晴二首

久雨巫山暗，新晴錦繡文一作「紋」。碧知湖外一作「上」，非草，紅見海東雲。竟日鶯相和，摩霄鶴數群。野花乾更落，風處急紛紛。

啼烏争引子，鳴鶴不歸林。下食遭泥去，高飛恨久陰。雨聲衝塞盡，日氣射江深。

回首周南客，驅馳魏闕心。

〔**翁批**〕五律。　一、「錦繡」與「紅碧」，正在離即之間，而益顯上句「巫山暗」之妙也。〔一〕

〔**賴校**〕〔一〕《翁批》此條釋第一首詩。

雨

始賀天休雨，還嗟地出雷。驟看浮一作「巫」，非峽過，密作一作「塞密」，非渡江來。牛馬行無色，蛟龍鬬不開。干戈盛陰氣，未必自陽臺。

〔**翁批**〕五律。　一、雨晴相間，凡十餘篇，忽於此篇作小結束，斯爲變《雅》章法。

殿中楊監見示張旭草書圖

斯人已云亡，草聖秘難得。及兹煩見示，滿目一悽惻。悲風生微綃，萬里起古色。鏘鏘鳴玉動，落落群松直。連山蟠其間，溟漲與筆力。有練實先書，臨池真盡墨。俊拔爲之主，暮年思轉極。未知張王後，誰並百代則。嗚呼東吴精，逸氣感清識。楊公拂篋笥，舒卷忘寢食。念昔揮毫端，不獨觀酒德。

〔**翁批**〕五古。　一、右軍艸書與伯英雁行，此後獨推長史，此少陵書品也。

〔**翁注**〕「俊拔爲之主」，書家骨格、詩家峰巒，萬古真意，五字盡之。〔一〕

〔**賴校**〕〔一〕此條爲《附記》所抄，《翁批》未見。

楊監又出畫鷹十二扇

近時馮紹正，能畫鷙鳥樣。明公出此圖，無乃傳其狀。殊姿各獨立，清絕心有向一作「尚」，非。疾禁千里馬，氣敵萬人將。憶昔驪山宮，冬移含元仗。天寒大羽獵，此物神俱王。當時無凡材，百中皆用壯。粉墨形似間，識者一惆悵。干戈少暇日，真骨老崖嶂。爲君除狡兔，會是翻一作「飛」韝上。

〔**翁批**〕五古。　一、杜公用韻最精嚴，而此篇「上」字，與《八哀》《滎陽》篇「上」字，皆與唐韻不同，何也？

送殿中楊監赴蜀見相公

去水絕還波，洩雲無定姿。人生在世間，聚散亦暫時。離別重相逢，偶然豈足一作

「定」，非期。送子清秋暮，風物一作「動」，非長年悲。豪俊貴勳業，邦家頻出師。相公鎮梁益，軍事無孑遺。解榻再見今，用才復擇誰。況子已高位，爲郡得固辭。難拒供給費，慎哀漁奪私。干戈未甚息，綱紀正所持。汎舟巨石横，登陸草露滋。山門日易夕一作「久」，當念居者思。

〔翁批〕五古。　一、「離別重相逢」二句，中説上「聚散」句，不嫌其複。

贈李十五丈别〔一〕

峽人鳥獸居，其室附層巔。下臨不測江，中有萬里船。多病紛倚薄，少留改歲年。絶域誰慰懷，開顔喜名賢。孤陋忝末親，等級敢比肩。人生意氣一作「頗」，非合，相與襟袂連。一日兩遣僕，三日一共筵。揚論展寸心，壯筆過飛泉。玄成美價存，子山舊業傳。不聞八尺軀，常受衆目憐。且爲辛苦行，蓋被生事牽。北迴白帝棹，南入黔陽天。汧公制方隅，公自注：「汧公，李勉也，宗室鄭惠王孫。」〔二〕迥出諸侯先。封内如太古，時危獨蕭然。清高金掌露一作「莖露」，一作「莖掌」，正直朱絲絃。昔在堯四岳，今之黄潁川。于邁恨不同，所思無由宣。山深水增波，解榻秋露懸。客遊雖云久，主要陳作「亦思」，非月再圓。晨集風渚亭，醉操雲嶠篇。丈夫貴知己，歡罷念歸旋。

〔**翁批**〕五古。

〔**賴校**〕〔一〕《翁批》於此注曰：「李秘書文嶷。」又框括並加注曰：「仇本無此注。」〔二〕《翁批》貼一夾籤，曰：「查。仇本作舊注，未必是公自注，須通考之。題下『李秘書文嶷』五字，是注否？亦應查定。仇本無。如是千家本，則須寫明。」

種萵苣并序

既雨已秋，堂下理小畦，隔種一兩席許萵苣，向二旬矣，而苣不甲拆〔一〕，伊人一作「獨野」莧青青。傷時君子，或晚得微禄，轗軻不進，因作此詩。

陰陽一錯一作「屯」亂，驕蹇不復理。枯旱于其或作「此」中，炎方慘如燬。植物半蹉跎，嘉生將已矣。雲雷欻奔命，師伯集所使。指揮赤白日，澒洞青光一作「雲色」起。雨聲先以風，散足盡西靡。山泉落滄江，霹靂猶在耳。終朝紆颯沓，信宿罷瀟灑。堂下可以畦，呼童對經始。苣兮蔬之常，隨事藝其子。破塊數席間，荷鋤功易止。兩旬不甲拆，空惜埋泥滓。野莧迷汝來，宗生實於此。此輩豈無秋，亦蒙寒露委。翻然出地速，滋蔓户庭毀。因知邪干正，掩抑至没齒。賢良雖得禄，守道不封己。擁塞敗芝蘭，衆多盛荆杞。中園陷蕭艾，老圃永爲耻。登於白玉盤，藉以如霞綺。莧也無所施，胡顔入筐篚。

〔**翁批**〕五古。　一、「玉盤」「霞綺」，是爲「芝蘭」而設，非爲「萵苣」也。有傷君子，故是特起一筆。

〔**賴校**〕〔一〕《翁批》序文及詩中，俱書作「拆」，當正作「坼」爲是。

白帝

白帝城中雲出門，白帝城下雨翻盆。高江急峽雷霆鬬，翠木蒼藤日月昏。戎馬不如歸馬逸，千家今有百家存。哀哀寡婦誅求盡，慟哭秋原何處邨。

〔**翁批**〕七律。　一、浩浩乎！直以淋漓雨氣，爲之鏗鏘節奏，故是《騷》些、《竹枝》篇法也。此與《反照》一篇逕路，迥然不同。　二、厲樊榭〔二〕曰：「杜詩『白帝城中雲出門』，初但以爲造語奇特，如見山城欲雨，雲氣從城門滃勃争出耳；及讀李善注《文選·蜀都賦》，指『渠口』爲『雲門』，引鄭氏《周禮注》云：『黄帝樂曰《雲門》，言黄帝之德如雲之出門也。』此唯取雲門之名，不取樂也。詳左思用雲門，蓋即《史記》白渠歌『舉臿爲雲，决渠爲雨』之比，如《詩》之斷章，故善以爲不取樂。少陵直割取『雲出門』三字作景語，使人但駭爲神化所至，而忘其爲使事，較太冲更騰踔絶世矣。然少陵亦有實用雲門者，『宫中聖人奏雲門，天下朋友皆膠漆』，似亦有取乎出門之義也。」〔二〕

〔賴校〕〔一〕厲樊榭，即厲鶚（一六九二—一七五二），字太鴻，號樊榭，浙江杭州人，清代文學家、名詩人，足迹遍及兩浙、齊魯、幽燕等名山，師法姜夔、史達祖、張炎等人，爲湯右曾所賞識。作品多遊覽名山大川之作，代表作有《秋夜宿葛嶺涵青精舍》《靈隱寺月夜》《遊仙百詠》等。厲鶚是浙西詞派的集大成者，自朱彝尊後，浙詞至厲鶚又一盛世。他的詞標榜「清空」風格，多題詠風景名勝，語言風格清麗。著有《樊榭山房集》二〇卷，《宋詩紀事》一〇〇卷，《南宋院畫録》八卷，《遼史拾遺》二卷等。　〔二〕此條爲《翁批》所貼夾籤，《附記》抄同。行楷書法，甚爲流麗美觀。右上角鈐有「壺天」長方陽文篆印騎縫章。

黄草

黄草峽西船不歸，赤甲山下人行一作「行人」稀。秦中驛使無消息，蜀道兵一作「干」戈有是非。萬里秋風吹錦水，誰家別淚濕羅衣。莫愁劍閣終堪據，聞道松州已被圍。

〔翁批〕七律。一、《反照》《白帝》《黄艸》三篇，題與詩皆杜公手創，雄闢萬古者也。就此三篇論之，則《黄艸》一篇，又爲之整頓收束者耳。

白鹽山

卓立群峰外，蟠根積水邊。他皆任厚地，爾一作「我」獨近高天。白牓千家邑，清秋萬估一作「古」，一作「里」船。詞人取佳句，刻畫竟誰一作「難」，非傳。《英華》作「刷練始堪傳」，非。

〔翁批〕五律。

謁先主廟

慘澹風雲會，乘時各有人。力侔分社稷，志屈偃經綸。復漢留長策，中原仗老臣。雜耕心未已，歐血事酸辛。霸氣西南歇，雄圖歷數屯。錦江元過楚，劍閣復通秦。舊俗存祠廟，空山泣一作「立」，非鬼神。虛簷交一作「扶」，非鳥道一作「過」，非，枯木半龍鱗。竹送清溪月，苔移玉座春。閭閻兒女換，歌舞歲時新。絶域歸舟遠，荒城繫馬頻。如何對摇落，况乃久風塵。孰與關張並，功臨耿鄧親。應天才不小，得士契無鄰。遲暮堪帷幄，飄零且釣緡。向來憂國淚，寂寞灑衣巾。

〔**翁批**〕五排。　一、「孰」字，神氣直貫到「遲暮」句。「堪」者，「不堪」也。

古柏行

孔明廟前一作「堦」，非有老柏，柯如青銅根如石。霜皮溜雨四十圍，黛色參天二千尺。君臣已與時際會，樹木猶爲人愛惜。雲來氣接巫峽長，月出寒通雪山白。憶昨路繞錦亭《英華》作「城」東，先主武侯同閟宫。崔嵬枝幹郊原古，窈窕丹青户牖空。落落盤踞雖得地，冥冥孤高多烈風。扶持自是神明力，正直元因造化功。大厦如傾要梁棟，萬牛迴首丘山重。不露文章世已驚，未辭剪伐誰能送。苦心豈免容螻蟻，香一作「密」葉終一作「曾」經一作「驚」宿鸞鳳。志士幽人莫怨嗟一作「傷」，古來材大難爲一作「皆難」用。

〔**翁批**〕七古。　一、「送」字繳足「萬牛」句。

杜詩附記卷弟十四

大興翁方綱學

諸將五首

漢朝陵墓對南山，胡虜千秋尚入關。昨日玉魚蒙葬地，早時金盌出人間。見愁汗馬西戎逼，曾閃朱旗北斗殷諸本作「閒」。多少材官守涇渭，將軍且莫破愁顏。

韓公本意築三城，擬絶天驕拔漢旌。豈謂盡煩回紇馬，翻然遠救朔方兵。胡來不覺潼關隘，龍起猶聞晉水清。獨使至尊憂社稷，諸君何以答升平。

洛陽宫殿化爲烽，休道秦關百二重。滄海未全歸禹貢，薊門何處盡一作「覓」堯封。朝廷衮職誰争補一作「雖多預」，天下軍儲不自供。稍喜臨邊王相國，肯銷金甲事春農。

迴首扶桑銅柱標，冥冥氛祲未一作「不」全銷。越裳翡翠無消息，南海明珠久寂寥。殊錫曾爲大司馬，總戎皆插侍中貂。炎風朔雪天王地，只在忠臣一作「良」翊聖朝。

錦江春色逐人來，巫峽清秋萬壑哀。正憶往時嚴僕射，共迎中使望鄉臺。主恩前後三持節，軍令分明數舉杯。西蜀地形天下險，安危須仗出群材。

〔翁批〕七律。「軍令分明數舉杯」，此空中頓出之句，熟看班掾《漢書》，自知其妙。〔一〕潺湲頓挫。〔二〕

〔翁注〕《答陸丹叔侍郎》一條：「尊兄昨言『胡虜千秋尚入關』，『尚』字不可解，此不可不詳説也。此詩本爲警動當時君臣而作，其欲叙唐事，而云漢者，亦故作迷離之意。則『陵墓』之對『南山』，似有屹然難犯者，而誰知其尚入哉？此其所以警動當時之旨也，全在上七字『漢朝陵墓對南山』，作屹立千秋之筆。是以此一『尚』字，扼要分明，確不可易也。其在本句内，承接『千秋』字者，則似乎漢史中，嘗聞有邊兵入關之事，豈復知千年之後，又復有此事哉！恰又正在關陝、終南陵墓之地，竟爾尚有之，此安得不愁逼哉？弟五句『見愁汗馬西戎逼』，『見』字即『尚』字之正脉也。弟七句『將軍且莫破愁顔』，『且』字即『尚』字之眉後三紋也。蓋其口述手畫，以聳當時君臣之聽者，沈著深厚，至矣！極矣！然却皆平叙至寔之詞，無一毫涉于矯激過當者也。」〔三〕

〔賴校〕〔一〕此條釋第五首詩。　〔二〕此條爲夾批，書於「軍令分明數舉杯」句旁。　〔三〕此釋第一首詩，爲《附記》所抄，《翁批》未見。

八哀詩

傷時盜賊未息，興起王公李公。嘆舊懷賢，終於張相國。八公前後存歿，遂不詮次焉。

贈司空王公思禮

司空出東夷，童稚刷勁翮。追隨幽一作「燕」薊兒，穎鋭一作「脱」物不隔。服事哥舒翰，意一作「氣」無流沙磧。未甚拔行間，犬戎大充斥。短小精悍姿，屹然强寇敵。貫穿百萬衆，出入由咫尺。馬鞍懸將首，甲外控鳴鏑。洗劍青海水，刻銘天山石。九曲非外蕃，其王轉深壁。飛兔不近駕，鷙鳥資遠擊。曉達兵家流，飽聞春秋癖。胸襟日沈静，肅肅自有適。潼關初潰散，萬乘猶辟易。偏裨無所施，元帥見手格。太子入朔方，至尊狩梁益。胡馬纏伊洛，中原氣甚逆。肅宗登寶位，塞望勢敦迫一作「逼」。公時徒步至，請罪將厚責。際會清河公，間道傳玉册。天王拜跪畢，讜論一作「議」果冰釋。翠華卷飛雪一云「飛雪中」，熊虎亘阡陌。屯兵鳳凰山，帳殿涇渭闢。金城賊咽喉，詔鎮雄所搤。

禁暴靖一作「静」，一作「清」，非無雙，爽氣春淅瀝。巷有從公歌，野多青青麥。及夫哭廟後，復領太原役。恐懼禄位高，悵望王土窄。不得見清時，嗚呼就窀穸。永一作「空」繫五湖舟，悲甚田横客。千秋汾晋間，事與雲水白。昔觀文苑傳，豈述廉藺績《英華》作「頗跡」，非。嗟嗟晋作「喏喏」鄧大夫，士卒終倒戟。

〔**翁批**〕五古。「猶」通。〔一〕　一、「勢敦迫」三字，不惟本篇上下聯貫，且於當日時事，尤允合也，此真《風》《雅》與《春秋》揆符之妙。

〔**賴校**〕〔一〕此條爲夾批，書於「出入由咫尺」句旁，釋「由」字。

故司徒李公光弼

司徒天寶末，北收晋陽甲。胡一作「獷」騎攻吾城，愁寂意不愜。人安若泰山，薊北斷右脅。朔方氣乃一作「多」，非蘇，黎首見帝業。二宫泣西郊，九廟起頹壓。未散河陽卒，思明僞臣妾。復自碣石來，火焚乾坤獵。高視笑禄山，公又大獻《英華》作「獻大」，非捷。異王册崇勳，小敵信所怯。擁兵鎮河汴，千里初妥貼。青蠅紛一作「徒」營營，風雨秋一葉。内省未入朝，死淚終映睫。大屋去高棟，長城掃遺堞。平生白羽扇，零落蛟龍匣。

雅望與英姿，悽愴一作「惻」槐里接。三軍晦光彩，烈士痛稠疊。直筆在史臣，將來洗筐篋。吾思哭孤冢，南紀阻歸楫。扶顛永蕭條，未濟失利涉。疲苶竟何人，灑淚巴東峽。

〔翁批〕五古。一「天寶末」三字，該括多少叙事之筆。

贈左僕射鄭國公嚴公武

鄭公瑚璉器，華岳金天晶。昔在童子日，已聞老成名。嶷然大賢後，復見秀骨清。開口取將相，小心事友生。閱書百紙一作「氏」盡，落筆四座驚。歷職匪父任，嫉邪嘗力爭。漢儀尚整肅，胡騎忽縱橫。飛傳自河隴，逢人問公卿。不知萬乘一作「乘輿」出，雪涕風悲鳴。受辭劍閣道，謁帝蕭關城。寂寞雲臺仗，飄颻沙塞旌。江山少使者，笳鼓凝皇情。壯士血相視一作「見」，非，忠臣氣不一作「未」，非平。密論貞觀體，揮發岐陽征。感激動四極，聯翩收二京。西郊牛酒再一作「至」，非，原廟丹青明。匡汲俄寵辱，衛霍竟哀榮。四登會府地，三掌華陽兵。京兆空柳色一作「市」，尚書無履聲。群烏自朝夕，白馬休橫行。諸葛蜀人愛，文翁儒化成。公來雪山重，公去雪山輕。記室得何遜，韜鈐延子荊。四郊失壁壘，虛館開一作「間」逢迎。堂上指圖畫，軍中吹玉笙。豈無成都酒，憂國只細傾。時觀錦水釣，問俗終相并。意待犬戎滅，人藏紅粟盈。以兹報主願，庶獲一作「或」裨世程。炯炯一心在，沉沉二豎嬰。顔回竟短折，賈誼徒忠貞。飛旐出江漢，孤舟轉荆衡。虚横諸本作「無」馬融笛，悵望龍驤塋。空餘老賓客，身上愧簪纓。

〔翁批〕五古。此處作一總叙，迴環唱疊，以下乃再就蜀事申言之。〔一〕此與『軍令分明數舉杯』意别。近有據此以證彼句者，非也。〔二〕

〔賴校〕〔一〕此條爲夾批，加硃筆標記，書於「匡汲俄寵辱，衛霍竟哀榮」句旁。〔二〕此條爲眉批，加硃筆標記，釋「豈無成都酒，憂國只細傾」二句。

贈太子太師汝陽郡王璡

汝陽讓帝子，眉宇真天人。虬髯似太宗，色映塞外一作「寒夜」，非春。往者開元中，主恩視遇頻。出入獨非時，禮異見群臣。愛其謹潔極，倍此骨肉親。從容聽一作「退」朝後，或在風雪晨。忽思格猛獸，苑囿騰清塵。羽旗動若一，萬馬肅駪駪。詔王來射雁，拜命已挺身。箭出飛鞚内，上又一作「入」回翠麟。翻然紫塞翮，下拂明月輪。從人雖獲多，天笑不爲新。王每中一物，手自與金銀。袖中諫獵書，扣馬久上陳。竟無銜橜虞，晚年務聖聰一作「慈」，非矧多仁。官免供給費，水有在藻鱗。匪惟帝老大，皆是王忠勤。揮翰綺繡揚，篇什若有神。川廣不可泝，墓久狐兔鄰。宛彼漢中郡一作「王」，文雅見天倫。何以置醴，門引申白賓。道大容無能，永懷侍芳茵。好學尚貞烈，義形必霑巾。尉一作「開」我悲，泛舟俱遠津。温温昔風味，少壯已書紳。舊游易磨滅，衰謝增一作「多」酸辛。

〔**翁批**〕五古。

一、專叙「射雁」一事，亦史遷法也。「上又迴翠麟」，乃插入之筆，若無此句，則「扣馬」「諫獵」諸句，皆無根矣。此種健筆，豈以阮亭之議〔二〕而減格哉？〔三〕

〔**賴校**〕〔一〕《翁批》書稿作「議」，《附記》抄作「譏」，當以「議」爲正。〔二〕翁方綱《石洲詩話》卷六，《漁洋評杜摘記·八哀詩》條，是全卷批評王漁洋（士禛）的重要内容，文中針對漁洋批評杜詩累句，逐條逐字具録，後加按語，一一駁斥，語氣嚴峻，十分罕見，如其云：「漁洋以此八詩爲鉅篇，原自與前人贊賞略同，其所摘累句，則漁洋於詩，以妙悟超逸爲至，與杜之陰陽雷帥、利鈍並用者，本不可同語也。愚於《八哀》詩《附記》卷中，偶亦及此，今舉其一條云：《汝陽王璡》篇中『專叙「射雁」一事，史遷法也，「上又迴翠麟」，乃插入之筆，若無此句，則「扣馬」「諫獵」諸句皆無根矣。此種健筆，豈得以漁洋之評議之？』」正可與此條互見並參。

贈秘書監江夏李公邕

長嘯宇宙間，高才日陵一作「淪」替。古人不可見，前輩復誰繼。憶昔李公存，詞林有根柢。聲華當健筆，灑落富清製。風流散金石，追琢山岳鋭。情窮造化理，學貫天人際。干謁走其門，碑版照四裔。各滿深望還，森然起凡例。蕭蕭白楊路，洞徹晋作「溷輟」，非寶珠惠。龍宫塔廟湧一作「踴」，浩刧浮雲一作「空」，非衛。宗儒俎豆事，故吏去思計。眄睞已皆虚，跋涉曾不泥。向來映當時，豈獨一作「特」勸後世。豐屋珊瑚鉤，麒麟織成罽。紫騮隨劍几，義取無虚歲。分宅脱驂間，感激懷未濟。衆歸賙給美，擺落多藏晋作「贓」穢。獨步四十年，風聽九臯唳。嗚呼江夏姿，竟掩宣尼袂。往者武后朝，引用多寵嬖。否臧太常議，面折二一作「三」張勢。衰俗凛生風，排蕩秋旻霽。忠貞負冤一作「怨」恨，宫闕深旒綴。放逐早聯翩，低垂困炎癘一作「厲」。日斜鵩鳥入，魂斷蒼梧帝。榮枯走不暇，星駕無安税。幾分漢庭竹，夙擁文侯篲。終悲洛陽獄，事近小臣斃。禍階初負謗，易力何深嚌。伊昔臨淄亭，酒酣託末契。重叙東都别，朝陰改軒砌。論文到一作「倒」，非崔蘇，指一作「推」，非盡流水逝。近伏盈川雄，未甘特進麗。是非張相國，相扼一危脆。争名古豈然，關鍵他本作「鍵捷」欻不閉。例及吾家詩，曠懷掃氛翳。慷慨嗣真作，公自注：「甫有《和李太守詩》。」咨嗟玉山桂。鐘律儼高懸，鯤鯨噴迢遞。坡陁青州血，蕪没汶陽瘞。哀贈竟一作「晚」，非蕭條，恩波延揭厲。子孫存一作「在」如綫，舊客舟凝滯。君臣尚論兵，將帥接燕薊。朗吟六公篇，公自注：「桓彦範、敬暉、崔玄暐、張東之、袁恕己，洎狄公也。」〔一〕憂來豁蒙蔽。

〔翁批〕五古。 此一『例』字，在潘昂霄、王止仲之前。〔二〕

〔賴校〕〔一〕《翁批》貼一夾籤，曰：「是否？再定。」 〔二〕此條爲眉批，以硃筆標記，評「森然起凡例」之「例」字。而《附記》未見。復按：元潘昂霄（生卒年不詳），字景梁，號蒼崖，濟南人。官至翰林侍讀學士，謚文僖。翁方綱《復初齋詩集》頗言及其金石學。明王止仲，名行，字止仲，生平未詳，有《半軒文集》傳世。而《翁方綱題跋手札集録》頁四〇九至四一一，有文云：「……唐人金石間有用之者，書畫題跋，最所罕見，惜無人效潘昂霄、王止仲爲書畫題跋起例耳。」

故秘書少監武功蘇公源明

武功少也孤，徒步客一作「寓」，非徐兖。讀書東嶽中，十載考墳典。時下萊蕪郭，忍饑浮雲巘。負米晚爲身，每食臉必泫。夜字照爇薪，垢衣生一作「帶」，非碧蘚。庶以勤苦志，報兹劬勞顯一作「願」。學蔚醇儒姿，文包舊史善。灑落一作「淚」，非辭幽人，歸來潛京輦。射君東堂策，一作「射策君東堂」。宗匠集精選。制可題一作「題墨」未乾，乙科一作「休聲」，非已大闡。文章日自負，掾吏一作「吏禄」，非亦累踐。晨趨閶闔内，足踏宿昔趼。一麾出守還，黄屋朔風卷。不暇陪八駿，虜庭悲所遣。平生滿樽酒，斷此朋知展。憂憤病二秋，有恨石一作「不」可轉。肅宗復社稷，得無順逆一作「逆順」辯。范曄顧其兒，李斯憶黄犬。秘書茂松色一作「意」，屢扈王仲正本作「再從」，一作「屢侍」祠壇墠。前後百卷文，枕藉皆禁臠。篆刻一作「制作」揚雄流，溟漲本末一作「未」淺。一本「溟漲」句接上「茂松意」，無「屢扈祠壇墠」四句。青熒芙蓉劍，犀兕豈獨剸。反爲後輩褻，予實苦懷緬。煌煌齋房芝，事絶一作「終」，非萬手搴。垂之俟來者，正始徵勸勉。不要一作「惡」，非懸黄金，胡爲投乳一作「亂」，非贙。結交三十載，吾與誰游衍。滎陽復冥寞，罪罟已横罥。嗚呼子逝日，始泰則一作「即」，非終蹇。長安米萬錢，凋喪盡餘喘。戰伐何當解，歸帆阻清沔。尚纏漳水疾，永負蒿里餞。

〔**翁批**〕五古。

故著作郎貶台州司户滎陽鄭公虔

鶢居至魯門，不識鐘鼓饗。孔翠望赤霄，愁思一作「入」，非雕籠養。滎陽冠衆儒，早聞名公賞。地崇士大夫，況乃氣精一作「精氣」，一作「氣清」爽。天然生知資，學立游夏上。神農或闕漏，黄石愧師長。藥纂西極一作「域」名，兵流指諸掌。貫穿無遺恨，薈蕞何技癢。公自注：「公長於地理，山川險易，方隅物産，兵戍衆寡，無不詳。又著《薈蕞》等諸書，又集《胡本草》七卷。」〔一〕圭臬星經奥，蟲篆丹青廣。子雲窺未遍，方朔諧太枉。神翰顧不一，體變鍾兼兩。文傳天下口，大字猶在牓。昔獻書畫圖，新詩亦俱往。滄洲動玉陛一作「堦」，寡《英華》作「宫」鶴誤一作「設」，非一響。三絶自御題，四方尤所仰。嗜酒益疎放，彈琴視天壤。形骸實土木，親近惟几杖。未曾寄魯作「記」官曹，突兀倚書幌。晚就芸香閣，胡塵昏坱莽。反覆歸聖朝，點染無滌盪。老蒙台州掾，遐泛一作「泛泛」，非浙江槳。履穿四明雪，饑拾楢溪橡。空聞紫芝歌，不見杏壇丈。天長眺東南，秋色餘魍魎。别離慘至今，斑白徒懷曩。春深秦山秀，葉墜清渭朗。劇談王侯門，野税林下鞅。操紙終夕酣，時物集遐想。詞場竟疎闊，平昔濫推奬。百年見存殁，牢落吾安放一作「倣」。蕭條阮咸在，出處同世

網。他日訪江樓，含悽述飄蕩。公自注：「著作與今秘書監鄭君審，篇翰齊價，謫江陵，故有『阮咸』『江樓』之句。」〔二〕

〔翁批〕五古。　此「上」字與唐韻不同，然《樂遊園歌》却又不然。〔三〕

〔賴校〕〔一〕《翁批》於此注，貼有一夾籤，曰：「查，再定。仇本只有『原注：公著《薈萃》等諸書之外，又著《胡本艸》七卷。』」〔二〕《翁批》於此注下，復加注云：「仇亦云原注。」〔三〕此條爲眉批，釋「學立游夏上」之「上」字。

故右僕射相國曲江張公九齡

相國生南紀，金璞無留礦。仙鶴下人間，獨立霜毛整。矯然江海一作「漢」，非思，復與雲路永。寂寞想土堦，未遑一作「嘗」等箕潁。上君白玉堂，倚君金華省。碣石一作「竭力」，非歲峥嶸，天池一作「地」，非日蛙黽。退食吟大庭，何心記一作「託」榛梗。骨驚畏曩哲，鬒一作「鬢」變負人境。雖蒙换蟬冠，右地恧多幸。敢忘一作「志」，非二疏歸，痛迫蘇耽井。紫綬一作「紫紱」，《英華》作「金紫」映暮年，荆州謝所領。庾公興不淺，黄霸鎮每静。賓客引調同，諷詠在務屏。詩罷地有餘，一云「詩地能有餘」。篇終語清省。一陽發陰管，淑氣含公鼎。乃知君子心，用才文章境或作「炳」，非。散帙起翠螭，倚薄巫廬並。綺麗玄暉擁，牋誄任昉騁。自我一作「成」一家則，未闕隻字警。千秋滄海南，名繫朱鳥影。歸老一作「歟」守故林，戀闕悄一作「嘗」，非延頸。波濤良史筆，蕪絶大庾嶺。向時禮數隔，制作難上請。再讀徐孺碑，猶思理煙艇。

〔翁批〕五古。

〔翁注〕《八哀詩》，《漁洋詩話》竟評其冗雜不成章，又以噌嚽語目之。蓋漁洋于詩，專取輕圓俊利之句，于杜法無當也。如是，則《三百篇》變《雅》中，亦頗似多後人不可盡曉之句，又當如何？愚嘗附記于《漁洋詩話》條下詳言之，漁洋《八哀詩》之論，寔不可以爲訓者耳。七言，如「蜀江如線」「徐條毿」等句，漁洋豈果能解耶？而怵其氣談，未敢輕議。〔一〕

〔賴校〕〔一〕以上兩條，皆爲《附記》所抄，《翁批》則未見。出二首不同的詩。

夔府書懷四十韻

昔罷河西尉，初興薊北師。不才名位晚，敢恨省郎遲。扈聖崆峒日，端居灩澦時。

萍流仍汲引，樗散尚恩慈。遂阻雲一作「靈」臺宿一作「仗」，常懷湛露詩。翠華森遠矣，白首颯淒其。拙被林泉滯，生逢酒賦欺。文園終寂寞，漢閣自磷緇。病隔君臣議一作「識」，慚紆德澤私。揚鑣驚主辱，拔劍撥年衰。社稷經綸地，風雲際會期。血流紛在眼，涕灑一作「泗」，非亂交頤。四瀆樓船汎，中原鼓角悲。賊壕連白翟，戰瓦落丹墀。先帝嚴靈一作「虚」寢，宗臣切受遺。恒山猶突騎，遼海競張旗。田父嗟膠漆，行人避蒺藜。總戎存大體，降將飾卑詞。楚貢何年絶，堯封舊俗疑。長吁翻北寇，一望卷西夷。不必陪玄圃，超然待具茨。凶一作「休」兵鑄農器，講殿闢書帷。廟算高難測，天憂實在兹。形容真潦倒，答效莫支持。使者分王命，群公各典司。恐乖均賦斂，不似問瘡痍。萬里煩供給，孤城最怨思。綠林寧小患，雲夢欲難追。即事須嘗膽，蒼生可察眉。議一作「義」堂猶集鳳，貞觀是元龜。處處喧飛檄，家家急競錐。蕭車安不定，蜀使下何之。釣瀨疎墳籍，耕巖進奕棋。地蒸餘破扇，冬暖更纖絺。豺遘一作「搆」哀登楚一作「粲」，麟傷泣象尼。衣冠迷適越一作「楚」，藻繪憶遊睢。賞月延秋桂，傾陽逐露葵。大庭終反樸，京觀且僵尸。高枕虚眠晝，哀歌欲和誰。南宫載勳業，凡百慎交綏。

〔**翁批**〕五排。〔一〕　一、「自磷緇」是「自問」之「自」，非「自然」之「自」。　二、「社稷」四句，特提之筆，突兀淋漓。　三、《諸將》詩曰：「滄海未全歸禹貢，薊門何處盡堯封。」〔二〕與「楚貢」一聯，可以互證。　四、「天憂」者，憂天也。五、「賞月」句，並非賦景之語，正言旅次之久也。一「延」字，與「逐」字相顧盼，即「羈棲愁裏見，二十四迴明」〔三〕之意。

〔**賴校**〕〔一〕《翁批》原有眉批曰：「杜公五排，獨此篇一句一頓挫，絶非迷離複疊。」後圈去不録。　〔二〕以下文字，爲《附記》所抄，而《翁批》未見。　〔三〕「羈棲愁裏見，二十四迴明」詩句，見於杜甫《月三首》之第二首。

往在

往在西京日一作「時」，胡來滿彤一作「丹」宫。中宵焚九廟，雲漢爲之紅。解瓦飛十里，繐帷紛一作「粉」，非曾空。疚心惜木主，一一灰悲風。合昏排鐵騎，清曉一作「旭」散錦幪吴作「幪」，《正異》定作「幪」。賊臣表逆節晉作「帥」，相賀以成功。是時妃嬪戮，連爲糞土叢。當宁陷玉座，白間剥畫蟲。不知二聖處，私泣百歲翁。車駕既云還，楹桷欻穹崇。

故老復涕泗，祠官樹椅桐。宏壯不如初，已見帝力雄。前春禮郊廟，祀事親聖躬。微軀忝近臣，景從陪群公。登階捧玉册，峨冕聆一作「耿」，非金鐘。侍祠恧先路舊作「露」，一作「霑」，掖垣邇濯龍。天子惟孝孫，五雲起九重。鏡奩换粉黛，翠羽猶葱朧一作「曨」。前者厭羯胡，後來遭犬戎。俎豆腐一作「臠」羶肉，罘罳行角弓。安得自西極，申命空山東。盡驅詣闕下，士庶塞關中。主將曉逆順，元元歸始終。一朝自罪己一云「罪己已」，萬里車書通。鋒鏑供鋤犁，征戍一作「伐」聽所從。冗官各復業，土著還力農。君臣節儉足，朝野懽娱一作「呼」同。中興似一作「比」國初，繼體如太宗。端拱納諫諍，和風日冲融。赤墀櫻桃枝，隱映銀絲籠。千春薦靈寢，永永垂無窮。京都不再火，涇渭開愁容。歸號故松柏，老去苦一作「若」，非飄蓬。

〔**翁批**〕五古。　一、「往者」「是時」「前春」「前者」，雖每隔六韻一見，然並非以此爲章法段落也。固不是相複，然亦不必相炤。　二、「天子惟孝孫」，此大篇春容頓蓄處也。　三、「天子惟孝孫」，五字神理，到「太宗」句始圓。再以虛步映合中段。〔一〕

〔**賴校**〕〔一〕此條篇夾批，以硃筆紀，書於『赤墀櫻桃枝，隱映銀絲籠』二句旁。

昔遊

昔者與高李高適、李白〔一〕，晚一作「同」，非登單父臺。寒蕪際碣石，萬里風雲來。桑柘葉如雨，飛藿去一作「共」，非徘徊。清霜大澤凍，禽獸有餘哀。是時倉廩實，洞達寰區一作「瀛」開。猛士思滅胡，將帥望三台。君王無所惜，駕馭英雄材。幽燕盛用武，供給亦勞哉。吳門轉粟帛，泛海陵蓬萊。肉食三一作「四」十萬，獵射起黃吳作「黃」，一作「塵」埃。隔河憶長眺，青歲已摧頹。不及少年日，無復故人杯。賦詩獨流涕，亂世想賢才。有一作「君」，一作「若」能市駿骨，莫恨少龍媒。商山議得失，蜀主脱嫌猜。吕尚封國邑一作「内國」，傅説已鹽梅。景晏楚山深，水鶴去低回。龐公任本性，携子卧蒼苔。

〔翁批〕五古十八韻。　一、一連九句，二仄四平之對句，其沈鬱頓挫，至於一字一擊節。劉越石〔二〕云：「中夜撫枕歎，想與數子遊。吾衰久矣夫，何其不夢周？」是此種神理也。通計十八韻中，惟起句略一勒，餘則纔三平者四對句耳。其似律之對句，竟至一十三句，而其凌厲峻拔，倍逾尋常音節，豈有一定者哉？　二、「商山」「蜀主」「吕尚」「傅説」，並非炤篇首「高李」也，而神氣迴合，上下無際。

〔**賴校**〕〔一〕《翁批》於此注旁，硃筆加注曰：「草堂本公自注。」　〔二〕劉越石，即劉琨（二七〇—三一八），字越石，西晋末年、十六國時期政治家、文學家、音樂家、軍事家，中山魏昌（今河北無極縣）人。他曾經在西晋末年於晋陽（今山西太原）武裝割據對抗周圍的游牧民族政權。著有詩文集若干卷，已佚，今僅存詩三首，明代有人輯有《劉越石集》。

壯遊

往者一作「昔」十四五，出遊翰墨場。斯文崔魏徒，崔鄭州尚，魏豫州啓心。〔一〕以我似一作「比」班揚。七齡思即壯，開口詠鳳皇。九齡書大字，有作成一囊。性豪業嗜酒，嫉惡懷剛腸。脱略一作「落」小時輩，結交皆老蒼。飲酣視八極，俗物都茫茫。東下姑蘇臺，已具浮海航。到今有遺恨，不得窮扶桑。王謝風流遠，闔閭丘墓荒。劍池石壁仄，長洲荷芰香。嵯峨閶門北，清廟映迴一作「池」，非塘。每趨吴太伯，撫事淚浪浪。枕戈憶勾踐，渡浙想秦皇。蒸魚聞匕首，除道哂要章。越女天下白，鑑湖五月凉。剡溪蘊秀異，欲罷不能忘。歸帆拂天姥，中歲貢舊鄉。氣劘屈賈壘，目一作「日」，非短曹劉墻。忤下考功第，獨辭京尹堂。放蕩齊趙間，裘馬頗清狂。春歌叢臺上，冬獵青丘旁。呼鷹皂一作

「紫」櫪一作「櫟」林，逐獸雲雪岡。射飛曾縱鞚，引一云「跋」臂落鶖鶬。蘇侯據鞍喜，草堂本公自注：「監門冑曹蘇預。」忽如攜葛彊。快意八九年，西歸到咸陽。許與必詞伯，貴一作「賞」遊實賢王。曳裾置醴地，奏賦入明光。天子廢食召，群公會軒裳。脱身無所愛一作「受」，非，痛飲信行藏。黑貂寧一作「不」免弊，斑鬢兀稱觴。杜曲換一作「晚」，一作「挽」，並非耆舊四郊多白楊。坐深鄉黨敬，日一作「自」，非覺死生忙。朱門任一作「務」傾奪，赤族迭罹殃。國馬竭粟豆，官雞輸稻粱。舉隅見煩費，引古惜興亡。河朔風塵起，岷山行幸長。兩宫各警蹕，萬里遥相望。崆峒殺氣黑，少海旌旗黄。禹功亦命子，涿鹿親戎行。翠華擁吳一作「英」岳，螭仇作「貙」虎噉豺狼。爪牙一不中，胡兵更陸梁。大一作「天」軍載草草，凋瘵滿膏肓。備員竊補衮，憂憤心飛揚。上感九廟焚一作「毁」，下憫萬民一作「蒼生」瘡。斯時伏青蒲，廷諍守御牀。君辱敢愛死，赫怒幸無傷。聖哲體仁恕，宇縣復小康。哭廟灰燼中，鼻酸朝未央。小臣議論絶，老病客殊方。鬱鬱苦不展，羽翮困低昂。秋風動哀壑，碧蕙捐一作「損」微芳。之推避賞從，漁父濯滄浪。榮華敵勳業，歲暮有嚴霜。吾觀鴟夷子，才格出尋常。群兇逆未定，側佇英俊翔。

〔**翁批**〕五古五十六韻。　一、「動業頻看鏡」，此「動業」二字，尚未脱開者也。「南宫載動業」，則渾在心眼一片注視中矣。到此云「榮華敵勳業」，則全身抽出矣，愈鍊愈冷。　二、宋吴仁傑《兩漢刊誤補遺》云：「杜子美詩『國馬竭粟豆』，自注其下云：『漢有太常、三輔粟豆。』」今《杜詩》刊本，無此注矣。

〔**賴校**〕〔一〕《翁批》於此注旁，硃筆加注曰：「草堂本公自注。」

遣懷

昔我遊宋中，惟梁孝王都。名今陳留亞，劇則貝魏俱。邑中九萬家，高棟照通衢。舟車半天下，主客多歡娱。白刃讎不義，黄金傾有無。殺人紅塵裏，報答在斯須。憶與高李輩，公自注：「高適、李白。」論交入酒壚。兩公壯藻思，得我色敷腴。氣酣登吹臺，懷古視平蕪。芒碭雲一去，雁鶩空相呼。先帝正好武，寰海未凋枯。猛將收西域，長戟破林胡。百萬攻一城，獻捷不云輸。組練去如泥，尺土負一作「勝」，非百夫。拓境功未已，元和辭大鑪。亂離朋友盡，合沓歲月徂。吾衰將焉一作「安」託，存殁再嗚呼。蕭條病益甚一云「益堪愧」，塊獨一云「獨在」天一隅。乘黄已去矣，凡馬徒區區。不復見顔鮑，繫舟卧荆巫。臨餐吐更食，常恐違撫孤。

〔**翁批**〕五古。一、較《昔遊》篇，境更質實。

奉漢中王手札報韋侍御蕭尊師亡

秋日蕭韋逝，淮王報峽中。少一作「小」年疑柱史，多術怪仙公。不但時人惜，祇應吾道窮。一哀侵疾病，相識一作「見」自兒童。處處鄰家笛，飄飄客子蓬。强吟懷舊賦，已作白頭翁。

〔**翁批**〕五排六韻。

存殁口號二首公自注：「四子皆遊於藝，故甫志之。」

席謙不見近彈棊一作「碁」，畢耀一作「曜」仍傳舊小詩。玉局他年無限事一作「笑」，非，白楊今日幾人悲。公自注：「道士席謙，吴人，善彈棊。畢耀善爲小詩。」

鄭公粉繪隨長夜，曹霸丹青已白頭。公自注：「高士滎陽鄭虔，善畫山水；曹霸，曹髦之後，善畫馬。」天下何曾有山水，人間不解重驊騮。

〔翁批〕七絶。

贈李八一作「公」秘書別三十韻

往時中補右，扈蹕上元初。反氣淩行在，妖星下直廬。六龍瞻漢殿一作「闕」，萬騎略一作「集」姚一作「嬀」墟。元朔迴一作「還」天步，神都憶帝車。一戎纔汗馬，百姓免爲魚。通籍蟠螭印，差肩列鳳輿。事殊迎代邸，喜異賞朱虛。寇盗方歸順，乾坤欲宴如。不才同補衮，奉詔許牽裾。鴛鷺叨雲閣，麒麟一作「騏驎」滯玉除一作「石渠」。文園多病後，中散舊交疎。飄泊哀相見，平生意有餘。風煙巫峽遠，臺榭楚宫虛一作「除」。觸目非論故，新文尚起予。清秋凋碧柳，別浦落紅蕖。消息多旗幟，經過歎里閭。戰連脣齒國，軍急羽毛書。幕府籌頻問，公自注：「山劍元帥杜相公，初屈幕府參籌畫，相公朝謁，今赴後期也。」山家藥正鋤。公自注：「秘書比卧青城山中。」台星入朝謁，使節有吹噓。西蜀黄作「屬」災長弭，南翁憒始攄。對敭抏舊作「坑」，非；一作「抗」，亦非士卒，乾没費倉儲。勢藉兵須用，功無禮忽諸。御鞍金騕褭，宫硯玉蟾蜍。拜舞銀鉤合一作「落」，恩波錦帕舒。此行非不濟，良友昔相於。去棹吴作「帆」，一作「旆」依顔色，沿流想疾徐。沈綿疲井臼，倚薄似樵漁。乞米煩佳客，鈔詩聽小胥。杜陵斜晚照，潏水帶寒淤。莫話清溪髪，蕭蕭白映梳。

〔翁批〕五排三十韻。　一、「平生」句，提筆頓挫。〔一〕　二、「對敭」二字，接上「憤始攄」，鄭重想像出之。　三、宋吴曾《能改齋漫録》云：「杜詩『對揚抗士卒』，讀《上林賦》方悟，抗，抂也，五官切，『抗士卒之精，費府庫之財』，蓋方入對，宜論蜀中兵老財匱也。又王褒《四子講德論》『驚邊抗士，屢犯蓊蕘』。」〔二〕　四、「御鞍」四句，皆屈指預擬之詞；上句一「功」字，亦空中特提筆也。「御鞍」四句，皆錫賚之禮，所以酬功也，豈有朝端賴其功，而忽略其錫賚之禮者哉？句法一綫銜接如此，或以「無禮」二字相連者，乖其義矣。

〔賴校〕〔一〕此條《翁批》所書眉批，《附記》未抄見。　〔二〕此條爲《翁批》所貼夾籤，《附記》所抄同。此籤右上角鈐有「壺天」長方陽文篆印騎縫章，同前。

中夜

中夜江山静，危樓望北辰。長爲萬里客，有愧百年身。故國風雲氣，高堂戰伐塵。胡雛負恩澤，嗟爾太平人。

〔翁批〕五律。

垂白

垂白一云「白首」馮唐老，清秋宋玉悲。江喧長少睡，樓迥獨移時。多難身何補，無家病不辭。甘從千日醉，未許七哀詩。

〔翁批〕五律。一、第四句，空際頓挫得力。

中宵

西閣百尋餘，中宵步綺疏。飛星過水白，落月動沙一作「簷」虛。擇木知幽鳥，潛波想巨魚。親朋滿天地，兵甲少來書。

〔翁批〕五律。

不寐

瞿唐夜水黑，城內改更籌。翳翳月沉霧，輝輝星近樓。氣衰甘少寐，心弱恨容黄氏作「容」，吴作「和」，陳作「多」，一作「知」〔二〕愁。多壘陳作「疊恨」，非滿山谷，桃源何一作「無」處求。

〔**翁批**〕五律。

〔**賴校**〕〔二〕《翁批》於此注，加按曰：「愚按：此四字皆可通，而『容』字渾然深遠。」一、「深愁畏損神」，愁畏相連；「心弱恨容愁」，愁恨相連，而並不相犯。江上無更漏，乃併城内之漏聞之，寂寥一西閣，在泱漭昏翳中，豈得謂之安居哉？

送十五弟侍御使蜀

喜弟文章進，添余別興牽。數杯巫峽酒，百丈内江船。未息豺狼鬭，空催犬馬年。歸朝多便道，搏擊望秋天。

〔**翁批**〕五律。

江月

江月光於一作「如」水，高樓思殺人。天邊長作客，老去一霑巾。玉露溥一作「團」清影，銀河没半輪。誰家挑錦字，滅燭一作「燭滅」翠眉顰一作「嚬」。

〔**翁批**〕五律。

月圓

孤月當樓滿，寒江動夜扉。委波金不定，照席綺逾依。未缺空山静，高懸列宿稀。故園松桂一作「菊」發，萬里共清輝。

〔**翁批**〕五律。　一、題特加「圓」字，詩特寫「圓」字。　二、「未缺空山静」者，不曾因空山寂静而稍減一分也。「静」字，屬山不屬月，與「月彩静高深」「静」字，微有分合向背之别。

夜

露下天高秋水一作「氣」清，空山獨夜旅魂驚。疎燈自照孤帆宿，新月猶懸雙杵鳴。南菊一作「國」，非再逢人卧病，北書不至一作「到」雁無情。步簷一作「蟾」倚杖看牛斗，銀漢遥應接鳳城。

〔**翁批**〕七律。　一、提「秋」字，清迥之至，弟四句「雙」字之音節因之。　二、「雙杵鳴」三字，耿耿然系於「懸」字之下，孰謂「懸」字不若上句「照」字之有情耶？　三、擡石云：「『遥應』二字，最婉勁。」

草閣

草閣臨無地，柴扉永不關。魚龍迴夜水，星月動秋山。夕一作「久」，非露晴一作「清」初濕，高雲薄未還。泛舟慙小婦，飄泊損紅顔。

〔翁批〕五律。　一、「魚龍」「星月」「小婦」「紅顔」，正皆爲艸閣中一老翁映照耳。

宿江邊閣

暝色延山徑，高齋次水門。薄雲巖際宿，孤月浪中翻。鸛鶴追飛盡一作「静」，豺狼得食喧。不眠憂戰伐，無力正乾坤。

〔翁批〕五律。　一、有謂何水部[一]《西塞》詩句，爲杜所脱胎者，此自是詞場祖述之迹。若阮亭先生，遂謂杜句較有傖氣，則不知杜之所以然矣。

〔賴校〕〔一〕何水部，即何遜（四八〇—五二〇），字仲言，東海郯（今山東郯城縣西）人。官至廬陵王記室，能詩文，文章與劉孝綽並稱，世號「何劉」。

吹笛

吹笛秋山風月清，誰家巧作斷腸聲。風飄律呂相和切，月傍一作「倚」關山幾處明。胡騎中宵堪北走，武陵一曲想南征。故園楊柳今摇一作「摧」落，何得愁中却舊作「曲」，王原叔〔一〕得老杜詩藁作「却」盡生。

〔翁批〕七律。

〔賴校〕〔一〕王原叔，即王洙（九九七—一〇五七），字原叔、源叔、尚汶，應天宋城（今河南商丘）人。北宋藏書家、目録學家。幼年聰穎，博學强記，遍覽方技、術數、陰陽、五行、音韻、訓詁、書法等，無書不讀，學問成家數。仁宗天聖進士，因郭積所連累，兩人俱罷，再舉，中甲科，補舒城縣尉。出知濠、襄、徐、亳等州。晚喜隸書，尤得古法。官至侍讀學士兼侍講學士。嘉祐二年（一〇五七）九月卒，謚曰文。任翰林學士時，於館閣偶然發現蠹簡中有張仲景之《金匱玉函要略方》三卷，上卷爲《傷寒》，中卷《論雜病》，下卷載其方。經由宋朝諸臣校訂，以雜病、飲食、禁忌編成《金匱要略》二十篇。編有《杜工部集》二十卷，晁公武道：「本朝自王原叔以後，學者喜觀杜詩，世有爲之注者數家，率鄙淺可笑。」其子王欽臣，賜進士。

西閣雨望

樓雨霑雲幔，山寒一作「高」，非著水城。逕添沙面出，湍減石稜生。菊蕊淒疏放，松林駐遠情。滂沱朱檻濕，萬慮倚一作「里傍」，非簷楹。

〔翁批〕五律。一、弟四句寫「寒」字。

西閣三度期大昌嚴明府同宿不到

問子能來宿，今疑索故要。匣琴虚夜夜，手板自朝朝。金吼霜鐘徹，花催蠟炬銷。早晁江檻底，雙影謾飄飖。

〔翁批〕五律。

西閣二首

巫山小搖落〔一〕，碧色見一作「是」松林。百鳥各相命，孤雲無一作「非」自心。層一作「曾」軒俯江壁，要路亦高深。朱紱猶紗帽，新詩近玉琴。功名不早立，衰疾一作「病」謝知音。

哀世非一作「無」王粲，終然一作「朝」學越吟。懶心似江水，日夜向滄洲。不道含香賤，其如鑷白休。經過淍一作「調」碧柳，蕭瑟一作「索」倚朱樓。畢娶何時竟，消中得自由。豪一作「榮」華看古往，服食寄冥搜。詩盡人間興一作「意」，兼須入海求。

〔翁批〕五排六韻二首。　世間事境，詩内藴結，俱被杜公攬盡矣。〔二〕

〔賴校〕〔一〕《翁批》針對此句，於地脚批注曰：「此二首不必用句句圈也，惟起一句五字用密點。」後以墨筆圈起，而《附記》並未抄録。　〔二〕此條爲《附記》所抄，《翁批》未見。

西閣夜

恍惚寒江暮，逶迤白霧昏。山虚風落石，樓静月侵門。擊柝可憐子，無衣何處邨。時危關百慮，盗賊爾猶存。

〔翁批〕五律。

月

四更山吐月，殘夜水明樓。塵匣元開鏡，風簾自上鈎。兔應疑鶴髮，蟾亦戀貂裘。

斟酌姮一作「嫦」娥寡，天寒奈一作「耐」九秋。

〔翁批〕五律。　一、出神之作。〔一〕　二、一層進於一層，後人但賞其起句者，未之知也。　三、末句即「長星勸爾一杯酒」〔二〕之意。　四、或聞予〔三〕說，輒相難曰：「句中無『酒』字，何以知『斟酌』必指酒？」予應之曰：「《舟出江陵南浦寄鄭少尹》，末句亦曰『斟酌旅情孤』，即此句法也。豈亦須有酒字耶？」〔四〕

〔賴校〕〔一〕《翁批》書爲「出神之作」，而《附記》抄作「出神之筆」，「筆」當爲「作」之誤。　〔二〕此詩句出於《世説新語·雅量》篇，描寫晉孝武帝見了彗星後的心情，他深夜入園中，對星空舉杯祝酒說：「長星勸爾一杯酒，自古何時有萬歲天子！」　〔三〕《翁批》書作「予」，而《附記》抄作「余」，字雖有異，其義則無別。　〔四〕翁方綱《復初齋文集》卷十一《與友論杜詩》，即解此詩曰：「『風簾自上鈎』，『自』字乃『獨自』之『自』也。江樓對酒，忽見月吐，遲自起鈎簾納之，其無侍媵之人可知。此『自』字，正對末句『寡』字也。且此字露出自身，方與末句酌酒相貫，方與五六句『鶴髮』『貂裘』相接。此二字，向來未曾拈出也。」正可與此稿批語相參看。

宗武生日

小子何時見，高秋此日生。自從都邑語，已伴一作「律」，非老夫名。詩是吾家事，人傳世上情。熟精文選理，休覓彩衣輕。凋瘵筵初秩，攲斜坐不成。流霞分一作「飛」片片一作「幾片」，涓滴就徐傾。

〔翁批〕五排六韻。

〔翁注〕精微期託，全在一「理」字，似非漁洋所知。〔一〕

〔賴校〕〔一〕《翁批》未見，此爲《附記》所抄。並可詳參翁方綱《復初齋文集》，卷十《杜詩「熟精文選理」「理」字説》：「自宋人嚴儀卿以禪喻詩，近日新城王氏宗之。於是，有不涉理路之説，而獨無以處夫少陵『熟精文選理』之『理』字；且有以宋詩近於道學者，爲宋詩病，因而上下古今之詩，以其凡涉於理路者，皆爲詩之病，僅僅不敢以此爲少陵病耳。然則孰是而孰非耶？曰：『皆是也。』客曰：『然則白沙、定山之宗《擊壤》也，詩之正則耶？』曰：『非也。少陵所謂理者，非夫《擊壤》之流，爲白沙、定山者也。』客曰：『理有二歟？』曰：『理安得有二哉？顧所見何如耳。杜之言理也，蓋根極於六經矣，曰「斯文憂患餘，聖哲垂象繫」（杜甫《宿鑿石浦》），《易》之理也；曰「舜舉十六相，身尊道何高」（杜甫《述古三首》之二），《書》之理也；曰「春官驗討論」（《奉留贈集賢院崔于二學士》），《禮》之理也；曰「天王狩太白」（《九成宫》），《春秋》之理也。其他推闡事變、究極物則者，蓋不可以指屈，則夫大輅椎輪之旨，沿波而討原者，非杜莫能證明也。』『然則，何以别夫《擊壤》之開陳、莊者歟？』曰：『理之中通也，而理不外露，故俟讀者而後知之云爾。若白沙、定山之爲《擊壤》派也，則直言理耳，非詩之言理也。故曰「如玉如瑩，爰變丹青」，此善言文理者也。理者治玉也，字从玉从里聲，其在於人，則肌理也；其在於樂，則條理也；《易》曰「君子以言有物」，理之本也；又曰「言有序」，理之經也。天下未有舍理而言文者。且蕭氏之爲《選》也，首原夫孝敬之準式、人倫之師友，所謂「事出於沉思」者，惟《杜詩》之真，實足以當之。而或以藻繢目之，不亦誣乎！自王新城究論唐賢三昧之所以然，學者漸由是得詩之正脉，而未免歧；視理與詞爲二途者，則不善學者之過也。而矯之者，又或直以理路爲詩，遂蹈白沙、定山一派，致啓詩人之訾謷，則又不足以發明六義之奥，而徒事於紛争疑惑，皆所謂泥者也。必知此義，然後見少陵之貫徹上下，無所不該，學者稍偏於一隅，則皆不得其正，豈可以矜心躁氣求之哉？但憾不能熟精而已矣！』」

第五弟豐獨在江左近三四載寂無消息覓使寄此二首

亂後嗟吾在，羇棲見汝難。草黄騏驥病，沙晚一作「曉」，一作「暖」，並非鶺鴒寒。楚設關城險，吴吞水府寬。十年朝夕淚，衣袖不曾乾。

聞汝依山寺，杭州定越州。風塵淹别日，江漢失一作「共」，非清秋。影著啼猿樹，魂飄結蜃樓。明年下春水，東盡白雲求一作「遊」。

〔**翁批**〕五律。

聽楊氏歌

佳人絶代歌，獨立發皓齒。滿堂慘不樂，響下清虚一作「浮雲」裏。江城帶素月，况乃清夜起。老夫悲暮年，壯士淚如水。玉杯久寂寞，金管迷宫徵。勿云聽者疲，愚智心盡死。古來傑出士一作「事」，豈特一作「待」一知己。吾聞昔秦青，傾側一作「倒」天下耳。

〔**翁批**〕五古。

秋風二首

秋風淅淅吹巫山，上牢下牢修水關。吴檣楚柂牽百丈，暖向成一作「神」，非都寒未還。要路何日罷長戟，戰自青羌連白一作「百」，非蠻。中巴不得一作「曾」消息好，暝傳戍鼓長雲間。

秋風淅淅吹我衣，東流之外西日微。天清一作「晴」小城擣練急，石古細路行人稀。不知明月爲誰好，蚤晚孤帆他一作「也」夜歸。會將白髮倚庭樹，故園池臺今是非。〔一〕

〔**翁批**〕七古。　一、次章之「東流西日」與上章之「吴檣楚柂」「青羌白蠻」，間互疊對以爲節奏。　二、「明月爲誰好」，從弟七句鈎影而出。

〔**賴校**〕〔一〕其後末頁左上角，《翁批》書有「五排十一首」字樣。

杜詩八

四十六葉　卷十五　卷十六[一]

錢湘舲[二]處送來《全唐詩》内之杜詩四本，内有可作定本者。當取與此細對。此册看定。乙巳[三]端午前一日，搜索書帖，託宋芝山[四]賣之，至此刻無信來，待之甚急。

弟十葉《八分小篆歌》，查「猗覺寮」一條，已查記于跋内矣。

幾將單直，則生拗變；幾將拗變，愈出謹慎；謹慎之至，復生魄力。

每首後之附記，皆用低一格大字寫。因其間又自有分行小注語耳。句旁有附記否？須再酌定。必須有句旁之批語，此亦與附記之名不碍。

丙午[五]十一月四日，阻風九江北岸之清江鎮，讀《北風》一首，因讀此册内《别蘇徯》一首，荒廢兩月餘矣。是日，篝燈書時，於旅店磨墨，風猶未定。

丙午冬十二月廿五日，南昌使院覆看一遍記。

此册第卌四葉之上《送王信州》一篇，悟《樂毅論》之用筆。廿四頁之前，《晚登瀼上堂》，此内添寫出一條。〔六〕

〔賴校〕〔一〕以上葉數、卷次文字均爲硃筆，「四十六葉」書於「杜詩八」之右，「卷十五」「卷十六」書於本頁左上方。其他批注文字，均爲墨書，「杜詩八」以下題記，書法仍較爲端謹，與之前各册首卷同；亦有流麗行書批記，錯落其間。以下題記，由右而左，由上而下，依次釋録。〔二〕錢湘舲，即錢棨（一七四三—一七九九），字湘舲，一字振威，江蘇長洲（今江蘇省蘇州）人。出身書香世家門第，自幼飽讀詩書，勤學不輟，以才華過人，遠近聞名。乾隆四十四年（一七七九），以鄉試第一名成績中舉爲「解元」；乾隆四十六年（一七八一），進京參加會試，並在殿試，連得會元與狀元，成爲清代第一位「連中三元」的狀元，也是中國科舉史上唯一奪得六個第一的狀元（考秀才奪得「小三元」，考進士奪得「大三元」，故合稱「六元」）。乾隆認爲這是滿清開國以來的大喜事，也是「太平盛世」的瑞兆，傳臚三日，並親筆揮毫作《御制三元詩》以爲慶賀。沈津所編《翁方綱年譜》，乾隆四十六年辛丑（一七八一），翁方綱四十九歲，四月二十五日，記載有「傳臚錢棨一甲一名進士，爲國朝三元之端」。〔三〕「乙巳」爲清乾隆五十年（一七八五），翁方綱時年五十三歲。〔四〕宋芝山，即宋葆淳（一七四八—？），字師初，號芝山，晚號卷陬。山西安邑人。乾隆五十一年（一七八六）舉人，官隰州學正。性傲岸，遊迹半天下，所至以詩畫名。長於金石考據，善鑒别，隸書、行、楷，皆入能品。工畫山水，得北宋人法。蒼秀嫣潤，機趣横溢，惟率略處，當舍其短而取其長。亦工篆刻。後客死於浙，年七十餘。翁方綱《復初齋詩集》卷二十五有《題宋芝山所收楊鐵厓墨蹟後》，卷三十有《予既裝趙帖後有餘紙宋芝山爲畫鷗波酒舫圖作歌題後》，可見二人志同道合，頗有交誼。其畫作仍多傳世，公開拍賣。〔五〕「丙午」爲清乾隆五十一年（一七八六），翁方綱時年五十四歲。〔六〕次頁右下有待查筆記一條：「《鷗》一首，查海鷗事。六下。」

杜詩附記卷弟十五

大興翁方綱學

九日一作「登高」諸人集于林

九日明朝是，相要舊俗非。老翁難早出，賢客幸知歸。舊采黄花賸，新梳白髮微。漫看年少樂，忍淚已沾衣。

〔翁批〕五律。

秋興八首

玉露凋傷楓樹林，巫山巫峽氣蕭森。江間波浪兼天湧，塞上風雲接地陰。叢菊兩一作「重」開他日淚，孤舟一繫故園心。寒衣處處催刀尺，白帝城高急暮砧。

〔翁批〕七律。　一、詞場祖述之理，條理大成，于斯臻極。　二、有「重」字一本，則益見「兩」

字之穩重大方。

夔府孤城落日斜，每依北一作「南」斗望京華。聽猿實下三聲淚，奉使虛隨八月槎。畫省香爐違伏枕，山樓粉堞隱悲笳。請看石上藤蘿月，已映洲前蘆荻花。

〔**翁批**〕二、郎仁寶[一]針砭僞虞注，所謂「齊失而楚亦未得也」。惟此首末句，謂自「落日斜」時，「望」字生來却是。[二]

〔**賴校**〕〔一〕郎仁寶，即郎瑛（一四八七—一五六六），字仁寶，仁和（今浙江杭州）人，因居草橋門，自號「草橋子」，世人稱其爲「草橋先生」。明代藏書家，著有《七修類稿》五十五卷。〔二〕此條標號，未依次序排列，《翁批》原稿如此，以下各詩之翁批標號同此，不贅。

千家山郭静朝暉，日日吕東萊選本作「百處」江樓坐翠微。信宿漁人還汎汎，清秋燕子故飛飛。匡衡抗疏功名薄，劉向傳經心事違。同學少年多不賤，五陵衣馬自輕肥。

〔**翁批**〕一、「心」字，此一平聲，細膩沈頓。

聞道長安似奕棋，百年世事不勝一作「堪」，非悲。王侯第宅皆新主，文武衣冠異昔時。直北關山金鼓震一作「振」，征西車馬一作「騎」羽書馳一作「遲」，非。魚龍寂寞秋江冷，故國平居有所思。

〔**翁批**〕一、弟七句，沈頓而出。

蓬萊宮闕對南山，承露金莖霄漢間。西望瑶池降王母，東來紫氣滿函關。雲移雉尾開宫扇，日繞龍鱗識聖顔。一卧滄江驚歲晚，幾回青瑣點一作「照」，非朝班。

〔**翁批**〕一、有謂「點」是「點辱」者，非也。

瞿唐峽口曲江頭，萬里風煙接素秋。花萼夾城通御氣，芙蓉小苑入邊愁。珠簾繡柱圍黄鵠一作「鶴」，錦纜牙檣起白鷗。回首可憐歌舞地，秦中自古帝王州。

〔**翁批**〕一、論者但知「故國平居有所思」一句，領起下四首，皆懷長安景事，此亦大概粗言之耳。其實，「瞿唐峽口」一首，首尾以兩地迴環，其篇幅與「蓬萊」「昆明」「昆吾」三首皆不同，而轉若與「聞道長安」一首之提振，有相類者。蓋弟四首，以「長安」「故國」特提；而「蓬萊」一首，以實叙接起；弟六首，以「曲江」「秦中」特提；而「昆明」「昆吾」二首，以實叙接起，則中間若相間，插入「瞿唐」一首，作沉頓迴翔者，此大章法之節族也。若後四首，皆首首從長安景事叙起，固傷板實，即不然而一章特提，一章實叙，又成何片段耶？今弟五首實叙，而弟七、八首又實叙，中一首與末二首層疊錯落，相間出之，乃愈覺「聞道長安」「瞿唐峽口」二首之凌厲頓挫、大開大合，在杜公則隨手之變，虚實錯綜，本無起伏、收束之成見耳。

昆明池水漢時功，武帝旌旗在眼中。織女機絲虚夜月一作「月夜」，非，石鯨鱗甲動秋風。波漂菰米沉雲黑，露冷蓮房墜粉紅。關塞極天惟鳥道，江湖滿地一漁翁。

〔**翁批**〕二、自弟一首正寫秋景，直至此首五、六句，乃再正寫秋景，正提秋事也。細翫八章，雖以中間「魚龍寂寞秋江冷」一句爲筋節，然前則「夔府孤城」一首，皆虚含秋意，並非實寫秋景；「千家山郭」一首，全不着秋，惟「清秋」二字一點而已。後則「蓬萊」章，亦全不着秋，惟「歲晚」二字一點，此較「千家山郭」一首之「清秋」字，更爲虚渾矣。「瞿唐」章以秋作兩地聯合節拍，而邊愁究非賦秋也。至於「昆吾」一章，則竟脱開通幅，以虚景淡染「碧梧棲老」，並非爲秋而設；而「彩筆干氣象」轉於「春」字系出，此則神光離合之妙也。然則江間塞上，黯淡泬寥之景，後七章豈竟全無映照之實筆乎？然又不可再於江峽之秋景，着筆摹寫也。惟此首「夜月」「秋風」，無意中從昆池咽到題緒，所以五、六一聯，遂提筆從「菰」「蓮」重寫秋境〔二〕，以爲實，則實之至；以爲虚，則又虚之至。想像中，波光凉思，沉切蕭寥，彌天塞地；然則此首乃已正收秋興矣。弟八章，乃重與一彈三歎耳。

〔**賴校**〕〔一〕此條爲《翁批》所貼夾籤，右下鈐有「壺天」騎縫章。《翁批》書「秋境」，《附記》抄作「秋景」。此夾籤後段有「潘安仁《秋興賦·序》曰」一段，《翁批》以硃筆注曰：「移在後，此條移於弟八首末《昆吾》一首後，『干』字一條之後，另起寫。」《附記》已照抄於本詩之後條。

昆吾御宿自逶迤，一本首句在「渼陂」之下。紫閣峰陰入渼陂。香稻草堂本作「紅豆」，一作「紅稻」，一作「紅飯」啄殘一作「餘」鸚鵡粒，碧梧棲老鳳凰枝。佳人拾翠春相問，仙侣同舟晚更移。綵筆昔遊一作「曾」干氣象，白頭吟張氏作「今」，舊作「吟」望苦低垂。

〔**翁批**〕一、謝道韞〔一〕《登山》詩「氣象爾何物，遂令我屢遷」。方綱按：《詩·大雅》鄭《箋》云：「天爲之生，配於氣勢之處。」《正義》曰：「氣勢之處，謂洽陽、渭涘也。」此「氣勢」二字，可作謝詩「氣象」二字之證。杜詩「昔遊干氣象」，又云「賦詩分氣象」，即此義也。「昆吾御宿」以下六句，皆括入「氣象」二字内，或遂以「氣衝星象表，詞感帝王尊」之句例之則非矣。惓戀主知意，自在「蓬萊」一首内耳。後有《秋日寄題鄭監湖上亭》五律，亦云「賦詩分氣象」，可以相證。〔二〕「干」字，猶「吹皺一池春水，干卿何事」

之「干」，俗解則類於「干求」「干犯」之「干」，誤也。「東風入律，青雲干呂」，正是杜詩此句「干」字之義，解此，方知此首弟七句，反照凋傷，捲迴八首，綴系於秋，尤爲奇特矣。十、潘安仁〔三〕《秋興賦·序》曰：「時惟秋也，故以『秋興』命篇。」釋之者曰：「鄭氏《春官》『六詩』注『興者，託事於物』也。若迺謝惠連《秋懷》詩，止於一篇而已。蓋託事之理，緣意而生，意盡篇中，故無假於複疊也。」惟杜陵之詩，法自儒家，而貫攝群籍，然後言情之作與事物錯綜之理，交合出之，而極其至焉。然若《八哀》《諸將》《詠懷古跡》之倫，所謂事訖而更申，章重而事别也。惟《秋興》之篇，至於八首賡復，則一事疊爲重章共述，斯無區乎？初同而末異者矣。是以古今藝林，推爲巨製，非其氣力出於物表者，殆無以勝之歟！

〔賴校〕〔一〕謝道韞傳略，已見卷一《望嶽》校釋。〔二〕「後有」至「可以相證」廿四字，爲《附記》所抄，《翁批》原稿未見。〔三〕潘安仁，即潘岳（二四七—三〇〇），字安仁，故又稱潘安。滎陽中牟（今屬河南鄭州）人，西晉文學家。死於「八王之亂」，罪夷三族。潘岳是中國歷史上有名的美男子，後人以「潘安之貌」形容男子俊美。其詩今存十數首，收在逯欽立所編《先秦漢魏晉南北朝詩》一書中，其中《悼亡詩》三首爲代表作。又善爲哀誄之文，明張溥輯《潘黄門集》，收入《漢魏六朝百三家集》中。

詠懷古跡五首

支離東北風塵際，漂泊西南天地間。三峽樓臺淹日月，五溪衣服共雲山。羯胡事主終無賴，詞客哀時且未還。庾信生平最蕭瑟，暮年詩賦動江關。

〔翁批〕七律〔一〕。　一、五首惟《宋玉》一篇，明出「吾」字；然《庾信》篇之「詞客哀時」，固是今古雙關；即《諸葛》篇之「伯仲伊吕」，亦是自許稷、卨分量語。至於《明妃》篇之「分明怨恨」，《蜀主》篇之「虛無想像」「一體君臣」，皆爲自己寫照也。題目「詠褢古跡」四字，正復拆〔二〕開不得，是詠、是懷，此「褢」字是活字，非死字，猶「褢古」之褢，非「詠褢」之褢也。是古蹟渾〔三〕合淋漓、蕭寥突兀，迺若無轍迹可尋者。不特「詞客哀時」，是指庾信；即「羯胡事主」，亦指宇文護也。必如此解，末二句方有根，斷無通章屬杜自詠，而至末二句，始以庾自比者。且杜公「稷、卨自許」久矣，亦斷不肯自目爲詞客也。〔四〕「相如授簡」「枚叟升堂」等句，似以詞客自居者，此則所謂言各有當也。若此題上下千年，體段極大，則是杜公全身分量所寄，非比它什偶對一時、一境言之者，斷不應自稱詞客者也。若貼合庾子山，而以自己映照入之，則無不可矣。〔五〕或乃謂後四章，皆按時代先後爲次，遂以首章全屬杜自詠者，非也。此詩實因庾信宅而作，「三峽」「五溪」固不見於庾集；然即屬杜公借今形古，亦總在浩然緬想、參差互照之間。且即使三、四句，屬杜公自詠，而「支離」「漂泊」，又曷嘗不與庾信關炤耶？《子山集》中，正多播遷流寓之詞耳，又豈必其「五溪」「三峽」之相同耶？

〔賴校〕〔一〕《翁批》本有眉批曰：「有謂首章是詠懷，下四章是古跡者，謬也。」後圈去不録。〔二〕《杜詩附記》原抄作「折」。又「正復」，《附記》抄作「正是」；夾注之「褱」字，《附記》俱抄作「懷」字。〔三〕《翁批》稿書作「渾」，《附記》抄作「混」，當從《翁批》。〔四〕前句「久矣」二字，《附記》漏抄。又此句下，《翁批》有硃筆注曰：「此分注於『詞客也』下。」再者，此條眉批之前，《翁批》亦有硃筆注曰：「此寫在第一首後。」〔五〕《翁批》於此段文字，硃筆加注曰：「以上作細注。」

摇落深知宋玉一作「爲主」悲，風流儒雅亦吾師。悵望千秋一灑淚，蕭條異代不同時。江山故宅空文藻，雲雨荒臺豈夢思。最是楚宫俱泯滅，舟人指點到今疑。

〔翁批〕一、此首弟三句，忽然不粘，乃正見其突兀而來，横亘萬古，豈復可聯合後數章，以時代先後爲排次哉？〔一〕

〔賴校〕〔一〕「哉」字，《附記》抄作「耶」。

群山萬壑赴荆門，生長明妃尚有邨。一去紫臺連朔漠，獨留青塚向黄昏。畫圖省識春風面，環珮空歸月夜魂。千載一作「歲」，非琵琶作胡語，分明怨一作「愁」，非恨曲中論。

〔翁批〕一、弟一章以「漂泊」「哀時」爲主，而帶出「詞賦」；弟二章以「悵望」「深悲」爲主，而帶出「文藻」，其地同，其人同也；其事同，其心同也。此自應作前二章，且必應先庾而後宋。若先宋後庾，則是排類時代之詠史詩矣。誅茆舊宅，穿逕臨江，曠隔千年，感連一緒，此則空濛泬寥之思，愈進愈上，爲前二章之血脉也。至若弟四章、弟五章，風雲際會之艱，得士應天之契，此老胸中迴環，感喟〔一〕非一日矣。所以《蜀主》章之一體同祀，固不離武侯；而《諸葛》章之漢祚宗臣，亦不離先主，此自是二章聯貫之緒，夫人而知之者矣。然弟四章前半，已注出卧龍寺，後半復唱出武侯祠，則是合此二章十六句，蓋不啻説武侯者過半焉。此則先生心事所寄，而此二章氣脉之聯屬，蓋無疑矣。惟弟三章《昭君邨》一首，似是閒情憑弔之作，此其所以必在中間，猶叙事文字中間插入閒筆也。然而，起句却以山川蜿蜒鬱結之脉，全注於此；結句却以千載怨恨，冷系於此，豈得視爲偶然託寄之閒筆哉？而彼不知者，方且以爲後四章依時代之先後爲次，壹似後來地志内之題詠括題「呆賦」者，豈復有杜公之真詩乎？〔二〕

〔賴校〕〔一〕《附記》原抄作「慨」，後改作「喟」，同《翁批》。　〔二〕此條爲《翁批》黏貼夾籤，書法流麗，可供觀賞；右邊中上段鈐有「壺天」騎縫章。

蜀主窺吴幸三峽，崩年亦在永安宫。翠華想像空一作「寒」山裏，玉殿虚無野寺中。武侯祠屋長一作「常」鄰近，公自注：「殿今爲寺廟，在宫東。」〔二〕一體君臣祭祀同。

公自注：「山有卧龍寺，先生祠在焉。」〔一〕古廟杉松巢水鶴，歲時伏臘走邨翁。

〔賴校〕〔一〕〔二〕《翁批》貼有一夾籤，曰：「似無。」　〔二〕《翁批》加一硃筆注曰：「一云：『殿今爲卧龍寺，廟在宫東。』」又有貼一夾籤，曰：「似無。此似皆不必删之也。再定。」

〔翁批〕一、如此「亦」字，方是大書特起之筆。或乃欲改首句爲「漢主征吴」，則不可通矣。

諸葛大名垂宇宙，宗臣遺像肅清高。三分割據紆籌策，萬古雲霄一羽毛。伯仲之間見伊吕，指揮若定失蕭曹。運一作「福」移漢祚難恢復一作「終難復」，志决身殲軍務勞。

〔翁批〕一、「萬古雲霄一羽毛」，即所謂「堯舜事業，如浮雲之在太虚」耳。「一羽毛」三字，合下「見」字、「失」字，一片讀之，乃愈見神龍掉空，見首不見尾之妙。二、「軍務」，「軍」字以實事爲提筆，此不僅因本篇起句之仄脚，并弟五句之音節〔一〕相應所致也。

〔賴校〕〔一〕「音節」，《附記》抄作「章節」，當以《翁批》之「音節」爲當。

寄韓諫議注

今我不樂思岳陽，身欲奮飛病在牀。美人娟娟隔秋水，濯足洞庭望八荒。鴻飛冥冥日月白，青楓葉赤天雨一作「飛」霜。玉京群帝集北斗，或騎騏驎翳鳳凰。芙蓉旌旗一作「旄」煙霧落一作「樂」，非，影動倒景摇瀟湘。星宫之君醉瓊漿，羽人稀少不在旁。似聞昨者一作「夜」，非赤松子，恐是漢代韓張良。昔隨劉氏定長安，帷幄未改神慘傷。國家成敗吾豈敢，色難腥腐餐楓一作「風」，非香。周南留滯古所惜一作「世莫惜」〔一〕，南極老人應壽昌。美人胡爲隔秋水，焉得置之貢玉堂。

〔翁批〕七古〔二〕。　一、「倒景」，「景」即「影」字。一句之中，上作「影」，下作「景」者，從其來處也。然揚子雲〔三〕《甘泉賦》「歷倒景而絶飛梁」，張平子〔四〕《思玄賦》「貫倒景而高厲」，張景陽〔五〕《七命》「承倒景而開軒」，皆以「倒景」作虚用，未嘗實指其地也。惟《文選注》引陵陽子〔六〕《明經》及相如〔七〕《大人賦》注亦引之，曰：「列缺气，去地二千四百里；倒景气，去地四千里，其景皆倒在下。」此則若實有其地者。少陵熟精《選》理，乃以「倒景」與「瀟湘」疊對，此亦詞場祖述之一端也。　二、上「神」字、下「色」字，

俱收入「吾豈敢」之内。「吾」字指韓。　三、公於韓之出處心跡，必有難以質言者，故多着迷離幻景之語。〔八〕

〔賴校〕〔一〕《翁批》加注曰：「愚按：『世莫惜』，即『古所惜』之反面也。可以參看，而得詩意矣。」　〔二〕《翁批》原有眉批曰：「全以每對句之弟六字，運靈氣於穩重之中。」後圈去不録。　〔三〕揚子雲，即揚雄（前五三—一八），一作楊雄，字子雲，哲學家、文學家、語言學家，蜀郡今四川省成都人。　〔四〕張平子，即張衡（七八—一三九），字平子，南陽西鄂（今河南南陽市南召縣）人，東漢天文學家、數學家、發明家、地理學家、製圖學家、詩人，漢朝官員。　〔五〕張景陽，即西晋張協。傳略已注於前。　〔六〕《史記·司馬相如列傳》《集解》：「《漢書音義》曰：『陽子，僊人陵陽子。』韋昭曰：『陽子，古賢也。』」《索隱》：「服虔云：『陽子，仙人陵陽子也。』張揖云：『陽子，伯樂也。孫陽字伯樂，秦繆公臣，善御者也。』」　〔七〕相如，即司馬相如（前一七九—前一一七），字長卿，蜀郡（今四川省）成都人。西漢大辭賦家，其代表作品爲《子虛賦》。作品詞藻富麗，結構宏大，成爲漢賦的代表作家，後人稱之爲「賦聖」。　〔八〕以下《附記》抄有一段文字：「其理要皆天成，非關意造。」《翁批》所未見；然此段文字，《翁批》係書於下一首之第一條眉批（詳末三句），可知爲《附記》所誤植。又《附記》將《翁批》之二、三條連成一條，與《翁批》分成二條者不同。

解悶十二首

草閣柴扉星散居，浪翻江黑雨飛初。山禽引子哺紅果，溪女趙定作「女」，一作「友」得錢留白魚。

商胡離別下揚州，憶上西一作「蘭」陵故驛樓。爲問淮南米貴賤，老夫乘興欲東遊一作「流」，非。

一辭故國十經秋，每見秋瓜憶故丘一作「侯」，非。今日南一作「東」湖采薇蕨，何人爲覓鄭瓜一作「袁」，非州。公自注：「今鄭秘監審。」

沈范早知何水部，曹劉不待薛郎中。獨當省署開文苑，兼泛滄浪學釣翁。原注：「水部郎中薛據。」

李陵蘇武是吾師，孟子論文更不疑。公自注：「校書郎孟雲卿。」一本第二句作首句。一飯未曾留俗客，數篇今見古人詩。

復憶襄陽孟浩然，清詩句句盡堪傳。即今耆舊無新語，漫釣槎頭縮頸一作「項」鯿。

陶冶性靈存一作「在」，非底物，新詩改罷自長吟。孰仇作「熟」，再遍考知二謝將能事，頗學一作「覺」，非陰何苦用心。

不見高人王右丞，藍田丘壑蔓一作「漫」寒藤。最傳秀句寰區滿，未絶風流相國能。公自注：「右丞弟，今相國縉。」

先帝貴妃今一作「俱」寂寞，荔枝還復入長安。炎方每續朱櫻獻，玉座應悲白露團。

憶過瀘戎摘荔枝，青楓隱映石逶迤。京中舊陳無己本作「京華應」見無顔色，紅顆酸甜只自知。

翠瓜碧李沉玉甃，赤梨蒲萄寒露成。可憐先不異枝蔓，此物娟娟長遠生。

側生野岸及江蒲一作「浦」，不熟丹宫滿玉壺。雲一作「寒」壑布衣鮐背死，勞人一作「生」，非害一作「重」，非馬翠眉須一作「疎」，非。

〔翁批〕七絶。　撵石云：「納上七字。」〔一〕

一、「省署開文苑，滄浪學釣翁」是薛之語，「李陵蘇武是吾師」是孟之語。此二章首尾，自然章法也。「俗客」「古人」亦與上一章「沈范」「曹劉」映合，以爲章法。此理要皆天成，非關意造。

一、陸放翁〔二〕《跋孟浩然詩集》云：「晁伯以〔三〕謂：『《岳陽樓》止有前四句，大抵浩然四十字詩，後四句率覺氣索，如《洞庭寄閣九》《歲莫歸南山》之類皆然。』杜少陵評浩然詩云：『新詩句句盡堪傳。』豈當時已有此論，故少陵爲揜之耶？」愚按：放翁才氣縱横，自然見《洞庭寄閣九》等作，以爲窘直矣。然謂少陵此句，代爲襄陽揜飾，則亦非也。少陵豈肯代人揜飾者哉？此詩自是曠望嗟賞之詞，「新」字亦不得少陵神理也。一、「二謝將能事」云者，非必真謂二謝也，正言到得二謝之能事，尚要用陰、何之苦詣耳。讀杜者不可不知此意也，不然，則誰無性靈，皆自以爲〔四〕陶冶性靈，遂足以爲詩乎？試問：此中所恃以爲陶冶者，存底物也？此「物」字，即「君子言有物」之「物」。末二句連讀，不分讀也。〔五〕

一、「俱」字當存之，然益見「今」字之妙。

〔翁注〕《與葉筠章論「陰何苦用心」句法》〔六〕：「『陰何苦用心』五字，不可如此取用，以作論詩之語料也。杜云『孰知二謝將能事，頗學陰何苦用心』，此二句必一氣讀，乃明白也。所賴乎陶冶性靈者，夫豈謂僅恃我之能事，以爲陶冶乎？僅恃我之能事，以爲陶冶性靈，則必致專騁才力，而不衷諸制之方，以杜公精詣，尚不敢也。所以詩必自改定之，改定而拍節長吟之，有一隙未中窾，有一音未中節者，弗能安也。説到此，乃悠然慨嘆曰：『孰知有如此之精能，而如此之不放寬假乎？』二謝者，非果《二謝集》中，真有此也。其語意，直若欲云『杜陵野老將能事』，不便直説，而假二謝言之，曰：『豈知其二謝之能事，而却亦不能不效陰、何之刻苦以成之乎！』『苦事』，非正贊之語，乃是旁敲之語，試看有如許才力，而却不得不如此推敲乎！『苦』字只得半面，『苦』字只就陰、何一邊，卑之無甚高論。若謙下、若斂抑之詞，夫然後上七字、二謝能事，軒然飛揚而起；惟其『苦』字低下一著，乃使『頗』字笑而受之，然後所謂『陶冶性靈』，非虚張架局也，寔寔其中，有真際焉。『新詩改罷自長吟』，愈咀之有味矣。此篇，即《杜詩》全集之總序也。吾嘗謂：『蘇詩亦有一語可作通集總序者，曰「始知真放本精微」，「真放」者，即豪蕩縱橫之才力，即此上七字也；「精微」，即細肌密理之節制，即此下七字也。』二謝、陰、何，偶借前人以指似之，《陰鏗集》《隋志》僅一卷，在杜公必嘗深見其長處，是以又云『太白似之』，此間即離之祕，蓋亦難傳。而漁洋乃以蕪累斥之，又非定評矣。『陰、何用心』特言『苦』者，在杜公必能確量其分際，而以『二謝能事』相對照，則杜之博綜諸家，統挈于方寸得失間者，非可盡執後人所見，以定之耳。」

〔賴校〕〔一〕此條爲夾批，以硃筆標記，書於第五首詩「孟子論文」四字旁。〔二〕陸放翁，即陸游，傳略已見於前。〔三〕晁伯以，即晁説之（一〇五九—一一二九），字以道，一字伯以，又字季此，慕司馬光之爲人，自號「景迂生」，濟州鉅野（今山東巨野）人。博極群書，善畫山水，工詩，通六經，尤精《易傳》，有《景迂生集》等傳世。〔四〕「皆自以爲」，《附記》抄作「皆自謂」，與《翁批》

原稿略異。

〔五〕《翁批》「末二句連讀，不分讀也」，《附記》抄作：「末二句必連讀，不可作二句分讀也。」又，以上三條，分别釋第五、第六與第七首詩；以下一條，釋第九首詩。

〔六〕此條見於《附記》，《翁批》未見。「葉筠章」，查檢無著，未詳何人，疑爲「葉筠潭」之誤寫，「葉筠潭」即葉紹本，爲翁方綱詩友。葉紹本（生卒年不詳），浙江歸安人，嘉慶辛酉（六年，一八〇一）進士，十一年（一八〇六）以編修任，曾任福建學政，著有政績。據翁方綱《復初齋詩集》卷六十八，頁四，《論詩寄筠潭觀察二首》：「誰言葉（紹本，筠潭）宋（宋湘）分符去，復得蘭卿（李彦章）約苣鄰（梁章鉅）。夢到潞河風雪夕，傲他洱海唱酬人。簷花索笑如拈訊，行艸無拘始見真。多少燈窗梧竹響，欲憑舊雨爲傳神。」「我於杜法叩元音，上下千秋作者心。只在豪芒懸彀率，相期山海問崇深。蘇黄盡處途逾騁，韶武原頭事孰任。除却繡絲平熨帖，更將何術度金針。」《復初齋詩集》卷七十，頁八至九，《次韻筠潭與蘭卿論詩二首》：「妙有神光卓在前，瀾迴風引苦延緣。繡絲理密針鋒細，箭筈機張彀率圓。禪偈初非離鏡象，文心所以徹中邊。直須筆力能扛鼎，始識長虹貫月船。」「同門詣出謝（謝啓昆）馮（馮敏昌）前，對雨盟申沈趙緣。合坐聞琴山響處，幾人喻佛頂光圓。素心宋子（宋湘）傾緘及，白髮吴郎（吴錫麒）悵酒邊。繾綣連晨南雅别，低回不忍上吴船。」移録以上兩詩，或可證成筆者此疑。

洞房

洞房環珮冷，玉殿起秋風。秦地應新月，龍池一作「虵」，非滿舊宫。繫舟今夜遠，清漏往時同。萬里黄山北，園陵白露中。

〔**翁批**〕五律。　一、《洞房》以下八篇，蓋一時所作，俯仰盛衰，所謂詩史也。

宿昔

宿昔青門裏，蓬萊仗數移。花嬌迎雜樹，龍喜出平池。落日一作「月」留王母，微風倚少兒。宫中行樂秘，少有外人知。

〔**翁批**〕五律。

能畫

能畫毛延壽，投壺郭舍人。每蒙天一笑，復似一作「以」，非物皆一作「初」春。政化平如水，皇明晋作「明」，一作「恩」斷若神。時時用抵戲，亦未雜風塵。

〔**翁批**〕五律。

鬬雞

鬬雞初賜錦，舞馬既一作「解」登床。簾下宫人出，樓前御曲一作「柳」長。仙遊終一閟，女樂久無香。寂寞驪山道，清秋草木黄。

〔**翁批**〕五律。

歷歷

歷歷開元事，分明在眼一作「目」前。無端盜賊起，忽已歲時遷。巫峽西江外，秦城北斗邊。爲郎從白首，卧病數秋天。

〔**翁批**〕五律。　一、「數」，入聲。

洛陽

洛陽昔陷没，胡馬犯潼關。天子初愁思，都人慘别顔。清笳去宫闕，翠蓋出關山。

故老仍流涕，龍髯幸再攀。

〔**翁批**〕五律。

驪山

驪山絶望幸，花萼罷登臨。地下無朝燭，人間有賜金。鼎湖龍去遠，銀海雁飛深。萬歲蓬萊日，長懸舊羽林。

〔**翁批**〕五律。

提封

提封漢天下，萬國尚同心。借問懸車一作「軍」守，何如儉德臨。時徵俊乂入，莫慮犬羊侵。願戒兵猶火，恩加四海深。一作「草竊」，非

〔**翁批**〕五律。

鸚鵡

鸚鵡含愁思，聰明憶別離。翠衿渾短盡，紅嘴漫多知。未有開籠日，空殘舊宿枝。世人憐復損，何用羽毛奇？

〔翁批〕五律。　一、八詩隨觸所見，各有寄託。　二、「多知」與「聰明」，並不相犯〔一〕。

〔賴校〕〔一〕《翁批》稿作「並不相犯」，而《附記》抄作「絶不相犯」，語氣稍有不同。

孤雁

孤雁不飲啄，飛鳴聲一作「聲聲飛」念群。誰憐一片影，相失萬重雲。望盡一作「斷」似猶見，哀多如更一作「更復」，非聞。野鴉無意緒，鳴噪亦一作「自」紛紛。

〔翁批〕五律。　一、弟五句繳足「影」字，弟六句繳足「聲」字。

鷗

江浦寒鷗戲，無他亦自饒。却思翻玉羽，隨意點春苗。雪暗還須浴一作「落」，非，風生一任飄。幾群滄海上，清影日蕭蕭。

〔翁批〕五律。　一、「雪暗」即「玉翻」之轉筆，「滄海」乃「江浦」之掉筆也。「幾群」字，正與「無他」相叫應。「清影日蕭蕭」，乃言其亦復同此寥落耳，非羨之也。「江浦寒鷗」，蓋自喻也。「幾群海上」，或别有所指，此等寄托，蓋未可以詞害意。有謂「士當高舉遠引，以海上群鷗，爲比興潔身」者，幸勿以知言目之。　二、毛羽之暗，尚可濯也；風飈之駛，不能持也。「風」字，却轉從「滄海」倒捲出之。

猿

褭褭啼虚壁，蕭蕭挂冷枝。艱難人不免一作「見」，非，隱見爾如知。慣習元從衆，全生或用奇。前林騰每及，父子莫相離。

〔翁批〕五律。　一、通首以「隱見」二字爲眼目。

麂

永與清溪别，蒙將玉饌俱。無才逐仙隱，不敢恨庖厨。亂世輕全物，微聲及禍樞。

衣冠兼盜賊，饕餮用斯須。

〔**翁批**〕五律。

雞

紀德名標五，初鳴度必三。殊方聽有異，失次曉無慚。問俗人情似，充庖爾輩堪。氣交亭育際，巫峽漏司南。

〔**翁批**〕五律。　一、微物豈能知慚哉？蓋亦有所爲而發也。　二、「漏」字，指「刻漏」〔一〕爲是。

〔**賴校**〕〔一〕「刻漏」二字，《附記》抄作「漏刻」。

黄魚

日見巴東峽，黄魚出浪新。脂膏兼飼犬，長大不容身。筒桶一作「箭」相沿久，風雷肯爲伸一作「神」，非。泥沙卷涎沫，回首怪龍鱗。

〔**翁批**〕五律。　雖長大，而不能自保其身也。〔一〕

〔**賴校**〕〔一〕此條爲夾批，以硃筆標記，書於「長大不容身」句旁。

白小

白小群分命，天然二寸魚。細微霑水族，風俗當園蔬。入肆銀花亂，傾筐一作「箱」，非雪片虚。生成猶拾一作「捨」，非卵，盡取義何如。

〔**翁批**〕五律。

哭王彭州掄

執友驚一作「嗟」淪没，斯人已寂寥。新文生沈謝，異骨降松喬。北部初高選，東堂早見招。蛟龍纏倚劍，鸞鳳夾吹簫。歷職漢庭久，中年胡馬驕。兵戈闇一作「聞」兩觀，寵辱事三朝。蜀路江干一作「干戈」窄，彭門一作「關」地里一作「理」遥。解龜生碧草，諫獵阻青霄。頃壯戎麾出，叨陪幕府要。將軍臨氣候，猛一作「壯」士塞風飈。井渫一作「漏」，一作「滿」，非泉誰汲，烽疎火不燒。前籌自多一作「多自」，非暇一作「假」，非，隱几接終朝。翠石俄雙表，寒松竟後凋。贈詩焉敢墜，染翰欲無聊。再哭經過罷，離魂去住銷。之官方玉折，寄萋與萍漂。曠望渥洼道，霏微河漢橋。夫人先即世，令子各清標。巫峽長雲雨，秦城近斗杓。馮唐毛髮白，歸興日蕭蕭。

〔翁批〕五排廿韻。　一、「鸞鳳」「吹簫」，叙其締姻貴戚也。後又以「河漢」「霏微」詠歎之。

偶題

文章千古事，得失寸心知。作者皆殊列，名聲豈浪垂。騷人嗟不見，漢道盛於斯。前輩飛騰入，餘波綺麗爲。後賢兼舊列一作「制」，一作「例」，歷代各清規。法自儒家有，心從弱歲疲。永懷江左逸，多病一作「謝」鄴中奇。騄驥皆良馬，騏驎一作「麒麟」帶好兒。車輪徒已斲，堂構惜一作「肯」仍虧。漫作潛夫論，虛傳幼婦碑一作「詞」。緣情慰一作「苦」，非漂蕩，抱疾屢遷移。經濟慚長策，飛棲假一枝。塵沙傍蜂蠆，江峽繞蛟螭。蕭瑟唐虞遠，聯翩楚漢危。聖朝兼盜賊，異俗更喧卑。鬱鬱星辰劍，蒼蒼雲雨池。兩都開幕府，萬宇插軍麾。南海殘銅柱，東風避月支。音書恨烏鵲，號怒怪熊羆。稼穡分詩興，柴荆學土宜。故山迷白閣，秋水憶一作「隱」，非黄陂。不敢要佳句，愁來賦别離。

〔**翁批**〕五排。　鄭重特書。〔一〕　一、起二句，包括一切。　二、「雲」字平聲，音情凝咽。

三、《與即墨張肖蘇〔二〕孝廉論杜偶題詩》〔三〕：「杜公《偶題》一詩，自來無善會者；或謂前半論文，後半述懷；或者甚至謂前後渺不相涉，皆由將『緣情慰漂蕩』以下，另作一截看耳。不但後半別生枝節，即前半亦成鈍滯，所謂死於句下者也。『文章千古事』二句，乃一篇之總攝，其曰『騷人』，曰『漢道』，曰『歷代』，曰『江左』，曰『鄴中』，於詞場祖述、爇文流別之故，有意其推本之矣。豈知今乃用以『慰漂蕩』『賦離別』耶？卒之『分詩興』於『稼穡』而已，『學士宜』於『柴荆』而已，并『佳句』之『不敢期』矣，而更何『舊列』『清規』之云乎哉？曠望今古，可爲拊膺嘅息者也。然念自弱歲以來，實嘗役心力于兹，雖不敢詡吾家之堂構，雖不敢擬前輩之飛騰；然於儒家經術，師法相承，貫穿上下，數千百年之間，問津討源，中流砥柱，舍我其誰也！故雖所如不偶，身名抑塞至於如此；而此中甘辛丹素之所以然，自問生平，無多讓焉。『庾信文章』六絶句，題曰『戲爲』，蓋散見之詞也。『文章千古』一篇，題曰『偶題』，則總挈之旨也。此一篇，乃一部《杜詩》之大序也。〔四〕

〔**翁注**〕《與馮魚山〔五〕編修論杜偶題起句》〔六〕：「昨與肖蘇論此篇，謂起二句乃一篇之總攝，此語恐不善會者，必謂二句總冒，特泛論引起耳。則李空同諸人，以起聯雄渾貌襲爲杜者，皆得而僞爲之矣。愚謂『此二句，一篇之總攝』者，今試爲剖析説之，而後知從來讀此二句者，皆隨口失之也。杜陵之詩，繼《三百篇》而興者也，非天寶、至德、上元、寶應一時之作也；非成都、夔府回想秦川偶寓亂離之作也。吾最不服歐陽子『窮而後工』之語，夫謂『窮而後工』者，蓋不窮不能工也。杜之『浣花』『瀼西』『東屯』『西閣』，鬱勃淋漓，可謂極其工矣。至于『宣政』『紫宸』『掖垣』『左省』間之作，以通集計之，曾不得什之一二耳，此豈非歐陽子之言驗于杜陵乎？曰：『此非杜陵〔七〕之志也。周文公陳《時邁》、頌《思文》，公之志也。《東山》《破斧》，豈公之志哉？今如讀《零雨》之篇，嘆其窮于遇而後工，可乎？設使少陵與房、杜諸人，並時立于貞觀之朝，有唐一代，雅頌躋漢魏六朝而上矣，不幸而遭天寶亂離，飢餓奔走，抑塞無可告語，而其詩之工，乃日出不窮者，蓋天地元氣，至此時必于是人發之，不擇其時與地矣。而此老撫心自許，終若未敢自信者，終若有所遺失者，故于此有怦怦難釋之積憾焉。其得，則先世之傳緒也，前哲之稟承也；其失，則坎壈不偶之所致也。然静言此事，則非一人之事、一家之事，而千古以來，流傳付受，文章根于性道，英華發于事業，故曰「自許稷與卨」，又曰「聖哲垂象繫」〔八〕，思深哉！作者其有憂患乎！此所以上下千古，返證寸心者也。必合此通篇，字字貫串，而後曉此二句也。而豈泛論引起之虛冒也哉？凡讀《杜詩》，無一篇不當如此細看；而此二句，人皆相沿口熟，幾視若文家評語，與書舍之題句，遂至并其真理，習而不著。凡李、何〔九〕以來，吞剥蹈襲，學其貌而遺其精者，皆職是之由也。吾烏能以勿辨哉？』」

〔賴校〕〔一〕此條爲夾批，以硃筆標記，書於「漢道盛於斯」句旁。〔二〕張肖蘇，即張鶴，生卒年不詳，據楊廷福、楊同甫編《清人室名别稱字號索引》載：「張鶴，籍貫即墨，字嘯蘇、肖蘇，室名『陽扶大勞山房』。」而翁方綱《復初齋文集》卷十二《送張肖蘇之汝陽序》，論文並言及《杜詩》，謹録全文備參，曰：「即墨張孝廉將之汝陽，過予論文，自言嘗苦多病，既而持舊簡紙，屬書數言爲贈。愚方愳然愳無以益吾子者，抑心所欲宣者，又不敢嘿也。昔歐陽子之於石徂徠，謂：『君子不以相見爲歡，不以疾病爲憂，惟其有不至於道者，乃可爲憂云爾。』然觀徂徠之答歐陽，猶曰：『永叔待我淺，不知我深。』蓋其氣未能平也。今吾肖蘇之虛己受益，過於徂徠遠矣，然談藝數日，雖未遽深推闡於學道之實，而以吾觀予肖蘇之病，在於心不專，而神志未能定也。讀書之道，原不在求强記，蓋亦務定其志而已。志定則得淺而不啻深，得少而不啻多也。始之以一，而積之以誠，其有不逢原而大快者哉？旬日以來，僅得見吾子時文一篇、詩一二十篇耳，格調之高，誠不肯依人步武者，然求其識趣所歸，如記里鼓車、如土圭測景者，則又若怳乎不得其準的也。時文之法在於審題，題得而理定，理定而法生焉。其但務古調，以震駭於人者，猶之浮詞也。古文上下接武，而日用不可離者莫如韓，詩則莫如杜。然韓文、杜詩，各有其所以然之極至，不在於貌似也。能知韓之所以然，則可以上窺馬、班，又上而六經矣。知杜之所以然，則可以上通漢魏，又進而騷，又進而《三百篇》矣。其貌襲者，則由於中無物，中無物則由於識趣不真而已矣。由吾肖蘇今日之詣，力專而精之，山谷有言曰『以質厚爲本』，姜白石曰『離而能合』，此二語是詩文、書法之總訣也。然其道要在於平心、易氣、静虚以涵泳之，是又養氣、却疾之一法矣。」〔三〕此條爲《翁批》所貼夾籤，行書流麗，賞心悦目；右上角鈐有「壺天」騎縫章。此外，翁方綱《石洲詩話》第六卷《漁洋評杜摘記》卷末，有翁氏自言：「方綱自束髪誦詩，所見杜詩古今注本已三十餘種，手録前人諸家之評及自附評語，丹黄塗乙，亦三十三遍矣。……若夫讀杜之法，愚自有《附記》二十卷，非可以評語盡之也。」此外，在同卷《偶題》條下，「此篇前半氣勢甚雄，惜後半多滯語」語，翁氏批注云：「此評予所未見，不知是西樵抑是漁洋，要是不知詩者語耳。不特所云『後半多滯』，是謬語也，即所云『起處甚雄』，亦是謬贊。《偶題》一篇，讀者或目爲前後二截，固謬矣！即以起二句，似是統契全篇，而實非文家空冒之起句也，愚嘗與即墨張肖蘇論之，又與欽州馮魚山論之，詳具於《杜詩附記》卷内。」此上兩條，可與翁氏與張肖蘇、馮魚山論杜詩批文，相參互證。〔四〕此條末「大序」一詞，《附記》誤抄作「次序」。此條之後，又續黏一夾籤，題曰「論杜詩『前輩飛入』句示饒州諸生同學」，題中「饒州」「生」諸字用墨筆抹去，「同學」二字爲另書所補。此夾籤書法爲工整楷書，紙色較新，顯然爲後來黏貼增補者，故《附記》未及見而抄録。今將全文録如下，文中括號標注之文字，爲夾籤之圈改，以其文義仍可接續相通，故保留之。其文曰：「《論杜詩前輩飛騰入句示饒州諸生同學》：前輩謂建安、黄初也，餘波則及於徐、庾矣。後賢兼舊制，乃綜括而言之，所謂『關西、鄴下既已罕同，河外、江南頗爲異法』者也。故曰『懷江左而病鄴中』，又抽出言之也。『入』字即承上句『漢道盛於斯』言之也。其曰『飛騰』者，盡古今文章風會之大端矣。文之制勝，未有不以深心毅力入者，史遷首述五帝德，而曰『好學深思，心知其意』，故馬史之文，精鋭過於班史；而班亦以雍容整肅承之。有韓、柳之崛奇，闢唐、宋文家之涂軌；而後歐、曾有以繼之，此天地造化之自然、陰陽翕闢乘承之勢也。（論西江文者，必曰五家；五家之文，深想鋭氣，亦所謂『飛騰入』者也。）然則繼之者將如何？將繼以綺麗乎？固不甘以餘波自處也。（將以逸、以奇乎？又非其中正之矩也。）是則『飛騰』一『入』，而難爲繼也。繼之奈何？曰：『以厚而已矣。』天地之精華、萬物之發洩，其可以悠久而不變者，惟深厚足以永之，所以勸人多讀書，以植其根柢，則前人之所謂『飛騰』者，（至此）皆歸於切實矣；前人之所謂『入』者，至此弥探於精微矣。顧非口耳記誦之功所能冒也，其必上下貫徹，深探而力體焉。凡事以精鋭而入者，必以堅重而成，故春發生而秋穫斂，所以貫四時而成萬寶也。（吾於西江文體、讀書養氣之道，既屢爲諸生詳言之，故於此題，更致申析焉。亦可以得）此藝文流別、詞場祖述之大略（矣）」。

〔五〕馮魚山，即馮敏昌（一七四一—一八〇六），字伯求，號魚山，廣東欽州人。乾隆三十年（一七六五），翁方綱按試廣東，見馮敏昌之文章，於是選其爲拔貢，入國子監。乾隆四十三年（一七七八），馮敏昌中進士，散館授翰林院編修，改刑部主事。著有《華山小志》《河陽金石録》《小羅浮草堂詩文集》等。〔六〕《與馮魚山編修論杜偶題起句》抄録於《附記》，但並未見於《翁批》稿本中。乾隆二十年乙亥（一七五五），翁氏二十三歲時，於杜公《偶題》詩即早有體會，故於《復初齋詩集》卷一，賦《書杜偶題詩後》曰：「自是精神畫不成，非關意匠苦經營。莫窺藩翰宁堂奥，爰變丹青本玉瑩。不可言傳猶拗怒，竟如卓立未分明。區區每下無高論，尚見千秋作者情。」亦可與此條互見相參。〔七〕《附記》原抄作「林」，後讀者點去改書作「陵」，今從之。〔八〕杜甫《自京赴奉先縣詠懷五百字》中有「竊比稷與契」語，「自許稷與禼」，蓋出於此詩；而「聖哲垂象繫」，出自杜甫《宿鑿石浦》詩句。〔九〕「李、何」，指李夢陽、何景明。李夢陽（一四七二—一五二九），又名獻吉，字天賜，號空同子，慶陽（今屬甘肅）人。爲明前七子之一，明朝初年研究唐詩的重要學者，主要貢獻在於詩歌理論批評，提出「古體學漢魏，近體學唐詩」的觀念，相當具有指標性，著有《空同集》。何景明（一四八三—一五二一），字仲默，號白坡，又號大復山人。河南信陽人。亦爲明前七子之一。工詩、古文，與李夢陽皆提倡復古之學，天下從之，文體一變。《明史·何景明傳》曰：「天下語詩文，必並稱何、李。」何景明在《述歸賦》中，披露自己的文學思想是「於古人之文，務得其宏偉之觀，超曠之趣」，「不墜古人之餘烈」，故也主張文宗秦漢，古詩宗漢魏，近體詩宗盛唐。著有《何大復先生集》三十八卷等。

君不見簡蘇徯

君不見道邊廢棄池？君不見前者摧折桐。百年死樹中琴瑟，一斛舊水藏蛟龍。丈夫蓋棺事始定，君今幸未成老翁，何恨憔悴在山中。深山窮谷不可處，霹靂魍魎兼一作「并」，非狂風。

〔翁批〕七古。一、交互逆承，則兩個「君不見」，脱卸蟬聯，而不板樣。

贈蘇四徯

異縣昔同遊，各云厭轉蓬。别離已五年，尚在行李中。戎馬日衰息，乘輿安九重。有才何棲棲，將老委所窮。爲郎未爲賤，其奈疾病攻。子何面黧黑，焉得豁心胸。巴蜀倦剽劫一作「掠」，下愚成土風。幽薊已削平，荒徼尚彎弓。斯人脱身來，豈非吾道東。乾坤雖寬大，所適裝囊空。肉食哂菜色，少壯欺老翁。況乃主客間，古來偪側同。君今下荆揚，獨帆如飛鴻。二州豪俠一作「傑」，非場，人馬皆自雄。一請甘饑寒，再請甘養蒙。

〔**翁批**〕五古。

別蘇徯原注：「赴湖南幕。」

故人有遊子，棄擲傍天隅。他日憐才命，居然屈壯圖〔一〕。十年猶塌翼，絶倒爲驚吁一作「呼」。消渴今如此黄作「在」，非，提携愧老夫。豈知臺閣舊，先一作「洗」，非拂鳳凰雛。原注：「公爲拾遺時，徯父在臺閣。」得實俗本作「食」，非翻蒼竹，棲枝把翠梧。北辰當宇宙，南嶽據江湖。國帶煙一作「風」塵色，兵張虎豹符。數論封内事，揮發府中趨。贈爾一作「汝」秦人策，莫鞭轅下駒。

〔**翁批**〕五排十韻。　一、突兀之氣，即是章法；所以末句之换仄爲平，並非有意。　二、「北辰」二句，提筆即寓〔二〕時事。　三、必有「轅」字之平聲，方收得住；而「轅」字既平，則「莫」字焉得不仄？

〔**賴校**〕〔一〕《翁批》原有眉批，曰：「『壯圖』二字之光氣，孤懸暗處，幾於無可發洩矣。此處提筆，乃欲假星垣、嶽伯一質證之，然是提筆即是咽筆也。」後圈去不用。　〔二〕《翁批》書作「寓」，《附記》抄作「寫」，蓋形近而訛。

李潮八分小篆歌

蒼頡鳥跡既茫昧，字體變化如浮雲。陳倉石鼓又一作「文」，非已訛，大小二篆生八分。秦有李斯漢蔡邕，中間作者絶不聞。嶧山之碑野火焚，棗木傳刻肥失真。苦縣光和尚骨立《猗覺寮》作「力」，書一作「畫」，非貴瘦硬方通神。惜哉李蔡不復一作「可」得，吾甥李潮下筆親。尚書韓擇木，騎曹蔡有鄰。開元已來數八分，潮也奄有二子成三人。況潮小篆逼秦相，快劍長戟森相向。八分一字直百一作「千」，非金，蛟龍盤拏肉屈强。吴郡張顛誇草書，草書非古空雄壯。豈如一作「知」，非吾甥不流宕，丞相中郎丈人行。巴東一作「江」逢李潮，逾月求我歌。我今衰老才力薄，潮乎潮乎奈汝何！

〔翁批〕七古。　一、八分、小篆，從流溯原，杜公文字，有分寸如此。蓋唐時大篆之學，已無專家作者矣。　二、「大小二篆生八分」，此句特渾言之，正以見大篆之界限，爾日已不能一一詳考也。而或者乃援此句，以謂割篆之幾分，不亦謬乎！　三、又「已訛」者，蓋言摹本之不可據耳。　四、「訛」字、「邕」字、「焚」字，一連三句，以平聲作出句，其節短，其筆提。「焚」是疊入一韻，又與前二句不同。　五、蔡中郎之隸，遂括兩漢作者乎！可見唐人品書，尊蔡如此。吾嘗謂：「李嗣真〔一〕評蔡公諸體，以《范巨卿碑》冠絶古今，足徵唐人書道源流之槩觀，杜公此詩益信。」〔二〕　六、宋朱新仲〔三〕《猗覺寮雜記》云：「杜詩『苦縣光和尚骨力』，『骨力』二字，《南史·張融傳》：『齊高見其書曰：卿書殊有骨力。』」愚按：「骨立」若作「骨力」，則似以「尚」字爲「嘉尚」之「尚」矣。不特與下句「貴」字犯複，抑且不得杜公之意也。蓋「尚」字乃以側出得之耳。〔四〕　七、「尚」字以側出得之，又可見杜公意中，元自有漢京之高古瘦勁者，而所謂「中間作者」，絶無一聲稱烜赫，如中郎者之比，爲可歎惜耳。就此一字，知杜公初未嘗執唐人之概習中郎，而抹摋二京作者也。　八、杜公意在於瘦，而「肉」字以正面出之，「骨」字反以側面出之，此文章向背順逆法。　九、「宕」字疊入一韻，以束其勢（之參差，頓挫骨節皆見矣）〔五〕；與前「焚」字、「分」字二句之疊韻相應，亦音節之不得不然者。〔六〕

〔**賴校**〕〔一〕李嗣真（？—六九六），唐人，生平未詳。據翁方綱《復初齋文集》卷十八，《書杜少陵李潮八分小篆歌後》，有文云：「李嗣真《書品》所云『蔡公諸體，惟《范巨卿碑》冠絶古今』。」今有《後書品》《續畫品録》傳世。　〔二〕以上批語可與翁方綱《復初齋文集》卷十八《書杜少陵李潮八分小篆歌後》相互參看，其文曰：「秀水朱竹垞（朱彝尊）詩云：『開元君臣雖具體，邊幅漸整趨肥癡。』此二語即少陵是詩注脚也。蓋惟其時，分、隸皆趨於肥，是以少陵品書，以瘦硬爲主也。然少陵於漢，獨舉中郎（蔡邕）；而於唐，兼舉韓、蔡，是三家者，於分、隸肥乎？瘦乎？韓、蔡諸碑，今尚有存者，亦開、寶時格耳，未可以云瘦硬。至於中郎，洪文惠（洪适）嘗駁諸家之傅會矣。予以西岳劉熊、夏承諸碑攷之，其目爲中郎者，皆非無據。惟《范巨卿碑》，在中郎歿後四十三年，而李嗣真《書品》所云『蔡公諸體，惟《范巨卿碑》冠絶古今』者，蓋指學蔡體者耳，非目爲蔡書也。是數碑者，筆勢皆相合。蓋未始不以肥爲貴也。且予以歐陽率更（歐陽詢）《房彦謙碑》印證《范碑》筆意，知唐人於是碑最所俎豆禀承者。蓋唐隸之根本，全在於中郎一人無疑也。『苦縣光和』云者，不知所指何碑，趙明誠《金石録》謂即延熹八年《老子銘》是也。婁彦發（婁機）云：『於時，陳相邊韶演而爲銘。』《金石録》云：『舊傳蔡邕文并書。』蓋杜甫『苦縣光和』之句啓之。周越《書苑》（即《古今法書苑》十卷）遂以爲韶撰文而邕書，初無所據也。今以洪、婁二書驗之，洪不著其字體，婁雖著其字，而其果爲骨立與否，未可知也。或者疑爲二碑，遂以苦縣指此碑，光和指石經。或又以樊毅《西岳碑》（按：《隸釋》卷二，東漢光和二年《樊毅修華岳碑》）實之，又皆非也。愚意所指之碑，必蔡碑中之最瘦硬者也。愚嘗研極兩漢金石之文矣，瘦硬莫如《禮器碑》，而杜不言者，杜固曰：『秦有李斯漢蔡邕，中間作者絶不聞。』予初讀此句，以爲杜亦習沿時人之指，抹摋兩漢諸人，而惟中郎之是尊耳，今乃知非也。杜蓋深惜夫兩漢書家姓名之弗傳，而其烜赫當時，傳於後世者，惟一蔡中郎耳。故曰『絶不聞』者，難之也，非薄之也。兩漢作者有聞於後，惟一中郎』；而中郎書體百變，其間近於瘦硬者，惟一『苦縣光和』碑耳，故曰『尚骨立』，尚者，僅詞，亦難之，非誇之也。若夫韓尚書、蔡騎曹，則當時所稱爲八分家耳，故曰『開元以來數八分』，數者，在當時不得不數之，於是奄有二子者，在李潮耳。杜公之言，蓋極矜慎，分寸出之，而豈言大以夸者哉？宋朱新仲（朱翌）《猗覺寮雜記》引此詩作『骨力』，則是『嘉尚』之『尚』矣。毋論不得杜意，抑且與『貴』字相犯也。予因讀是詩，而得唐人書學之脉，又以知杜公之立言不苟焉。至東坡《墨妙亭詩》，亦非與杜立異者，予别有説詳之。」　〔三〕朱新仲，即朱翌（一〇九七—一一六七），字新仲，自號灊山道人、灊山居士、省事老人，舒州懷寧（今安徽潛山）人。　〔四〕此條爲《翁批》所貼夾籤，右上角鈐有「壺天」騎縫章同前，《附記》所抄文字亦同。　〔五〕括號中文字，《翁批》以引號括起之，蓋欲删去不録，仍釋存以備參。　〔六〕翁方綱《復初齋文集》卷十八《書杜少陵李潮八分小篆歌後二》，並可同前注引文相參，文云：「或謂：『子以杜意舉中郎及韓、蔡，皆難之之辭，則何解於《贈顧誡奢》之篇耶？』曰：『此二篇用意，蓋亦微有不同。蓋《八分小篆歌》，探原委而言之，固自立言不苟，非專推李、蔡也，乃叙述此事上下古今之作者也。至於《送顧誡奢》（按：即《送顧八分文學適洪吉州》）則曰：『中郎石經後，八分蓋顣頞。顧侯運鑪錘，筆力破餘地。』此蓋以贊美顧文學爲主，而亟稱其筆力也。唐人分、隸，蓋全得漢人筋力，是以於李潮，則曰『盤拏屈强』；於顧誡奢，則曰『韓蔡同贔屭』，贔屭乃作力之意，亦以筆力言之也。唐人得力既全在此，而中郎石經，尤其精力所在，是以特舉此提唱言之，而魏晉六朝以來多孱弱不振之作，故曰顑頷也。專以筆力爲立言之所主，則姑未暇論肥瘦矣，此其指歸不同也。且其送顧，多以入直進御言之，故曰『玄宗妙其書』，又曰『御札早流傳』，是豈與上下千年探原反本者同語耶？此不當援送顧之作以詁李潮之歌明矣。」

峽口二首

峽口大江間，西南控百一作「白」，非蠻。城欹連粉堞，岸斷更青山。開闢當一作「多」，非天險，防隅一水關。亂離聞鼓角，秋氣動衰顔。

時清關失險，世亂戟如林。去矣英雄事，荒哉割據心。蘆花留客晚，楓樹坐猿深。疲苶煩親故，諸侯數賜金。公自注：「主人柏中丞頻分月俸。」

〔翁批〕五律。

南極

南極青山衆一作「外」，非，西江白谷分。古城疎落木，荒戍密寒雲。歲月蛇常見，風飈虎忽一作「或」聞。近身皆鳥道，殊俗自人群。睥睨登哀柝，矛趙作「蝥」弧照夕曛。亂離多醉尉，愁殺李將軍。

〔**翁批**〕五排六韻。

瞿唐兩崖

三峽傳何處，雙崖壯此門。入天猶石色，穿水忽雲根〔一〕。猱玃鬚髯古，蛟龍窟宅尊。羲和冬一作「驂」馭近，愁畏日車翻。

〔**翁批**〕五律。　一、後幅比興，寓時事也。　二、此「雲根」，亦不謂石。

〔**賴校**〕〔一〕《翁批》原有眉批，文曰：「詩人多以『雲根』爲石，此類書相沿用之耳。若刻畫石狀，目爲雲根，本自可通。然杜詩『井邑聚雲根』『穿水忽雲根』，則非石之謂也。必取詩家所用雲根，悉以爲石，則如張景陽詩『雲根臨八極』，將以爲石臨乎？《唐音癸籤》『雲根，六朝人先用之』，宋孝武《登樂山詩》『屯烟擾風穴，積水溺雲根』，此則指石耳。」後圈去之不録。

瞿唐懷古

西南萬壑注，勍敵兩崖開。地與山根裂，江從月窟來。削成當白帝，空曲隱陽臺。

疏鑿功雖美，陶鈞力大哉！

〔**翁批**〕五律。　一、此「懷古」，乃直溯造化之初言之。

夜宿西閣曉呈元二十一曹長

城暗更籌急，樓高雨雪微。稍通綃幕霽，遠帶玉繩稀。門鵲晨光起一作「喜」，檣一作「墻」，非烏宿處飛。寒江流甚細，有意待人歸。

〔**翁批**〕五律。　一、近人有謂「鵲起」「烏飛」是興下「歸」字者，甚是。

西閣口號呈元二十一

山木抱雲稠，寒空一作「江」繞上頭。雪崖纔變石，風幔不依樓。社稷堪流涕，安危在運籌。看君話王室，感動幾銷憂。

〔**翁批**〕五律。

閣夜

歲暮陰陽催短景，天涯霜雪霽寒宵一作「霄」，非。五更鼓角聲悲壯，三峽星河影動搖。野哭千一作「幾」家聞戰伐，夷歌幾一作「數」，一作「是」處起漁樵。卧龍躍馬終黄土，人事音書吴作「依依」漫一作「頗」，一作「久」寂寥。

〔翁批〕七律。

瀼西寒望

水色含群動，朝光切太虚。年侵一作「終」，非頻悵望，興遠一蕭疎。猿挂時相學，鷗行炯自如。瞿唐春欲至，定卜瀼西居。

〔翁批〕五律。　一、「炯」字從「卜居」心眼中得之。

西閣曝日

凛冽郭作「烈」倦玄冬，負暄嗜飛閣。羲和流德澤，顓頊愧倚薄。毛髮具一作「且」自和一作「私」，肌膚潛沃若。太陽信深仁，衰氣欻有託。欹傾煩注眼，容易收病脚。流離一作「瀏灕」木杪一作「梢」猿，翩躚山巔鶴。朋舊作「用」，非知苦聚散，哀樂日已作《英華》作「亦已昨」。即事會賦詩，人生忽如昨《英華》作「錯」。古來遭喪亂，賢聖盡蕭索。胡爲將暮年，憂世心力弱。

〔**翁批**〕五古。一、「德澤」對「顓頊」言，「深仁」對「衰氣」言。有評其犯複者，慎勿以知言許之。

不離西閣二首

江柳非時發，江花冷色頻。地偏應有瘴，臘近已含春。失學從愚子，無家任一作「住」，非老身。不知西閣意，肯別定留人。

西閣從人別，人今亦故亭。江雲飄素練一作「葉」，石壁斷空青。滄海先迎日，銀河倒列星。平生躭勝事，吁駭始初經。

〔**翁批**〕五律。一、「素練」者，帶水之雲也；「空青」者，橫雲之壁也。一句内皆兼明、暗二層。二、「亭」即「停」字，杜公直用此「亭」字，不煩加人也。按《玉篇》：「亭，留也。」不别出「停」字；《説文》「停」字，乃出新附耳。「潦倒新亭濁酒杯」，亦可相證。

縛雞行

小奴縛雞向市賣，雞被縛急相喧争。家中厭雞食蟲蟻，不知雞賣還遭烹。蟲雞於人何厚薄，吾叱奴人解其縛。雞蟲得失無了時，注目寒江倚山閣。

〔**翁批**〕七古。一、因「厚薄」，又生出「得失」。

小至

天時人事日相催，冬至陽生春又來。刺繡五紋一作「文」添弱線，吹葭六琯動飛一作「浮」，非灰。岸容待臘將舒柳，山意衝寒欲放一作「破」梅。雲物不殊鄉國異，教兒且覆掌中杯。

〔**翁批**〕七律。

〔**翁注**〕末一句，與「喧呼且覆杯中緑」同義。或謂「覆杯不飲」，非。〔一〕

〔**賴校**〕〔一〕此條爲《附記》所抄，《翁批》書稿未見。

寄柏學士林居

自胡之反持干戈，天下學士亦奔波。嘆彼幽棲載一作「精」典籍，蕭然暴露依山阿。青山萬重一作「里」静散地，白雨一洗空垂蘿。亂代一作「世」飄零予一作「余」到此，古人成敗子如何。荆揚冬春一作「春冬」異風土，巫峽日夜多雲一作「風」，非雨。赤葉楓林百舌一作「鳥」鳴，黄花一作「泥」，非野岸天雞舞。盗賊縱横甚密邇，形神寂寞甘辛苦。幾時高議排金門，各使蒼生有環堵。

〔翁批〕七古。　一、以前賢出處、得失相較，未知子當居何等也，激昂頓挫之至。

折檻行

嗚呼房魏不復見，秦王學士時難羨。青衿胄子困泥塗，白馬將軍若雷電。千載少似朱雲人，至今折檻空嶙峋。婁公不語宋公語，尚憶先皇容直臣。

〔翁批〕七古。

覽柏中丞一作「允」**兼子姪數人除官制詞因述父子兄弟四美載歌絲綸**

紛然喪亂際，見此忠孝門。蜀中寇亦甚，柏氏功彌存。深誠補王室，戮力自元昆。三止錦江沸，獨清玉壘昏。高名入竹帛，新渥照乾坤。子弟先卒伍，芝蘭疊一作「壘」璵璠。同心注師律，灑血在戎軒。絲綸實具載，紱冕已殊恩。奉公舉骨肉，誅叛經寒溫一作「暄」。金甲雪猶凍，朱旗塵不翻。每聞戰場説，欻激懦氣奔。聖主國多盜，賢臣官則尊。方當節鉞用，必絶祲沴一作「戾」根。吾病日迴首，雲臺誰再論。作歌挹盛事，推轂期孤騫一作「騫」，非。

〔翁批〕五古。　一、前後各七韻，中間「絲綸」二句，爲之樞軸。

覽鏡呈柏中丞

渭水流關内，終南在日邊。膽銷豺虎窟，淚入犬羊天。起晚堪從事，行遲更學一作「覺」，非仙。鏡中衰謝色，萬一故人憐。

〔翁批〕五律。

陪柏中丞觀宴將士二首

極樂三軍士，誰知百戰場。無私齊綺饌，久坐密金章。醉客霑鸚鵡，佳人指鳳凰。幾時來翠節，特地引紅粧。

繡段裝簷額，金花帖鼓腰。一夫先舞劍，百戲後歌樵一作「譙」。江樹城孤遠，雲臺使寂寥。漢朝頻選將，應拜霍嫖姚。

〔**翁批**〕五律。

奉送蜀州柏二別駕將中丞命赴江陵起居衛尚書太夫人因示從弟行軍司馬位

中丞問俗畫熊頻，愛弟傳書彩鷁新。遷轉五州防禦使，起居八座太夫人。楚宮臘送荆門水，白帝雲偷碧海春。與報一作「報與」惠連詩一作「書」，非不惜，知吾斑鬢總如銀。

〔**翁批**〕七律。　一、三、四純用質直，故五、六矯特之筆，不覺遂有「送」字、「偷」字，此亦文章家必然之節奏。但提筆如山，自非杜公不能耳。〔一〕　二、「臘送」「雲偷」，亦爲詩不

惜作轉捩地也。〔一〕

〔**賴校**〕〔一〕《翁批》本有墨書眉批，曰：「爲何却用『偷』字。」後圈去，改以硃筆書此條代之。〔二〕《翁批》於此條下，注有「辛丑正月卅日」字樣，則此批書於乾隆四十六年(一七八一)，翁方綱時年四十九歲。

送鮮于萬州遷巴州

京兆先時傑，琳瑯照一門。朝廷偏注意一作「璽」，接近與名藩。祖帳排一作「雜」，陳作「維」舟數，寒江觸石喧。看君妙爲政，他日有殊恩。

〔**翁批**〕五律。

奉送十七舅下邵桂

絶域三冬暮，浮生一病身。感深辭舅氏，别後見何人。縹緲蒼梧帝，推遷孟母鄰。昏昏阻雲水，側望苦傷神。

〔**翁批**〕五律。

荆南兵馬使太常卿趙公大食刀歌

太常樓船聲嗷嘈，問兵刮寇趨一作「超」，非下牢。牧出令奔飛百艘，猛蛟突獸紛騰逃。白帝寒城駐錦袍，玄冬示我胡國刀。壯士短衣頭虎毛，憑軒拔鞘天爲高。翻風轉日木一作「水」怒號，冰翼雪一作「雲」淡傷哀猱。鐫錯碧罌鸊鵜膏，鋩鍔一作「銛鋒」已瑩虚秋濤，鬼物撇捩辭一作「亂」坑壕。蒼水使者捫赤絛一作「縧」，龍伯國人罷釣鼇。芮公迴首顔色勞，分閫一作「壼」救世用賢豪。趙公玉立高歌起，攬環結佩相終始，萬歲持之護天子。得君亂絲與君理，蜀江如線如針一作「針如」水。荆岑彈丸心未已，賊臣惡子休干紀。魑魅魍魎徒爲耳，妖腰亂領敢欣喜。用之不高亦不庳，不似長劍須天倚。吁嗟光禄英雄弭，大食寶刀聊可比。丹青宛轉麒麟裏，光芒六合無泥滓。

〔翁批〕七古。　一、前十五句，後亦十五句，中間二句轉捩而下，韻則接前，義則係後，此自然嵌續之節奏也。若此二句遽换韻，則居然兩截矣。

王兵馬使二角鷹

悲臺蕭瑟一作「颯」石巃嵸，哀壑杈枒浩呼洶。中有萬里之長江，迴風滔一作「陷」，非日孤光動。角鷹倒翻壯士臂，將軍玉帳軒翠一云「昂」，一云「勇」氣。二鷹猛腦徐絛䍁荆作「絛徐墜」，目如愁胡視天地。杉雞竹兔不自惜，溪一作「孩」，當作「駭」虎野羊俱辟易。韝上鋒稜十二翮，將軍勇鋭與之敵。將軍樹勳起安西，崑崙虞泉入馬蹄。白羽曾肉三狻猊，敢決豈不與之齊。荆南芮公得將軍，亦如角鷹下翔一作「入朔」雲。惡鳥飛飛啄金屋，安得爾輩開其群，驅出六合梟鸞分！

〔翁批〕七古。　一、「二鷹猛腦徐絛䍁」，語本不誤，「腦」對「絛䍁」，「猛」對「徐」，此亦當句自對之勢也。蓋「猛腦」乃二鷹自具之怒勢，而垂帶之「絛䍁」却自舒徐也。有此「絛䍁」之舒徐，益以見腦目之猛怒矣。即以句法接下「目」字，亦必應如此。或改爲「絛徐墜」，「墜」字插入，語穉而節滯〔一〕，此不知詩者也。　二、中間三韻，皆四句四疊，所以末段方好抽出一句，遥應首段，而出結句之路，此自然定格也。或者乃欲删去「齊」字一句，以爲突兀，則是不知音節章法之理矣。

〔**賴校**〕〔一〕《翁批》此條蠅頭小楷，甚具功力，此句「語穉而節滯」，《附記》誤抄作「語滯而節穉」。

見王監兵馬使説近山有白黑二鷹羅者久取竟未能得王以爲毛骨有異他鷹恐臘後春生騫飛避暖勁翮思秋之甚眇不可見請余賦詩二首

雪一作「雲」，非飛玉立盡清秋，不惜奇毛恣遠遊。在野只教心力一作「膽」破，于一作「干」，一作「千」，非人何事網羅求。一生自獵知無敵，百中爭能恥下韝。鵬礙九天須却避，兔藏一作「經」，一作「營」，並非三窟一作「穴」，非莫深憂。

黑鷹不省人間有，度海疑從北極來。正翮摶風超紫塞，玄一作「立」，非冬幾夜宿陽臺。虞羅自覺一作「各」虛施巧，春雁同歸必見猜。萬里寒空秖一日，金眸玉爪不或作「未」，非凡材。

〔**翁批**〕七律。　一、「盡」上聲。

玉腕騮原注：「江陵節度衛公馬也。」

聞説荆南馬，尚書玉腕騮。駿驒一作「頓駿」飄赤汗，跼蹐顧長楸。胡虜三年入，乾。

坤。一戰收。舉鞭如有問，欲伴習池遊。

〔翁批〕五律。

醉爲馬墜諸公携酒相看

甫也諸侯老賓客，罷酒酣歌拓金戟。騎馬忽憶少年時，散蹄迸落瞿唐石。白帝城門水雲外，低身直下八千尺。粉堞電轉紫游韁，東得平岡出天壁。江邨野堂争入眼，垂鞭一作「肩」，非嚲鞚凌紫陌。向來皓首驚萬人，自倚紅顔能騎射。安知决臆追風足，朱汗驂驔猶噴玉。不虞一蹶終損傷，人生快意多所辱。職當憂戚伏衾枕，况乃遲暮加煩促。朋一作「明」，非知來問腆一作「惧」我顔，杖藜强起依僮僕。語盡還成開口笑，提携别掃清谿曲。酒肉如山又一時，初筵哀絲動豪竹。共指西日不相貸，喧呼且覆杯中渌。何必走馬來爲問一作「不爲身」，非，君不見嵇康養生遭一作「被」殺戮！

〔翁批〕七古。　一、陌、錫韻十二句，屋、沃韻十六句，篇幅略用參差；末以提筆，放一長句。

覆舟二首

巫峽盤渦曉，黔陽貢物秋。丹砂同隕石，翠羽共沉舟。羈使空斜影一作「景」，龍宮一作「居」閟積流。篙工幸不溺，俄頃逐輕鷗。

竹宮時望拜，桂館或求仙。姹女凌波日，神光照夜年。徒聞斬蛟劍，無復爨犀船。使者隨秋色，迢迢獨上天。

〔**翁批**〕五律。

送李功曹之荊州充鄭侍御判官重贈

曾聞宋玉宅，每欲到荊州。此地生涯晚，遥悲一作「通」水國秋。孤城一柱觀，落日九江流。使者雖光彩，青楓遠自愁。

〔**翁批**〕五律。

送王十六判官

客下荆南盡，君今復入舟。買薪猶白帝，鳴櫓已一作「少」，非沙頭。衡、霍、生、春、早，瀟湘共海浮。荒林庾信宅，爲仗主人留。

〔**翁批**〕五律。

别崔潩因寄薛據孟雲卿公自注：「内弟潩，赴湖南幕職。」

志士惜妄動，知深陳作「深知」難固辭。如何久磨礪，但取不磷緇。夙夜聽憂主，飛騰急濟時。荆州遇一作「過」薛孟，爲報欲論詩。

〔**翁批**〕五律。

寄杜位公自注：「頃者與位同在故嚴尚書幕。」

寒日經簷短，窮猿失木悲。峽中一作「筵」爲客久一作「恨」，江上一作「並」憶君時。天地身何往一作「在」，風塵病敢辭。封書兩行淚，霑灑裛新詩。

〔**翁批**〕五律。〔一〕

〔**賴校**〕〔一〕《翁批》原稿有眉批，曰：「逕路單直，則拗勢漸生，亦是不得不然者。此亦可參褚河南《雁塔聖教序記》筆法也。乙未十月廿日。」後圈去不録。又，「乙未」爲乾隆四十年（一七七五），翁方綱時年四十三歲。

立春

春日春盤細生菜，忽憶兩京全盛一作「梅發」時。盤出高門行白玉，菜傳纖手送青絲。巫峽寒江那對眼，杜陵遠客不勝悲。此身未知歸定處，呼兒覓紙一題詩。

〔**翁批**〕七律。

江梅

梅蘂臘前破，梅花年後多。絶知春意好一作「早」，最奈客愁何。雪樹元一作「能」同色，江風亦自波。故園不可見，巫岫鬱嵯峨。

〔**翁批**〕五律。

一、弟六句得梅之神，與謝希逸〔一〕《月賦》同一妙理。

〔**賴校**〕〔一〕謝希逸，即謝莊，其《月賦》收於《昭明文選》。謝莊（四二一—四六六），南朝宋文學家。陳郡陽夏（今河南太康縣）人，有《謝光禄集》。沈約《宋書》曰：「謝莊，字希逸。陳郡陽夏人也。太常弘微子也。年七歲能屬文。」「仕至光禄大夫。泰始二年卒，時年四十六，謚曰憲子。所著文章四百餘首，行於世。」

庭草

楚草經寒碧，庭春入眼濃。舊低收葉舉，新掩卷牙重。步履宜輕過，開筵得屢供。看花隨節序，不敢强爲容。

〔**翁批**〕五律。

愁

公自注：「强戲爲吴體。」

江草日日喚愁生，巫一作「春」峽泠泠非世情。盤渦鷺浴底心性，獨樹花發自分明。十年戎馬暗南一作「萬」國，異域賓客老孤城。渭水秦山一作「川」，非得見否，人今罷病虎縱横。

〔**翁批**〕七律。　一、花鳥俱若有意相觸忤者，「自分明」三字，尤寫愁心迥出。

王十五前閣會

楚岸收新雨，春臺引細風。情人來石上，鮮鱠出江中。鄰舍煩書札，肩輿强老翁。病身虛俊味，何幸飫兒童。

〔**翁批**〕五律。

崔評事弟許相迎不到應慮老夫見泥雨怯出必愆佳期走筆戲簡

江閣邀賓許馬迎，午時起坐自天明。浮雲不負青春色，細雨何孤白帝城？身過花間霑濕好，醉於馬上往來輕。虛疑皓首衝泥怯，實少銀鞍傍險行。

〔**翁批**〕七律。

遣悶戲呈路十九曹長

江浦雷聲喧昨夜，春城雨色動微寒。黄鸝一作「鶯」並坐交愁濕，白鷺群飛太劇乾。

晚節漸於詩律細，誰家數去酒盃寬。唯君一作「吾」，非最一作「醉」愛清狂客，百遍相過一作「看」意未闌。

〔翁批〕七律。　一、杜詩於動、植之物，各見性情向背之勢，正亦不必概作比興，所謂「萬類困陵暴」也。　二、此「寬」字與「細」字對，極其穩重拍合，正是悶坐中沉頓之筆。

晝夢

二月饒睡昏昏然，不獨夜短晝分眠。桃花氣暖眼自醉，春渚日落夢相牽。故鄉門巷荆棘底，中原君臣豺虎邊。安得務農息戰鬭，普天無吏横索錢。

〔翁批〕七律。　一、東坡「半脱紗巾落紈扇」〔一〕，尚不及此之神妙。

〔賴校〕〔一〕「半脱紗巾落紈扇」詩句，見於《蘇軾詩集》卷十六《和子由送將官梁左藏仲通》，其全詩曰：「雨足誰言春麥短，城堅不怕秋濤卷。日長惟有睡相宜，半脱紗巾落紈扇。芳草不鋤當户長，珍禽獨下無人見。覺來身世都是夢，坐久枕痕猶著面。城西忽報故人來，急掃風軒炊麥飯。伏波論兵初矍鑠，中散談仙更清遠。南都從事亦學道，不恤腸空誇腦滿。問羊他日到金華，應許相將游閬苑。」

暮春

卧病擁塞在峽中，瀟湘洞庭虛映空。楚天不斷四時雨，巫峽常一作「長」，非吹萬一作「千」，非里風。沙上草閣柳新闇一作「暗」，城邊野池蓮欲紅。暮春鴛鷺立洲渚，挾子翻一作「翾」飛還一叢。

〔翁批〕七律。

即事

暮春三月巫峽長，皛皛行雲浮一作「無」日光。雷聲忽送千峰雨，花氣渾如百和香。黄鶯過水翻迴去，燕子銜泥濕不妨。飛閣卷簾圖畫裏，虛無只少對瀟湘。

〔翁批〕七律。

懷灞上遊

悵望東陵道，平生灞上遊。春濃停野騎，夜宿敞雲樓。離别人誰在，經過老自休。

眼前今古意，江漢一歸舟。

〔**翁批**〕五律。

入宅三首

奔峭背赤甲，斷崖當白鹽。客居愧遷次，春色一作「酒」漸多添。花亞欲移竹，鳥窺新捲簾。衰年不敢恨，勝概欲相兼。

亂後居難定，春歸客未還。水生魚復浦，雲暖麝香山。半樊作「粘」頂梳頭白，過眉拄杖斑。相看多使者，一一問函關。

宋玉歸州宅，雲通白帝城。吾人淹老病，旅食豈才名。峽口風常急，江流氣不平。只應與兒子，飄轉任浮生。

〔**翁批**〕五律。

赤甲

卜居赤甲遷居新，兩見巫山楚水春。炙背可以獻天子，美芹由來知野人。荆州鄭薛寄詩一作「書」近，蜀客郄岑非我鄰。笑接郎中評事飲，病從深酌道吾真。

〔翁批〕七律。一、「炙背」一聯，上接「遷居」「見春」，下接「寄詩」「接飲」，質實之中，愈見情味；後來唯山谷庶能略髣髴之，放翁則近直矣。

卜居

歸羨遼東鶴，吟同楚執珪。未成遊碧海，著處覓丹梯。雲嶂陳作「障」寬江北一作「左」，春耕破瀼西。桃紅客若至，定似昔一作「晋」人迷。

〔翁批〕五律。

暮春題瀼西新賃草屋五首

久嗟三峽客，再與暮春期。百舌欲無語，繁花能幾時。谷虚雲氣薄，波亂日華遲。戰伐何由定，哀傷不在兹。

此邦一作「北郊」，非千樹橘，不見比封君。養拙干戈際，全生麋鹿群。畏人江北草，旅食瀼西雲。萬里巴渝曲，三年實飽聞。

綵雲陰復白，錦樹曉一作「晚」來青。身世雙蓬鬢，乾坤一草亭。哀歌時自短一作「惜」，醉舞爲誰醒。細雨荷鋤立，江猿吟翠屏。壯年學書劍，他日委泥沙。事主非無祿，浮生即有涯。高齋依藥餌，絶域改春華。喪亂丹心破，王臣未一家。

欲陳濟世策，已老尚書郎。不一作「未」息豺狼一作「虎」鬬，空慚鴛鷺行。時危人事急一作「惡」，風逆一作「急」羽毛傷。落日悲江漢，中宵淚滿牀。

〔翁批〕五律。

一、少陵小照。〔一〕此末句一「吟」字，紆迴頓挫，蓋五首音節，是一片宫商也。

一、到此弟四首，乃明出「高齋」二字，亦自擲筆成笑。

〔賴校〕〔一〕此條釋第三首詩。李白、杜甫在天寶三載（七四四）春天，於洛陽相遇，同遊梁、宋，豪飲畋獵，秋間又得同遊之樂。李白嘗賦《戲贈杜甫》曰：「飯顆山頭逢杜甫，頭戴笠子日卓午。借問别來太瘦生，總爲從前作詩苦。」翁方綱《復初齋文集》卷十三《杜少陵戴笠像贊》：「《飯顆》之詩，傳其戴笠。太瘦之神，萬古獨立。其瘦似耶？其笠似耶？則吾何敢執？」據此，或可想像杜甫之身影形貌。

寄從孫崇簡

嵯峨白帝城東西，南有龍湫北虎溪。吾孫騎曹不記一作「騎」馬，業學尸鄉多一作「常」養雞。龐公隱時盡室去，武陵春樹他人迷。與汝林居未相失，近身藥裹酒常一作「長」携。牧豎一作「叟」樵童亦無賴，莫令斬斷青雲梯。

〔翁批〕七古。　一、「藥裹」「酒携」，亦是當句自對。

江雨有懷鄭典設

春雨闇闇塞晋作「發」，非峽中，早晚來自楚王宮。亂波紛一作「分」披已打岸，弱雲狼藉不禁風。寵光蕙葉與多碧，點注桃花舒小紅。谷口子真正憶汝，岸高瀼滑一作「闊」限西東。

〔翁批〕七律。

熟食日示宗文宗武

消渴遊江漢，羇棲尚甲兵。幾年逢熟食，萬里逼清明。松柏邙舊作「邛」，杜田定作「邙」山路，風花一作「光」白帝城。汝曹催我老，回首淚縱横。

〔翁批〕五律。

又示兩兒

令節成吾老，他時見汝心。浮生看物變，爲恨與年深。長葛書難得，江州涕不禁。團圓思弟妹，行坐白頭吟。

〔翁批〕五律。

得舍弟觀書自中都已達江陵今兹暮春月末行李合到夔州悲喜相兼團圓可待賦詩即事情見乎詞

爾過一作「到」江陵府，何時到峽州？亂難生有别，聚集病應瘳。颯颯開啼眼，朝朝上水樓。老身須付託，白骨更何憂？

〔**翁批**〕五律。

喜觀即到復題短篇二首

巫峽千山暗，終南萬里春。病中吾見弟，書到汝爲人。意一作「竟」，非答兒童問，來經戰伐新一作「塵」，非。泊船悲喜後，款款話一作「議」，非歸秦。

待爾嗔烏鵲，拋書示鶺鴒。枝間喜不去，原上急曾經。江閣嫌津柳，風帆數驛亭。應論十年事，愁一作「撚」絶始星星。

〔**翁批**〕五律。

杜詩附記卷弟十六

大興翁方綱學

晚登瀼上堂

故躋瀼岸高，頗免崖石擁。開襟野堂豁，繫馬林花動。雉堞粉如一作「似」雲，山田麥無隴。春氣晚更生，江流静猶湧。四序嬰我懷，群盗久相踵。黎民困逆節，天子渴垂拱。所思注東北，深峽轉修聳。衰老自成病，郎官未爲冗。凄其望吕葛，不復夢周孔。濟世數嚮時，斯人各枯塚。楚星南天黑，蜀月西霧重。安得隨鳥翎，迫此懼將恐。

〔翁批〕五古。　一、明暗開闔，比興向背，令人莫可蹤測。「崖擁」「峽聳」，是通篇大開闔也。然豈果「深峽」之「脩聳」哉？豈果「郎官」之「爲冗」哉？

寄薛三郎中璩一作「據」

人生無賢愚，飄飄若埃塵。自非得神仙，誰免危《英華》作「克免」其身。與子俱白頭，役役一作「没没」常苦辛。雖爲尚書郎，不及鄁野人。憶昔鄁野人，其樂難具陳。藹藹桑麻交，公侯爲等倫。天未厭戎馬，我輩本常貧。子尚客荆州，我亦滯江濱。峽中一卧病，瘧癘終冬春。春復加肺氣，此病蓋有因。早歲與蘇鄭，痛飲情相親。二公化爲土，嗜酒不失真。余今委修短，豈得恨命屯。聞子心甚壯，所過信席珍。上馬不用扶，每一作「忽」扶必怒嗔。賦詩賓客間，揮灑動八垠。乃知蓋代手，才力老益神。青草洞庭湖，東浮滄海漘。君山可避暑，況足采白蘋。子豈無扁舟，往復江漢津。我未下瞿唐，空念禹功一作「力」勤。聽説松門峽，吐藥攬衣巾。高秋却束帶，皷枻視青旻。鳳池日澄碧，濟濟多士新。余病不能起，健者勿逡巡。上有明哲君，下有行化臣。

〔翁批〕五古。　一、廿六韻，凡十三句，上句平脚。〔一〕

〔賴校〕〔一〕《翁批》此條前原有眉批，曰：「一連六聯，皆上句平脚。」後圈去不録。

送惠二歸故居一作「聞惠二過東溪」

惠子白駒一作「魚」，坡作「驢」瘦，歸溪唯病身。皇天無老眼，空谷滯一作「值」斯人。崖蜜松花熟一作「白」，一作「古」，山杯一作「村醪」竹葉新一作「春」。柴門了無一作「生」事，黄一作「園」綺未稱臣。

〔翁批〕五律。

承聞河北諸道節度入朝歡喜口號絶句十二首

禄山作逆降天誅，更有思明亦已無。洶洶人寰猶不定，時時戰鬪欲何須。

社稷蒼生計必安，蠻夷雜種錯相干。周宣漢武今王是，孝子忠臣後代看。

喧喧道路多歌一作「好童」謡，河北將軍盡入朝。始一作「自」是乾坤王室正，却教一作「交」江漢客魂銷。

不一作「北」道諸公無表來，茫然一作「茫」庶事遣一作「使」人猜。擁兵相學干戈鋭，使者徒勞百萬迴。公自注：「吐蕃之亂，諸道節度無一人救援者，朝廷遣使敦諭，竟不至。」〔一〕

鳴玉鏘金盡正臣，修文偃武不無人。興王會靜妖氛氣，聖壽宜過一萬春。

英雄見事若通神，聖哲爲心小一身。燕趙休矜出佳麗，宫闈不擬選才人。

抱病江天白首郎，空山樓閣暮春光。衣冠是日朝天子，草奏何時一作「人」，非入帝鄉。

澶漫山東一百州，削成如案抱青丘。包茅重入歸關内，王祭還供盡海頭。

東逾遼水北滹沲，星象風雲喜共一作「氣色」和。紫氣關臨天地闊，黄金臺貯俊賢多。

漁陽突騎邯鄲兒，酒酣並轡金鞭垂。意氣即歸雙闕舞，雄豪復遣五陵知。

李相將軍擁薊門，白頭雖老一作「惟有」赤心存。竟能盡説諸侯入，知有從來天子尊。

十二年來多戰場，天威已息陣堂堂。神靈漢代中興主，功業汾陽異姓王。

〔翁批〕七絶。一、此首乃推自天寶以來，直抉裀本言之，斯爲《風》《雅》之根柢，諫疏之心事。〔二〕一、黄鍾、大吕之音，彌天塞地。一、《周雅》曰：「豐水東注，維禹之績。四方攸同，皇王維辟。」

〔翁注〕一、若無此一首之駘〔三〕宕，焉能遽以李、郭二章收得住乎？〔四〕一、末二章，推重李、郭，此謂詩史。如此十二首，乃真詩也。豈有專舉太白、少伯〔五〕之唐樂府，謂是七絶正路，而反自外于少陵者哉？〔六〕

〔賴校〕〔一〕此條以墨筆圈起。《翁批》貼一夾籤，曰：「似無此。再酌定。朱注作『舊解』云云。」〔二〕此條釋第六首詩，以下分釋第七、第九首詩。〔三〕此「駘」字頗模糊不清，因其形似辨識如是；後文「李、郭」雖亦稍模糊，然以詩辨之，應無疑義。〔四〕此條釋第十首詩，爲《附記》所抄，而《翁批》未見此條文字内容。〔五〕「太白」，指李白；「少伯」，則指王昌齡，江寧（今江蘇南京）人，盛唐著名詩人。生卒年不詳，約生於武則天聖曆元年（六九八），約卒於玄宗天寶十五載（七五六）。玄宗開元十五年（七二七），舉進士，後貶龍標尉，人稱「王龍標」。天寶末年，因時局動蕩歸鄉，得罪刺史閭丘曉，爲所殺。著有《昌齡詩集》。其所爲詩，音韻高亢，而氣勢風華，擅長七絶，其《出塞》一首「秦時明月漢時關」，明李攀龍曾推爲唐詩壓卷之作，時謂「王江寧」，有「詩家天子王江寧」之稱，尤以邊塞、宫怨、閨怨、送别之作爲佳，與詩人王之涣、高適、岑參、王維、李白互有交往，存詩一百八十餘首。〔六〕此條爲此十二首詩結語，爲《附記》所抄，而《翁批》未見此條文字内容。

月三首

斷續巫山雨，天河此夜新。若無青嶂月，愁殺白頭人。魍魎移深樹，蝦蟆没一作「動」半輪。故園當北斗，直指一作「想」照西秦。

併照一作「點」，非巫山出，新窺楚水清。羈棲愁裏見一作「愁見裏」，二十四迴明。必驗升沉體，如知進退情。不違銀漢落，亦伴玉繩横。

萬里瞿唐月一作「峽」，非，春來六上弦。時時開暗室，故故滿青天。爽合風襟静，高當淚臉懸。南飛有烏鵲，夜久落江邊。

〔**翁批**〕五律。 一、實要客懷，一一曲爲熟計者。〔一〕 一、「時時」「故故」，須合上一首讀之。 二、「風襟」「淚臉」，自爲開合。

〔**賴校**〕〔一〕此條釋第二首詩，以下兩條則合釋第三首詩。

晨雨

小雨晨光内，初來葉上聞。霧交纔灑地一作「有色」，風逆一作「折」旋隨雲。暫起柴荆色，輕霑鳥獸群。麝香山一半，亭午未全分。

〔**翁批**〕五律。

過客相尋

窮老真無事，江山已定居。地幽忘盥櫛，客至罷琴書。掛壁移筐一作「留」，非果，呼兒問一作「間」煮魚。時聞繫舟楫，及此問吾廬。

〔翁批〕五律。一、「時聞」是特提之筆，「及此」亦特收之筆〔一〕。「時聞繫舟楫」，不必指此客也；「及此問吾廬」，乃足音跫然矣。所以題目特著「相尋」二字。

〔賴校〕〔一〕《翁批》稿書作「特收之筆」，而《附記》同前仍抄作「特提之筆」。

豎子至

樝或作「楂」梨纔一作「且」，非綴碧，梅杏半傳黃。小子幽園至，輕籠熟柰香。山風猶滿把，野露及新嘗。欹枕一作「欲寄」，非江湖客，提携日月長。

〔翁批〕五律。一、上篇《客尋》，已極寫幽棲；此篇《豎至》，又渾乎觀化。杜公落紙字句，無非道徹矣。

〔翁注〕《過客相尋》，題與《賓至》《有客》諸題不同；《豎子至》，題亦與《阿稽》《阿段》《蒼耳》諸題不同。此乃是柴門穩卧，一片静光之中，所偶覺也。「時聞繫舟楫」者，因此客之相尋，而默數歷來所覺之境，此亦野老静中之動矣。「及此問吾廬」，乃知定卜幽棲之後，尚復爲人來尋耳。「提携日月長」，「提携」字，本從豎子之提携得來，然「新嘗」「滿把」，則欹枕之客自謂矣。故弟七句直以「客」字押住，然後「提携」字關攝通篇，此亦静中之動也。謝詩云「恒充俄頃用，豈謂古今然」〔一〕，正與「提携日月長」之句相爲注脚，此理須人參透。〔二〕

〔賴校〕〔一〕此爲謝靈運《入華子崗是麻源第三谷》五言詩末二句，其詩全文如下：「南州實炎德，桂樹凌寒山。銅陵映碧澗，石磴瀉紅泉。既枉隱淪客，亦棲肥遯賢。險徑無測度，天路非術阡。遂登群峰首，邈若升雲煙。羽人絶髣髴，丹丘徒空筌。圖牒復摩滅，碑版誰聞傳？莫辯百世後，安知千載前。且申獨往意，乘月弄潺湲。恒充俄頃用，豈爲古今然！」〔二〕此條爲《附記》所抄録，而《翁批》則未見此條文字内容，可知爲後來所增補。

園

仲夏流多水，清晨向小園。碧溪摇艇闊，朱果爛枝繁。始爲江山静，終防市井喧。畦蔬繞茅屋，自足媚盤飧。

〔**翁批**〕五律。　一片化機。〔一〕

〔**賴校**〕〔一〕此條爲夾批，以硃筆標記，書於「仲夏流多水」句旁。

歸

束帶還騎馬，東西却渡船。林中才一作「纔」有地，峽外絶無天。虚白高人静，喧卑俗累牽。他鄉閲一作「悦」，非遲暮，不敢廢詩篇。

〔**翁批**〕五律。　一、三、四一聯，履險涉奇、安遇〔一〕知止，兼而有之，筆力與學問皆到頂矣。

〔**賴校**〕〔一〕「安遇」，《附記》抄作「安寓」，當作「安遇」爲正。

園官送菜并序

園官送菜把，本數日闕。矧苦苣馬齒，掩乎嘉蔬，傷小人妬害君子，菜不足道也，比而作詩。

清晨送一作「蒙」，非菜把，常荷地主恩。守者愆實數，略有其名存。苦苣刺如針，馬齒葉亦繁。青青嘉蔬色，埋没在一作「自」中園。園吏未足怪，世事固一作「因」堪論。嗚呼戰伐久，荆棘暗長原。乃知苦苣輩，傾奪蕙草根。小人塞道路，爲態何喧喧。又如馬齒盛，氣擁葵荏昏。點染不易虞，絲麻雜羅紈。一經器一作「氣」，非物内，永挂麤刺痕。志士採紫芝，放歌避戎軒。畦丁負籠至，感動百慮端。

〔翁批〕五古。

園人送瓜

江間雖炎瘴，瓜熟亦不早。柏公鎮夔國，滯務茲一作「資」，非一掃。食新先戰士，共少及溪一作「窮」老。傾筐蒲鴿青，滿眼顏色好。竹竿接嵌竇，引注來鳥道。浮沉亂水玉，愛惜如芝草。落刃嚼冰霜，開懷慰枯槁。許以秋蒂除，仍看小童一作「兒」抱。東陵一作「溪」跡蕪絶，楚漢休征討。園人非故侯，種此何草草。

〔翁批〕五古。

課伐木并序

課隸人伯夷、幸一作「辛」秀、信行等，入谷斬陰木，人日四根止，維條伊枚，正直挺然。晨征暮返，委積庭内。我有藩籬，是缺是補，載伐篠簜，伊仗一作「杖」支持，則旅次小安。山有虎，知禁，若恃爪牙之利，必昏黑橖晋作「撑」，一作「搪」突。夔人屋壁，列一作「例」樹白菊一作「蓟」，鏝爲墻，實以竹，示式遏。爲與虎近，混淪乎無良。賓客憂一作「齒」害馬之徒，苟活爲幸，可默息已。作詩示宗武一作「文」誦。

長夏無所爲，客居課童一作「奴」僕。清晨飯其腹一作「腸」，持斧入白谷。青冥曾巔後，十里斬陰木。人肩四根已，亭午下山麓。尚聞丁丁聲，功課日各足。蒼皮成一作「見」委積吴本作「積委」，素節相照燭。藉汝跨小籬，當仗一云「杖」，一云「材」，非苦一云「若」，非虚竹。空荒咆熊羆，乳獸待人肉。不示知禁情，豈惟干戈哭。城中賢府主，處貴如白屋。蕭蕭理體净，蜂蠆不敢毒。虎穴連里閭，隄防舊風俗。泊舟滄江岸，久客慎所觸。舍西崖嶠壯，雷雨蔚含蓄。墻宇資屢修，衰年怯幽獨。爾曹輕執熱，爲我忍煩促。秋光近青岑，季月當泛菊。報之以微寒，共給酒一斛。

〔**翁批**〕五古。　一、此視《絳守居園池記》〔一〕何如耶？不必致疑也。　一、此弟三句「腹」字，自然不算韻。

〔賴校〕〔一〕《絳守居園池記》爲唐樊宗師所著，收於《全唐文》卷七三〇。樊宗師，名紹述，生卒年不詳，曾任絳州刺史。韓愈撰有《南陽樊紹述墓誌銘》，可供參考。清孫之騄輯《樊紹述集》二卷，《翁方綱纂四庫提要稿·集部》於此書，其提要稿曰：「謹按：《樊紹述集》二卷，國朝仁和孫之騄輯注。樊宗師之文，見稱於韓愈。愈所爲墓誌，稱其書，號《魁紀公》者三十卷，曰《樊子》者又三十卷，《春秋集傳》十五卷，表牋以下雜文凡二百九十一篇，又雜銘二百二十、賦十、詩七百一十九。《唐書·藝文志》云《樊宗師集》二百九十一卷，而今傳於世者止此二篇而已。《絳守居園池記》從陶宗儀《輟耕録》傳本，而《輟耕録》所載元有二本，蓋宋王晟、劉忱所爲解釋者，宗儀已未之見，宗儀所見者，前則溧陽趙仁舉字伯昂箋注本，後則不著姓名之注解本也。然宗儀亦不盡著其箋注，而僅著其句讀耳。此本則以宗儀所得前本爲主，而以後一本及它本注釋并前賢題跋附焉。至《綿州越王樓詩序》一篇，則得自計有功《唐詩紀事》，有功併不著其句讀，而之騄爲補之。宗師文每苦艱澀難讀，之騄獨爲爬梳字句，著其文從字順之所以然，可謂勤矣。應抄録之。」今《四庫全書總目·集部·别集類·存目》亦著録《樊紹述集注》二卷。

柴門

泛一作「孤」〔一〕舟登瀼西，迴首望兩崖。東城乾旱天，其氣如焚柴。長影没窈窕，餘光散唅呀。大江蟠嵌根，歸海成一家。下衝割坤軸，竦壁攢鏌鋣。蕭颯一作「瑟」灑秋色，氛一作「氣」昏霾日車。峽一作「峡」門自此始，最窄容浮查。禹功翊造化，疏鑿就欹斜。巨黄作「巴」渠決太古，衆水爲長蛇。風煙渺吴蜀，舟楫通鹽麻。我今遠遊子，飄轉混泥沙。萬物附本性，約一云「處」身一作「性」不願一作「欲」奢。茅棟蓋一牀，清池有餘花。濁醪與脱粟，在眼無咨嗟。山荒人民少，地僻日夕佳。貧賤一作「病」，一作「窮」固其常，富貴任生涯。老于干戈際，宅幸蓬蓽遮。石亂上雲氣，杉清一作「青」延日一作「月」華。賞妍又分外，理愜夫何誇。足了垂白年，敢居高士差。書此豁平昔，迴首猶暮霞。

〔**翁批**〕五古。

〔**賴校**〕〔一〕《翁批》原有眉批，曰：「此字不當平聲，『泛』字爲是。」後圈去不録。

槐葉冷淘

青青高槐葉，采掇付中厨。新麵來近市，汁滓宛相俱。入鼎資過熟，加餐愁欲無。碧鮮俱照箸，香飯兼苞蘆。經齒冷於雪，勸人投比一作「此」，非珠。願隨金腰褭，走置錦屠蘇又作「屠蘇」。路遠思恐泥，興深終不渝。獻芹則小小，薦藻明區區。萬里露寒殿，開冰清玉壺。君王納涼晚，此味亦時須。

〔翁批〕五古。一六、此所謂「每飯不忘君」〔二〕者也。

〔賴校〕〔二〕清納蘭性德《渌水亭雜識·原詩》曰：「人必有好奇縋險、伐山通道之事，而後有謝（謝靈運）詩。人必有北窗高卧，不肯折腰鄉里小兒之意，而後有陶（陶淵明）詩。人必有流離道路，每飯不忘君之心，而後有杜（杜甫）詩。人必有放浪江湖、騎鯨捉月之氣，而後有李（李白）詩。」清袁枚《隨園詩話》卷十四「沈鬱頓挫之作」條曰：「人必有芬芳悱惻之懷，而後有沈鬱頓挫之作；人但知杜少陵每飯不忘君，而不知其于友朋、弟妹、夫妻、兒女間，何在不一往情深耶？觀其冒不韙以救房公，感一宿而頌孫宰，要鄭虔于泉路，招李白于匡山，此種風義，可以興，可以觀矣。後人無杜之性情，學杜之風格，抑末也。」

上後園山脚

朱夏熱所嬰，清旭一作「旦」步北林。小園背高岡，挽葛上崎崟。曠望延駐目，飄飖散疎襟。潛鱗恨水一作「川」壯，去翼依雲深。勿謂地無疆，劣於山有陰。石榞張作「原」遍天下，水陸兼浮沉。自我登隴首，十年經碧岑。劍門來巫峽，薄倚一作「倚薄」浩至今。

故園暗戎馬，骨肉失追尋。時危無消息，老去多歸心。志士惜白日，久客藉黄金。敢爲蘇門嘯，庶作梁父吟。

〔翁批〕五古。一、「地無疆」四句，專爲後園鋪寫，不可少也。又上之作，則更不復及此矣。「山有陰」二句，就山脚地面言；「石榞」二句，就山脚物産言也，即《柴門》篇「舟楫通鹽麻」意。

季夏送鄉弟韶陪黄門從叔朝謁

令弟尚爲蒼水使，公自注：「韶比兼開江使，通成都外江下峽舟船。」名家莫出杜陵人。比一作「此」，非來相國兼安蜀，歸赴朝廷已入秦。捨舟策馬論兵地，拖玉腰金報主身。莫度清秋吟蟋蟀，早聞今本一作「開」黄閣郭作「閤」畫麒麟。

〔翁批〕七律。一、「拖玉腰金」，以章服警勉之；猶言「總戎皆插侍中貂」之義也。或以熟俗譏之，過矣。

灩澦

灩澦既没孤根深，西來水多愁太陰。江天漠漠鳥雙去，風雨時時龍一吟。舟人漁子歌回首，估客胡商淚滿襟。寄語舟航惡年少，休翻鹽井擲一作「橫」，一作「摸」黄金。

〔翁批〕七律。　一、以《竹枝》入長律，雄闊萬古。　二、其厚實穩重，全於弟二句積勢。

七月一日題終明府水樓二首

高棟曾軒已自涼，秋風此日灑衣裳。翛然欲下陰山黄生作「山陰」雪，不去非無漢署香。絶壁過雲開錦繡，疎松夾黄作「隔」水奏笙簧。看君宜著王喬履，真賜還疑出尚方。

虙舊作「宓」子彈琴邑宰日，終軍棄繻英妙時。承家節操尚不泯，爲政風流今在兹。可憐賓客盡傾蓋，何處老翁來賦詩。楚江巫峽半雲雨，清簟疎簾看奕棋。

〔翁批〕七律。　一、或有疑弟四句「漢署香」稍涉俗者，不知此與末句「尚方」「真賜」，相爲章法，亦天然節奏也。　二、弟一首既以「漢署」「尚方」襯托矣，而弟二首復以「邑宰」「棄繻」「承家」「爲政」，重規疊矩，以爲揄揚，豈似多向仕途烘染者，此所以「賓客」「老翁」，略一頓挫，即便含豪邈然，作煙雲萬頃之勢，愈見末二句之妙矣，豈但已哉！并弟一首之「錦繡」「笙簧」，雖是寫景，亦未免似涉迹相，亦正以逼出次章末二句之淡遠耳。後來山谷悟此法，遂有「出門一笑大江横」〔二〕之作也。

一、杜公每以切姓之句，與切事之句，相並出之，其先後向背，則各因篇法耳。〔三〕

〔賴校〕〔一〕山谷，即黄庭堅。「出門一笑大江横」詩句，出於《王充道送水仙花五十枝欣然會心爲之作詠》，詩云：「凌波仙子生塵襪，水上輕盈步微月。是誰招此斷腸魂，種作寒花寄愁絶。含香體素欲傾城，山礬是弟梅是兄。坐對真成被花惱，出門一笑大江横。」〔二〕此條係釋第二首詩末之「何處老翁來賦詩」句，以硃筆牽引此句於眉批上。

行官張望補稻畦水歸

東屯大江北一云「枕大江」，百頃平若案。六月青稻多，千畦碧泉亂。插秧適云已，引溜加溉灌。更僕往方塘，决渠當斷岸。公私各地著，浸潤無天旱。主守問家臣，分明《正異》作「朋」見溪黄生作「蹊」，非畔一作「伴」，非。芊芊炯翠羽，剡剡生一作「向」銀漢。鷗鳥鏡裏來，關山雪邊看。秋菰成黑米，精鑿一作「穀」傳一作「傅」白粲。玉粒足晨炊，紅鮮任霞散。終然添黄生作「忝」旅食，作苦期壯觀。遺穗及衆多，我倉戒滋漫。

〔翁批〕五古。

秋行官張望督促東渚耗一作「刈」稻向畢清晨遣女奴阿稽豎子阿段往問

東渚雨今足，佇聞粳稻香。上天無偏頗，蒲稗各自長。人情見非類，田家戒其荒。功夫競搰搰，除草置岸旁。穀者命之本，客居安可忘。青春具所務，勤墾免亂常。吴牛力容易，並驅動莫當一作「紛遊場」。豐苗亦已穊或作「溉」，雲水照方塘。有生固蔓延，静一資隄防。督領不無人，提攜一作「挈」頗在綱。荆揚風土煖，肅肅候微霜。尚恐主守疎，用心未甚臧。清朝遣婢僕，寄語踰崇岡。西成聚必散，不獨陵我倉。豈要仁里譽，感此亂世忙。北風吹蒹葭，蟋蟀近中堂。荏苒百工休，鬱紆遲暮傷。

〔翁批〕五古。一、此真《小雅》之復作也。始悟「七月流火」之後，所以必接《鹿鳴》《天保》也。二、「挈」字亦好。〔一〕

〔賴校〕〔一〕「『挈』字亦好」，《附記》抄作「『挈』字好」，漏「亦」字。

阻雨不得歸瀼西甘林

三伏適已過，驕陽化爲霖。欲歸瀼西宅，阻此江浦深。壞舟百板坼，峻岸復萬尋。篙工初一棄，恐泥勞寸心。佇一作「倚」，非立東城隅，悵望高飛禽。草堂亂玄圃，不隔崑崙岑。昏渾衣裳外，曠絶同曾陰。園甘長成時，三寸如黄金。諸侯舊上計，厥貢傾千林。邦人不足重，所迫豪吏侵。客居暫封殖，日夜偶瑶琴。虚徐五株態，側塞煩胸襟。焉一作「安」得一作「能」輟雨一作「兩」，非足，杖藜出嶇嶔。條流數翠實，偃息歸碧潯。拂拭烏皮几，喜聞樵牧音。令兒快搔背，脱我頭上簪。

〔翁批〕五古。一、寫甘林，亦以遥想，故不嫌於摭實也。觀後《甘林》篇可見。

又上後園山脚

昔我遊山東，憶戲東嶽陽。窮秋立日觀，矯首望八一云「北」，非荒。朱崖著毫髮，碧海吹衣裳。蓐收困用事，玄冥蔚强梁。逝水自朝宗，鎮石一作「名」各其方。平原獨憔悴，農力廢耕桑。非關一作「北關」，非風露凋，曾是戍役傷。於時一作「是」，非國用富，足以守邊疆。朝廷任猛將，遠奪戎虜一作「馬」場。到今事反覆，故老淚萬行。龜蒙不可一作「復」見，況乃懷一作「復」故一作「舊」鄉。肺萎屬久戰，骨出熱中腸。憂來杖匣劍，更上林北岡。瘴毒猿鳥落，峽乾南日黄。秋風亦已起，江漢始如湯。登高欲有往，蕩析川無梁。哀彼遠征人，去家死路旁。不及祖父塋，纍纍塚相當。

〔**翁批**〕五古。

奉送王信州崟北歸

朝廷防盜賊，供給愍誅求。下詔選一作「選」郎署，傳聲典信一作「能典」，非州。蒼生今日困一作「起」，非，天子嚮時憂。井屋有煙起，瘡痍無血流。壤歌惟海甸，畫角自山樓。白髮寐常早，荒榛農復秋。解龜踰卧轍，遣騎覓扁舟。徐榻不知一作「能」，非倦，潁川何以酬。塵生一作「老塵」彤管筆，寒膩黑貂裘。高義終焉在，斯文去矣休。别離同雨散，行止各雲浮。林熱鳥開口，江渾魚掉頭。尉佗雖北拜，太史尚南留。軍旅應都息，寰區要盡收。九重思諫諍，八極念懷柔。徙倚瞻王室，從容仰廟謀。故人持雅論，絶塞豁窮愁。復見陶唐理，甘爲汗漫遊。

〔翁批〕五排十八韻。　一、此詩篇法之相間，音節之相乘〔一〕，如畫花之有凹凸，山水之有起伏、迴抱，當循其節拍、頓挫，而自得之。　二、「白髮」至「斯文」，皆杜公自説也；惟「解龜」「遺騎」，從王信州叙耳。末復以「甘爲」句，從自己收。「畫角」句，神氣從下一句倒吸而出。　三、「塵生彤管筆」，此句首必是「塵」字，斷無仄聲之理。所以兼存「老」字者，欲見此間劖鑿之迹耳。凡一本作某之字〔二〕，有益於誦詩者不少也。　四、「徙倚」一聯，通幅〔三〕至此，乃不自知其拍節，而安絃矣。　五、雅，正也，非復「盜賊」「誅求」「瘡痍」「軍旅」之謂矣。此二字之妙〔四〕，可抵一篇送行詩序。

〔賴校〕〔一〕「相乘」，《附記》抄作「相承」。　〔二〕《附記》所抄多一「者」字，而《翁批》原稿並無此字。　〔三〕「徙倚」一聯，通幅」六字，爲《附記》所增，《翁批》原稿並無以上文字。　〔四〕「之妙」二字，《附記》漏未抄入；末句「送行詩序」之「送」字，《附記》誤抄作「述」。

驅豎子摘蒼耳

江上秋已分，林一作「村」，非中瘴猶劇。畦丁告勞苦，無以供日夕。蓬莠獨郭作「猶」不焦，野蔬暗泉石。卷耳况療風，童兒且一作「僕先」時摘。侵星驅之去，爛漫任遠適。放筐亭一作「當」午際，洗剥相蒙羃。登牀半生熟，下筯還小益。加點瓜薤間，依稀橘一作

「木」奴跡。亂世誅求急，黎民糠籺窄。飽食亦何心，荒哉膏粱客。富家厨肉臭，戰地骸骨白。寄語惡少年，黄金且休擲。

〔**翁批**〕五古。

甘林

捨舟越西岡，入林解我衣。青芻適馬性，好鳥知人歸。晨光映遠岫，夕露見日稀。遲暮少寢食，清曠喜荆扉。經過倦俗態，在野無所一云「或」違。試問甘藜藿，未肯羡輕肥。喧静不同科，出處各天機。勿矜朱門是，陋此白屋非。明朝步鄰里，長老可以依。時危賦斂數，脱粟爲爾揮。相攜行豆田，秋花靄菲菲。子實不得喫，貨市送王畿。盡添軍旅用，迫此公家威。主人長跪問一作「辭」，戎馬何時稀。我衰易悲傷，屈指數賊圍。勸其死王命，慎莫遠奮飛。

〔**翁批**〕五古。　一、不寫「甘」，而寫「豆」，開宕變化。

暇日小園散病將種秋菜督勒郭作「勒」，一作「勤」耕牛兼書觸目

不愛入州府，畏人嫌我真。及乎歸茅宇，一云「及歸在茅屋」。旁舍未曾嗔。老病忌一作「恐」拘束，應接喪精神。江邨意自一作「日」放，林木心所欣。秋耕屬地濕，山雨近甚匀。冬菁飯之半，牛力晚一作「曉」來新。深耕種數畝，未甚後四鄰。嘉蔬既不一，名數頗具陳。荆巫非苦寒，採擷接青春。飛來雙一作「兩」白鶴，暮啄泥中芹。雄者左翮垂，損傷已露一作「及」筋。一步再流血，尚驚一作「經」矰繳勤。三步六號叫，志屈悲哀頻。鸞凰不相待，側頸訴高旻。杖藜俯沙渚，爲汝鼻酸辛。

〔翁批〕五古。　一、此種詩，直接《三百篇》。

雨

山雨不作泥一作「涅」，江雲薄爲霧。晴飛半嶺鶴，風亂平沙樹。明滅洲景微，隱見巖姿露。拘悶出門遊，曠絶經目趣。消中日伏枕，卧久塵及屨。豈無平肩輿，莫辨望鄉路。兵一作「干」戈浩未息，虵虺反相顧。悠悠邊月破，鬱鬱流年度。針灸阻朋曹，糠

粔一作「覈」對童孺。一命須屈色，新知漸成故。窮荒益自卑，飄泊欲誰訴。尪羸愁應接，俄頃恐違一作「危」迕。浮俗何萬端，幽人有高一作「獨」步。龐公竟獨往，尚子終罕遇。宿留洞庭秋，天寒瀟湘素。杖策可入舟，送此齒髮暮。

〔**翁批**〕五古。　一、前四韻，即景；後十二韻，叙懷。　二、「素秋」二字，拆開用之，亦因雨景觸緒而得，「宿留」「天寒」皆疊韻也。

溪上

峽内淹留客，溪邊四五家。古苔生迮一作「窄」，或作「濕」，非地，秋竹隱疎花。塞俗人無井，山田飯有沙。西江使船至，時復問京華。

〔**翁批**〕五律。

樹間

岑寂雙柑樹，婆娑一院香。交柯低几杖，垂實礙衣裳。滿歲如松碧，同時待菊黃。幾回霑葉露，乘月坐胡牀。

〔翁批〕五律。

白露

白露團甘子，清晨散馬蹄。圃開連石樹，船渡入江溪。憑几看魚樂，回鞭急一作「至」，非鳥棲。漸知秋實美，幽徑恐多蹊。

〔翁批〕五律。　一、此甘林遣興之作，拈「白露」爲題耳。「幽徑」「多蹊」，正是遣興語。

諸葛廟

久遊巴子國，屢入武侯祠。竹日斜虛寢，溪風滿薄帷。君臣當共濟，賢聖亦同時。翊戴歸先主，并吞更出師。蟲蛇穿畫壁一作「屋」，非，巫覡醉蛛絲。欻憶吟梁父，躬耕也一作「起」未遲。

〔翁批〕五排。　一、「翊戴」，謂合當日臣民以奉之也；「并吞」，謂竭力恢復。此「吞」字，即「遺恨失吞吴」之「吞」也。「君臣」「賢聖」，自是提空之筆。　二、「躬耕也未遲」，此由後追前，最平允質實之論。推此義也，雖以作《孟子》「仕止久速」〔一〕注脚可也。宋人云「翻覆看俱好」〔二〕，則花樣生新耳。

〔賴校〕〔一〕「仕止久速」，語出《孟子．萬章下》：「孔子之去齊，接淅而行；去魯，曰：『遲遲吾行也。』去父母國之道也。可以速而速，可以久而久，可以處而處，可以仕而仕，孔子也。」　〔二〕翁方綱《石洲詩話》卷四，第二十條，曰：「小斜川詩自注：『吴開府游隆中，爲諸葛孔明賦詩，有「翻覆看俱好」之句，爲世稱誦。』此句可抵一篇孔明傳論，而簡質婉妙。（蘇詩《哭刁景純》有『反覆看愈好』之句。又《留别叔通元弼坦夫》一首内亦有之。）」此條正可與此批相參看。而此條出處，即爲臺北「國立」故宫博物院書畫處典藏《宋蘇氏一門法書》，其中有蘇過《試後四詩》行書册，其過録呈《金陵上吴開府》兩絶句，書曰：「時平無事清吟好，衛霍貪功未是奇。争似一篇人膾炙，四方傳誦卧龍詩。（開府帥襄陽時，嘗遊隆中，爲諸葛孔明賦詩，有『翻覆看俱好』之句，爲世稱誦。故云。）」「廟堂陶鑄人材盡，流落江淮老病身。又踏槐花隨舉子，思量鄧禹是何人。」適可與《石洲詩話》此條相印證，而翁氏爲書法名家，想其時或亦於紫禁城中，親覽蘇過《試後四詩》行書詩册。復按：「小斜川」爲宋蘇過（一〇七二—一一二三），字叔黨，號斜川居士，眉州眉山（今四川眉山）人。蘇軾之第三子（幼子），後家潁昌（今河南許昌），種植水竹數畝，名「小斜川」，自號「斜川居士」。他是三蘇後代最繼家風者，蘇軾嘗説：「過子詩似翁。」「作文極峻壯，有家法。」時稱「小坡」，有《斜川集》二十卷行世。而「吴開府」爲宋吴琚（生卒年不詳），字居父，號雲壑，開封（今河南開封）人，爲南宋著名書法家，才氣横出，精詩詞，工翰墨，正、行、草體尤爲所長，著作有《雲壑集》。

見螢火

巫山秋夜螢火飛，疎簾一作「簾疎」巧入坐人衣。忽驚屋裏琴書冷，復亂簷前星宿稀。却遶井闌添箇箇，偶經花蘂弄輝輝。滄江白髮愁看汝，來歲如今歸未歸。

〔翁批〕七律。

夜雨

小雨夜復密，迴風吹早秋。野一作「夜」，非涼侵閉户，江滿帶維舟。通籍恨陳作「限」，非多病，爲郎忝薄遊。天寒出巫峽，醉别仲宣樓。

〔翁批〕五律。

更題

只應踏初雪，騎馬發荆州。直怕巫山雨，真傷白帝秋。群公蒼玉佩，天子翠雲裘。

同舍晨趨侍，胡爲淹此一云「此滯」留？

〔翁批〕五律。

舍弟觀歸藍田迎新婦送示二首

汝去迎妻子，高秋念却回。即今螢已亂，好與雁同來。東望西江水或作「永」，非，南遊北户開。卜居期静處，會有故人杯。

楚塞難爲路一作「别」，藍田莫滯留。衣裳判白露，鞍馬信清秋。滿峽重江水，開帆八月舟。此時同一醉，應在仲宣樓！

〔翁批〕五律。一、此「水」字與「開」字，原不妨虚實作對；或欲改作「永」字，真時文迂腐之見也。

别李秘書始興寺所居

不見秘書心若失，及見秘書失心疾。安爲動主理信然，我獨覺子神充一作「精神」實。重聞西方止一作「之」，一作「正」觀經，老身古寺風泠泠。妻兒待米一作「我」，非且歸去，他日杖藜來細聽。

〔翁批〕七古。　一、此詩非談禪也，然上下千年談禪之詩，必以此詩爲登峰造極。

送李八秘《英華》作「校」**書赴杜相公幕**公自注：「相公朝謁，今赴後期也。」

青簾白舫益州來，巫峽秋濤天地迴。石出倒聽楓葉下，櫓搖背一作「皆」，非指菊花開。貪趨相府今晨發，恐失佳期後命催。南極一星朝北斗，五雲多處是三台。

〔翁批〕七律。

巫峽敝廬奉贈侍御四舅別之澧朗

江城秋日落，山鬼閉門中。行李淹吾舅，誅茅問老翁。赤眉猶世亂，青眼只途窮。傳語桃源客，人今出處同。

〔翁批〕五律。　五字收裹多少在内。〔一〕

〔賴校〕〔一〕此條爲夾批，以硃筆標記，書於「人今出處同」句旁。

孟氏

孟氏好兄弟，養親惟小園。承顔胼一作「胝」手足，坐客强盤飧。負米夕晋作「寒」，一作「力」，非葵外，讀書秋樹根。卜鄰慚近舍，訓子覺一作「學」誰一作「先」門。

〔翁批〕五律。　一、「學」字更質實，然「覺」字爲是。

吾宗公自注：「衛倉曹崇簡。」

吾宗老孫子，質朴古人風。耕鑿安時論，衣冠與世同。在家常早起，憂國願年豐。語及君臣際，經書滿腹中。

〔翁批〕五律。

奉酬薛十二丈判官見贈

忽忽峽中睡，悲風一作「秋」方一醒。西來有好鳥，爲我下青冥。羽毛净一作「盡」白雪，慘澹飛雲汀。既蒙主人顧，舉翮唳孤亭。持以比佳士，及此慰揚舲。清文動哀玉，見道發新硎。欲學鴟夷子，待勒燕山銘。誰重斷蛇劍，一云「國重斬邪劍」。致君君未聽。志在麒麟閣，無心雲母屏。卓氏近新寡，豪家朱門一作「户」扃。相如才《英華》作「琴」調逸，銀漢會雙星。客來洗粉黛，日暮拾流螢。不是無膏火，勸郎勤六經。老夫自汲澗，野水日泠泠。我嘆黑頭白，君看銀印青。卧病識山鬼，爲農知地形。誰矜坐錦帳，苦厭食魚鯹。東西兩岸晋作「岸兩」坼，横一作「積」水注滄溟。碧色忽一云「苦」惆悵，風雷搜百靈。空中右一作「有」白虎，赤節引娉婷。自云帝季一作「里」女，噀雨鳳凰翎。襄王薄行跡，莫學令威丁一作「泠如冰」，千秋一拭淚，夢覺有微馨。人生相感動，金石兩青熒。丈人但安坐，休辨渭與涇。龍蛇尚格鬬，灑血暗郊坰。吾聞聰明主，治一作「活」國用輕刑。銷兵鑄農器，今古歲方寧。天一作「文」王日儉德，俊乂始盈庭。榮華貴少壯，豈食楚江萍？

〔**翁批**〕五古。　　一、此詩不知當日情事，不能臆爲之説。〔一〕

〔**賴校**〕〔一〕《翁批》於此條前，原有兩條眉批，曰：「畢竟不可解，不能臆爲之説。」又曰：「意似有錯簡在。」後均圈去不録。

寄狄明府博濟

梁公曾孫我姨弟，不見十年官濟濟。大賢之後竟陵遲，浩蕩古今同一體。比看伯叔四十人，有才無命百寮底。今者兄弟一百人，幾人卓絶秉周禮。在汝更用文章爲，長兄白眉復天啓。汝門請從曾翁一云「公」說，太后當朝多巧詆一作「計」。狄公執政在末年，濁河終不污清濟。國嗣初將付諸武，公獨廷諍守丹陛。禁中決策請一作「詔」房陵，前一作「滿」朝長老皆流涕。太宗社稷一朝正，漢官威儀重昭洗。時危始識不世才，誰謂荼苦甘如薺。汝曹又宜列鼎一作「裂土」食，身使門户多旌棨。胡爲飄泊岷漢間，干謁侯王頗歷抵舊作「詆」，誤。況乃山高水有波，秋風蕭蕭露泥泥。虎之饑，下巉喦；蛟之横，出清泚。早歸來，黄土污衣眼易眯。

〔翁批〕七古長短句，一韻到底。　一、七古一韻到底之作，前人所不常有，而仄韻者尤少。此篇雖以仄韻終篇，而結尾必以跌宕變調耳。

同元使君春陵行有序

覽道州元使君結《春陵行》，兼《賊退後示官吏作》二首，志之曰：「當天子分憂之地，效漢官舊作「朝」良吏之目一作「日」。今盜賊未息，知民疾苦，得結輩十數公，落落然參錯天下爲邦伯，萬物吐晉作「姓壯」氣，天下小一作「少」安，可待矣一作「已」。不意復見比興體制，微婉頓挫之詞，感而有詩，增諸卷軸。簡知我者，不必寄元晉作「云」。」

遭亂髮盡一作「遽」白，轉衰病相嬰一作「縈」。沉綿盜賊際，狼狽江漢行。歎時藥力薄，爲客羸瘵成。吾人詩家秀一作「流」，博采世上名。粲粲元道州，前聖畏後生。觀乎春陵作，欻見俊哲情。復覽賊退篇，結也實國楨。賈誼昔流慟，匡衡嘗引經。道州憂一作「哀」黎庶，詞氣浩縱横。兩章對秋月一作「水」，一字偕一作「皆」，非華星。致君唐虞際，淳一作「純」朴憶一作「意」，非大庭。何時降璽書，用爾爲丹青。獄訟永一作「久」衰息，豈惟偃甲兵。悽惻念誅求，薄斂近休明。乃知正人意，不苟飛長纓。涼飇振南嶽，之子寵若驚。色沮一作「阻」金印大，興含滄浪一作「溟」清。我多長卿病，日夕思朝廷。肺枯渴太甚，漂泊公孫城。呼兒具紙筆，隱几臨軒楹。作詩呻吟內，墨淡字欹傾。感彼危苦詞，庶幾知者聽。

〔翁批〕五古。　一、末段感慨病身，再三致意，非詞費也。〔一〕

〔賴校〕〔一〕《翁批》原稿作「詞費」，《附記》則抄作「費詞」。

附　春陵行有序

元　結

癸卯歲，漫叟授道州刺史。道州舊四萬餘户，經賊已來，不滿四千，大半不勝賦稅。到官未五十日，承諸使徵求符牒二百餘封，皆曰失其限者，罪至貶削。於戲！若悉應其命，則州縣破亂，刺史欲焉逃罪；若不應命，又即獲罪戾，必不免也。吾將守官，靜以安人，待罪而已。此州是春陵故地，故作《春陵行》，以達下情。

軍國多所須，切責在有司。有司臨郡縣，刑法竟一作「意」欲施。供給豈不憂，徵斂又可悲。州小經亂亡，遺民一作「人」實困疲。大鄉無十家，大族命單羸。朝飡是草根，暮食乃樹皮。出言氣欲絶，意速行步遲。追呼尚不忍，況乃鞭扑之！郵亭傳急符，來往跡相追。更無寬大恩，但有迫促期。欲令鬻兒女，言發恐亂隨。悉使索其家，而又無生資。聽彼道路言，怨傷誰復知？去冬山賊來，殺奪幾無遺。所願見王官，撫養以惠慈。奈何重驅逐，不使存活爲？安人天子命，符節我所持。州縣忽一作「復」亂亡，得罪復是誰？逋緩違詔令，蒙責固所宜。前賢重守分，惡以禍福一作「敗」移。亦云貴守官，不愛一作「憂」，非能適時。顧惟孱弱者，正直當不虧。何人采國風，吾欲獻此辭。

〔**翁批**〕代宗廣德元年。〔一〕

〔**賴校**〕〔一〕此條爲夾批，以硃筆標記，書於詩序「癸卯歲」旁。唐代宗廣德元年，時當公元七六三年。

附　賊退示官吏有序

元　結

癸卯歲，西原賊入道州，焚一作「殺」掠一云「焚燒殺掠」幾盡而去。明年，賊又攻永破邵，不犯此州邊鄙而退。豈力能制敵與？蓋蒙其傷憐而已！諸使何爲忍苦徵斂？故作詩一篇，以示官吏。

昔歲逢太平，山林二十年。泉源在庭户，洞壑當門前。井税有常期，日晏猶得眠。忽然遭世變，數歲親戎旃。今來典斯郡，山夷又紛然。城小賊不居，人貧傷可憐。是以陷鄰境，此州獨見全。使臣將王命，豈不如賊焉？今彼徵斂者，迫之如火煎。誰能絶人命，以作時世賢？思欲委符節，引竿自刺船。將家就魚菱一作「麥」，窮一作「歸」老江湖邊。

〔**翁注**〕「麥」「菱」字相近也，「麥」字爲是。〔一〕

〔**賴校**〕〔一〕此條見於《附記》，《翁批》無此文字，且詩作「菱」字，而注曰「菱一作『麥』」，似並不以「麥」字爲是。

秋日夔府詠懷奉寄鄭監審李賓客之芳一百韻

絶塞烏蠻北，孤城白帝邊。飄零仍百里，消渴已三年。雄劍鳴開匣，群書滿繫船。一作：「所向皆窮轍，餘生且繫船。」亂離心不展一作「轉」，衰謝日蕭然。筋力妻孥問一作「覺」，菁華歲月遷。登臨多物色，陶冶賴詩篇。峽束滄一作「蒼」江起，巖排古一作「石」樹圓。拂雲霾楚氣，朝一作「潮」，非海蹴一作「襯」，非吳天。煮井爲鹽速，燒畬度地偏。有時驚疊嶂，何處覓平川。鸂鶒雙雙舞，獼猴壘壘懸。碧蘿長似帶，錦石小如錢。春草何曾歇，寒花亦可憐。獵人吹戍火，野店引山泉。唤起搔頭急，扶行幾屐穿。兩京猶薄産，四海絶隨肩。幕府初交辟，郎官幸備員。瓜時猶一作「仍」，一作「拘」旅寓，萍泛苦一作「若」貪緣。藥餌虚狼籍，秋風灑静便。開襟驅一作「袪」瘴癘，明目掃一作「拂」雲煙。高宴諸侯禮，佳人上客前。哀箏傷老大，華屋艷神仙。南内開元曲，當他本作「常」，盧本作「當」時弟子傳。法歌聲變轉，滿座涕潺湲。公自注：「都督柏中丞筵，聞梨園弟子李仙奴歌。」弔影夔州僻，回腸杜曲煎。即今龍厩水，莫帶犬戎羶。公自注：「西京龍厩門苑，馬門也，謂水流苑門内。」耿賈扶王室，蕭曹拱御筵。乘一作「秉」，非威滅蜂蠆，戮力効川本作「教」鷹鸇。舊物森猶在，凶徒惡未悛。國須行戰伐，人憶止戈鋋。奴僕何知禮，恩榮錯與權。胡星一彗孛川作「闇」，黔首川作「首惡」遂拘攣。哀痛絲綸切，煩苛一作「頻煩」，非法令蠲。業成陳始王，兆喜出于畋。宫禁經綸密，台階翊戴全。熊羆載吕望，鴻雁美周宣。側聽中興主，長吟不世賢。音徽一柱數，道里下牢千。公自注：「鄭在江陵，李在夷陵。」鄭李光時論，文章並我先。陰何尚清省，沈宋欻聯翩。律比崑崙竹，音知燥濕絃。風流俱善價，愜當久忘筌。置驛常如此，登龍蓋有焉。雖云隔禮數，不敢墜周旋。高視收人表，虚心味道玄。馬來皆汗血，鶴唳必青田。羽翼商山起，蓬萊漢閣連。管寧紗帽净一作「静」，非，江令錦袍鮮。東郡時題壁，南湖日扣舷。遠遊凌絶境，佳句染華牋。每欲孤飛去，徒爲百慮牽。生涯已寥落，國步尚一作「乃」迍邅。衾枕成蕪没，池塘作棄捐。公自注：「平生多病，卜築遺懷。」别離憂怛怛，伏臘涕漣漣。露菊斑豐鎬，秋蔬一作「菰」影澗瀍。共誰論昔事，幾處有新阡。富貴空回首，喧争懶著鞭。兵戈塵漠漠，江漢月娟娟。局促看秋燕，蕭疎聽晚蟬。雕蟲蒙記憶，烹鯉問沉綿。卜羡君平杖，偷存子敬氈。囊虚把釵釧，米盡拆花鈿。甘子陰涼葉，茅齋八九椽。陣圖沙北岸，市暨瀼西巔〔一〕。羈絆心常折，棲遲病即痊。紫收一作「秋」岷嶺一作「下」芋，白種陸池一作「家」蓮。色好梨勝頰，穰多栗過拳。敕厨惟一味，求飽或三鱣。兒去看魚笱，人來坐馬韉。一云：「俗異鄰鮫室，朋來坐馬韉。」縛柴門窄窄，通竹溜涓涓。塹抵公畦稜，京師農人指田遠近，多云「幾稜」。〔二〕邨依野廟壖。缺籬將棘拒，倒石賴藤纏。借問頻朝謁，何如穩醉一作「晝」眠。誰云行不逮一作「達」，自覺坐能堅。霧雨銀章澀，馨香粉署妍。紫鸞無近遠，黄雀任翩翾。困學違從衆，明公各勉旃。聲華夾宸極，早晚到星躔。懇諫留匡鼎，諸儒引服舊作「伏」，誤虔。不過一作「逢」輸鯁直，會是正陶甄。宵旰憂虞軫，黎元疾苦駢。雲臺終日畫，青簡爲誰編。行路難何有，招尋興已專。由來具飛檝，暫擬控鳴弦。身許雙峰寺，門求七祖禪。落帆追宿昔，衣褐向真詮。安石名高晋，公自注：「鄭高簡得謝太傅之風。」昭王客赴燕。公自注：「李宗親有燕昭之美，燕，周之裔也。」〔三〕途中非阮籍，查上似張騫。披拂一作「晤」，晋作「豁」雲寧在，淹留景不延。風期終破浪，水怪莫飛涎。他日辭神女，傷春怯杜鵑。淡交隨聚散，澤國遶迴旋。本自依迦葉，何曾藉偓佺。鑪峰生轉盼，橘井尚高褰。東走窮歸鶴，南征盡跕鳶。晚聞多妙教，卒踐塞前愆。顧愷丹青列，頭陀琬琰鐫。衆香深黯黯，幾地肅芊芊。勇猛爲心極，清羸任體孱。金篦空刮眼，鏡象一云「平等」未離一云「難」銓。

〔**翁批**〕五排百韻。　漸近身說。〔四〕　漸入交遊說，却又宕開。〔五〕　此段方敘夔州之景，故於詠懷尚是大概渾說。〔六〕　敘此一事，而前後動盪，真太史遷勝場。〔七〕　關鎖。〔八〕　此段屬中間實敘處，與上段『滿坐涕潺湲』之特地頓挫，迴不相涉；而或乃議其意複，何也？〔九〕　關鎖。〔一〇〕　關鎖。〔一一〕　前既有『乃心王室』之一段，此處定當有『懇諫』八句也。然在一部杜集中，此等語迴環胸臆，已非一處。在此篇中，轉非其最著意處耳。〔一二〕　結。〔一三〕　再一層影結。〔一四〕　又再一層影結。〔一五〕

〔**賴校**〕〔一〕《翁批》於此句下，引三本加注，其一曰：「草堂本公自注：『市暨，夔人語也。市井泊船處，謂之市暨。江水横通山谷處，居人謂之瀼。』」其二曰：「仇本云：『峽人目市井泊船處曰市暨。江水横通山谷處，方人謂之瀼。』」其三曰：「一本云：『峽人目市井處曰市暨。八陣圖、市暨，夔人語也。江水横通山谷處，方人謂之瀼。』」《翁批》復於天頭，以硃筆眉批曰：「公自注三本酌。此再酌定，後數條同此。」後以硃筆括號標記於此眉批首尾。〔二〕《翁批》於此注，以硃筆批曰：「此條未知是『公自注』否？草堂本無。」後以硃筆括號標記於此眉批首尾。〔三〕《翁批》於此注下，以硃筆加注曰：「一無『也』字。」〔四〕此條爲夾批，以硃筆標記，書於「喚起搔頭急」句旁。又，本詩各條批語，《附記》皆未抄入。〔五〕此條爲夾批，以硃筆標記，書於「四海絶隨肩」句旁。〔六〕此條爲眉批，並於「瓜時猶旅寓」句旁以硃筆標記。〔七〕此條爲眉批，並於「南内開元曲」句旁以硃筆標記。〔八〕此條爲夾批，以硃筆標記，書於「側聽中興主」句旁。〔九〕此條爲眉批，並於「伏臘涕漣漣」句旁以硃筆標記。〔一〇〕此條爲夾批，以硃筆標記，書於「借問頻朝謁」句旁。〔一一〕此條爲夾批，以硃筆標記，書於「困學違從衆」句旁。〔一二〕此條爲眉批，並於「懇諫留匡鼎」句旁以硃筆標記。復於眉批旁以硃筆加注曰：「此五十餘字擠密寫，寫至▯。」按：▯符號，係《翁批》常見之細長方形硃筆標記符號，標識於「黎元疾苦駢」句末。〔一三〕此條爲夾批，以硃筆標記，書於「青簡爲誰編」句旁。〔一四〕此條爲夾批，以硃筆標記，書於「披拂雲寧在」句旁。〔一五〕此條爲夾批，以硃筆標記，書於「本自依迦葉」句旁。

寄劉峽州伯華使君四十韻

峽内多雲雨，秋來尚鬱蒸。遠山一作「天」朝白帝，深水謁一作「出」夷陵。遲暮嗟爲客，西南喜得朋。哀猿更一作「勞」起坐，落雁失飛騰。伏枕思瓊樹，臨軒對玉繩。青松寒不落，碧海闊逾澄。昔歲文爲理，群公價盡增。家聲同令聞，時論以儒稱。太后當一作「臨」朝肅，多才接迹昇。翠虚捎魍魎，丹極上鵾鵬。宴引春壺酒一作「滿」非，恩分夏簟冰。雕章五色筆，紫殿九華燈。學並盧王敏，書偕褚薛能。老兄真不墜，小子獨無承。近有風流作，聊從月窟舊本訛作「繼」，師作「窟」，趙作「峽」徵。放蹄知赤驥，捩翅服蒼鷹。卷軸來何晚，襟懷庶可憑。會期吟諷數，益破旅愁凝。雕刻初誰料一作「解」，纖毫欲自矜。神融躡飛動，戰勝洗侵陵。妙取筌蹄棄，高宜百萬層。白頭遺恨在，青竹幾人登。回首追談笑，勞歌跼寢興。年華紛已矣，世故莽相仍。刺史諸侯貴，郎官列宿應。潘生一作「安」雲一作「驂」閣〔一〕遠，黄霸璽書增。乳竇號攀石，饑鼯訴落藤。藥囊親道士，灰劫問胡僧。憑久烏皮折一作「綻」，簪稀一作「間」，非白一作「皁」帽稜。林居看蟻穴，野食行一作「待」，一作「幸」，非魚罾。筋力交彫喪，飄零免戰兢。皆一作「昔」，一作「時」，並非爲百里宰，正似、、、六安丞。姹女縈新裹，丹砂冷舊秤。但求椿壽永，莫慮杞天崩。鍊骨調情性，張兵撓棘矜。養生終自惜，伐數趙作「叛」必全懲。政術甘疎誕，詞場愧服膺〔二〕。展懷詩誦、、、、作「頌」魯，割愛酒如澠。原注：「平生所好，消渴止之。」〔三〕咄咄寧書字，冥冥欲避矰。江湖多白鳥，天地有青蠅。

〔翁批〕五排四十韻。　比而興也。〔四〕　比也。〔五〕　比而興也。〔六〕　「行」去聲。〔七〕　一、「哀猨」一聯，正緣上「嗟」「喜」字來，後文「贔」「賵」並不相犯。　二、「筌蹄棄」，則「洗」之盡矣；「百萬高」，則「躡」之絶矣，四句詠歎遞接。　三、「刺史」四句，又蹉互對承。　四、「伐數」，猶言「伐性」。　五、「政術」二句，全收。

〔賴校〕〔一〕《翁批》原有眉批，曰「《秋興賦》有『高閣連雲』語，自以『雲閣』爲是。此等仍俟再定。」後圈去不録。　〔二〕《翁批》原於此二句旁，有注曰：「二句全收。」後以硃筆圈去不録。　〔三〕《翁批》以硃筆書二眉批，其一曰：「此或可存，再定。」其二曰：「此八字，係吴若本舊注，亦未知是『公自注』否？草堂本無。」後均以硃筆引號標記於二條首尾。　〔四〕此條爲夾批，以硃筆標記，書於「哀猿更起坐」句旁。　〔五〕此條爲夾批，以硃筆標記，書於「青松寒不落」句旁。　〔六〕此條爲夾批，以硃筆標記，書於「乳贙號攀石」句旁。　〔七〕此條爲眉批，並以硃筆標記「野食行魚罾」之「行」字。

秋清

高秋蘇肺一作「病」氣，白髮自能梳。藥餌憎加減，門庭悶掃除。杖藜還客拜，愛竹遣兒書。十月江平穩，輕舟進所如。

〔翁批〕五律。

秋峽

江濤萬古峽，肺氣久衰翁。不寐防巴虎，全生狎楚童。衣裳垂素髮，門巷落丹楓。常怪商山老，兼存翊贊功。

〔翁批〕五律。　一、「狎楚童」，亦不必定指樵採，只言與愚騃共咻耳。

摇落

摇落巫山暮，寒江東北流。煙塵多戰鼓，風浪少行舟。鵝費羲之墨，貂餘季子裘。長懷報明主，卧病復高秋。

〔**翁批**〕五律。

峽隘

聞說江陵府，雲沙静一作「净」眇然。白魚如切玉，朱橘不論錢。水有遠湖樹，人今何處船。青山各一作「若」在眼，却望峽中天。〔一〕

〔**翁批**〕五律。　一、弟六句，併有所懷之人，蓋望弟早來也。末二句，即從其人收結，我覺此隘，而彼乃還望此也。

〔**賴校**〕〔一〕此册至此結篇。其後頁有紅紙貼條，以墨筆書曰：「唐人百韻詩，杜以後，查。」次頁最左邊上端，又書曰：「五排八首。百韻一首。」

杜詩九

卅九葉　卷十七　卷十八〔一〕

此册之九頁下《東屯月夜》。

此本十一頁下，「菰蔣」之「蔣」，杜用作上聲。

下册第八頁下，《過南岳入洞庭湖》詩内，「蔣」亦仄。

「自注」及「一作」，有可定者，即先定之。漸次以就其成，則亦或可庶幾矣。壬寅〔二〕十月十九日，燈下識。

每夕燈下，能看定一二首，則亦已妙矣。十月廿日。

此册初看定一遍。甲辰〔三〕十一月廿三日，燈下記。

丁未〔四〕二月八日，瑞州舟中，覆看定此册一遍記。〔五〕

〔賴校〕〔一〕以上葉數、卷次文字均爲硃筆，「卅九葉」書於「杜詩九」之右，「卷十七」「卷十八」書於本頁左上方。其他批注文字，均爲墨書，「杜詩九」以下題記，書法仍較爲端謹，與之前各册首卷同；偶有流麗行書批記，錯落行間。以下題記，由右而左，由上而下，依次釋録。　〔二〕「壬寅」爲清乾隆四十七年（一七八二），翁方綱時年五十歲。　〔三〕「甲辰」爲清乾隆四十九年（一七八四），翁方綱時年五十二歲。　〔四〕「丁未」爲清乾隆五十二年（一七八七），翁方綱時年五十五歲。　〔五〕其下一頁有已查圈去筆記七條，不録。待查筆記四條：一、「『蔣』字。十一下。」二、「『范增玉斗』一聯。十六上。」三、「『避暑餘話』一條，自此上至《青絲》五篇。十七下。查其次序。」復硃筆書曰：「再定此條載否？」四、「可假墨，言不借墨也。再定。廿五上。」此下後頁右下角鈐有正方四格陰文篆印：「出入大吉」，依前例斷之，此印當爲翁方綱所有。

杜詩附記卷弟十七

大興翁方綱學

秋日寄題鄭監湖上亭三首

碧草違一作「逢」，非春意，沅湘萬里秋。池要山簡馬，月静一作「凈」，非庾公樓。磨滅餘篇翰，平生一釣舟。高唐寒浪減，髣髴識昭丘。

新作湖邊宅，還聞賓客過。自須開竹逕，誰道避雲蘿。官序潘生拙，才名賈傅一作「誼」多。捨舟應卜一作「轉」，非地，鄰接意如何。

暫阻一作「住」蓬萊閣，終爲江海人。揮金應物理，拖玉豈吾身。羹煮秋蓴滑一作「弱」，盃凝一作「迎」，非露菊新。賦詩分氣象，佳句莫辭一作「頻」頻。

〔翁批〕五律。一、有次章起句「賓」字，末章起句「江」字，乃益見首章「萬里秋」之軒翥。〔一〕

〔**賴校**〕〔二〕此條釋第二首詩。《翁批》於第一首詩末句「髣髴識昭丘」，天頭原有眉批，曰：「阮亭先生獨變此結句。」後圈去不録。

秋野五首

秋野日疏舊作「蔬」，非；一作「荒」蕪，寒江動碧虚。繫舟蠻井絡一作「路」，黄生作「落」，卜宅楚邨墟。棗熟從一作「行」，非人打，葵荒欲自一作「且」，非鋤。盤飧老夫食，分減及溪一作「樵」魚。

易識浮生理，難教一物違。水深魚極樂，林茂鳥知歸。衰一作「吾」，非老甘貧病，榮華有是非。秋風吹几杖，不厭北一作「此」，非山薇。

禮樂攻吾短，山林引興長。掉頭紗帽側，曝背竹書光。風落收松子，天寒割蜜房。稀疎小紅翠，駐屐近微香。

遠岸秋沙白，連山晚照紅。潛鱗輸駭浪，歸翼會高風。砧響家家發，樵聲箇箇同。飛霜任青女，賜被隔南宫。

身許麒麟畫，年衰鴛鷺群。大江秋易盛，空峽夜多聞。徑隱千重石，帆留一片雲。

兒童解蠻語，不必作參軍。

〔**翁批**〕五律。　一、「紅翠」「微香」，不言其物，此亦虛實章法。〔一〕　一、此「鱗」「翼」，較前有虛實之別。　一、結句，開山谷打諢法〔二〕。

〔**賴校**〕〔一〕此條釋第三首詩，以下二條分別釋第四與第五首詩。　〔二〕「打諢法」是宋黄庭堅「江西詩派」作詩的特點之一，是一種富於幽默詼諧的體現，乃繼承陶潛《責子》、杜甫《漫興》等詩而加以發展，同時之蘇軾與其後之楊萬里等之詩作，均有此代表性之特色。山谷嘗云：「作詩如作雜劇，初時布置，臨了須打諢，方是出場。」參見宋曾慥《類説》、《景印文淵閣四庫全書》本。

課小豎鋤斫舍北果林枝蔓荒穢净訖移牀三首 一云：「秋日閒居三首。」

病枕依茅棟，荒鉏净果林。背堂資僻遠，在野興清深。山雉防求敵，江猿應獨吟。洩雲高不去，隱几亦無心。

衆壑生寒早，長林卷霧齊。青蟲懸就日，朱果落封一作「成」，非泥。薄俗防人一作「狸」，非面，全身學馬蹄。吟詩重一作「坐」，非回首，隨意葛巾低。

籬弱門何向，沙虛岸只一作「自」，非摧。日斜魚更食，客散鳥還來。寒水光難定，秋山響易哀。天涯稍曛黑，倚杖獨一作「更」徘徊。

〔**翁批**〕五律。

返照

反照開巫峽，寒空半有無。已低魚復暗，不盡白鹽孤。荻岸如秋水，松門似畫圖。牛羊識僮僕，既夕應傳呼。

〔**翁批**〕五律。

向夕

畎畝孤城外，江邨亂水中。深山催短景，喬木易高風。鶴下雲汀一作「河」，非近，鷄棲草屋同。琴書散明燭，長夜始堪終。

〔**翁批**〕五律。　一、借「琴書」以消遣，方得「終」此「長夜」，與「催」「易」二句，無意中自爲呼吸。

天池

天池馬不到，嵐壁鳥纔通。百頃青雲杪，曾波白石中。鬱紆騰秀氣，蕭瑟浸寒空。直對巫山出一作「峽」，兼疑夏禹功。魚龍開闢有，菱芡一作「芰」古今同一作「豐」。聞道奔雷黑，初看浴日紅。飄零神女雨，斷續楚王風。欲問支機石，如臨獻寶宫。九秋驚雁序，萬里狎漁翁一作「樵童」，非。更是無人處，誅茅一作「勞」，非任薄躬。

〔翁批〕五排十韻。

復愁十二首

人煙生僻處一作「處僻」，一作「遠處」，虎跡過新蹄。野鶻一作「鶴」，又作「鷂」，晋作「雉」翻窺草，鄆船逆上溪。

釣艇收緡盡，昏鴉一作「鷗」，非接翅稀一作「歸」。月生初學扇，雲細不成衣。

萬國尚戎馬一作「防寇」，故園今若何。昔歸相識少，早已戰場多。

身覺省郎在，家須農事歸。年深荒草徑，老恐失柴扉。

金絲鏤一作「縷」箭鏃，皂尾掣一作「製」旗竿。一自風塵起，猶嗟行路難。
胡虜何曾盛，干戈不肯休。閭閻聽小子，談笑一作「話」覓封侯。
正觀銅牙弩，開元錦獸張。花門小箭一作「前」，非好，此物棄沙場。
今日翔麟馬，先宜駕鼓車。無勞問河北，諸將角樊作「擢」，一作「覺」榮華。
任轉江淮粟，休添苑囿兵。由來貔虎士，不滿鳳凰城。
江上亦秋色，火雲終不移。巫山猶錦樹，南國且黄鸝。
每恨陶彭澤，無錢對菊花。如今九日至，自覺酒須賒。
病減詩仍拙，吟多意有餘。莫看江總老，猶被賞時魚。

〔翁批〕五絶。

自瀼西荆扉且移居東屯茅屋四首

白鹽危嶠北，赤甲古城東。平地一川穩，高山四面同。煙霜淒野日，杭稻熟天風。
人事傷蓬轉，吾將守桂叢。

東屯復瀼西，一種住清溪。來往皆一作「兼」茅屋，淹留爲稻畦。市喧宜近利，公自注：「西居近市。」〔一〕林僻此無蹊。若訪衰翁語，須令賸客迷。

道北馮都使，高齋見一川。子能渠細石，吾亦沼清泉。枕帶一作「席」還相似，柴荆即有焉。斫畬應費日，解纜不知年。

牢落西江外，參差北户間。久遊巴子國吴作「宅」，卧病楚人山。幽獨移佳境，清深隔遠關。寒空見鴛鷺，迴首憶一作「想」朝班。

〔**翁批**〕五律。一、結句，當作魏闕之懷觀之也，不可但執着鴛班、鷺序字讀之，則醜矣。後篇《社日》，結句同此。

〔**賴校**〕〔一〕《翁批》於此注後，原續有文字曰：「《易》，巽爲近利，市三倍。《左氏傳》晏子對景公語。」後圈去不録。

社日兩篇

九農一作「秋豐」，非成德業，百祀發光輝。報効神如在，馨香舊不違。南翁巴曲醉，北雁塞聲微。尚想東方朔，詼諧割肉歸。

陳平亦分肉，太史竟論功。今日江南老，他時渭北（一作「水」，非）童。歡娛看絕塞，涕淚落秋風。鴛鷺迴金闕，誰憐病峽中。

〔**翁批**〕五律。

八月十五夜月二首

滿目飛明鏡，歸心折大刀。轉蓬行地遠，攀桂仰天高。水路疑霜雪，林棲見羽毛。此時瞻白兔，直欲數秋毫。

稍下巫山峽，猶銜白帝城。氣沉全浦暗，輪仄半樓明。刁斗皆催曉，蟾蜍且自傾（一作「清」，非）。張弓倚殘魄，不獨漢家營。

〔**翁批**〕五律。　一、《三夜》四詩〔一〕中，皆有通宵不寐〔二〕之老人在焉，而此首更爲沉着。凡此四詩，其肌理芒彩，若有凹凸；與《三夜》之月相因而出者，斯亦奇矣，非若後來膠執刻畫以爲貼切者也。

〔**賴校**〕〔一〕《三夜》四詩，即指此《八月十五夜月二首》，以及下兩首《十六夜翫月》與《十七夜對月》。　〔二〕「寐」字，《附記》誤抄作「昧」。

十六夜翫月

舊挹金波爽，皆傳玉露秋。關山隨地闊，河漢近人流。谷口樵歸唱，孤城笛起愁。巴童渾不寐，半夜有行舟。

〔翁批〕五律。

十七夜對月

秋月仍圓夜，江邨獨老身。捲簾還照客，倚杖更隨人。光射潛虯一作「蚪」動，明翻宿鳥頻。茅齋依橘柚，清切露華新。

〔翁批〕五律。　李天生〔一〕云：「杜詩『秋月仍圓夜』，正是説不圓，此乃下字法也。」愚按：此在首一句，特其最易見者耳。若末句「清切露華新」，乃愈見其爲十七夜之月也。假如詠初圓之月，而曰「露華新」，則是小兒語矣。客詰予曰：「子以『露華新』爲善言十七夜月是矣，顧其上句從『茅齋』説，則何不云依於空曠煙水之境，而乃必云『依橘柚』，惡在其善言月也？」予應之曰：「此其所以善言月也。蓋月華之新，難以顯狀，必於露華寫之；而露華之新，不可空摹，故特於橘柚寫之。因橘柚而露始見，因露而華始見也。似乎當日結此茅齋，若不獲依此樹，竟無以見十七夜景，有許澄鮮皓潔之彩者。」

〔**賴校**〕〔二〕此條眉批，小楷清麗，功力十足，焕然可觀。又「李天生」，未詳何人。下文云「下字法」，見於元陳繹曾《文説》一卷，其中專門討論「下字法」，須要注意三點：一是注意諧音與審音，「凡下字有順文之聲而下之者，若音當揚，則下響字；若音當抑，則下啞字」，在選擇響字、啞字時，要考慮上下文所需要的字音，是揚還是抑。二是注意藏顯與輕重，「凡下字有詳文之意而下之者：意當明，則下顯字；意當藏，則下隱字；意當尊，則下重字；意當卑，則下輕字。如此之類，變化無方」，文章的意思有明與藏、尊與卑的差别，選字也應隨之有顯與隱、重與輕的不同。三是注意襲古與取新的選擇，於平穩處下字，可以襲古，即「宜用古人曾下好字面，須求其的當平實者用之」；於出奇處下字，則須取新，即「宜用新字面，須尋不經人道語，亦須的當、新奇，不怪癖，令讀之者若出於自然乃善」，無論是襲古亦或取新，都强調用字須「的當」。復按：元陳繹曾（約一二八七—一三五一），字伯敷，處州人，《元史》有傳，附于《陳旅傳》之後，爲元代中後期著名的文學與書法理論家，其《文説》《文筌》《翰林要訣》《法書本象》等，在有元一代佔有重要地位。又明王夫之《薑齋詩話》卷下，亦言及杜詩「下字法」，一併録以備參，其文曰：「一部《杜詩》，爲劉會孟堙塞者十之五，爲《千家注》沉埋者十之七，爲謝疊山、虞伯生汙蔑更無一字矣。開卷《龍門奉先寺詩》：『天闕象緯逼，雲卧衣裳冷。』盡人解一『卧』字不得，祇作人卧雲中，故于『闕』字生許多胡猜亂度。此等下字法，乃子美早年未醇處，從陰鏗、何遜來，向後脱卸乃盡，豈黄魯直所知耶？至『沙上鳧雛傍母眠』，誣爲嘲誚楊貴妃、安禄山，則市井惡少造謡歌，誚鄰人閨闥惡習，施之君父，罪不容於死矣。」

曉望

白帝更聲盡，陽臺曙色分。高峰寒上一作「初上」日，疊嶺宿霾一作「未收」雲。地坼江帆隱，天清木葉聞。荆扉對麋鹿，應共爾爲群。

〔翁批〕五律。　一、八句中，六句屬「望」，二句屬「聽」。然「天清木葉聞」句，並非有意照應起五字也。蓋「地坼江帆隱」句，雖是寫「望」字，却是收捲「望」字；「帆隱」，則望不得矣。此下，勢不得不於空中點逗矣。然則，「天清木葉聞」，乃正是消納「望」字耳。

日暮

牛羊下來久或作「夕」，各已閉柴門。風月自清夜，江山非故園。石泉流暗壁，草露滴一作「滿」秋根一作「原」。頭白燈明裏，何須花燼繁。

〔**翁批**〕五律。　一、只起二句是日暮之景，下六句皆夜景也。題不云「夜」，而云「日暮」者，即「鳥雀夜各歸，中原杳茫茫」之意，蓋又空過一日，不能北歸矣。消此清夜所得者，惟是燈燼之繁花而已，於白頭老子奚裨焉？若題作「夜景」，便無此深致矣。

瞑

日下四山陰，山庭嵐氣侵。牛羊歸徑險，鳥雀聚枝深。正枕當星劍，收書動玉琴。半扉開燭影，欲掩見清砧。

〔**翁批**〕五律。

晚

杖藜尋巷晚一作「晚巷」，非，炙背近墻暄。人見幽居僻，吾知拙養尊。朝廷問府主，耕稼學山邨。歸翼飛棲定，寒燈亦閉門。

〔**翁批**〕五律。　一、弟五句，對「拙養」[一]言之。　二、此「閉門」，乃自適無求之意，與《日暮》篇「閉門」不同。

〔**賴校**〕〔一〕《翁批》稿作「拙養」，與本詩「吾知拙養尊」句同，《附記》誤抄作「養拙」。

夜

絶岸風威動，寒房燭影微。嶺猿霜外宿，江鳥夜深飛。獨坐親雄劍，哀歌歎短衣。煙塵繞閶闔，白首壯心違。

〔**翁批**〕五律。　一、此「雄劍」，與前篇「星劍」之觸物寫景者，又自不同。

九月一日過孟十二倉曹十四主簿兄弟

藜杖侵寒露，蓬門啓曙煙。力稀經樹歇，老困撥書眠。秋覺追隨盡，來因孝友偏。清談見滋味，爾輩可忘年。〔一〕

〔**翁批**〕五律。

〔**賴校**〕〔一〕《翁批》原有眉批，曰：「蘀石云：『隨手從杜家説到孟家，至文亦是至味。蓋其謹嚴，即在隨手得之，並無勉强也。』」後圈去不録。

孟倉曹步趾領新酒醬二物滿器見遺老夫

楚岸通秋屐，胡牀面夕畦。藉一作「籍」糟分汁滓，甕醬落提携。飯糲添香味，朋來有醉泥。理生那免俗，方法報山妻。

〔**翁批**〕五律。

送孟十二倉曹赴東京選

君行别老親，此去苦家貧。藻鏡留連客，江山憔悴人。秋風楚竹冷，夜雪鞏梅春。朝夕高堂念，應宜綵服新。

〔**翁批**〕五律。

憑孟倉曹將書覓土婁舊莊

平居喪亂後，不到洛陽岑。爲歷雲山問，無辭荆棘深。北風黄葉下，南浦白頭吟。十載江湖客，茫茫遲暮心。〔一〕

〔**翁批**〕五律。

〔**賴校**〕〔一〕《翁批》原有眉批，曰：「《孟倉曹》詩凡四首，《吴郎》詩凡三首，特以其人其題，編次相接耳。豈必其詩果係《倉曹》四首皆先作，而《吴郎》三首皆後作耶？此或是公所自編原藁如此，抑或是後人類編集本如此，皆未可知。然要足爲編次詩集之例也。今人處千百年後，考次前人之集，而必欲一篇一句，研覈其先後出處者，亦可援此以通其類矣。」後圈去不録。

簡吴郎司法

有客乘舸自忠州，遣騎安置瀼西頭。古堂本買藉疎豁，借汝遷居停宴遊。公自注：「時甫又移居東屯，故以瀼西艸堂借吴郎。」雲石熒熒高葉曙一作「曉」，風江颯颯亂帆秋。却爲姻婭過逢地，許坐曾軒數散愁。

〔**翁批**〕七律。

又呈吴郎

堂前撲棗任西鄰，無食無兒一婦人。不爲困窮寧有此，祇緣恐懼轉須親。即防一作「知」，非遠客雖多事，便一作「使」插疎籬却任一作「甚」真。已訴徵求貧到骨，正思戎馬淚盈巾。

〔翁批〕七律。

晚晴吴郎見過北舍

圃畦新一作「佳」，非雨潤，愧子廢鉏來。竹杖交頭拄，柴扉隔一作「掃」徑開。欲棲群鳥亂，未去小童催。明日重陽酒，相迎自醱醅。

〔翁批〕五律。　一、三、四句畫出「晚晴」，「隔」字更妙。

九日五首闕一首〔一〕

重陽獨酌一作「少飲」，非盃中酒，抱病起一作「獨」，一作「豈」，非登江上臺。竹葉於人既無分，菊花從此不須開。殊方日落玄猿哭，舊國霜前白雁來。弟妹蕭條各何在一作「往」，干戈衰謝兩相催。

舊日重陽日，傳盃不放盃。即今蓬鬢改，但愧菊花開。北闕心長戀，西江首獨迴。

茱萸一作「萸房」賜朝士，難得一枝來。

舊與蘇司業，兼隨鄭廣文。采花香泛泛一作「簇簇」，一云「漠漠」，坐客醉紛紛。野樹歊一作「歌」，非還倚，秋砧醒却聞。歡娱兩冥漠一作「寞」，西北有孤雲。

故里樊川菊，登高素滻源。他時一笑一作「醉」後，今日幾人存。巫峽蟠江路，終南對國門。繫舟身萬里，伏枕淚雙痕。爲客裁烏帽，從兒具緑樽。佳辰對一作「帶」，非群盗，愁絶更堪一作「誰」論。

〔翁批〕七律。五律。五律。五律。

〔賴校〕〔一〕《翁批》於此注下，原有注曰：「仇刻從趙次公本，以《登高》一首補之。」後以引號括之不録。

登高

風急天高猿嘯哀，渚清沙白鳥飛迴。無邊落木蕭蕭下，不盡長江滚滚一作「袞袞」來。萬里悲秋常作客，百年多病獨登臺。艱難苦恨繁霜鬢，潦倒新亭濁酒杯。

〔翁批〕七律。　一、擇石云：「結是對也，不如是，則上六句之七寶樓臺，亦卸下矣。」

覃山人隱居

南極老人自有星，北山移文誰勒銘。徵君已去獨松菊，哀壑無光留户庭。予見亂離不得已，子知出處必須經。高車駟馬帶范濂本作「常」，非傾覆，悵望秋天虛翠屏。

〔翁批〕七律。

東屯月夜

抱病漂萍老，防邊舊穀屯。春農親異俗，歲月在衡門。青女霜楓重，黄牛峽水喧。泥留虎鬭跡，月掛客愁邨。喬木澄稀影，輕雲倚細根。數驚聞雀噪，暫睡想猿蹲。日轉東方白，風來北斗昏。天寒不成寐一作「寢」，無夢寄一作「有」，非歸魂。

〔翁批〕五排八韻。　一、「喬木」一聯，乃真能寫月之神者。　因東方欲白，而虛擬「日轉」耳，非真於日出，見東方轉白也。此方是「月夜」字，一氣圓足，即不必作比興觀，可矣。

〔翁注〕杜詩「輕雲倚細根」，注家率以雲生于石解之，蓋因詩家多以石爲雲根也。或遂引張景陽詩「雲根臨八極」句以證之；又以杜公拆用「雲」「根」二字甚新，此皆妄説，不可從也。按：詩家相沿，多以石爲雲根者，如宋孝武詩「積水溺雲根」、李義山詩「江風吹浪動雲根」，此自指石言。至于張景陽詩「雲根臨八極，雨足灑四溟」，解之者曰：「八極之雲，是雨天下，其非言石明矣。雲根者，即謂雲起之處耳。杜詩亦屢用雲根，如『忠州三峽內，井邑聚雲根』，豈謂井邑聚于石乎？至云『入天猶石色，穿水忽雲根』，則上一句既明咏石色矣，豈有對句復言石者乎？」愚嘗謂雲根之指石言者，當觀其文義而定之。今之詩家，即以雲根爲石之別名者，未之深攷也。至此詩題是《東屯月夜》，則月是題之正位，此二句正接上「月」字來，曰「喬木澄稀影」，「稀影」非他，即喬木之影也。曰「輕雲倚細根」，「細根」非他，即輕雲之根也。然則此二句何以貼「月」言乎？曰：「喬木稀影」四字，不屬月也；「澄」字，則因月得之也。「輕雲細根」四字，不屬「月」也；「倚」字，則因月得之也。謝希逸之賦曰：「氣霽地表，雲斂天末；洞庭始波，木葉微脫。」此四句，神于言「月」矣。然「氣霽」一句，特爲雲斂而設；「水波」一句，特因葉脱而設耳。杜則合此四句之義，只以二句出之矣。雖然，希逸之畫月，六朝人畫也；杜之畫月，唐人畫也。宋玉之賦曰：「增之一分則太長，減之一分則太短；着粉則太白，施朱則太赤。」陳思則括以二語曰：「纖濃得中，修短合度。」義該而文約矣，然未若宋玉之善也。杜之約四言爲二言，毋乃類是。即曰：「是有説焉。宋玉、陳思之賦，皆咏麗人耳，故語有詳略，而文之品境則不同。若謝之賦月，專爲月作也；杜之《東屯月夜》，則不專爲月作也。專爲月作，則必虚寔乘承，而後其理備；不專爲月作，則文之上下，别有心事焉。而『澄』『倚』二字，已精能具足之至矣！吾固不敢以唐人之畫掩六朝人之畫，而亦豈敢以謝之咏月掩杜之咏月乎？」〔一〕

〔賴校〕〔一〕此條爲《附記》所抄，接續於第一條之後，而《翁批》並未見。此條解説「雲根」之義，甚爲詳贍，可與卷十二《題忠州龍興寺所居屋壁》附記批語互參。

東屯北崦

盗賊浮生困，誅求異俗貧。空郫唯見鳥，落日不一作「未」逢人。步壑風吹面，看松露滴身。遠山回白首，戰地有黄塵。〔一〕

〔翁批〕五律。

〔賴校〕〔一〕《翁批》原有眉批，曰：「有五、六句之接境真實，所以異於中、晚諸律。」後圈去不録。

從驛次草堂復至東屯茅屋二首 一本無「茅屋」二字。愚按：「有此二字爲是。」

峽陳作「山」，非內一作「裹」歸田舍一作「客」，江邊借馬騎。非尋戴安道，似向習家池。山一作「地」，一作「峽」，非〔一〕險風煙僻陳作「合」，天寒橘柚垂。築場看斂積，一學楚人爲。

短景難高卧，衰年强此身。山家蒸栗煖，野飯射麋新。世路知交薄，門庭畏客頻。牧童斯一作「須」，非在眼，田父實爲鄰。

〔翁批〕五律。　一、草堂本作「山」，「山」字是也。〔二〕「風煙僻」是渾撮之詞，故先著「山險」，而下三字更神完也。若云「地險」，則與下三字神理無別矣。〔三〕

〔賴校〕〔一〕《翁批》原有注曰：「自是『地』字好，但恐是仇所爲耳。宜博考之再定。」復於天頭硃筆眉批，曰：「若不是『地』字，則或逕是『峽』字，再核。草堂本作『山』。」後均以墨筆圈去不録。　〔二〕《翁批》此下原續有文字，曰：「予曩謂『地』字好，蓋猶是時文之見。何以言之？」後圈去不録。　〔三〕《翁批》此下亦原續有文字，曰：「此非精審不知也。吾今午辨趙集賢手跡，其渾朴者遜其秀發者，自謂知書矣，而篝燈時，又悟出此一句之理，爲之狂喜。甲辰十一月十二日。」後圈去不録。又按：「甲辰」爲清乾隆四十九年（一七八四），翁方綱時年五十二歲。

暫往一作「住」白帝復還東屯

復作歸田去，猶殘穫稻功。築場憐穴蟻，拾穗許邨童。落杵光輝白，除一作「殊」，非芒子粒紅。加餐可扶老，倉廩一作「庾」慰飄蓬。

〔翁批〕五律。

茅堂檢校收稻二首

香稻三秋末，平田一作「疇」百頃間。喜無多屋宇，幸不礙雲山。御裌侵寒氣，嘗新破旅顔。紅鮮終日有，玉粒未吾慳。

稻米炊能白，秋葵煮復新。誰云滑易飽，老藉軟俱勻。種幸房州熟，苗同伊闕春。無勞映渠盌，自有色如銀。

〔翁批〕五律。

刈稻了詠懷

稻穫空雲水，川平對石門。寒風疎草一作「落」，非木，旭一作「曉」日散雞豚一作「豘」。野哭初聞戰，樵歌稍出郵。無家問消息，作客信乾坤。

〔翁批〕五律。

季秋蘇五弟纓江樓夜宴崔十三評事韋少府姪三首

峽險江驚急，樓高月迴明。一時今夕會，萬里故鄉情。星落黄姑渚，秋辭白帝城。老人因酒病，堅坐看君傾。

明月生長好，浮雲薄漸一作「暫」遮。悠悠照邊一作「遠」塞，悄悄憶京華。清動杯中物，高隨海上槎。不眠瞻白兔，百過落烏紗一作「鴉」。

對月那無酒，登樓況有江。聽歌驚白鬢，笑舞拓秋牕。樽蟻添相續，沙鷗並一雙。盡憐君醉倒，更覺片一作「我」心降。〔一〕

〔翁批〕五律。

〔**賴校**〕〔一〕《翁批》原有硃筆眉批，曰：「原本係『明月生長好』第二，『對月那無酒』第三，仇妄移耳。」後墨筆圈去不録，此批正仇兆鰲《杜詩詳注》之妄移二、三首詩序。

戲寄崔評事表姪蘇五表弟韋大少府諸姪

隱豹深愁雨，潛龍故起雲。泥一作「遲」，非多仍徑曲，心醉沮賢群。忍對《東觀餘論》作「對」，他本作「待」江山麗，還披鮑謝文。高樓憶疎豁一作「闊」，秋興坐氤氳。

〔**翁批**〕五律。　一、前三首止言酒耳，詩意至此，乃補出之。

季秋江邨

喬木邨墟古，疎籬野蔓懸。素一作「清」，非琴將暇日，白首望霜天。登俎黄甘重，支牀錦石圓。遠遊雖寂寞，難見此山川。

〔**翁批**〕五律。

小園

由來巫峽水，本自一作「是」，非楚人家。客病留因藥，春深買爲花。秋庭風落果，瀼岸雨頽沙。問俗營寒事，將詩待物華。

〔翁批〕五律。　一、「藥」「花」，皆園中所有也。「待」字，乃「款待」「接待」之「待」，非「期待」之「待」。

寒雨朝行視園樹

柴門擁一作「雜」樹向千株，丹橘黄甘北一作「此」地無。江上今朝寒雨歇，籬中秀一作「邊新」色畫屏紆一作「舒」〔一〕。桃蹊李徑年雖古一作「故」，梔子紅椒艷復一作「色」，非殊。鏁石藤梢元自落，倚一作「到」，非天松骨見來枯。林香出實垂將盡，葉蔕辭一作「離」枝一作「柯」不重蘇。愛日恩光蒙借貸，清霜殺氣得憂虞。衰顔動一作「更」覓藜牀坐，緩步仍須竹杖扶。散騎未知雲閣處，啼猿僻在楚山隅。

〔翁批〕七排八韻。　一、純用比興，句句穩重。

〔**賴校**〕〔二〕《翁批》原有眉批，曰：「『舒』字韻，查《廣韻》。」後圈去不録。

傷秋

林一作「村」僻來人少，山長去鳥微。高秋收畫一作「藏羽」扇，久客掩柴一作「荆」扉。懶慢頭時櫛，艱難帶減圍。將軍思一作「猶」汗馬，天子尚戎衣。白蔣風飈脆，殷檉曉夜稀。何年滅一作「滅」豺虎，似有故園歸。

〔**翁批**〕五排六韻。　一、「蔣」字，此又作上聲。〔一〕

〔**賴校**〕〔一〕《翁批》於此條後，貼一紅紙夾籤，墨筆書之曰：「『蔣』，《説文》：『苽蔣也。从艸，將聲。子良切。又即兩切。』《玉篇》：『子羊切，其實彫胡也。又子兩切，國名。』此字再合前後，查杜有用平聲者否？顧：『菰蔣艸，平聲十陽。又音獎，上聲三十六養。蔣，國名，亦姓，又子羊切。』」《附記》並未抄入。

即事

天畔群山孤草亭，江中風浪雨冥冥。一雙白魚不受釣，三寸黄甘猶自青。多病馬一作「長」卿無日起，窮途阮籍幾時醒。未聞細柳散金甲，腸斷秦川一作「州」，非流濁涇。

〔翁批〕七律。　一、激宕作響。

耳聾

生年鶡冠子，歎世鹿皮翁。眼復幾時暗，耳從前月聾。猿鳴秋淚缺，雀噪晚愁空。黄落驚山樹，呼兒問朔風。

〔翁批〕五律。

獨坐二首

竟日雨冥冥，雙崖洗更青。水花寒落岸，山鳥暮過庭。煖老須一作「思」燕玉，充饑憶楚萍。胡笳在樓上，哀怨不堪聽。

白狗斜臨北，黄牛更在東。峽雲常照夜，江月會兼風。曬藥安垂老，應門試小童。亦知行不逮，苦恨耳多聾。

〔翁批〕五律。　一、此「會」字，不知其然而然，乃是化工〔一〕之筆。

〔賴校〕〔一〕「化工」，《翁批》原書「造工」，後以墨點去「造」字，另書「化」字。此條釋第二首詩。

雲

龍以一作「自」，一作「似」，非瞿唐會，江依白帝深。終年常起峽，每夜必通林。收穫辭霜渚，分明在夕岑。高齋非一處，秀氣豁煩襟。

〔翁批〕五律。

大曆二年九月三十日

爲客無時了，悲秋向夕終。瘴餘夔子國，霜薄楚王宮。草敵虛嵐翠，花禁冷葉一作「蘂」，非紅。年年小摇落，不與故園同。

〔翁批〕五律。　一、層層開合，仍只是一大開合。

十月一日

有瘴非全歇，爲冬亦不一作「不亦」，非難。夜郎溪日暖，白帝峽風寒。蒸裹如千室，焦糟一作「糖」幸一柈。兹辰南國重，舊俗自相歡。

〔**翁批**〕五律。　一、竟似承上一首，作開合者。

孟冬

殊俗還多事，方冬變所爲。破甘一作「瓜」霜落爪，嘗稻雪翻匙。巫峽一作「岫」寒都薄，烏蠻一作「沙」，一作「黔溪」瘴遠隨。終然減灘瀨，暫喜息蛟螭。

〔**翁批**〕五律。

雷

巫峽中宵動，滄江十月雷。龍蛇不成蟄，天地劃爭迴。却碾空山過，深蟠絶壁來。何須妬雲雨，霹靂楚王臺。

〔**翁批**〕五律。

悶

瘴癘浮三蜀，風雲暗百蠻。卷簾唯白水，隱几亦青山。猿捷長難見，鷗輕故不還。無錢從滯客，有鏡巧催顔。

〔**翁批**〕五律。

夜二首

白海鹽劉氏作「向」夜月休弦，燈花委半一作「半委」，非眠。號山無定鹿，落樹有驚蟬。暫憶江東鱠，兼懷雪下船。蠻歌犯星起，空一作「重」覺在天邊。

城郭悲笳暮，邨墟過翼稀。甲兵年數久，賦斂夜深歸。暗樹依巖落，明河繞塞微。斗斜人更望，月細鵲休飛。

〔**翁批**〕五律。　一、次首起句，乃追言之。　二、末句與前首起句相應，而兩「休」字，語勢不同。

朝二首

清旭楚宫南，霜空萬嶺含。野人時獨往，雲木曉相參。俊鶻無聲過，饑烏下食貪。病身終不動，摇落任江潭。

浦帆晨初發，郊扉冷未開。林一作「村」疏黄葉墜，野静白鷗來。礎潤休全濕，雲晴欲半迴。巫山終可怪，昨夜有奔雷。

〔翁批〕五律。 一、《廣韻》「帆，船使風」，在「六十梵」。

戲作俳諧體遣悶二首

異俗吁可怪，斯人難並居。家家養烏鬼，頓頓食黄魚。舊識能一作「難」爲態，新知已暗疏。治生且耕鑿，只有不關一作「開」渠。

西歷青羌坂一作「板」，非，南留白帝城。於菟一作「穀於」侵客恨，粔籹作人情。瓦卜傳神語，畬田費火耕一作「聲」，非。是非何處定，高枕笑浮生。公自注：「頃歲，自秦涉隴，從同谷縣出遊蜀，留滯於巫山也。」

〔**翁批**〕五律。

昔遊

昔謁華蓋君，深求洞宮脚。陳作「緑袍崑玉脚」。玉陳作「人」，非棺已上天，白日亦寂一作「寞」寞。暮升艮岑一作「峰」，非頂，巾几猶未却。弟子四五人，入來淚俱落。余時遊名山，發軔在遠壑。良覿違夙願，含〔二〕悽一作「凄」向寥廓。林昏罷幽磬，竟夜伏石閣。王喬下天壇，微月映皓鶴。晨溪響一作「嚮」，非虚駛一作「駃」，歸徑行已昨。豈辭青鞋胝，悵望一作「惆悵」金匕藥。東蒙赴舊隱，尚憶同志樂。伏一作「休」事董先生，於今獨蕭索。胡爲客關塞，道意久衰薄。妻子亦何人，丹砂負前諾。雖悲鬒髮變吴本作「髮變鬒」，一云「鬒髮變」，未憂筋力弱。杖一作「扶」藜望清秋，有興入廬霍。

〔**翁批**〕五古。

〔**賴校**〕〔一〕《翁批》原鈔作「舍」，後以硃筆改作「含」。

雨四首

微雨不滑道，斷雲疎復行。紫崖奔處黑，白鳥去邊明。秋日新雰黄生作「雰新」，非影，寒江舊落黄作「落舊」，非聲。柴扉臨野碓，半濕一作「得」，非擣香秔。

江雨舊無時，天晴忽散絲。暮秋雰物冷，今日過雲遲。〔二〕上馬回休出，看鷗坐不移一作「辭」，非。高一作「層」軒當灔澦，潤色靜書帷。

物色歲時晏，天隅人未歸。朔風鳴淅淅，寒雨下霏霏。多病久加飯，衰容新授衣。時危覺凋喪一作「喪亂」，非，故舊短書稀。

楚雨石苔滋，京華消息遲。山寒青兕叫，江晚白鷗飢。神女花鈿落，鮫人織杼悲。繁憂不自整，終日灑如絲。

〔翁批〕五律。　一、「新雰影」「舊落聲」，乃是不可言語形容之妙，化工之極筆也。若作「雰新影」「落舊聲」，則不通矣。「聲」「影」二字，其圓如珠。　一、「暮秋」句，承弟一句；「今日」句，承弟二句，收裹拖接，必須如此。　一、章法寬綽，而境益真實，乃愈澄夐矣。　一、「楚雨」與「京華」之活對，亦非必有意；與前章之「暮秋」「今日」「上馬」「看鷗」相關也，然亦未嘗不暗合章法也，此皆化工之妙，所謂「文章本天成」者也。〔二〕　二、「繁憂不自整」，乃詣《風》《雅》之極。〔三〕

〔賴校〕〔一〕《翁批》於「暮秋霑物冷」句旁，原有注曰：「此承弟一句。」又於「今日過雲遲」句旁，加注曰：「此承弟二句。」後均圈去不録。　〔二〕以上各條，分别釋第一、第二、第三與第四首詩。　〔三〕《翁批》於此條起句「繁憂」上，以硃筆書「二」，並硃書曰：「此另起一條。」

大覺高僧蘭若公自注：「和尚去冬往湖南。」

巫山不見廬山遠，松林一作「間」蘭若秋風晚。一老猶鳴日暮鐘，諸僧但一作「尚」乞齋時飯。香爐峰色隱晴湖，種杏仙家近白榆。飛錫去年啼邑子，獻花何日許門徒。

〔翁批〕七古。

謁真諦寺禪師

蘭若山高處，煙霞嶂一作「障」幾重。凍一作「冷」泉依細石，晴雪落長松。問法看詩妄一作「忘」，非，觀身向酒慵。未能割妻子，卜宅近前峰。

一、不有五、六句之實地，則三、四幾乎中唐十子〔一〕矣。

〔翁批〕五律。

〔賴校〕〔一〕此所謂「中唐十子」，應即指「大曆十(才)子」。「大曆十子」，指唐代宗大曆年間(七六六—七七九)互相唱和的十位著名詩人，以及以其爲代表的當時詩歌主流流派。該流派比較講究格律詞藻，以謝朓爲宗，工於白描寫景，以五言律詩見長，文筆追求工整，意境追求清新雅淡和超然出世，故作品往往顯示出淒冷蕭瑟之意，與「安史之亂」前盛唐時期的詩歌風格顯然不同。「十才子」之名，始見於中唐詩人姚合所編《極玄集》：「李端、盧綸、吉中孚、韓翃、錢起、司空曙、苗發、崔峒、耿湋、夏侯審。」若依《新唐書》記載，則爲李端、盧綸、司空曙、錢起、耿諱、吉中孚、苗發、夏侯審、韓翃、崔洞。清管世銘《讀雪山房唐詩鈔》列出者爲：劉長卿、錢起、郎士元、李嘉祐、皇甫冉、司空曙、韓翃、盧綸、李端、李益。傅璇琮考證「大曆十才子」之説，應以唐姚合及《新唐書·盧綸傳》爲準，爲錢起、韓翃、耿湋、盧綸、司空曙、苗發、吉中孚、李端、崔峒、夏侯審十人。「大曆十才子」中，韓翃的創作成就最大，以「春城無處不飛花」一詩見知九重，故唐高仲武《中興間氣集》云：「韓員外詩，匠意近於史，興致繁富，一篇一詠，朝士珍之。」

上卿翁請修武侯廟遺像缺落時崔卿權夔州

大賢爲政即多聞，刺史真符不必分。尚有西郊諸葛廟，卧龍無首對江濆。

〔翁批〕七絕。

奉送卿二翁統節鎮軍還江陵

火旗還錦纜，白馬出江城。嘹唳吟一作「鳴」笳發，蕭條別浦清。寒空巫峽曙，落日渭陽情一作「明」，非。留滯嗟衰疾，何時見息兵。

〔翁批〕五律。

久雨期王將軍不至

天一作「山」雨蕭蕭滯一作「帶」，非茅屋，空山無以慰幽獨。鋭頭將軍來何遲，令我心中苦不足。數看黄霧亂玄雲，時聽嚴風折喬木。泉源泠泠雜猿狖，泥濘一作「滓」漠漠飢鴻鵠。歲暮窮陰耿未已，人生會面難再得。憶爾腰下鐵絲箭，射殺林中雪色鹿。前者坐皮因問毛，知子歷險人馬勞。異獸如飛星宿落，應弦不礙蒼山高。安得突騎只五千，崒然眉骨皆爾曹。走平亂世相催促，一豁明主正鬱陶。憶一作「恨」昔范增碎玉斗，未一作「來」使吴兵著白袍。昏昏閶闔閉氛祲，十月荆南雷怒號。

〔翁批〕七古。　一、前後各六韻，而换韻處，意却相連，與《大食刀歌》中間轉接下韻處同法。

前半，屋、職通用。〔一〕　二、只叙「射鹿」一事，而前後精彩飛動，與《夔府詠懷》中間，叙「柏中丞筵聞歌」一段同法。　三、從「久雨」作結，沈鬱之極〔二〕。

〔**賴校**〕〔一〕「前半，屋、職通用」爲《附記》所抄，《翁批》原稿作「屋、職同用」，但以墨筆圈去。〔二〕《翁批》書稿作「沈鬱之極」，而《附記》抄作「沈鬱之至」。

虎牙行〔一〕

秋一作「北」風欻吸晋作「欻欻」，非吹南國，天地慘慘無顔色。洞庭揚波江漢迴，虎牙銅柱皆傾側。巫峽陰岑朔漠氣，峰巒窈窕谿谷黑。杜鵑不來猿狖寒一作「啼」，山鬼幽憂雪霜一作「霜雪」逼。楚老長嗟憶炎瘴，三尺角弓兩斛力。壁立石一作「古」城横塞起，金錯旌竿滿雲直。漁陽突騎獵青丘，犬戎鎖甲聞一作「圍」丹極。八荒十年防盗賊，征戍誅求寡妻哭，遠客中宵淚霑臆。

〔**翁批**〕七古。　一、屋、職同用。　此句正束。〔二〕

〔**賴校**〕〔一〕《翁批》原有注曰：「原注：『蕭銑僭號江陵日，屯兵於此，後常爲屯戍之地。』一本『蕭銑』句上有『虎牙，灘名也』五字。」又於其旁，硃筆批注曰：「草堂本作『公自注』，恐未必，再攷。仇刻『洙曰原注』。」復有墨筆眉批曰：「謂爲『原注』自可，但今亦不必載之。按：此蓋非『公自注』。」此三條批注，後均圈去不録。〔二〕此條爲夾批，墨書於「八荒十年防盗賊」句旁。

錦樹行

今日苦短昨日休，歲云暮矣增離憂。霜凋碧樹作一作「行」，一作「待」，皆非錦樹，萬壑東逝無停留。荒戍之城石色古，東郭老人住青丘。飛書白帝營斗粟，琴瑟几杖柴門幽一作「憂」，非。青一作「春」草萋萋盡枯死，天馬一作「與驥」，非跂一作「跛」足隨氂牛。自古聖賢多薄命，姦雄惡少皆封一作「封公」侯。故國三年一消息，終南渭水寒悠悠。五陵豪貴反顛倒，鄉里小兒狐白裘。生男墮地要膂力，一生一作「生女」富貴傾邦國。莫愁父母少黄金，天下風塵兒亦得。

〔**翁批**〕七古。

自平

自平中官舊作「宫中」，一作「中宫」，東坡定作「中官」呂太一〔一〕，收珠南海千餘日。近供生犀翡翠稀，復恐征戍一作「戎」，非干戈密。蠻溪豪族小一作「山」，非動摇，世封刺史非時一作「常」，非朝。蓬萊殿前一作「裏」，非諸主將，才如伏波不得驕。

〔翁批〕七古。

〔賴校〕〔一〕《翁批》貼一夾籤曰：『韓宗武云：杜詩「自平宫中吕太一」，《代宗紀》：「廣州市舶使吕太一反，逐其節度張休。」或疑「宫中」二字恐誤。讀《韋倫傳》言「宦者吕太一」，則蓋中人爲宫，市於嶺南者爾。故稱「市舶使」。此詩以爲哥舒晃作。太一以廣德二年反，晃大曆八年以循州刺史反，殺嶺南節度使吕崇賁，相去蓋十年。自此詩而上至《青絲》五篇（按：《翁批》硃筆注曰：「《青絲》《近聞》《蠶穀行》《折檻行》。」），疑皆失其題，故但以句首語名之，所以讀者多不能遽了也。』此下，《翁批》又硃筆注曰：「此條應否載入，再酌。」又此夾籤左上角，鈐有長方陽文篆印騎縫章「壺天」。

寄裴施州

廊廟之具裴施州，宿昔一逢無比一作「此」流。金鐘大鏞在東序，冰壺玉衡《英華》作「珩」懸清秋。自從相遇感一作「減」多病，三歲爲客寬邊一作「旅」愁。堯有四岳明至理，漢二千石真分憂。幾度寄書白鹽北，苦寒贈我青羔一作「絲」，一作「縑」裘。霜雪迴光避錦袖，龍蛇一作「蛟龍」動篋蟠銀鉤。紫衣使者辭一作「辟」復命，再拜故人謝佳政。將老已失子孫憂，後來况接才華盛。

〔翁批〕七古。

鄭典設自施州歸

吾憐滎陽秀，冒暑初有適。名賢慎所出一作「出處」，不肯妄行役。旅兹殊俗遠一作「還」，非，竟以屢空迫。南謁裴施州，氣合無險僻。攀援懸根木，登頓入天草堂、陳浩然並作「矢」，非石。青山自一川，城郭洗憂戚一作「慼」。聽子話此邦，令我心悦懌。其俗則一作「甚」淳樸，不知有主客。温温諸侯門，禮亦如古昔。敕厨倍常羞，盃盤頗狼籍。時雖屬喪亂，事貴當一作「賞」四敵。中宵愜良會，裴鄭非遠戚。群書一萬卷，博涉供務隙。他日辱銀鉤，森疎見矛戟。倒屣喜旋歸，畫地求一作「來」所歷。乃聞風土質，又重田疇闢。刺史似寇恂，列郡宜競借一作「惜」。北風吹瘴癘，羸老思散策。渚拂蒹葭寒一作「塞」，非，嶠穿蘿蔦羃。此身杖兒僕，高興潛有激。孟冬方首路，强飯取崖壁。歎爾疲駑駘，汗溝血不赤。終然備外飾，駕馭何所益。我有平肩輿，前途猶準的。翩翩入鳥道，庶脱蹉跌厄。

〔翁批〕五古。

觀公孫大娘弟子舞劍器行并序

大曆二年十月十九日，夔州别駕元持一作「特」宅見臨潁李十二娘舞劍器，壯其蔚跂。問其所師，曰：余公孫大娘弟子也。開元三載一作「五載」，余尚童稚，記於郾城，觀公孫氏舞劍器渾脱，瀏灕頓挫，獨出冠時。自高頭宜春梨園二伎一作「教」坊内人，洎外供奉舞女，曉是舞者，聖文神武皇帝初，公孫一人而已。玉貌錦一作「綉」衣，況余白首。今兹弟子，亦匪盛顔。既辨其由來，知波瀾莫二。撫事慷慨，聊爲《劍器行》。昔一作「往」者吴人張旭善草書書帖，數嘗於鄴一作「葉」縣見公孫大娘舞西河劍器，自此草書長進，豪蕩感激，即公孫可知矣。

昔有佳人公孫氏，一舞劍器動四方。觀者如山色阻喪，天地爲之久低昂。㸌如羿射九日落，矯如群帝驂龍翔。來一作「末」，非如雷霆收震怒，罷如江海凝清光。絳脣珠袖兩寂寞，晚陳作「脱」，一作「況」，皆非有弟子傳芬芳。臨潁美人在白帝，妙舞此曲神揚揚。

與余問答既有以，感時撫事增惋傷。先帝一作「皇」，非侍女八千人，公孫劍器初第一。五十年間似反掌，風塵澒洞一作「傾動」昏王室。梨園弟子散如煙，女樂餘姿映寒日。金粟堆南木已拱，瞿唐石城草一作「暮」，非蕭瑟。玳筵急管曲復終，樂極哀來月東出。老夫不知其所往，足繭荒山轉愁疾一作「寂」，非。

〔翁批〕七古。　一、雖是四個「如」字平列，然而不覺其板重者，「㸌」「矯」之比擬，至「來」「罷」，而又變也。「天地」句，震動飄忽極矣。故連著四「如」字爲句，而氣愈盛、節愈聳，非如後之效者，排砌〔二〕而下也。

〔賴校〕〔一〕《翁批》書稿作「排砌」，《附記》則抄作「切砌」，應以「排砌」爲是。

寫懷二首

勞生共乾坤，何處異風俗。冉冉自趨競，行行見羈束。無貴賤不悲，無富貧亦足。萬古一骸骨，鄰家遞歌哭。鄙夫到巫峽，三歲如轉燭。全命甘留滯，忘情任榮辱。朝班及暮齒，日給還脱粟。編蓬石城東，采藥山北一作「林」，非谷。用心霜雪間，不必條蔓緑。非關故安排，曾是順幽獨。達士如弦直，小人似鈎曲。曲直吾不知，負暄候樵牧。夜深坐南軒，明月照我膝。驚風翻河漢，梁棟日已出一作「已出日」。群生各一宿，飛動自儔匹。吾亦驅其兒，營營爲私實一作「室」，非。天寒行旅稀，歲暮日月疾。榮名忽一作「惑」，非中人，世亂如蟣虱。古者三皇前，滿腹志願畢。胡爲有結繩，陷此膠與漆。禍首燧人氏，厲階董狐筆。君看燈燭張，轉使飛蛾密。放神八極外，俯仰俱蕭瑟。終然契真如一作「終契如往還」往還，得匪金仙術。一作「歸匪金仙術」，一作「得匪合仙術」，俱非。〔一〕

〔**翁批**〕五古。

〔**翁注**〕曉嵐云：「于《永樂大典》見《貧窮老公經》，有『轉燭』字，言貧賤富貴轉移之速。」已于前卷《佳人》〔二〕篇記之，此篇于貧富、貴賤、榮辱，尤切。〔三〕

〔**賴校**〕〔一〕《翁批》原有硃筆眉批，曰：「此二句，尚俟再酌定。」後以墨筆圈去。　〔二〕參見卷五第五篇《佳人》附記批語。　〔三〕此條爲《附記》所抄，《翁批》並未見；惟《翁批》原有眉批注首句「勞生共乾坤」，曰：「乾坤明是乾坤，萬古的是萬古。」後以硃筆引號標記之，而《附記》亦未抄入。

杜詩附記卷弟十八

大興翁方綱學

冬至

年年至日長爲客，忽忽窮愁泥殺人。江上形容吾獨老，天涯一作「邊」風俗自相親。杖藜雪後臨丹壑，鳴玉朝來散紫宸。心折此時無一寸，路迷何處是一作「見」三秦。

〔翁批〕七律。

柳司馬至

有客一作「使」歸三峽，相過問兩京。函關猶出一作「自」，非將，渭水更一作「自」屯兵。設備邯鄲道，和親邏沙〔一〕城。幽燕唯鳥去，商洛少人行。衰謝身何補，蕭條病轉嬰。霜天到宮闕，戀主寸心明。

〔**翁批**〕五排六韻。

〔**賴校**〕〔二〕此句下原有注：「《唐書》作『娑』，《韻會》云：『娑，或作沙，通作此。』」後以墨筆圈去。

別李義

神堯十八子，十七王其門。道國洎一作「及」舒國，實一作「督」，非維親弟昆。中外貴賤殊，余亦忝諸孫。丈人嗣三葉一作「玉葉」，非，之子白玉温。道國繼德業，請從丈人論。丈人領宗卿，肅睦一作「穆」古制敦。先朝納諫諍，直氣横乾坤。子建文章一作「筆」壯，河間經術存。爾一作「温」克富詩禮，骨清慮不喧。洗然遇知己，談論淮湖一作「河」奔。憶昔初見時，小襦一作「孺」，非繡芳蓀。長成忽會面，慰我久疾魂。三峽春冬交，江山雲霧昏。正宜且聚集，恨此當離樽。莫怪執盃遲，我衰涕唾煩。重問子何之？西上岷江源。願子少干謁，蜀都足戎軒。誤失將帥意，不知一作「如」親故恩。少年早歸來，梅花已飛翻。努力慎風水，豈惟數盤飱。猛虎卧在岸，蛟螭出無痕。王子自愛惜，老夫困石根。生別古所嗟，發聲爲爾吞！

〔**翁批**〕五古。

送高司直尋封閬州

丹雀銜書來，暮棲何鄉樹。驊騮事天子，辛苦在道路。司直非冗官，荒山甚無趣。借問泛舟人，胡爲入雲霧。與子姻婭間，既親亦有故。萬里長江邊，邂逅亦相遇。長卿消渴再，公幹沉綿屢。清談慰老夫，開卷得佳句。時見文章士，欣然淡一作「談」情素。伏枕聞別離，疇能忍漂寓。良會苦短促，溪行水奔注。熊羆咆空林，遊子慎馳騖。西謁巴中侯，艱險一作「難」如跬步。主人不世才，先帝常特顧。拔爲天軍佐，崇大王法度。淮海生清風，南翁尚思慕。公宫造廣厦，木石乃無數。初聞伐松柏，猶卧天一柱。我病一作「瘦」，非書不成，成字讀一作「字」亦誤。爲我問故人，勞心練征戍。

〔翁批〕五古。

可歎

天上浮雲似一作「如」白衣，斯須改變如蒼狗。古往今來共一時，人生萬事無不有。近者抉眼去其夫陳作「眯」，河東女兒身姓柳。丈夫正色動引經，酆城客子王季友。群書萬卷常暗誦，孝經一通看在手。貧窮老瘦朱本誤作「叟」家賣屐一作「履」，好事就之爲携酒。豫章太守高帝孫，引爲賓客敬頗久。聞一作「問」道三年未曾語，小心恐懼閉其口。太守得之更不疑，人生反覆看已醜。明月無瑕豈容易，紫氣鬱鬱猶衝斗。時危可仗真豪俊，二人得置君側否？太守頃者領山南一作「南山」，非，邦人思之比父母。王生早曾拜顔色，高山之外皆培塿。用爲羲和天爲成，用平水土地爲厚。王也論道阻江湖，李也疑一作「凝」，非丞一作「丞疑」曠前後。死爲星辰終不滅，致君堯舜焉肯朽？吾輩碌碌飽飯行，風后力牧長迴首。

〔翁批〕七古。

奉賀陽城郡王太夫人恩命加鄧國太夫人〔一〕

衛幕銜恩重，潘輿送喜頻。濟時瞻上將，錫號戴慈親。富貴當如此，尊榮邁等倫。郡依封土舊，國與大名新。紫誥鸞迴紙，清朝燕賀人。遠傳冬筍味，更覺彩衣春。奕葉班姑史，芬芳孟母鄰。義方兼有訓，詞翰兩如神。委曲承顔體，鶱飛報主身。可憐忠與孝，雙美畫一作「映」麒麟一作「騏驎」。

〔**翁批**〕五排十韻。

〔**賴校**〕〔一〕《翁批》原有批注，曰：「陽城郡王，衛伯玉也。」旁以硃筆補注，曰：「草堂本公自注。」復於眉批曰：「此注似亦只是『原注』耳，未必『公自注』也。」後均圈去不録。

送田四弟將軍將夔州柏中丞命起居江陵節度使一無「使」字**陽城郡王衛公幕**一云：「夔府送田將軍赴江陵。」

離筵罷多酒，起柁舊作「地」，非發寒塘。回首中丞座，馳牋異姓王。燕辭楓樹日，雁度麥城霜。空一作「定」醉山翁酒，遥憐似葛彊。

〔**翁批**〕五律。

題柏學士茅屋

碧山學士焚銀魚，白馬却走身巖居。古人已用三冬足，年少今一作「曾」開萬卷餘。晴雲滿户團傾蓋，秋水浮堦溜決渠。富貴必從勤苦得，男兒須讀五車書。

〔**翁批**〕七律。

題柏大兄弟山居屋壁二首

叔父朱門貴，郎君玉樹高。山居精典籍，文雅涉風騷。江漢終吾老，雲林得爾曹。哀絃繞白雪，未與俗人操。

野屋流寒水，山籬帶薄一作「白」雲。静應連虎穴，喧已去人群。筆架霑牕雨，書籤映隙曛。蕭蕭千里足一作「馬」，箇箇五花文。

〔**翁批**〕五律。

白帝樓

漠漠虛無裏，連連睥睨侵。樓光去日遠，峽影入江深。臘破思端綺，春歸待一金。去年梅柳意，還欲攬邊心。

〔**翁批**〕五律。

白帝城樓

江度寒山閣，城高絶塞樓。翠屏宜晚對，白谷會深遊。急急能鳴雁，輕輕不下鷗。夷陵春色起，漸擬放扁舟。

〔翁批〕五律。

有歎公自注：「傳蜀官軍，自圍普還。」〔一〕

壯心久零落，白首寄人間。天下兵常鬭，江東客未還。窮猿號雨雪，老馬怯一作「望」，一作「泣」關山。武德開元際，蒼生豈重攀？

〔翁批〕五律。

〔賴校〕〔一〕《翁批》貼有一夾籤，曰：「有否？」

舍弟觀赴藍田取妻子到江陵喜寄三首

汝迎妻子達荆州，消息真傳解我憂。鴻雁影來連峽內，鶺鴒飛急到沙頭。嶢關險路今虚遠，禹鑿寒江正穩流。朱紱即當隨綵鷁，青春不假報黄牛。

馬度一作「瘦」秦山一作「關」雪正深，北來肌骨苦寒侵。他鄉就我生春色，故國移居見客心。賸欲一作「歡劇」提携如意舞，喜多行坐白頭吟。巡簷索共一作「近」，非梅花笑，冷蘂一作「落」，非疎枝半不禁。

庾信羅含俱有宅，春來秋去作誰家。短墻若在從殘草，喬木如存可假花。卜築應同蔣詡徑，爲園須似邵平瓜。比年一作「因」病一作「斷」酒開涓滴，弟勸兄酬何怨嗟？

〔翁批〕七律。　一、但得舊植仍「存」，何須「假花」？

夜歸

夜半歸來衝虎過，山黑家中已眠卧。傍見北斗向江低，仰看明星當空大。庭前把燭嗔一作「唤」兩炬，峽口驚猿聞一箇。白頭老罷舞復歌，杖藜不睡誰能那？

〔翁批〕七古。　一、此數詩，須一片讀。

前苦寒行二首

漢時長安雪一丈，牛馬毛寒縮如蝟。楚江巫峽冰入懷，虎豹哀號又堪記。秦城老翁荆揚客，慣習炎蒸歲絺綌。玄冥祝融氣或交，手持白羽未敢釋。

去年白帝雪在山，今年白帝雪在地。凍埋蛟龍南浦縮，寒刮一作「割」肌膚北風利。楚人四時皆麻衣，楚天萬里《英華》作「頃」無晶輝。三尺之烏足《英華》作「骨」恐斷，羲和送將何所歸。一作「迸送將安歸」，一作「送之將安歸」，一作「送將安所歸」。

〔翁批〕七古。　一、合下《晚晴》一篇，讀之始喻。

晚晴

高唐舊作「堂」，師尹改作「唐」暮冬雪壯哉，舊瘴無復似塵埃。崖沉谷没白皚皚，江石缺裂青楓摧。南天三旬苦霧開，赤日照耀從西來，六龍寒急光徘徊。照我衰顔忽落地，口雖吟詠心中哀。未怪及時少年子，揚眉結義黄金臺。洎一作「泊」乎吾生何飄零？支離委絶同死灰。

〔**翁批**〕七古。　作《易》者，其有憂患乎！〔一〕　一、「支離委絶同死灰」，是極精警語，非衰颯語也。

〔**賴校**〕〔一〕此條爲夾批，以硃筆標記，書於「六龍寒急光徘徊」句旁。

復陰

方冬合沓玄陰塞，昨日晚晴今日黑。萬里飛蓬映天過，孤城樹羽揚風直。江濤簸岸黄沙走，雲雪埋山蒼兕吼。君不見夔子之國杜陵翁，牙齒半落左耳聾。

〔**翁批**〕七古。

後苦寒行二首

南紀巫廬瘴不絶，太古以來無尺雪。蠻夷長老怨一作「畏」苦寒，崑崙天關凍應一作「欲」折。玄猿口噤不能嘯，白鵠翅垂眼流一作「出」血，安得春泥補地裂？

晚一作「曉」來江門一作「間」，一作「邊」失大木，猛風中夜吹《英華》作「飛」白屋。天兵斬斷《英華》作「新斬」青海戎，殺氣南行動坤軸，不爾苦寒何太一作「其」，非酷？巴東之峽生凌澌，彼蒼迴斡舊作「軻」，一作「軒」〔二〕，非人一作「那」得知？

〔翁批〕七古。

〔賴校〕〔二〕《翁批》原有硃批曰：「『軒』字再酌。」後以墨筆圈去。

元日示宗武

汝啼吾手戰，吾笑汝身長。處處逢正月，迢迢滯遠方。飄零還柏酒一作「葉」，衰病只藜牀。訓諭一作「喻」青衿子，名慚白首郎。賦詩猶落筆，獻壽更稱觴。不見江東弟，高歌淚數行。公自注：「弟豐在江左，無消息。」

〔翁批〕五排。　一、「諭」「喻」，唐人通用。

又示宗武

覓句新知律，攤書解滿牀。試吟青玉案，莫羨一作「帶」紫羅囊。假一作「暇」日從時飲，明年共我長。應須飽經術，已似愛文章。十五男兒志，三千弟子行。曾參與游夏，達者得升堂。

〔**翁批**〕五排。

遠懷舍弟穎觀等

陽翟空知處，荆南近得書。積年仍遠別，多難不安居。江漢春風起，冰霜昨夜除。雲天猶錯莫，花萼尚蕭疎。對酒都疑夢，吟詩正憶渠。舊時元日會，鄉黨羡吾廬。

〔**翁批**〕五排。

續得觀書迎就當陽居止正月中旬定出三峽

自汝到荆府，書來數唤吾。頌椒添諷詠，禁火卜歡娱一作「呼」。舟楫因人動，形骸用杖扶。天旋夔子峽一作「國」，春近岳陽湖。發日排南喜，傷神散北吁〔一〕。飛鳴還接翅，行序密銜蘆。俗薄江山好，時危草木蘇。馮唐雖晚達，終覬在皇都。

〔**翁批**〕五排。一、「飛鳴」一聯，竟不明出「鴈」字，此所謂「秃筆墨蹟」也。

〔**賴校**〕〔一〕《翁批》於「發日排南喜，傷神散北吁」句旁加注曰：「二句竟不明出『鴈』字。」後圈去不録。

太歲日

楚岸行將老，巫山坐復春。病多猶是客，謀拙竟何人？閶闔開黄道，衣冠拜紫宸。榮光懸日月，賜予一作「與」出金銀。愁寂鴛行斷，参差虎穴鄰。西江元下蜀，北斗故臨秦。散地逾高枕，生涯脱要津。天邊梅柳樹，相見幾回新。

〔翁批〕五排。

人日二首

元日到人日〔一〕，未有不陰時。冰雪鶯難至，春寒花較遲。雲隨白水落，風振紫山悲。蓬鬢稀疎久，無勞比素絲。

〔翁批〕五律。

〔賴校〕〔一〕《翁批》原有眉批，曰：「有首句，則自應有弟四句『花』字。」後圈去不録。

此日此時人共得，一談一笑俗相看。樽前柏葉休隨酒，勝裏金花巧耐寒。佩劍衝星聊暫拔，匣琴流水自須彈。早春重引江湖興，直道無憂行路難。

〔**翁批**〕七律。

喜聞盜賊總退口號五首

蕭關隴水入官軍，青海黄河卷塞雲。北極晉作「闕」轉愁一作「深」龍虎氣，西戎休縱犬羊群。

贊普多教使入秦，數通和好止一作「尚」煙塵。朝廷忽用哥舒將，殺伐虚悲公主親。

崆峒西極一作「北」過崑崙，駝馬由來擁國門。逆氣數年吹路斷，蕃人聞道漸星奔。

勃律天西采玉河，堅昆碧盌最來多。舊隨漢使千堆寶，少一作「小」答胡晉作「朝」王萬匹羅。

今春喜氣滿乾坤，南北東西拱至尊。大曆三一作「二」年調玉燭，玄元皇帝聖雲孫。

〔**翁批**〕七絶。　　一、雅頌、箴銘、歌謡、史乘，杜公合而一之。〔一〕

〔**賴校**〕〔一〕《翁批》原於此條旁，加注曰：「此謂史筆。」後以墨筆圈去不録。

送大理封主簿五郎親事不合却赴通州主簿前閬州賢子余與主簿平章鄭氏女子垂欲納采鄭氏伯父京書至女子已許他族親事遂停

禁臠去東床，趨庭赴北堂。風波空遠涉，琴瑟幾虛張。渥水出騏驥，崑山生鳳凰。兩家誠款款，中道許蒼蒼。頗謂秦晉匹，從來王謝郎。青春動才調，白首缺輝光。玉潤終孤立，珠明得暗藏。餘寒折花卉，恨別滿江鄉。

〔翁批〕五排〔一〕。

〔賴校〕〔一〕《翁批》原書作「五律」，後以硃筆改「律」爲「排」。

將別巫峽贈南卿一作「鄉」兄瀼西果園四十畝

苔竹素所好，萍蓬無一作「不」，非定居。遠遊長兒子，幾地別林廬。雜蘂紅相對，他時錦不如。具舟將出峽，巡圃念携鋤。正月喧鶯未一作「末」非，兹辰放鷁初。雪籬梅可折，風榭柳微舒。託贈卿家有，因歌野興疏。殘生逗一作「逼」，非江漢，何處狎樵漁？

〔翁批〕五排八韻。　一、「兹辰」二字，有味之至！此豈得以「正月」「他時」句勢相近論之？

巫山縣汾州唐使君十八弟宴別兼諸公携酒樂相送率題小詩留於屋壁

卧病巴東久，今年强作歸。故人猶遠謫，兹日倍多違。接宴身兼杖，聽歌淚滿衣。諸公不相棄，擁別借光輝。

〔翁批〕五律。

敬寄族弟唐十八使君

與君陶唐後，盛族多其人。聖賢冠史籍，枝派羅源津。在今氣一作「最」磊落，巧僞莫敢親。介立實吾弟，濟時肯殺身。物白諱受玷，行高無污真。得罪永泰末，放之五溪濱。鸞鳳有鎩翮，先儒曾抱麟。雷霆一作「霹」長松，骨大却生筋。一失不足傷，念子孰自珍。泊舟楚宫岸，戀闕浩酸辛。除名配清江，厥土巫峽鄰。登陸將首途，筆札枉所申。歸朝跼病肺，叙舊思重陳。春風洪濤壯，谷轉頗彌旬。我能泛中流，唐突黿獺嗔。長年已省柂，慰此貞良臣。

〔翁批〕五古。　一、代宗永泰元年乙巳〔一〕，其明年丙午，即大曆元年；則是永泰止一年，而以「末」稱者，由大曆三年遡之也。　二、「孰」即「熟」字，杜詩每如此。

〔賴校〕〔一〕唐代宗永泰元年乙巳，時當公元七六五年。其下代宗大曆元年丙午，時當公元七六六年；大曆三年，時當公元七六八年。

春夜峽州田侍御長史津亭留〔一〕宴得「筵」字

北斗三更席，西江萬里船〔二〕。杖藜登水榭，揮翰宿春天。白髮煩一作「須」，非多酒，明星惜此筵。始知雲雨峽，忽盡下牢邊。

〔翁批〕五律。　一、題中「留」字，是勒極之筆。

〔賴校〕〔一〕《翁批》原於「留」字旁，加注曰：「勒之極。」又於天頭眉批，曰：「題中『留』字是勒筆。」後均圈去不録，即以本詩所録批注加以取代。　〔二〕《翁批》於此二句每字旁均加硃圈，並以硃筆眉批，曰：「此迺一波三折之妙，而讀者皆莫曉也。」後以硃筆圈去。此下又有墨注曰：「今日在竹井相國席上，擧石七兄舉此詩讚歎，似猶未盡其妙。戊戌正月十二夜。」而「戊戌」爲清乾隆四十三年（一七七八），翁方綱時年四十六歲，此條復以墨筆框括標記，以上《附記》皆未抄入。又按：「竹井相國」，疑即清朱筠（一七二九—一七八一），字美叔，號竹君，又號笥河，順天府大興縣（今北京市大興區）人。乾隆十九年（一七五四）進士，授翰林院編修，進至日講起居注官，累官安徽學政等。官至翰林學士。好金石文學。乾隆三十九年（一七七四），奉旨將《日下舊聞》一書纂成《日下舊聞考》一百二十卷。著有《笥河集》。

大曆三年〔一〕春白帝城放船出瞿唐峽久居夔府將適江陵漂泊有詩凡四十韻〔二〕

老向巴人裏，今辭楚塞隅。入舟翻不樂，解纜獨長吁。窄轉深啼狖，虛隨亂浴一作「落」，非鳧。石苔凌几杖，空翠撲肌膚。疊壁排霜劍，奔泉濺水珠。杳冥藤上下，濃淡樹榮枯。神女峰娟妙，昭君宅有無。曲留明怨惜一作「別」，非，夢盡失歡娛。擺闔盤渦沸，欹斜激浪輸。風雷纏地脉，冰雪曜天衢。鹿角真走一作「趨」，非險，狼頭如跋胡。惡灘寧變色，高卧負微軀。書史全傾撓，裝囊半壓濡。生涯臨臬兀，死地脱斯須。不有平川決一作「快」，焉知眾壑趨。乾坤霾漲海，雨露洗春蕪。鷗鳥牽絲颺，驪龍濯錦紆。落霞沉緑綺，殘月壞金樞。泥筍苞初荻，沙茸出小蒲。雁兒争水馬，燕子逐檣烏。絶島容煙霧，環洲納曉晡。前聞辨陶牧，轉盼拂宜都。縣郭南畿好，公自注：「路入松滋縣。」津亭北望孤。勞心依憩息，朗詠劃昭蘇。意遣樂還笑，衰迷賢與愚。飄蕭將素髮，汩没聽洪鑪。丘壑曾忘返，文章敢自誣。此生遭聖代，誰分哭窮途。卧疾淹爲客，蒙恩早厠儒。廷争酬造化，樸直乞江湖。灩澦險相迫，滄浪深可逾。浮名尋已已，嬾計却區區。喜近天皇寺，先披古畫圖。公自注：「此寺有晋王右軍書，張僧繇畫孔子及顔子十哲形像。」應經帝子渚，同泣舜蒼梧。朝士兼戎服，君王按湛盧。旄頭初俶擾，鶉首麗泥塗。甲卒身雖貴，書生道固殊。出塵皆野鶴，歷塊匪轅駒。伊吕終難降，韓彭不易呼。五雲高太甲，六月曠摶扶。迴首黎元病，争權將帥誅。山林託疲苶，未必免崎嶇。

〔翁批〕五排。　阮亭云：「真有此情事。」〔三〕　間架。〔四〕　「五雲太甲」一聯，大意感歎將相無人。〔五〕　一、詩實四十二韻。　一、此篇可抵《北征》。　二、「神女峰」「昭君宅」，與後幅之「天皇寺」「帝子渚」，不必相應也，而自然有此章法。　三、「丘壑」以下，句句頓挫出之。

〔賴校〕〔一〕唐代宗大曆三年戊申，時當公元七六八年。　〔二〕《翁批》原於眉批注曰：「此首内自注二條，皆看定。」後以墨筆圈去。　〔三〕此條爲夾批，以硃筆標記，書於「入舟翻不樂」二句旁，而《附記》未抄。　〔四〕此條爲眉批，以硃筆標記，評「喜近天皇寺，先披古畫圖」二句，《附記》未抄。　〔五〕此條爲眉批，以硃筆標記，而《附記》亦未抄入。

行次古城店汎江作不揆鄙拙奉呈江陵幕府諸公

老年常道路，遲日復山川。白屋花開裏，孤城麥秀邊。濟江元自闊，下水不勞牽。風蝶勤依槳，春鷗懶避船。王門高德業，公自注：「時陽城郡王衛伯玉，爲江陵節度使。」〔一〕幕府盛才賢。行色兼多病，蒼茫汎愛前。

〔**翁批**〕五排六韻。

〔**賴校**〕〔一〕《翁批》貼一夾籤，曰：「查。此注恐未必是自注。」又，此注後以硃筆引號括起。

泊松滋江亭

紗帽隨鷗鳥，扁舟繫此亭。江湖深更白，松竹遠微一作「還」青。一柱應全近，高唐莫再經。今宵南極外，甘作老人星。

〔**翁批**〕五律。

乘雨入行軍六弟宅

曙角淩雲罷朱作「亂」，非〔一〕，春、城、帶、雨、長。水、花、分、塹、弱，巢、燕、得、泥、忙。令弟雄軍佐，凡才污省郎。萍漂忍流涕，衰颯近中堂。

〔翁批〕五律。

〔賴校〕〔一〕《翁批》原有眉批，曰：「俗本乃因『凌』字，而便作『亂』字，豈有此理。」後圈去。

上巳日徐司録林園宴集

鬢毛垂領白，花蘂亞枝紅。欹倒衰年廢，招尋令節同。薄一作「蕩」衣臨積水，吹面受和風。有喜留攀桂，無勞問轉蓬。

〔翁批〕五律。

宴胡侍御書堂公自注：「李尚書之芳、鄭秘監審同集，得歸字韻。」〔一〕

江、湖、春、欲、暮，墻、宇、日、猶、微。闇闇書籍滿，輕、輕、花、絮、飛。翰林名有素，墨客興無違。

今夜文星動，吾儕醉不歸。

〔**翁批**〕五律。

〔**賴校**〕〔一〕《翁批》原有眉批，曰：「此首『自注』一條，看定。」

書堂飲既夜復邀李尚書下馬月下賦絶句

湖水一作「月」林風相與清，殘樽下馬復同傾。久一作「已」拚野鶴如霜一作「雙」鬢，遮莫鄰雞下五更。

〔**翁批**〕七絶。

奉送蘇州李二十五長史丈之任

星拆台衡地，曾爲人所憐。公侯終必復，經術昔一作「竟」相傳。食德見從事，克家何妙年。一毛生鳳穴，三尺獻龍泉。赤壁浮春暮，姑蘇落海邊。客間頭最白，惆悵此離筵。

〔**翁批**〕五排。

暮春江陵送馬大卿公恩命追赴闕下

自古求忠孝，名家信有之。吾賢富才術，此道未磷緇。玉府標孤映，霜蹄去不疑。激揚音韻徹，籍甚衆多推。潘陸應同調，孫吴亦異時。北辰徵事業，南紀赴恩私。卿月昇金掌，王春度玉墀。薰風行應律，湛露即歌詩。天意高難問，人情老易悲。樽前江漢闊，後會且深期。

〔**翁批**〕五排十韻。

和江陵宋大少府暮春雨後同諸公及舍弟宴書齋

渥洼汗血種，天上麒麟兒。才士得神秀，書齋聞爾爲。棣華晴雨好，綵服暮春宜。朋酒日歡會，老夫今始知。〔一〕

〔**翁批**〕五律。

〔**賴校**〕〔一〕《翁批》貼一夾籤，曰：「只『西居近市』四字，更查有否？」

暮春陪李尚書李中丞過鄭監湖亭汎舟得「過」字韻

海内文章伯，湖邊意緒多。玉樽移晚興，桂楫帶酣歌。春日繁魚鳥，江天足芰荷。鄭莊賓客地，衰白遠來過。

〔翁批〕五律。

宇文晁尚書之甥崔彧司業之孫、尚書之子重泛鄭監審前湖仇刻題云：「宇文晁（尚書之子）崔彧（司業之孫）重泛鄭監（審）前湖。」〔一〕

郊扉俗遠長幽寂，野水春來更接連。錦席淹留還出浦，葛巾欹側未迴船。尊當霞綺輕初散，棹拂荷珠碎却圓。不但習池歸酩酊，君看鄭谷去夤緣。

〔翁批〕七律。

〔賴校〕〔一〕《翁批》於此注前，硃筆加注曰：「旁注於此下。」復墨筆眉批，曰：「『尚書之甥』云云，乃題内注耳。連書、旁書俱可通，此則不必執定某爲古本，某爲今本者矣。」於此批後，又硃筆注曰：「此應先書原題，後列題『一作』云云。」皆考定其體例。以上眉批兩條，均以硃筆圈去。

歸雁

聞道今春雁，南歸自廣州。見花辭漲海，避雪到羅浮。是物關兵氣，何時免客愁？年年霜露隔，不過五湖秋。

〔**翁批**〕五律。　一、不謂「雁」亦如此。

短歌行 贈王郎司直

王郎酒酣拔劍斫地歌莫哀，我能拔爾抑塞磊落之奇才。豫樟翻風白日動，鯨魚跋浪滄溟開。且脱劍佩休徘徊，西得諸侯棹錦水。欲向何門趿一作「颯」，非珠履，仲宣樓頭春色一作「已」深。青眼高歌望吾子，眼中之人吾老矣。

〔**翁批**〕七古。　一、論者以此詩比昌黎[一]《送董邵南序》，頗是。　一、「已」字亦好，覺「色」字更穩重。

〔**賴校**〕〔一〕昌黎，即韓愈（七六八—八二四），字退之，河南河陽（今河南孟州）人，祖籍郡望昌黎（今屬河北徐水縣西，一説遼寧義縣），自稱「昌黎韓愈」，世稱「韓昌黎」；晚年任吏部侍郎，又稱「韓吏部」。卒謚文，世稱「韓文公」。唐代文學家，與柳宗元同爲古文運動的倡導者。蘇軾稱讚他「文起八代之衰，道濟天下之溺」。散文、詩均有名，著作有《昌黎先生集》。

憶昔行

憶昔北尋小有洞，洪河怒濤過輕舸。辛勤不見華蓋君，艮岑青輝慘么麽。千崖無人萬壑静，三步回頭五步坐。秋山眼冷魂未歸，仙賞心違淚交墮。弟子誰依白茅一作「石」屋，盧老獨啓青銅鎖。巾拂香餘搗藥塵，階一作「前」，非除灰死燒丹火。玄圃滄洲莽空闊，金節羽衣飄婀娜。落日初霞閃餘映，倏忽東西無不可。松風磵水聲合時，青兕、、、、、、、、、黄熊啼向我。徒然咨嗟撫遺跡，至今夢想仍猶左一作「佐」，非。秘訣隱文須内教，晚歲何功使一作「收」，非願果。更訪一作「覓」衡陽董鍊師，南浮一作「游」早鼓瀟湘柂。

〔翁批〕七古。

惜别行送向卿進奉端午御衣之上都

肅宗昔在靈武城，指揮猛將收咸京。向公泣血灑行殿，佐佑卿相乾坤平。逆胡冥寞隨煙燼，卿家兄弟功名震。麒麟圖一作「閣」，非畫鴻雁行，紫極出入黄金印。尚書勳業超千古，雄鎮荆州繼吾祖。裁縫雲霧成御衣，拜跪題封賀一作「向」端午。向卿將命寸心赤，青山落日江湖一作「潮」白。卿到朝廷説老翁，漂零已是滄浪客。

〔翁批〕七古。

夏日楊長寧宅送崔侍御常正字入京得「深」字韻

醉酒揚雄宅，升堂子賤琴。不堪垂老鬢，還對欲分襟。天地西江遠，星辰北斗深。烏臺俯麟閣，長夏白頭吟。

〔翁批〕五律。

夏夜李尚書筵送宇文石首赴縣聯句

愛客尚書重，之官宅相賢甫。酒香傾坐側，帆影駐江邊之芳。翟表郎官瑞，鳧看令宰仙彧。雨稀雲葉斷，夜久燭花偏甫。數語欹一作「敲」，非紗帽，高文擲綵牋之芳。興饒行處樂，離惜醉中眠彧。單父長多暇，河陽實少年甫。客居逢自出，爲別幾凄然之芳。

〔翁批〕五排聯句。

多病執熱奉懷李尚書之芳

衰年正苦病侵淩，首夏何須氣鬱蒸。大水淼茫炎海接，奇峰硉兀火雲升。思霑道暍黄梅雨，敢望宫恩玉井冰。不是尚書期不顧，山陰夜雪興難乘。

〔翁批〕七律。

水宿遣興奉呈群公

魯鈍仍多病，逢迎遠復迷。耳聾須畫字，髮短不勝篦。澤國雖勤雨，炎天竟淺泥。小江還積浪，弱纜且長堤。歸路非關北，行舟却向西。暮年漂泊恨，今夕一作「久客」亂離啼。童稚頻書札，盤飧詎俗本作「具」糁藜。我行何到此？物理直難齊。高枕翻星月，嚴城疊鼓鞞。風號聞虎豹，水宿伴鳧鷖。異縣驚虚往，同人惜解携。蹉跎長汎鷁，展轉屢鳴雞。嶷嶷瑚璉器，陰陰桃李蹊。餘波期救涸，費日苦輕齎。杖策門闌邃，肩輿羽翮低。自傷甘賤役，誰愍强幽棲。巨海能無釣，浮雲亦有梯。勳庸思樹立，語默可端倪。贈粟囷應指，登橋柱必題。丹心老未折，時訪武陵溪。

〔**翁批**〕五排二十韻。　一、「璉」字必仄，是轉、是開、是接。〔一〕讀者須于此參悟章法，此在全篇内，爲纔過前半；而此句弟三字平，弟四字仄，合之末句「老」字，以仄收者，愈見章法之迴合也。近日，杭人翟晴湖〔二〕誤讀此句「璉」爲平聲，反謂杜公誤用，蓋不知詩中音節，爲章法所關耳。　二、忽興起於「釣海」，無恡東坡在海外，一日借韓子詩句，而生歎矣。

〔**賴校**〕〔一〕《翁批》書稿文字，僅至於此；以下爲《附記》所抄，又可證《附記》所據爲另一抄本。　〔二〕「杭人翟晴湖」，經查猶疑，未審何人。可能是乾隆年間，合著《湖山便覽》一書的杭州人翟灝（？—一七八八）、翟瀚兄弟之一，此書記載西湖遊覽景點一〇一六處，爲杭州最早的導遊書籍。

遣悶

地闊平沙岸，舟虚小洞房。使塵來驛道，城日避烏檣一作「墻」。暑雨留蒸濕，江風借夕涼。行雲星隱見，疊浪月光芒。螢鑒緣帷徹，蛛絲罥鬢長。哀箏猶凭几，鳴笛竟霑裳。倚著如秦贅，過逢類楚狂。氣衝看劍匣，穎脱撫錐囊。妖孽關東臭，兵戈隴右瘡。時清疑武略，世亂跼文場。餘力浮於海，端憂問彼蒼。百年從萬事，故國耿難忘。

〔**翁批**〕五排十二韻。　虛字有力。〔一〕

〔**賴校**〕〔一〕此條爲眉批，以硃筆標記於「餘力浮於海」之「於」字旁。《附記》未抄入。

江邊星月二首

驟雨清秋夜，金波耿玉繩。天河元自白，江浦一作「渚」向來澄。映物連珠斷，緣空一鏡升。餘光隱一作「憶」更漏，況乃露華凝。

江月辭風纜一作「檻」，江星別霧一作「露」船。雞鳴還曙一作「曉」色，鷺浴自晴川。歷歷竟誰種，悠悠何處圓。客愁殊未已，他夕始相鮮。

〔**翁批**〕五律。

舟月對驛近寺

更深不假燭，月朗自明船。金刹青楓外，朱樓白水邊。城烏啼眇眇，野鷺宿娟娟。皓首江湖客，鈎簾獨未眠。

〔**翁批**〕五律。

舟中

風餐江柳下，雨卧驛樓邊。結纜排魚網，連檣並米船。今朝雲細薄，昨夜月清圓。飄泊南庭老，秪應學水仙。

〔**翁批**〕五律。一、亦是連數首爲一片之章法。

江陵節度使陽城郡王新樓成王請嚴侍御判官賦七字句同作

樓上炎天冰雪生，高飛燕雀賀新成。碧窗宿霧濛濛濕，朱栱浮雲細細輕。仗鉞褰帷瞻具美，投壺散帙有餘清。自公多暇延參佐，江漢風流萬古情。

〔**翁批**〕七律。

又作此奉衛王

西北樓成雄楚都，遠開山嶽散江湖。二儀清濁還高下，三伏炎蒸定有無。推轂幾年惟鎮静，曳裾終日盛文儒。白頭授簡焉能賦，媿似相如爲大夫。

〔翁批〕七律。　一「雄」字撑起，「爲」字押住，亦是自相吸應。大開大合，全以一「雄」字撑起，讀者不得以上篇起句之「冰」字比例也；「冰雪」雙字，故自與此首不同。

秋日荆南述懷三十韻

昔承推奬分，愧匪挺生材。遲暮宫臣忝，艱危衮職陪。揚鑣樊作「鞭」隨日馭，折檻出雲臺。罪戾寬猶活，干戈塞未開。星霜玄鳥變，身世白駒催。伏枕因超忽，扁舟任往來。九鑽巴噀火，三蟄楚祠雷。望帝傳應實，昭王問不迴。蛟螭深作横，豺虎亂雄猜。素業行已矣，浮名安在哉。琴烏曲怨憤，庭鶴舞摧頽。秋水一作「水」一作「雨」漫湘竹，陰風過嶺梅。苦摇求食尾，常曝報恩鰓。結舌防讒柄，探腸有禍胎。蒼茫步兵哭，展轉仲宣哀。饑籍家家米，公自注：「籍，入聲。」〔二〕愁徵處處盃。休爲貧士歎，任受衆人咍。得喪初難識，榮枯劃易該。差池分組冕，合沓起蒿萊。不必伊周地，皆登吴作「知」屈宋才。漢庭和異域，晋史坼一作「拆」中台。霸業尋常體，宗臣忌諱災。群公紛戮力，聖慮窅樊作「睿」，非徘徊。數見銘鐘鼎，真宜法斗魁。願聞鋒鏑鑄，莫使棟梁摧。磐石圭多剪，凶門轂少推。垂旒資穆穆，祝網但恢恢。赤雀翻然至，黄龍詎一作「不」假媒。賢非夢傅野，隱類鑿顏坏。自古江湖客，冥心若死灰。

〔翁批〕五排三十韻。一「已」字、「安」字、「曲」字，連换音節以激宕之，所以開振全局也。最後「夢」字收捲〔二〕。

〔賴校〕〔一〕《翁批》貼一夾籤，曰：「查。此即使是原注，亦必應存。但公自注、原注，皆須酌寫定耳。」〔二〕《翁批》書稿作「收捲」，《附記》則抄作「捲收」。《附記》並未抄入。

秋日荆南送石首薛明府辭滿告别奉寄薛尚書頌德叙懷斐然之作三十韻

南征爲客久，西候别君初。歲滿歸梟舄，秋來把雁書。荆門留美化，姜被就離居。聞道和親入，垂名報國餘。連枝不日並，八座幾時除。往者胡星孛，恭惟漢網疎。風塵相澒洞，天地一丘墟。殿瓦鴛鴦坼，宫簾翡翠虚。鈎陳摧徼道，槍櫐失儲胥。文物陪巡狩，親賢病拮据。公時呵猰貐，首唱却鯨魚。勢惬宗蕭相，原注：「郭令公。」材非一范睢。原注：「諸名將。」〔一〕尸填太行道，血走浚儀渠。滏口師仍會，函關憤已攄。紫微臨大角，皇極正乘輿。賞從頻峨冕，殊恩再直廬。公自注：「公舊執金吾，新授羽林前後二將軍。」豈惟高衛霍，曾是接應徐。降集翻翔鳳，追攀絶衆狙。侍臣雙宋玉，戰策兩穰苴。鑒徹勞懸鏡，荒蕪已荷鋤。嚮來披述作，公自注：「石首處見公新文一卷。」重此憶吹噓。白髮甘凋喪，青雲亦卷舒。經綸功不朽，跋涉體何如。公自注：「公頃奉使和吐蕃。」已見上。應訝躭湖橘，常餐占野蔬。十年嬰藥餌，萬里狎樵漁。揚子淹投閣，鄒生惜曳裾。但驚飛熠燿，不記改蟾蜍。煙雨封巫峽，江淮略孟諸。湯池雖險固，遼海尚填淤。努力輸肝膽，休煩獨起予。〔二〕

〔**翁批**〕五排。

〔**賴校**〕〔一〕：《翁批》於此注下，又加注曰：「一本，公自注：『秦拜范雎爲客卿，卒聽其謀，使五大夫綰伐魏，拔懷；其相秦也，伐韓少曲、高平，拔之；又以其謀縱反間於趙，趙以馬服君之子代廉頗，大破於長平，皆范雎之故，以比諸將。』」以下又硃批，加注曰：「此在草堂本，未必『公自注』也；然雖非『公自注』，却似應存之，其寫式再酌定。」以上皆未見於《附記》。〔二〕本册末頁首尾，各有筆記一條，其一曰：「屋、職同用一首。十六上，十六下。」其二曰：「五排廿首。」

杜詩十

卌九葉　卷十九　卷二十[一]

丁未[二]二月望日，覆看定此册。瑞州使院東軒記。

乙巳[三]七月四日，看定此册。

《入衡州》五古之類，必須有事實。

此册第三葉上八行，《送顧八分文學》「時危話顛隮」，陸德明《釋文》「子細反」，《玉篇》「子兮反」，《切韻》「祖稽反」。

《宴王使君宅題二首》，此王使君有可考否？須查注本。

《歲晏行》「莫徭」，查。

《四書集解》是否查，在此册内廿一頁。又一條，此册七下九行。

同年吉渭厓説：「福建人家藏宋槧黄鶴注本，寶慶年間刊，内闕一册。」云尚可謀購之。其書有舊人手寫評注，假託米南宫者，後有明朝人跋。〔四〕

〔賴校〕〔一〕以上葉數、卷次文字均爲硃筆，「卅九葉」書於「杜詩十」之右，「卷十九」「卷二十」書於本頁左上方。其他批注文字，均爲墨書，「杜詩十」以下題記，書法仍較爲端謹，與之前各册首卷同；偶有流麗行書批記，錯落行間。以下題記，由右而左，由上而下，依次釋録。〔二〕「丁未」爲清乾隆五十二年（一七八七），翁方綱時年五十五歲。〔三〕「乙巳」爲清乾隆五十年（一七八五），翁方綱時年五十三歲。〔四〕此扉頁題記後左下角，鈐有正方陰文篆印一方，其篆文由右至左，排列如下：「合江陳」「忠鏡一」「名時利」，即已見於首卷扉頁之「陳時利」。其下一頁有已查圈去筆記三條，不録。待查筆記六條：一、「『隮』字，查。三上。」二、「并《八哀》之『嚌』字，亦應考。七册廿四下三行。」三、「『胡元瑞』一條，宜辨。仇四函弟二册弟廿三卷之十二下。」四、「『置』，七下九行，又廿一頁上末。」五、「『涣然』，宜引杜預《左氏傳・序》，疏語如何，查。」旁硃筆加注曰：「卅六上二行。」復墨筆注曰：「駁仇作『焕』。仇四函弟二册卷廿三之四十五上末行。」六、「『呀』，四下。」此册受水浸染，全册均有水漬痕迹，所幸文字無損，並未漫漶難辨。

杜詩附記卷弟十九

大興翁方綱學

暮歸

霜黄碧梧白鶴棲，城上擊柝復烏啼。客子入門月皎皎，誰家擣練風淒淒。南渡桂水闕舟楫，北歸秦川多鼓鞞。年過半百不稱意，明日看雲還杖藜。

〔翁批〕七律。　蕣石云：「雙字亦從上聯生來。」〔一〕

〔賴校〕〔一〕此條爲夾批，以硃筆標記，評「皎皎」「淒淒」。

哭李尚書之芳

漳濱與蒿里，逝水竟同年。欲挂《英華》作「把」留徐劍，猶迴憶戴船。相知成白首，此別閒黄泉。風雨嗟何及，江湖涕泫然。修文將管輅，奉使失張騫。史閣行人在，詩家秀句傳。客亭鞍馬絶，旅櫬網蟲懸。復魄一作「塊」昭丘遠，歸魂素滻偏。樵蘇封葬地，喉舌罷朝天。秋色凋春草，王孫若箇邊。

〔翁批〕五排。

重題

涕泗不能收，哭君餘一作「余」白頭。兒童相識一作「顧」，非盡，宇宙此生浮。江雨銘旌濕，湖風井徑秋。還瞻魏太子，賓客減應劉。公自注：「李公歷禮部尚書，薨于太子賓客。」

〔翁批〕五律。

哭李常侍嶧二首

一代風流盡，修文地下深。斯人不重見，將老失知音。短日行梅嶺，寒山一作「江」落桂林。長安若箇畔一作「伴」，非，猶想映貂金。

青瑣陪雙入，銅梁阻一辭。風塵逢我地，江漢哭君時。次弟尋書札，呼兒檢贈詩。發揮王子表，不媿史臣詞。

〔**翁批**〕五律。 一、「兒」與「弟」，虛實對也。《説文》：「弟，韋束之次弟也。」《易·釋文》亦作「弟」，又《毛詩疏》〔一〕引《説文》云：「第，次也。字从竹。」此與今行《説文》暨《説文繫傳》〔二〕皆異。

〔**賴校**〕〔一〕《翁批》書稿作「又《毛詩疏》」，《附記》抄作「《詩疏》」而已。下「字从竹」，《附記》抄作「字从竹弟」。 〔二〕《説文繫傳》，爲《説文解字繫傳》的簡稱，係南唐徐鍇撰。徐鍇（九二〇—九七四），字楚金，廣陵（今江蘇揚州）人，徐鉉弟，南唐文字學家。著有《通釋五音》《方輿記》《古今國典》等。

舟一有「中」字，非出江陵南浦奉寄鄭少尹審

更欲投何處，飄然去此都。形骸元土木，舟楫復江湖。社稷纏妖氣，干戈送老儒。百年同棄物，萬國盡窮途。雨洗平沙净，天銜闊岸紆。鳴螿隨汎梗，別燕起一作「赴」，非秋菰。棲託難高卧，饑寒迫向隅。寂寥相呴沫，浩蕩報恩珠。溟漲鯨波動，衡陽雁影徂。南征問懸榻，東逝想乘桴。濫竊商歌聽，時憂卞泣誅。經過憶鄭驛，斟酌旅情孤。

〔**翁批**〕五排。

移居公安山館

南國晝多霧，北風天正寒。路危行木杪，身迴一作「遠」宿雲端。山鬼吹燈滅，厨人語夜闌。雞鳴問前館，世亂敢求安。

〔翁批〕五律〔一〕。

〔賴校〕〔一〕《翁批》原書「五排」，後於「排」字旁，硃筆改作「律」。

醉歌行贈公安《英華》有「縣」字顔十一本無「十」字少府請顧八題壁

神仙中人不易得，顔氏之子才孤標。天馬長鳴待駕馭，秋鷹整翮當雲霄。君不見東吴顧文學，公自注：「顧汜，吴人。」〔一〕君不見西漢杜陵老。詩家筆勢君不嫌，詞翰升堂爲君掃。是日霜風凍七澤，烏蠻落照銜赤壁。酒酣耳熱忘頭白，感君意氣無所惜，一爲《英華》有「醉」字，非歌行歌主客。

〔翁批〕七古。

〔賴校〕〔一〕《翁批》貼一夾籤，曰：「查。此即使非自注，而作『自注』，亦不妨。」

送顧八分文學適洪吉州

中郎石經後，八分蓋憔悴。顧侯運鑪錘，筆力破餘地。昔在開元中，韓蔡同贔屓。玄宗妙其書，是以數子至。御札早流傳，揄揚非造次。公自注：「明皇師韓擇木，嘗於彩牋上八分書，賜張説。」〔一〕三人並入直，恩澤各不二。顧於韓蔡内，辨眼工小字。分日示《英華》作「侍」諸王，鉤深法更秘。文學與我遊，蕭疎外聲利。追隨二十載，浩蕩長安醉。高歌卿相宅，文翰飛省寺。視我揚馬一作「班揚」間，白首不相棄。驊騮入窮巷，必脱黄金轡。一論朋友難，遲暮敢失墜。古來事反覆，相見横涕泗。嚮者玉珂人，誰是青雲器。才盡傷形體《英華》作「骸」，病渴污官位。故舊獨依然，時危話顛躋。我甘多病老，子負憂世志。胡爲困衣食，顔色少稱遂。遠作辛苦行，順從衆多意。舟楫無根蒂，蛟鼉好爲祟。況兼水賊繁，特戒風飈駛。崩騰戎馬際一作「險」，非，往往殺長吏。子干東諸侯，勸一作「勤」，非勉防縱恣。邦以民爲本，魚饑費香餌。請哀瘡痍深，告訴皇華使。使臣精所擇，進德知歷試。惻隱誅求情，固應賢愚異。烈一作「列」士惡苟得，俊傑思自致。贈子猛虎行，出郊載酸鼻。

〔**翁批**〕五古。　一、「八分」二字入稱呼，想見爾時，已以此體爲稀少矣。〔二〕　一、「妙其書」，謂帝工八分也。　二、今日所見八分小字，惟《孝經注》及《龍角山碑》耳。「鈎深法秘」，確是爾時小字八分也。

〔**賴校**〕〔一〕《翁批》貼一夾籤，曰：「查。可作八分故實。」後句以墨圈去。　〔二〕《附記》僅抄作「『八分』二字入稱呼，想見爲稀少矣」，不若《翁批》較詳，而語義完整。

官亭夕坐戲簡顔十少府

南國調寒杵，西江浸日車。客愁連蟋蟀，亭古帶蒹葭。不返青絲鞚，虚燒夜燭花。老翁須地主，細細酌流霞。

〔**翁批**〕五律。

移居公安敬贈衛大郎 鈞

衛侯不易得，余病汝知之。雅量涵高遠，清襟照等夷。平生感意氣，少小愛文詞。江海由來合，風雲若有期。形容勞宇宙，質樸謝軒墀。自古幽人泣，流年壯士悲。水、烟、通、徑草，秋、露、接園葵。入邑豺狼鬬，傷弓鳥雀飢。白頭供宴語，烏几伴棲遲。交態遭輕薄，今朝豁所思。

〔**翁批**〕五排。

公安送韋二少府匡贊

逍遥公後世多賢，送爾維舟惜此俗本作「别」筵。念我能書一作「常能」數字至，將詩不必萬人傳。時危兵革黄塵裏，日短江湖白髮前。古往今來皆涕淚，斷腸分手各風烟。

〔**翁批**〕七律。

公安縣懷古

野曠吕蒙營，江深劉備城。寒天催日短，風浪與雲平。灑落君臣契，飛騰戰伐名。維舟倚前浦，長嘯一含情。

〔**翁批**〕五律。

呀鶻行〔一〕

病鶻孤陳作「卑」飛俗眼醜，每夜江邊宿衰柳。清秋落日《英華》作「月」已側身，過雁歸鴉錯迴首。緊腦雄姿迷所向，疎翮稀毛不可狀一作「壯」。彊神非舊作「迷」復皂雕前，俊才早在蒼鷹上。風濤颯颯寒山陰，熊羆欲蟄一作「縶」龍蛇深。念爾此時有一擲，失聲濺血非其心。

〔**翁批**〕七古。　一、「俗眼」以爲「醜」也。

〔**賴校**〕〔一〕《翁批》貼一夾籤，曰：「《呀鶻行》。十册第四頁下。『呀』，悲歎詫之意。」

宴王使君宅題二首

漢主追韓信，蒼生起謝安。吾徒自漂泊，世事各艱難。逆旅招要一作「邀」近，他鄉意《英華》作「意」，一作「思」緒寬。不才甘朽質，高卧豈泥蟠？

汎愛容霜鬢一作「髮」，留歡卜夜閒一作「上夜關」。自吟詩送老，相對酒開顔。戎馬今何地，鄉園獨舊一作「在」山。江湖墮清月，酩酊任扶還。

〔**翁批**〕五律。

送覃二判官

先帝一作「皇」，非弓劍遠，小臣餘此生。蹉跎病江漢，不復謁承明。餞爾白頭日，永懷丹鳳城。遲遲戀屈宋，渺渺卧荆衡。魂斷航舸失，天寒沙水清。肺肝若稍愈，亦上赤霄行。

〔**翁批**〕五排。

公安送李二十九弟晋肅入蜀余下沔鄂

正解柴桑纜，仍看蜀道行。檣烏相背發，塞雁一行鳴。南紀連銅柱，西江接錦城。憑將百錢卜，漂泊問君平。

〔**翁批**〕五律。

留別公安太易沙門

隱居欲就廬山遠，麗藻初逢休上人。數問舟航留製作，長開篋笥擬心神。沙邨白雪仍含凍，江縣紅梅已放春。先踏罏峰置蘭若，徐飛錫杖出風塵。

〔**翁批**〕七律。

久客

羈旅知交態，淹留見俗情。衰顏聊自哂，小吏最相輕。去國哀王粲，傷時哭賈生。狐狸何足道，豺虎正一作「亂」縱横。

〔**翁批**〕五律。　又懷「賈生」「王粲」。〔一〕

〔**賴校**〕〔一〕此條《附記》所抄，《翁批》未見。賈生，即賈誼（前二〇〇—前一六八），河南洛陽人。由於當過長沙王太傅，故世稱「賈太傅」「賈長沙」。漢朝著名的思想家、文學家，其政論文《過秦論》《論積貯疏》《治安策》等，在歷史上有很高的地位。王粲（一七七—二一七），字仲宣，山陽高平（今山東鄒城）人。擅長辭賦，建安七子之一，被譽爲「七子之冠冕」。

冬深一作「即日」

花葉隨天意，江溪共石根。早霞隨類一作「淚」，非，影，寒水各依一云「流」痕。易下楊朱淚，難招楚客魂。風濤暮不穩，捨棹宿誰門？

〔**翁批**〕五律。　一、杜公晚年《湖南》諸作，清疎峭厲，類造化之秋冬氣，斯亦奇矣。〔一〕

〔**賴校**〕〔一〕《翁批》書稿作「斯亦奇矣」，《附記》抄作「詩亦奇矣」。

曉發公安公自注：「數月憩息此縣。」

北城擊柝復欲罷，東方明星亦不遲。鄰鷄野哭如昨日，物色生態能幾時？舟楫眇然自此去，江湖遠適無前期。出門轉盼已陳跡，藥餌扶吾隨所之。

〔**翁批**〕七古。

發劉郎浦

掛帆早發劉郎浦，疾風颯颯昏亭午。舟中無日不沙塵，岸上空邨盡豺虎。十日北風風未迴，客行歲晚一作「尤」，非晚相催。白頭厭伴漁人宿，黄帽青鞋歸去來。

〔**翁批**〕七古。

別董頲

窮冬急風水，逆浪開帆難。士子甘旨闕，不知道里寒。有求彼樂土，南適小長安。到一作「別」，非我舟檝去，覺君衣裳單。素聞趙公節，兼盡賓主歡。已結門閭一作「廬」望，無令霜雪殘。老夫纜亦解，脱粟朝未餐。飄蕩兵甲際，幾時懷抱寬。漢陽頗寧静，峴首試考槃。當念著皂吴作「白」帽一作「褐」，采薇青雲端。

〔**翁批**〕五古。

夜聞觱篥

夜聞觱篥滄江上，衰年側耳情所嚮。鄰舟一聽多感傷，塞曲三更欻悲壯。積雪飛霜此夜寒，孤燈急管復風一作「奔」湍。君知天地一作「下」，非干戈滿，不見江湖一作「湘」行路難。

〔**翁批**〕七古。

衡州送李大夫七丈勉赴廣州

斧鉞下青冥，樓船過洞庭。北風隨爽氣，南斗避文星。日月籠中鳥，乾坤水上萍。王孫丈人行，垂老見飄零。

〔**翁批**〕五律。

歲晏行

歲云暮矣多北風，瀟湘洞庭白雪一作「雲」中。漁父天寒網罟凍，莫徭射雁鳴桑弓。去年米貴闕軍食，今年米賤太傷農。高馬達官厭酒肉，此輩杼柚茅茨空。楚人重魚不重鳥一作「肉」，汝休枉殺南飛鴻。況聞處處鬻男女，割慈忍愛還租庸。往日用錢捉私鑄，今許一作「來」鉛鐵和青銅。刻泥爲之最易得，好惡不合長相蒙。萬國城頭吹畫角，此曲哀怨何時終？

〔**翁批**〕七古。

泊岳陽城下

江國踰千里，山城近趙汸作「近」，舊作「僅」百層。岸風翻夕浪，舟雪灑寒燈。留滯才難盡，艱危氣益增。圖南未可料，變化有鯤鵬。

〔**翁批**〕五律。　一、東坡亦笑云：「渡海者，未必得大魚也。」文人想頭之奇，不知何指。

纜船苦風戲題四韻奉簡鄭十三判官泛

楚一作「東」岸朔風疾，天寒鶬鴰呼。漲沙霾草樹，舞雪渡江湖。吹帽時時落，維舟日日孤。因聲置驛外，爲覓酒家壚。

〔**翁批**〕五律。

登岳陽樓

昔聞洞庭水，今上岳陽樓。吴楚東南坼，乾坤日夜浮。親朋無一字，老病有孤舟。戎馬關山北，憑軒涕泗流。

〔翁批〕五律。

陪裴使君登岳陽樓

湖闊兼雲霧，樓孤屬晚晴。禮加徐孺子，詩接謝宣城。雪岸叢梅發，春泥百草生。敢違漁父問，從此更南征。

〔翁批〕五律。　一、其中，盎盎然有氣。

南征

春岸桃花水，雲帆楓樹林。偷生長避地，適遠更霑襟。老病南征日，君恩北望心。百年歌自苦，未見有知音。

〔翁批〕五律。

歸夢

道路時通塞，江山日寂寥。偷生唯一老，伐叛已三朝。雨急青楓暮，雲深黑水遥。

夢魂一作「歸」歸未一作「亦」得，不用楚辭招。

〔翁批〕五律。　一、「雨急」「雲深」一聯，便已具有「洪波爭道」〔二〕一篇矣。

〔賴校〕〔一〕「洪波爭道」一篇，即指下首詩《過南嶽入洞庭洞湖》，其首句即「洪波忽爭道」。

過南嶽入洞庭湖

洪波忽爭道，岸轉異江湖。鄂渚分雲樹，衡山引舳艫。翠牙穿裛蔣一作「漿」，碧節上一作「吐」寒蒲。病渴身何去，春生力更無。壤童犁雨雪，漁屋架泥塗。欹側風帆滿，微冥水驛孤。悠悠回赤壁，浩浩略蒼梧。帝子留遺恨，曹公屈壯圖。聖朝光御極，殘孽駐艱虞。才淑隨廝養，名賢隱鍛鑪。邵平元入漢，張翰後歸吴。莫怪啼痕數，危檣逐夜烏。

〔翁批〕五排。　一、因欲過南岳，而入洞庭湖也。　一、古人有詠五色詩，以「黑」字命題者；似此詩，應以一「黑」字評之。　二、句句摇入陰沉黯慘去，忽然得「聖朝」一句，爲閃一亮。

宿青草湖

洞庭猶在目，青草續爲名。宿槳依農事，郵籤報水程。寒冰争倚薄，雲月遞微明。湖雁雙雙起，人來故北征。

〔翁批〕五律。

宿白沙驛原注：「初過湖南五里。」草堂本作「公自注」。仇刻：「洙曰：『此恐是公自注。』」

水宿仍餘照，人煙復此亭。驛邊沙舊白，湖外草新青。萬象皆春氣，孤槎自客星。隨波無限月，的的近南溟。

〔翁批〕五律。　一、杜公詩到湖湘，黯然峭絶矣，而更含蓄生氣於内，此不可解。

湘夫人祠

肅肅湘妃廟，空墻碧水春。蟲書玉佩蘚，燕舞翠帷塵。晚泊登汀樹，微馨借一作「香惜」渚蘋。蒼梧恨不盡，染淚在叢筠。

〔**翁批**〕五律。

祠南夕望

百丈牽江色，孤舟泛日斜。興來猶杖屨，目斷更雲沙。山鬼迷春竹，湘娥倚暮花。湖南清絶地，萬古一長嗟。

〔**翁批**〕五律。

上水遣懷

我衰太平時，身病戎馬後。蹭蹬多拙爲，安得不皓首？驅馳四海内，童稚日餬口。但遇新少年，少逢舊親友。低頭下邑地，故人知善誘。後生血氣豪，舉動見老醜。窮迫挫曩懷，常如中風走。一紀出西蜀，於今向南斗。孤舟亂春華一作「草」，非，暮齒依蒲柳。冥冥九疑葬，聖者骨已一作「亦」朽。蹉跎陶唐人，鞭撻日月久。中間屈賈輩，讒毀竟自取。鬱悒一作「没」二悲魂，蕭條猶在否？嶠岸清湘石，逆行雜林藪。篙工密逞巧，氣若酣杯酒。謌謳互激越一作「遠」，回斡明一作「相」受授。善一作「蓋」，非知應觸類，各藉穎脱手。古來經濟才，何事獨罕有。蒼蒼衆色晚，熊掛玄蛇吼。黄羆在樹顛，正爲群虎守。羸骸將何適，履險顔益厚。庶與達者論，吞聲混瑕垢。

〔翁批〕五古。　一、「陶唐人」，猶言陶唐以來之人；承上「九疑」句，故言陶唐也〔一〕，不必定指羲和，自爲較渾。　二、「混瑕垢」，捲却前半。　此亦未免于滯。〔二〕

〔賴校〕〔一〕上句「九疑」，《附記》抄作「九嶷」；此句「故言陶唐也」，《附記》抄作「故謂之陶唐也」。　〔二〕此條爲眉批，以硃筆標記於「回斡明受授」句旁。

遣遇

磬折辭主人，開帆駕洪濤。春水滿南國，朱崖雲日高。舟子廢寢食，飄風争所操。我行匪利涉，謝爾從者勞。石間采蕨女，鬻市一作「菜」輸官曹。丈夫死百役，暮返空郙號。聞見事略同，刻剥及錐刀。貴人豈不仁，視汝如莠蒿。索錢多門户，喪亂紛嗷嗷。奈何黠吏徒，漁奪成逋逃。自喜遂生理，花時甘一作「貫」，非緼袍。

〔翁批〕五古。　題曰「遣遇」，則窮途之作矣，而更含蓄生氣，何也？〔一〕稷契一輩人語也。〔二〕

〔**賴校**〕〔一〕此條爲夾批，以硃筆標記，書於「朱崖雲日高」句旁。　〔二〕此條爲夾批，以硃筆標記，書於「自喜遂生理」句旁。

解憂

減米散同舟，路難思共濟。向來雲濤盤，公自注：「雲濤盤，灘名，極爲險阻。」衆力亦不細。呀坑一作「帆」，一作「吭」瞥眼過，飛橹本無蒂。得失瞬息間，致遠宜恐泥。百慮視安危，分明曩賢計。兹理庶可廣，拳拳期勿替。

〔**翁批**〕五古。　通篇收入此句。〔一〕　此亦滯。〔二〕

〔**賴校**〕〔一〕此條爲夾批，以硃筆標記，書於「得失瞬息間」句旁。　〔二〕此條爲眉批，以硃筆標記於「宜恐泥」三字旁。以上兩條，《附記》皆未抄入。

宿鑿石浦

早宿賓從勞，仲春江山麗。飄風過無時，舟楫敢不一作「不敢」，非。繫。迴塘澹暮色，日没衆星嘒。闕月殊未生，青燈死分翳。窮途多俊異，亂世少恩惠。鄙夫亦放蕩，草草頻卒一作「年」歲。斯文憂患餘，聖哲垂彖繫。

〔翁批〕五古。因賓從勞而早宿。又因欲看江山而宿。又爲避風而宿。此一句總承上三句。〔一〕一、便似《易林》《元包》之文。〔二〕

〔賴校〕〔一〕此及以上三條皆爲夾批，俱以硃筆硃記，依次書於「早宿賓從勞」「仲春江山麗」「飄風過無時」「舟楫不敢繫」四句旁。復以硃筆加注，曰：「此四個□（按，長方形硃筆標記），每句一個□，不可寫連了。」〔二〕《易林》，爲西漢焦延壽撰；《元包》，爲《易元包》簡稱，北周衛元嵩撰。焦延壽，字贛，一説名贛，字延壽，西漢梁國（治今河南商丘南）人，家貧好學，得梁敬王之助；學成之後，爲郡吏察舉，補小黄令；又專心讀書，長於《易經》，自言得孟喜之學，後授給學生京房，漢代遂有京氏之學，撰《易林》十六卷。北周衛元嵩，生平未詳，北周毁佛主謀者，其所撰《易》學主要著作《元包經》，係仿漢代揚雄《太玄經》而作。

早行

歌哭俱在曉，行邁有期程。孤舟似昨日，聞見同一聲。飛鳥數一作「散」求食，潛魚何師作「何」，一作「亦」獨驚？前王作網罟，設法害生成。碧藻非不茂，高帆終日征。干戈未一作「異」揖讓，崩迫關一作「開」，非其情。

〔**翁批**〕五古。　一、此是深厚，並非直致。　此乃中聲也。〔一〕

〔**賴校**〕〔一〕此條爲夾批，以硃筆標記，書於「前王作網罟」句旁。

過津口

南岳自茲近，湘流東逝深。和風引桂楫，春日漲雲岑。回道一作「首」過津口，而〔一〕多楓樹林。白魚困密網，黄鳥喧嘉音。物微限通塞，惻隱仁者心。瓮餘不盡酒，膝有無聲琴。聖賢兩寂寞，眇眇獨開襟。

〔**翁批**〕五古。　仍是「鄂渚分雲樹」之意。〔二〕

〔**賴校**〕〔一〕《翁批》於「而」字旁，有三條圈去批注，其一曰：「不解何以必用『而』字？」其二曰：「亦自即日宜書耳。」其三曰：「杜公固不必篇篇一律之格。」以上均未見於《附記》。　〔二〕此條爲夾批，以硃筆標記，書於「而多楓樹林」句旁。《附記》未抄入。

次空靈岸

沄沄逆素浪，落落展清眺。幸有舟楫遲，得盡所歷妙。空靈霞石峻，楓栝一作「枯」，非隱奔峭。青春猶無一作「有」，非私，白日已一作「亦」，非偏照。可使營吾居一作「屋」，終焉託長嘯。毒瘴未足憂，兵戈滿邊徼。嚮者留遺恨，耻爲達人誚。迴帆覬賞延，佳處領其要。

〔**翁批**〕五古。

宿花石戍

午辭空靈岑，夕得花石戍。岸疏開闢水一作「山」，非，木雜古今樹。地蒸南風盛，春熱西日暮。四序本平分，氣候何迴互。茫茫天造一作「地」間一作「開」，理亂豈恒數？繫舟盤藤輪，杖策古樵路。罷人不在邨，野圃泉自注。柴扉雖蕪没，農器尚牢固。山東殘逆氣，吴楚守王度。誰能叩君門，下令减征賦。

〔**翁批**〕五古。　孟子曰：「天下之生久矣，一治一亂。」斯蓋稷、离一輩人，胸次迴環已久，非丙吉問牛喘所能及也。〔一〕

〔**賴校**〕〔一〕此條爲眉批，以硃筆標記於「春熱西日暮」句旁。《附記》未抄入。

早發

有求常百慮，斯文亦吾病。以兹朋故多，窮老驅馳併。早行篙師怠，席掛風不正。昔人戒垂堂，今則奚奔命？濤翻黑蛟躍，日出黄霧映。煩促瘴豈侵，頽倚睡未一作「還」醒。僕夫問盥櫛，暮顔一作「未」，非靦青鏡。隨意簪葛巾，仰慙林花盛。側聞夜來寇，幸喜囊中净。艱危作遠客，干請傷直性。薇蕨餓首陽，粟馬資歷聘。賤子欲適從，疑悮此二柄。

〔翁批〕五古。　一、「二柄」，已該在「百慮」内矣。　一、所謂「馳驅喪我真」也〔一〕。「吾病」二字，倒裝文法，即上句「常百慮」，言爲此營所「適從」，適以累我也；病我者，苦我也。「病」，非「疾病」之「病」。

〔賴校〕〔一〕《翁批》書稿僅有「所謂『馳驅喪我真也』」一句，以下文字皆爲《附記》所抄。而翁方綱《復初齋詩集》卷六十一《次答吴蘭雪》詩，爲嘉慶十二年（一八〇七），翁方綱年七十五歲所作，與吴蘭雪（即吴嵩梁）論詩，曰：「今日蘇齋詩髓得，有誰肩可亞吴（嵩梁）金（學蓮，手山）。苔岑二子燈窗憶，風雨三秋客夢深。疎懶疑非吾輩事，馳驅静照古人心。寒宵四十年前話，江水猶盟寤歎音。（乾隆壬午秋，予與夏邑彭學士，奉使江漢；驛館夜話，自慨年已三十，而讀書不多，爲誦杜老

『疎懶爲名誤，馳驅喪我真』之句，至於淚下。）」此詩正可與此條批注互相參看。

次晚洲

參錯雲石稠，坡陁風濤壯。晚洲適知名，秀色固異狀。棹經垂猿把，身在度鳥上。擺浪散帙妨，危沙折一作「拆」花當。羈離暫愉悦，羸老反惆悵。中原未解兵，吾得終疎放。

〔翁批〕五古。一、「當」，猶抵也；或以「花當」爲「花蒂」，非。二、是十詩收束處，層層節族。

清明二首

朝來新火起新烟，湖色春光净客船。繡羽銜一作「衝」花他自得，紅顔騎竹我無緣。胡童結束還難有，楚女腰肢亦可憐。不見定王城舊處，長懷賈傅井依然。虚霑焦一本云「當作『周』」舉爲寒食，實藉君平一作「嚴君」賣卜錢。鐘鼎山林各天性，濁醪麤飯任吾年。

〔翁批〕七排。元遺山云「别有洞天君不見，鵲小寒食泰和年」，得其一枝一節，遂成絶調。〔一〕

〔**賴校**〕〔一〕此條爲夾批，以硃筆標記，書於「不見定王城舊處」句旁。《附記》未抄入。

此身飄泊苦西東，右臂偏枯半耳聾。寂寂繫舟雙下淚，悠悠伏枕左書空。十年蹴踘將雛遠，萬里鞦韆習俗同。旅雁上雲歸紫塞，家人鑽火用青楓。秦城樓閣烟一作「鶯」花裏，漢主山河錦繡中。春水一作「風水」，非春來洞庭闊，白蘋愁殺白頭翁。〔一〕

〔**翁批**〕此處得此鄭重穩麗，乃益見末句蕩摇之妙。〔二〕　一、不必定與首章起句相顧應也，而節拍天然，自成章法。

〔**賴校**〕〔一〕此詩末句後，原亦有批注，曰：「元是各極其致之理也。」曰：「《三百篇》皆然。」曰：「從無楷模一格。」後均圈去，《附記》亦未抄入。　〔二〕此條爲夾批，以硃筆標記，於「秦城樓閣」句旁。《附記》亦未抄入。

發潭州

夜醉長沙酒，曉行湘水春。岸花飛送客，檣燕語留人。賈傅才未俗本作「何」，非有，褚公書絶倫。名高一作「高名」前後事，回首一傷神。

〔**翁批**〕五律。　一、賈、褚〔一〕緊承「人」字〔二〕，妙是拓開。

〔**賴校**〕〔一〕「賈」指西漢賈誼，已見前注；「褚」指唐褚遂良（五九六—六五八），字登善，政治家、書法家，錢塘（今浙江杭州）人。先祖爲褚少孫，曾補《史記》，父褚亮時遷杭州。博學多才，精通文史；復工於書法，初學虞世南，後取法王羲之，與歐陽詢、虞世南、薛稷並稱「初唐四大家」。其特點是善把虞、歐筆法融爲一體，方圓兼備，舒展自如。《唐人書評》中把褚遂良的字譽爲「字裹金生，行間玉潤，法則温雅，美麗多方」，宋代大書法家米芾也稱頌他爲「九奏萬舞，鶴鷺充庭，鏘玉鳴璫，窈窕合度」。傳世的墨迹有《倪寬贊》，大字《陰符經》，也臨摹過王羲之《蘭亭集序》。　〔二〕《翁批》書稿「人字」，《附記》抄作「人事」，當以「字」爲正。

發一作「登」**白馬潭**

水生春纜没，日出野船開。宿鳥行猶去，叢花一作「花叢」笑不來。人人傷白首，處處接金盃。莫道新知要，南征且未迴。

〔**翁批**〕五律。

野望

納納乾坤大，行行郡國遥。雲山兼五嶺，風壤帶三苗。野樹侵江闊，春蒲長雪消。

扁舟空老去，無補聖明朝。〔一〕

〔翁批〕五律。

〔賴校〕〔一〕《翁批》原有注曰：「公自注：『服虔曰：「嶺有五，因以爲名。」交趾、合浦果有此嶺。』」後圈去，並貼一夾籤，曰：「不是。亦未必是。」

入喬口 公自注：「長沙北界。」

漠漠舊京遠，遲遲歸路賒。殘年傍水國，落日對春華。樹蜜早蜂亂，江泥輕燕斜。賈生骨已朽，悽惻近長沙。

〔翁批〕五律。

銅官渚守風

不樊作「亦」，非夜楚帆落，避風湘渚間。水耕先浸草，春火更燒山。早泊雲物晦，逆行波浪慳。飛來雙白鶴，過去杳難攀。

〔翁批〕五律。

北風公自注：「新康江口，信宿方行。」

春生南國瘴，氣待北風蘇。向晚霾殘日，初宵皷大鑪。爽攜卑濕地，聲拔洞庭湖。萬里魚龍伏，三更鳥獸呼。滌除貪破浪，愁絕付摧枯。執熱沉沉在，凌寒往往須。且知寬病肺，不敢恨危途。再宿煩舟子，衰容問僕夫。今晨非盛怒，便道即一作「却」長驅。隱几看帆席，雲山湧坐隅。

〔**翁批**〕五排。　一、句句提筆，可悟書家懸腕之理〔一〕矣。

〔**賴校**〕〔一〕《翁批》書稿作「懸腕之理」，而《附記》抄作「懸腕之法」，二字雖異，義亦可通。

雙楓浦

輟棹青楓浦，雙楓舊已摧。自驚衰謝力，不道棟梁材。浪足浮紗帽，皮須截錦苔。江邊地有主，暫借上天迴。

〔**翁批**〕五律。

詠懷二首

人生貴是男，丈夫重天機。未達善一身，得志行所爲。嗟余竟轗軻，將老逢艱危。胡雛逼神器，逆節同所歸。河洛化爲血，公侯一作「卿」草間啼。西京復陷没，翠蓋蒙塵飛。萬姓悲赤子，兩宫棄紫微。倏忽向二紀，奸雄多是非。本朝再樹立，未及貞觀時。日給在軍儲，上官督有司。高賢迫形勢，豈暇相扶持。疲茶苟懷策，棲屑無所施。先王實罪己，愁痛正爲兹。歲月不我與，蹉跎病于斯。夜看酆城氣，回首蛟龍池。齒髮已自料，意深陳苦吴本作「昔」詞。

邦危壞法則，聖遠益愁慕。飄飖桂水遊，悵望蒼梧暮。潛魚不銜鉤，走鹿無反顧。皦皦幽曠心，拳拳異平素。衣食相拘閡，朋知限流寓。風濤上春沙，千刊作「十」里侵一作「浸」江樹。逆行少陳作「值」吉日，時節空復度。井竈任塵埃，舟航煩數具。牽纏加老病，瑣細隘俗務。萬古一死生，胡爲足名數。多憂污桃源，拙計一作「計拙」泥銅柱。未辭炎瘴毒，擺落跋涉懼。虎狼窺中原，焉得所歷住。葛洪及許靖，避世常此路。賢愚誠等差，自愛各馳騖。羸瘠且如何？魄奪鍼灸屢。擁滯僮僕慵，稽留篙師怒。終當掛帆席，天意難告訴。南爲祝融客，勉强親杖屨。結託老人星，羅浮展衰步。

〔**翁批**〕五古。　言不值得算數也，自許稷、契之意氣，翻倒極矣！〔一〕

〔**賴校**〕〔一〕此條屬眉批，以硃筆標記，於「胡爲足名數」句旁。

附　杜員外兄垂示詩因作此寄上

郭受

新詩海内流傳遍，舊德朝中一作「中朝」屬望勞。郡邑地卑饒霧雨，江湖天闊足風濤。松花一作「醪」酒熟旁看醉，蓮葉舟輕自學操。春興不知凡幾首，衡陽紙價頓能高。

酬郭十五判官受

才微歲晚一作「老」，非尚虚名，卧病江湖春復生。藥裹關心詩總廢，花枝照眼句還成。只同燕石能星隕，自得隨珠覺夜明。喬口橘洲風浪促，繫舟一作「驚帆」何惜片時程。

〔**翁批**〕七律。

望嶽

南嶽配朱鳥，秩禮自百王。欻吸領地靈，鴻一作「澒」洞半炎方。邦家用祀典，在德非馨香。巡狩何寂寥，有虞今則亡。汩一作「泊」吾隘世網，行邁越瀟湘。渴日絕壁出，漾舟清光旁。祝融五一作「三」峰尊，峰峰次低昂。紫蓋獨不朝，爭長業相望。恭聞魏夫人，群仙夾一作「來」翱翔。有時五峰氣，散風如飛霜。牽迫限一作「恨」，非修途，未暇杖崇岡。歸來覬命駕，沐浴休玉堂。三嘆問府主，曷以贊我皇。牲璧忍一作「感」哀俗，神其思降祥。

〔翁批〕五古。　一、「府主」，乃嶽廟中道士也。謂指「岳神」者，非；謂指「太守」者，尤支。

一筆接到，自已峻嶒之極。〔一〕　此「三歎」亦覬擬之辭。〔二〕

〔賴校〕〔一〕此條爲眉批，以硃筆標記，書於「汩吾隘世網」句旁。《附記》未抄入。　〔二〕此條爲夾批以硃筆標記，書於「三嘆問府主」句旁。

嶽麓山道林二寺行

玉泉之南麓山殊，道林林壑争盤紆。寺門高開洞庭野，殿脚插入赤沙湖。五月寒風冷佛一作「拂」，非骨，六時天樂朝香爐。地靈步步雪山草，僧寶人人滄海珠。塯劫宫墻《英華》作「壇」壯麗敵，香一作「石」厨松道清凉俱。蓮花樊、陳俱作「池」，非交響共命鳥，金牓雙迴三足烏。方丈涉海費時節，玄圃尋河知有無。暮年且喜經行近，春日兼蒙暄暖扶。飄然斑白身一作「將」，非奚適？傍此烟霞茅可誅。桃源人家易制度，橘洲田土仍膏腴。潭府邑中甚淳古，太守庭内不喧呼。昔遭衰世皆晦迹，今幸樂國養微軀。依止老宿亦未晚，富貴功名焉足圖。久爲謝一作「野」，非客尋幽慣，細學何一云「當作『周』」顒免興孤。一重一掩吾肺腑，山鳥山花《英華》作「仙鳥仙花」吾黄魯直作「共」友于。宋公原注：「宋之問。」放逐曾題壁，物色分留與《英華》作「待」老夫。草堂本公自注云：「宋之問之貶也，塗經於此，有詩尚在壁間。」

〔翁批〕七古。　　并其地其郡，亦入混茫一氣之中，此爲神理。〔一〕

〔賴校〕〔一〕此條爲眉批，《翁批》以硃筆標記於「潭府邑中甚淳古」句旁。

奉送韋中丞之晉赴湖南

寵渥徵黄漸，權宜借寇頻。湖南安背水，峽内憶行春。王室仍多故一作「難」，蒼生倚大臣。還將徐孺榻一作「子」，非，處處待高人。

〔翁批〕五律。一、弟三句，言倚若長城也。

湘江宴餞裴二端公赴道州

白日照舟師，朱旗散廣川。群公餞南伯，肅肅秩初筵。鄙人奉末眷，佩服自早年。義均骨肉地，懷抱罄所宣。盛名富事業，無取媿高賢。不以喪亂嬰，保愛金石堅。計拙百寮下，氣蘇君子前。會合苦不久，哀樂本相纏。交遊颯向盡，宿昔浩茫然。促觴激百慮，掩抑淚潺湲。熱雲集曛黑，缺月未生天。白團爲我破，華燭蟠長烟。鴰鶡一作「鶡鴰」，一作「鵁鶄」催明星，解袂從此旋。上請減兵甲，下請安井田。永念病渴老，附書遠山巔。

〔翁批〕五古。一、「計拙」以下自謂。

哭韋大夫之晋

悽愴郇瑕邑一作「地」，差池弱冠年。丈一作「大」，一作「士」人叨禮數，文律早周旋。臺閣黄圖裏，簪裾紫蓋邊。尊榮真不忝，端雅獨翛然。貢喜音容間，馮招疾病纏。南過駭倉一作「蒼」卒，北思悄聯綿。鵩鳥長沙諱，犀牛蜀郡憐。素車猶慟哭，寶劍欲高懸。漢道中興盛，韋經亞相傳。冲融標世業，磊落映時賢。城府深朱夏，江湖渺霽天。綺樓高一作「關」樹頂，飛旐泛堂前。帟幕旋從海鹽劉本，一作「疑」，非風燕，笳簫咽一作「急」暮蟬。興殘虚白室，跡斷孝廉船。童孺交遊盡，喧卑俗事牽。老來多涕淚，情在强詩篇。誰繼方隅理，朝難將帥權。春秋褒貶例，名器重雙全。

〔翁批〕五排。　一、杜老亦以例言《春秋》矣，《征南》其遠祖也。

江閣卧病走筆寄呈崔盧兩侍御

客子庖厨薄，江樓枕席清。衰年病秪瘦，長夏想爲情。滑憶一作「喜」雕胡飯，香聞錦帶羹。溜匙兼煖腹，誰欲致一作「覓」杯罌？

〔**翁批**〕五律。

附　潭州留別杜員外院長　　韋　迢

江畔長沙驛一作「澤」，相逢纜客船。大名詩獨步，小郡海西偏。地濕愁飛鵩，天炎畏跕鳶。去留俱失意，把臂共潸然。

潭州送韋員外迢牧韶州

炎海韶州牧，風流漢署郎。分符先令望，同舍有輝光。白首多年疾，秋天昨夜凉。洞庭無過雁，書疏莫相忘。

〔**翁批**〕五律。

附　早發湘潭寄杜員外院長　　韋　迢

北風昨夜雨，江上早來凉。楚岫千峰翠，湘潭一葉黄。故人湖外客，白首尚爲郎。相憶無南雁，何時有報章。

酬韋韶州見寄

養拙江湖外，朝廷記憶疎。深慚長者轍，重得故人書。白髮絲難理一作「並」，新詩錦不如。雖無南過雁，看取北來魚。

〔翁批〕五律。

樓上

天地空搔首，頻抽白玉簪。皇輿三極北，身事五湖南。戀闕勞肝肺，論一作「掄」材愧杞柟。亂離難自救，終是老湘潭。

〔翁批〕五律。

遠遊

江闊浮高棟晋作「涷」，非，雲長出斷山。塵沙連越巂，風雨暗荆蠻。雁矯銜蘆内，猿啼失木間。敝裘蘇季子，歷國未知還。

〔**翁批**〕五律。

千秋節有感二首

自罷千秋節，頻傷八月來。先朝常宴會，壯觀已塵埃。鳳紀編生日，龍池塹劫灰。湘川新涕淚，秦樹遠樓臺。寶鏡群臣得，金吾萬國迴。衢尊不重飲，白首獨餘哀。

御氣雲樓敞，含風綵仗高。仙人張内樂，王母獻宫桃。羅韈紅蕖艷，金羈白雪毛。舞階銜壽酒，走索背秋毫。聖主他年貴，邊心此日勞。桂江流向北，滿眼送波濤。

〔**翁批**〕五排。一、詳略虚實，相爲乘承，此二首自然之節族。

杜詩附記卷弟二十

大興翁方綱學

奉贈盧五丈參謀琚公自注：「時丈人使自江陵，在長沙待恩旨，先支率錢米。」

恭惟同自出，妙選異高標。入幕知孫楚，披襟得鄭僑。丈人藉才地，門閥冠雲霄。老矣逢迎拙，相於契託饒。賜錢傾府待，争米駐一作「貯」船遥。鄰好艱難薄，氓一作「甿」心杼柚焦。客星空伴使，寒水不成潮。素髮乾垂領，銀章破在腰。説詩能累夜，醉酒或連朝。藻翰惟牽率，湖山合動摇。時清非造次，興盡却蕭條。天子多恩澤，蒼生轉寂寥。休傳鹿是馬，莫信鵩如陳作「爲」鴞。未解依依袂，還斟泛泛瓢。流年疲蟋蟀，體物幸鷦鷯。辜刊作「孤」負滄洲願，誰云晚見招？

〔**翁批**〕五排。　一、弟十句「心」字沉頓。〔一〕

〔**翁注**〕杜公自言「説詩能累夜」，可惜當日無人從旁録其所説。〔二〕

〔**賴校**〕〔一〕應爲「第十二句」，翁批誤作「第十句」。〔二〕此條爲《附記》所抄録，惟筆者細察《翁批》原稿，並未見此條文字。

惜别行送劉僕射判官

聞道南行市駿馬，不限匹數軍一作「官」中須。襄陽幕府天下異，主將儉省憂艱虞。秪收壯健勝鐵甲，豈因格鬬求龍駒。而今西北自反胡，騏驎蕩盡一匹無。龍媒真種在帝都，子孫永落西南《英華》作「東南」隅。向非戎事備征伐，君肯辛苦越江湖？江湖凡馬多顦顇，衣冠往往乘蹇驢。梁公富貴於身疎，號令明白人安居。俸錢時散士子盡，府庫不爲驕豪虚。以兹報主寸心赤，氣却西戎回北狄。羅網群馬一作「烏」，非籍一作「藉」馬多，意一作「氣」在一作「用」驅除一作「馳」出金帛。劉侯奉使光推擇，滔滔才略滄溟窄。杜陵老翁秋繫船，扶病相識長沙驛。强梳白髮提胡盧，手把一作「兼」，非菊花路旁摘。九州兵革浩茫茫，三嘆聚散臨重陽。當杯對客忍流涕一作「涕淚」，不覺老夫神内傷。一本作「君不覺老夫神内傷」。

〔**翁批**〕七古。　一、「路旁」下接「九州」，所以妙。　二、韻之轉换，與篇法、段法，乘承比伍，熟讀此首〔二〕，思過半矣。

〔賴校〕〔二〕《附記》抄作「此篇」，筆者檢視原稿，當作「此首」爲是。

重送劉十弟判官

分源豕韋派，別浦雁賓秋。年事推兄忝，人才覺弟優。經過辨豐劍，意氣逐吴鈎。垂翅徒衰老，先鞭不滯留。本支凌歲晚，高義豁窮愁。他日臨江待，長沙舊驛樓。

〔翁批〕五排。

湖中一作「南」送敬十使君適廣陵

相見各頭白，其如離別何？幾年一會面，今日復悲歌！少壯樂難得，歲寒心匪他。氣纏霜匣滿，冰置玉壺多。遭亂實漂泊，濟時曾琢磨。形容吾較老，膽力爾誰過。秋晚嶽增翠，風高湖湧波。騫騰訪知己，淮海莫磋跎。

〔翁批〕五排。　一、「風」字，以音節爲收勒。〔一〕

〔賴校〕〔一〕《翁批》原有眉批，曰：「『其』字、『風』字，開合停蓄，遂盡一篇之節拍。」後以墨筆圈去，即以此條代之，《附記》所抄亦如此。

晚秋長沙蔡五侍御飲筵送殷六參軍歸澧一作「灃」，誤覲省

佳士欣相識，慈顔望遠遊。甘從投轄飲，肯作置[一]書郵。高鳥黄雲暮，寒蟬碧樹秋。湖南冬不雪，吾病得淹留。

〔翁批〕五律。　一、「置」字可入音訓，詳具元無名氏《四書集解》。

〔賴校〕〔一〕他本多作「致」，批注謂：「從《杜臆》，舊作『置』。」以筆框括，即欲删除，録此備識。

別張十三建封

嘗讀唐實録，國家草昧初。劉裴首建議，龍見尚躊躇。秦王撥亂姿，一劍總兵符。汾晋爲豐沛，暴隋竟滌除。宗臣則廟食，後祀何疎蕪？彭城英雄種，宜膺將相圖。爾惟外曾孫，倜儻汗血駒。眼中萬少年，用意盡崎嶇。相逢長沙亭，乍問緒業餘。乃吾故人子，童丱聯居諸。揮手灑衰淚，仰看八尺軀。内外名家流，風神蕩江湖。范雲堪結友一作「晚交」，嵇紹自不孤。擇材征南幕，潮一作「湖」落回鯨魚。載感賈生慟，復聞樂

榖書。主憂急盜賊，師老荒京都。舊丘豈一作「復」稅駕，大厦傾宜扶。君臣各有分，管葛本時須。雖當霰雪嚴，未覺栝柏枯。高議一作「義」，非在雲臺，嘶鳴望天衢。羽人掃碧海，功業竟何如？

〔翁批〕五古。

送盧十四弟侍御護韋尚書靈櫬歸上都二十四韻

素幙度江遠，朱帆登陸微。悲鳴駟馬顧，失涕萬人揮。參佐哭辭畢，門闌誰送歸？從公伏事久，之子俊才稀。長路更執紼，此心猶倒衣。感恩義不小，懷舊禮無違。墓待龍驤詔，臺迎獬豸威。深衷一作「哀」見士則，雅論在兵機。戎狄乘妖氣，塵沙落禁闈。往年朝謁斷，他日掃除非。但促一作「整」銅壺箭，休添玉帳旂。動詢黄閣老，肯慮白登圍。萬姓瘡痍合，群兇刊作「雄」嗜慾肥。刺規多諫諍，端拱自光輝。儉約前王體，風流後代希朱本誤作「稀」。對敭期特達，衰朽再芳菲。空裏愁書字，山中疾采薇。撥杯要忽罷，抱被宿何依。眼冷看征蓋，兒扶立釣磯。清霜洞庭葉，故就別時飛。

〔**翁批**〕五排。　一、後幅「期」字關鎖。〔一〕

〔**賴校**〕〔一〕「期」字因標示其中眼目，故翁批謂之「關鎖」。

蘇大侍御訪江浦賦八韻記異〔一〕

蘇大侍御渙，静者也，旅于江側。凡是或作「乃是」，一本無此二字不交州府之客，人事都絶久矣。肩輿江浦，忽訪老夫舟檝，而已〔二〕茶酒内，余請誦近詩，肯吟數首，才力素壯，辭句動人，接對明日，憶其湧思雷出，書篋几杖之外，殷殷留金石聲，賦八韻記異，亦見老夫傾倒於蘇至矣。

龐公不浪出，蘇氏今有之。再聞誦新作，突過黄初詩。乾坤幾一作「泊」反覆，揚馬宜同時。今晨清鏡中，勝食齋房芝。余髮喜却變，白間生一作「添」黑絲。昨一作「永」夜舟火滅黄作「天接」，一作「接天」，湘娥簾外悲。百靈未敢一作「永夜」散，風破一作「浪」，一作「波」寒江遲。

〔**翁批**〕五古。　一、題云「八韻」，詩實「七韻」。

〔**賴校**〕〔一〕此詩詩題，《翁批》圈去，意欲删除，而《附記》則抄入，似較爲當。〔二〕《翁批》原於此句下，注曰：「閻若璩曰：『當作「已而」，誤刊「而已」。』」然以筆框括去之。

暮秋枉裴道州手札率爾遣興寄遞呈蘇涣侍御

久客多枉友朋書，素書一月凡一束。虛名但蒙寒暄一作「温」問，泛愛不救溝壑辱。齒落未是無心人，舌存耻作窮途哭。道州手札適復至，紙長要自三過讀。盈把那須滄海珠，入懷本倚崑山玉。撥棄潭州百斛酒，蕪没瀟一作「湘」岸千株菊。使我晝立煩兒孫，令我夜坐費燈燭。憶子初尉永嘉去，紅顔白面花映肉。軍符侯印取豈遲，紫燕騄耳行甚速。聖朝尚飛戰鬭塵，濟世宜引英俊人。黎元愁痛會蘇息，夷狄跋扈徒逡巡。授鉞築壇聞意旨，頽綱漏網期彌綸。郭欽上書見大計，劉毅答詔驚群臣。他日更僕語不淺，明公論兵氣益振。傾壺簫管理荆作「動」，一作「黑」，並非白髮，儛劍霜雪吹青春。宴筵曾語蘇季子，後來傑出雲孫比。茅齋定王城郭門，藥物楚老漁商市。市北肩輿每聯袂，郭南抱甕亦隱几。無數將軍西第成，早作丞相東山起。烏雀苦肥秋粟菽，蛟龍欲蟄寒沙水。天下鼓角何時休？陣前部曲終日死。附書與裴因示蘇，此生已愧須人扶。致君堯舜付公等，早據要路思捐軀。

〔翁批〕七古。　精神結聚，至於如此；此所以異於玉溪轉韻之篇。〔一〕　一、前九韻，中六韻，後八韻，而前九韻之末二韻，已開下段，此亦前偏後伍勢也。

〔賴校〕〔一〕此條爲眉批，以硃筆標記。於「聖朝尚飛戰鬭塵」句旁。「此條《附記》未録。復按：「玉溪」，指晚唐詩人李商隱（約八一三—約八五八），字義山，號玉谿生、樊南生。原籍懷州河内（今河南沁陽），祖輩遷滎陽（今河南滎陽）。詩作文學價值很高，與杜牧合稱「小李杜」，與温庭筠合稱「温李」；與同時期的段成式、温庭筠風格相近，且都在家族裏排行十六，故並稱爲「三十六體」。

奉贈李八丈曛判官

我丈時英特，宗枝神堯後。珊瑚市則無，騄驥人得有。早年見標格，秀氣衝（一作「通」，非）星（一作「牛」）斗。事業富清機，官曹貞（一作「正」）獨守。頃來樹佳（一作「嘉」）政，皆已傳衆口。艱難體貴安，冗長吾敢取。區區猶歷試，炯炯更持久。討論實解頤，操割紛應手。篋書積諷諫，宮闕限奔走。入幕未展材（一作「懷」），秉鈞孰爲偶。所親問淹泊，泛愛惜衰朽。垂白辭（吴作「辭」，《英華》作「慕」，一作「亂」，非）南翁，委身希北叟。真成窮轍鮒，或似喪家狗。秋枯洞庭石，風颯長沙柳。高興激荆衡，知音爲回首。

〔**翁批**〕五古。　一、「所親」以下自謂。

奉送魏六丈佑少府之交廣

賢豪贊經綸，功成空名一作「名空」垂。子孫不振耀一云「没不振」，歷代皆有之。鄭公四葉孫，長大常苦饑。衆中見毛骨，猶是麒麟兒。磊落貞觀事，致君樸直詞。家聲蓋六合，行色何其微？遇我蒼梧陰一作「野」，忽驚會面稀。議論有餘地，公侯來未遲。虚思黄金貴一作「遺」，自笑青雲期。長卿久病渴，武帝元同時。季子黑貂敝，得無妻嫂欺！尚爲諸侯客，獨屈州縣卑。南遊炎海甸，浩蕩從此辭。窮途仗神道，世亂輕土宜。解帆歲云暮，可與春風歸。出入朱門家，華屋刻蛟螭。玉食亞王者，樂張遊子悲。侍婢豔傾城，綃綺輕一作「烟」霧霏。掌郭作「堂」中琥珀鍾，行酒雙逶迤。新歡繼明燭，梁棟星辰飛。兩情顧盼合，珠碧贈於斯。上貴見肝膽，下貴不相一作「見」疑。心事披寫間，氣酣達一作「遠」，非所爲。錯揮鐵如意，莫避珊瑚枝。始兼一作「無」，非逸邁興，終慎賓主儀。

戎馬闇天宇，嗚呼生别離。

〔翁批〕五古。一、廿六韻中，寫歡會至十韻之多，末以一「闇」字收勒。

北風

北風破南極，朱鳳日威一作「低」垂。洞庭秋欲雪，鴻雁將安歸？十年殺氣盛，六合人烟稀。吾慕漢初老，時清猶茹芝。

〔翁批〕五古。

幽人

孤雲亦群游，神物有一作「識」所歸。麟一作「靈」鳳在赤霄，何當一作「嘗」，非一來儀。往與惠荀一作「詢」輩，中年滄洲期。天高無消息，棄我忽若遺。内懼非道流，幽人見一作「在」，非瑕疵。洪濤隱語笑樊本作「笑語」，鼓枻蓬萊池。崔嵬扶桑日，照曜珊瑚枝。風帆倚翠蓋一作「巘」，暮把東皇衣。嚥漱元和津，所思烟霞一作「霧」微。知名未足稱，局趣商山芝。五湖復浩蕩，歲暮有餘悲。

〔**翁批**〕五古。「亦」字逆筆。〔一〕　一、若四皓者，豈亦雲之遊乎？麟鳳之儀乎？惜其不幸，而名見知爾。曰「局趣」〔二〕者，悲之也；曰「浩蕩」者，又竚望之矣。　二、「五湖」「浩蕩」，并「商山芝」，亦遠矣。

〔**賴校**〕〔一〕此條爲眉批，於首句「亦」字旁硃筆標記，且此條未見抄於《附記》。〔二〕前「爾」字，《附記》抄作「耳」；此「局趣」字，又抄作「局促」，其義皆無別。

江漢

江漢思歸客，乾坤一腐儒。片雲天共遠，永夜月同孤。落日心猶壯，秋風病欲蘇一作「疎」，非。古來存老馬，不必取長途。

〔**翁批**〕五律。　一、言「落日」者，蓋又從「永夜」追言之。「雲」「月」，比也；「日」「風」，賦也。

地隅

江漢山重阻，風雲地一隅。年年非故物，處處是窮途。喪亂秦公子，悲涼一作「秋」，非楚大夫。平生心已折，行路日荒蕪。

〔**翁批**〕五律。

舟中夜雪有懷盧十四侍御弟

朔風吹桂水，大一作「朔」雪夜紛紛。暗度南樓月，寒深北渚雲。燭斜初近見，舟重竟無聞。不識山陰道，聽鷄更憶君。

〔**翁批**〕五律。　一、五、六句，賦雪之極筆。　二、阮亭〔一〕所謂「羚羊挂角，無迹可求」〔二〕者，豈必盡於三昧〔三〕，諸家得之乎？杜公之大，已自無義不包矣。〔四〕

〔**賴校**〕〔一〕阮亭，即清王士禛。此條批語，適與卷一《冬日有懷李白》所見近同，始終一致，可以前後互參，相觀而善。　〔二〕「羚羊挂角，無迹可求」，參見《杜詩附記·自序》注下。　〔三〕「三昧」，參見《杜詩附記·自序》注下。　〔四〕以上有關王士禛「神韻説」，以及其他相關詩論之評議，詳參翁方綱《復初齋文集》卷八《神韻論上》《神韻論中》《神韻論下》。

對雪

北雪犯長沙，胡雲冷萬家。隨風且間一作「開」葉，帶雨不成花。金錯囊從一作「徒」，非罄，銀壺酒易賒。無人竭浮蟻，有待至昏鴉〔一〕。

〔**翁批**〕五律。

〔**賴校**〕〔一〕《翁批》於此下有小字雙行注，云：「公自注：『何遜詩：「城陰度塹黑，昏鴉接翅歸。」』」後用硃筆圈起。

冬晚送長孫漸舍人歸州

參卿休坐幄，蕩子不歸一作「還」鄉。南客瀟湘外，西戎鄠杜旁。衰年傾蓋晚，費日繫舟長。會面思來札，銷魂逐去檣。雲晴鷗更舞，風逆雁無行。匣裏雌雄劍，吹毛任選將。

〔**翁批**〕五排。

暮冬送蘇四郎徯兵曹適桂州

飄飄蘇季子，六印佩何遲？早作諸侯客，兼工古體詩。爾賢埋照久，余病長年悲。盧綰須征日，樓蘭要斬時。歲陽初盛動，王化久磷緇。爲入蒼梧廟，看雲哭九疑。

〔**翁批**〕五排。

〔**翁注**〕杜送蘇四徯云「兼工古體詩」，知爾日已以古體、近體，分其難易矣。〔一〕

〔**賴校**〕〔一〕此條爲《附記》所抄録，然檢視《翁批》，未見此批語。

客從

客從南溟來，遺我泉客珠。珠中有隱字，欲辨不成書。緘之篋笥久，以俟公家須。開視化爲血，哀今徵斂無。

〔**翁批**〕五古。

蠶穀行

天下郡國向萬城，無有一城無甲兵。焉得鑄甲作農器，一寸荒田牛得耕。牛盡耕一有「田」字，非，蠶亦成；不勞烈士淚滂沱，男穀女絲行復歌。

〔翁批〕七古。

白鳧行

君不見黃鵠高于五尺童，化爲白鳧似一作「象」老翁。故畦遺穗已蕩盡，天寒歲一作「日」暮波濤中。鱗介腥羶素不食，終日忍饑西復東。魯門鶢鶋亦蹭蹬，聞道于一作「如」今猶避風。

〔翁批〕七古。〔一〕

〔賴校〕〔一〕《翁批》於天頭貼條夾批，云：「此未是，亦不似。」《附記》未見抄録。

朱鳳行

君不見瀟湘之山衡山高，山顛一作「巖」朱鳳聲一作「嗚」嗷嗷。側身長顧求其曹從《英華》，一作「群」，翅垂口噤心勞勞一作「甚勞」。下愍百鳥在羅網，黄雀最小猶難逃。願分竹實及螻蟻，盡一作「忍」使鴟梟相怒號。

〔翁批〕七古。　「盡」，上聲。

追酬故高蜀州人日見寄并序

《千家注》本「并序」下，有「大曆五年潭州作」七字。〔一〕

開文書帙中，檢所遺忘，因得故高常侍適往居在成都時，高任蜀州刺史，人日相憶見寄詩。淚灑行間，讀終篇末。自枉詩已十餘年，莫記存没，又六七年矣。老病懷舊，、、、、生意可知！今海内忘形故人，獨漢中王瑀與昭州敬使君超先在。愛而不見，情見乎辭。大曆五年正月二十一日，却追酬高公此作，因寄王及敬弟。

自蒙一作「枉」蜀州人日作，不意清詩久零落。今晨散帙眼忽開一作「明」，迸淚幽吟事如昨。嗚呼壯士多慷慨，合沓高名動寥廓。嘆我悽悽求友篇，感君鬱鬱匡時他本作

「君」略。錦里春光空爛漫，瑶墀侍臣已冥寞。瀟湘水國傍黿鼉，鄠杜秋天失鵰鶚。東西南北更誰一作「堪」論，白首扁舟病獨存。遥一作「猶」拱北辰纏寇盜，欲傾東海洗乾坤。邊塞西蕃一作「羌」最充斥，衣冠南渡多崩奔。鼓瑟至今悲帝子，曳裾何處覓王門？文章曹植波瀾闊，服食劉安德業尊。長笛誰能一作「鄰家」亂愁思，昭州詞翰與招魂。

〔**翁批**〕七古。　此以下乃放聲之痛也。〔二〕　一、竟以「東西南北」排作四句，而不傷其氣格；且後半篇中，七字平仄相諧者，至一連九句，而愈覺其沉鬱。　二、蘀石云：「『邊塞』三句，仍是拗，尤妙！其實愈諧，愈是拗也；愈諧愈是拗，此理須知。

〔**賴校**〕〔一〕《翁批》貼一夾籤，曰：「『并序』二字，與下七字接否，序已有年月，則此注可不必。」而《附記》未見抄録。　〔二〕此條爲夾批，以硃筆標記，書於「東西南北更誰論」句旁，《附記》未見。

附　人日寄杜二拾遺

高　適

人日題詩寄草堂，遥憐故人思故鄉。柳條弄色不忍見，梅花滿枝空一作「堪」斷腸。身在遠一作「南」蕃無所預，心懷百憂復千慮。今年人日空相憶，明年人一作「此」日知何處？一卧東山三一作「二」十春，豈知書劍老一作「與」，非風塵。龍鍾還一作「遠」，非忝二千石，愧爾東西南北人。

送重表姪王砅一作「硃」評事使南海

我之曾祖一作「老」姑，爾之高祖母。爾祖未顯時，歸爲尚書婦。隋朝大業末，房杜俱交友。長者來在門，荒年自餬口。家貧無供給，客位但箕箒。俄頃羞頗珍一作「羞珍」，寂寥人散後。入怪鬢髮空，吁嗟爲之久。自陳剪髻鬟，市鬻充杯一作「沽」酒。上云天下亂，宜與英俊厚。向竊窺數公，經綸亦俱有。次問最少年，虬髯十八九。子等成大名，皆因此人手。下云風雲合，龍虎一吟吼。願展丈夫雄，得辭兒女醜。秦王時在坐，真氣驚户牖。及乎貞觀初，尚書踐台斗。夫人常肩輿，上殿稱萬壽。六宮師柔順，法則化妃后。至尊均嫂叔，盛世垂不朽。鳳雛無凡毛，五色非爾曹。往者胡作逆，乾坤沸嗷嗷。吾客左一作「在」馮翊，爾家同遁逃。爭奪至徒步，塊獨委蓬蒿。逗留熱爾腸，十里却呼號。自下所騎馬，右持腰間刀。左牽紫遊韁，飛走使我高。苟活到今日，寸心銘佩牢。亂離又聚散，宿昔恨滔滔。水花笑白首，春草隨青袍。廷評近要津，節制收英髦。北驅漢陽傳，南汎上瀧舠。家聲肯墜地，利器當秋毫。番禺親賢領，籌運神功操。大夫出盧宋樊作「宗」，非，寶貝休脂膏。洞主降接武，海胡舶千艘。我欲就丹砂，跋涉覺身勞。安能陷糞土，有志乘鯨鼇。或驂鸞騰天，聊樊作「不」作鶴鳴皋。

〔**翁批**〕五古。　前後各十九韻。　一、未必十八九時，輒有虬髯也。此段叙次，極似史遷，想亦史遷稱陳成子之類〔一〕。　二、後半篇内，有此叙述生動，乃與前半遥配，此亦自然之章法也。

〔**翁注**〕「上云」「下云」，非必仿樂府體也。「上云」内之「數公」「此人」皆實也；「下云」内之「風雲」「龍虎」，則虚摹寫也。所以又必加「下云」四句之虚摹寫，而後「上云」之神乃足也。必無「此人」句下，即接「秦王在坐」之文理也。〔二〕　「虬髯」二字，非夫人當時口中所稱，乃是杜公詩筆拈起説，而借作夫人語，不可泥着。〔三〕　「亦俱有」，「亦」字從「秦王」倒點出之，所以真氣從叙置中補出。〔四〕

〔**賴校**〕〔一〕「想亦史遷稱陳成子之類」句，《附記》抄作「想亦史遷飛掣之筆」。　〔二〕此條《翁批》未見，見於《附記》。　〔三〕此條《附記》續於《翁批》首條「陳成子之類」後，而《翁批》未見，可知《附記》所據系後來增補抄本。　〔四〕此條《翁批》未見，見於《附記》。

清明

著處繁華一作「花」矜從《正異》，一作「務」是日，長沙千人萬人出。渡頭翠柳艷明眉，争道朱蹄驕齧膝。此都好遊湘西寺，諸將亦一作「遠」，一作「方」自軍中至。馬援征行在眼前，葛强〔一〕親近同心事。金鐙下山紅日蔡云「一作『粉』」，非晚，牙檣捩柁青樓遠。古時喪亂皆可知，人世悲歡暫相遣。弟姪雖存不得書，干戈未息苦離一作「難」，非居。逢迎少壯非吾道，况乃今朝更祓除。

〔翁批〕七古。

〔賴校〕〔一〕《翁批》貼一夾籤，曰：「《韻府》載『葛彊』，前已見。然此處却作『强』。」

風雨看舟前落花戲爲新句

江上人家桃樹一作「李」枝，春寒細雨出疎籬。影遭碧水潛勾引，風妬紅花却倒吹。吹花困懶一作「癲」，非傍舟楫，水光風力俱相怯。赤憎輕薄遮入一作「人」，非懷，珍重分明不來接一作「折」，非。濕久飛遲半欲一作「日」高，縈沙惹草細於毛。蜜蜂蝴蝶生情性一作

「住」，非，偷眼蜻蜓避百勞。

〔翁批〕七古。　一、此種落花詩，後人如何着手？兼櫂歌、竹枝之妙義而出之。

奉贈蕭二十使君

昔在嚴公幕，俱爲蜀使臣。公自注：「嚴再領蜀都，余復參幕府。」艱危參大府，前後間清塵。起早鳴先路，乘槎動要津。王臯聊暫出，蕭雉只相馴。終始任安義，荒蕪孟母鄰。聯翩匍匐禮，意氣死生親。公自注：「嚴公既歿，老母在堂，使君温凊之問，甘脆之禮，名數若己之庭闈焉。及太夫人頃逝，喪事又首諸孫，主典撫孤之情，不減骨肉，則膠漆之契可知矣。」張老存家事，嵇康有故人。食恩慚鹵莽，鏤骨抱酸辛。巢許山林志，夔龍廊廟珍。鵬圖仍矯翼，熊軾且移輪。磊落衣冠地，蒼茫土木身。塤篪鳴自合，金石瑩逾新。重憶羅江外，同遊錦水濱。結歡隨過隙，懷舊益霑巾。曠絶含香舍，稽留伏枕辰。停驂雙闕早，迴雁五湖春。不達長卿病，從來原憲貧。監河受貸粟，一起轍中鱗。

〔翁批〕五排。　一、「廊」字中間，停蓄作紐。結尾四句，亦無意中叶應之。重規疊矩，以再振其氣。〔一〕

〔**賴校**〕〔三〕此條爲夾批，以硃筆標記，書於「磊落衣冠地」句旁。

奉送二十三舅録事之攝郴州 崔偉〔一〕

賢良歸盛族，吾舅盡知名。徐庶高交友，劉牢出外甥。泥塗豈珠玉，環堵但柴荆。衰老悲人世，驅馳厭甲兵。氣春江上别，淚血渭陽情。舟一作「丹」，非鷁排風影，林鳥反哺聲。永嘉多北至，勾漏且南征。必見公侯復，終聞盜賊平。郴州頗凉冷，橘井尚凄清。從事一作「役」何蠻貊？居官志在行。

〔**翁批**〕五排。

〔**賴校**〕〔一〕《翁批》原以硃筆眉批曰：「『崔偉』二字，是應寫在題下，抑在題中間，再定。諸本皆在中間。」後以引號引括。此批以硃筆注記，係就詩題「崔偉」二字，究應置於題中或題下而書，《附記》未見。

送魏二十四司直充嶺南掌選崔郎中判官兼寄韋韶州

選曹分五嶺，使者歷三湘。才美膺推薦，君行佐紀綱。佳聲期一作「斯」共樊作「不」

遠，雅節在周防。明白山濤鑒，嫌疑陸賈裝。故人湖外少，春日嶺南長。憑報韶州牧，新詩昨寄一作「夜」，非將。

〔**翁批**〕五排。

送趙十七明府之縣

連城爲寶重，茂宰得才新。山雉迎舟楫，江花報邑人。論交翻恨晚，卧病却愁春。惠愛南翁悦，餘波及老身。

〔**翁批**〕五律。

同豆盧峰貽主客李員外賢子棐知字韻題一云：「同豆盧峰知字韻。」

煉一作「鍊」金歐冶子，噴玉大宛兒。符彩高無敵，聰明達所爲。夢蘭他日應，折桂早年知。爛漫通經術，光芒刷羽儀。謝庭瞻不遠，潘省會于斯。唱和將雛曲，田翁號鹿皮。

〔**翁批**〕五排。

歸雁二首

萬里衡陽雁，今年又北歸。雙雙瞻客上，一一背人飛。雲裏相呼疾，沙邊自宿稀。繫書元俗本作「無」浪語，愁絶一作「寂」故山薇。

〔翁批〕五律。

欲雪違胡地，先花别楚雲。却過清渭影，高起洞庭群。塞北春陰暮，江南日色曛。傷弓流落羽，行斷不堪聞。

〔翁批〕五律。

江南逢李龜年

岐王宅裏尋常見，崔九堂前幾度聞。公自注：「崔九即殿中崔滌，中書令湜之弟。」正是江南好風景，落花時節又逢君。

〔翁批〕七絶。

小寒食舟中作

佳辰强飲一作「飯」食猶寒，隱几蕭條戴鶡冠。春水船如天上坐，老年花似霧中看。娟娟戲蝶過開一作「閑」幔，片片輕鷗下急湍。雲白山青萬餘里，愁看直一作「西」北是長安。

〔翁批〕七律。一、撵石云：「從『娟娟』『片片』之節次遞來，直拓開到結句，乃是漸漸大來。」二、「開幔」正承「隱几」來，亦正承「看花」來，此猶言「開幔而蜨過也」。若作閑暇之閑，則此處無着。

燕子來舟中作

湖南爲客動經春，燕子銜泥兩度新。舊入故園嘗一作「常」識主，如今社日遠看人。可憐處處巢居一作「君」室，何異飄飄託此身。暫語船檣還起去一作「處」，穿花貼范德機云：「善本作『貼』，一作『落』。」水益霑巾。

〔翁批〕七律。

贈韋七贊善

鄉里衣冠不乏賢，杜陵韋曲未央前。爾家最近魁三象，公自注：「斗魁下兩兩相比爲三台。」〔一〕時論同歸一作「因侵」，非尺五天。公自注：「俚語曰：『城南韋杜，去天尺五。』」北走關山一作「河」開雨雪，南遊花柳塞雲一作「風」烟。洞庭春色悲公子，蝦吴作「鮭」菜忘歸范蠡一作「萬里」船。

〔翁批〕七律。一、結明贈韋，而以自己拖住，穩重之極〔二〕。

〔賴校〕〔一〕此及下之「公自注」，《翁批》中又均以引號引括。〔二〕「極」字，《附記》抄作「至」，字雖有異，義皆可通。

奉酬寇十侍御錫見寄四韻復寄寇

往别郇瑕地，于今四十年。來簪御府筆，故泊洞庭船。詩憶傷心處，春深把臂前。南瞻按百越，黄帽待君偏。

〔翁批〕五律。

入衡州

兵革自久遠，興衰看帝王。漢儀甚照耀，胡馬何猖狂。老將一失律，清邊生戰場。君臣忍瑕垢，河岳空金湯。重鎮如割據，輕權絶紀綱。軍州體不一，寬猛性所將。嗟彼苦節士，素於圓鑿方。寡妻從爲郡，兀者安堵一作「短」墻。凋弊惜邦本，哀矜存事常。旌麾非其任，府庫實過防。恕刊作「怒」已獨在此，多憂增内傷。偏裨限酒肉，卒伍單衣裳。元惡迷是似，聚謀一作「諜」洩康莊。竟流帳下血，大降湖南殃。烈火發中夜一作「中夜發」，高烟燋上蒼。至今分粟帛，殺氣吹沅湘。福善理顛倒，明徵天莽茫。銷魂避飛鏑，累足穿豺狼。隱忍枳棘刺，遷延胝趼瘡。遠歸兒侍側，猶乳女在旁。久客幸脱免，暮年慙激昂。蕭條向水陸，汨没隨漁商。報主身已老，入朝病見妨。悠悠委薄俗，鬱鬱回剛腸。參錯走洲渚，舂容轉林篁。片帆左一作「在」，非郴岸，通郭前衡陽。華表雲鳥埤蔡作「陣」，名園花草香。旗亭壯邑屋，烽櫓蟠城隍。中有古刺史，盛才冠巖廊。扶顛待柱石，獨坐飛風霜。昨者間瓊樹，高談隨羽觴。無論再繾綣，已是安蒼黄。劇孟七國畏，馬卿四賦良。門闌蘇生在，公自注：「蘇生侍御涣。」勇鋭白起强。問罪富形勢，凱歌懸否臧。氛埃期必掃，蚊蚋焉能當？橘一作「繘」，非井舊地宅，仙山引舟航。此行厭一作「怨」暑雨，厥土聞清涼。諸舅剖符近，開緘書札光。頻繁命屢及，磊落字百行。江總外家養，謝安乘興長。下流匪珠玉，擇木羞鸞凰。我師嵇叔夜，世賢張子房。公自注：「彼掾張勸。」柴荆寄樂土，鵬路觀翺翔。

〔翁批〕五古。一、五言長篇中如此種，是庾子山〔一〕後，特開生面者。

〔賴校〕〔一〕庾子山，即庾信（五一三—五八一），字子山，因受封「開府儀同三司」，故人稱「庾開府」，南陽新野（今屬河南）人。由於從南方寓居北方，不得回歸，文風蕭瑟哀戚，也感染北方雄渾豪邁之氣，是南北朝文學的集大成者，杜詩《春日憶李白》有「清新庾開府，俊逸鮑參軍」句詠之。

逃難

五十白頭翁，南北逃世難。疎布纏枯骨，奔走苦不暖。已衰病方入，四海一塗炭。乾坤萬里内，莫見容身畔。妻孥復隨我，回首共悲嘆。故國莽丘墟，鄰里各分散。歸路從此迷，涕盡湘江岸。

〔翁批〕五古。

白馬

白馬東北來，空鞍貫雙箭。可憐馬上郎，意氣今誰見？近時主將戮，中夜傷於一作「商於」戰。喪亂死多門，嗚呼淚如霰！

〔翁批〕五古。

舟中苦熱遣懷奉呈陽中丞通簡臺省諸公

媿爲湖外客，看此戎馬亂。中夜混黎甿，脱身亦奔竄。平生方寸心，反掌一作「當」，非〔二〕帳下難。嗚呼殺賢良，不叱白刃散。吾非丈夫一作「人」，非特，没齒埋冰炭。耻以風病辭，胡然泊湘岸。入舟雖苦熱，垢膩可溉灌。痛彼道邊人，形骸改昏旦。中丞連帥職，封内權得按。身當問罪先，縣實諸侯半。士卒既輯睦，啓行促精悍。似聞上游兵，稍逼長沙館。鄰好彼克修，天機自明斷。南圖卷雲水，北拱戴一作「載」，非霄漢。美名光史臣，長策何壯觀。驅馳數公子，咸願同伐叛。聲節哀有餘，夫何激衰懦。偏裨表三上，鹵莽同一貫。始謀誰其間，回首增憤惋。宗英李端公，守職甚昭焕。變通迫脅地，謀畫焉得算？王室不肯微，凶徒略無憚。此流須卒斬，神器資强幹。扣寂豁煩襟，皇天照嗟歎！

〔**翁批**〕五古。　一、「帳下」之「難」，生於倉猝；「反掌」，言易也。若作「當」，則失其義矣。　二、「愧」「耻」「憤惋」，俱收蓄在「平生方寸心」一句中，沉頓抑塞。　三、「夫何」，謂何如，是其「激衰懦」也。此句「夫」字，足證首卷《望岳》句「夫」字。

〔**賴校**〕〔二〕《附記》所抄此條：「『掌』一作『當』。」與《翁批》略異而同。

江閣對雨有懷行營裴二端公

南紀一作「極」風濤壯，陰晴屢不分。野流行地日，江入度山雲。層閣憑雷殷，長空面水一作「水面」，非文。雨來銅柱北，應一作「意」，非洗伏波軍。

〔**翁批**〕五律。

題衡山縣文宣王廟新學堂呈陸宰

旄頭慧紫微，無復俎豆事。金甲相排蕩，青衿一憔悴。嗚呼已十年，儒服敝于地。

征夫不遑息，學者淪素志。我行洞庭野，欻得文翁肆。侁侁胄子行，若舞風雩至。周室宜中興，孔門未應棄。是以資雅才，渙〔一〕然立新意。衡山雖小邑，首唱恢大義。因見縣尹心，根源舊宮閟。講堂非曩構，大屋加塗墍。下可容萬一作「百」人，墻隅亦深邃。何必三千徒，始壓戎馬氣。林木在庭户，密幹疊蒼翠。有井朱夏時，轆轤凍階戺。耳聞讀書聲，殺伐災髣髴。故國延歸望，衰顏減愁思。南紀改一作「收」波瀾，西河共風味。采詩倦跋涉，載筆尚可記一作「嘗紀異」，一云「紀奇異」。高歌激宇宙，凡百慎失墜！

〔**翁批**〕五古。　一、公遠祖征南〔二〕序《春秋傳》曰：「渙然冰釋。」釋之者曰：「渙然，解散如春冰之釋也。」公此詩從湖南之亂説來，由干戈而及俎豆，正是此義。俗儒乃欲改作「煥」字，其意以爲煥與新相連，猶俗語所謂「煥然一新」者，此不特不曉杜公詩理，抑且使學者爲詩，皆沿村塾時文之習，一句之中字義套複，習焉而不之察，爲弊豈淺鮮哉！

〔**賴校**〕〔一〕《翁批》原書「煥」，注曰：「一作『渙』，非。」後改「煥」爲「渙」，其下注則圈去不録。　〔二〕征南，即杜預（二二二—二八五），字元凱，京兆杜陵（今陝西西安）人，著名政治家、軍事家、學者。生平最大功績是滅東吴統一中國，並著有學術名作《春秋左氏傳集解》。

聶耒陽以僕阻水書致酒肉療饑荒江詩得代懷興盡本韻至縣呈聶令〔一〕陸路去方田驛四十里舟行一日時屬江漲泊于方田

耒陽馳尺素，見訪荒江渺一作「眇」，非。義士烈女家，風流吾賢紹。昨見狄相孫，許公人倫表。前朝蔡作「朝」，一作「期」翰林後，屈跡縣邑小。知我礙湍濤，半旬獲浩溔。麾下殺元戎，湖邊有飛旐。孤舟增鬱鬱，僻路殊悄悄。側驚猿猱捷，仰羨鸛鶴矯。禮過宰肥羊，愁當置清醥。人非西諭蜀，興在北坑趙。方行郴岸靜，未話長沙擾。崔師乞已至，澧卒用矜少。問罪消息真，開顏憩亭沼。草堂本此上有「時臧玠殺崔瓘，長沙擾亂」。公自注：「聞崔侍御潩乞師于洪府，帥已至袁州北；楊中丞琳問罪，將自澧上達長沙矣。」草堂本無末「矣」字。〔二〕

〔**翁批**〕五古。　一、「阻水」「療飢」，却自括入時事，古人詩不苟作如此。

〔**賴校**〕〔一〕《翁批》於此硃批，並加引號，曰：「此下似是注，亦宜考之。」又於眉批注曰：「此應是注，再定。」後以墨筆圈去。　〔二〕按：前後「草堂本」文字，皆以硃筆標記之。

迴棹

宿昔試一作「世」，非安命，自私猶畏天。勞生繫一物，爲客費多年。衡岳江湖大，蒸池疫癘偏。散才嬰薄一作「舊」，非俗，有跡負前賢。巾拂那關眼，瓶罍易滿船。火雲滋垢膩，凍雨裛沉一作「塵」，非綿。强飯蓴添滑，端居茗續煎。清思漢水上，涼憶峴山巔。順浪翻堪倚，迴帆又省牽。吾家碑不昧，王氏井依然。几杖將衰齒，茅茨寄短椽。灌園曾取適，遊寺可終焉。遂性同漁父，成名一作「功」，非異魯連。篙師煩爾送，朱夏及寒泉。

〔翁批〕五排。

過洞庭湖

蛟室圍青草，龍堆隱一作「擁」白沙。護堤一作「江」盤古木，迎櫂舞神鴉。破浪南風正，收帆一作「回檣」，或作「歸舟」，非畏日斜。雲山千萬疊，底處「底處」一作「低處」，訛上星槎。一作：「湖光與天遠，直欲泛仙槎。」

〔翁批〕五律。一、南日最熱，故曰「畏日」。

登舟將適漢陽

春宅棄汝去，秋帆催客歸。庭蔬尚在眼，浦浪已吹衣。生理飄蕩拙，有心遲暮違。中原戎馬盛，遠道素書稀。塞雁與時集，檣烏終歲飛。鹿門自此往，永息漢陰機。

〔**翁批**〕五排。　一、「汝」謂「宅」也。　二、「有心」二字，含蓄沉頓。

暮秋將歸秦留别湖南幕府親友

水闊蒼梧野樊作「晚」，天高白帝秋。途窮那免哭，身老不禁愁。大府才能會，諸公德業優。北歸衝雨雪，誰一作「俱」，非憫敝貂裘？

〔**翁批**〕五律。　一、此乃正聲、正格，何得以乞相目之？

長沙送李十一

與子避地西康州，洞庭相逢十二秋。遠愧尚方曾賜履，竟非吾土倦登樓。久存膠漆應難並，一辱泥塗遂晚收。李杜齊名真忝竊，朔雲寒菊倍離憂。

〔**翁批**〕七律。　神來氣合，絶非拗調，亦不須有照應矣。〔一〕

〔**賴校**〕〔一〕此批以硃筆標記，書於首句「與子避地西康州」之「與」字旁，而《附記》未抄録。

風疾舟中伏枕書懷三十六韻奉呈湖南親友〔一〕

軒轅休製律，虞舜罷彈琴。公自注：「伏羲造瑟，神農作琴，舜彈五絃，歌《南風》之篇。」尚錯雄鳴管，猶傷半死心。聖賢名古邈，羈旅病年侵。舟泊常依震，湖平早一作「半」見參。如聞馬融笛，若倚仲宣襟。故國悲寒望，群雲慘歲陰。水鄉霾白屋一作「蜃」，楓岸疊一作「壘」，非青岑。鬱鬱冬炎瘴，濛濛雨滯淫。鼓迎非一作「方」祭鬼，彈落似鴞禽。興盡纔無悶，愁來遽不禁。生涯相汩没，時物自一作「正」蕭森。疑惑樽中弩，淹留冠上簪。牽裾驚魏帝，投閣爲劉歆。狂走終奚適，微才謝所欽。吾安藜不糝，汝貴玉爲琛。烏几重重縛，鶉衣寸寸針。哀傷同庾信，公自注：「庾信作《哀江南賦》。」述作異陳琳。十暑岷山葛，三霜楚户砧。叨陪錦帳坐，久放白頭吟。反樸時難遇一作「過」，非，忘機陸易沉。應過數粒食，得近四知金。春草封歸恨，源花費獨尋。轉蓬憂悄悄，行藥病涔涔。瘞夭追潘岳，持危覓鄧林。蹉跎翻學步，感激在知音。却假蘇張舌，高誇周宋鐔。納流迷浩汗，峻址得嶔崟。城府開清旭，松筠一作「篁」起碧潯。披顔争倩倩，逸足競駸駸。朗鑒存愚直，皇天實照臨。公孫仍恃險，侯景未生擒。書信中原闊，干戈北斗深。畏人千里井，問俗九州箴。戰血流依舊，軍聲動至今。葛洪尸定解，許靖力難一作「還」任。家事丹砂訣，無成涕作霖。

〔翁批〕五排。　此處一「冠」字，後半一「周」字，亦自相照應；而中間復有「錦」字、「數」字以和之，然首尾皆諧，踰十韻矣。著此於三十六韻之中央，豈非拊心惋傷、哀歌微吟之節族耶？〔一〕

〔賴校〕〔一〕《附記》僅録至此二十卷，以下爲《翁批》附鈔《杜工部文集》，並無批校文字。　〔二〕此條爲眉批，以硃筆標記「淹留冠上簪」之「冠」字旁。此條《附記》未抄入。本册次頁最左端，有批記曰：「五排此册廿三首。通集五排凡百十九首。」此與各册皆同體例，而《附記》均未抄入。

杜詩附記抄本跋〔一〕

讀詩難，讀杜詩尤難，世之注杜者，非失之散碎，即失之穿鑿。惟新城尚書〔二〕能窺其深秘，然新城論詩，專求神韵；先生則闡發肌理，研精覃思，前後凡三十年，始成此册。〔三〕嗣後，意有所得，隨時點定，又三十餘年。至晚歲，重加裝池，章鉅曾借讀一過，其中爲先生手寫者十之八，他人續寫者十之二，初時有圈識標記；重裝時，擬作樣本付梓，命工剔去，會事未果。今距先生殁，已五年矣，紙墨如新，哲人其萎，展閲是册，猶憶蘇齋談蓺時也。

道光三年〔四〕癸未秋日，門人梁章鉅識。

〔賴校〕〔一〕此跋未見於《翁批杜詩》稿本，見録於夏勤邦鈔本《杜詩附記》。〔二〕新城尚書，即王士禛。〔三〕有關王士禛「神韻説」，以及其他相關詩論之評議，詳參翁方綱《復初齋文集》卷八《神韻論》上、中、下三篇，見附録部分。〔四〕道光三年，爲公元一八二三年。

杜詩附記抄本記〔一〕

合肥李氏藏有覃溪先生手寫《杜詩坿記》廿册，勤邦曾敬録副本，以便展閲。兹又摘鈔《坿記》爲單行之本，仍列詩目，俾存厓略。卷中其一、其二等字，係寫時私爲識别，非原册所有也。

宣統元年〔二〕九月既望，夏勤邦謹記。

〔賴校〕〔一〕同上跋，此記亦未見於《翁批杜詩》稿本。 〔二〕宣統元年，爲公元一九〇九年。

杜文一〔一〕

詩文新鈔計十一册。〔二〕

〔賴校〕〔一〕此爲第十二册，封面書有「翁批杜詩文埘」六字，係以金字楷書題籤。〔二〕以上文字爲一行，爲第十二册封面書題後，内頁獨立自成一頁之册頁標題。

杜工部文集

進三大禮賦表

臣甫言：臣生長陛下淳樸之俗，行四十載矣。與麋鹿同群而處，浪跡於從吴本，别本無「于」字陛下豐草長林，寔自弱冠之年矣。豈九州牧伯，不歲貢豪俊于外？豈陛下明詔，不仄席思賢于中哉？臣之愚頑，静無所取。以此知分，沉埋盛時，不敢依違，不敢激訐一作「訴」，默一無「默」字以漁樵之樂，自遺而已。頃者，賣藥都市，寄食友朋。竊慕堯翁擊壤之謳，適遇國家郊廟之禮。不覺手足蹈舞，形于篇章。漱吮甘液，游泳和氣。聲韻浸廣，卷軸斯存。抑亦古詩之流，希乎述者之意。然詞理野質，終不足以拂天聽之崇高，配史籍以永久。恐倏先狗馬，遺恨九原。臣謹稽首，投延恩匭，獻納上表，進明主《朝獻太清宫》《朝享太廟》《有事於南郊》等三賦以聞。臣甫誠惶誠恐，頓首頓首，謹言。

朝獻太清宫賦

冬十有一月，天子既納處士之議，承漢繼周，革弊用古，勒崇揚休。明年孟諏，將攄大禮以相籍，仇：「當作『藉』。」越彝倫而莫儔。歷良辰而戒吉，分祀事而孔修。營室主夫宗廟，乘輿備乎冕裘。甲子，王以昧爽，春寒薄而清浮。虛閶闔，逗蚩尤。張猛馬，出騰虬。捎熒惑，墮旄頭。風伯扶道，雷公挾輈。通天台之雙闕，警溟漲之十洲。浩劫礧砢，萬仙飀飀。欻臻于長樂之舍，嵬入乎崑崙之丘。太一奉引，庖犧在從《文粹》，一作「左」右。堯步舜趨，禹馳湯驟。鬱閟宮之律崒，拆一作「坼」元氣以經構。斷紫雲而竦墻，撫流沙而承霤。紛隳珠而陷碧，仇：恐當作「璧」。燿波錦而浪繡。森青冥而欲雨，艷光炯而初晝。於是翠蕤俄的，藻藉舒就。祝融擲火以焚香，溪女捧盤而盥漱。群有司之望幸，辨名物之難究。瓊漿自閒於粢盛，羽客先來于介胄。爍聖祖之儲祉，敬雲孫而及此。詔軒轅使合符，敕王喬以視履。積昭感于嗣續，棐一作「匪」正辭于祝史。若肸蠁而有憑，肅風飈而乍起。揚流蘇于浮柱，令英霏而披靡；擬雜珮于曾巔，芝《文粹》作「芝」，一作「孔」蓋欹以颯纚。中漎漎以回復，外蕭蕭而未已。上穆然注道爲身，覺天傾耳。陳僭號于五代，復戰國于千祀。曰：嗚呼！昔蒼生纏孟德之禍，爲仲達所愚。鑿齒其俗，窫窳其孤。赤烏高飛，不肯止其屋；黄龍哮吼，不肯負其圖。伊神器臬兀，而小人呴喻。曆紀大破，創痍未蘇。尚攫拏於吴蜀，又顛躓一作「蹶」于羯胡。縱群雄之發憤一作「讀」，誰一統于亨衢？在拓拔與宇文，豈風塵之不殊一作「雜」？比聰、廆及堅、特，渾貌豹而齊驅。愁陰鬼嘯，落日梟呼。各擁兵甲，俱稱國都。且耕且戰，何有何無？唯累聖之徽典，恭淑慎以允緝。兹火土之相生，非符讖之備及。煬帝終暴，叔寶初襲。編簡尚新，義旗爰入。既清國難，方覩家給。竊以爲數子自誣，敢正一作「貞」，一作「負」乎五行攸執。而觀者潛晤，或喜至於泣《文粹》有「矧」字。鱗介以之嗚虞，昆蚑以之振蟄。感而遂通，罔不具集。仡神光而甜閜，羅詭異以戢孴〔一〕。地軸傾而融洩一作「曳」，洞宫儼以嶷岌。九天之雲下垂，四海之水皆立。鳳凰威遲而不去，鯨魚屈矯以相吸。掃太始之含靈，卷殊形而可挹。則有虹蜺爲鉤帶者，入自于東。揭莽蒼，履崆峒。素髪漠漠，至精濃濃。條弛張于巨細，覬披寫於心胸。蓋修竿無隙，而仄席已容。裂手中之黑簿，睨堂下之金鐘。得非擬斯人于壽域，明返樸於玄蹤。忽翳日而翻萬象，郤浮雲《文粹》作「空」而留六龍。咸讋跖而壯茲應，終蒼黄而昧所從。上猶色若不足，處之彌恭。天師張道陵等洎左玄君者前千二百官吏，謁而進曰：今王巨唐，帝之苗裔，坤之紀綱。土一作「上」配君服，宫尊臣商。起數一作「數起」得統，特立中央。且大樂在懸，黄鐘冠八音之首；太昊斯啓，青陸獻千春之祥。曠哉勤力耳目，宜乎大帶斧裳。故風后、孔甲充其佐，山稽、岐伯翼其旁。至於易制取法，足以朝登五帝，夕宿三皇。信周武之多幸，存漢祖之自强。且近朝之濫吹，仍改卜乎祠堂。初降素車，終勤恤其後；有客白馬，固漂淪不忘。伊庶人得議，實邦家之光。臣道陵等試本之於青簡，探之于縹囊。列聖有差，夫子聞斯于老氏；好問自久，宰我同科于季康。取一作「敢」撥亂反正，乃此其所長。萬神開，八駿回。旗掩月，車奮雷。騫七曜，燭九垓。能事穎脱，清光大來。或曰：今太平之人，莫不優游以自得；況是蹴魏、踏晋、批周、抶朱作「扶」，一作「抉」隋之後，與夫一作「乎」更始者哉！

〔賴校〕〔一〕此「沓」字，《説文解字》曰：「盛皃。从三子从日，讀若薿。」下半部「日」，翁稿鈔作「月」，而錢謙益《錢注杜詩》作「日」，當以「日」爲正。仇兆鰲《杜詩詳注》曰：「音習。」注引《魯靈光殿賦》「芝栭攢羅以戢沓」，云：「善曰：《蒼頡篇》：『戢沓，衆貌。』《韻會》：『《詩》：「螽斯羽，揖揖兮。」』《增韻》：『或作沓，義與集同。』」楊倫《杜詩鏡銓》注曰：「音集。」

朝享太廟賦

初高祖、太宗之櫛風沐雨，勞身焦思。用黄鉞白旗《文粹》作「旄」者五年，而天下始一；歷三朝而戮力，今庶績之大備。上方采厖俗之謡，稽正統之類。蓋王者盛事。臣聞之于里曰：昔武德已前，黔黎蕭條，無復生意。遭鯨鯢之蕩汩，荒歲月而沸渭。衮服紛紛，朝廷多閏者，仍亘乎晋魏。臣竊以自赤精之衰歇，曠千歲而無真人；及黄圖之經綸，息五行而歸厚地。則知至數不可以久缺，凡才不可以長寄。故高下相形，而尊卑各一作「必」異。惟神斷繫之于是，本先帝取之以義。壬辰，既格于道祖，乘輿即以是日致齋于九室。所以昭達孝之誠，所以明繼天之質。具禮有素，六官咸秩。大輅每出，或黎元不知；豐年則多，而筐筥甚寔。既而太尉參乘，司僕扈蹕。望重闈以肅恭，順法駕之徐疾。公卿淳古，士卒精一。默宗廟之愈深，抵職司之所密。宿翠華于外户，曙黄屋于通術。

氣凄凄于前旒，光靡靡于嘉栗。階有賓阼，帳有甲乙。升降之際，見玉柱生芝；擊拊之初，覺鈞天合律。簨簴仡以碣礚，干戚宛而婆娑。鞉鼓塤篪爲之主，鐘磬竽瑟以之和。《雲門》《咸池》取之至，空桑、孤竹貴之多。八音循一作「修」，非通，既比乎旭日升而氛埃滅；萬舞凌亂，又似乎春風壯而江海波。鳥不敢飛，而玄甲崒嵺以岳峙；象不敢去，而鳴佩剡爚以星羅。已而上乾豆以登歌，美《休成》之既享。璧玉儲精以稠疊，門闌洞豁而森爽。黑帝歸寒而激昂，蒼靈戒曉而來往。熙事葬而充塞，群心噳一作「麌」以振蕩。桐花未吐，孫枝之鸑鳳相鮮；雲移何多，宮井之蛟龍亂上。若夫生弘佐命之道，死配貴神之列。則殷、劉、房、魏之勳，是可以中摩伊、吕，上冠夔、卨。代天之工，爲人之傑。丹青滿地，松竹高節。自唐興以來，若此時哲，皆朝有數四，名垂卓絶。向不遇反正撥亂之主，君臣父子之别，奕葉文武之雄，注意生靈之切，雖前輩之温良寬大，豪傑果决，曾何朱本有「足」字以措其筋力與韜鈐，載其刀筆與喉舌？使祭則與，食則血，若斯之盛而已。爾乃直於主，索于祊。警幽全之物，散純道之精。蓋我后常用，惟時克貞。膋以蕭合，酌以茅明。嘏以慈告，祝以孝成。故天意張皇，不敢殄其瑞；神姦妥帖，不敢秘其情舊作「精」，韻重。而撫一作「無」絶軌，享鴻名者矣。於以奏《永安》，于以奏《王夏》。福穰穰于絳闕，芳菲菲于玉斝。沛枯骨而破聾盲，施夭胎而逮鰥寡。園陵動色，躍在藻之泉魚；弓劍皆鳴，汗鑄金之風馬。霜露堪吸，禎祥可把。曾宫歔欷，陰事儼雅。薄清輝于鼎湖之山一作「上」，静餘響于蒼梧之野一作「下」。上一本無「上」字窅然漠漠，惕然兢兢。紛益所慕，若不自勝。瞰牙旗而獨立，吟翠駮而未乘。五老侍祠而精駭，千官逖聽以一作「而」思凝。于是二丞相進曰：陛下應道而作，惟天與能。澆訛散，淳樸登，尚猶日慎業業，孝思烝烝。恐一物之失所，懼先王之咎徵。如此之勤恤匪懈，是百姓何以報夫元首，在臣等何以充其股肱。且如周宣之教親不暇，孝武之淫祀相仍。諸侯敢于迫脅，方士奮其威稜。一則以微弱內侮從《英華》、《文粹》作「微言勸內」，一則以輕舉虛憑。又非陛下恢廓緒業，其瑣細亦曷足稱？丞相退，上踴天蹐地，授綏登車。伊湏一作「鴻」洞槍纍，先出爲儲胥。本枝根株乎萬代，睿想經緯乎六虛。甲午，方有事于采一作「綵」壇紺席，宿夫行所一作「在」如初。

有事於南郊賦

蓋主上兆于南郊，聿懷多福者舊矣。今兹練時日，就陽位之美，又所以厚祖考、通神明而已。職在宗伯，首崇禋祀。先是春官修一作「條」頌祇之書，獻祭天之紀。令泰龜而不昧，俟萬事之將履。掌次閱氈邸之則，封人考壝宮之旨。司門轉致乎牲牢之繫，小胥專達乎懸位之使。二之日，朝廟之禮既畢，天子蒼然視于無形，澹然若有所聽。又齋心于宿設，將旰食而匪寧。旌門坡陀以前騖，轂騎反覆以相經。頓曾城之軋軋，軼萬户之熒熒。馳道端而如砥，浴日上而如萍。掣一作「製」翠旄于華蓋之角，彗黄屋于鉤陳之星。神仙一作「山」，非戌削以落羽，魍魎一作「鬼魅」幽憂以固扃。戰岐慄華，擺渭掉涇。地回回而風淅淅，天泱泱而氣清清一作「青青」。甲胄乘陵，轉迅雷于荆門、巫峽；玉帛清迴，霽夕雨于瀟湘、洞庭。于是乘輿，霈然乃作。翳夫鸞鳳將至以冲融，寥廓不可乎一作「以」彌度。聲明通乎純粹，溟涬爲之垠堮。驅蒼螭而蜿蜒，若無骨以柔順；奔烏獲之從《文粹》，一作「攫而」黝仇：「當作『蚴』。」蟉，徒有勢于殺縛。朱輪竟野而杳冥，金鍐仇：「當作鍐。」成陰以結絡。吹堪輿以軒轅一作「軽」，搶寒暑以前却。中營密擁乎太陽，宸眷眇臨乎長薄。熊羆弭一作「彌」耳以相舐，虎豹高跳以虛攫。上方將降帷宫之綝縭，屏玉軑一作「軼」以蠖從《英華》，舊作「蠼」，非略。人門行馬，以供乎合沓之場；皮弁大裘，始進乎穹崇之幕。衝牙鏗鏘以將集，周衛轇轕以朱作「以」，一作「而」咸若。月窟黑而扶桑寒，田燭稠而曉星《英華》作「河」落。肅定位以告潔一作「絜」，《韵會》「絜，通作潔」，藹嚴上而清超。雲菡萏以張蓋，春葳蕤以建杓。簪裾斐斐，樽俎蕭蕭。方面一作「回」曲折，周旋寂寥。必本于天，王宫與夜明相射；動而之地，山林與川谷俱標。于是官有御，事有職。所以敬鬼神，所以勤稼穡。所以報本反始，所以度長立極。玄酒明水之上，越席疎布之側一作「列」。必取先于稻秫麯櫱之勤，必取著于紛純文繡之飾。雖三牲八簋，豐備以相沿；而蒼璧黄琮，寔歸乎正色。先王之丕業繼起，信可以永其昭配；群望之偏祭在斯，示有以明其翼戴。由是播其聲音以陳列，從乎節奏以進退。《韶夏》《濩武》，采之於訓謨；鐘石陶匏，具之于梗概。變方《文粹》作「万」形于動植，聽宫徵于砰磕。英華發外，非因乎簨簴之高；和順積中，不在乎雷鼓一作「霆」之大。既而膟一作「爨」胥脞買，柴燎窟塊。䐗砉擘赫《文萃》作「䐗擘砉赫」，葩斜晦潰一作「潰」。雹纏風升，雪颯星碎。拂勿侹一作「侹」潑一作「潑」，眇溟蓯淬朱注作「蓯萃」。聖慮岑寂，玄黄增霈。蒼生顒昂，毛髮清籟。雷公河伯，咸騁駃以修聳；霜女江妃，乍紛綸而晻曖。執籥朱作「籥」，舊作「紱」。仇：「當是『帗』字之訛。」秉翟，朱干玉戚。鼓瑟吹笙，金支翠旌。神光倏歛，祀事虛明。于是湝淲乎涣汗，紓餘乎經營。浸朱崖而灑朔漠，洶暘谷而濡若英。耆艾涕一作「悌」而童子舞，叢棘圻而狴犴一作「牢」傾。是率土之濱，覃醋醵以涵泳；非奉郊之縣，獨宴慰以縱横。玄澤澮泞乎無極，殷薦綢繆乎至精。稽古之時，屢應符而合契；聖人有作，不逆寡而雄成。爾乃孤卿侯伯，雜群儒三老，儼而絶皮軒，趨帳殿，稽首曰：臣聞燧人氏以往，法度難知一作「和」，文質未變。太昊氏繼天而王，根啓閉于厥初；以木傳子，攄終始而可見。洎虞、夏、殷、周，兹焕炳蒽蒨。秦失之于狼貪蠶食，漢綴之以蛇斷龍戰。中莽茫一作「茫茫」夫何從，聖蓄縮曾不一作「不下」眷。伏惟道祖，視生靈之磔烈，醜害馬之啼齧。呵五精之息肩，考正氣之無轍。恊夫貽孫以降，使之造命更挈。累聖昭洗，中祚觸蹶。氣慘仇：當作「墋」黷乎脂夜之妖，勢回薄乎龍蛇之孽。伏惟陛下，勃然憤激之際，天闕一作「闕」不敢旅拒，鬼神爲之嗚咽。高衢騰塵，長劍吼血。尊卑配，宇縣刷。插紫極之將頽，拾清芳于已缺。鑪之以仁義，鍛之以賢哲。聯祖宗之耿光，捲戎狄之彯撇。蓋九五之後，人人自以遭唐虞；四十年來，家家自以爲稷禼。王綱近古而不軌，天聽貞觀以高揭。蠢爾差僭，燦然優劣。宜其課密于空積忽微，刊定于興廢繼絶。而後覩數統從首，八音六律而維新；日起算外，一字千金而不滅。上曰：吁！昊天有成命，惟五聖以受。我其夙夜匪遑，寔用素樸以守。吁嗟乎麟鳳，胡爲乎郊藪！豈上帝之降鑒及兹，玄元之垂裕于後。夫聖以百年爲鶵鷇，道以萬物爲芻狗。今何以茫茫臨乎八極，眇眇託乎群后。端策拂龜于周漢之餘，緩步闊視一作「緩視闊步」于魏晉之首。斯上古成法，蓋其人已朽，不足道也。于是天子默然而徐思，終將固之又固之。意不在抑從朱作「仰」殊方之貢，亦不必廣無用之祠。金馬碧鷄，非理人之術；珊瑚翡翠，此一物何疑。奉郊廟以爲寶，增怵惕以孜孜。況大庭氏之時，六龍飛御之歸。

進封西岳賦表

臣甫言：臣本杜陵諸生，年過四十，經術淺陋。進無補于明時，退嘗困于衣食，蓋長安一匹夫耳。頃歲國家有事於郊廟，幸得奏賦，待罪于集賢。委學官試文章，再降恩澤。仍猥以臣名寔相副，送隸有司參列選序。然臣之本分，甘棄置永休，望不及此。豈意頭白之後，竟以短篇隻字，遂曾聞徹宸極，一動人主。是臣無負于少小多病貧窮好學者已。在臣光榮，雖死萬足。至于仕進，非敢望也。日夜憂迫，復未知何以上答聖慈，明臣子之效。況臣常有肺氣之疾，恐忽復先草露，塗糞土，而所懷冥寞，孤負皇恩。敢攄竭憤懣，領略丕則，作《封西岳賦》一首以勸，所覬明主覽而留意焉。先是御製《岳碑》文之卒章曰：待余安人治國，然後徐思其事。此蓋陛下之至謙也。今兹人安是已，今兹國富是已。況符瑞翕集，福應交至，何翠華之默默朱作「默默」，舊作「脉脉」乎？維岳固陛下本命，以永嗣業；維岳授陛下元弼，克生司空。斯又不可寢已。伏惟天子霈然留意焉！春將披圖視典，冬乃展采錯事。日尚浩闊，人匪勞止，庶可試哉。微臣不任區區懇到之極，謹詣延恩匭獻納，奉表進賦以聞。臣甫誠惶誠恐，頓首頓首，謹言。

封西岳賦并序

上既封泰山之後，三十年間，車轍馬跡，至于太原，還于長安。時或謁太廟，祭南郊，每歲孟冬，巡幸温泉而已。聖主以爲王者之體，告厥成功，止于岱宗可矣。故不肯到崆峒，訪具茨，驅八駿于崑崙，親射蛟于江水，始爲天子之能事壯觀焉爾。況行在供給蕭然，煩費或至，作歌有慚于從官，誅求坐殺于長吏。甚非主上執玄祖醇醲之道，端拱御蒼生之意。大哉聖哲，垂萬代則！蓋上古之君，皆用此也。然臣甫愚，竊以古者，疆埸有常處，贊見有常儀，則備乎玉帛而財不匱乏矣，動乎車輿而人不愁痛矣。雖東岳五岳之長，足以勒崇垂鴻，與山石無極。伊太華最爲難上，至于封禪之事，獨軒轅氏得之。夫七十二君，罕能兼之矣。其餘或蹶踣風雲，碑版祠廟，終么麽不足追數。今聖主功格軒轅氏，業纂七十二君，風雨所及，日月所照，莫不砥礪。

華，近甸也，其可悉乎？比歲，鴻生巨儒之徒，誦古史，引時義云：國家土德，與黃帝合，主上本命，與金天合，而守闕者亦百數。天子寢不報，蓋謙如也。頃或詔厥郡國，掃除曾巔，雖翠蓋可薄乎蒼穹，而銀字未藏于金氣。臣甫誠薄劣，不勝區區吟咏之極，故作《封西岳賦》以勸。賦之義，預述上將展禮焚柴者，寔覬聖意因有感動焉《文粹》有「爲」字，朱本去之。其詞曰：

惟時孟冬，乃休百工舊作「百工乃休」。上將陟西嶽，覽八荒。御白帝之都，見金天之王。既刊石乎岱宗，又合符乎軒皇。兹事體大，越不可載已。先是，禮官草具其儀，各有典司。俯叶吉日，欽若神祇。而千乘萬騎，已蠖略佁儗，屈矯陸離，惟君所之。然後拭翠鳳之駕，開日月之旗。撞鴻一作「鳴」鐘，發雷鞀。辯格澤之修竿，决河漢之淋漓。彍天狼之威弧，墜魍魎之霏霏。赤松前驅，彭祖後馳。方明夾轂，昌寓侍衣。山靈秉鉞而踉蹡，海若護蹕而參差。風馭冉以縱嶁，雲螭縒而遲跜一作「蜺」，地軸軋軋，隱以下折；原隰草木，儼而東飛。岐梁閃倏，涇渭反覆。而天府載萬侯之玉，上方具左纛黃屋，已焜煌于山足矣。乘輿尚鳴鑾和一作「輿」，儲精澹慮。華蓋之大角低回，北斗之七星皆去。屆蒼山而信宿，屯絕壁之清曙。既臻夫陰宮，犀象硉兀，戈鋋窸窣，飄飄蕭蕭，洶洶如也。于是太一抱式，玄冥司直。天子乃宿祓齋，就登陟。駢素虬，超崱屴。天語秘而不可知，代欲聞而不可得。柴燎上達，神光充塞。泥金乎菡萏之南，刻石乎青冥之北。上意由是茫然，延降天老，與之相識。問太微之所居，稽上帝之遺則。颯弭節以徘徊，撫八紘而黝黑。忽風翻而景倒，淡殊狀而異色。冏一作「烱」若褰袪開帷，下辯宸極者久之，雲氣蓊以迴複，山嘯嵘而未息。祀事孔明，有嚴有翼。神保是格，時萬時億。爾乃駐飛龍之秋秋，詔王屬以中休。覲群后于高掌之下，張大樂于洪河之洲。芬樹羽林，莽不可收。千人舞，萬人謳。麒麟一作「騏驎」踆踆而在郊，鳳凰蔚跂從朱注，舊作「跂」而來遊。雷公伐鼓而揮汗，地祇被震而悲愁。樂師拊石而具發，激越乎遐陬。群山爲之相嵷，萬穴爲之倒流。又不可得載已。久而景移樂闋，上悠然垂思曰：嗟乎！余昔歲封泰山，禪梁父。以爲王者成功，已纂終古。當鑒前史，至于周穆漢武，豫游寥闊，亦所不取。惟此西岳，作鎮三輔，非無意乎？頃者，猶恐百姓不足，人所疾苦。未暇瘞斯玉帛，考乃鐘鼓。是以視岳于諸侯，錫神以茅土。豈惟壯設險于甸服，報西成之農扈。亦所以感一念之精靈，答應時之風雨者矣。今兹冢宰庶尹，醇儒碩生，僉曰：黄帝、顓頊乘龍游乎四海，發軔匝乎六合。竹帛有云，得非古之聖君。而太華最爲難上，故封禪之事，鬱没罕聞。以予在位，發祥隤祉者，焉可勝紀。而不得已，遂建翠華之旗，用塞雲臺之議。矧乎殊方奔走，萬國皆至。玄元從助，清廟歔欷也。臣甫舞手蹈足曰：大哉鑠乎，真天子之表，奉天爲子者矣！不然，何數千萬載，獨繼軒轅氏之美，彼七十二君，又疇能臻此？蓋知明主，聖罔不克正，功罔不克成，放百靈，歸華清。

進鵰表賦

臣甫言：臣之近代陵夷，公侯之貴磨滅，鼎銘之勳，不復炤燿于明時。自先君恕、預以降，奉儒守官，未墜素業矣。亡祖故尚書膳部員外郎先臣審言，修文于中宗之朝，高視于藏書之府。故天下學士，到于今而師之。臣幸賴先臣緒業，自七歲所綴詩筆，向四十載矣，約千有餘篇。今賈、馬之徒，得排金門、上玉堂者甚衆矣，惟臣衣不蓋體，嘗寄食于人，奔走不暇，衹一作「只」恐轉死溝壑，安敢望仕進乎？伏惟明主《文粹》作「明主」，一作「天子」哀憐之！一有「明主」二字倘使執先祖之故事，拔泥塗之久辱，則臣之述作，雖不能鼓吹六經，先鳴數子，至于沉鬱頓挫，隨時敏捷，一有「而」字揚雄、枚皋之徒，庶可企及也。有臣如此，陛下其舍諸？伏惟明主哀憐之，無令役役便至于衰老也！臣甫誠惶誠恐，頓首頓首，死罪死罪。臣一無「臣」字以爲鵰者，鷙鳥之特殊，博擊而不可當。豈但壯觀于旌門，發狂于原隰。引以爲類，是大臣正色立朝之義也。臣竊重其有英雄之姿，故作此賦，寔望以此達于聖聰耳一作「矣」。不揆蕪淺，謹投延恩匭，進表獻上一作「賦」以聞。謹言。

鵰賦

當九秋之凄清朱本誤作「凉」，見一鶚之直上。以雄材爲己任，横殺氣而獨往。梢梢勁翮，肅肅逸響。杳不可追，俊無留賞。彼何鄉之性命，碎今日之指掌。伊鷙鳥之累百，敢同年而爭長！此鵰之大略也。若乃虞人之所得也，必以氣稟冬一作「玄」冥，陰乘甲子。河海蕩潏，風雲亂起。雲沍山陰，冰纏樹死。迷向背于八極，絶飛走于萬里。朝無以充腸，夕違其所止。頗愁呼而蹭蹬，信求食而依倚。用此時而椓杙，待尤者而綱紀。表狎《英華》作「神」羽而潛窺，順雄姿之所擬。欻捷來于森木，固先擊一作「繫」于利觜。解騰攫而竦神，開網羅而有喜。獻禽從《文粹》《英華》，諸本作「令」，誤之課，數備而已。及乎閩從《英華》，一作「司」，一作「閑」隸受之也，則擇其清質，列在周垣。揮拘攣之掣曳，挫豪梗之飛翻。識畋遊之所使，登馬上而孤騫。然後綴以珠《英華》作「殊」飾，呈于至尊。搏風槍纍，用壯旌門。乘輿或幸別館，獵平原。寒蕪空闊，霜仗喧繁。觀其夾翠華而上下，卷毛血之崩奔。隨意氣而電落，引塵沙而晝昏。豁堵墻之榮觀，棄攻效而不論。斯亦足重也！至如千年孽狐，三窟狡兔，恃古塚之荆棘，飽荒城之霜露。迴惑我往來，趑趄我場圃。雖青骹帶角，白鼻如瓠。蹷奔蹄而俯臨，飛迅翼以一作「而」遐寓。而料全于果，見迫寧遽。屢攬之而穎脱，便有若于神助。是以曉哮其音，颯爽其慮。續下韝而繚繞，尚投跡而容與。奮威逐北，施巧無據。方蹉跎而就擒，亦造次而難去。一奇卒獲，百勝昭著。宿一作「夙」昔多端，蕭條何處？斯又足稱也。爾其鶬鵶鳵鴰之倫，莫益于物，空生此身。聯拳拾穗，長大如人。肉多奚有，味不足一作「乃不」珍。輕鷹隼而自若，託鴻鵠而爲鄰。彼壯夫之慷慨，假强敵而逡巡。拉先鳴之異者，及將起而遄從《文粹》，一作「復」

臻。忽隔天路，終辭水濱。寧掩群而盡取，且快《文粹》作「决」意而鷩新。此又一時之俊也。夫其降精于金，立骨如切。目通于腦，筋入于節。架軒楹之上，純漆光芒；掣梁棟之間，寒風凜冽。雖趾蹻千變，林嶺萬穴。擊叢薄之不開，突杈枒而皆折。又有觸邪之義也。久而服勤，是可吁畏。必使烏攫之黨，罷鈔盜而潛飛；梟怪之群，想英靈而遽從《文粹》《英華》，諸本作「虛」，誤墜。豈比乎從《文粹》《英華》，諸本作「豈非」，誤虛陳其力，叨竊其位。等摩天而自安，與槍榆而無事者矣。故其不見用也，則晨飛絶壑，暮起長汀。來雖自負，去若無形。置巢巀嵲，養子青冥。倏爾年歲，茫然闕廷。莫試鈎爪，空回斗星。衆雛倘割鮮于金殿，此鳥已將老于巖扃！

天狗賦并序

天寶中，上冬幸華清宫。甫因至獸坊，怪天狗院列在諸獸院之上。胡人云：此其獸猛健一作「捷」，無與比者。甫壯而賦之，尚恨其與凡獸相近。

澹華清之莘莘漠漠，而山殿戍削。縹焉從《英華》，一作「與」天風，崛乎回薄。上揚雲旓兮，下列一作「刻」猛獸。夫何天狗嶙峋兮，氣獨神秀！色似狻猊，小如猿狖，忽不樂雖萬夫不敢前兮，非胡人焉能知其去就。向若鐵柱一作「樹」欹而金鏁斷兮，事未可救。瞥流沙而歸月窟兮，斯豈踰晝？日食君之鮮肥兮，性剛簡而清瘦。敏于一擲，威解兩鬬。終無自私，必不虛透。嘗觀乎副君暇豫，奉命于畋。則蚩尤之倫，已脚渭戟涇，提挈丘陵，與南山周旋。而慢圍者戮，寔禽有所穿。伊鷹隼之不制兮，呵犬豹以相躔。蹙乾坤之翕習兮，望麋鹿而飄然。由是天狗捷來，發自于左。頓六軍之蒼黄兮，劈萬馬以超過。材官未及唱，野虞未及和。冏髆矢與流星兮，圍要害而俱破。洎千蹄之迸《英華》作「並」集兮，始拗怒以相賀。真雄姿之自異兮，已歷塊而高卧。不愛力以許人兮，能絶甘《英華》作「等」以爲大。既而群有噉咋，勢争割據。垂小亡而大傷兮，翻投跡以來預。劃雷殷而有聲兮，紛胆破而何遽？似爪牙之便禿兮，無魂魄以自助。各弭耳低回，閉目而去。每歲，天子騎白日，御東山。百獸踧踖以皆從兮，肆從《英華》，一作「四」猛仡銛鋭乎其間。夫靈物固不合多兮，胡一作「故」役役隨此輩而往還？惟昔西域之遠致兮，聖人爲之豁迎風，虚露寒。體蒼虬一作「螭」，軋金盤。初一顧而雄才稱是兮，召群公與之俱觀。宜其立閶闔而吼紫微兮，却妖孽而不得上干。時駐君子玉輦兮，近奉君之渥歡。使臭或作「臭」處而誰何兮，備周垣而辛酸。彼用事之意然兮，匪至尊之賞闌。仰千門之崚一作「峻」嶒兮，覺行路之艱難。懼精爽之衰落兮，驚歲月之忽殫。顧同儕之甚少兮，混非類以摧殘。偶快意于校獵兮，尤見疑于蹻捷。此乃獨步受之于天兮，孰知群材之所不接。且置一作「致」身之暴露兮，遭縱觀之稠疊。俗眼空多，生涯未愜。吾君倘憶耳尖之有長毛兮，寧久被斯人終日馴狎已！

畫馬讚

韓幹畫馬，毫端有神。驊騮老大，騕褭清新。魚目瘦腦，龍文長身。雪垂白肉，風蹙蘭筋。逸態蕭踈，高驤縱恣。四啼雷雹，一日天地。御者閑敏，云從《英華》，一作「去」何難易？愚夫乘騎，動必顛躓。瞻彼駿骨，寔爲龍媒。漢歌燕市，已矣茫一作「亡」哉？但見駑駘，紛然往來。良工惆悵，落筆雄才。

爲閬州王使君進論巴蜀安危表

臣某言：伏自陛下平山東，收燕、薊，洎一作「自」海隅萬里，百姓感動，喜王業再康一作「造」，瘡痏蘇息。陛下明聖，社稷之靈，以至于此。然河南河北，貢賦未入，江淮轉輸，異于曩時。惟獨劍南，自用兵以來，税斂則殷，部領不絶，瓊林諸庫，仰給最多，是蜀之土地膏腴，物産繁富，足以供王命也。近者賊臣惡子，頻有亂常，巴蜀之人，横被煩費，猶自勸勉，充備百役，不敢怨嗟。吐蕃今下松維等州，成都已不安矣。楊琳師再脅普、合，顒顒一作「顆顆」兩川，不得相救，百姓騷動，未知所裁。况臣本州山南所管，初置節度，庶事草創，豈暇力及東西兩川矣？伏願陛下聽政之餘，料巴蜀之理亂，審救援之得失，定兩川之異同，問分管之可否。度長計大，速以親賢出鎮，哀罷人以安反仄！犬戎侵軼，群盜窺伺，庶可遏矣。而三蜀，大一作「天」府也，徵取萬計，陛下忍坐見其狼狽哉？不即爲之，臣竊恐蠻夷得恣屠割耳，寔爲陛下有所痛惜！必以親王委之節鉞，此古之維城磐石之義明矣。陛下何疑哉？在選一作「近」擇親賢，加以醇厚明哲之老爲之師傅，則萬無覆敗之跡，又何疑焉。其次付重臣舊德，智略經久，舉事允愜，不隕獲于蒼黃之際，臨危制變之明者，觀其樹勳庸一作「猷」于當時，扶泥塗于已墜，整頓理體，竭露臣節，必見方面小康也。今梁州既置節度，與成都足以久遠相應矣。東川更分管數州于內，幕府取給，破弊滋甚。若兵馬悉付西川，梁州益坦〔二〕爲聲援，是重斂之下，免出一作「至」多門，西南之人，有活望矣。必以戰伐未息，勢資多軍，應須遣朝廷任使舊人，授之使節留後之寄。綿歷歲時，非所以塞衆望也。臣于所守封一作「分」界，連接梓州，正可爲成都東鄙，其中別作法度，亦不足成要害哉，徒擾人矣。伏惟明主裁之！勑一作「又」天下徵收赦文，減省軍用外諸色雜賦名目，伏願省之又省之一本「省之」俱作「損之」，劍南諸州，亦困一作「因」而復振矣。將相之任，內外交遷，西川分閫一作「壼」，以仗賢俊。愚臣特望以親王總戎者，意在根固流長，國家萬代之利也，敢輕易而言。次請慎擇重臣，亦願任使舊人，鎮撫不缺。借如犬戎假擾，臣素知之。臣之兄承訓，自没蕃以來，長望生還，僞親信于贊普，探其深意，意者報復摩彌。青海之役決矣。同謀誓衆，于前後没落之徒，曲成翻動，陰合應接，積有歲時。每漢使回，蕃使至，帛書隱語，累嘗懇論。臣皆封進上聞，屢達臣兄承訓憂國家緣邊之急，願亦勤矣。況臣本隨兄在蜀，向二十年。兄既辱身蠻夷，相見無日，臣比未忍離蜀者，望兄消息時通。所以戮力邊隅，累踐班秩，補拙之分淺，待罪之日深。蜀之安危，敢竭聞見。臣子之義，貴有所盡于君親。愚臣迂闊之説，萬一少裨聖慮，遠人之福也，愚臣之幸也。昨竊聞諸道路云一無「云」字：吐蕃已來，草竊岐隴，逼近咸陽。似是之間，憂憤隕迫，益增尸禄寄重之懼，寤寐報効之懇。謹冒死具巴蜀成敗形一作「之」勢，奉表以聞。

〔賴校〕〔一〕《翁批》寫稿空格未書字，而《杜詩鏡銓》作「坦」，但其注云：「『坦』字似誤。」

爲夔府柏都督謝上表

臣某言：伏見月日制，授臣某官，祇拜休命，内顧隕越。策駑馬之力，冒累踐之寵，自數勳力，萬無一稱，再三怵惕，流汗至踵。謹以某月日到任上訖。臣某誠戰誠懼，頓首頓首，死罪死罪。伏以陛下君父任使之久，掩臣子不逮之過，就其小效，復分深憂。察臣劍南區區，恐失臣節如彼；加臣頻煩一作「繁」階級，鎮守要衝如此。勉勵疲鈍，伏揚陛下之聖德，愛惜陛下之百姓。先之以簡易，閒之以樂業，均之以賦斂，終之以敦勸。然後畢禁將士之暴，弘洽主客之宜，示以刑典難犯之科，寬以困窮計無所出。哀今之人，庶道之古，内救惸獨，外攘師寇。上報君父，曲盡一作「蓋」庸拙之分；下循臣子，勸補失墜之目。灰粉骸骨，以備守官。伏惟恩慈，胡忍容易，愚臣之願也，明主之望也。

限以所領，未遑謁對，無任兢灼之極。謹遣某官奉表陳謝以聞。臣誠喜誠懼，死罪死罪。

爲補遺薦岑參狀

宣議郎、試大理評事、攝監察御史、賜緋魚袋岑參。右臣等竊見岑參識度清遠，議論雅正，佳名早立一作「上」，時輩所仰。今諫諍之路大開，獻替之官未備。恭惟近侍，寔藉茂材。臣等謹詣閤門奉狀，陳薦以聞，伏聽進止。

至德二載〔二〕六月十二日左拾遺内供奉臣裴薦等狀

左拾遺内供奉臣杜　甫

左補闕臣　韋少游

右拾遺内供奉臣魏齊聃

右拾遺内供奉臣孟昌浩

〔賴校〕〔一〕至德二載，時爲唐肅宗，當公元七五七年，杜甫四十六歲。

奉謝口勅放三司推問狀

右臣甫，智識淺昧，向所論事，涉近激訐，違忤聖旨。既下有司，具已舉劾。甘從自棄，就戮爲幸。今日巳時，中書侍郎平章事張鎬奉宣口勑，宜放推問。知臣愚戇，赦臣萬死；曲成恩造，再賜骸骨。臣甫誠頑誠蔽，死罪死罪。臣《英華》有「比」字以陷身賊庭，憤惋成疾。寔從間道，獲謁一作「面」龍顔。猾逆未除，愁痛難遏。猥厠衮職，願少裨補。竊見房琯以宰相子，少自樹立，晚爲醇儒，有大臣體。時論許琯，必位至公輔，康濟元元。陛下果委以樞密，衆望甚允。觀琯之深念主憂，義形于色。况畫一保泰，其素所蓄積者已。而琯性失于簡，酷嗜鼓琴。董庭蘭今之琴工，遊琯門下有日，貧病之老，依倚爲非。琯之愛惜人情，一至于玷污。臣不自度量，嘆其功名未垂，而志氣挫衄，覬望陛下，棄細録大，所以冒死稱述。何思慮未《英華》作「未」，《集》作「始」竟，闕于再三。陛下貸以仁慈，憐其懇到，不書狂狷之過，復解網羅之急，是古之深容直臣，勸勉來者之意。天下幸甚！天下幸甚！豈小臣獨蒙全軀，就列待罪而已？無任先懼後喜之至，謹詣閤門進狀奉謝以聞。至德二載六月一日，宣議郎行在一本無「在」字左拾遺臣杜甫狀進。

爲華州郭使君進滅殘寇形勢圖狀

右臣竊以逆賊，束身檻中，奔走無路，尚假餘息，蟻聚苟活之日久。陛下猶覬其匍匐相率，降款盡至，廣務寬大之本，用明惡殺之德。故大軍雲合，蔚然未進。上以稽王師有征無戰之義，下以成古先聖哲之用心。兹事玄遠，非愚臣所測。臣聞《易》載隨時，不俟終日。先王之用刑也，抑亦小者肆諸市朝，大者陳諸原野。今殘孽雖窮蹙日甚，自救不暇，尚慮其逆帥，望秋高馬肥之便，蓄突圍拒轍之謀。大軍不可空勤轉輸之粟，諸將宜窮犄角之進。頃者，河北初收數州，思明降表繼至，實爲平盧兵馬在賊左脅，賊動静乏一作「之」利，制不由己，則降附可知。今大軍盡離河北，逆黨意必寬縱。若萬一軼略河縣，草竊秋成，臣伏請平盧兵馬及許叔冀等軍，從鄆州西北渡河，先衝收魏，或近軍志避寔擊虚之義也。伏惟陛下圖之，遣李銑、殷仲卿、孫青漢等軍，邐迤渡河佐之，收其貝博。賊之精鋭，撮在相、魏、衛之州。賊用仰魏而給。賊若抽其鋭卒，渡河救魏、博，臣則請朔方、伊西、北庭等軍，渡沁水，收相、衛。賊若迴戈距我兩軍，臣又請郭仇：「當作嶧。」口、祁縣等軍，驀嵐風馳，朱云：「或作『驀嵐風馳』。」一作「驀嵐馳」，一作「驀山風馳」。張溍讀作「驀嵐馳屯」。屯據林慮縣界，候其形勢漸進。又遣季廣琛、魯炅等軍，進渡河，收黎陽、臨河等縣，相與出入犄角，逐便撲滅。則慶緒之首，可翹足待之而已。是亦恭行天罰，豈在一有「于」字王師必無戰哉？愚臣聞見淺狹，承乏待罪，未精慎固之守，輕議擒縱之術。抑臣之夢寐，貴有裨補。謹進前件圖如狀，伏聽進止。乾元元年〔二〕七月日某官臣狀進。

〔賴校〕〔一〕乾元元年，時爲唐肅宗，當公元七五八年，杜甫四十七歲。

乾元元年華州試進士策問五首

問：《英華》有「古之」二字山林藪澤之地，各以肥磽多小爲差。故供甲兵士徒之役，府庫賜予之用，給郊廟宗社一作「郊社宗廟」之祀，奉養禄食之出，辯乎名物，存乎有司。是謂公賦知歸，地著不撓者已。今聖朝紹宣王中興之洪業于上，庶尹備山甫補衮之能事于下，而東寇猶小梗，率土未甚闞，總彼賦税之獲，盡贍軍旅之用，《英華》有「逮」字是官御之舊典闕矣，人神之攸序乖矣。欲使軍旅足食，則賦税未能充備矣；欲將誅求不時，則黎元轉罹疾苦矣。子等以待問之寔，知新之明，觀志氣之所存，于應對乎何有？佇渴救敝之道一作「通」術，願聞强學之所措，意蓋一作「道」在此矣。得游説乎？

問：國有軺車，廬有飲食，古之按風俗，遣使臣，在王官之一守，得馳傳而分命。蓋地有要害，郊有遠近，供給之比，省費相縣。今兹華惟襟帶，關逼輦轂，行人受辭于朝夕，使者相望于道路。屬年歲無蓄積之虞，職司有愁痛之嘆一作「色」。況軍書未絶，王命急宣，插羽先翥於騰鷹，敝帷不供于埋馬。豈芻粟之勤獨爾，寔驂騑之價闕如。人主之軫念，屢及於兹；邦伯之分憂，何嘗敢怠？乞恩難再，近日已降水衡之錢；積骨頗多，無暇更入燕王之市。欲使輶軒有喜，主客合宜，閭閻罷杼軸之嗟，官吏得從容之計。側佇新語《英華》作「佳論」，當聞濟時。

問：通道陂澤，隨山濬川，經啓《英華》注云：「《名賢策問》作『啓關』。」之理，疏奠《名賢策問》作「鑿」之術，抑有可觀，其來尚矣。初聖人盡力溝洫，有國作爲隄防。洎後代控引淮海，漕通涇渭，因舟楫之利，達倉庾之儲，又賴此而殷，亦行之自久。近者有司相土，决彼支渠，既潰渭而亂河，竟功多而事寢。人寔勞止，岸乃善崩。遂使委輸之勤，中道而棄。今軍用蓋寡，國儲未贍一作「繕」，雖遠方之粟大來，而助挽之車不給。是以國朝仗彼天賜，徵兹水工，議下淇園之竹，更鑿商顔之井。又恐煩費居多，績用莫立，空荷成雲之插，復擁填淤之泥。若然，則舟居之用，大小相妨矣；軍國之食，轉致或闕矣。矧夫人烟尚稀，牛力不足者已。子等飽隨時之要，挺賓玉之資。副乎求賢，敷厥讜議一作「論」。

問：足食足兵，先哲雅誥。蓋有兵無食，是謂棄之。致能掉鞅靡旌，斯可用矣。况寇猶作梗，兵不可去，日聞將軍之令，親覩司馬之法。關中之卒未息，灞上之營何遠？近者鄭南訓練，城下屯集，瞻一作「贍」彼三千之徒，有異什一而税。竊見明發教以戰鬬，亭午放其庸一作「傭」保，課乃菽麥，以爲尋常。夫悦以使人，是能用古；伊歲則云暮，寔慮休止《英華》作「工」。未及卜瓜之還，交比翳桑之餓。群有司自救不暇，二三子謂之何哉？

問：昔唐堯之爲君也，則天之大，敬授人時，十六升自唐侯者已。昔帝舜之爲臣也，舉禹之功，克平水土，三十登爲天子者已。本之以文思聰明，加之以勞身焦思。既睦九族，協和萬邦，黜去四凶，舉十六相。故五帝之後，傳載唐虞之美，無得而稱焉。《易》曰：「君子終日乾乾。」《詩》曰：「文王小心翼翼。」竊觀古一有「人」字之聖哲，未有不以君倡于上，臣和于下，致乎人和年豐，成乎無爲而理者也。主上躬仁一作「純」孝之聖，樹非常之功，內則拳拳然事親如有闕，外則悸悸然求賢如不及。伊百姓不知帝力，庶官但「但」字下當有「抑」字恭己而已。寇孽未平，咎徵之至數也；倉廩未寔，物理之固然也。今大軍虎步，列國鶴立。山東之諸一作「兵」將雲合，淇上之捷書日至。二三子議論弘正，詞氣高雅。則遺祲盪滌之後，聖朝砥礪之辰。雖遭明主，必致之于堯舜；降及《英華》作「雖降」元輔，必要之于稷、禼《英華》作「夔、皋」。驅蒼生于仁壽之域，反淳樸于羲皇之上。自古哲一作「帝」王立極，大臣爲體，眇然坦途，利往何順《英華》作「何往不順」。子有說否？庶復見子之志。豈徒瑣瑣射策，趨競一第哉？頃之問，孝廉一作「秀」取備尋常之對，多忽經濟之體。考諸詞學，自有文章在；束以徵事，曷成凡例焉。今愚之粗徵，貴切時務而已。夫時患錢輕，以至于量資幣，權子母，代復改鑄。或行乎前榆莢，後契刀，當此之際，百姓蒙利厚薄，何人所制輕重？又穀者，所以阜俗康一作「匡」時，聚人守位者也。下至十室之邑，必有千鐘之藏。苟凶穰以之，貴賤失度，雖封豕相而猶困，傒大農而謂何？是亦從《英華》，一作「亦」繼絶表微，無或區分踰越。蒙寔不敏，仁遠乎哉？

唐興縣客館記

中興之四年，王潛爲唐興宰，修厥政事。始自鰥寡惸獨，而和其封内。非侮循循，不畏險膚，而行而一。咨于官屬、于群史、于衆庶曰：邑中之政，庶幾繕完矣。惟賓館上漏下濕，吾人猶不堪其居。以容一作「客」四方賓，賓其謂我何？改之重勞，我其謂人何？咸曰：誕事至，濟厥載，則達觀于大壯。作之閈閎，作之堂構，以永圖。崇高廣大，踰越傳舍。通梁直走，嵬將一本作「蔣」墜壓。素杜上承，安若泰山。兩旁序開，發洩霜露，潛靚深矣。步檐複一作「復」霤，萬瓦在後。匪丹雘爲，寔疎達爲。迴廊南注，又爲覆廊，以容介行人。亦如正館，制度小劣。直左階而東，封殖修竹茂樹。挾右階而南，環廊又注，亦可以行步風雨。不易謀而集事，邑無妨工，亦無匱財。人不待子來，定不待方中矣。宿息井樹，或相爲賓，或與之毛。天子之使至，則曰：邑有人焉，某無以栗階。州長之使至，則曰：某非敢賓也，子無所用俎。四方之使至，則曰：子睨某多矣，敢辭贄。或曰：明府君之侈也，何以爲人？皆曰：我公之爲人也，何以侈！子徒見賓館之近夫厚，不知其私室之甚薄。器物未備，力取諸私室，人民不知賦歛。乃至于館之醯醢闕，出于私厨，使之乘駟闕，辨于私廐。君豈爲亭長乎？是躬親也。若館宇不修，而觀臺樹自好，賓至無所納其車，我浩蕩無所措手足，獲高枕乎？其誰不病吾人矣。疵瑕忽生，何以爲之？是道也，施舍不幾乎先覺矣。杜之朋友嘆曰「杜」

古有之也，非吾有也，余何能爲！是亦前州府君崔公之命也，余何能爲！是日辛丑〔一〕歲秋分，大餘二，小餘二或作「杖」：美哉！是館也成，人不知，人不怒。廨署之福也，府君之德也。府君曰：

〔賴校〕〔一〕「辛丑」爲唐肅宗上元二年，時當公元七六一年，杜甫五十歲。作「二」千一百八十八，杜氏之老記。

雜述

杜子曰：凡今之代，用力爲賢乎，進賢爲賢乎？進賢爲賢，則魯之張叔卿、孔巢父。二才士者，聰明深察，博辯閎大，固必能伸于知己，令問不已，任重致遠，速于風飇也。是何面目黧黑，常不得飽飯喫一作「飽喫飯」，曾未如富家奴，茲敢望縞衣乘軒乎？豈東之諸侯深拒于汝乎？豈新令尹之人未汝之知也？由天乎，有命乎？雖岑子、薛子引知名之士，月數十百，填爾逆旅，請誦詩，浮名耳。勉之哉，勉之哉！夫古之君子，知天下之不可蓋也，故下之。又知衆人之不可先也，故後之。嗟乎叔卿！遺辭工於猛健，放蕩似不能安排者。以我爲聞人而已，以我爲益友而已。叔卿静而思之。嗟乎巢父，執雌守常，吾無所贈若矣。泰山冥冥崒以高，泗水瀰瀰瀰以清。悠悠友生，復何時會于王鎬之京？載飲我濁酒，載呼我爲兄。

秋述

秋，杜子卧病長安旅次，多雨生魚，青苔及榻。常時車馬之客，舊雨來，今雨不來。昔襄陽龐德公，至老不入州府；而揚子雲草《玄》寂寞，多爲後輩所褻，近似之矣。嗚呼！冠冕之窟，名利卒卒，雖朱門之塗泥，士子不見其泥，矧抱疾窮巷之多泥乎？子魏子獨踽踽然來，汗漫其僕，夫夫又不假蓋。不見我病色，適與我神會。我棄物也，四十無位。子不以官遇我，知我處順故也。子挺生者也，無矜色，無邪氣，必見用則風后、力牧是已。于一本無「于」字文章則子游、子夏是已。無邪氣故也，得正始故也。噫！所不至于道者，時或賦詩如曹、劉，談話及衛、霍，豈少年壯志，未息俊邁之機乎？子魏子今年以進士調選，名隸東天官，告余將行。既縫裳，既聚糧，東人怵惕，筆札無敵。謙謙君子，若不得已。知禄仕此始，吾黨惡乎無述而止。

說旱

《周禮·司巫》：「若國大旱，則率巫而舞雩。」《傳》曰：「龍見而雩。」謂一無「謂」字建巳之月，蒼龍宿之體，昏見東方。萬物待雨盛大，故祭天，遠爲百穀祈膏雨也。今蜀自十月不雨一本有「月」字，抵建卯，非雩之時，奈久遠何？得非獄吏只知禁繫，不知疏决。怨氣積，冤氣盛，亦能致旱。是何川澤之乾也，塵霧之塞也，行路皆菜色也，田家其愁痛也。自中丞下車之初，軍郡之政，罷弊之俗，已下手開濟矣。百事冗長者，又已革削矣。獨獄囚未聞處分，豈次第未到，爲獄無濫繫者乎？穀者，百姓之本，百役是出，况冬麥黄枯，春種不入。公誠能暫輟諸務，親問囚徒，除合死者之外，下筆盡放，使囹圄一空，必甘雨大降。但怨氣消則和氣應矣。躬自疏决，請以兩縣及府繫爲始。管内東西兩川，各遣一使，兼委刺史縣令，對巡使同疏决，如兩縣及府等囚例處分。衆人之望也，隨時之義也。昔貞觀中，歲大旱，文皇帝親臨長安、萬年二赤縣决獄，膏雨滂足。即嶽鎮方面歲荒札，皆連帥大臣之務也，不可忽。凡今徵求無名數，又耆老合侍者，兩川侍丁，得異常丁乎？不殊常丁賦斂，是老男及老女死日短促也。國有養老，公遽遣吏存問其疾苦，亦和氣合應之義也，時雨可降之徵也。愚以爲至仁之人，常一作「當」以正道應物。天道遠一作「天道奚近」？去人不遠。

東西兩川説

聞西山漢兵食糧者四千人，皆關輔山東勁卒，多經河、隴、幽、朔教習，慣于戰守，人人可用。兼差一作「羌」，誤堪戰子弟向二萬人，實足以備邊守險。脱南蠻侵掠，邛、雅子弟，不能獨制，但分漢勁卒助之，不足撲滅。是吐蕃憑陵，本自足支也。摧量西山、邛、雅兵馬卒，畔援形勝明矣。頃三城失守，罪在職司，非兵之過也，糧不足故也。今此輩見闕兵馬使，八州素歸心于其世襲刺史，獨漢卒自屬裨將主之一作「漢卒偏裨將主之」。竊恐備吐蕃在羌，漢兵小昵，而釁郄隨之矣。況軍需不一本無「需不」二字足，姦吏減剥未已哉！愚以爲宜一本無「爲宜」二字速擇偏裨主之。主之勢，明其號令，一其刑罰，中其哀恤，致其歡欣，宜先自羌子弟始。自漢兒易解人意，而優勸一作「勤」旬月，大浹洽矣。仍使兵羌各繫其部落，刺史得自教閲，都受統于兵馬使。更不得使八州都管，或在一羌王，或都關一世襲刺史。是羌之豪族，發源有遠近，世封有豪家，紛然聚藩落之議于中，肆予奪之權于外已。然則備守之根危矣，又何以藉其爲木，式遏雪嶺之西哉？比羌俗封王者，初以拔城之功得，今城失矣，襲王如故，總統未已。奈舊誤作「余」諸董攘臂何？王尹之獄是已。由策嗣羌王，關王氏舊親，西董族最高，怨望之勢然矣。誠于此時便宜聞上，使各自統領，不須王區分易置，然後都静聽取别于兵馬使，不益元戎氣壯，部落無語哉。朱作「哉」，舊作「或」縱一部落怨，獲群部落喜矣。無爽如此處分，豈惟邛南不足憂，八州之人，願賈勇復取三城不日矣。幸急擇公所素諳明于將者一作「明了將」，正色遣之。獠賊内編屬自久，數擾背亦自久，徒惱人耳，憂慮蓋不至大。昨聞受鐵券，爵禄隨之。今聞已小動，爲之奈何？若不先招諭也，穀貴人愁，春事又起，緣邊畊種。即發精卒討之甚易，恐賊星散于窮谷深林，節度兵馬，但驚動緣邊之人，供給之外，未免見舊作「未見免」劫掠，而還賃一作「任」其地豪俗，兼有其地而轉富。蜀之土肥，無耕之地，流冗之輩，近者交互其鄉邨而已，遠者漂寓諸州縣而已，寔不離蜀也，大抵秪與兼并豪家力田耳。但一作「促」均畝薄歛，則田不荒，以此上供王命，下安疲人可矣。豪族轉安，是否非蜀，仍禁一本無此「豪族」以下十字豪族受賃罷人田。管內最大，誅求宜約，富家辦而貧家創痍已深矣。今富兒非不緣子弟職掌，盡在節度衙府州一本無「州」字縣官長手下哉。郪正雖見面一作「田」，不敢示文書取索，非不知其家處，獨知貧兒家處。兩川縣令刺史，有權攝者，須盡罷免。苟得賢良，不在正授一作「受」權，在進退聞上而已。

前殿中侍御史柳公紫微仙閣畫太乙天尊圖文

石鼈老放神乎始清之天，遊目乎浩劫之家。泠泠然御乎風，熙熙然登乎臺。進而俯乎寒林，退而極乎延閣。見龍虎日月之君，亘于疎梁，塞于高壁。骨者、鬣者，晳者、黝者，視遇之間，若嚴寇敵者已。伊四司五帝天之徒，青節崇然，緑輿騈然；仙官洎鬼官無央數衆，陽者近，陰者遠，俱浮空不定，目所向如一。蓋知北闕帝君之尊，端拱侍衛之内，于天上最貴一作「尊」矣。已而左玄之屬吏三洞弟子某進曰：經始績事，前柱下史河東柳涉，職是樹善，損于而家，憂于而國，剥私室之匱，渴一作「竭」蒸人之安，志所至也。請梗槩帝君救護之慈、朝拜之功曰：若人存思我主籙生之根、死之門，我則制服妖之興、毒之騰。凡今之人，反側未濟。柳氏，柱史也，立乎老君之後，獲隱默乎？忍塗炭乎？先王與道而遊，與學而遊，可上以昭太乙之威神于下，下以昭柱史之告訴于上，玉京之用事也，率土之發祥也。惡乎寢而，庸詎仰而？先生藐然若一作「而」往，頽然而止，曰：噫！夫鳥亂于雲，魚亂于水一作「河」，獸亂于山，是罼弋鈎罟削格之智生，是機變繳射攫拾之智極。故自黄帝已下，干戈峥嶸，血流不乾，骨蔽平原。乖氣横放，淳風不返。雖《書》載蠻夷率服，《詩》稱徐方大來，許其慕中華與？夫容成氏、中央氏、尊盧氏一本無此三字，結繩而已，百姓至死不相往來，兹茂德困舊作「困」，朱言改作「困」，即古「淵」字矣。矧賢主趣之而不及，庸主聞之而不曉，浩穰崩蹙，數千古哉。至使世之仁者，蒿目而憂世之患，有是夫？今聖主誅干紀，康大業，物尚疵癘，戰争未息。必揆當世之變一作「患」，日慎一日。衆之所惡與之惡，衆之所善與之善。敕有司寬政去禁，問疾薄斂，修其土田，險其走集朱言作「集其走險」。以此馭賊臣惡子一作「愚子」，自然百祥攻百異有漸，天下洶洶，何其撓哉？已登乎種種之民，舍夫啍啍之意，是巍巍乎北闕帝君者，肯不乘道腴，卷黑簿，詔北斗削死，南斗注生，與夫圓守方足，施及乎蠢蠕之蟲，肖翹之物，盡驅之更始，何病乎不得如昔在太宗之時哉？石鼈老辭畢，三洞弟子某又某，静如得，動如失，久而却走，不敢貳問。

祭遠祖當陽君文

維開元二十九年〔一〕，歲次辛巳月日，十三葉孫甫，謹以寒食之奠，敢昭告于先祖晉駙馬都尉、鎮南大將軍、當陽成侯之靈。初陶唐氏出自伊祁，聖人之後，世食舊德。降及武庫，應乎虬精。恭聞淵深，罕得窺測。勇功是立，智名克彰。繕甲江陵，祲清東吴。邦于南土，建侯于荆。河水活活，造舟爲梁。洪濤奔汜，未始騰毒。《春秋》主解，稾隸躬親。嗚呼筆跡，流宕何人！蒼蒼孤墳，獨出高頂。静思骨肉，悲憤心胸。峻極于天，神有所降。不毛之地，儉乃孔昭。取象邢山，全模祭仲。多藏之戒，焯序前文。小子築室，首陽之下。不敢忘本，不敢違仁。庶刻豐石，樹此大道。論次昭穆，載揚顯號。于以采蘩，于彼中園。誰其尸之，有齋列孫。嗚呼！敢告兹辰，以永薄祭。尚饗！

〔賴校〕〔一〕開元二十九年，爲唐玄宗辛巳歲，時當公元七四一年，杜甫三十歲。

祭外祖祖母文

維年月日，外孫滎陽鄭宏之、京兆杜甫，謹以寒食庶羞之奠，敢昭告于外王父母之靈。嗚呼！外氏當房一作「亡」，祭祀無主。伯道何罪，陽元誰撫？緬維夙昔，追思艱窶。當太后秉柄，内宗如縷。紀國則夫人之門，舒國則府君之外父。聿以生居貴戚，釁結狂豎。雌伏單棲，雄鳴折一作「析」羽。憂心惙惙，獨行踽踽。悲夫逝景，分飛忽間于鳳凰；咄彼饞人，有詞何異于鸚鵡。初我父王之遘禍，我母妃之下室。深狴殊塗，酷吏同律。夫人于是布裙屝屨，提餉潛出。昊天不傭，退藏于密。久成凋瘵，溘至終畢。蓋乃事存于義陽之誄，名播于燕公之筆。嗚呼哀哉！宏之等從母昆弟，兩家因依。弱歲俱苦，慈顔永違。豈無世親？不如所愛；豈無舅氏？不知所歸。誓以偏往，惻戀光輝。漸漬一作「積」相勗，居諸造微。幸遇聖主，願發清機。以顯内外，何當奮飛。洛城之北，邙山之曲。

列樹風烟，寒泉珠玉。千秋古道，王孫去兮不歸；三月清一作「晴」天，春草萋兮增緑。頃物將牽累，事未遂欲。使淚流頓盡，血下相續者矣。撫奠遲迴，炯心依屬。庶多載之灑掃，循兹辰之軌躅。

祭故相國清河房公文

維唐廣德元年，歲次癸卯，九月辛丑朔二十二日壬戌，京兆杜甫，敬以醴酒茶藕蓴鯽之奠，奉祭故相國清河房公之靈曰：嗚呼！純樸既散，聖人又没。苟非大賢，孰奉天秩。唐始受命，群公間出。君臣和同，德教充溢。魏杜行之，夫何畫一！婁宋繼之，不墜故實。百餘年間，見有輔弼。及公入相，紀綱已失。將帥干紀，烟塵犯闕。王風寢頓，神器圮裂。關輔蕭條，乘輿播越。太子即位，揖讓倉卒。小臣用權，尊貴倏忽。公實匡救，忘餐奮發。累抗一作「挫」直詞，空聞泣血。時遭祲沴，國有征伐。車駕還京，朝廷就列。盗本乘弊，誅終不滅。高義沉埋，赤心蕩折。貶官厭路，讒口到骨。致君之誠，在困彌切。天道闊遠，元精茫昧。偶生賢達，不必際一作「濟」會。明明我公，可去時代。賈誼慟哭，雖多顛沛。仲尼旅人，自有遺愛。二聖崩日，長號荒外。後事所委，不在卧内。因循寢疾，顑頷無悔。矢死泉塗，激揚風槩。天柱既折，安仰翼戴？地維則絶，安放夾《英華》作「挾」載。豈無群彦？我心忉忉！不見君子，逝水滔滔。泄涕寒一作「塞」谷，吞聲則壕。有車爰送，有紼爰操。撫墳日落，脱劍秋高。我公戒子，無作爾勞。斂以素帛，付諸蓬蒿。身瘞萬里，家無一毫。

數子哀過，他人鬱陶。水漿不入，日月其慆。州府救喪，一二而已。自古所嘆，罕聞知己。曩者書札，望公再起。今來禮數，爲態至此！先帝松柏，故鄉枌梓。靈之忠孝，氣則依倚。拾遺補闕，視君所履。公初罷印，人寔切齒。甫也備位此官，蓋薄劣耳。見時危急，敢愛生死。君何不聞？刑欲加矣。伏奏無成，終身愧耻。乾坤慘慘，豺虎紛紛。蒼生破碎，諸將功勳。城邑自守，鼙鼓相聞。山東雖定，灞上多軍。憂恨展轉，傷痛氤氳。玄豈正色，白亦不分。培塿滿地，崑崙無群。致祭者酒，陳情者文。何當旅櫬，得出江雲。嗚呼哀哉！尚饗。

唐故德儀贈淑妃皇甫氏神道碑

后妃之制古矣，而軒轅氏、帝嚳氏次妃之跡，最有可稱，傳一作「存」乎舊史。然則其義隱，其文略。《周禮》：「王者内職大備而陰教宣。」詩人《關雎》風化之始，樂得淑女。蓋所以教本古訓，發皇婦道。居具燕寢之儀，動有環佩之節，進賢才以輔佐君子，不淫色以取媚閨房。雖彤管之地，功過必紀；而金屋之寵，流宕一揆。稽女史之華實，嗣嬪則之清高，亦時有其人，偉夫精選。淑妃諱□字□□，姓皇甫氏，其先定安人也。惟禼封商，於赫有光。伊玄祖樹德，於今不忘。必宋之子，莫之與比。伊清風繼代，惠此餘美。夫其系緒蕃衍，紱冕所興，列爲公侯，古有皇父充石，則其宗可知已。夫其體元消息，經術之美，刊正帝圖，中有玄晏先生，則其家可知已。嗟乎！我有奕葉，承權輿矣。我有徽猷，展肅雍矣。積群玉之氣，自對白虹之天；生五色之毛，不離丹鳳之穴。曾祖烜，皇朝宋州刺史。祖粹，皇朝越州越史都督諸軍事。父日休，皇朝左監門衛副率，妃則副率府君之元女也。粤在襁褓，體如冰雪，氣象受于天和，《詩》《禮》傳于胎教，故列我開元神武之嬪御者，豈易其容止法度哉？今上昔在春一作「青」宫之日，詔誥良家女，擇視可否，充備淑哲。太妃以内秉純一，外資沈静，明珠在蚌，水月鮮白；美玉處石，雲崖津潤。結褵而金印相輝，同輦而翠旗交影。由是恩加婉順，品列德儀。雖掖庭三千，爵秩十四，掩六宫以取俊，超群女以見賢。豈渥澤之不流，曾是不敢以露才揚己，卑以自牧而已。夫如是言，足以厚人倫，化風俗，彌縫坤載之失，夾輔元亨之求。嗚呼！彼蒼也常與善，何有初也不久好？奈何！况妃亦既遘疾，怙如慮往。上以服事最舊，佳人難得，送藥必經于御手，見寢始迴乎天步。月氏使者，空説返魂之香；漢帝夫人，終痛歸來之像。以開元二十三年歲次乙亥十月癸未朔，薨于東京某宫院。春秋四十有二。嗚呼哀哉！望景向夕，澄華微陰。風驚碧樹，霧重青岑。天子悼履綦之蕪絶，惜脂粉之凝冷。下麟鳳之銀牀，到梧桐之金井。嗚呼哀哉！厥初權殯于崇政里之公宅，後詔以某月二十七日己酉，卜葬于河南縣龍門之西北原，禮也。制曰：故德儀皇甫氏，贊道中壼，肅事後庭。孰云疾疢，奄見凋落！永言懿範，用愴于懷！宜登四妃之列，式旌六行之美，可册贈淑妃。喪事所需，並宜官供。河南尹李適之充使監護。非夫清門華胄，積行累功，序于王者之有始有卒，介于嬪御之不僭不濫，是何存榮殁哀，視有遇之多也。有子曰鄂王，諱瑶，兼太子太保使持節幽州大都督事，有故在疚而卒。豈無樂國？今也則亡。匪降自天，云何吁矣！有女曰臨晋公主，出降代國長公主子滎陽鄭潛耀一作「曜」，官曰光禄卿，爵曰駙馬都尉。昔王儉以公主恩尚帝女爲榮，何晏兼關内侯，是亦晋朝歸美。公主禮承于訓，孝自于心。霜露之感，形於顔色，享祀之數，闕于灑掃。嘗戚然謂左右曰：自我之西，歲陽載紀，彼都之外，道里遐絶。聖慈有蓬萊之深，異縣有松檟之阻。思欲輕舉，安得黄鵠？未議巡豫，徒瞻白雲。望闕塞之風烟，尋常涕泗；懷伊川之陵谷，恐懼遷移。于是下教邑司，爰度碑版。甫忝鄭莊之賓客，遊竇主之園林。以白頭之嵇、阮，豈獨步于崔、蔡？而野老何知，斯文見託；公子汎愛，壯心未已。不論官閥，游夏入文學之科；兼叙哀傷，顔、謝有后妃之誄。銘曰：積氣之清，積陰之靈。漢曲迴月，高堂麗星。驚濤洶洶，過雨冥冥。洗滌蒼翠，誕生娉婷。婉彼柔惠，迥然開爽。綢繆之故，昔在明兩。恩渥未渝，康哉大往。展如之媛，孰與争長？珩珮是加，翬褕克備。先德後色，累功居位。壼儀孔修，宫教咸遂。王子朱作「于」，誤獎飾，禮亦尊異。小苑春深，離宫夜逼。池畔臨風，花間度月。同輩未歸，焚香不息。嗚呼變化，惠好終極！馮相視祲，太史書氛。藏舟晦色，逝水寒文。翠幄成「成」疑作「滅」彩，金爐罷燻。燕趙一馬，瀟湘片雲。恍惚餘跡，蒼茫具美。王子國除，匪他之耻。公主愁思，永懷于彼。日居月諸，丘隴荆杞。巖巖禹鑿，瀰瀰伊川。列樹拱矣，豐碑闕一作「缺」然。爰謀述作，欻就雕鐫。金石照地，蛟龍下天。少室東立，繚垣西走。佛寺在前，宫橋在後。

維山有麓，與碑不朽。維水有源，與詞永久。

唐故萬年縣君京兆杜氏墓誌

甫以世之録行跡，示將來者多矣。大抵家人賄賂，詞客阿諛，真僞百端，波瀾一揆。夫載筆光芒于金石，作程通達於神明，立德不孤，揚名歸實，可以發皇内則，標格女史，竊見于萬年縣君得之矣。其先系統於伊祁，分姓于唐杜。吾祖也，吾知之。遠自周室，迄于聖代。傳之以仁義禮智信，列之以公侯伯子男。《春秋傳》云：「穆叔謂之世禄，其在兹乎？」曾祖某，隋河内郡司功獲嘉縣令。王父某，皇朝監察御史洛州鞏縣令。前朝咸以士林取貴，宰邑成名。考某，修文館學士尚書膳部員外郎，天下之人，謂之才子。兄升，國史有傳，縉紳之士，誄爲孝童。故美玉多出于崑山，明珠必傳于滄海。蓋縣君受中和之氣，成肅雍之德，其來尚矣。作配君子，寔爲好仇。河東裴君諱榮期，見任濟王府録士參軍，人在清通，同行領袖。素髮相敬，朱紱有光。縣君既早習于家風，以陰教爲己任。執婦道而純一，與禮法而終始，可得聞也。昔舅没姑老，承順顔色。侍歷年之寢疾，力不暇於須臾。苟便于人，皆在于手。淚積而形骸奪氣，憂深而巾櫛生塵。尊卑之道然，固出自于天性。孝養哀送，名流稱仰。允所謂能循法度，則可以承先祖，供給祭祀矣。惟其矜莊門户，節制差服，功成則運，有若四時；物或猶乖，匪踰終日。黼畫組就之事，割烹煎和之宜，規矩數及于親姻，脱落頗盈于歲序。若其先人後已，上下敦睦，懸罄知歸，揖讓惟久，在嫂叔則有謝氏光小郎之才，于姊姒則有鍾琰洽介婦之德。周給不礙于親疎，泛愛無擇于良賤。至如星霜伏臘，軒騎歸寧，慈母每謂于飛來，幼童亦一作「方」生乎感悦。加以詩書潤業，導誘爲心，遏悔吝于未萌，驗是非于往事。內則置諸子于無過之地，外則使他人見賢而思齊。爰自十載已還，默契一乘之理。絶葷血于禪味，混出處于度門。喻筏之文字不遺，開卷而音義皆達。母儀用事，家相遵行矣。至于膳食滑甘之美，鞁結縫線之難，展轉忽微，欲參謀而縣解；指麾補合，猶取則于垂成。其積行累功，不爲熏修所住著，有如此者。靈山鎮地，長吐烟雲；德水連天，自浮聖象。則其著心定慧，豈近一作「遥」于揚推者哉？天寶元年某月八日，終于東京仁風里。春秋若干，示諸生滅相。越六月二十九日，遷殯于河南縣平樂鄉之原，禮也。嗚呼哀哉！琴瑟罷聲，蘋蘩晦色。骨肉號兮天地感，中外痛兮鬼神惻。有子長曰朝列；次朝英，北海郡壽光尉；次朝牧。女長適獨孤氏，次閻氏，皆禀自胎教，成于妙年。厥初寢疾也，惟長女在，列一作「側」、英、牧或以遊以宦，莫獲同曾氏之元申。號而不哭，傷斷鄰里。悠哉少女，未始聞哀，又足酸鼻。一本作「始聞哀酸鼻」。嗚呼！縣君有語曰：可以褐衣斂我，起塔而葬。裴公自以從大夫之後，成縣君之榮，愛禮實深，遺意蓋闕。但褐衣在斂，而幽隧爰封。其所厥飾，咸遵儉素。眷兹邑號，未降天書。各有司存，成之不日。嗚呼哀哉！有兄子曰甫，制服于斯，紀德于斯，刻石于斯。或曰：豈孝童之猶子與？奚孝義之勤若此！甫泣而對曰，非敢當是也，亦爲報也。甫昔卧病于我諸姑，姑之子又病，問女巫。巫曰：處楹之東南隅者吉。姑遂易子之地以安我。我用是一作「自用」存而姑之子卒，後乃知之于走使。甫嘗有説于人，客將出涕感者久之，相與定謚曰義。君子以爲魯義姑者，遇暴客于郊，抱其所携，棄其所抱，以割私愛，縣君有焉。是以舉兹一隅，昭彼百行。銘而不韻，蓋情至無文。其詞曰：嗚呼！有唐義姑京兆杜氏之墓。

唐故范陽太君盧氏墓誌

五代祖柔，隋吏部尚書容城侯。大父元懿，是渭南尉。父元哲，是廬州慎縣丞。維天寶三載五月五日，故修文館學士著作郎京兆杜府君諱某之繼室范陽縣太君盧氏，卒于陳留郡之私第，春秋六十有九。嗚呼！以其載八月旬有一日發引，歸葬于河南之偃師。以是月三十日庚申，將入著作之大塋，在縣首陽之東原。我太君用甲之穴，禮也。墳南去大道百二十步奇三尺，北去首陽山二里。凡塗車芻靈設熬置銘之名物，加庶人一等，蓋遵儉素之遺意。塋内西北去府君墓二十四步，則壬甲可知矣。遺奠之祭畢，一二家相進曰：斯至止，將欲啓府君之墓門，安靈櫬于其右，豈厥飾未具，時不練與？前夫人薛氏之合葬也，初太君令之，諸子受之，流俗難之，太君易之。今兹順壬取甲，又遺意焉。嗚呼孝哉！孤子登，號如嬰兒，視無人色。且左右僕妾，洎厮役之賤，皆蓬首灰心，嗚呼流涕！寧或一哀所感，片善不忘而已哉？寔惟太君積德以常，臨下以恕，如地之厚，從一作「敬」

天之和，運陰教之名數，秉女儀之標格。嗚呼！得非太公之後，必齊之姜乎？薛氏所生子適曰某，故朝議大夫兖州司馬。次曰升《唐書》作「并」，幼卒，報復父讐，國史有傳。次曰專，歷開封尉，先是不禄。息女，長適鉅鹿魏上瑜，蜀縣丞。次適河東裴榮期，濟王府録事。次適范陽盧正鈞，平陽郡司倉參軍。嗚呼！三家之女，又皆前卒。而某等夙遭内艱，有長自太君之手者。至于昏姻之禮，則盡是太君主之。慈恩穆如，人或不知者，咸以爲盧氏之腹生也。然則某等，亦不無平津孝謹之名于當世矣。登即太君所生，前任武康尉。二女：曰適京兆王佑，任硤石尉；曰適會稽賀撝，卒常熟主簿。其往也，既哭成位，有若冢婦同郡盧氏朱云「當作清河崔氏」、介婦滎陽鄭氏、鉅鹿魏氏、京兆王氏，女通諸孫三十人。内宗外宗，寖以疎闊者，或玄纁玉帛，自他日互有所至。若以杜氏之葬，近于禮而可觀，而家人亦不敢以時繼年。式志之金石。銘曰：

太君之子，朝議所尊。貴因長子，澤就私門。亳邑之都，終天之地。享年不久，没而猶視。〔一〕

〔**賴校**〕〔一〕翁方綱所鈔注《杜工部文集》二卷，至此全文完結。

結論

——性靈超妙融翁筆，肌理入神化杜詩

《杜詩》即「杜甫詩集」，據《新唐書》載，原有六十卷，經唐末五代動亂，已大致亡佚。北宋學者王洙採殘篇予以重新彙整，得一千四百〇五篇，編爲十八卷，又別録賦筆雜著二十九篇，共二十卷，題爲《杜工部集》。《杜詩》律切深嚴，工於用字，歷代作注者衆。如南宋郭知達《九家集注杜詩》、明末王嗣奭《杜臆》、清初錢謙益《箋注杜工部集》，以及清仇兆鰲《杜詩詳注》、楊倫《杜詩鏡銓》、浦起龍《讀杜心解》，都是犖犖大者；尤其，自錢謙益以下清代各本，都是筆者校釋《翁批杜詩》時，據以爲勘核比較的重要版本。

現存《杜詩》共約一千四百五十多首，而《杜詩》評論最古始於宋劉須溪（會孟，辰翁）《集千家注批點補遺杜工部詩集》。[一]乾嘉以前，有盧德水（世濯）、王右仲（嗣奭）《杜臆》、申凫盟（涵光）《説杜》、黄白山（生）《杜詩説》、張上若（溍）《讀書堂杜工部詩文集注解》，沈確士（德潛）《杜

〔一〕詳參蔡娉婷《劉辰翁批杜研究》，「國立中央大學」中文研究所，一九九六年碩士論文，簡恩定教授指導。

詩評鈔》等；乾嘉之際，則有王西樵（士禄）、阮亭（士禛）兄弟，李子德、邵子湘（長蘅）、蔣弱六、何義門（焯）、俞犀月、張惕庵（甄陶）等。而清代有著名四大詩論派别，都以《杜詩》爲重要的取資批評藍本，此四大家是：（一）沈德潛（一六七三—一七六九）「格調説」：主張古體詩宗漢、魏，近體詩法盛唐，運用唐詩的格調，意圖恢復儒家「温柔敦厚」「中正和平」的詩教傳統，並用唐詩的格調將這種意圖落到政教之實處；沈氏先後編選《古詩源》《唐詩别裁集》《明詩别裁集》等詩選，附有大量簡要評語，其中不乏對作家作品精到的分析。（二）王士禛（一六三四—一七一一）「神韻説」：注重詩歌本身「淡遠清新」的境界與「含蓄藴藉」的語言，從而加强詩歌消遣娱樂功能，力圖擺脱政治等社會因素對詩歌藝術的干擾，追求清新淡遠、藴藉空靈的韻味，最能體現於七絶體寫景記游詩，這些詩都具有詩情畫意，空靈含蓄，但寫法多樣，各具特色。（三）袁枚（一七一六—一七九七）「性靈説」：認爲寫詩要抒發人的真性情，詩的表現形式要新鮮靈活，對清代以來的各種詩歌理論觀點予以全面排斥，性靈派的成就主要爲詩歌，其中七絶和七律尤佳，能於「恬淡寧静」中，透出「輕鬆活潑」的生活氣息；袁枚詩感情奔放，見解新穎，筆調活潑，語言明暢，句法靈活多變，較突出的是詠史詩與寫景記游詩。袁枚的詩論與創作實踐，在乾嘉詩壇産生巨大影響，成爲當時詩壇盟主，主持風雅數十年，在藝術上徹底擺脱以時代論詩的束縛，促使詩歌發展走上藝術獨創的正軌，思想内容方面敢於向理學，向傳統詩教挑戰，在詩歌中表現富於時代氣息的個性。（四）翁方綱（一七三三—一八一八)「肌理説」:翁方綱認爲「神韻説」的問題在於空泛,「格調説」的毛病在於食古不化,所以提出「肌理説」詩論主張,以儒學經典爲基礎,追求精闢充實的「義理」,以及結構辭章窮行盡變的「文理」,以學問爲根柢,以考證爲功夫,以求義理、文理交融統一。

而翁方綱身爲清代乾嘉盛期知名而重要的學者詩人與詩論家,詩宗唐、宋,而祖述唐詩之杜甫、宋詩江西詩派之黄庭堅與蘇軾,〔一〕故嘗於《石洲詩話》卷四,再三指出:「唐詩妙境在虚處,宋詩妙境在實處。」「宋人之學,全在研理日精,觀書日富,因而論事日密。」「談理至宋人而精,……詩則至宋益加細密。蓋刻抉入裏,實非唐人所能囿也。」因此,《復初齋文集》諸卷中,也不斷反復强調:「詩必研諸肌理,而文必求實際。」提倡「肌理」説,以爲「理」就是「義理」加上「文理」,也是「綜理」「經理」與「條理」之義,〔二〕藉此以補其詩學淵源王士禛「神韻」説之不足。

〔一〕清陸廷樞於《復初齋詩集序》論説翁方綱詩,曰:「雖服膺在少陵,瓣香在東坡,而初不以一家執也。」而翁方綱於《石洲詩話》卷三,譽稱蘇軾「爲宋一代詩人冠冕」。翁氏在嘉慶二十年(一八一五)編成《蘇齋筆記》卷十亦云:「坡公才力之富,涵蓋萬象,吞吐百家。予則謂坡詩『始知真放本精微』一語,可作全集發凡也。」

〔二〕詳參翁方綱《復初齋文集》卷四《志言集序》,其略曰:「義理之理,即文理之理,即肌理之理也。韓子曰:『周《詩》三百篇,雅麗理訓誥。』杜云:『熟精《文選》理。』」卷十《韓詩「雅麗理訓誥」「理」字説》,亦曰:「理者,綜理也,經理也,條理也。《尚書》之文直陳其事而《詩》以理之也。直陳其事者,非直言之所能理,故必雅麗而後能理之。雅,正也;麗,葩也。韓子又謂『《詩》正而葩』者是也。」

翁氏論詩諸條，皆彙集成書，故《石洲詩話》《五言詩平仄舉隅》《七言詩平仄舉隅》三書完成於廣東視學期間，《杜詩附記》成於江西視學期間，《小石帆亭著録》成於山東視學期間。又以黄庭堅「以質實爲本」詩法，以及「由蘇入杜」〔一〕説，作爲其立論成家的標榜依歸。翁方綱今存詩作達六千餘首，〔二〕有《復初齋詩集》《復初齋文集》《石洲詩話》等，而以《翁批杜詩》稿本、《杜詩附記》抄本與過録抄本三種，爲現今傳世最具代表的評杜力作。以下分就《翁批杜詩》的批注特色、書法風格與學術價值三節，以爲本書總結。

一、《翁批杜詩》批注特色

詩作方法論可謂之「詩法」，翁方綱於《復初齋文集》卷八撰有《詩法論》《格調論》上中下、《神韻論》上中下、《唐人律詩論》等多篇相關詩論文章，主要在總結歷代詩歌的創作原理、原則、律

〔一〕詳參何繼文：《翁方綱的「由蘇入杜」説》，《漢學研究》，第二八卷第三期，二〇一〇年九月，頁一三五至一六五。

〔二〕符葆森《國朝正雅集》（清咸豐七年京師長白崇氏半畝園刊本）引《石溪舫詩話》曰：「覃溪師論詩，以杜、韓、蘇、黄及虞道園、元遺山六家爲宗。全集多至五六千首，嘗命余校定卒業，余請分編爲内外集，性情風格氣味音節得詩人之正者爲内集，考據博雅以文爲詩者曰外集。吾師亦以爲然。」沈津《翁方綱年譜》頁五〇八亦引録此文，可以互參。

法與律則，並以《杜詩》爲「詩法」的關鍵，翁氏强調《杜詩》既能抒情真摯，表現性靈；又有精深技巧，刻苦鍛鍊，尤其七言古詩具有氣勢雄闊、用事博洽、取材繁富的特色，故可稱之爲「杜法」。因此，翁氏强調創作者應常析論古人作品，以領悟「詩法」「杜法」所在。而「杜法」的機要在於「精微」，「精微」即是「肌理」表現得精妙細密的狀態；而「肌理」是構成作品意蘊的具體字句鍛鍊、章法結構、聲律節奏等，能使詩歌字句虛實承應，上下接榫，以至於條貫理暢；因此，「精微」以形容詩歌精深的意蘊、隱約的意境，心能體會，但難以言喻。有關於此，筆者多觀善於前引何繼文《翁方綱的「由蘇入杜」説》論文，其析論十分精闢而中肯。〔一〕

《翁批杜詩》（《杜詩附記》）批注資料豐富，實爲研究「肌理説」詩論批評的重要材料。而翁氏批注文字内容中，特別重視「篇章段落分合意旨」「篇中情境虛實之乘承」「筍縫上下之消納」等，〔二〕尤其常指出詩中一字爲全段或全篇的關鍵，或爲主腦所在，或爲伏筆所在。因此，翁方綱的評語時常針對特定字眼而發，在形式上，多用硃筆點出該字，而於天頭眉批書述心得意見，徐國能於《清代詩論與杜詩批評》中，特別論述《杜詩附記》的主要内容，包括了「字詞校訂與考證、呈現

〔一〕詳參何繼文《翁方綱的「由蘇入杜」説》，《三、「詩法」與「杜法」》，頁一四二至一四七；《四、「精微」與「肌理」》，一四七至一五四。

〔二〕詳參夏勤邦抄本所録《杜詩附記·自序》。

杜詩藝術設計、駁論舊説以澄清誤解」等幾方面，而除了這類基礎性的駁正，翁方綱也有不少針對格調、神韻理論而發的批評。因此，徐國能總結歸納翁氏批杜的三大特色爲：（一）考據字詞以正義；（二）析辨篇章而求法；（三）駁論舊説以立言。從整體論述内容而觀，徐文既能呈現翁方綱對《杜詩》的認識情形，進而能理解「肌理説」的詩論特徵，可以説是目前最爲清楚精要，而能具體展現翁氏批杜特色的上乘佳作，可爲壓卷以概其餘。〔一〕

筆者在本書正文校釋中，已盡量將《翁批杜詩》（《杜詩附記》）與《石洲詩話》《復初齋文集》等相關論述相互證明，以期能形塑翁方綱《杜詩》學的主要面貌，並提供學者觀照參考。以下僅就筆者録釋資料中，檢擇有關字法、句法、章法、篇法、筆法、韻法、意法、取法等八個相關方面，各依

〔一〕詳參徐國能《清代詩論與杜詩批評》第四章《翁方綱肌理説的杜詩批評：兼論厲鶚之杜詩學》，里仁書局，二〇〇九年九月初版，頁二五一至二六一。此外，以下各家學者的相關論述，也是非常重要的研究參考：（一）李豐楙《翁方綱及其詩論》，政治大學中國文學研究所，一九七四年碩士論文；嘉新水泥公司文化基金會，一九七八年。（二）何石松《乾嘉詩學初探》，「中國文化大學」中國文學研究所，一九八三年碩士論文。（三）宋如珊《翁方綱詩學之研究》，「中國文化大學」中國文學系，一九九〇年碩士論文；文津出版社，一九九三年。（四）楊淑玲《翁方綱肌理説研究》，成功大學中國文學研究所，二〇〇二年碩士論文。（五）黄婉甄《清代性情詩論研究：以清代四大詩説爲主》，中山大學中國語文學系，二〇〇三年碩士論文。（六）孫微《清代杜詩學史》，齊魯書社，二〇〇四年。

批注分類義旨的先後，並據各類條目卷次先後出現順序，摘例羅列歸整翁批各項詩法内容，提供學者深入研究，並藉此略窺翁氏批注特色的種種面嚮，以與徐國能論述翁批的三大特色相互比觀，彼此驗證。因恐怕篇幅過多，僅引録翁批部分原文及其出處，以便查考，恕不再細加説明，逐例討論。

(一)「字法」特色

「字法」即用字之法，翁方綱於《翁批杜詩》中，論「詩法」之「杜法」，大抵先就詩的字法、句法、章法、篇法等反覆指陳，而其根基則在於字的虚實雙單，翁氏門生梁章鉅《退庵隨筆》卷二十，嘗引其説一條，文曰：

蘇齋師論詩最嚴，有口授之二語，則謂：「手腕必須靈活，喉嚨必要寬鬆。」蓋喉嚨寬，乃衆妙之門，百味皆可茹入，王漁洋喉嚨最寬，所以一發聲，即奄有諸家之長。又云：「作詩言大章法固是要義，然學者多熟作八股，都羨慕大章法之布置，而不知五字、七字之句法，至要至難，句法要整齊，又要變化，全在字之虚實雙單，斷無處處整齊之理，能知變化，方能整齊也。」

此即字法的變化，翁方綱批杜詩句中，對於字的使用十分慎重；如《翁批杜詩》卷一《望嶽》詩眉批，翁氏析解「岱宗夫如何」一句，即云：

「夫如何」三字，乃是從下句倒捲而出。「夫」字，即坐實岱宗如何者。齊、魯二邦，不爲小矣；顧不解其何以青猶未了也。晋人《望岳》詩云「氣象爾何物」，似作訝而問之之詞，非到其境者不知也。今人誤解作空喝起下之詞，則乖其義。

「夫如何」三字，字法與句法兼具，其用甚深，其功甚大。復於《石洲詩話》卷六《漁洋評杜摘記》，翁氏按語云：

「岱宗夫如何」五字，是杜公出神之筆，「如何」二字虚，「夫」字實，從來皆誤解也。此一「夫」字，實指岱宗言之。即下七句，全在此一「夫」字内。蓋少陵縱目遍齊、魯二大邦，而其「青未了」，所以不得不仰歎之。此「夫」字，猶言「不圖爲樂之至於斯」，「斯」字神理，乃將「造化神秀」「盪胸層雲」諸句，皆攝入此一「夫」字内，神光直叩真宰矣。豈得以虚活字妄擬之乎？〔一〕

由上引兩段文字可知，翁氏以「夫」一字之「實」，爲「實按」之詞，此一「夫」字，即下文之「青未了」，以及下文通篇之「造化」「神秀」「盪胸」、「層雲」諸實際；藉一「夫」字以坐實「如何」二字之「虚」，爲「仰而訝之」之詞，故於《復初齋文集》卷十一《與友人論少陵望嶽詩》，總結此一「夫」字之字法，文曰：

將通篇神理，俱攝入一「夫」字中。於是乎，通篇神境，皆少陵之眼光矣。杜詩一字不輕

〔一〕詳參翁方綱著，陳邇冬校點《石洲詩話》，人民文學出版社，一九九八年，頁二一二至二一三。

下如此。〔一〕

翁氏透過一「夫」字之闡論，竟能將通篇神境、神理，妙然凝釋，而以爲「皆少陵之眼光」，故知「《杜詩》一字不輕下如此」。《望嶽》「岱宗夫如何」五字，翁氏以爲即是杜公出神之筆，而通篇神理皆攝入此一「夫」字内，神光直叩真宰矣。所謂「一字千金」者，於翁氏之解析，誠然無妄。

根據宋如珊《翁方綱詩學之研究》，以爲翁氏《杜詩附記》中，析論「字法」有以下四類：（一）説明用字方法與字與字之關係者；（二）有析論字與詞之關係者；（三）有析論字與句之關係者；（四）有析論字與篇章之關係者。〔二〕《翁批杜詩》以一字而詩義、詩境以明，此一字特指詩中涵意最要之處，則可謂詩之「字眼」。「字眼」，大抵均指句中三、五字，然亦不可泥，須視其全句而定，

〔一〕詳參翁方綱《復初齋文集》卷十一《與友人論少陵望嶽詩》，文曰：「向來解此詩者，皆以『岱宗夫如何』作一問，『齊魯青未了』作一答，若此則首句直是『岱宗如何』四字可畢，何爲中間著一『夫』字？少陵豈有如此率爾安放之虚字，等於可有可無耶？此一『夫』字，乃是實按之詞，非虚字也，猶言『不圖爲樂之至於斯』。此一『夫』字，乃即下文之『青未了』也，乃即下文通篇之『盪胸』『層雲』諸實際也。蓋少陵固夙聞岱宗之高大矣，今一入望，乃不料其如此之綿亘無際，盡齊、魯兩大邦之境，而其青尚未了，此其故直欲上叩真宰矣。『如何』者，仰而訝之之詞，將通篇神理，俱攝入一『夫』字中。於是乎，通篇神境，皆少陵之眼光矣。杜詩一字不輕下如此。」

〔二〕以上四類，詳參宋如珊《翁方綱詩學之研究》所引《杜詩附記》之具體示例。

故又於《復初齋文集》卷十一《與友論杜詩》曰：

「風簾自上鈎」，「自」字乃獨自之自也。江樓對酒，忽見月吐，逕自起鈎簾納之，其無侍媵之人可知。此「自」字正對末句「寡」字也。且此字露出自身，方與末句「酌」酒相貫，方與五六句「鶴髮」「貂裘」相接。此二字向來未曾拈出也。

可知「字眼」多具絶妙特殊作意。又凡一字、二字之用，於整句、整篇中特有關聯，足以影響全詩者，謂之「詩眼」，此即關鍵字，爲一篇之警策。〔一〕而事實上，翁方綱並非專賞一字之工巧，特重其與整篇之聯結，而謂之「筍縫」，正象徵其靈活妙用。除此之外，筆者於《翁批杜詩》字法之應用，又有强調「筆力」「道理」「音節」「神氣」「風雅」「提空」「細膩」「沈頓」「虚渾」「老成」「穩重」「收裹」「拖蓄」「深穩」者，一字或多字之運用，竟然如此變化萬千，可知《杜詩》詩法的工妙，及翁氏詮釋的中肯貼切。筆者檢擇翁批，示例如下：

「棲邑」，猶言所居之邑，此二字本相連也。而又若以「卑棲」二字相串者。「簿曹」二字，本相連也；而又若以「領簿」二字相串者，杜公每有此種「生鐵鑄成，不可截斷」之句法。（卷一《臨邑舍弟書至苦雨黄河泛溢隄防之患簿領所憂因寄此詩用寬其意》）

杜詩「真」字，每有直下者，此原是筆力獨到，故自不妨。若後人頻效之，則成空架矣。

〔一〕詳參宋如珊《翁方綱詩學之研究》所引《杜詩附記》之示例。

（卷一《贈比部蕭郎中十兄》）

此詩前後「弟」字兩押，前去而後上。（卷十二《狂歌行贈四兄》）

兩「我」字相疊，道理、音節，俱十分圓足。（卷十三《雨》）

「孰」字，神氣直貫到「遲暮」句。（卷十三《謁先主廟》）

「勢敦迫」三字，不惟本篇上下聯貫，且於當日時事，尤允合也，此真《風》《雅》與《春秋》揆符之妙。（卷十四《八哀詩·贈司空王公思禮》）

較「經」字，則「歷」字實矣。較「歷」字，則「數」字又實。然「數」字究竟仍是提空之筆，但覺圓光罩向頂上，此所以爲大家。（卷七《龍門閣》）

「紆餘」「慘澹」之沉頓收裹，人所及知也。「地」字、「窟」字之老成穩重，人所不及知也。（卷七《鹿頭山》）

「得」字，拖蓄深穩之至。（卷十二《觀李固請司馬弟山水圖三首》）

雖是四個「如」字平列，然而不覺其板重者，「燿」「矯」之比擬，至「來」「罷」，而又變也。「天地」句，震動飄忽極矣。故連著四「如」字爲句，而氣愈盛、節愈聳，非如後之效者，排砌而下也。（卷十七《觀公孫大娘弟子舞劍器行》）

題中「留」字，是勒極之筆。（卷十八《春夜峽州田侍御長史津亭留宴》）

「雄」字撐起，「爲」字押住，亦是自相吸應。大開大合，全以一「雄」字撐起，讀者不得以上篇之起句之「冰」字比例也；「冰雪」雙字，故自與此首不同。（卷十八《又作此奉衛王》）

「已」字、「安」字、「曲」字，連換音節以激宕之，所以開振全局也。最後「夢」字收捲。（卷十八《秋日荆南述懷三十韻》）

後幅「期」字關鎖。（卷二十《送盧十四弟侍御護韋尚書靈櫬歸上都二十四韻》）

以上批證歷歷，翁氏論《杜詩》詩法，以最基本之「字法」求合詩旨，故凡一字一句、音節關鍵，實即其「文理」之恰到好處；若《杜詩》用字穩當，以至通篇盡善或其詩作完美無缺者，翁批皆可謂得其「肌理」之美，而自具「神理」，無所不賅，故可貞定杜甫爲一大家，自無疑義。

（二）「句法」特色

「句法」，即用句之法，有關詩句的解説，以講究詩句的質地爲務，領略字句的最高涵意、彼此間的關聯性，以及在全詩中所佔的重要性，故翁方綱又於《復初齋文集》卷十一《與友論太白詩》曰：

太白詩逸氣横古今，不待言矣。顧其中有順逆乘承之祕，不可順口滑過。且即如人人習讀之《圯橋詩》起句，「虎嘯」二字飛空而來，却以一「未」字翻勒住，則勢蓄而不瀉也。及説到「報韓」，却偏從「不成」説；又以「雖」字翻勒住，則勢益蓄而不瀉也。如此蓄而不肯瀉去，然後放出「天地皆震動」五字，摇山掣海之筆來也。識此祕妙，則後句之「曾無黄石公」，乃掃得青空突兀耳。今讀者乃但咀吮其「懷古欽英風」等句，是必至於平順膚庸，以凡近貌其雄奇，未有不謬者也。或曰：「《廣武懷古》一篇乃云『有成功』『有古跡』，此獨非開膚庸一路之句乎？」不知「有成功」、「有」字對上「無」字；「有古跡」、「有」字對下「頹」字，俱是指點之神，正在「撫掌黄河曲」五字，心眼中飛躍而出，豈其平膚之謂耶？大約古今詩家皆不敢直擂鼓心，惟李、杜二家能從題之正面實作。所以義山云：「李杜操持事略齊，三才萬象共端倪。」蓋非具此胸次者，亦無由而知也。不然李與杜何以得並稱乎？李之沉鬱頓挫全於飛揚宕逸得之，又與杜不同耳。

翁氏與友人論比李、杜詩，「和而不同」，俱爲大家；而其同者，皆極注重「句法」，以表現詩句的最高效果。因此，「句法」即古人所謂遣辭造句，其練辭精工，造句雅麗，則藴涵最豐富詩意，辭句相對之中，巧妙連綴者，故合全篇而觀，自有意想不到的效果。〔一〕《翁批杜詩》卷八《贈别鄭錬赴襄陽》其批曰：「句法即是章法，於此可悟。」因此，詩句若僅抽出單看，美則美矣，而少精神；必須安置於諸句之中，詩意連接，則通首皆活，通篇皆化，而「字法」與「句法」相聯直貫而下，「章法」

〔一〕詳參宋如珊《翁方綱詩學之研究》引《杜詩附記》之示例。

即蘊毓其中，彰然可觀。〔一〕句法的連貫遞貫，可爲筋節，以之消納，翁評《杜詩》實事求是，允爲其「肌理説」之特色。

然而，「句法」以「詞法」爲本，而「詞法」又以「字法」爲基，源同理貫，故宋如珊《翁方綱詩學之研究》以爲翁氏論杜「詞法」，有以下二種：（一）析論詞與詞之關係者；（二）析論詞與篇章之關係者。至於《翁批杜詩》「句法」，宋如珊也分別兩類：（一）析論句與句之關係者；（二）析論句與篇章之關係者。〔二〕除此之外，「句法」的表現與運用，尚有「倒捲」，如前卷一《望嶽》所謂：「『夫如何』三字，乃是從下句倒捲而出。」又有强調「平仄」者，以下爲筆者的檢擇示例：

起二句，一、三字皆仄，所以鬱積其氣勢；而第四句，「滄」字之必平，以及中聯「烏鵲」句之「烏」字，「乘九皋」之「乘」字，各因勢而必用平者，皆從此一起句，厚蓄之矣。（卷一《臨邑舍弟書至苦雨黄河泛溢隄防之患簿領所憂因寄此詩用寬其意》）

「弦豈」，「豈」字必仄，此亦一篇音節所發也。「初」字，或是當日原稿，未經改定之本耶？（卷五《初月》）

末段「山」字，必要平聲，此一路神氣使然，不獨「詩好」「書成」，「彭門」「魚鳥」諸聯之

〔一〕詳參宋如珊《翁方綱詩學之研究》引《杜詩附記》之示例。

〔二〕以上皆詳參宋如珊《翁方綱詩學之研究》所引《杜詩附記》之具體示例。

叶應也。是頓，是勒，是要吟哦。（卷六《寄彭州高三十五使君適虢州岑二十七長史參三十韻》）

一路傾瀉騰跳之勢，都從首一句一五七之仄聲得之。（卷八《所思》）

弟三句、弟五字是平聲，然後知整齊之至，即變化之至；熨貼之至，即奔放之至也。（卷八《所思》）

末句弟三字一個平聲，孤懸耿耿。（卷十二《倦夜》）

起二句，包括一切。「雲」字平聲，音情凝咽。（卷十五《偶題》）

「二鷹猛腦徐絛䌖」，語本不誤，「腦」對「絛䌖」，「猛」對「徐」，此亦當句自對之勢也。蓋「猛腦」乃二鷹自具之怒勢，而垂帶之「絛䌖」却自舒徐也。有此「絛䌖」之舒徐，益以見腦目之猛怒矣。即以句法接下「目」字，亦必應如此。或改爲「絛徐墜」，「墜」字插入，語穉而節滯，此不知詩者也。中間三韻，皆四句四疊，所以末段方好抽出一句，遥應首段，而出結句之路，此自然定格也。或者乃欲删去「齊」字一句，以爲突兀，則是不知音節章法之理矣。（卷十五《王兵馬使二角鷹》）

翁氏以爲透過字句「平仄」聲情的轉换變化，則氣勢厚蓄，音節發揮，神氣協應，頓勒吟哦，整齊變化，熨貼奔放，詩情揚溢，無所不至矣。此外，又强調句法之峻削、收束、頓挫、特提等，可謂紛陳多樣，極爲細膩，筆者檢擇示例如下：

「鋒先」「騎突」，從上聯「騰」字、「渡」字來，其句法峻削，乃一定必至之勢，或謂失大方者，非也。結句，面面俱到，而却是實事，所以爲史也。讀《春秋》，當知此意。（卷三《喜聞官軍已臨賊境二十韻》）

真氣逼塞，而頓束次弟出之，所以不特「顔色壞」與「柯葉改」，句法不必避也。（卷八《病柏》）

「滄波老樹」，重起提唱，此詠嘆頓挫法也。（卷八《柟樹爲風雨所拔歎》）

三、四押住，五、六浩然，身世直注末句，所以後半章法，别出頓挫，不覺遂重構粘聯，此在杜公，亦非有意也。而不知者，遂謂其意中，先有五、六一聯，則於詩理，全未體會矣。（卷九《嚴公仲夏枉駕草堂兼携酒饌》）

「還思」「罷囀」，含蓄頓挫，直包括至德、乾元以來無限舊緒。注家但以夏時入覲，詁之淺矣。（卷九《奉送嚴公入朝十韻》）

「勛業」「行藏」四字，無限頓蓄，若與下三字一直讀下，則少味矣。（卷十三《江上》）

嘗取《劍南集》中「痕」字之句，集鈔觀之，以爲放翁善用「痕」字也。至杜公此篇，則邨失、魂招，無一不攝入，昌黎謂「雷硠巨刃」，斯其至矣。豈惟「豺虎亂」是特提之筆哉？「高枕」「閉門」，乃正是泬寥空曠中特提之筆耳。予曩時，每以東坡《虎跑》《惠山》二篇中「欹枕」「閉門」，較其頓挫即離之勢，豈復能與此同論耶？（卷十三《返照》）

《翁批杜詩》由「字法」而「字眼」、「詩眼」，由「句法」而「詞法」「章法」，循序漸進，層次分明，立基礎以構詩法，啓心神以探詩旨，確爲自得有見。

（三）「章法」特色

「章法」，即詩句通篇連貫關係之方法，著重於詩的完整全體性。《翁批杜詩》中，特別重視詩的脉絡通貫，所謂「始終條理」，凡前後組織，聯絡照應，皆須緊密聯結，始爲完整的結構，詩意旨趣才能焕然開彰。相對而言，如果遽加分割詩句，截爲片斷；或空拈一句，視爲奇句，則大失其趣，迴非詩人興致。《翁批杜詩》卷十五《偶題》，翁方綱黏貼夾籤有二文《與即墨張肖蘇孝廉論杜偶題詩》《與馮魚山編修論杜偶題起句》，可以説是翁氏對於《杜詩》章法最佳整全的詮釋，二文分别迻録如下，曰：

杜公《偶題》一詩，自來無善會者；或謂前半論文，後半述懷；或者甚至謂前後渺不相涉，皆由將「緣情慰漂蕩」以下，另作一截看耳。不但後半别生枝節，即前半亦成鈍滯，所謂死於句下者也。「文章千古事」二句，乃一篇之總攝，其曰「騷人」，曰「漢道」，曰「歷代」，曰「江左」，曰「鄴中」，於詞場祖述、藐文流别之故，有意其推本之矣。豈知今乃用以「慰漂蕩」「賦離别」耶？卒之「分詩興」於「稼穡」而已，「學土宜」於「柴荆」而已，并「佳句」之「不敢期」矣，而更何「舊列」「清規」之云乎哉？曠望今古，可爲拊膺慨息者也。然念自弱歲以來，實嘗役心力于兹，雖不敢詡吾家之堂構，雖不敢擬前輩之飛騰（此即「騄驥」「車輪」注脚）；然於儒家經術，師法相承，貫穿上下，數千百年之間，問津討源，中流砥柱，舍我其誰也！故雖所如不偶，身名抑塞至於如此；而此中甘辛丹素之所以然，自問生平，無多讓焉。「庾信文章」六絶句，題曰「戲爲」，蓋散見之詞也。「文章千古」一篇，題曰「偶題」，則總挈之旨也。此一篇，乃一部《杜詩》之大序也。

昨與肖蘇論此篇，謂起二句乃一篇之總攝，此語恐不善會者，必謂二句總冒，特泛論引起耳。則李空同諸人，以起聯雄渾貌襲爲杜者，皆得而僞爲之矣。愚謂「此二句，一篇之總攝」者，今試爲剖析説之，而後知從來讀此二句者，皆隨口失之也。杜陵之詩，繼《三百篇》而興者也，非天寶、至德、上元、寶應一時之作也；非成都、夔府回想秦川偶寓亂離之作也。吾最不服歐陽子「窮而後工」之語，夫謂「窮而後工」者，蓋不窮不能工也。杜之「浣花」「瀼西」「東屯」「西閣」，鬱勃淋漓，可謂極其工矣。至于「宣政」「紫宸」「掖垣」「左省」間之作，以通集計之，曾不得什之一二耳，此豈非歐陽子之言驗于杜陵乎？曰：「此非杜陵之志也。周文公陳《時邁》、頌《思文》，公之志也。《東山》《破斧》，豈公之志哉？今如讀《零雨》之篇，嘆其窮于遇而後工，可乎？設使少陵與房、杜諸人，並時立于貞觀之朝，有唐一代，雅頌蹐漢魏六朝而上矣，不幸而遭天寶亂離，飢餓奔走，抑塞無可告語，而其詩之工，乃日出不窮者，蓋天地元氣，至此時必于是人發之，不擇其時與地矣。而此老撫心自許，終若未敢自信者，終若有所遺失者，故于此有怦怦難釋之積憾焉。其得，則先世之傳緒也，前哲之稟承也；其失，則坎壈不偶之所致也。然静言此事，則非一人之事、一家之事，而千古以來，流傳付受，文章根于性道，英華發于事業，故曰『自許稷與离』，又曰『聖哲垂象繫』，思深哉！作者其有憂患乎！此所以上下千古，返證寸心者也。必合此通篇，字字貫串，而後曉此二句；必合通集，知人論世，得其所以不得不作之故，而後曉此二句也。而豈泛論引起之虚冒也哉？凡讀《杜詩》，無一篇不當如此細看；而此二句，人皆相沿口熟，幾視若文家評語，與書舍之題句，遂至并其真理，習而不著。凡李、何以來，吞剥蹈襲，學其貌而遺其精者，皆職是之由也。吾烏能以勿辨哉？」

翁氏批杜，其章法特重詩句連貫的關係，故翁氏以爲章法須注重變化、開合、天然、精微、生氣，而能自然天成，則文章詩趣之性情嚮背、順逆明暗、沉頓比興，即爲通篇的一大開闔。筆者檢證《翁批杜詩》示例如下：

雖創格，實正矩也。其每人句法多少，伸縮自成章法。（卷一《飲中八仙歌》）

前六韻、後六韻，自成章法，此皆自大謝來。（卷二《渼陂西南臺》）

比興兩段，凡四層，銜接變化。（卷二《示從孫濟》）

篇首「馮唐」，篇末「貢公」，各自單用，亦成章法。（卷二《承沈八丈東美除膳部員外郎阻雨未遂馳賀奉寄此詩》）

此首復以山水開接，章法整而能變，變而仍整。（卷五《秦州雜詩二十首》）

「木葉」一聯，看其對法，此於弟六歌中，便已辦得結束矣。「溪壑」「回春」，天然章法。（卷六《乾元中寓同谷縣作歌七首》）

後四句展放一幢畫圖出來，與起首七字相映，章法妙甚！（卷七《南鄰》）

此首一、三，即以迴帶爲消納，更不費力，亦自各爲章法。（卷七《寄楊五桂州譚》）

云「不是無心學」者，乃其意欲「傳真骨」耳。弟五句「真」字，一按旋；於弟六句，以「真」字掃之，此開合之妙也。「觀者」之「愁」與「燕雀」之「怕」，前後各自布勢，則亦不必以「到幽朔」「上九天」爲呼吸之能矣。杜公天然章法，往往如此，絶非人力架構而成。（卷九《姜楚公畫角鷹歌》）

雨晴相間，凡十餘篇，忽於此篇作小結束，斯爲變《雅》章法。（卷十三《雨》）

「倒景」，「景」即「影」字。一句之中，上作「影」，下作「景」者，從其來處也。然揚子雲《甘泉賦》「歷倒景而絶飛染」，張平子《思玄賦》「貫倒景而高厲」，張景陽《七命》「承倒景而開軒」，皆以「倒景」作虚用，未嘗實指其地也。惟《文選注》引陵陽子《明經》及相如《大人賦》注亦引之，曰：「列缺气，去地二千四百里，倒景气，去地四千里，其景皆倒在下。」此則若實有其地者，少陵熟精《選》理，乃以「倒景」與「瀟湘」疊對，此亦詞場祖述之一端也。上「神」字、下「色」字，俱收入「吾豈敢」之内。「吾」字指韓。公于韓之出處心跡，必有難以質言者，故多着迷離幻景之語。（卷十五《寄韓諫議注》）

「省署開文苑，滄浪學釣翁」是薛之語，「李陵蘇武是吾師」是孟之語。此二章首尾，自然章法也。「俗客」「古人」亦與上一章「沈范」「曹劉」映合，以爲章法。此理要皆天成，非關意造。（卷十五《解悶十二首》）

杜公意在於瘦，而「肉」字以正面出之，「骨」字反以側面出之，此文章向背順逆法。「宕」字疊入一韻，以束其勢；與前「焚」字、「分」字二句之疊韻相應，亦音節之不得不然者。（卷十五《李潮八分小篆歌》）

杜詩于動、植之物，各見性情向背之勢，正亦不必概作比興，所謂「萬類困陵暴」也。此「寬」字與「細」字對，極其穩重拍合，正是悶坐中沈頓之筆。（卷十五《遣悶戲呈路十九曹長》）

明暗開闔，比興向背，令人莫可蹤測。「崖擁」「峽聳」，是通篇大開闔也。然豈果「深峽」之「修聳」哉？豈果「郎官」之「爲冗」哉？（卷十六《晚登瀼上堂》）

（其三）「紅翠」「微香」，不言其物，亦虛實章法。（其四）此「鱗」「翼」，較前有虛實之别。

（其五）結句，開山谷打諢法。（卷十七《秋野五首》）

章法寬綽，而境益真實，乃愈澄敻矣。（卷十七《雨四首》）

此篇可抵《北征》。「神女峰」「昭君宅」，與後幅之「天皇寺」「帝子渚」，不必相應也，而自然有此章法。「丘壑」以下，句句頓挫出之。（卷十八《大曆三年春白帝城放船出瞿唐峽久居夔府將適江陵漂泊有詩凡四十韻》）

「𨅊」字必仄，是轉、是開、是接。讀者須于此參悟章法，此在全篇内，爲纔過前半；而此句弟三字平，弟四字仄，合之末句「老」字，以仄收者，愈見章法之迴合也。近日，杭人翟晴湖誤讀此句「𨅊」爲平聲，反謂杜公誤用，蓋不知詩中音節，爲章法所關耳。（卷十八《水宿遣興奉呈群公》）

亦是連數首爲一片之章法。（卷十八《舟中》）

不必定與首章起句相顧應也，而節拍天然，自成章法。（卷十九《清明二首》）

誠如宋如珊《翁方綱詩學之研究》認爲：「章法指一章内字句彼此連貫呼應之法，使全詩結構爲一不可分割的整體，因句法爲章法之根基，而章法亦爲句法之擴大，故翁氏認爲『句法即章法』。」由字之開合，推展至前後布局，《杜詩》結構渾然天成，而無斧刻之迹。翁氏以解析一章之手法解析聯遞詩句，即形成所謂的「小結架」，而「小結架」爲章法的組成成分，不可輕忽。至於章法的應用，翁氏以爲當以「自然」爲貴，而此「自然」即是以無法爲法的表現，即是自然的節奏，妙化的神理，也是「章法」運用的最高極致理想。

（四）「篇法」特色

「篇法」即是解析一章之法，擴大至一篇之數章。翁方綱以爲凡《杜詩》一題數首，或數十首者，開闔頓挫，穿插排宕，絶非可抽出單舉，此是作者自具用心也。在杜甫大篇幅的詩作之中，翁氏最推崇《秋興八首》，《翁批杜詩》卷十五，洋洋灑灑，興味十足，值得仔細參詳。文曰：

（其一）詞場祖述之理，條理大成，于斯臻極。有「重」字一本，則益見「兩」字之穩重大方。

（其二）郎仁寶針砭僞虞注，所謂「齊失而楚亦未得也」。惟此首末句，謂自「落日斜」時，「望」字生來却是。

（其三）「心」字，此一平聲，細膩沈頓。

（其四）弟七句，沈頓而出。

（其五）有謂「點」是「點辱」者，非也。

（其六）論者但知「故國平居有所思」一句，領起下四首，皆懷長安景事，此亦大概粗言之耳。其實，「瞿塘峽口」一首，首尾以兩地迴環，其篇幅與「蓬萊」「昆明」「昆吾」三首皆不同，而轉若與「聞道長安」一首之提振，有相類者。蓋弟四首，以「長安」「故國」特提；而「蓬萊」一首，以實叙接起；弟六首，以「曲江」「秦中」特提；而「昆明」「昆吾」二首，以實叙接起，則中間若相間，插入「瞿唐」一首，作沉頓迴翔者，此大章法之節族也。若後四首，皆首首從長安景事叙起，固傷板實，即不然而一章特提，一章實叙，又成何片段耶？今弟五首實叙，而弟七、八首又實叙，中一首與末二首層疊錯落，相閒出之，乃愈覺「聞道長安」「瞿唐峽口」二首之凌厲頓挫、大開大合，在杜公則隨手之變，虛實錯綜，本無起伏、收束之成見耳。

（其七）自弟一首正寫秋景，直至此首五、六句，乃再正寫秋景，正提秋事也。細翫八章，雖以中間「魚龍寂寞秋江冷」一句爲筋節，然前則「夔府孤城」一首，皆虛含秋意，並非實寫秋景；「千家山郭」一首，全不着秋，惟「清秋」二字一點而已。後則「蓬萊」章，亦全不着秋，惟「歲晚」二字一點，此較「千家山郭」一首之「清秋」字更爲虛渾矣。「瞿唐」章以秋作兩地聯合節拍，而邊愁究非賦秋也。至於「昆吾」一章，則竟脱開通幅，以虛景淡染「碧梧栖老」，並非爲秋而設；而「彩筆干氣象」轉於「春」字系出，此則神光離合之妙也。然則江間塞上，黯淡沉寥之景，後七章豈竟全無映照之實筆乎？然又不可再於江峽之秋景，着筆摹寫也。惟此首「夜月」「秋風」，無意中從昆池咽到題緒，所以五、六一聯，遂提筆從「菰」「蓮」重寫秋境，以爲實，則實之至；以爲虚，則又虚之至。想像中，波光凉思，沉切蕭寥，彌天塞地；然則此首乃已正收秋興矣。第八章，乃重與一彈三歎耳。

（其八）謝道藴《登山》詩「氣象爾何物，遂令我屢遷」。方綱按：《詩·大雅》鄭《箋》云：「天爲之生，配於氣勢之處。」《正義》曰：「氣勢之處，謂洽陽、渭涘也。」此「氣勢」二字，可作謝詩「氣象」二字之證。《杜詩》「昔遊干氣象」，又云「賦詩分氣象」，即此義也。「昆吾御宿」以下六句，皆括入「氣象」二字内，或遂以「氣衝星象表，詞感帝王尊」之句例之則非矣。惓戀主知意，自在「蓬萊」一首内耳。後有《秋日寄題鄭監湖上亭》五律，亦云「賦詩分氣象」，可以相證。「干」字，猶「吹皺一池春水，干卿何事」之「干」，俗解則類於「干求」「干犯」之「干」，誤也。「東風入律，青雲干吕」，正是杜詩此句「干」字之義，解此，方知此首弟七句，反照凋傷，捲迴八首，綴系於秋，尤爲奇特矣。潘安仁《秋興賦·序》曰：「時惟秋也，故以『秋興』命篇。」釋之者曰：「鄭氏《春官》『六詩』注『興者，託事於物』也。若迺謝惠連《秋懷》詩，止於一篇而已。蓋託事之理，緣意而生，意盡篇中，故無假於複疊也。」惟杜陵之詩，法自儒家，而貫攝群籍；然後言情之作與事物錯綜之理，交合出之，而極其至焉。然若《八哀》《諸將》《詠懷古跡》之倫，所謂事訖而更申，章重而事别也。惟《秋興》之篇，至於八首賡復，則一事疊爲重章共述，斯無區乎？初同而末異者矣。是以古今藝林，推爲巨製，非其氣力出於物表者，殆無以勝之歟！

翁氏推崇《秋興八首》組詩，以爲杜甫各長篇内鋪寫手法最具特色者，曰：「杜陵之詩，法自儒家，而貫攝群籍；然後言情之作與事物錯綜之理，交合出之，而極其至焉。」故爲「詞場祖述之理」，全詩「條理大成，于斯臻極」；更譽之爲「古今藝林，推爲巨製」。《秋興八首》之批語成爲翁氏論杜詩法的代表作，可謂集翁氏「詩法論」之大成。筆者檢擇翁批有關「篇法」的内容，示例如下：

十首内，獨此首起句單行，是中間插入之篇法也。而獨此首結句，逐字對偶，此皆天然節奏。（卷一《陪鄭廣文遊何將軍山林十首》）

此篇與《北征》相爲表裏。……此太史遷叙事勝場也。峰巒坡陀，凡作二層寫。（卷二《自京赴奉先縣詠懷五百字》）

此篇全開啓後來元遺山五言詩法，至其中鉤環疊襵、圓厚沈蓄之妙，則非遺山所能盡耳。（卷四《畫鶻行》）

「往者」「是時」「前春」「前者」，雖每隔六韻一見，然並非以此爲章法段落也。固不是相複，然亦不必相炤。「天子惟孝孫」，此大篇春容頓蓄處也。「天子惟孝孫」，五字神理，到「太宗」句始圓。（卷十四《往在》）

（其一）五首惟《宋玉》一篇，明出「吾」字；然《庾信》篇之「詞客哀時」，固是今古雙關；

即《諸葛》篇之「伯仲伊吕」，亦是自許稷、禼分量語。至於《明妃》篇之「分明怨恨」，《蜀主》篇之「虚無想像」「一體君臣」，皆爲自己寫照也。題目「詠褱古跡」四字，正復拆開不得，是詠、是懷（此「褱」字是活字，非死字，猶「褱古」之褱，非「咏褱」之褱也）、是古蹟渾合淋漓、蕭寥突兀，迺若無轍迹可尋者。不特「詞客哀時」，是指庾信；即「羯胡事主」，亦指宇文護也。必如此解，末二句方有根，斷無通章屬杜自詠；而至末二句，始以庾自比者。且杜公「稷、禼自許」久矣，亦斷不肯自目爲詞客也。（「相如授簡」「枚叟升堂」等句，似以詞客自居者，此時、一境言之者，斷不應自稱詞客者也。若貼合庾子山，而以自己映照入之，則無不可矣。）或則所謂言各有當也。若此題上下千年，體段極大，則是杜公全身分量所寄，非比它什偶對一乃謂後四章，皆按時代先後爲次，遂以首章全屬杜自詠者，非也。此詩實因庾信宅而作，「三峽」「五溪」固不見於庾集；然即屬杜公借今形古，亦總在浩然緬想、參差互照之間。且即使三、四句，屬杜公自詠；而「支離」「漂泊」，又曷嘗不與庾信關炤耶？《子山集》中，正多播遷流寓之詞耳，又豈必其「五溪」「三峽」之相同耶？（其二）此首弟三句，忽然不粘，乃正見其突兀而來，橫亘萬古，豈復可聯合後數章，以時代先後爲排次哉？（其三）弟一章以「漂泊」「哀時」爲主，而帶出「詞賦」；弟二章以「悵望」「深悲」爲主，而帶出「文藻」，其地同，其人同也；其事同，其心同也。此自應作前二章，且必應先庾而後宋。若先宋後庾，則是排類時代之詠史詩矣。誅茆舊宅，穿逕臨江，曠隔千年，感連一緒，此則空濛沉寥之思，愈進愈上，爲前二章之血脉也。至若弟四章、弟五章，風雲際會之艱，得士應天之契，此老胸中迴環，感喟非一日矣。所以《蜀主》章之一體同祀，固不離武侯；而《諸葛》章之漢祚宗臣，亦不離先主，此自是二章聯貫之緒，夫人而知之者矣。然弟四章前半，已注出卧龍寺，後半復唱出武侯祠，則是合此二章十六句，蓋不啻説武侯者過半焉。此則先生心事所寄，而此二章氣脉之聯屬，蓋無疑矣。惟弟三章《昭君邨》一首，似是閒情憑弔之作，此其所以必在中間，猶叙事文字中間插入閒筆也。然而，起句却以山川蜿蜒鬱結之脉，全注於此；結句却以千載怨恨，冷系於此，豈得視爲偶然託寄之閒筆哉？而彼不知者，方且以爲四章依時代之先後爲次，壹似後來地志内之題詠括題「呆賦」者，豈復有杜公之真詩乎？（其四）如此「亦」字，方是大書特起之筆。或乃欲改首句，爲「漢主征吴」，則不可通矣。（其五）「萬古雲霄一羽毛」，即所謂「堯舜事業，如浮雲之在太虚」耳。「一羽毛」三字，合下「見」字、「失」字，一片讀之，乃愈見神龍掉空，見首不見尾之妙。「軍務」，「軍」字以實事爲提筆，此不僅因本篇起句之仄脚，并弟五句之音節相應所致也。（卷十五《詠懷古跡五首》）

杜公每以切姓之句，與切事之句，相並出之，其先後向背，則各因篇法耳。（卷十六《七月一日題終明府水樓二首》）

層層開合，仍只是一大開合。（卷十七《大曆二年九月三十日》）

以上各詩論篇法中，有强調插入、表裏、承啓、舂容、頓蓄，以及切姓、切事先後嚮背之應，不一而足；其中，卷十五《詠懷古跡五首》與前引《秋興八首》，可與卷十六《奉送王信州崟北歸》共參，翁方綱批語總綰「篇法之相間」「音節之相承」「循其節拍頓挫」，十分精彩傳神，可爲「篇法」特色的最佳注脚。文曰：

此詩篇法之相間，音節之相乘，如畫花之有凹凸，山水之有起伏、迴抱，當循其節拍頓挫，而自得之。……「畫角」句，神氣從下一句，倒吸而出。「塵生彤管筆」，此句首必是「塵」字，斷無仄聲之理。所以兼存「老」字者，欲見此間劖鑿之迹耳。凡一本作某之字，有益於誦詩者不少也。「徙倚」一聯，通幅至此，乃不自知其拍節，而安絃矣。雅，正也，非復「盗賊」「誅求」「瘡痍」「軍旅」之謂矣。此二字，可抵一篇述行詩序。

翁批前後呼應，相互輝映，皆可謂《翁批杜詩》評論《杜詩》「篇法」及其「詩法」的美璧，值得細加翫味，如實追摹其形神兼重、技道並進的審美識鑒。

（五）「韻法」特色

「韻法」即詩中用韻之法，翁方綱認爲讀詩不宜分割篇章，但可從詩中的結構與聲律的分合，做爲入手之處。至於用韻的原則，翁氏於《蘇齋筆記》卷十一認爲「通韻」當以杜、韓爲準，故曰：

用韻以杜、韓爲定法，凡古詩遇寬韻則通用之，遇窄韻則只就本部用之，如杜之《石壕吏》，四句内通用真、元、寒三韻，此則句少韻寬而反通用也。如韓之《贈張徹》，押青部至五十韻，此則篇長韻窄而不肯通用也，以此類推，可爲作古詩之法。

「凡古詩遇寬韻則通用之，遇窄韻則只就本部用之」，可爲翁方綱評點《杜詩》「韻法」的準則。此外，翁氏對於「韻協之分合」，嘗於《復初齋詩集》卷六十二《齋中與友論詩五首》之四，云：「屋、職乃通用，昔、鶴奚能評？」自注曰：「愚讀杜附有《韻考》一卷。」可知翁氏於《杜詩》押韻通用、分合之法，頗有心得。筆者試綜《批批杜詩》所見，示例如下：

「踣」「塞」字，入屋韻，此亦屋、職通用也。（卷二《三川觀水漲二十韻》）

凡八首：屋、職通者，其目在此册末頁。真、文、元、寒、删、先六韻通者。質、物、月、曷、黠、屑六韻通者。七古仄到底者《病後過王倚飲》。（卷二末頁筆記）

前十二句，後十四句，「拳拳」句插入一韻，雖不必，其前段亦與相配，而「足」字終當入韻，此亦屋、職通用之一處也。至於前後二段之伸縮變化，則又以句法長短爲音節耳。（卷四《偪側行》）

質、物、月、屑，四部通用。（卷五《留花門》）

前半屋、職通用。（卷十一《桃竹杖引贈章留後》）

屋、職同用。（卷十一《南池》）

筋、勤，入真韻。（卷十一《贈王二十四侍御契四十韻》）

陌、錫韻十二句，屋、沃韻十六句，篇幅略用參差；末以提筆，放一長句。（卷十五《醉爲馬墜諸公携酒相看》）

翁方綱以爲唐人押韻謹嚴，而杜甫、韓愈古詩用韻，故可爲千古規式。按：《廣韻》所載，屋韻獨用，職、德同用，衡諸《杜詩》詩韻部分合現象，固有此趨勢，而收舌根塞音者，也確有通用的現象。綜合以上，翁氏以聲律「韻法」說《杜詩》，其入手處即自音節開始，以探求一詩通篇的組織與結構。翁氏復於《蘇齋筆記》卷十一，更專考屋、職及其他韻部通用現象，以明《杜詩》用韻矩度，文曰：

惟杜少陵以屋與職通，讀者見屋與職以不在通用之例，因而他韻亦皆混用，以爲杜公尚且以屋與職通，則他韻何不可通者，孰知詩之用韻必以杜、韓爲準，則杜、韓「屋、職」通用，乃自經典以來早已如此，凡注《杜詩》者皆不知講明此義，愚之讀杜則專系《屋、職通用考》一卷於後，歷徵《三百篇》、周秦古籍，實皆以屋與職通用，然後知《杜詩》之有本也，然後知他韻之必不可混言通用也。

承此文，筆者根據宋如珊《翁方綱詩學之研究》（頁一二七以下）分析指出：

唐人用韻，如依《廣韻》則屋韻獨用，沃、燭同用，覺韻獨用，職、德同用；依工部押韻之例，職、德可與屋、沃、燭通韻，以其同收舌根塞音（-k）韻尾也。至於《石壕吏》，以村、人、門爲韻，人、孫、裙爲韻，皆以人字與文、魂部相諧，較諸他韻爲寬，若非杜甫語音當時實際如此，即仿古使然。考之口體，通韻之迹較不明晰，與《廣韻》之劃然分明者不同，近體尚多遵循，古體則凡收舌尖鼻音（-n）韻尾者，類多可通，是以王了一《漢語詩律學》云：「依《杜詩》而論，凡以n收尾的字都可互相通押。」

因此，宋如珊歸納出《杜詩》用韻的規式，分爲以下三類：（一）平仄特妙者：此特指一平一仄之用，不可移易，關繫一句一篇者。（二）音節關乎章法者：筋脉喻其轉换、承接之效果，通篇之得以聯絡，全賴此音節瀏亮處，使之聯貫一氣。（三）押韻足爲格式者。〔一〕宋如珊《翁方綱詩學之研究》於此「（三）押韻足爲格式者」下，有按語曰：

翁方綱嘗批《王文簡古詩平仄論》，其中所舉平韻到底之作特多，蓋平聲爲古詩中最通用者，所謂末三平之格式，乃古詩之正調，當是平聲舒長，宜於諷誦，《附記》特舉杜詩仄韻特妙之作，如《悲陳陶》，其音節自宜哽咽出之，故以仄韻終篇，《悲青坂》亦「一韻仄起，篇中有叠韻」。仄聲之音節特有悲咽之效果，然短篇尚可，稍長則需插叠平韻，以舒暢節奏也。

〔一〕以上三類，詳參宋如珊《翁方綱詩學之研究》所引《杜詩附記》之具體示例。

因此可知，翁氏析論詩的「韻法」，首先即牽涉到韻的平仄、押韻、音節與章法，而透過字的音節、句的音節以及篇章的音節，可以如實説明一詩通篇的格調與神理。宋如珊《翁方綱詩學之研究》將字、句與章之音節分別三類，如下：一、字之音節：説明某字音節所産生之效果。二、句之音節：（一）有説明某句音節之作用者；（二）有説明句與句之關係者；（三）有説明句與章之關係者。三、章之音節：音節之安排與結構之布局，二理相通，皆着重章内字句或音節之相繫映襯。翁氏認爲安排音節之法在於靈活，其法據不同篇章而定，非有定法，而不諧者爲諧者之變化，故不宜拘泥。而音節章法的安排，應以自然爲尚，當出於神理而不見雕琢之迹。〔一〕可見音節超越文字之外，不僅能發揮詠嘆作用，而且具有多重的聲情效果。而且「韻法」的音節轉换，實與「章法」密切相關。

此外，翁氏解析一詩也有結構與聲律合併析論之例，如杜甫《嚴公仲夏枉駕草堂兼携酒饌》詩：「竹裏行厨洗玉盤，花邊立馬簇金鞍。非關使者徵求急，自識將軍禮數寬。百年地闢柴門迥，五月江深草閣寒。看弄漁舟移白日，老農何有罄交歡。」翁批云：

五、六與「老農何有」自相拖合，所以「百年」字内具身世感歎之神理，而奈何後人襲之。自計此生無多栖泊，百年之内，闢此草堂，此正是末句「何有」二字圓光所結也，而不知者以爲必與「深」字板對，遂改爲「僻」，於是「僻」「迥」「深」「寒」成四對矣。三、四押住五、六，浩

〔一〕以上詳參宋如珊《翁方綱詩學之研究》。

然身世直住末句，所以後半章法别出頓挫，不覺遂重構粘聯，此在杜公亦非有意也，而不知者遂謂其意中先有五、六一聯，則於詩理全未體會矣。

翁氏認爲結構與聲律必須配合，故於《惜别行送劉僕射判官》批曰：「韻之轉换與篇法、段法乘承比伍。」因此，翁氏由結構與聲律解析《杜詩》，皆着重詩法的靈活運用，而「韻法」析論則視篇章而定，以闡述《杜詩》技巧的精妙，指導門生學人由詩法的各層次奠基，嫻熟而後超越，及能表現詩境神理。

再者，《翁批杜詩》中所批叙及「韻法」者，筆者檢擇復見有强調其「縈迴」「動宕」「迴折」「音節」「章法」「宛轉」「紆迴」「頓挫」「節奏」「自然」「精嚴」等作用，示例如下，提供學者參考研究：

此則前四韻説韋，後六韻自述，與前篇不同矣。然後半之自述，所以較前多二韻者，亦正以「大巫」「感激」仍繞到韋，所以縈迴動宕，絶非板分前後二段耳。（卷一《贈韋左丞丈濟》）

杜七古自《瘦馬行》外，一韻到底者甚少；此前一首，與《哀王孫》皆有插入韻者，至此篇無插韻之句，而弟三句亦以入聲作出句，雖非韻而神致飄忽，亦似幾於有插韻者，故遂以十一韻成章，畢竟不取整齊，然亦皆自然無意，非必與前一首相炤也。（卷十一《憶昔二

首》）

十六韻，只三韻三平耳。中間「駐羲和」「畏虞羅」，極出以宛轉音節，乃苦調也。（卷十二《別唐十五誡因寄禮部賈侍郎》）

此末句一「吟」字，紆迴頓挫，蓋五首音節，是一片宫商也。（卷十五《暮春題瀼西新賃草屋五首》）

七古一韻到底之作，前人所不常有，而仄韻者尤少。此篇雖以仄韻終篇，而結尾必以跌宕變調耳。（卷十六《寄狄明府博濟》）

前後各六韻，而换韻處，意却相連，與《大食刀歌》中間轉接下韻處同法。（卷十七《久雨期王將軍不至》）

韻之轉换，與篇法、段法，乘承比伍，熟讀此首，思過半矣。（卷二十《惜别行送劉僕射判官》）

此外，翁批又强調「節奏」「相乘」「收束」「自然」「激應」「天成」「收攝」「氣局」「蟬聯」「精嚴」等，故於「韻法」之變化應用，可謂多方而活絡，以下檢擇其中犖犖大者，示例於下供參：

《杜詩》篇章之妙，大抵仿此。亦或間有竟可以節奏頓束分看者，究竟仍當以一氣領會耳。（卷一《奉贈韋左丞丈二十二韻》）

前十二句，後八句，恰於中間插入一韻，排蕩開展，以成節奏。〔一〕（卷一《樂遊園歌》）

「頭上」「背後」，此處實是二疊之音節，非三疊之音節；其有妄增者，蓋不知音節者也。必用二疊，方可以足上「繡羅」二句也。而「穩稱身」三字，又一齊收買。（卷一《麗人行》）

此首特於中間，變調作關紐，乃文章自然之節族也。（卷五《秦州雜詩二十首》）「風浪」，「風」字必平，乃一篇音節收束處也，五律弟三字之關鍵，喫緊如此。（卷五《天河》）

弟二歌於弟三句疊入一韻，弟三歌則於弟五句疊入一韻，此皆偶然隨手之變也。所以，弟七歌不得不放出長句，此亦音節自然激應。（卷六《乾元中寓同谷縣作歌七首》）

「江上」「舍前」，二字相偶；「分蒼」「翠拂」「波濤」，三字相偶，皆自然之節族。（卷七《從韋二明府續處覓綿竹》）

亦不必定以旌節之重、羇旅之輕，借作比興也。而有意無意間，自成天然節拍。點出「朝來」，以見留此終日，直至夜闌之永久也。上面「延」字、「惜」字，一路神氣，唱嘆出之。（卷

〔一〕 翁方綱《七言詩鈔》卷五《樂遊園歌》曰：「前十二句，後八句，恰於中間插入一韻，排蕩開展，以成節奏。」同卷《同谷七歌》又云：「第二歌於第三句疊入一韻，第三歌則於第五句疊入一韻，此皆偶然隨手之變化，所以第七歌不得不放出長句，此亦音節自然激應。」可與此條鈎貫相參。

九《送嚴侍郎到綿州同登杜使君江樓宴》

三韻皆六句，而中聯「鬼神」句抽出一句，乃是音節章法。偶觀李西涯《靈壽杖歌》云「爪之不入行有聲」，蓋西涯亦記憶此詩，而不得「爪甲」二字之妙也。精神頓挫、老病遲迴，全在此二字，讀者豈可以尋常字眼視之乎？昔東坡《咏鐵拄杖》云「忽聞鏗然爪甲聲」，用之於鐵更爲警醒，是乃善讀杜者，而杜語之妙益見。「拔劍」與「路幽」，一虛一實，參差作對，此乃所以開展下半篇之勢也，其節奏天成如此。不説歸秦，而説入蜀；不説凌陸，而説涉水，此他人所必不爲，而先生詩境之真、詩力之厚，所以凌跨百代者也。「持」字、「人」字兩出，句皆平聲，此乃正其極放筆處，亦即其音節收攝處。（卷十一《桃竹杖引贈章留後》）

此即以起句之「迢遞」「蹉跎」，承接弟一首末句之「艱難」「漂泊」，乃覺前起之「村村」「岸岸」，其氣局音節，自然皆合拍。（卷十二《春日江邨五首》）

似四段，又似兩段，然終不可劃斷。蓋讀《杜詩》，無可劃斷之理；若以間架、節族、分合觀之，固自無所不可。「客居」「所居」「相半」「相傷」，皆節族之自然蟬聯而下者。（卷十二《客居》）

前篇結句，以不對承對句；此篇結句，以對句承不對，皆自然之節奏。（卷十三《最能行》）

杜公用韻最精嚴，而此篇「上」字，與《八哀》《滎陽》篇「上」字，皆與唐韻不同，何也？

（卷十三《楊監又出畫鷹二十扇》）

三、四純用質直，故五、六矯特之筆，不覺遂有「送」字、「偷」字，此亦文章家必然之節奏。但提筆如山，自非杜公不能耳。「臘送」「雲偷」，亦爲詩不惜作轉捩地也。（卷十五《奉送蜀州柏二别駕將中丞命赴江陵起居衛尚書太夫人因示從弟行軍司馬位》）

前十五句，後亦十五句，中間二句轉捩而下，韻則接前，義則係後，此自然嵌續之節奏也。若此二句遽換韻，則居然兩截矣。（卷十五《荆南兵馬使太常卿趙公大食刀歌》）

黄鍾、大吕之音，彌天塞地。（卷十六《承聞河北諸道節度入朝歡喜口號絶句十二首》）

或有疑弟四句「漢署香」稍涉俗者，不知此與末句「尚方」「真賜」，相爲章法，亦天然節奏也。弟一首既以「漢署」「尚方」襯托矣，而弟二首復以「邑宰」「弃繻」「承家」「爲政」，重規疊矩，以爲揄揚，壹似多向仕途烘染者，此所以「賓客」「老翁」，略一頓挫，即便含毫邈然，作烟雲萬頃之勢，愈見末二句之妙矣，豈但已哉！并弟一首之「錦繡」「笙簧」，雖是寫景，亦未免似涉迹相，亦正以逼出次章末二句之淡遠耳。後來山谷悟此法，遂有「出門一笑大江横」之作也。（卷十六《七月一日題終明府水樓二首》）

是十詩收束處，層層節族。（卷十九《次晚洲》）

詳略虚實，相爲乘承，此二首自然之節族。（卷十九《千秋節有感二首》）

翁方綱論詩主張不劃斷詩理，於《蘇齋筆記》卷十一自創「筋脉説」，以音節尋繹詩理；所謂「筋脉説」，即由音節尋繹詩理，而音節最顯著者即是平仄，故其析論「韻法」的音節聲律、節奏、氣勢等，特别着重於音節的整體安排，以及音節與詩内字句的布局配合，以便應合與營造出視覺與聽覺效果，由筋脉而至肌理，從而形成一完美的詩境意趣，這便是《翁批杜詩》「韻法」體現的極致。

（六）「筆法」特色

「筆法」，本指中國書畫中運用毛筆書寫、描畫綫條的技法。後來因《春秋》是孔子據魯史删削修訂，而自成一家，其書常以一字一語褒貶寓托微言大義，後人遂以「春秋筆法」形容著作文章、論事衡人時，摻雜自己的意見或褒貶。本文《翁批杜詩》「筆法」其實兼有以上兩種義涵，一指翁方綱評論《杜詩》的描摹書寫「筆法」，特指其技巧與技術；一指翁氏復有評《杜詩》筆法如史筆、史法者，則特指其叙事、議史、論藝之評價與鑒賞。〔一〕杜甫的叙事詩善以史筆入詩，歌詠時事，寓托感慨，此其所以譽爲「詩史」。《杜詩》善於運用古人詩句，即是翁方綱《復初齋文集》卷八《詩法論》所謂「窮形盡變」之法，因此翁氏對於《杜詩》的字句鍛鍊、章法承乘、聲律節奏等，皆能有細密法度的「筆法」加以叙寫形容，筆者檢擇《翁批杜詩》，示例如下：

〔一〕 詳參宋如珊《翁方綱詩學之研究》舉引《杜詩附記》之示例。

偶然具體，漢魏其情，有以發之。（卷四《贈衛八處士》）

四個「喜」字，皆是悲涕中出，無聊之極者也，此等運化樂府，正如右軍臨鍾太傅帖，借以發露自己之神骨，而彼無識之徒，如李滄溟者，方且讀而得志，以爲已竊比之也。（卷十一《草堂》）

小謝《觀朝雨》之變。（卷十二《立秋雨院中有作》）

有謂何水部《西塞》詩句，爲杜所脱胎者，此自是詞場祖述之迹。若阮亭先生，遂謂杜句較有傖氣，則不知杜之所以然矣。（卷十四《宿江邊閣》）

雅頌、箴銘、歌謡、史乘，杜公合而一之。（卷十八《喜聞盜賊總退口號五首》）

承上可知，杜甫善於師古，凡前人已有詩句皆能運化，故翁氏之倡詩法，《杜詩》自是「詞場祖述」的楷模。《翁批杜詩》中，「筆法」之具體表現於盪空、逸氣、氣勢、筆勢、提空、落實與出神諸端之上，故能成其「驚心動魄之筆」。筆者再檢擇《翁批杜詩》，示例驗證如下：

釣竿、珊瑚、蓬萊、織女，似尚未能免一分之俗也。賴得「深山」一聯，盪空而來，增長逸氣。（卷一《送孔巢父謝病歸游江東兼呈李白》）

「行歌」二字，其氣甚長。……似是中段六韻，前後各八韻；而其氣浩然，不可劃斷。《杜詩》篇章之妙，大抵仿此。亦或間有竟可以節奏頓束分看者，究竟仍當以一氣領會耳。（卷一

《奉贈韋左丞丈二十二韻》

一氣揮斥，撒手懸厓之作。此詩蓋處處提筆，筆筆不見鋒尖，神乎技矣。（卷六《寄彭州高三十五使君適虢州岑二十七長史參三十韻》）

三、四互承，此中間筆勢參錯處也。（卷一《陪鄭廣文遊何將軍山林十首》）

「寂寥」二字，似與「開國日」三字不接者，此正以「寂寥」二字，幽咽到極處，乃忽然「開國日」三字一聲飛出，方是驚心動魄之筆也。上接「瞻」字、「立」字，下接「流恨」，則「恨」字即從「開國日」流出，正以無筍縫爲筍縫耳。（卷三《行次昭陵》）

一句一轉，所謂一彈再三歎。如此一小題，而其中古今上下，無所不有。「扶顛」何謂乎？豈謂救房相耶？筆筆是提向空處，而筆筆坐落實地。（卷十一《水檻》）

出神之作。一層進於一層，後人但賞其起句者，未之知也。末句即「長星勸爾一杯酒」之意。或聞予說，輒相難曰：「句中無『酒』字，何以知斟酌必指酒？」予應之曰：「《舟出江陵南浦寄鄭少尹》，末句亦曰『斟酌旅情孤』，即此句法也。豈亦須有酒字耶？」（卷十四《月》）

「君臣」「賢聖」，自是提空之筆。（卷十六《諸葛廟》）

「新雨影」「舊落聲」，乃是不可言語形容之妙，化工之極筆也。若作「雨新影」「落舊聲」，則不通矣。「聲」「影」二字，其圓如珠。（卷十七《雨四首》）

「飛鳴」一聯，竟不明出「鴈」字，此所謂「禿筆墨蹟」也。（卷十八《續得觀書迎就當陽居止正月中旬定出三峽》）

因此，翁方綱以「筆法」論《杜詩》，其實兼括技法與神理，故於《石洲詩話》卷六《漁洋評杜摘記》第五十九條按語曰：

所以就學杜言之，人皆知其高古雄渾，而其用鈍筆處，不如其用利筆之適於諷誦也。……然而《杜詩》初不以鈍筆見長，即漁洋之每摘杜公累句，固於學杜之理，非其至論。而亦於評杜之妙，初不相妨也。

《杜詩》能在「正本探原」與「窮形盡變」二法之間，綜合運用「筆法」，故不管其筆之利、鈍，皆能以「事」「性」「情」「氣」「勢」「神」諸端，統攝其「文理」與「義理」，質厚中見真放，古雅中盡精微。

（七）「意法」特色

「意法」即用意、寫意與創意之法。翁氏多就《詩經》賦比興三法，以探究詩情，允得評杜之意趣與意境。翁氏以爲凡詩的構成，既須言辭以爲肌理，又加音節作爲筋脉；至其結構，則所謂篇章組織的形式，故元稹盛稱杜甫善於鋪陳終始，排比聲律，翁氏《石洲詩話》卷一第六十條，云：

元相作《杜公墓係》有鋪陳、排比、藩翰、堂奥之説，蓋以鋪陳終始，排比聲韻之中，有藩籬焉，有堂奥焉。語本極明。……詩家之難，轉不難於妙悟，而實難於鋪陳終始，排比聲律，此非有兼人之力、萬夫之勇者，弗能當也。但元、白以下，何嘗非鋪陳排比！而杜公所以爲高曾規矩者，又別有在耳。此仍是妙悟之説也。〔一〕

證諸《翁批杜詩》卷六《青陽峽》，翁氏云：「蓮華、崆峒、瞿塘、大庾、崑崙、玄圃，亦皆不免於依類爲料邪！此亦鋪陳排比之一端也。」可知，翁氏言賦比興，大抵自詩體而言，故《蘇齋筆記》卷十一曰：「寄託之淺深遠近，萬有不同。」比興意在於寄託，比興技巧，睹物興發，借抒鬱懷，《杜詩》抒情之作，登臨之篇，往往習用此法；至其叙述史實，比興即化於鋪陳之中。筆者謹就《翁批杜詩》中，與「意法」相關者，分類示例以下：

【一】强調「神氣」「神行」與「神理」

神氣、骨節、眉目。「安西」「流沙」「交河」，到此一齊收勒。此少陵詠馬長句，開卷弟一首，雄奇震盪之作。句句蜿蜒騰跳，純以神行。以「心」字提起，以「汗血」收裹。「東向」「流沙」「交河」「萬里」，只是西來一意，煙雲蹴踏，疊作四層，而毫不相犯。（卷一《高都護驄馬行》）

忽出三平字爲句，此亦鬱塞之極，不得不然者，併非有意焰應起句之五仄也，而神氣自然拍合耳。（卷十二《去蜀》）

〔一〕詳參翁方綱著，陳邇冬校點《石洲詩話》，頁三九至四〇。

精微期（按：「期」疑爲「寄」）託，全在一「理」字，似非漁洋所知。（卷十四《宗武生日》）

一連九句，二仄四平之對句，其沈鬱頓挫，至于一字一擊節。劉越石云：「中夜撫枕歎，想與數子遊。吾衰久矣夫，何其不夢周？」是此種神理也。（卷十四《昔遊》）

弟六句得梅之神，與謝希逸《月賦》同一妙理。（卷十五《江梅》）

《三夜》四詩中，皆有通宵不寐之老人在焉，而此首更爲沉着。凡此四詩，其肌理芒彩，若有凹凸；與《三夜》之月相因而出者，斯亦奇矣，非若後來膠執刻畫以爲貼切者也。（卷十七《八月十五夜月二首》）

【二】强調「《風》《雅》」之「厚正」「安重」與「根柢」

有此二句（南山豆苗早荒穢，青門瓜地新凍裂），所以「故舊」句淡然無迹，而愈覺其厚。極憤嫉語（鄉里兒童項領成，朝廷故舊禮數絶），以春容唱嘆出之，此亦《風》《雅》之正。（卷一《投簡咸華兩縣諸子》）

《風》《雅》之正，即是史法。（卷四《無家别》）

「吾村」「異舍」，接法安重渾厚，此爲《風》《雅》之則。（卷七《泛溪》）

（其六）此首乃推自天寶以來，直抉裍本言之，斯爲《風》《雅》之根柢，諫疏之心事。（卷十六《承聞河北諸道節度入朝歡喜口號絶句十二首》）

此種詩，直接《三百篇》。（卷十六《暇日小園散病將種秋菜督勒耕牛兼書觸目》）

純用比興，句句穩重。（卷十七《寒雨朝行視園樹》）

「楚雨」與「京華」之活對，亦非必有意；與前章之「暮秋」「今日」「上馬」「看鷗」相關也，然亦未嘗不暗合章法也，此皆化工之妙，所謂「文章本天成」者也。「繁憂不自整」，乃詣《風》《雅》之極。（卷十七《雨四首》）

【三】强調「詩境」「詩懷」與「實境」

前遊云「賣」，特詩境之波瀾；後遊云「買」，乃詩懷之歸宿。（卷一《重過何氏五首》）

「焚香」二句，實境也。不知者，乃奮筆抹之。若此處不以實境接，則推彼評者之意，必仍沿上「雪嶺」「霜鴻」，作空濛慘澹之筆，則前半既脱節，而後四句亦無力矣。杜公天然匠矩，故非從安排得耳。（卷九《冬到金華山觀因得故拾遺陳公學堂遺跡》）

上下縈迴，無限頓挫。詩至於杜，句句字字，皆真實境會也。敖器之謂白樂天，如山東父老話農桑，事事言言，皆著寔然，杜公已具此理，特更超、更渾耳。（卷十一《贈王二十四侍御契四十韻》）

較《昔遊》篇，境更質實。（卷十四《遺懷》）

《洞房》以下八篇，蓋一時所作，俯仰盛衰，所謂詩史也。（卷十五《洞房》）

末二章，推重李、郭，此謂詩史。如此十二首，乃真詩也。豈有專舉太白、少伯之唐樂府，謂是七絶正路，而反自外于少陵者哉？（卷十六《承聞河北諸道節度入朝歡喜口號絶句十二首》）

【四】强調「氣理」與「神化」

「結弟昆」對上「出妻孥」，「誓將」對下「露心肝」，則此二句，自指孫宰之誓言也。且借「唤起」字，神氣聯貫而下，更不消復醒出眉目矣。此皆自然神理合拍，毋煩解詁者。然近日名流，或轉高談杜之神韻，而不肯向筍縫處用意，則又安得不剖析言之？（卷三《彭衙行》）

「文物」一聯，此謂朴氣。凡古今文字、書畫、石刻，總以朴氣爲至。山谷所云「以古人爲師，以質厚爲本」解此，則一切機法，均之詞費矣。（卷三《行次昭陵》）

元相所謂鋪陳排比，何必長篇哉！蓋有深於情文、理氣之精微者，若以呼吸開合乍求之，亦不可遽得也。（卷十二《送舍弟穎赴齊州三首》）

迢迢遠意，全以神行，此《楚騷》之變也。（卷五《天末懷李白》）

「粱拄」「縈縷」「雜花」「過雨」，宛若與「百」字、「一」字俱倒映在末一「數」字内者，而定影視之，又聲色、臭味、痕跡之俱無，此妙真化工也。（卷七《龍門閣》）

「得無足」正與「甘載來」相呼吸，「足」者「知足」之「足」。「亦已極」，與下「只」字、「但」字，皆與上文「甘載來」「得無足」，神理一片。（卷十三《客堂》）

上篇《客尋》，已極寫幽棲；此篇《豎至》，又渾乎觀化。杜公落紙字句，無非道微矣。《過客相尋》，題與《賓至》《有客》諸題不同；《豎子至》，題亦與《阿稽》《阿段》《蒼耳》諸題不同。此乃是柴門穩卧，一片靜光之中，所偶覺也。「時聞繫舟楫」者，因此客之相尋，而默數歷來所覺之境，此亦野老靜中之動矣。「及此問吾廬」，乃知定卜幽棲之後，尚復爲人來尋耳。「提攜日月長」，「提攜」字，本從豎子之提攜得來，然「新嘗」「滿把」，則欹枕之客自謂矣。故第七句直以「客」字押住，然後「提攜」字闢攝通篇，此亦靜中之動也。謝詩云「恒充俄頃用，豈謂古今然」，正與「提攜日月長」之句相爲注脚，此理須人參透。（卷十六《豎子至》）

三、四一聯，履險涉奇、安寓知止，兼而有之，筆力與學問皆到頂矣。（卷十六《歸》）

【五】强調「俊拔」與「寄託」

右軍艸書與伯英雁行，此後獨推長史，此少陵書品也。「俊拔爲之主」，書家骨格、詩家峰巒，萬古真意，五字盡之。（卷十三《殿中楊監見示張旭草書圖》）

八詩隨觸所見，各有寄託。「多知」與「聰明」，並不相犯。（卷十五《鸚鵡》）

「雪暗」即「玉翻」之轉筆，「滄海」乃「江浦」之掉筆也。「幾群」字，正與「無他」相叫應。「清影日蕭蕭」，乃言其亦復同此寥落耳，非羨之也。「江浦寒鷗」，蓋自喻也；「幾群海上」，或別有所指，此等寄託，蓋未可以詞害意。有謂「士當高舉遠引，以海上群鷗，爲比興潔

身」者，幸勿以知言目之。毛羽之暗，尚可濯也；風飈之駛，不能持也。「風」字，却轉從「滄海」倒捲出之。（卷十五《鷗》）

杜公晚年《湖南》諸作，清疎峭厲，類造化之秋冬氣，斯亦奇矣。（卷十九《冬深》）

杜公詩到湖湘，黯然峭絶矣，而更含蓄生氣於内，此不可解。（卷十九《宿白沙驛》）

以上種種，雖難免於印象式批評，但翁氏評杜確實能夠自其「肌理」「筋脉」説，以微婉頓挫、乘承翕闢、正變起伏、出没神化的「意法」，指陳《杜詩》詩理及其妙處。因此，翁方綱在《蘇齋筆記》卷九，即提出高論，文曰：

詩必以杜爲萬法歸原處，詩必以杜爲千古一轍處。學者皆知此義也，而無如博稽古今，見選體以上，若似乎五言必力追杜以前矣；又見宋、元以後，諸家格調之變，家數不同，若似乎未能專以杜爲定程者。是以詩道紛歧，無由率循也。又其議論歧出者，或謂杜以叙述亂離爲長，又或謂杜不長於絶句，此皆偏畸之見也。……凡言詩者，非以貌取也，如以貌取，則絶句當如太白、少伯、右丞、義山、樊川之絶句，不專以杜言矣。豈如杜之神理，無所不賅，其絶句亦原可賅諸家絶句者耳？惟不以貌取，而後知上而風、雅、頌之典則，皆即《杜詩》也，下而宋、元、明之派别，即皆《杜詩》也，於是乎真詩學出焉矣。

因此，翁方綱强調學杜法不在貌似，而實在認識詩法的本質與特色，然後能加以靈活運用，才能如實把握「意法」的詩學原則，而達到「萬法歸原」「千古一轍」「無所不賅」的最高境界，如此古今上下，脉絡一貫，就打破藩籬與界限區分了。

（八）「取法」特色

「取法」，即取效古賢、時儒之評詩、作詩法。《杜詩》上法「風、雅、頌之典則」，下啓「宋、元、明之派别」，淵遠流長，返本開新，故自杜甫之後，唐宋大家如韓愈、李商隱，皆善於學杜，能得杜法之精微處。如翁方綱論詩尊崇韓愈，準以肌理，故於《石洲詩話》卷二曰：

韓文公約六經之旨而成文，其詩亦每于極瑣碎、極質實處，直接六經之脉。蓋爻象、繇占、典謨、誓命、筆削記載之法，悉醞入《風》《雅》正旨，而具有其遺味，自東晢、韋孟以來，皆未有如此沉博也。〔一〕

翁方綱向喜「沉博」風格，尤善韓詩，其以散文入詩之「筆法」，文理條貫，縱横排奡，取材古人，則脱化自然，固所稱美。而除了唐詩各大家，翁氏多許其自具神理，有神韻之美，見質實之肌理者；而其中李白、杜甫具多種風格，其鋪叙排比尤爲特出。翁方綱以杜甫爲詩法準式，又參以宋之蘇軾、黄庭堅、陸游，而迄於元之虞集。試查察《翁批杜詩》，除徵引前賢之外，於時儒如朱鶴齡、

〔一〕詳參翁方綱著，陳邇冬校點《石洲詩話》，頁六一。

仇兆鰲、浦起龍、朱彝尊、王士禄、王士禛、錢載諸家詩説亦多所參證，可知翁氏精研《杜詩》，能集思廣益，而一以肌理爲衷。以下簡分二類，檢擇《翁批杜詩》中引證前賢與時儒各數例，略觀翁氏取法古人的概况：

【二】引證前賢

坡公固云「萬象攝入牟尼珠」，然安能似杜之吸入衆景，運實于虚耶？其妙在「元氣」二句，已包攝盡矣。所以，「野亭」「漁翁」「水島」「湘竹」，色色玲瓏，無不出神耳。（卷二《奉先劉少府新畫山水障歌》）

以東坡《廬山》二詩同讀，便不能有此深静質實。（卷五《太平寺泉眼》）

杜于詞場，祖述必取則于前賢，此亦三王祭川之義也。山谷亦曰：「以古人爲師，以質厚爲本。」（卷九《戲爲六絶句》）

《杜臆》謂：「舊本顛錯，移『踏藉盤桉翻』句，在『終日』句上；移『課奴殺青竹』句，在『塞蹊』句上；移『避熱時來歸，問兒所爲迹』二句，在『我寬』句上。」仇本從之，不知「踏藉盤桉」，正接上句「憎」字也；「織籠曹其内」，正接上句「問兒所爲跡」也，此所謂「一一當剖析」也。「不得」二字，直貫下「稀間」二句，則「我寬」「彼免」雙接，更從容不迫耳。豈有此間插入「來歸」「問跡」二句之理耶？《杜臆》之不可信，往往如此；仇本妄從之，而外間學

人，或有執以爲説者，故不可以不辨。（卷十三《催宗文樹雞栅》）

宋吴仁傑《兩漢刊誤補遺》云：「杜子美詩『國馬竭粟豆』，自注其下云：『漢有太常、三輔粟豆。』」今《杜詩》刊本，無此注矣。（卷十四《壯遊》）

有謂何水部《西塞》詩句，爲杜所脱胎者，此自是詞場祖述之迹。若阮亭先生，遂謂杜句較有傖氣，則不知杜之所以然矣。（卷十四《宿江邊閣》）

陸放翁《跋孟浩然詩集》云：「晁伯以謂：『《岳陽樓》止有前四句，大抵浩然四十字詩，後四句率覺氣索，如《洞庭寄閻九》《歲莫歸南山》之類皆然。』杜少陵評孟浩然詩云：『新詩句句盡堪傳。』豈當時已有此論，故少陵爲揜之耶？」愚按：放翁才氣縱横，自然見《洞庭寄閻九》等作，以爲窘直矣。然謂少陵此句，代爲襄陽揜飾，則亦非也。少陵豈肯代人揜飾者哉？此詩自是曠望嗟賞之詞，「新」字亦不得少陵神理也。（卷十五《解悶十二首》）

東坡「半脱紗巾落紈扇」，尚不及此之神妙。（卷十五《晝夢》）

「炙背」一聯，上接「遷居」「見春」，下接「寄詩」「接飲」，質實之中，愈見情味；後來唯山谷庶能略髣髴之，放翁則近直矣。（卷十五《赤甲》）

以上可見南朝梁何遜（水部）《西塞》詩，宋儒蘇軾《廬山》詩、黄庭堅、陸游《跋孟浩然詩集》、吴仁傑《兩漢刊誤補遺》，明儒王嗣奭《杜臆》，而翁氏融釋其説以爲評杜之資。

【二】引證時儒

蘀石云：「對疊，乃詩之弟一義也。不知而誤用筆，終身門外漢矣。」（卷一《奉贈韋左丞丈二十二韻》）

蘀石云：「三、四句且未諧，所以妙。」方綱按：「不特三、四句也，直至『蒲萄宫』句，皆未諧也。蓋因起句七字，健筆特提，聳立而起，所以此一韻之前半，不能遽作諧調。至弟三段，又用平聲，則『攀龍附鳳』之諧、『後漢今周』之諧，又轉在首尾，而中間『爲侯王』『誇身强』『鬚眉蒼』，又多作不諧之句，於其間乃極變化乘承之勢。」（卷四《洗兵行》）

蘀石云：「弟二句之拗得妙，全在上句複一『水』字之得聲音也。」愚謂：「以音節論，『水』字之必複出無疑矣。以詩旨言之，則杜自秦入蜀，初就浣花溪之卜居，必重頓此『水』字，其境乃真也。」蘀石云：「『東行』提起，則不弱下。」愚謂：「以用筆提唱言之，則『東行』字之提筆爲得勢。以詩旨言之，則此題初到西蜀卜居，而以『東行』提唱收結，其境、其情乃真也。」（卷七《卜居》）

蘀石云：「因水如海勢，而胸次曠然。述其平生六句，言詩不複而不妄，然已目空一切矣。略將浮槎了却，斯爲謹嚴，然已恰好，蓋多不得也。俗子乃寫水，不知此非另一手也，蓋偶然應如此耳。如此，乃是聊短述。」（卷八《江上值水如海勢聊短述》）

擇石云：「叙事乃用力作對，所以妙也，此法須知。」（卷八《枏樹爲風雨所拔歎》）

八句之中，七句諧，四句粘聯，豈必其異於初唐哉？即阮亭先生甄録初唐七古，必惟短章是取，以爲有氣格者。由通人觀之，則亦所不必也。（卷九《越王樓歌》）

前四句，自是杜公自言知己之感。仇注前後二説，自相矛盾。（卷十《陪王漢州留杜綿州泛房公西湖》）

此因一桃樹，而慨想往日也。弟一句「舊」字，弟七句「非」字，爲之眉目。「五株」以下五句，皆言往日之景象如此。同年錢擇石每過余，輒談此詩，擇石曰：「『舊』字之妙，極其通靈，此種詩得《三百篇》遺意，所以獨有千古也。」又曰：「前六句總注於結句，所以題桃樹而發之也。『寡妻群盗』，是今日也。當初原不如此，天下渾然元氣，相恤相望，何苦似今日之阻絶相殘，視如秦越乎？此種作法，乃是極平常之理，人自不解耳。蓋人人元各具萬物一體之懷，此作詩之根本也。」（卷十一《題桃樹》）

提「秋」字，清迴之至，弟四句「雙」字之音節因之。「雙杵鳴」三字，耿耿然系於「懸」字之下，孰謂「懸」字不若上句「照」字之有情耶？擇石云：「『遥應』二字，最婉勁。」（卷十四《夜》）

曉嵐云：「于《永樂大典》見《貧窮老公經》，有『轉燭』字，言貧賤富貴轉移之速。」已于前卷《佳人》篇記之，此篇于貧富、貴賤、榮辱，尤切。（卷十七《寫懷二首》）

以上可見《翁批杜詩》中，多採錢載（籜石）、王士禛（阮亭）、仇兆鰲、紀昀（曉嵐）評杜之語。以下不具引原批，尚可見其徵驗時儒諸家如下：王新城《居易録》（卷五《留花門》），聞曉嵐説「轉燭」字（卷五《佳人》），仇氏刻本（卷七《劍門》），此即阮亭所謂「羚羊挂角，透徹玲瓏」者（卷七《和裴迪登蜀州東亭送客逢早梅相憶見寄》），厲樊榭曰（卷十三《白帝》），《與葉筠章論法》（卷十五《解悶十二首》），《與即墨張肖蘇孝廉論杜偶題詩》（卷十五《偶題》），等等。凡此，可窺翁氏尚友古賢、取法時儒的詩法一斑。

總之，翁方綱論詩，經典之中則取法《三百篇》，詩家之中則以杜甫爲最尊，誠如前引《蘇齋筆記》卷九云：「詩以杜爲萬法歸原處，詩必以杜爲千古一轍處。」故自唐以後，杜法爲詩家之所出，翁氏論詩法一以杜法爲依歸，如其言曰：「古今不善學杜者，無若空同、滄溟，空同、滄溟，貌皆似杜者也。古今善學杜者，無若義山、山谷，義山、山谷，貌皆不似杜者也。」〔二〕義山、山谷何以能不似杜而又學杜？即因其得「窮形盡變」之法門，故翁氏於《詩法論》論詩法，闡其要義有二：一爲「正本探源」，一爲「窮形盡變」。其文曰：

法之立也，有立乎其先、立乎其中者，此法之「正本探原」也；有立乎其節目、立乎其肌理界縫者，此法之「窮形盡變」也。杜云「法自儒家有」，此法之立本者也；又曰「佳句法如何」，此

〔二〕詳參翁方綱《復初齋文集》卷三十四《題漁洋先生戴笠像》。

法之盡變者也。夫惟法之立本者，不自我始之，則先河後海，或原或委，必求諸古人也；夫惟法之盡變者，大而始終條理，細而一字之虛實單雙，一音之低昂尺黍，其前後接筍，乘承轉换，開合正變，必求諸古人也，乃知其悉準諸繩墨規矩，悉校諸六律五聲，而我不得絲毫以己意與焉。〔一〕

承上引文，則「詩法」之法門，即翁氏所謂：「義山以移宫换羽爲學杜，是真杜也；山谷以逆筆爲學杜，是真杜也。」〔二〕所謂「移宫换羽」，所謂「逆筆」，即是《詩法論》所謂「大而始終條理，細而一字之虛實單雙，一音之低昂尺黍，其前後接筍，乘承轉换，開合正變」的意義。

因此，「詩法」原指詩歌創作的法則，是翁方綱詩學理論的基礎與關鍵，翁氏所謂「詩法」既指文詞技巧，也包含性情、風格、意境等内在元素。而翁方綱「肌理説」之「理」，有「義理之理」與「文理之理」二義；「義理之理」即《詩法論》所謂「正本探源」之法，概指學養得來的忠厚性情；「文理之理」即《詩法論》所謂「窮形盡變」之法，則指會通歷代詩藝的技巧。〔三〕筆者稟承近來學者的研究成果，益之以閲鈔《翁批杜詩》的心得領會，分析八項詩法以申説翁方綱批注的特色，可謂具體而微，猶有未中肯盡善之處，仍待日後戮力，期竟全功。

〔一〕詳參翁方綱《復初齋文集》卷八。
〔二〕詳參翁方綱《復初齋文集》卷十五《同學一首送别吴穀人》。
〔三〕詳參何繼文《翁方綱的「由蘇入杜」説》，《三、「詩法」與「杜法」》，頁一四二、一四三。

二、《翁批杜詩》書法風格

清朝書法經過順治、康熙二代的醖釀發展，從康熙酷愛董其昌書法，到乾隆則大力推崇趙孟頫，影響深遠而形成清朝的書法風貌。其中，乾嘉時期公認的四大書法家，當推劉墉〔一〕、翁方綱、成親王〔二〕、鐵保〔三〕。翁方綱是乾隆時期具有代表性的學者型書家，在經學、詩學、金石考據學、書

〔一〕劉墉（一七一九—一八〇五），字崇如，號石庵，山東諸城人，書法初學董其昌，趙孟頫，中年學蘇軾，晚年改習顔真卿，並以運筆渾厚雄勁，一時名滿天下，其中以大字獲得較多贊賞。

〔二〕成親王（一七五二—一八二三），名永瑆，字鏡泉，號少厂，又號詒晋齋主人，乾隆第十一皇子，嘉慶之兄，研習宫廷中珍藏歷代名作，下過極大工夫，初期受乾隆影響，先學趙孟頫，又習二王；中年則研董其昌，晚年學歐陽詢，書法爲當時貴族中的佼佼者。故昭槤《嘯亭雜録》謂：「幼時握筆，即波磔成文，少年工趙文敏書，又嘗見康熙中某太監。言其師少時猶及見董文敏握筆，惟以前三指握管，懸腕書之，故王廣推其語，作撥燈法。」《息柯雜著》又謂：「詒晋齋書，素未究心，但知其從趙承旨上溯歐陽率更，雖偶涉諸家，終不離兩家宗旨。集卷隨手雜臨，竟有脱盡町畦，不似本家筆意者。篆、隸亦有法度。」「蓋書非一時，臨非一家，不甚經意，而精神所寄，一一渾足，此無意勝於有意也。」

〔三〕鐵保（一七五二—一八一四），字治亭，號梅庵，滿洲正黄旗人，以文章與書法馳名朝野。擔任《八旗通志》總裁，並將旗人詩文編爲《熙朝雅頌集》一百三十四卷，其作品則編爲《惟清齋全集》。鐵保是滿人中最著名的書法家，時人評論謂堪與劉墉、翁方綱鼎足而三。他謫居吉林時，仍勤於臨摹古法帖，引起眼病，刻有《惟清齋帖》。

學等方面都有突出的貢獻。翁氏書法初學顏真卿，後換研歐陽詢、虞世南，又兼漢隸，並精於碑帖鑒賞考證，爲主張碑帖結合的金石學家；晚年虔信佛教，喜愛書寫《金剛經》。翁氏用筆謹守規矩，却能獨顯蒼勁筆力，頗得世人重視。[一]故朱友舟於《翁方綱的書學思想研究》中，即寫說：

乾隆間，學者多以宏獎風流、提拔後學爲己任，此中重要人物有畢沅、朱珪、翁方綱、阮元等。在翁方綱一生中，其交游極爲廣泛，如王昶、錢大昕、伊秉綬、黄易、桂馥、阮元、劉墉、梁同書、吴榮光、李宗瀚、孫星衍、成親王、錢坫、鐵保、洪亮吉、張燕昌、錢泳、張廷濟、金正喜等。尤其從乾隆三十八年開始編撰的《四庫全書》到四十六年的《四庫全書總目提要》完成，翁方綱始終是重要的參與者，四庫全書館數十位撰修官中如戴震、邵晉涵、程晉芳、黄易、錢大昕、朱筠、桂馥、趙魏、姚鼐等人均爲海内積學之士。在那樣的環境下，翁氏和鴻才碩學們在一起切磋學問，考訂金石，這爲翁方綱書學思想的形成與傳播起到了重要的推動作用。翁方綱當時在北方堪稱書壇盟主，以他爲核心形成了一個巨大的書法圈，其覆蓋面之大、影響之深遠是不可低估的。

乾嘉時期，金石學十分興盛。翁方綱嗜好金石學研究，其金石學研究關注書體的流變、碑

〔一〕詳參朱友舟《翁方綱的書學思想研究》，上海書畫出版社，二〇〇六年。趙太順《翁方綱研究》，「中國文化大學」藝術研究所，一九九八年碩士論文。

帖的優劣，與書法息息相關，對其書學理論影響甚大。在趙、董書風及法帖盛行的背景下，翁方綱力倡唐碑，尤其是帶隸書古法的歐陽詢楷書，改變了清初書壇一意追慕趙董的帖學風氣，開啓了乾、嘉崇唐學歐之風。在前人的基礎上，翁方綱反覆肯定並强調北碑上承隸書、下啓唐楷的重要地位，無疑具有較大的進步意義。針對當時靡弱的帖學書風，翁方綱主張正本探源，以篆隸爲本，崇古尚樸。這與後來碑學家追求質樸、古拙的觀點聲氣相通，這也和明末以來貫穿四百年書法流變的「篆隸筆意」這個主旋律合拍，具有一定進步意義和現實意義。此外，學者書家是清朝書法界的一大特點。作爲清代學者書家典型，翁方綱的學術研究對其書學思想的影響有利有弊。〔一〕

承上文可知，翁方綱廣交深游，閱歷復多，因此在時代學術風氣以及師友問學切磋之下，其學益進，其道益宏。而就書法而言，翁方綱一生極重視北碑，書法尺度不敢越古法雷池一步，並練就一手絕妙的「館閣體」。其書法一方面繼承傳統，初學唐體，以顔真卿、歐陽詢、虞世南爲基底；一方面在金石文字學家的影響下，探求晋唐以前的書風，後又臨摹漢碑，故整體書風醇雅，筆法謹守法度，以渾厚勝人，而略乏風韻。翁方綱一生臨帖不輟，其書學歷程與書法風格，根據趙太順的研

〔一〕詳參朱友舟《翁方綱的書學思想研究》，《六、翁方綱的交游及其影響》，頁三四。

究，[一]約略可分爲早期、中期與晚期三個階段，以下簡略概述供參：

（一）翁方綱的書學歷程與書法風格

【一】早期書風（四十歲以前）

翁方綱的早期書風可以説是臨摹時期，臨摹古碑古帖。此期書法風格以「館閣體」爲盛，行款整齊，字體匀稱，筆劃平直光圓，結體呆滯拘謹，風格端莊秀整，穩健剛勁。而翁方綱早年自然對「館閣體」平正圓潤的楷書下過一番功夫，與當時大多數人一樣都是遵循着「帖學」「館閣體」的老路。總體而言，翁方綱早期書法風格，受唐、宋兩代書法家的影響比較多，先從臨摹顏真卿法帖開始，進而學習蘇軾書法，[二]因此翁氏此期較晚書法，已由臨寫功夫，逐漸改變内化爲渾厚的書風。

〔一〕詳參趙太順《書法家跨越時空之相遇：略論蘇軾對翁方綱及金正喜之影響》，《屏東教育大學學報・人文社會類》，第二十七期，二〇〇七年六月，頁六七至一〇〇。

〔二〕詳參趙太順《書法家跨越時空之相遇：略論蘇軾對翁方綱及金正喜之影響》，《三、翁方綱與蘇軾》，頁八六、八七。

【二】中期書風（四十一歲至六十歲）

翁方綱四十歲以後，在書壇上已自成一家。傳世書作以隸、楷、行、草體居多，篆書則不常見。其楷書取法唐人，以歐陽詢爲本，參用顏真卿、虞世南、趙孟頫諸家之意，沉静平正而又具流動之氣。行、草書則兼採晉、唐，旁及二王（王羲之、王獻之），以及宋代蘇軾、黄庭堅與米芾，圓融而成自家面貌，温潤流暢，飄逸多姿，用筆、結字、分布、墨色皆悉心講求，示人以工緻挺秀，而無狂怪奇異、拘謹局促之態。

翁方綱行書古勁遒逸，出於二王、歐陽詢、虞世南、顏真卿、蘇軾、米芾、黄庭堅之間，代表作《行書立軸》飛動遒勁，藏巧思於拙樸之中，字與字間血脉相通，神完氣足；而《硯端銘》則融合顏真卿、歐陽詢筆法，參以篆隸而成，觀其結體高長，乃歐面目，至於筆畫豐肥，氣勢渾厚雄勁，則是顏家法，又參用篆隸之法，因此風格古勁，無嫵媚柔弱之習，深具大家風範。而其運筆婉麗，結體清正，綫條圓潤流暢，有一氣呵成之勢。

【三】晚期書風（六十歲至八十六歲）

翁方綱垂老健康，視力尤勝。六十七歲時，尚能於燈下作細書蠅頭小楷書。每歲元旦，必用西瓜子仁書四楷書字，五十歲曰「萬壽無疆」，六十歲曰「天子萬年」，七十歲猶能寫「天下太平」；又能於一粒胡麻上作「一片冰心在玉壺」七個字，著名書法家王壯爲曾説：

清代小字，除館閣翰林外，也有幾家應當特別提起的：張得天小字，雖然已是館閣體的前輩，但究竟還流利自然，没有那麽拘束奴相。劉石菴、翁覃溪都大有成就，大概只有官作大了，才敢排衆獨往，自造一境。翁的蠅頭小字，應當是清代名家最小的字，實在了不起。〔一〕

翁方綱小楷書秀勁温潤，以題明張紳跋《孔子廟堂碑》最具本色，此帖乃八十一歲所作，書法精絶，馬宗霍即云：「翁方綱書法『工整厚實』『樸静之境』。」〔二〕翁方綱書法的可貴處，在能於成法中微見變化，雖無處不法古，但能寓變化於繁規縟矩之中；正因爲如此，觀其書作須細心品味，方可悟其妙處。翁方綱學書精神令人非常欽佩，用盡一生心力都在學習歐陽詢的書法，對《化度寺碑》（《化度寺邕禪師塔銘》）專研尤深，在八十三歲晚年所書《王宜人墓志銘》，據説是最得其神髓；因此，翁氏書法受到歐體直接的影響，不言而喻。雖然，翁氏最初臨學顏真卿體，也喜愛蘇軾書法；不過，却又融合虞世南方正圓潤的書法風格。由於翁方綱對於歐體的方筆嫻熟而得心應手，又受「館閣體」深刻影響，所以書寫時點畫飽滿，字字均匀，排列整齊，結體樸厚中，仍見方嚴筆勢，少有一絲的偏移。

翁方綱以治經學及金石學著名，論詩提倡「肌理説」，主張詩以學問爲根柢，内容質實而形式

〔一〕詳參王壯爲《書法叢談》，「國立編譯館」，一九八二年，頁二一。

〔二〕詳參馬宗霍《書林藻鑑》，臺灣商務印書館，一九八二年，頁三八九。

雅麗。所作喜雜考據，又多題詠金石書畫。不過，翁方綱幾乎没有傳世的篆書，故後人對其篆書大都不加注意；其實，翁氏的隸書、楷書具有雄渾力量的原因，全是得力於以篆筆爲根基，翁氏若無深厚的篆書功力，其隸、楷、行、草書就無法達到方圓超絶的境界。以下謹就翁方綱《翁批杜詩》手稿中，所呈現出來的幾種書法體式，分别四類，簡論其風格。

（二）「館閣體」書法風格

傳統所謂「館閣體」是一種官方書體，係因明初沈度、沈粲二兄弟的小楷，受到元代大書家趙孟頫的影響，書寫整齊平穩，而深獲明成祖朱棣推崇；到了清代，由於康熙皇帝喜愛董其昌書風，以及乾隆皇帝極力提倡，在政治與社會趨嚮影響下，更爲推波助瀾，與當時科舉制度相適應，讀書士子爲迎合考試制度，不得不專習「館閣體」，寖而形成這種書體。因此，在明、清科舉考試中，皆以此體書寫。「館閣體」書法的基本要求，必須寫得烏黑方正，大小如一。尤其，當時館閣及翰林院中，學士官僚大都繕寫這種書體，所以稱爲「臺閣體」或「館閣體」。但在乾隆後期，由於書法受南北書論的衝擊，而改變了這種持續的風尚，文人在求得功名之後，便轉寫較富藝術風格的書體。不過，「館閣體」這種現象，在咸豐以後已不再盛行。在現代更因考試制度，以及書寫與工具的改變，「館閣體」不再被人採用與學習，也就成爲歷史的陳迹了。

翁方綱早年臨摹《多寶塔碑》，此碑爲唐以後書法家中少有的至高典範，書法嚴整圓健，字體稍小，清代學者學習「館閣體」多臨此碑，取其整飭之致，乃成爲最佳的入門帖範，翁方綱亦不例外。「館閣體」行款整齊，字體匀稱，筆畫平直光圓，結體獃滯拘謹，風格端莊秀整，穩健剛勁。而翁方綱早年自然對「館閣體」平正圓潤的楷書下過一番功夫，因此具體呈現在《翁批杜詩》手稿之中，翁方綱在批注之前，以標準館閣體書法，一絲不苟的書寫杜甫詩、文目録以及詩、文全帙，顯示其嚴正端謹的初期書法風格，請參見本書所附書影。

（三）晋唐楷體書法風格

翁方綱楷書取法唐人，以歐陽詢爲本，歐體爲歷來分析楷體結構、筆法的重要準則，故奉其「平正匀潤」的書體爲圭臬。故歸安姚覲元於翁方綱《蘇齋唐碑選》卷末之《校栞記》曰：

大抵蘇齋書學，以《化度》爲宗，故其議論率不外是。然攷據之精詳慎密，千古以來，實無其匹，讀者審之。[一]

故翁方綱於《蘇齋唐碑選》篇首即引唐竇尚輦（名臮）之言，謂：「有唐一代，未嘗見右軍正書，故評唐碑者，當以仰承晋法，爲圭臬焉。」開宗明義，以歐陽詢《化度寺碑》《九成宮醴泉銘》與

[一] 詳參翁方綱《蘇齋唐碑選》，中華書局，一九八五年，頁一〇。

虞世南《孔子廟堂碑》三種，「實右軍嫡乳，晋法之存於今者爾」。因此，簡擇唐碑正書最上選三十六種，再温故知新，補其最要者，合計五十種，而爲之法式。

此外，翁方綱並參用唐顔真卿、虞世南，宋蘇軾、黄庭堅以及元趙孟頫諸家筆意，沉静平正，方正圓潤，而又具流動逸氣；加以深受「館閣體」影響，因此翁方綱楷書筆筆精到，字字均匀，排列整齊。這些書法風格充分表現在《翁批杜詩》各册卷首的題記之中，也請參見本書所附書影。尤其，翁方綱在題記中，幾次提到觀臨習書的體會與心得，更爲生動飛揚，以下抄録幾條内容提供參考：

筆筆中鋒、筆筆渾圓者，惟右軍之書足以當之爾。　乙巳十二月七日，燈下覆看記。〔一〕

「乙巳」時當清乾隆五十年（一七八五），翁方綱時年五十三歲，正處於中期書風歷程階段。翁方綱對於王羲之右軍書法，特有深刻體會，曾分别於乾隆四十七年壬寅（一七八二）冬十月、五十七年壬子（一七九二）秋七月，時年五十歲、六十歲自臨小字《蘭亭》二過，〔二〕可見翁氏書法於晋以右軍爲祖，於唐則以率更（歐陽詢）爲宗。其間，並能將其累積數十年深厚書法功力，發揮於《杜詩》詩文全本之楷體書寫，以及硃墨輝映、粲然可觀的題記、批注、夾籤各體書法文字之中；尤其，《翁批杜詩》稿本每册兩卷，首卷前俱有題記，楷書筆法蒼古遒勁，融晋、唐筆意於一爐，可以追摩翁氏書

〔一〕　詳參《翁批杜詩》卷三，卷前書法題記。

〔二〕　詳參翁方綱《蘇齋題跋》，中華書局，一九八五年，頁九三、九四。

法淵源祖述所本，如下引題記：

丙午五月十四日，覆看一遍。以羊豪筆作楷，頗得歐、虞、褚三家法外之意。山陰書勢，即應成卷矣。〔一〕

「丙午」爲清乾隆五十一年（一七八六），翁方綱時年五十四歲，觀其題記文字，書法流麗俊爽，功力十分深厚，確有王羲之、歐陽詢、虞世南、褚遂良諸家書勢筆意，深堪翫賞。

再每日有少暇，即辦兩漢金石一二頁，《春秋》一二條。甲辰十二月五日，此册初看定一遍。丙午七月十一日，雨中覆看定一遍。〔二〕

《廟堂》《孔祭酒》《大觀》。至於《蘭亭》《化度》，則常目在之。

「甲辰」爲清乾隆四十九年（一七八四），翁方綱時年五十二歲。「丙午」爲清乾隆五十一年（一七八六），翁方綱時年五十四歲，分别書寫此條題記，楷書書法端謹，與各卷流麗行書頗爲不同。翁氏自言常閲覽虞世南《孔子廟堂碑》《孔祭酒碑》《大觀帖》《蘭亭集序》《化度故僧邕禪師舍利塔銘》等法帖，並從事於兩漢金石之學，可見翁氏謹嚴治學風範，以及深厚書學功力。藉由校釋《翁批杜詩》手稿書迹，而翁氏書法風格更能欣賞、翫味與領悟。

〔一〕詳參《翁批杜詩》卷七，卷前書法題記。
〔二〕詳參《翁批杜詩》卷十一，卷前書法題記。

(四)行書草體書法

翁方綱行書活潑、古勁遒逸，而草書飛動流勁，兼採於前述晉、唐與宋諸家，無嫵媚柔弱之習，自成一家體貌。其書用墨温潤，筆勢流暢，姿態飄逸，其結字、分布、墨色，皆悉心講求，字與字間血脉相通，神完氣足；兼之以運筆婉麗，結體清正，綫條圓潤，有一氣呵成的美感。故於《翁批杜詩》卷十三《殿中楊監見示張旭草書》眉批寫到：

右軍草書與伯英雁行，此後獨推長史，此少陵書品也。「俊拔爲之主」，書家骨格、詩家峰巒，萬古真意，五字盡之。

又講求「樸氣」，以爲書藝目標。故於《翁批杜詩》卷三《行次昭陵》眉批寫到：

「文物」一聯，此謂朴氣。凡古今文字、書畫、石刻，總以朴氣爲至。山谷所云「以古人爲師，以質厚爲本」，解此，則一切機法，均之詞費矣。

《翁批杜詩》中，凡各册卷前題記，以及《杜詩》内天頭眉批、脚注等，處處以行書草體表現其不凡的書法功力，令人讀之不覺稱羡，而贊嘆不已，這些書法風格充分表現在《翁批杜詩》各册卷首的題記與内文批注之中，也請參見本書所附書影，略窺豹斑。此外，翁方綱深愛蘇軾行、草書體，行書受蘇軾影響，略有左低右聳的現象，而用墨濃稠、筆力匀稱，運筆大膽，在其題記批注書法中，亦頗能展現蘇軾書風的特色。

（五）蠅頭細楷書法風格

翁方綱善寫蠅頭細楷，雖至晚年猶能爲之，而不抖顫，令人嘆爲觀止。據翁方綱原稿，英和校訂《翁氏家事略記》，英氏後記，跋曰：

先生最工蠅頭細書，嘗用文待詔故事，四旬後，元旦用瓜仁一粒書坡公《金殿當頭紫閣重》絶句一首。六旬後，又以胡麻十粒黏於紅紙帖，每粒作「天下太平」四字；至戊寅歲元旦，書至第七粒，目倦不能成書。[一]

承此，對照《翁批杜詩》眉批及夾籤，翁方綱常以蠅頭細楷書寫長、中篇批注意見，整飭勁鍊，體健筆正，穩當妥善，這些具備十足工夫的書法，也都充分表現在《翁批杜詩》各册内文之中。筆者初次檢視這些以蠅頭小楷書寫的批注文字時，常須專心致志，仔細審觀，才能明辨字裏行間的内容，實在令筆者嘖嘖稱奇，敬服不已！翁方綱《復初齋文集》卷十二有《送張肖蘇之汝陽序》，論文並言及《杜詩》，曰：

即墨張孝廉將之汝陽，過予論文，自言嘗苦多病，既而持舊簡紙，屬書數言爲贈。……今

[一] 詳參翁方綱原稿，英和校訂《翁氏家事略記》，北京圖書館出版社，二〇〇六年，頁一一八、一一九。

吾肖蘇之虚己受益，過於徂徠遠矣，然談藝數日，雖未遽深推闡於學道之實，而以吾觀予肖蘇之病，在於心不專，而神志未能定也。讀書之道，原不在求强記，蓋亦務定其志而已。志定則得淺而不啻深，得少而不啻多也。始之以一，而積之以誠，其有不逢原而大快者哉？……古文上下接武，而日用不可離者莫如韓，詩則莫如杜。然韓文、杜詩，各有其所以然之極至，不在於貌似也。能知韓之所以然，則可以上窺馬、班，又上而六經矣。知杜之所以然，則可以上通漢魏，又進而騷，又進而《三百篇》矣。其貌襲者，則由於中無物，中無物則由於識趣不真而已矣。由吾肖蘇今日之詣，力專而精之，山谷有言曰「以質厚爲本」，姜白石曰「離而能合」，〔一〕此二語是詩文、書法之總訣也。然其道要在於平心、易氣、静虚以涵泳之，是又養氣、却疾之一法矣。〔二〕

翁方綱從論文，而至談藝、讀書之道，以爲務定其志，而積之以誠，則左右逢其原。因此，引用黄庭堅「以質厚爲本」、姜夔「離而能合」二語，以爲「是詩文、書法之總訣」，而「其道要在於平心、易

〔一〕翁方綱《蘇齋筆記》卷九，與姜白石「離而能合」一語，可以相互參照，文曰：「韓文公教人自爲文，云『惟詞於古必己出』，杜云『讀書破萬卷，下筆如有神』。人只在多讀書，讀書既多，讀書既通，自然流露，所謂不得已而後言，豈必執定某一家板樣乎？然惟其不泥古，不襲古，而愈當以勤求古人爲事。姜白石《詩説》云：『不求與古人離而不能不離，不求與古人合而不能不合。』二語盡之矣。」

〔二〕詳參翁方綱《復初齋文集》卷十二《送張肖蘇之汝陽序》，頁九至一〇。

氣、静虚以涵泳之」，故謂之「又養氣、却疾之一法」，可知翁氏游藝有方，而志道能入。總之，翁方綱在《兩漢金石記》序言中提出「以古人爲師，以質厚爲本」的指導思想，既是書法審美觀的基礎，也成爲翁氏書論的總則。

中國傳統書學十分講究書家的性格、人品與書家的藝術修養，人品、書品必須相一致，所謂「書如其人」「人如其字」，誠如劉熙載《藝概·書法概》云：「筆性墨情，皆以其人之性情爲本。」〔一〕可知書法家書體神采的根源，來自其内蕴外修的生命情調與精神境界，而翁方綱的各體書風，透過《翁批杜詩》稿本的紛陳朗現，正如其人品的映現，遒勁且典雅。翁方綱博觀約取，厚積薄發，善於吸取衆家特長，而轉化爲獨到見解，並且勤奮不懈，可説是善讀書、勤用功而能深造有得、游刃入道之士。因此，翁方綱可説是清代詩學與書學雙彰並美，而創造出斐然成就的代表性學者。從沈津所編《翁方綱年譜》中，衡觀翁氏一生學行，其嗜古成癖，凡奉節所莅，學使所游，師友所薦，雖是殘幢斷碣，也必多方物色，著録摹拓，携歸研習，故鑒藏豐盛，甲於京華。提拔優勝，傳於口碑，翁方綱書生學者的高尚氣質，可説是由讀書萬卷、尚友古人涵養而得，透過《翁批杜詩》的多體書法手稿，可以懷想其人，而蘄嚮其學了。

〔一〕詳參劉熙載《藝概》，《歷代書法論文選》，上海書畫出版社，一九七九年，頁七一五。

三、《翁批杜詩》學術價值

誰言葉宋分符去，復得蘭卿約苣鄰。夢到潞河風雪夕，傲他洱海唱酬人。簪花索笑如拈訊，行艸無拘始見真。多少燈窗梧竹響，欲憑舊雨爲傳神。

我於杜法叩元音，上下千秋作者心。只在豪芒懸彀率，相期山海問崇深。蘇黄盡處途逾騁，韶武原頭事孰任。除却繡絲平熨帖，更將何術度金針。〔一〕

妙有神光卓在前，瀾迴風引苦延緣。繡絲理密針鋒細，箭筈機張彀率圓。禪偈初非離鏡象，文心所以徹中邊。直須筆力能扛鼎，始識長虹貫月船。

同門詣出謝馮前，對雨盟申沈趙緣。合坐聞琴山響處，幾人喻佛頂光圓。素心宋子煩緘及，白髮吴郎悵酒邊。繾綣連晨南雅别，低回不忍上吴船。〔二〕

徐國能在其專著《清代詩論與杜詩批評》一書中，闡論翁方綱《杜詩》學的意義與價值〔三〕，分

〔一〕翁方綱《復初齋詩集》卷六十八《論詩寄筠潭觀察二首》，頁四。按：第一首之「葉」，指葉紹本（筠潭），「宋」爲宋湘，「蘭卿」爲李彦章，「苣鄰」爲梁章鉅。

〔二〕翁方綱《復初齋詩集》卷七十，《次韻筠潭與蘭卿論詩二首》，頁八至九。按：第二首之「謝」爲謝啓昆，「馮」爲馮敏昌，「宋子」爲宋湘，「吴郎」爲吴錫麒。

〔三〕詳參徐國能《清代詩論與杜詩批評》第四章《翁方綱肌理説的杜詩批評》，頁二六一至二七二。

爲兩點加以説明：(一)翁方綱的杜詩批評與肌理説。又分别三目詮説：一、透過評杜批判格調説；二、透過評杜修正神韻説；三、透過評杜貶抑性靈説。(二)翁方綱在杜詩學史上的價值。又分别二目詮説：一、以細密實在的分析，澄清歷來學杜、解杜、論杜的誤解；二、「爲聖人立言」式的杜詩表述突破了以往論杜模式。徐氏的論述是目前較新的研究成果，筆者參考之餘，則另闢蹊徑，以詩學、書學、評點學與文獻學四個面嚮，總論《翁批杜詩》的學術價值。

(一)詩學價值

翁方綱論詩强調「學」與「理」，融經入詩，以儒典考據發揮義理爲詩旨，創造「肌理説」，於宗旨在求其實，於内容在求其實意，於藝術在求其實法，以實學爲法的翁方綱詩論，建立「學人」詩派的系譜，[一]影響清代中、後期詩壇十分深遠。翁氏於《與葉筠章論「陰何苦用心」句法》文中，寫道：

[一] 錢仲聯《翁方綱的詩法論》云：「在當時漢學家考證學風的刺激及桐城派古文義法説的影響下，翁方綱則大張學人之詩的旗幟，影響同時者錢載，道咸之程恩澤、祁寯藻、鄭珍、莫友芝、何紹基，直到清末沈曾植，形成了一個所謂學人之詩的流派。」按：此文收入文馨出版社編輯部主編，沈尹默等著：《中華藝林叢論》，文馨出版社，一九七六年。

杜云「孰知二謝將能事，頗學陰何苦用心」，此二句必一氣讀，乃明白也。所賴乎陶冶性靈者，夫豈謂僅恃我之能事，以爲陶冶乎？僅恃我之能事，以爲陶冶性靈，則必致專騁才力，而不衷諸制之方，以杜公精詣，尚不敢也。所以詩必自改定之，改定而拍節長吟之，有一隙未中窾，有一音未中節者，弗能安也。……吾嘗謂：「蘇詩亦有一語可作通集總序者，曰『始知真放本精微』，『真放』者，即豪蕩縱横之才力，即此上七字也；『精微』，即細肌密理之節制，即此下七字也。」……「陰、何用心」，特言「苦」者，在杜公必能確量其分際，而以「二謝能事」相對照，則杜之博綜諸家，統挈于方寸得失間者，非可盡執後人所見，以定之耳。〔一〕

翁方綱詮解「孰知二謝能將事」，謂即「真放」，亦即「豪蕩縱横之才力」；「頗學陰何苦用心」，謂即「精微」，亦即「細肌密理之節制」。杜甫在此詩中强調，詩人「才力」足以酣暢地抒發其「性靈」；然而，也要經過「節制之方」表現出來，反映在作品文字的「細密肌理」上。前者屬於性情才力之事，後者屬於刻苦鍛鍊之事，翁氏以爲作品祇有用心經營，方可見出作者性情之出衆不凡，而達到「陶冶性靈」的目的。兼有性靈與苦心、才力與學力，二者統一起來，但較强調後一面，側重學力醖釀而成的精深感。〔二〕

〔一〕　詳參《翁批杜詩》卷十五《解悶十二首》。

〔二〕　詳參張健《清代詩學研究》，北京大學出版社，一九九九年，頁七〇九至七一三。

宋如珊在《翁方綱詩學之研究》一書中，認爲翁方綱論及詩的起源和目的，自創作根基、創作過程以至創作目的，皆可由其「言志」「緣情」並舉的「言志觀」相貫通。黄婉甄則於《清代性情詩論研究：以清代四大詩説爲主》碩士學位論文中，指出翁方綱除「肌理説」的創作方法論外，另研究提出「性情説」的論點，「中有性情皆學問」，使經籍與性情合爲一事，返本開新，很值得正視與肯定，因此總結説道：

其根柢在於儒學經術與内養修身，强調必須以古人爲師，以質厚爲本，以儒家經術爲基礎，以孔孟義理爲旨歸，而以讀書養其源，主張合乎「文理」與「義理」的性情，認爲「性情」的内容應該以積極主動的方式，以傳達詩人的人品思想以及個性感情。除了真摯的「性情」之外，亦當本着學問人品的「性情」以賦詩，因爲世運、學問相乘而生，天地精華、人的性情以及經籍膏腴，皆是藉詩以宣洩，所以，詩人應讀書窮理、克躬自省，通經書之理，明聖人之道，以闡明「詩言志」的主旨。翁方綱認爲詩的「性情」(即「理」)，是通過鑽研古書成實學而有的深厚功力。由此可知，翁方綱以爲讀書窮理的目的，在於學聖人之道，而聖人之道則在回歸本性，表現性情。〔一〕

〔一〕 詳參黄婉甄《清代性情詩論研究：以清代四大詩説爲主》，「國立」中山大學中國語文學系，二〇〇三年碩士論文，頁一三五至一四一。

該文更進而論説翁方綱「性情」説的特色，着重於「經世教化」與「有我的真情」二方面。「經世教化」偏重於「理」（即「性」），强調詩教的目的；「有我的真情」偏重於「情」，以表現感人娛人的真誠爲詩歌目的，翁方綱認爲二者必須相輔相承，缺一不可。因此，翁氏强調「以性求情」的主動創作，認爲作詩的動機，應當積極地訴諸讀者，以傳達個人的思想與情感，以儒家「詩言志」爲詩的起源，並擴大儒家詩教中「性情」的涵義及範圍。

《翁批杜詩》實爲翁方綱「肌理説」的實際運用，評點杜甫詩作，鑒賞肌理。因此，翁氏肌理批評法，多自作品着手，求其肌理筋脉，並以意逆志而探索詩意、詮解典故以通貫神理，翁氏批解《杜詩》，細加析釋，足以明其杜法、詩學。緣此，透過《翁批杜詩》批注文字内容的充分展現，可以證成貞定此稿於翁方綱「肌理」與「性情」二説的詩學價值。

（二）書學價值

筆者在前節《〈翁批杜詩〉書法風格》，已經概述翁方綱的書學歷程與書法風格，並就《翁批杜詩》中所體現的四種書法風格：館閣體、晉唐楷體、行書草體與蠅頭細楷書法，逐一説明引證，承此可知貞定《翁批杜詩》的書學價值，實無勞筆者於此再度贅述，因此簡略帶過，恕不再細加申論。

翁方綱的金石學方法論，大致體現在以下四個面嚮：親臨其地，親證親訪，眼到脚到，田野調查。以上所説翁氏的金石方法論，其實也與他的書學、詩學相互牽涉，彼此影響。如《石洲詩話》卷一，翁氏以書法規摹臨帖以及書體氣象與風格爲喻，轉而講論盛唐諸公於字句、格調之外，尤在「氣體醇厚，興象超遠」，故其文曰：

盛唐諸公之妙，自在氣體醇厚，興象超遠，然但講格調，則必以臨摹字句爲主，無惑乎一爲李、何，再爲王、李矣。愚意拈出龍標、東川，正不在乎格調耳。

漁洋先生云：「李詩有古調，有唐調，當分别觀之。」所録止古風二十八首，蓋以爲此皆古調也。然此内如「秦皇掃六合」「天津三月時」「鄭客西入關」諸篇，皆出没縱横，非斤斤於踐迹者。即此可悟古調不在規摹字句，如後人之貌爲選體，拘拘如臨帖者。所謂古者，乃不古耳。〔一〕

當然，翁方綱書學與詩學造詣均佳，在《翁批杜詩》中，卷卷之間、詩篇之中，都可見其行筆批注之後，墨瀋粲然紛陳的書迹，以及運意評論之際，神思悠然遠往的文采。以下提引兩則《翁批杜詩》爲例：

「八分」二字入稱呼，想見爲稀少矣。妙其書，謂帝工八分也。今日所見八分小字，惟《孝經注》及《龍角山碑》耳。「鈎深法祕」，確是爾時小字八分也。（卷十九《送顧八分文學適洪

〔一〕以上兩條録自翁方綱著，陳邇冬校點《石洲詩話》卷一，頁三四至三五。

吉州》）

句句提筆，可悟書家懸腕之法矣。（卷十九《北風》）

以漢隸八分「鈎深法祕」的妙書，以喻詩法的稀絶；以「句句提筆」的叙寫，以悟「書家懸腕之法」，可見翁氏書學與詩學兼融並蓄、交輝互映的特色。尤其，翁氏《石洲詩話》卷一第七十四條，於漢、唐「八分」，杜甫、蘇軾論書旨趣，以及杜甫與韓愈書法詩篇的比較，有十分精彩深入的剖析與融攝，可爲明證：

唐之八分，自開元時已多趨肥碩。李潮于尔時，筆法能步武李、蔡。故《八分小篆歌》謂「書貴瘦硬」，而以《嶧山》傳刻之肥本反形之；及後又迴繞八分，乃却以「肉」字顯出之。至蘇文公作《墨妙亭》詩，則因亭中石刻，自秦篆《嶧山》、褚摹《蘭亭》以迨顔、徐諸人，家數既多，體格不一，所云「短長肥瘠」「飛燕玉環」，特總統櫽括之詞，故借杜詩側入，以見筆鋒耳。此所謂言各有當，不得因此二詩，而區别論書之旨，以爲杜、蘇殊嗜也。

《苕溪漁隱叢話》云：「唐初，書得晋、宋之風，故以勁健相尚。褚、薛尤極瘦硬。開元、天寶以後，變爲肥厚。至蘇靈芝輩，幾於重濁。杜詩云云，雖爲篆而發，亦似有激於當時也。」此論與鄙意相合。

漢人分隸古勁，至唐以後，乃漸以流麗勝。此詩之所謂「不流宕」者，不獨對草書言之也。

漁洋論此歌有敗筆，不知指何句而言。蓋漁洋論詩，以格調撐架爲主，所以獨喜昌黎《石鼓歌》也。《石鼓歌》固卓然大篇，然較之此歌，則杜有停蓄抽放，而韓稍直下矣。但謂昌黎《石鼓歌》學杜此篇，則亦不然。韓又自有妙處。〔一〕

翁氏將歷代書家、書風，詩體、詩格，娓娓道來，出入嫻熟，比較異同優劣，俱可見其書學與詩學鑒識功力的不凡，又有其突出的學術特色與代表意義。又如《石洲詩話》卷六第六十三條，翁氏按語評曰：「《早行》。此詩圓至深厚，乃是以中鋒之筆出之，爲此評者，自不解耳。」〔二〕以《早行》詩圓至深厚的風格體式，譬之「以中鋒之筆出之」，非工於書法者，何以評之？再者，《復初齋文集》卷十，翁氏自言偶見法式善援其「黄詩用逆筆説」，但言之不詳，特著《黄詩逆筆説》一文，宣説此秘，文曰：

逆筆者，即南唐後主作書撥鐙法也。逆固順之對，順有何害而必逆之，逆者，意未起而先迎之，勢將伸而反蓄之。右軍之書勢似欹而反正，豈其果欹乎？非欹無以得其正也。逆筆者戒其滑下也，滑下者順勢也，故逆筆以制之，長瀾抒瀉中，時時有節制焉，則無所用其逆矣；事事言情，處處見提掇焉，則無所庸其逆矣，然而胸所欲陳，事所欲詳，其不能自爲檢攝者，亦勢也。是以山谷之書卷典故，非襞績爲工也，比興寄託非借境爲飾也，要亦不外乎虚實乘承、陰

〔一〕文録自翁方綱著，陳邇冬校點《石洲詩話》卷一，頁四四至四五。

〔二〕詳參翁方綱著，陳邇冬校點《石洲詩話》卷六，頁二二四。

陽翕闢之義而已矣。

此處用逆筆説，闡説黄庭堅詩法中「虚實乘承、陰陽翕闢」之義，即不欲直語道盡，淺薄無味，因而於章法、句法之間聯絡照應，設爲虚實之筆，使多節制以爲渟蓄。至於翁氏《復初齋文集》卷十八《書杜少陵李潮八分小篆歌後》與《書杜少陵李潮八分小篆歌後二》二文，〔一〕徵引朱彝尊詩論及杜甫詩注，並以歐陽詢、洪适等書論，以評杜甫之書學，並及於翁氏金石學習過程與期書學方法論；又透過對朱翌的批評，以論蘇軾與杜甫的繼承，詮解精闢深入，可視爲翁氏詩學與書學融鑄的代表名篇。

翁方綱身爲著名書法家，頗嗜以書藝喻詩，書法與詩法相互融合，誠如《莊子・養生主》所謂「技進於道」，而《荀子・勸學》篇所謂「真積力久則入」，故翁氏不僅於《翁批杜詩》中展現深湛的書法功力，「游於藝」之外；並能結合其詩法、詩學理論，出入表裏，上下古今，誠不愧爲乾嘉時期一大書家與詩儒。

（三）評點學價值

翁方綱評點《杜詩》的淵源，可溯自其幼時於業師黄叔琳處，得見王士禛手定的《杜詩評》；

〔一〕詳參本書《附録二：翁方綱〈復初齋文集〉詩文論輯録》，已移録二篇全文。

其後，歷經數十年，至乾隆五十二年（一七八七），方有《杜詩附記》的初稿定本，而此同時，翁氏「肌理説」也逐漸修正而形成定論。翁方綱藉評點《杜詩》修正其「肌理説」理論，當理論形成之後，又可藉《杜詩》評點作爲其理論範例，故二者互爲因果，而相輔相成。至於，翁方綱「肌理説」「詩法論」與評點《杜詩》的關係，就文學創作而言，是由原理落實於方法，再由方法落實於範例；就文學理論而言，則是由範例印證方法，再由方法印證原理，三者互爲循環，形成翁氏評點與詩論學的核心。[一]

翁方綱詩學著作中，除了《復初齋文集》《復初齋詩集》《石洲詩話》之外，尚有諸經與《杜詩》評點，以及評點王士禛、查慎行等清代大家的詩集，以上論述構成翁氏《杜詩》學的主要面貌。然而，翁氏於歷代詩家中，最推崇杜甫，且曾多次詳細批校《杜詩》，評點用力最專，手校三十餘次，始成《杜詩附記》定稿。《翁批杜詩》從「考據字詞以正義」「析辨篇章而求法」與「駁論舊説以立言」三方面，[二]整體呈現翁方綱對《杜詩》的認識情形，也可從中理解「肌理説」的論詩特徵，是一部體大思深，值得重視的著作。

[一] 有關翁方綱評點《杜詩》的源流、態度、術語、方式、建構等，可詳參宋如珊《翁方綱詩學之研究》，頁一一四至一六八。

[二] 詳參徐國能《清代詩論與杜詩批評》，頁二五一至二六一。

《翁批杜詩》評點方式，除了以「圈」「點」標識重要字句之外，復於每首詩名上標注詩體，注明「七古」或「五律」等，並加雙框以玆識別，書眉詩末多則批語數條，少則一條，字裏行間時加圓括號者多爲增益或刪改補記，另於各卷中有黏貼夾籤評語及考證文字，凡蓋有騎縫圖書者即爲翁氏手筆，否則爲徐松所增批者。整體方式偏重於實際批評，而以分析技巧爲主，内中也藉擬象式批評，比喻説明運用技巧而産生的文字效果。也有許多由字義相反二字所組成的對詞，如「虚實」「即離」「輕重」「開合」「消納」「明暗」「呼吸」及「向背」等，以分析詩篇章法體例，偶以印象式批評、品評抒發個人心得與感想。而翁氏着手批點《杜詩》，主要是鑒於前人批校各偏一隅，未能結合考證、解析、批評等事，融釋於一書。此外，《杜詩》調融「義理」與「文理」於一爐，實可爲後人取法的對象，因此翁氏將其「肌理説」詩論，運用於《杜詩》實際批評之中，進而充分表現其「肌理批評」的詩論，而其價值即蘊積於《翁批杜詩》此稿之中。

翁方綱批點《杜詩》本意在教導學人作詩方法：其一，「文理」方面，藉解析詩體教導學人結構、辭采及聲律的相關安排；其二，「義理」方面，表面看似翁氏藉詩句抒發己懷，然而就其詩論觀察，則多就「義理」啓發學人文學創作的目的，以及其「詩言志」的文學觀，可見其將理論付諸實際批評的苦心孤詣。因此，翁氏創「肌理説」以論詩，凡前人所言鍊字、遺辭、句法、章法、命題、謀篇、音節等，包藴盡有，涵蓋着無窮善化的藝術技巧。翁氏對《杜詩》作品本身的精密分析，就局部組織而言，則舉凡詩句、對偶、用典、音節以及導致藝術效果的各種技巧；再就整體結構而言，舉凡命意、章法、主題闡發、章節照應，都能有相當的闡釋發揮。

翁氏評杜以爲其詩法的準則，也是創作的資助；至其《翁批杜詩》的評法，又可説是「肌理説」的實體驗證，並且廣泛參讀了當時大家如王士禛、查慎行、厲鶚、錢載等評點《杜詩》作品，取資觀善，集成而爲《杜詩》學評點名家。而翁氏評點《杜詩》的基本原則，在於「實事求是」的考證講求，翁氏認爲「注家」之事，包括校勘版本、考證字義，進而説解字詞涵義。因此，在評點之初，必須先行比對所見各家版本，故翁氏於正文《杜詩一》書衣即題曰：「《全唐詩評本》對過。」「《七言律選内評本》對過。」可見其評點工夫的紮實穩健，而其實考明證，多據上下文意，或據章法結構，進而詮釋字義、詞義，總論一篇用字巧拙；或解析詩法，總評一詩風格優劣，凡此都是翁氏評點《杜詩》用力最多之處，也就是「肌理説」詩法的重心所在。

宋人推崇《杜詩》，着眼於杜甫「詩史」地位，盛贊杜甫鋪陳排比的手法，以及詩中史實記録。此種着重「賦」而忽略「比興」的評法，後世雖頗有微言；而翁氏詩學宗宋，故其「肌理説」之「文理」技法與「義理」精神，則與宋人相合，充分表現出翁氏評點《杜詩》的手法特質。《翁批杜詩》中除創作手法外，批語也多就詩意評論，也有以意逆志設想詩人心境的筆法呈現；更有因一詩之意而抒發長篇感懷者，翁氏評點《杜詩》的多元性，可謂《杜詩》評點學的代表。

翁方綱《杜詩》評點學雖緣於前人「時文批評」的摘句法，但因此法常割裂篇章，無法照見全貌，翁氏深知此弊，遂主張論詩不可劃斷詩理，應以篇中重要字句爲筋節關鍵，並以文字結構爲「間架」，以音節聲律爲「節族」（節奏），進而觀察其如何帶動全篇結構，如何將筋肉與骨節緊密相連，透過結構、辭采與聲律三方面「擘肌分理」，即可避免劃斷詩理，而保持詩的整體美感。

《翁批杜詩》批語可以説明「肌理説」詩法運用的原則，所謂「法」並非一概而論的「定法」，須先知古人結構聲律的大要，而後隨個人篇章布局加以安排。翁方綱「肌理批評」藉由不同篇章內，自成一格的結構聲律，指引創作者如何由「肌理」入手，達到「神理」的境界。因此《翁批杜詩》成爲翁氏「肌理説」理論的最佳範例，而「肌理批評」也可説是翁氏欲度後學詩法的金針。因此，綜合言之，翁氏評點《杜詩》目的厥有二端：一爲落實「肌理説」及「詩法論」，成爲創作者的範例；二爲印證「詩法論」及「肌理説」，貞定其理論體系。在明清八股時文評點的傳統中，翁方綱別開生面，創建「肌理説」詩論系統，而具體落實在《杜詩》批評議論之中，可説是《杜詩》評點學的精彩傑作，其學術價值也就不言而喻了。

（四）文獻學價值

「文獻學」是以文獻和文獻發展規律爲研究對象的一門科學。中國古代雖無「文獻學」一詞，但由於「文獻」這一概念在中國歷史上有特定涵義,「文者,書也」乃就典籍而言,「獻者,賢也」則就人物而言,所以傳統意義上的中國文獻學(古典文獻學),實際上是以作者、學者考證典籍源流爲核心内容。〔一〕

從中國古代文獻研究的情況來看,「文獻學」的内涵比較廣泛,除研究一般的文獻發展史外,還涉及文字的校訂,版本的鑒别,對内容得失的評品及目録的編制等。如漢代劉向、劉歆父子校理群書,編制《别録》《七略》是整理文獻;鄭玄爲群經作注,也屬整理文獻。南宋鄭樵《通志·校讎略》是最早系統討論文獻學的專著,鄭氏從理論上闡述了文獻工作中的文獻收集、鑒别真僞、分類編目、流通利用等問題。

鄭樵以後,系統研究文獻學理論的是清代的章學誠,章氏最著名的觀點便是「辨章學術,考鏡源流」,即要求在文獻整理過程中,必須明確反映並細緻剖析各種學術思想的發生、發展過程及相互關係等。但章學誠與鄭樵一樣,都把這些工作稱爲「校讎學」。最早以「文獻學」作爲書名的著作是鄭鶴聲、鄭鶴春於一九三三年合著的《中國文獻學概要》,書中認爲:「文獻學的基本内容是

〔一〕 詳參劉兆祐《文獻學》,三民書局,二〇〇七年。

文獻的結集、審訂、講習、翻譯、編纂和刻印。」[一]張舜徽在一九八二年出版的《中國文獻學》、[二]王欣夫於一九八六年出版的《文獻學講義》[三]二書，則是研究中國古典文獻學的專著，二書認爲文獻學就是版本學、校勘學（校讎學）與目録學三者的結合，其中張舜徽還認爲文獻學就是校讎學。誠如徐有富《目録學與學術史·導言》上説：

章學誠在《校讎通義·自叙》裏説：「劉向父子部次條别，將以辨章學術，考鏡源流，非深明于道術精微，群言得失之故者，不足與此。」范文瀾對劉向父子編撰的《七略》給予了很高評價，指出：「它不只是目録學、校勘學的開端，更重要的還在于它是一部極可珍貴的古代文化史。西漢有《史記》《七略》兩大著作，在史學上是輝煌的成就。」余嘉錫也説：「目録者學術之史也。綜其體例，大要有三：一曰篇目，所以考一書之源流；二曰叙録，所以考一人之源流；三曰小序，所以考一家之源流。三者亦相爲出入，要之皆辨章學術也。」看來目録學的任務與價值之一在於「辨章學術，考鏡源流」已經成了人們的共識，不過語焉不詳，本書的主要任務就在于説明目録學與學術史之間的密切關係，具體分析書目是怎樣進行「辨章學術，考

〔一〕詳參鄭鶴聲、鄭鶴春《中國文獻學概要》，臺灣商務印書館，一九七三年。
〔二〕詳參張舜徽《中國文獻學》，木鐸出版社，一九八三年。
〔三〕詳參王欣夫《文獻學講義》，上海古籍出版社，二〇〇五年。

鏡源流」的，並且論證書目具有學術史價值。[一]

從以上古今文獻學家的研究結果中，觀照並考察《翁批杜詩》手稿本所具有的文獻價值，簡單來説，可以章學誠《斠讎通義·自叙》所謂「辨章學術，考鏡源流」一語以蔽之。

由於杜甫其人「詩聖」、其詩「詩史」的生命進程發展與文學創作，進而創造出歷代「杜詩學」。而翁方綱手批《杜詩附記》，不僅上承歷來「杜詩學」的傳統，能夠返本開新，別開生面；更能在其進學的過程中，發展出「肌理説」詩論，建構出自成一家的「杜詩學」理論系統。而此詩論系統的奠基初稿，其實就是《翁批杜詩》，其後又續有修訂增補，並在典藏流傳的過程中，又有抄本與夏勤邦過録抄本二種版本的出現，從而在版本學上産生了比較異同的文獻學價值。

不管是《翁批杜詩》原稿或是抄本《杜詩附記》，就研究角度而言，其實就是翁方綱「杜詩學」的整體寫照，並可與歷來「杜詩學」學者的研究成果相互比觀、彼此核對，同時具有文獻學與詩論學二方面的價值。而其手稿的書法筆迹，又可與傳世的《翁方綱纂四庫提要稿》《翁方綱經學手稿五種》《蘇齋筆記》《經腴》《詩境筆記》等諸種手稿，相互觀賞研閲，可以比較其書法風格的變化與發展。再者，《翁批杜詩》的相關詩評、詩論，並可參稽於翁氏相關論著，如《復初齋文集》《復初齋詩集》《石洲詩話》《蘇齋唐碑選》《蘇齋題跋》《翁方綱重訂五七言詩鈔》《翁方綱手批樊榭

[一] 詳參徐有富《目録學與學術史》，中華書局，二〇〇九年。

山房集》《翁方綱手批敬業堂集》等傳世稿本、抄本、刊本、批本，從文獻學的整理、比勘、歸納與研究之中，進而形成翁方綱的「杜詩學」理論體系。

再就《翁批杜詩》文獻學上深化的研究而言，學者已有許多豐碩的研究成果出版問世，直接相關的專著研究，諸如李豐楙《翁方綱及其詩論》，何石松《乾嘉詩學初探》，宋如珊《翁方綱詩學之研究》，趙太順《翁方綱研究》，楊淑玲《翁方綱肌理説研究》，黄婉甄《清代性情詩論研究：以清代四大詩説爲主》，孫微《清代杜詩學史》《清代杜詩學文獻考》，徐國能《清代詩論與杜詩批評》等。間接相關的專著研究，比如：朱友舟《翁方綱的書學思想研究》，陳純適《翁方綱年譜》，沈津《翁方綱年譜》《翁方綱題跋手札集録》，吴淑慧《清儒翁方綱及其易學研究》等，洋洋大觀，可謂漪歟盛哉！

根據何石松《乾嘉詩學初探》的研究，總結翁氏詩學爲以下四大進路與面嚮：一、「詩教」——「鎔衆説，倡詩教」；二、「詩道」——「明考據，廣詩道」；三、「詩法」——「探本源，研詩法」；四、「詩品」——「拈肌理，立詩品」。〔一〕翁氏遠宗六經，倡「温柔敦厚」詩教；又尊崇盛唐，而欣尚宋詩，融格調而不爲格調所泥，以爲一切詩之極則，皆歸之於杜甫，如《復初齋文集》卷十《評陸

〔一〕詳參何石松《乾嘉詩學初探》，「中國文化大學」中國文學研究所，一九八三年碩士論文。以下論述亦多援引其説。

堂詩》云：

若論《杜詩》，則自詩教以來，温柔敦厚必歸諸杜，興觀群怨必合諸杜，上下古今，萬法源委必衷諸杜。

詩以「温柔敦厚」爲教，翁氏之倡詩教，「上薄《風》《騷》」，而下以杜甫爲本。翁氏既以温柔敦厚歸之於杜，以爲杜甫乃唐詩開創而集大成者，故於《石洲詩話》卷一有詩評，文曰：

杜公之學，所見直是峻絶。其自命稷、契，欲因文扶樹道教，全見於《偶題》一篇，所謂「法自儒家有」也。此乃羽翼經訓，爲《風》《騷》之本，不但如後人第爲綺麗而已。……遠想《風》《騷》，低徊堂構，牽連綴述，縷縷及之，豈僅以詩人自許者乎？〔一〕

可見翁氏宗杜，即宗杜之詩教，而杜之詩教，即翁氏所倡之詩教，要而言之，一曰「温柔敦厚」，二曰「徵聖宗經」，三曰「返本歸源」，故郭紹虞於《肌理説》一文中，謂之爲「經學家之詩論」。〔二〕因此，翁氏詩學同杜甫詩作一般，皆以經學爲本，則師古宗經，轉益多師，風雅是親，無有所偏。故於《石洲詩話》卷一又有詩評，文曰：

《六絶句》，皆戒後生之沿流而忘源也。其曰「今人嗤點」，曰「爾曹輕薄」，曰「今誰出

〔一〕詳參翁方綱著，陳邇冬校點《石洲詩話》卷一，頁四八。
〔二〕詳參郭紹虞《肌理説》，《國文月刊》，第四三、四四期，一九四六年六月。

群」，曰「未及前賢」，不惜痛詆今人者，蓋欲俾之考求古人源流，知以古人爲師耳。六首俱以師古爲主。盧、王較之近代，則盧、王爲今人之師矣；（公有「近代惜盧王」之句。）漢、魏，則又盧、王之師也；《風》《騷》，則又漢、魏之師也。此所謂轉益多師，言其層累而上，師又有師，直到極頂，必須《風》《雅》是親矣。此乃汝師，汝知之乎？蓋深嫉今人之依墻靠壁，目不見方隅者，而以此儆覺之也。〔一〕

由此以觀，翁氏論詩，以宗經師古爲本，追遠溯源，既倡詩教，立温柔敦厚；又明經學重質實，言考據廣詩道，繼而融化格調、神韻以立肌理，肌理説以其所言詩法最易見其義。故翁氏論詩，非徒法而已，乃以「古人爲師，以質厚爲本」，有本有源，有法度可循，而詩法有二：一爲「正本探源」，二爲「窮形盡變」，兼顧内外，並重本末，翁氏可説是清代「杜詩學」的壓軸殿軍，實非過譽之論。

乾嘉詩學承先啓後，深受時代影響，各詩家多立宗派，各具偉觀；大抵持論中肯，人品與詩品並重，何石松《乾嘉詩學初探》認爲其時代發展特性，大約有四端：徵實性、宗經性、調和性、地域性。翁方綱在此時代詩學環境薰陶霑溉之下，倡言「正本探源，窮形盡變」詩法，推闡趙執信《聲調譜》，改易王士禛「神韻説」，融釋沈德潛「格調説」，開創「肌理」與「性情」詩論，其實也都能具體展現出乾嘉詩學的四大特性，故能成一家之學。而翁氏論詩先以融攝「格調」「神韻」「性靈」

〔一〕 詳參翁方綱著，陳邇冬校點《石洲詩話》卷一，頁五〇。

諸家之長，既而以學爲詩，返本開新；根柢六經，探源索隱；復宗江西詩法，質實渾厚；故主張才學並重，形神皆具，創爲「肌理説」，開宗立派，於詩學大有裨益，爲一代名家。故翁氏於《五言詩續鈔跋》云：

是故俗學之弊，詩教之衰，病在不知本而已，不知本則空言性靈者，病在率意以爲之，信其所之，皆若可章者，其失也鄙。

學者詩家能知本而言性靈，則無衰弊之病，因此翁氏之「本」，實指詩教、詩道之「正本探源」，而論「窮形盡變」肌理詩法，以進立詩品。

翁方綱弟子甚多，遍及嶺南、江西，且喜擢拔俊才，從學士子，絡繹不絶，翕然嚮歸，如黎簡、宋湘、梁章鉅，粵東三子黄培芳、張維屏、譚敬昭，李彦章、馮敏昌、張錦芳、黄丹書、吕堅諸人，都受到「肌理説」的影響，各有成就，各具特色，都能發揚師説，爲時所宗。翁方綱自乾、嘉朝拈舉「肌理説」以後，桐城詩派、道咸詩派，以迄同光清末之詩説，「肌理説」影響所及，可謂披靡晚清詩壇。因此，筆者歷時多年從事翁方綱《杜詩附記》手稿的校釋研究工作，終能持志克竟其成，功不唐捐，總算對得起翁氏先儒在天之靈，也可説是自我進學的里程碑，具有文獻學與學術史的多重意義，斯文不泯，道心常存，永識而弗諼。

附録一：翁方綱《復初齋文集》詩文論輯録

新城縣新刻王文簡古詩平仄論序

詩家爲古詩，無弗諧平仄者，無弗諧，則無所事論已。古詩平仄之有論也，自漁洋先生始也。夫詩有家數焉，有體格焉，有音節焉，是三者常相因也，而不可泥也；相通也，而不可紊也。先生之論古詩，蓋爲失諧者言之也；紊亦失也，泥亦失也，紊斯理之，泥斯通之，夫言豈一端而已？言固各有當也。方綱束髮學爲詩，得聞先生緒論於吾邑黄詹事，因得先生所爲《古詩聲調譜》者；既又見江南屢有刊本，或詳或略，又有所謂《詩問》《詩則》者，其論間有搘拄，亦大同小異。今見新城此刻，抑又不同，或遂疑其有贋。方綱蓋嘗熟復先生言詩之旨，而知其不相悖也。夫張（張籍）、王（王建）、元（元稹）、白（白居易）之雅操，不可以例杜（甫）、韓（愈）；山谷（黄庭堅）之逆筆，不可以概歐（陽脩）、梅（堯臣）。吾惡知先生當日有所爲而言之，之爲桓司馬耶？爲南宫敬叔耶？其知者則曰舉一以反三也，其不知者則曰舉一而廢百也。今日高才嗜古者，稍有所得，輒往往訕薄先生，漸且加甚矣；其墨守先生之論者，尚知聞謦欬而愛慕之，得其片紙隻詞，以爲拱璧。方綱若不爲之剔抉源委，俾讀者知其立言之所以然，其於甘辛丹素、經緯浮沉之界，所關非細，故因新城學官之請，而爲之序如此。

〔賴校〕〔一〕翁方綱於乾隆五十七年（一七九二）二月朔，時年六十歲，撰此文，刊於《復初齋文集》卷三，此文議論王士禛有關古詩平仄論問題，可窺翁氏詩學豹斑，可與《翁批杜詩》所論平仄音節各條，相互參考。

志言集序

昔虞廷之謨曰：「詩言志，歌永言。」孔庭之訓曰：「不學詩，無以言。」言者，心之聲也。文辭之於言，又其精者。詩之於文辭，又其諧之聲律者。然則在心爲志，發言爲詩，一衷諸理而已。理者民之秉也，物之則也，事境之歸也，聲音律度之矩也。是故淵泉時出，察諸文理焉。金玉聲振，集諸條理焉。暢於四支，發於事業，美諸通理焉。義理之理，即文理之理，即肌理之理也。韓子曰：「周《詩》三百篇，雅麗理訓誥。」杜云：「熟精《文選》理。」曩人有以杜詩此句質之漁洋先生，漁洋謂理字不必深求其義，先生殆失言哉！杜牧之序李長吉（賀）詩亦曰：「使加之以理，奴僕命騷可也。」今之騁才藻，貌爲長吉者，知此乎？不惟長吉也！太白超絶千古，固不以此論之，然後人不善學者，輒徒以馳縱才力爲能事，故雖以楊廉夫（維禎）之雄姿，而不免詩妖之目，即以李空同

（夢陽）、何大復（景明）之流，未嘗不具才力，而卒以勦襲格調自欺以欺人，此事豈可强爲，豈可假爲哉？士生今日，經籍之光，盈溢於世宙，爲學必以考證爲準，爲詩必以肌理爲準。記曰：「聲相應，故生變；變成方，謂之音。」又曰：「聲成文，謂之音。」聲音之道與政通矣。此數言者，千萬世之詩視此矣。學古有獲者，日覽千百家之詩可也；惟是檢之於密理，約之於肌理，則竊欲隅舉焉：於唐得六家，於宋、金、元得五家，鈔爲一編，題曰志言，時以自勉，亦時以勉各同志，庶幾有專師而無泛騖也歟！

〔賴校〕〔一〕此文刊於《復初齋文集》卷四。此文討論範圍甚廣，主要有關翁方綱的文學致用説、文學思想，肌理説「理」的定義；以及引韓愈《薦士》詩，並以《杜詩》爲準的，批評王士禛詩學之失。此外，又言及杜牧與李賀，以李白爲準式評論楊維楨之失，並論明七子李夢陽、何景明，觸及「格調説」與「肌理説」的比較，此文可窺觀翁方綱的治學方法、心得，以及詩文的藝術理論與其經世之學。

理説駁戴震作

近日，休寧戴震一生畢力於名物象數之學，博且勤矣，實亦攷訂之一端耳。乃其人不甘以考訂爲事，而欲談性道以立異於程朱。就其大要，則言理力詆宋儒，以謂理者是密察條析之謂，非性道統挈之謂，反目朱子性即理也之訓，謂入於釋老真宰真空之説，竟敢刊入文集，説理字至一卷之多。其大要則如此。其反覆駁詰牽繞諸語不必與剖説也，惟其中最顯者引經二處，請略申之。一引《易》曰：「易簡而天下之理得矣，天下之理得，而成位乎其中矣。」試問：《繫辭傳》此二語，非即性道統挈之理字乎？「成位乎其中」者，謂《易》道也，則人之性即理無疑者也；對上「賢人之德」「賢人之業」，則此句「理」字，以人所具性道統挈言之，更無疑也。此處正承天地定位而言《易》之成位乎其中，豈暇遽以凡事之腠理條理言耶？此不待辨而明者也。再則又引《樂記》「天理滅矣」。《樂記》曰：「人生而静，天之性也。感於物而動，性之欲也。物至知知，然後好惡形焉，好惡無節於内，知誘於外，不能反躬，天理滅矣。」此句天理對下人欲，則天理即上所云天之性也，正是性即理也之義，而戴震轉援此二文以謂皆密察條析之理，非性即理之理，蓋特有意與朱子立異，惟恐人援此二文以詰難之，而必先援二經語以實其密理條析之説，可謂妄矣！夫理者，徹上徹下之謂，性道統挈之理即密察條析之理，無二義也。義理之理即文理、肌理、腠理之理，無二義也。其見於事，治玉治骨角之理，即理官理獄之理，無二義也。事理之理即析理、整理之理，無二義也。假如專以在事在物之條析名曰理，而性道統挈處無此理之名，則《易・繫辭傳》「易簡而天下之理得矣」、《樂記》「天理滅矣」，即此二文先不可通矣。吾故曰戴震文理未通也！《樂記》此段下，愚既略附記矣；《易・傳》首章下，則不敢也。是以别録此篇，題以「駁戴震」，豈得已哉？

〔賴校〕〔二〕此文刊於《復初齋文集》卷七。此文係翁方綱對戴震及朱熹「理」説的批評，表現出翁方綱的學術立場，及其「肌理」説的義理觀。

與程魚門平錢戴二君議論舊艸

昨蘀石（錢載）與東原議論相詆，皆未免於過激。戴東原新入詞館，斥詈前輩，亦蘀石有以激成之，皆空言無實據耳。蘀石謂東原破碎大道，蘀石蓋不知攷訂之學，此不能折服東原也。詁訓名物豈可目爲破碎？學者正宜細究考訂詁訓，然後能講義理也。宋儒恃其義理明白，遂輕忽《爾疋》《説文》，不幾漸流於空談耶？況宋儒每有執後世文字習用之義，輒定爲詁訓者，是尤蔑古之弊，大不可也。今日錢、戴二君之争辨雖詞皆過激，究必以東原説爲正也。然二君皆爲時所稱，我輩當出一言持其平，使學者無歧惑焉。東原固精且勤矣，然其曰聖人之道必由典制名物得之，此亦偶就一二事言之可矣。若綜諸經之義，試問《周易》卦爻彖象乘承比應之義，謂必由典制名物以見之，可乎？《春秋》比事屬辭之旨，謂必由典制名物見之，可乎？即《尚書》具四代政典，有謨訓誥誓之法戒存焉，而必處處由典制名物求之，可乎？即《詩》具徵鳥獸草木，而有忠孝之大義、勸懲之大防，必盡由典制名物求之，可乎？聖門垂教，《論語》其正經也，《論語》《孟子》必以典制名物求之，可乎？《孝經》以典制名物求之，可乎？戴君所説者，特專指《三禮》與《爾疋》耳。《三禮》云者，經部統籤之稱也，究當分别言之。《小戴記》，《禮》之傳也，當合《儀禮》説之，韓子已言《儀禮》非後世所用，顧宜知其義而已。其義難知，則合其經傳以求之。學者正宜先知《禮運》首段之並非歧入異説也；又宜知《學記》之並非泛事空説也；又宜知《玉藻》鄭氏所明脱爛處之不宜徑皆接合也；又宜知《樂記》十一篇之宜各審其篇次也。此又豈槩以典制名物得之者乎？《周官》六典何以不略見於諸經？《禮記》六太何以不同於《周官》？古籍邈遠，不能詳徵，必欲一一具若目見而詳陳之乎？況《禮》所具者周典耳。夫子於夏、殷禮皆能言之，以其無徵，故民弗從而不言也。今雖周之典制尚有存其略者，而其於善之無徵，民之弗從，則一也。是以方綱愚昧之見：今日學者但當篹言而不當篹禮。篹言者，前人解詁之同異、音訓之同異、師承源委之實際，則詳審擇之而已矣。若近日之元和惠氏（棟）、婺源江氏（永）以及戴君之輩皆畢生殫力於名物象數之學，至勤且博，則實人所難能也。吾惟愛之重之，而不欲勸子弟朋友效之。必若錢君及蔣心畬（士銓）斥攷訂之學之弊，則妬才忌能者之所爲矣。故吾勸同志者，深以攷訂爲務，而攷訂必以義理爲主。

〔**賴校**〕〔一〕此文刊於《復初齋文集》卷七，《理説駁戴震作》後之附録，載有此文，係與程晋芳衡論錢載與戴震異説，並批評及於江永、惠棟，可窺翁氏治學主張與其經學方法論。録以備參。

詩法論

歐陽子援揚子「制器有法」，以喻書法；則詩文之賴法以定也審矣。忘筌、忘蹄非無筌蹄也。詩律之還宫必起於審度，度即法也。顧其用之也無定方，而其所以用之，實有立乎法之先，而運乎法之中者，故法非徒法也，法非板法也。且以詩言之。詩之作，作於誰哉；則法之用，用於誰哉。詩中有我在也，法中有我以運之也。即其同一詩也、同一法也，我與若俱用此法，而用之之理、用之之趣各有不同者，不能使子面如吾面也。同一時、同一境、同一事之作，而其用法之所以然，父不能得之於子，師不能傳之於弟。即同一在我之作，而今歲不能仿昨歲語，今日不能用昨日之語，況其隔時地、分古今而强我以就古人之法，强執古人以定我之法？此則蔑古之尤者也，而可謂之效古哉？故曰「文成而法立」，法之立也有立乎其先、立乎其中者，此法之正本探原也；有立乎其節目、立乎其肌理界縫者，此法之窮形盡變也。杜云「法自儒家有」，此法之立本者也；又曰「佳句法如何」，此法之盡變者也。夫惟法之立本者不自我始之，則先河後海、或原或委必求諸古人也。夫惟法之盡變者，大而始終條理，細而一字之虚實單雙，一音之低昂尺黍，其前後接筍，乘承轉换開合正變，必求諸古人也，乃知其悉準諸繩墨規矩、悉校諸六律五聲，而我不得絲毫以己意與焉。故曰「禹之治水，行其所無事也」，行乎所不得不行，止乎所不得不止，應有者盡有之，應無者盡無之。夫然後可以謂之詩，夫然後可以謂之法矣。

〔賴校〕〔一〕此文刊於《復初齋文集》卷八，讀此文可知翁方綱詩學的肌理説，及其創作方法論、文學批評諸端倪。

格調論上

詩之壞於格調也，自明李、何輩誤之也。李、何、王、李之徒泥於格調，而僞體出焉。非格調之病也，泥格調者病之也。夫詩豈有不具格調者哉？記曰「變成方謂之音」，方者音之應節也，其節即格調也。又曰「聲成文謂之音」，文者音之成章也，其章即格調也。是故噍殺、嘽緩、直廉、和柔之别，由此出焉。是則格調云者，非一家所能概，非一時一代所能專也。古之爲詩者，皆具格調，皆不講格調。格調非可口講而筆授也。唐人之詩，未有執漢魏六朝之詩以目爲格調者。宋之詩，未有執唐詩爲格調。即至金元詩，亦未有執唐宋爲格調者。獨至明李、何輩，乃泥執《文選》體，以爲漢魏六朝之格調焉，泥執盛唐諸家以爲唐格調焉。於是不求其端，不訊其末，惟格調之是泥。於是上下古今只有一格調，而無遞變遞承之格調矣。至於漁洋變格調曰神韻，其實即格調耳，而不欲復言格調者，漁洋不敢議李、何之失，又惟恐後人以李、何之名歸之，是以變而言神韻，則不比講格調者之滋弊矣。然而，又慮後人執神韻爲是，格調爲非，則又不知格調本非誤，而全壞於李、何輩之泥格調者誤之，故不得以不論。

格調論中

「熟精《文選》理」，非謂效其體也。漁洋先生乃謂「理」字不必深求其解，故李滄溟（攀龍）之純用《選》體者，直謂唐無五言古詩矣。所謂唐無五言古詩者，正謂其無《選》體之五言古詩也。先生乃謂「譏滄溟者不合其下句觀之，而但執唐無五古一句以歸咎於滄溟，滄溟不受也。」豈知滄溟之咎，正專在此唐無五言古詩一句乎？彼謂唐之古詩皆不仿效《選》體耳，豈知唐古詩正以不仿《選》體爲正。唐人尚以不仿選體爲正，而後之爲詩者轉欲《選》體之仿耶？此所謂舛也。且即以《選》體言之，《文選》自漢魏迄齊梁非一體也，而概目曰《選》體，可乎？如謂《文選》諸家之詩共合而目爲《選》體，則只一體，非衆體矣；中間何以復有擬古之作乎？即觀《選》詩中有擬古之篇，則知古之上復有古焉，何可泥執而混爲一乎？泥而一之則是蔑古而已。此則正受古人之憾、正受古人之笑而已矣。然則學之汲古、師古何爲也哉？曰：聖言「好古敏求」，而夏殷之禮不能於杞宋徵之，凡所以求古者，師其意也；師其意則其迹不必求肖之也。孔子於《三百篇》皆弦而歌之，以合於《韶》《武》之音，豈《三百篇》篇篇皆具《韶》《武》節奏乎？抑且勿遠稽《三百篇》，即以唐音最盛之際，若杜、若李、若右丞、高、岑之屬，有一效建安之作，有一效謝、顔之作者乎？宋詩盛於熙、豐之際，蘇、黄集中，有一效盛唐之作者乎？直至明朝而李、何在前，王、李踵後，乃有文必西漢、詩必盛唐之説，因而遂有五言必效《選》體之説。五言不效《選》體，則謂之唐無五言古詩，然則七古亦將必以盛唐爲正矣，則何不云宋無七言古詩？而彼不敢也。是以漁洋代爲下轉語曰蘇詩七律不可學，是則直曰蘇無七律而有其七律，夫然後可以繼李滄溟之論耳。漁洋豈但謂蘇七律不可學，又謂白詩不可學。夫謂七律宜宗盛唐，則杜固居其正無疑也。然又謂五古宜宗《選》體，《選》體之説不能旁通也，故又變格調爲神韻，而以王(維)、孟(浩然)、韋(應物)、柳(宗元)當其正，則杜之五古又居其變。同一《杜詩》而七言居其正，五言居其變，然則仰窺弦歌《韶》《武》之音，其將必以《清廟》《思文》之什爲正，而《東山》《鴟鴞》之音爲變乎？其將何以爲後學者之準式？吾故曰作詩勿泥《選》體。

格調論下

化格調之見，而後詞必己出也。化格調之見，而後教人自爲也。化格調之見，而後可以言詩。化格調之見而後可以言格調也。今且勿以意匠之獨運者言之，且勿以苦心孤詣、戛戛獨造者言之，今且以效古之作、若規仿格調者言之。古之擬樂府者，若《行路難》，其初本以行旅閱歷言也，其後漸擴寫情事矣。若巫山高，其初以雲雨十二峰言也，其後漸以曠望之懷言矣。如原題所指某事，而後來擬作、變而推廣者，不可勝原也。惟其如此，所以賴有樂府解題也。若使其後來擬作悉依原本爲之，則何爲而有解題之作乎？又如《鄴中集》之有擬作，江文通（淹）之有擬作，丹素甘辛之喻，亦特就其體制而申析之，以爲此某家之格制如此，則其後來學者之引伸類長不皆如此，又可知也。若使人人篇篇悉依仿此式而爲之，則曷爲括此以擬出之哉？又若阮（籍）、陳（子昂）以後，《詠懷》《感遇》諸篇，皆名曰效古也，後人詩集亦多效之，亦正可見其全集諸作皆不執此體式，而特假此題樣以見端。此亦正是古調不盡可概施之徵驗而已矣。然吾舉此，如江文通《擬古》之作，如陳伯玉《感遇》之作，特其偶一爲之可耳。蘇子美（舜欽）之四言，非復韋（應物）、孟（浩然）之四言也。四言，古制也，尚且如此，況五七言乎？東坡之和陶（潛），非復柴桑之五言，非復左司之五言也。五言近古尚且如此，況七言乎？今如鐫類帖於石者，其首卷必《黄庭》《樂毅》《洛神》《東方讚》諸古楷也。或其所据之本出於某代某家，中間實有訂正舛訛者則可耳，不則陳陳相因，誰其賞之乎？今編刻一集，其卷端必冠以《擬古》《感興》諸題，而又徒貌其句勢，其中無所自主，其外無以自見者，誰復從而誦之？夫其題内有擬古、仿古者，尚且宜自爲格制，自爲機杼也，而況其題本出自爲，其境、其事屬我自寫者，非古人之面而假古人之面，非古人之貌而襲古人之貌，此其爲頑鈍不靈、泥滯弗化也，可鄙可耻，莫甚於斯矣。吾自日接親戚賓友，有必應言之言，有必應答述之語，而顧妄作戲場優伶之聲音色笑以爲中節，雖奴隸之愚賤，村野之牧豎，皆將起而非笑之，而操觚者顧自蹈之，豈理也哉？

〔**賴校**〕〔一〕此三篇分刊於《復初齋文集》卷八。《格調論上》，主要是翁方綱對明七子的批評，以及「神韻」與「格調」詩説的比較，可見翁氏的詩學主張。《格調論中》，翁方綱以杜甫、王維、孟浩然、韋應物、柳宗元等詩爲例，申説其有關詩學的態度、方法，並批評王士禛與李攀龍的詩學方法論。《格調論下》，則是翁方綱對於「格調」説的評論，並論及樂府詩；復舉江淹、阮籍、陳子昂、蘇舜欽、韋應物爲例，以蘇舜欽與孟浩然、蘇軾與陶潛、蘇軾與韋應物爲對比較論；此外，也提及翁方綱的書學、創作方法論，以及對擬古派的批評。

神韻論上

《詩》三百篇，聖人皆弦歌之，以求合於韶武之音。《韶》《武》，古樂也，盛德之所同也，謂《清廟》《猗那》合之可也，謂《節南山》《雨無正》合之可乎？謂《關雎》《鵲巢》合之可也，謂《株林》《匪風》合之可乎？是必有標乎音之本者矣。以其義言之，則聖人一言蔽之曰「思無邪」。以其音言之，則曰「樂不淫、哀不傷」，曰「各得其所」，曰「洋洋盈耳」，而未有一言該其所以然者。音之理通於微，而音之發非一緒，在善讀者領會之而已。況乎漢魏六朝以後正變愈出愈棼，而豈能撮舉其所以然？盛唐之杜甫，詩教之繩矩也，而未嘗言及神韻。至司空圖、嚴羽之徒，乃標舉其概，而今新城王氏暢之，非後人之所詣能言前古所未言也。天地之精華、人之性情、經籍之膏腴，日久而不得不一宣洩之也。自新城王氏一倡神韻之説，學者輒目此爲新城言詩之祕，而不知詩之所固有者，非自新城始言之也。且杜云「讀書破萬卷，下筆如有神」，此神字即神韻也。杜云「熟精《文選》理」，韓云「周《詩》三百篇，雅麗理訓誥」，杜牧謂李賀詩「使加之以理，奴僕命騷可矣」，此理字即神韻也。神韻者，徹上徹下，無所不該。其謂羚羊挂角，無迹可求；其謂鏡花水月，空中之象，亦皆即此神韻之正旨也，非墮入空寂之謂也。其謂「雅人深致」，指出「訏謨定命，遠猶辰告」二句以質之，即此神韻之正旨也；非所云理字不必深求之謂也。然則神韻者，是乃所以君形者也。昔之言格調者，吾謂新城變格調之説而衷以神韻，其實格調即神韻也。今人誤執神韻，似涉空言，是以鄙人之見，欲以肌理之説實之；其實肌理亦即神韻也。昔之人未有專舉神韻以言詩者，故今時學者若欲目神韻爲新城王氏之學，此正坐在不曉神韻爲何事耳。知神韻之所以然，則知是詩中所自具，非至新城王氏始也。其新城之專舉空音鏡象一邊，特專以針灸李、何一輩之癡肥貌襲者言之，非神韻之全也。且其誤謂理字不必深求其解，則彼新城一叟實尚有未喻神韻之全者，而豈得以神韻屬之新城也哉？

神韻論中

君子引而不發，躍如也，中道而立，能者從之。中道而立，非界在難易之間之謂也。朱子集注蓋偶用某家之說，以中爲難易遠近之中間，此「中」字一誤會，則「而立」二字亦不得明白矣。道無邊際之可揣，道無四隅之可竟，道無難易遠近之可言也。然而，其中其外，則人皆見之。中道而立者，言教者之機緒引躍不發，只在此道内，不能出道外一步，以援引學者，助之使入也，只看汝能從我否耳。其能從者，自能入來也。道是一個大圈，我只立在此大圈之内，看汝能入來與否耳，此即詩家神韻之説也。今以藝事言之，寫字欲運腕空靈，即神韻之謂也。其不知古人之實得，而欲學其運腕空靈，必致手不能握筆矣。知其所以然，則吾兩手寫字，其沉鬱積力全用於不執筆之左手，然後其執筆之右手，自然輕靈運轉如意矣。以爲文之理喻之，則即据上游之謂也。然則何以能得神韻乎？曰置身題上，則黄鵠一舉見山川之紆曲，再舉見天地之圓方。文之心也，文之骨也，法外之意也。夫然後可以針對痴肥貌襲之弊也。彼癡肥貌襲正患坐在題中，舉眼不見四周之輪光，「不識廬山真面目，只緣身在此山中」。癡肥既不可，削枯又不可。似既非也，不似又非也。是以李（夢陽）、何（景明）固謬，王（世貞）、李（攀龍）又謬，抑湯若士（顯祖）、徐天池（渭）輩之矯變李、何，亦又非也。抑且公安、竟陵之矯變李、何，又無謬不出也。然而新城以三昧標舉盛唐諸家，盛唐諸家其體盛大，貌其似者固不能傷之，徒自敝而已矣。矯其説者一以澄夐淡遠味之，亦不免墮一偏也。何者？盛唐元是真詩，横看成嶺，側看成峰，隨其人自得之而已矣。至於舉明朝徐昌穀、高又業（按：即高子業，叔嗣）之一得，遂欲於五言截去杜、韓、蘇、黄以下，直以此接漢魏盛唐作者，則又非正論矣。夫陳伯玉（子昂）之在初唐，以上接漢魏可也；韋左司（應物）在中唐，以接陶（潛）亦可也。高、徐、皇甫諸家在明，以遥接漢魏盛唐則不可也。此則言神韻者之偏辭也。綜而計之，所謂置身題上者，必先身入題中也。射者必入彀，而後能心手相忘也；筌蹄者必得筌蹄，而後筌蹄兩忘也。詩必能切己、切時、切事，一一具有實地，而後漸能幾於化也。未有不有諸己、不充實諸己，而遽議神化者也。是故，善教者必以規矩焉，必以彀率焉。神韻者，以心聲言之也。心聲也者，誰之心聲哉？吾故曰：「先於肌理求之也。」知於肌理求之，則刻刻惟規矩彀率之弗若是懼，又奚必其言神韻哉？

神韻論下

詩以神韻爲心得之祕，此義非自漁洋始言之也，是乃自古詩家之要眇處，古人不言而漁洋始明著之也。神韻者，非風致情韻之謂也。吾謂神韻即格調者，特專就漁洋之承接李（夢陽）、何（景明）、王（世貞）、李（攀龍）而言之耳。其實神韻無所不該，有於格調見神韻者，有於音節見神韻者，亦有於字句見神韻者；非可執一端以名之也。有於實際見神韻者，亦有虚處見神韻者，有於高古渾樸見神韻者，亦有於情致見神韻者；非可執一端以名之也。此其所以然，在善學者自領之，本不必講也。吾既爲漁洋之承李、何而不得不析言之，乃今又爲近人之誤會者，更不得不析言之。世之不知而誤會者，吾安能一一析之？今姑就吾所近見其最不通者，莫如河間邊連寶之論詩，目漁洋爲神韻家，是先不知神韻乃自古詩家所共具，漁洋偶拈出之；而别指之曰神韻家，有是理乎？彼既不知神韻是詩中所固有矣，乃反歸咎於嚴儀卿（羽）之言鏡花水月，涉於虚無爲貽害於後學；此非罵嚴儀卿也，特舉以罵漁洋耳。漁洋詩專取神韻，而不能深切則誠有之，然近日之譏漁洋者，持論皆不得其平也。請申析之：詩自宋、金、元接唐人之脉，而稍變其音，此後接宋、金、元者，全恃真才實學以濟之；乃有明一代，徒以貌襲格調爲事，無一人具真才實學以副之者。至我國朝文治之光，乃全歸於經術。是則造物精微之祕，衷諸實際，於斯時發洩之。然當其發洩之初，必有人焉先出，而爲之伐毛洗髓，使斯文元氣，復還於沖淡淵粹之本然，而後徐徐以經術實之也。所以賴有漁洋首倡神韻，以滌蕩有明諸家之塵滓也。其援嚴儀卿所云「鏡中之花」「水中之月」者，正爲滌除明人塵滓之滯習言之；即所謂「詩有别才，非關學」之一語，亦是專爲騖博滯迹者，偶下砭藥之詞，而非謂詩可廢學也。須知此正是善學者言，非爲不學者言也。司空表聖（圖）《詩品》亦云「不著一字，盡得風流」。夫謂不著一字，正是謂函蓋萬有也，豈以空寂言耶？漁洋之詩雖非李、何之滯習，而尚有未盡化滯習者。如詠焦山鼎，只知鋪陳鐘鼎款識之料，如詠漢碑，只知叙説漢末事，此皆習作套語。所以事境偶有未能深切者，則未知鋪陳排比之即連城玉璞也。蓋漁洋未能喻「熟精《文選》理」「理」字之所以然，則必致後人誤會「詩有別才」之語，致墮於空寂，則亦當使人知神韻初不如此，而豈可反誤以神韻爲漁洋咎乎？若趙秋谷（執信）之議漁洋，謂其不切事境，則亦何嘗不中其弊乎？學者惟以讀書切己爲務，日從事於探討古人、考析古人，則正惟恐其不能徹悟於神韻矣。神韻者，視其人能領會，非人人皆得以問津也。其不能悟及此者，奚爲而必强之？其不知而强附空買以爲神韻，與其不知而妄駁神韻者，皆坐一不知之咎而已。不知何害？不知而妄議則爲害滋甚耳！

〔**賴校**〕〔一〕此三篇分刊於《復初齋文集》卷八。《神韻論上》，表述翁方綱的詩學，論及杜甫，並針對王士禎「神韻」説加以批評，並與「格調」説相互比較，以其「肌理」説爲之證成；文中並談及翁方綱傾嚮於實用的經世之學。《神韻論中》，則係翁方綱對朱子的批判，並對「神韻」説再次批評，並及於李夢陽、何景明、王世貞、李攀龍、湯顯祖、徐渭、公安派、竟陵派，以及陶潛、陳子昂、杜甫、韋應物、韓愈、蘇軾、黄庭堅等人，謂以高、徐等人徑上接漢魏盛唐者也；又言及翁方綱的執筆法、書法教學、創作方法論、文學批評等諸面嚮，而以其「肌理」説總結。《神韻論下》，係翁方綱對王士禎「神韻」説的解讀與批評，並論及王士禎與明七子、嚴羽關係，又針對邊連寶對神韻的錯解提出批評，可窺翁方綱的作詩方法論，其中針對司空圖《詩品》的解讀，趙執信對王士禛的批評，可見翁方綱「不知爲不知」的謹慎治學態度。

唐人律詩論

律詩則自唐始也，其必以唐人律詩俎豆不祧無疑也。然而源流升降之故，難言之矣。古詩自漢、魏訖陳、隋，其正變得失人皆知之，至於律則概之曰唐律云爾；豈惟渾概云唐律哉，乃至言五律者專習爲大曆十子以爲五律之正也。乃至近日言七律者亦自中晚唐作者言之。其他人不知者勿論已，即以新城王漁洋深於詩者，亦首舉劉文房（長卿）七律以教後學，然則古詩第從何遜、吳均以下爲圭臬也，可乎？論古詩者必由建安、黄初以衷諸謝（靈運）、鮑（照），則唐律自必由右丞（王維）、少陵（杜甫）基之，未有可畏難而小就者也。若近人之拈舉賈長江（島）、姚武功（合）五律者，則將謂古詩必以齊、梁、陳之作爲職志歟？夫中晚以下諸家非不欲效右丞、少陵也，力不勝也。夫在唐時中晚諸家力所不能勝者，而後人顧能勝之乎？曰非欲人人皆學右丞、少陵也，詩之理則實如此而已矣。士人束髮入塾，未有先誦子史集者，必先誦讀孔、孟之書，豈人人能效聖賢乎？讀書之理則如是也。然雖非人人能效爲聖爲賢，而自帖括取士以來，凡操筆爲文者，皆自言孔、孟之言始，其法行之歷數百年矣，較昔之詩賦論策取士，坦而易趨者，布帛菽粟近於日用飲食之需也，未有疑其違道轉遠者也。若作詩則切己言志，又非代古立言之比；至於律詩則更非衍擬古、效古之比矣。此唐之玉溪（李商隱）、樊川（杜牧）已不肯爲大曆以後之律詩，至蘇（軾）、黄（庭堅）而益加厲矣。此即教人自爲之理也。至於放翁（陸游）、遺山（元好問）、道園（虞集），律詩則真克自爲矣，有一篇之襲唐調乎？惟遺山五律不克自振，吾已詳言之矣。夫惟日與古人相劘切，日以古作者自期，而後無一字之襲古也。夫惟無一字襲古，而後漸漸期於師古也，豈特律詩也哉？

〔賴校〕〔三〕此文刊於《復初齋文集》卷八。論及王士禛與劉長卿，尤其對於劉長卿的七律成就有所著墨；又言及建安文學、謝靈運、鮑照、王維、杜甫、賈島、姚合、李商隱、杜牧、蘇軾、黄庭堅、陸游、虞集、元好問等，及其對擬古派的批評，可略窺翁方綱的創作方法論。而翁方綱所論，實與紀昀《冶亭詩介序》相仿佛，此序中紀昀首先對唐末以來詩風的演變，加以宏觀考察曰：「……四靈五變，理賈島、姚合之緒餘，刻畫纖微，至江湖末派，流爲鄙野，而弊極焉。元人變爲幽艷，昌谷、飛卿遂爲一代之圭臬，詩如詞矣。鐵厓矯枉過直，變爲奇詭，無復中聲。明林子羽輩倡唐音，高青丘講古調，彬彬然始歸於正。」

徐昌穀詩論一

今之説詩者皆曰《迪功集》，雅音也。《歎歎》等五集，鄭聲也。然而爲吴下詩派者，則曰少作其本色也；改從北地者其變也。爲之説者則又曰《迪功集》師古而仍存吴音，非學北地也。然而《迪功集》是其手定，《歎歎》等五集則其所棄餘也。故善言詩格者，必以爲昌穀（徐禎卿）深得於空同（李夢陽）師資之力矣。然空同序其詩曰：守而未化，蹊逕存焉。是必空同之詩能化蹊逕者，而後議其未化也。今試取李、徐二家詩，所學杜、李、盛唐諸家，分刌切比而弦歌之，其孰果能化歟？曰：均弗化也。均弗化則奚以未化譏之？然則李子之意蓋自謂其能化也久矣，何者？少陵（杜甫）、供奉（李白）之詩，縱横出没，不主故常，彼空同者未能知其故也，然亦未嘗不自以爲縱横出没、不主故常也，而顧視徐子之紹古爲篇者，專近於執著摹擬矣，故毅然譏之曰未化也。夫徐子舍其少作以就李之所學，李則學古，徐亦學古，等學古耳；顧使李子目以蹊逕未化，反不若其少作可以跌宕自憙者，此於徐子之心，果甘若是乎？然吾揆諸徐子之心，而知其實若是也。夫李雖與徐同師古調，而李之魄力豪邁，恃其拔山扛鼎、辟易萬夫之氣，欲舉一世之雄才而掩蔽之；爲徐子者，乃偶拈一格，具體古人，以少勝多，以静攝動，藉使同居蹈襲之名，而氣體之超逸據其上矣。故曰揆徐子之意如此也。然則徐子自知其爲蹈襲歟？曰不知也。不知而何故蹈襲之？曰非此不足以洗滌其少作也。然則少作五集果鄭聲而迪功集果雅音歟？曰嘻，是亦目論矣。五集之詩縱披沙多而揀金少，然亦未嘗無偶然造詣之處。若合其後來所謂天然神秀者，中間一二浮詞或不免反謝之，是以激而爲明妃遠嫁之誚，亦其勢使然也。客曰：綜前後論之，究以何者爲正？曰《迪功集》其正也。曰以《迪功集》爲正矣，而又不免議其浮也、襲也，則迪功將何以自立？曰迪功，豪傑士也，真知所以自立矣。然則改少作者不任咎也。然則惟是五集之少作，任其咎乎？曰皆不任咎也。皆不任則咎於誰任之？曰吾反覆前後之詣，執兩端叩之，則任厥咎者惟一師資之李子耳。夫徐子知少作之非，悟學古之是，此時若有真實學古之人，必將引而伸之，由性情而合之學問，此事遂超軼今古矣。李子本具蹈襲之能事，以其能事貺其良友，以如此清才而所造僅僅如此爲可惜也。以如此能改之毅力而所改僅僅如此，爲可惜也。然吾非咎李子也，曰時爲之也。有李（夢陽）、何（景明）之蹈襲不足以饜人心也，又出一精於蹈襲之徐子而人心饜矣，詩格成矣，時論定矣。在徐子固行乎其所不得不行，彼亦無如何耳。

徐昌穀詩論二

馮子伯求（敏昌）篤嗜迪功詩，欲予合輯而論次之。適從時帆齋中借《迪功集》并《談藝録》，又俾兒子樹培合諸家所選通寫爲二册，携至灤陽寓舍，竭二日之力遍讀而審擇之，附以諸家評語，并系愚論如右而約舉之，曰：迪功詩七古不如五古，七律不如五律，七古七律又不如七絶。蓋能用短不能用長也。夫勢短字少則可以自掩其鑿痕，故蹈襲者弗病也。篇長則將何展接乎？是以凡能用短不能用長者，皆執一而廢百者也。然而陶（潛）、韋（應物）之短篇則真短篇也。豈其襲之云乎？由所病在襲，故短亦襲耳。人各有所讀之書、所處之境、所值之時，不必其似也。王新城（士禛）眼力極高顧欲跨宋元數百年直以徐昌穀諸人上接六代、三唐作者，其然，豈其然乎？新城又獨謼漢魏五言無過十韻者，輒欲大薙工部《八哀》諸句，其然，豈其然乎？然伯求生稟異才，時帆博涉詩奥，乃二君皆欲就短篇以服習古人。吾不能必謂短篇之執一也，然而高蘇門（叔嗣）勝此遠矣；四明陳約之（束）一序勝《談藝録》遠矣。

〔賴校〕〔一〕此二篇刊於《復初齋文集》卷八。徐昌穀即徐禎卿，二文主要是針對明七子與擬古派的批評；《徐昌穀詩論一》，翁方綱批評徐禎卿與李夢陽，進而舉杜甫、李白等，以表現出翁方綱的創作方法論，及其「勢」的文學觀。《徐昌穀詩論二》，則是翁方綱對徐禎卿的批評，以馮敏昌相較，並舉陶潛、杜甫、韋應物以與王士禛、徐禎卿、高叔嗣相比較，可明見翁氏對徐禎卿的批評。

杜詩熟精文選理理字説

自宋人嚴儀卿（羽）以禪喻詩，近日新城王氏（士禛）宗之。於是，有不涉理路之説，而獨無以處夫少陵「熟精《文選》理」之「理」字；且有以宋詩近於道學者，爲宋詩病，因而上下古今之詩，以其凡涉於理路者，皆爲詩之病，僅僅不敢以此爲少陵病耳。然則孰是而孰非耶？曰：皆是也。客曰：「然則，白沙（陳獻章）、定山（莊昶）之宗擊壤（邵雍）也，詩之正則耶？」曰：「非也。少陵所謂理者，非夫擊壤之流，爲白沙、定山者也。」客曰：「理有二歟？」曰：「理安得有二哉？顧所見何如耳。杜之言理也，蓋根極於六經矣，曰『斯文憂患餘，聖哲垂彖繫』（《宿鑿石浦》），《易》之理也；曰『舜舉十六相，身尊道何高』（《述古三首》之一），《書》之理也；曰『春官驗討論』（《奉留贈集賢院崔于二學士》），《禮》之理也；曰『天王狩太白』（《九成宫》），《春秋》之理也。其他推闡事變，究極物則者，蓋不可以指屈，則夫大輅椎輪之旨，沿波而討原者，非杜莫能證明也。」「然則何以别夫擊壤之開陳、莊者歟？」曰：「理之中通也，而理不外露，故俟讀者，而後知之云爾。若白沙、定山之爲擊壤派也，則直言理耳，非詩之言理也。故曰『如玉如瑩，爰變丹青』（揚雄《法言·吾子》卷第一），此善言文理者也。理者治玉也，字从玉从里聲，其在於人，則肌理也；其在於樂，則條理也；《易》曰『君子以言有物』，理之本也；又曰『言有序』，理之經也。天下未有舍理，而言文者。且蕭氏之爲選也，首原夫孝敬之準式、人倫之師友，所謂『事出於沈思』者，惟杜詩之真，實足以當之。而或以藻繢目之，不亦誣乎！自王新城究論唐賢三昧之所以然，學者漸由是，得詩之正脉，而未免歧；視理與詞爲二途者，則不善學者之過也。而矯之者，又或直以理路爲詩，遂蹈白沙、定山一派，致啓詩人之訾謷，則又不足以發明六義之奥，而徒事於紛争疑惑，皆所謂泥者也。必知此義，然後見少陵之貫徹上下，無所不該，學者稍偏於一隅，則皆不得其正，豈可以矜心躁氣求之哉？但憾不能熟精而已矣！」

〔**賴校**〕〔一〕此文刊於《復初齋文集》卷十。主要是藉由杜甫熟精梁蕭統《昭明文選》，以闡明杜甫詩的成就，並透過「理」説的分析，以呈現翁方綱的「肌理」詩説，以及其傾嚮實用的文學觀，以及與蕭統「事出於沈思，義歸乎翰藻」的純文學觀點的不同；文中翁方綱舉出邵雍、嚴羽、陳獻章、莊昶與王士禛等，表述其「要善學」的創作方法、文學批評與思想。

韓詩雅麗理訓詁理字説

近有疑此篇「理」字者，故不得不爲之説。曰：理者，綜理也，經理也，條理也。《尚書》之文，直陳其事而詩以理之也。直陳其事者，非直言之所能理，故必雅麗而後能理之。雅，正也；麗，葩也。韓子又謂「《詩》正而葩」者是也。凡治國家者謂之理，治樂者謂之理，治玉者謂之理，治絲者謂之理。故曰「國史明乎得失之迹」，得與失皆理也。又曰：「以一國之事繫一人之本，謂之風；言天下之事，形四方之風，謂之雅。」「頌者，美盛德之形容。」「形」與「繫」皆理也。又曰風雅頌爲三經，賦比興爲三緯，經與緯皆理也。理之義備矣哉。然則訓詁者，聖王之作也，理則孰理之歟？曰作是詩者不知也，及其成也自然有以理之。此下句曰「曾經聖人手，議論安敢到」，此即理字自注也。理者聖人理之而已矣。凡物不得其理則借議論以發之；得其理則和矣，豈議論所能到哉？至於不涉議論而理字之渾然天成，不待言矣。非聖人，孰能與於斯？

〔**賴校**〕〔一〕此文刊於《復初齋文集》卷十。「雅麗理訓誥」一語，出於韓愈《薦士》詩。翁文藉此以論其「肌理」説之「理」字，包含有「綜理」「經理」與「條理」三義，進而論其作詩方法論。

評陸堂詩

陸堂詩不評可也。以其目杜爲罪魁，不得不説之。彼固云「罪魁而功首」，是欲揚先抑之詞，然而已謬矣。彼蓋謂杜具有宋元格，《杜詩》曷嘗非含孕宋元乎？然彼亦不自知此爲何語也。昔王漁洋嘗斥白香山爲屠沽矣。白公之廣大，豈以漁洋此語而減價乎？然白詩亦實有不擇俚俗、不避直率者，原無怪漁洋議之。且即使漁洋不應議白詩，而漁洋本自高挹群言，獨標古淡，則其滕口於白公也即使太過，猶可諒之。若陸堂者專爲尖刻取勝，全不知古人渾厚意，而妄議焉，可乎？其集最擅譽者，《花龕三十首》耳。此僅與謝宗可、瞿宗吉争勝，豈得遠企前人？其詩題乃至有「園柳垂絲紅桃掩映」云云爲題目者。其每卷自標集名。夫自名某集，或以其事，或以其官，或以其地，據實即事可也。今陸堂自題其集則曰《洛如》、曰《濳虬》之類，皆臆造名義以題其集，此可説也？《花龕》詩取六朝唐宋詩料以入花類可也，於杏花取夢孔子入詩，此豈敬謹之道乎？事亡如事存，對存而言，以見禮制也。自稱其母曰「亡母」，此豈人子所宜出乎？《杜詩》之具宋元格也，本所應有也，詩至於杜而天地之元氣暢洩於此。天地之大無所不包，日月之明無所不照，天縱之聖，無所不能。即至卜筮、星命、相宅、醫術無不託原《易》卦，聖人見天下之賾而盡利、盡神何所不備，安得以此爲聖經病乎？且杜法之該攝中晚唐、該極宋元者，正見其量之足而神之全也。善讀杜者，則知其筆尖處即其筆圓處也。至若後人不善學者，則但見其形不見其神，於是用尖筆者不能用圓筆矣。其讀古人至用尖筆處竟莫知其爲筆圓矣。竇尚輦（臮）論褚書曰「澆漓後學，得無罪乎？」此後學自蹈於罪，非褚之罪也。愚嘗謂竇氏在唐時亦深見後學之流弊，不得已而爲此言，而《杜詩》又非褚書比矣。論詩惟元遺山於《蘇詩》有滄海横流之慮，此與竇論褚書正同。愚嘗作文辨之，皆不得謂其僭議古人，此爲學者慎導之計，顧宜善體會耳。若論《杜詩》，則自有詩教以來温柔敦厚必歸諸杜，興觀群怨必合諸杜，上下古今萬法源委必衷諸杜，才人學人，千百其家，從未有陸堂之輕肆下筆者，近日何義門（焯）於研析音韻之學，斥顧亭林曰「小人無忌憚」，以義門之所造詣尚不敵亭林十分之一，豈可作此評哉？若移此語以評陸堂之集則庶乎其允當矣。

〔賴校〕〔一〕此文刊於《復初齋文集》卷十。翁方綱提出陸奎勳對杜甫的批評，郭紹虞《中國文學批評史》引録清代陸奎勳《題杜少陵詩》批評云：「『《文選》理熟精，宋元格具有。五霸紹三王，罪魁而功首。』昔人謂爲石破天驚，古人所未發，實則與東坡、仲默所云，也正是同樣的意思，何嘗爲古人所未發！」翁方綱藉此文以明其「嚴謹」的作詩方法，並舉唐竇臮對褚遂良的批評，王士禛對白居易的評價、元好問與蘇軾的詩説，以及翁氏針對何焯對顧炎武的諷刺，爲之證説其詩學方法論。

與友論太白詩

太白詩逸氣横古今，不待言矣。顧其中有順逆乘承之祕，不可順口滑過。且即如人人習讀之《圯橋詩》起句，「虎嘯」二字飛空而來，却以一「未」字翻勒住，則勢蓄而不瀉也。及説到「報韓」，却偏從「不成」説；又以「雖」字翻勒住，則勢益蓄而不瀉也。如此蓄而不肯瀉去，然後放出「天地皆震動」五字，摇山掣海之筆來也。識此祕妙，則後句之「曾無黄石公」，乃掃得青空突兀耳。今讀者乃但咀吮其「懷古欽英風」等句，是必至於平順膚庸，以凡近貌其雄奇，未有不謬者也。或曰：「《廣武懷古》一篇乃云『有成功』『有古跡』，此獨非開膚庸一路之句乎？」不知「有成功」，「有」字對上「無」字；「有古跡」，「有」字對下「頹」字，俱是指點之神，正在「撫掌黄河曲」五字，心眼中飛躍而出，豈其平膚之謂耶？大約古今詩家皆不敢直擂鼓心，惟李、杜二家能從題之正面實作。所以義山云：「李杜操持事略齊，三才萬象共端倪。」蓋非具此胸次者，亦無由而知也。不然李與杜何以得並稱乎？李之沉鬱頓挫全於飛揚宕逸得之，又與杜不同耳。

〔**賴校**〕〔一〕此文刊於《復初齋文集》卷十一。衍論太白詩「順逆乘承之秘」，用字具指點之神，故與杜甫並稱名世；然李之沉鬱頓挫，全於飛揚宕逸得之，又與杜不同。

與友論杜詩

「風簾自上鈎」，自字乃獨自之自也。江樓對酒，忽見月吐，逕自起鈎簾納之，其無侍媵之人可知。此「自」字正對末句「寡」字也。且此字露出自身，方與末句酌酒相貫，方與五、六句鶴髮、貂裘相接。此二字向來未曾拈出也。

〔賴校〕〔一〕此文刊於《復初齋文集》卷十一。翁氏論《杜詩》，以一字而詩義、詩境以明，此一字特指詩中涵意最要之處，則可謂詩之「字眼」。字眼，大抵均指句中三、五字，然亦不可泥，須視其全句而定，故可知「字眼」多具絶妙特殊作意。又凡一字、二字之用，於整句、整篇中特有關聯，足以影響全詩者，謂之「詩眼」，此即關鍵字，爲一篇之警策。

與友人論少陵望嶽詩

向來解此詩者，皆以「岱宗夫如何」作一問，「齊魯青未了」作一答，若此則首句直是「岱宗如何」四字可畢，何爲中間著一「夫」字？少陵豈有如此率爾安放之虚字，等於可有可無耶？此一「夫」字，乃是實按之詞，非虚字也，猶言「不圖爲樂之至於斯」。此一「夫」字，乃即下文之「青未了」也，乃即下文通篇之「盪胸」「層雲」諸實際也。蓋少陵固夙聞岱宗之高大矣，今一入望，乃不料其如此之綿亘無際，盡齊、魯兩大邦之境，而其青尚未了，此其故直欲上叩真宰矣。「如何」者，仰而訝之之詞，將通篇神理，俱攝入一「夫」字中。於是乎，通篇神境，皆少陵之眼光矣。《杜詩》一字不輕下如此。

〔賴校〕〔一〕此文刊於《復初齋文集》卷十一。此文中，翁氏以「夫」一字之「實」，爲「實按」之詞，此一「夫」字，即下文之「青未了」，以及下文通篇之「盪胸」「層雲」諸實際；藉一「夫」字以坐實「如何」二字之「虛」，爲「仰而訝之」之詞，闡論通篇神境，以爲「皆少陵之眼光」，而「杜詩一字不輕下如此」，故《望嶽》「岱宗夫如何」五字，是杜公出神之筆，而通篇神理皆攝入此一「夫」字內，神光直叩真宰矣。所謂「一字千金」者，於翁氏之解析，誠然無妄。又按：翁方綱卷六《漁洋評杜摘記》，翁氏按語可與此相參，文曰：「『岱宗夫如何』五字，是杜公出神之筆，『如何』二字虛，『夫』字實，從來皆誤解也。此一『夫』字，實指岱宗言之。即下七句，全在此一『夫』字內。蓋少陵縱目遍齊、魯二大邦，而其『青未了』，所以不得不仰歎之。此『夫』字，猶言『不圖爲樂之至於斯』，『斯』字神理，乃將『造化』『神秀』『盪胸』『層雲』諸句，皆攝入此一『夫』字內，神光直叩真宰矣。豈得以虛活字妄擬之乎？」

送張肖蘇之汝陽序

即墨張孝廉將之汝陽，過予論文，自言嘗苦多病，既而持舊簡紙，屬書數言爲贈。愚方恧然愳，無以益吾子者，抑心所欲宣者，又不敢嘿也。昔歐陽子之於石徂徠（介），謂：「君子不以相見爲歡，不以疾病爲憂，惟其有不至於道者，乃可爲憂云爾。」然觀徂徠之答歐陽，猶曰：「永叔待我淺，不知我深。」蓋其氣未能平也。今吾肖蘇之虚己受益，過於徂徠遠矣，然談藝數日，雖未遽深推闡於學道之實，而以吾觀予肖蘇之病，在於心不專，而神志未能定也。讀書之道，原不在求强記，蓋亦務定其志而已。志定，則得淺而不啻深，得少而不啻多也。始之以一，而積之以誠，其有不逢原，而大快者哉？旬日以來，僅得見吾子時文一篇、詩一二十篇耳，格調之高誠不肯依人步武者，然求其識趣所歸，如記里鼓車、如土圭測景者，則又若恍乎不得其準的也。時文之法在於審題，題得而理定，理定而法生焉。其但務古調，以震駭於人者，猶之浮詞也。古文上下接武，而日用不可離者莫如韓，詩則莫如杜。然韓文、杜詩，各有其所以然之極至，不在於貌似也。能知韓之所以然，則可以上窺馬、班，又上而六經矣。知杜之所以然，則可以上通漢魏，又進而騷，又進而《三百篇》矣。其貌襲者，則由於中無物，中無物，則由於識趣不真而已矣。由吾肖蘇今日之詣力，專而精之，山谷有言曰「以質厚爲本」，姜白石（夔）曰「離而能合」，此二語是詩文、書法之總訣也。然其道要在於平心、易氣、静虚以涵泳之，是又養氣、却疾之一法矣。

〔**賴校**〕〔一〕此文刊於《復初齋文集》卷十二，爲翁方綱與張鶴論文之作，可觀翁氏之人生觀與修養論。文中列舉司馬遷、班固、杜甫、韓愈、歐陽修與石介、姜夔，並及對擬古派的批評，而翁方綱的讀書態度、作文方法與論學主張，其持「平心」「易氣」、「静虚」以涵養之，可得而明其旨趣。

杜少陵戴笠像贊

《飯顆》之詩，傳其戴笠。太瘦之神，萬古獨立。其瘦似耶？其笠似耶？則吾何敢執？

〔賴校〕〔一〕此文刊於《復初齋文集》卷十三。李白《戲贈杜甫》詩云：「飯顆山頭逢杜甫，頭戴笠子日卓午。借問别來太瘦生，總爲從前作詩苦。」李、杜在天寶三載（七四四）春天於洛陽相遇，同遊梁、宋，豪飲畋獵，秋間又得同游之樂。讀李白詩與此贊，而杜甫之形貌，若現於前。

跋宋槧艸堂詩箋

此本雖題建安蔡夢弼《草堂詩箋》，而卷前闕其序，且卷前題云「魯訔編次」，而卷内又有「魯訔曰」。至於詩注之語，或稱「杜公」，又或稱「甫」。其每卷之首，或稱「增脩」，又或稱「集諸家」。此蓋南宋末坊賈之所爲也。至若《義鶻行》謂指回紇，言《茅屋爲秋風所破》歎謂譏明皇、肅宗，諸如此類荒謬可笑者甚多。又多謁造東坡之説，誠有如陳直齋《書録解題》之所訶者。然其間如第二十卷内《暫如新津縣四首》、第廿一卷《暫如青城縣五首》之類，則是杜公原本如此，今已久爲注本所删，而此尚幸存。又如第一卷内《過宋員外舊莊二首》，「右二篇歲月莫可攷」，此猶見舊本闕慎之義，而諸家注本皆删去之。是則雖南宋書坊妄輯之本，而尚足爲考見古本之一助爾。

〔**賴校**〕〔一〕此文刊於《復初齋文集》卷十八。此文對於杜甫詩編年、杜甫詩注均有所著墨，可見翁方綱的版本文獻考證學，及其「謹慎」的治學態度。

又跋杜工部草堂詩箋

注《杜詩》者以魯訔、黄鶴並稱。魯在黄前，而宋槧本絶少。此本卷前題云「嘉興魯訔編次，建安蔡夢弼會箋」，目録前闕其原序。攷黄鶴補注頗採魯訔本之説，此蔡夢弼會箋者，即訔編次之本，蓋成於嘉泰甲子，在黄鶴注本之前十有二年也。卷内標舉杜公某年某地所作，頗具節次。如第二十一卷内《暫如蜀州青城縣五首》《寄陶王二少尹》《寄高蜀州適》《野望過常少仙》《丈人山》《寄杜位》、《暫如蜀州新津題三首》《陪李七司馬皂江上觀造竹橋》《觀作橋成》《李司馬橋了》。此五首又三首之另起總題，是原本所有，而後來諸本皆删去之矣。又如第一卷内《過宋員外之問舊莊》《夜宴左氏莊》云：「右二篇莫可攷，姑因次之。」此二首不系歲月，亦見舊本闕慎之義，今所行注本，亦皆删去也。足見南宋時，尚存《杜詩》原本之遺，而今皆不可問矣。

〔**賴校**〕〔一〕此文刊於《復初齋文集》卷十八。此文同前文，皆可互見翁方綱對於杜甫詩注的看法，以及其文獻版本考證學之一斑。

書王文簡五七言詩鈔後

西溟（姜宸英）序云：「七言詩去《三百篇》已遠，可以極作者之才思，義不主於一格，故鈔及宋元諸家。」此言非也。王文簡（王士禛）此鈔七言，及於宋元諸家者，以時代之變、才傑之出，非專舉唐人可以盡之；不比五言從來者遠，可以止於唐耳。蓋此鈔七言之意如此也。若果其於七言也，唐則及於張（張籍）、王（王建）、元（元稹）、白（白居易），宋、元則及誠齋（楊萬里）、廉夫（楊維楨）之徒，斯謂之不主一格矣。今文簡自撰凡例曰：「七言大旨以杜爲宗。唐、宋以來，蓋學杜者則取之（按：姚鼐《五七言今體詩鈔》作「善學杜者則取之」，《續修四庫》本同。）非謂古今七言之變遂盡於此。」詳哉其言之矣。西溟既爲此書作序，豈未嘗一觀其自撰凡例邪？大約凡爲一書，不當使他人爲序，又狃於其文之擅名者以爲之序，而實於本書無所發明，徒滋障礙而已，不若自撰凡例之明白無疑耳。

〔**賴校**〕〔一〕此文刊於《復初齋文集》卷十八。文中主要討論王士禛七言詩與杜甫的關涉，並及於翁方綱對姜宸英的批評、姜宸英對王士禛的誤解；翁氏復引張籍、王建、元稹、白居易、楊萬里、楊維楨、王士禛諸人，以論對杜甫詩的評價。由此文可知翁方綱對序跋凡例的重視，而其著作方法論以及「不妄作」的嚴謹治學態度。

書杜少陵李潮八分小篆歌後

秀水朱竹垞（朱彝尊）詩云：「開元君臣雖具體，邊幅漸整趨肥癡。」此二語即少陵是詩注脚也。蓋惟其時，分、隸皆趨於肥，是以少陵品書，以瘦硬爲主也。然少陵於漢，獨舉中郎（蔡邕）；而於唐，兼舉韓、蔡，是三家者，於分、隸肥乎？瘦乎？韓、蔡諸碑，今尚有存者，亦開、寶時格耳，未可以云瘦硬。至於中郎，洪文惠（洪适）嘗駁諸家之傅會矣。予以西岳劉熊、夏承諸碑攷之，其目爲中郎者，皆非無據。惟《范巨卿碑》，在中郎殁後四十三年，而李嗣真《書品》所云「蔡公諸體，惟《范巨卿碑》，冠絶古今」者，蓋指學蔡體者耳，非目爲蔡書也。是數碑者，筆勢皆相合。蓋未始不以肥爲貴也。且予以歐陽率更（歐陽詢）《房彦謙碑》印證范碑筆意，知唐人於是碑最所俎豆稟承者。蓋唐隸之根本，全在於中郎一人無疑也。「苦縣光和」云者，不知所指何碑，趙明誠《金石録》謂即延熹八年《老子銘》是也。婁彦發（婁機）云：「於時，陳相邊韶演而爲銘。」《金石録》云：「舊傳蔡邕文并書。」蓋杜甫「苦縣光和」之句啓之。周越《書苑》（《古今法書苑》十卷）遂以爲韶撰文而邕書，初無所據也。今以洪、婁二書驗之，洪不著其字體，婁雖著其字，而其果爲骨立與否，未可知也。或者疑爲二碑，遂以苦縣指此碑，光和指石經。或又以樊毅《西岳碑》（按：《隸釋》卷二，東漢光和二年《樊毅修華岳碑》）實之，又皆非也。愚意所指之碑，必蔡碑中之最瘦硬者也。愚嘗研極兩漢金石之文矣，瘦硬莫如《禮器碑》，而杜不言者，杜固曰：「秦有李斯漢蔡邕，中間作者絶不聞。」（按：一作「中間作者寂不聞」。）予初讀此句，以爲杜亦習沿時人之指，抹摋兩漢諸人，而惟中郎之是尊耳，今乃知非也。杜蓋深惜夫兩漢書家姓名之弗傳，而其烜赫當時，傳於後世者，唯一蔡中郎耳。故曰「絶不聞」者，難之也，非薄之也。兩漢作者有聞於後，惟一中郎；而中郎書體百變，其間近於瘦硬者，惟一《苦縣光和碑》耳，故曰「尚骨立」，尚者，僅詞，亦難之，非誇之也。若夫韓尚書、蔡騎曹，則當時所稱爲八分家耳，故曰「開元以來數八分」，數者，在當時不得不數之，於是奄有二子者，在李潮耳。杜公之言，蓋極矜慎，分寸出之，而豈言大，以夸者哉？宋朱新仲（朱翌）《猗覺寮雜記》引此詩作「骨力」，則是「嘉尚」之「尚」矣。毋論不得杜意，抑且與「貴」字相犯也。予因讀是詩，而得唐人書學之脉，又以知杜公之立言不苟焉。至東坡《墨妙亭詩》，亦非與杜立異者，予别有説詳之。

〔**賴校**〕〔一〕此文刊於《復初齋文集》卷十八。翁方綱引朱彝尊詩論及杜甫詩注，並以歐陽詢、洪适等書論，以評杜甫之書學，並及於翁氏金石學學習過程與期書學方法論；又透過對朱翌的批評，以論蘇軾與杜甫的繼承。

書杜少陵李潮八分小篆歌後二

或謂：「子以杜意舉中郎及韓、蔡，皆難之之辭，則何解於《贈顧誠奢》之篇耶？」曰：「此二篇用意，蓋亦微有不同。蓋《八分小篆歌》，探原委而言之，固自立言不苟，非專推李、蔡也，乃叙述此事，上下古今之作者也。至於，《送顧誠奢》（按：即《送顧八分文學詩》，又作《送顧八分文學適洪吉州》。）則曰：『中郎石經後，八分蓋顛顇。顧侯運鑪錘，筆力破餘地。』此蓋以贊美顧文學爲主，而亟稱其筆力也。唐人分、隸，蓋全得漢人筋力，是以於李潮，則曰『盤拏屈强』；於顧誠奢，則曰『韓蔡同贔屭』，贔屭乃作力之意，亦以筆力言之也。唐人得力既全在此，而中郎《石經》，尤其精力所在，是以特舉此提唱言之，而魏晋六朝以來多孱弱不振之作，故曰顛顇也。專以筆力爲立言之，而魏晋六朝以來，多孱弱不振之作，故曰『顛顇』也。專以筆力爲立言之所主，則姑未暇論肥瘦矣，此其指歸不同也。且其送顧，多以入直進御言之，故曰『元宗妙其書』，又曰『御札早流傳』，是豈與上下千年，探原反本者同語耶？此不當援送顧之作，以詰李潮之歌明矣。」

〔**賴校**〕〔一〕此文刊於《復初齋文集》卷十八。可與前文互參並觀。

附録二：翁方綱《石洲詩話》論杜詩輯録

此輯録翁方綱《石洲詩話》八卷版本，係以嘉慶二十年刻本爲據。此書卷前有《自叙》，卷一至卷五爲詩話本文，卷六爲《漁洋評杜摘記》，卷七爲《元遺山論詩三十首·附説》，卷八爲《王文簡戲仿元遺山論詩絶句三十五首·附説》，附録有嘉慶二十年（一八一五）四月八日張維屏《跋》一篇。以下輯録書中論杜各條，以資參考比較；前後並迻録《自叙》與《跋》，以明此書著述經過與緣起。

一、自叙

自乙酉春迨戊子夏[一]，巡試諸郡，每與幕中一二同學，隔船窗論詩，有所剖析，隨手劄小條相付，積日既久，彙合遂得五百餘條。秋間諸君皆散歸，又届報滿受代之時，坐小洲石畔，日與粤諸

[一]「乙酉」爲乾隆三十年（一七六五），「戊子」爲乾隆三十三年（一七六八），翁方綱時年三十三歲與三十六歲，而此書完成於乾隆三十三年（一七六八）九月二十四日。

生申論諸家諸體，因取前所劄記散見者，又補益之，得八百餘條。令諸生各鈔一本，以省口講，而備遺忘，本非詩話也。時乾隆三十三年九月二十四日，覃谿。

二、卷一

漢武《秋風辭》，此結四句脱胎所自也。用其意而不用其詞，特爲妙麗。至老杜《渼陂行》竟用其辭而並不相犯，乃尤妙也。此即詞場祖述，可覘古人之變化。

薛少保〔一〕《驅車越陝郊》一篇，即《杜詩》所謂「少保有古風，得之《陝郊篇》」者也。古風蓋指擬古詠懷之體。今觀此詩，依然阮公遺意也。可見唐初諸公，原有此一種，直至陳拾遺乃獨用此格，直接古調耳。此可見少陵之於唐賢，處處尋求古人門户。

伯玉《峴山懷古》云：「丘陵徒自出，賢聖幾凋枯。」《感遇》諸作，亦多慨慕古聖賢語。杜公《陳拾遺故宅》詩云：「位下何足傷，所貴者聖賢。」正謂此也。今之解杜者，乃謂以聖賢指伯玉，或又怪聖賢字太過，何歟？

〔一〕 薛少保，即薛稷（六四九—七一三），字嗣通，蒲州汾陰人。初、盛唐時期著名詩人，書法家，畫家，官位顯通。《驅車越陝郊》一篇，原題作《秋日還京陝西十里作》。而《杜詩》所謂「少保有古風，得之《陝郊篇》」，詩句出自其《觀薛稷少保書畫壁》。

張燕公「秋風樹不静，君子歎何深」，即杜之「凉風起天末，君子意如何」所本也。「洞房懸月影，高枕聽江流」，即「入簾殘月影，高枕遠江聲」所本也。杜於唐初前哲，大都攬其菁英，不獨原本家學。

崔侍郎湜《白鹿觀》詩：「捧藥芝童下，焚香桂女留」，即杜《金華觀》詩「焚香玉女跪，霧裏仙人來」所本也。芝童、桂女、仙人、玉女，皆以仙靈之類爲辭，不必確有所指。近時解杜者，頗穿鑿可笑。

盛唐之初，若獨孤、常州及薛侍郎據，皆遒勁雄渾，少陵之嚆矢也。侍郎曾與少陵同登慈恩寺塔。今其詩不傳。

嘉州之奇峭，入唐以來所未有。又加以邊塞之作，奇氣益出。風會所感，豪傑挺生，遂不得不變出杜公矣。

高常侍與岑嘉州不同，鍾退谷之論，阮亭已早辨之。然高之渾朴老成，亦杜陵之先鞭也。直至杜陵遂合諸公爲一手耳。

李東川《王母歌》云：「若能錬魄去三尸，後當見我天皇所。」此二語，前人已言其寓意。然篇中「複道歌鐘杳將暮，深宫桃李飛成雪」二句，復不讓少陵《麗人行》「楊花」「青鳥」一聯也。東川句法之妙，在高、岑二家上。

高之渾厚，岑之奇峭，雖各自成家，然俱在少陵籠罩之中。至李東川，則不盡爾也。學者欲從精密中推宕伸縮，其必問津於東川乎？

東川七律，自杜公而外，有唐詩人，莫之與京。徒以李滄溟揣摹格調，幾嫌太熟。然東川之妙，自非滄溟所能襲也。

龍標精深可敵李東川，而秀色乃更掩出其上。若以有明弘、正之間，徐迪功尚與李、何鼎峙。則有唐開、寶諸公，太白、少陵之外，舍斯人其誰與歸！

司空表聖之論曰：「傑出於江寧，宏肆於李、杜。」信古人不我欺也。

太白云：「山隨平野盡，江入大荒流。」少陵云：「星隨平野闊，月湧大江流。」此等句皆適與手會，無意相合，固不必謂相爲倚傍，亦不容區分優劣也。

太白五律之妙，總是一氣不斷，自然入化，所以爲難能。蘇長公「横翠峨嵋」一聯，前人比于杜陵峽中覽物之句。然太白作《上皇西巡南京歌》云：「地轉錦江成渭水，天迴玉壘作長安。」則更大不可及矣。

《西巡》之歌，殊于風雅之旨不類。安史之亂，豈得云「輕拂邊塵」？不觀杜公直書「仙杖離丹極，妖星帶玉除」乎？甚且鋪張蜀中濃麗，尤爲非體。若反言之，則不必；若正言之，則不宜。即不能作《北征》之篇，亦何必有《西巡》之頌也。此事在唐，自非細故，而李、杜二家，爲有唐一代詩人冠冕，若此之類，何以立詩教乎？

元相作《杜公墓係》有鋪陳、排比，藩翰、堂奧之説，蓋以鋪陳終始，排比聲韻之中，有藩籬焉，有堂奧焉。語本極明。至元遺山作《論詩絶句》，乃曰：「排比鋪張特一途，藩籬如此亦區區。少陵自有連城璧，争奈微之識碔砆。」則以爲非特堂奧，即藩翰，亦不止此。所謂「連城璧」者，蓋即《杜詩》學所謂參苓、桂朮、君臣、佐使之説。是固然矣。然而微之之論，有未可厚非者。詩家之難，轉不難於妙悟，而實難於鋪陳終始，排比聲律，此非有兼人之力，萬夫之勇者，弗能當也。但元、白以下，何嘗非鋪陳排比！而杜公所以爲高曾規矩者，又別有在耳。此仍是妙悟之説也。遺山之妙悟，不減杜、蘇，而所作或轉未能肩視元、白，則鋪陳排比之論，未易輕視矣。即如白之《和夢遊春》五言長篇，以及《遊悟真寺》等作，皆尺土寸木，經營締構而爲之，初不學開、寶諸公之妙悟也。看之似平易，而爲之實艱難。元、白之鋪陳排比，尚不可躋攀若此，而况杜之鋪陳排比乎？微之之語，乃真閲歷之言也。自司空表聖造二十四品，抉盡秘妙，直以元、白爲屠沽之輩。漁洋先生韙之，每戒後賢勿輕看《長慶集》。蓋漁洋之教人，以妙悟爲主者，故其言如此。當時宣城施氏已有「頓」「漸」二義之論。韓文公所謂「及之而後知，履之而後難」耳。

《墓係》又舉夏、殷、周千餘年，仲尼緝拾選練取《三百篇》，至子美之作，使仲尼鍛其旨要，尚不知貴其多乎哉？此亦究極波瀾之言。竹垞先生有言：「王制九州千七百七十三國，得列于詩者，僅十有一而已。殆所操類鄭國之音，所沿者前人體製，則膠固不知變，變而不能成方。司馬遷謂古詩三千餘篇，孔子去其重複。信矣！聖人固未嘗盡以少爲貴，顧其多者，篇體何如耳！」然漁洋先生謂「少陵晚年五律，後半往往重複」，《墓係》所舉，則但以諸大篇全局論之。南宋金華杜仲高旃讀杜詩，有「仲尼不容删」之句，可作此注脚。

自初唐至開寶諸公，非無古調。但諸家既自爲體段，而紹古之作，遂特自成家，如射洪、曲江是也。獨至杜公，迺以紹古之緒，雜入隨常酹酢布置中，吞吐萬古，沐浴百寶，竟莫測其端倪所在。《奉先詠懷》一篇，《羌邨》三篇，皆與《北征》相爲表裏。此自《周雅》降風以後，所未有也。迹熄詩亡，所以有《春秋》之作。若詩不亡，則聖人何爲獨憂耶？李唐之代，乃有如此大制作，可以直接六經矣。

滄溟首先選次唐詩，而此等皆所不取，乃獨取《玉華宫》一篇，蓋以「萬籟笙竽」「秋色瀟灑」，爲便於掇拾裝門面耳。

《垂老别》一首，「土門壁甚堅」二句，接上「加餐」，通是述其老妻代慮之詞。「勢異鄴城下」以下，則行者答慰其妻也。注家多未之及。

《羌邨》第一首，「歸客千里至」五字，乃「鳥雀噪」之語。下轉入妻子，方爲警動。鳥雀知遠人之來，而妻子轉若出自不意者，妙絶！妙絶！若直作少陵自説千里歸家，不特本句太實太直，而下文亦都傴緊無復伸縮之理矣。此等處最是詩家關捩，而評杜者皆未及。

蘇詩「塔上一鈴獨自語，明日顛風當斷渡」，下七字即塔鈴之語也。乃少陵已先有之。《四松詩》「得愮千葉黄」，「愮」與悋同，亦慳惜之意。「得愮」者，不得愮也。或作「得愧」，非。「足以送老姿」，亦錢刻之訛耳。本作「足爲送老資」，訛一字，即講不通矣。錢本之謬，類如此。他如「雨聲先以風」，「以」訛「已」《種萵苣》；「杜曲换耆舊」，「换」訛「晚」《壯遊》；「實唯親弟昆」，「實」訛「督」《别李義》；「汨吾隘世網」，「汨」訛「洎」《望嶽》；「雲雷屯不足」，「屯」訛「此」《三川觀水漲》之類：實不可枚舉。

杜之魄力聲音，皆萬古所不再有。其魄力既大，故能於正位卓立鋪寫，而愈覺其超出；其聲音既大，故於尋常言語，皆作金鐘大鏞之響。此皆後人之必不能學，必不可學者。苟不揣分量，而妄思攀援，未有不顛躓者也。

杜五言古詩，活於大謝，深於鮑照，蓋盡有建安、黄初之實際，而并有王、孟諸公之虚神，不可執一以觀之。

漁洋以五平、五仄體，近於游戲，此特指有心爲之者言。若杜之「凌晨過驪山，御榻在嵽嵲」；「憂端齊終南，澒洞不可掇」；「前登寒山重，屢得飲馬窟」；「鴟梟鳴黄桑，野鼠拱亂穴」；「清暉回群鷗，暝色帶遠客」；至于「山形藏堂皇，壁色立積鐵」，于五平五仄之中，出以疊韻，並屬天成，非關游戲也。

「乃是蒲城鬼神入」，阮亭抹之，豈虞其顛耶？然妙處固到極頂！看其上下銜接，是何等神理！不以阮亭之抹而稍減也。昔太倉王宫詹原祁嘗自言作畫「使筆如金剛杵」，此可以參《杜詩》。

阮亭先生意在輕行浮彈，不着邊際，見地自高。此所謂言各有當也。即如歐公《明妃曲後篇》，阮亭亦嘗譏之，而其妙自不可及。

歌「屈鐵」「迴枝」之雙松，故以「直幹」爲出路。而説者乃以直幹難畫，謂少陵以此戲之，不亦異乎？

杜公《相從歌》「銅盤繞蠟光吐日」一句，蘇長公因之，作《日喻》，古人文章善于脱化如此。《韋諷録事宅觀曹將軍畫馬》一篇，前云「蹴踏風沙」，後言「騰驤磊落」，而中間特着「顧視清高氣深穩」一句，此則矜重頓挫，相馬入微，所以苦心莫識，寥寥今古，僅得一支遁、一韋諷耳。韋諷只是借作影子，亦非僅僅此人眼力足配道林也。此一段全屬自喻，故不覺因而自慨想到三大禮獻賦時矣。末段徵引「翠華」，並非尋路作收，此乃正完得「可憐」二字神理耳。

杜《古柏行》中間雖有「憶昨」一折，然「落落盤踞」以下，只是渾渾就古柏唱嘆。朱注分「上二句咏成都之柏，此二句咏夔府之柏」，殊可不必。要知此等處，不須十分板劃也。

東坡和張耒《高麗松扇》詩：「可憐堂上十八公，老死不入明光宫。萬牛不來難自獻，裁作團團手中扇。」「萬牛」句，可作《古柏行》「誰能送」三字注脚。又東坡《木山》詩：「木生不願回萬牛，願終天年仆沙洲。」即從「不露文章」意脱化而出。古人之善用事如此。

唐之八分，自開元時已多趨肥碩。李潮于尔時，筆法能步武李、蔡。故《八分小篆歌》謂：「書貴瘦硬」，而以《嶧山》傳刻之肥本反形之；及後又迴繞八分，乃却以「肉」字顯出之。至蘇文公作《墨妙亭》詩，則因亭中石刻，自秦篆《嶧山》、褚摹《蘭亭》以迨顔、徐諸人，家數既多，體格不一，所云「短長肥瘠」「飛燕玉環」，特總統檃括之詞，故借杜詩側入，以見筆鋒耳。此所謂言各有當，不得因此二詩，而區别論書之旨，以爲杜、蘇殊嗜也。

《苕溪漁隱叢話》云：「唐初書得晋、宋之風，故以勁健相尚。褚、薛尤極瘦硬。開元、天寶以後，變爲肥厚。至蘇靈芝輩，幾於重濁。杜詩云云，雖爲篆而發，亦似有激於當時也。」此論與鄙意相合。

漢人分隸古勁，至唐以後，乃漸以流麗勝。此詩之所謂「不流宕」者，不獨對草書言之也。漁洋論此歌有敗筆，不知指何句而言。蓋漁洋論詩，以格調撑架爲主，所以獨喜昌黎《石鼓歌》也。《石鼓歌》固卓然大篇，然較之此歌，則杜也停蓄抽放，而韓稍直下矣。但謂昌黎《石鼓歌》學杜此篇，則亦不然。韓又自有妙處。

杜公以「取樂喧呼」之重濁字眼，放入「三更風起寒浪湧」之下，其手腕有萬鈞之力。如「取樂」之字眼拋出，如蜻蜓點水，一毫不覺其滯實，此誰能之！而後人不知，一味填實，即如作遊宴詩，將「取樂」一種字眼放入，有不令人聞而嘔噦者乎？「渠偏不怕」，而下文又以「歡會」字放入，令人不知杜公有多大喉嚨，而以爲我輩亦可如此，所以紛如亂絲也。

杜五律亦有唐調，有杜調。不妨分看之，不妨合看之。如欲導上下之脉，溯初、盛、中之源流，則其一種唐調之作，自不可少。且如五古内《贈衛八處士》之類，何嘗非選調？亦不可但以杜法概乙之也。此如右軍臨鍾太傅《丙舍》《力命》諸帖，未嘗不借以發右軍之妙處耳。

竊謂「花柳更無私」，却不如「欣欣物自私」更爲化工之筆。願與解人質之。

杜五律《所思》一首，當是與「地下蘇司業」一首同時而作，末句「無計斸龍泉」，指蘇也。解此方覺第六句頓挫之妙。「徒勞望牛斗」，乃倒因下句生耳。解者或以此二句仍作懷鄭，則不通矣。

杜五律《洞房》諸作、七律《秋興》諸作，皆一氣噴灑而出，風涌泉流，萬象吞吐，故轉有不避重複之處。其他諸什，大都類此。其巨細精粗，遠近出入，各自争量分寸之間，不必以略複爲疑也。七律到後來，實無可以變化處，不得不參以拗體。五律地窄，則不能也。此等處，微茫之至。

《贈張珀》詩：「無復隨高鳳」。蓋因上數聯叙張之寵遇，不啻朝陽翽羽，故此句落到自己，言不克追隨也。劉會孟謂用古人姓名，錢《箋》駁之，良是。但「高鳳」二字如此用，則另當記出。

《謁先主廟》一首，只「雜耕」二句跟上「仗老臣」來，指武侯説。其餘俱與武侯無涉。而説者必牽武侯，所以「關、張」「耿、鄧」句不可通也。錢箋以爲公自叙，是矣。而亦不免粘著武侯，何也？近又有查初白評本，謂「孰與」四句，應移至「事酸辛」之下，此尤謬矣。「乘時」「應天」，皆指先主，所謂有王者興，必有名世也。「事酸辛」則正接下「歘」字，所謂「運移漢祚終難復，志決身殲軍務勞」也。劉夢得《蜀先主廟》詩「得相能開國」五字，可作此篇注脚。

杜公之學，所見直是峻絶。其自命稷、契，欲因文扶樹道教，全見於《偶題》一篇，所謂「法自儒家有」也。此乃羽翼經訓，爲《風》《騷》之本，不但如後人第爲綺麗而已。無如飛騰而入者，已讓過前一輩人，不得不懷江左之逸、謝鄴中之奇；而緣情綺靡，斯已降一格以相從矣。又無奈所遇不偶，遷流羈泊，併所謂緣情者，只用以慰漂蕩，尤可慨也。故山不見，只作愁賦，别離之用，更何堪説！遠想《風》《騷》，低迴堂構，牽連綴述，屢屢及之，豈僅以詩人自許者乎？

《六絶句》，皆戒後生之沿流而忘源也。其曰「今人嗤點」，曰「爾曹輕薄」，曰「今誰出群」，曰「未及前賢」，不惜痛詆今人者，蓋欲俾之考求古人源流，知以古人爲師耳。六首俱以師古爲主。「不覺前賢畏後生」，此反語也。言今人嗤點昔人，則前賢應畏後生矣。嬉笑之詞，以此輩不必與莊論耳。

盧、王較之近代，則盧、王爲今人之師矣；公有「近代惜盧王」之句。漢、魏，則又盧、王之師也；《風》

《騷》，則又漢、魏之師也。此所謂轉益多師，言其層累而上，師又有師，直到極頂，必須《風》《雅》是親矣。此乃汝師，汝知之乎？蓋深嫉今人之依墻靠壁，目不見方隅者，而以此儆覺之也。盧、王亦且必祖述漢、魏，漢、魏亦且必祖述《風》《騷》，知此中之誰先，則知今人之所以不古若矣。故曰「未及前賢更勿疑」也。第五首「不薄今人愛古人」句，皆作不肯薄待今人之説。愚竊以爲不然。使如此説，則下三句俱接不去矣。其曰「輕薄爲文哂未休」，即指今人之好嗤點古人者。此句之「今人」，亦猶是也。「薄」乎云者，即上『輕薄』之「薄」，言今無出群之雄，而翻多嗤點前輩，則此風乃今時之薄也。故反言以醒之，曰：若不此之薄，而不古之愛，文法猶如「不有祝鮀之佞，而有宋朝之美。」則必逐逐于詞句之巧麗而已。吾知其不深求古人立言之意，而但惟是一詞之美、一聯之麗，必依附爲鄰而已耳。揣其意，亦豈不謂：從此可以方駕屈、宋哉！然自我觀之，恐與齊、梁作後塵也。如此則不流于僞體不止，與下章「未及」句，亦復針鋒相接也。「別裁僞體」，正是薄之也。「親《風》《雅》」，正是愛之也。杜陵薄今人嗤點之輩，至于如此！與「爾曹身與名俱滅」之言，未免太刺骨矣。故題之曰「戲」也。皇甫持正嘗歎時人詩，未有駱賓王一字，已罵宋玉爲罪人矣，此語可作《六絶句》注脚。

三、卷六

「岱宗夫如何」五字，是杜公出神之筆，「如何」二字虚，「夫」字實，從來皆誤解也。此一「夫」

字，實指岱宗言之。即下七句，全在此一「夫」字内。蓋少陵縱目遍齊、魯二大邦，而其「青未了」，所以不得不仰歎之。此「夫」字，猶言「不圖爲樂之至於斯」，「斯」字神理，乃將「造化神秀」「盪胸層雲」諸句，皆攝入此一「夫」字内，神光直叩真宰矣。豈得以虚活字妄擬之乎？

方綱自束髪誦詩，所見《杜詩》古今注本，已三十餘種，手録前人諸家之評，及自附評語，丹黄塗乙，亦三十三遍矣。大約注家於事實或有資以備考，於詩理則概未之有聞。評家本不易言，在杜公地分，既非後來學者所能仰窺，其謬誤擅筆者，固不必言矣。即或出於詩家，偶有所見，而就其稍近者，亦有二端：一則或出於初誦讀時，偶有未定之論；一則或爲學徒指點，有所爲而借發。此皆不足以言評杜也。即以近日王漁洋標舉「神韻」，於古作家，實有會心。然詩至於杜，則微之系説，尚不滿於遺山，後人更何從而措語乎？況漁洋於三唐雖通徹妙悟，而其精詣，實專在右丞、龍標間，若於杜則尚未敢以瓣香妄擬也。惟是詩理，古今無二，既知詩，豈有不知杜者？是以漁洋評杜之本，於詩理確亦得所津逮，非他家輕易下筆者比矣。愚幼而遊吾里黄崑圃之門，得遍識漁洋手定之説，既而於朋輩借閲，所稱漁洋評本者，大約非西樵之評本，則漁洋早年述西樵之評本。其後於同里趙香祖齋得漁洋評本，嘗以漁洋平日論杜語，逐條細較，實是其親筆無疑。昔在山東學使廨，刻拙作《小石帆亭著録》六卷，已載此本於《王氏遺書》目矣。海鹽張氏刻有《帶經堂詩話》一編，於漁洋論次古今詩，具得其概。學者頗皆問詩學於此書。而其末附有《評杜》一卷，細審之，則真贋混淆，有不得不辨析者。故因張刻此卷爲略記如右。若夫讀杜之法，愚自有《附記》二十卷，非可以評語盡之也。

四、跋

《石洲詩話》八卷。大興翁覃谿先生視學粵東，與學侶論詩所條記也。前五卷草稿久已失去，葉雲素農部忽於都中書肆購得之，持歸求先生作跋。先生因命人鈔存，又增《評杜》一卷、及附説元遺山、王漁洋《論詩絶句》兩卷，共成八卷。會先生門人襄平蔣公來督兩粵，因寄至節署，屬爲開雕。公命維屏董校勘之役。維屏既以詩辱知於先生，憶丁卯、戊辰寓京師，每清曉過蘇齋，先生輒爲論古人詩源流異同，亹亹不倦。一日詢及是編，徧撿弗獲。不意是書失去，遲之又久復還，而維屏於七千里外，乃得取而細讀之，且距先生視學時，已四十餘年矣。今展卷坐對，不啻追侍杖履於古榕曜石間。文字之緣，抑何紆而愜也。至先生閎見之博、考訂之精、用心之勤、持論之正，是編特全鼎之一臠耳。比年同人築雲泉山館於白雲、蒲澗之麓，先生作雲泉詩見寄，適是書剞劂甫竣，而雲泉詩亦已上石，此又一重翰墨緣，因連綴及之。

嘉慶二十年四月八日，番禺後學張維屏謹跋。

參考文獻

一、翁方綱相關著述與研究文獻

（一）翁方綱著述

〔清〕翁方綱原稿，徐松增補：《手批杜詩》，臺北：臺灣師範大學總圖書館，典藏十二册手批稿本。

〔清〕翁方綱撰，夏勤邦抄：《杜詩附記》，收入《續修四庫全書·集部·詩文評類》第一七〇四册，上海：上海古籍出版社，一九九五年、二〇〇二年，據清宣統元年夏勤邦抄本影印。

〔清〕翁方綱：《翁方綱纂四庫提要稿》，上海：上海科學技術文獻出版社，二〇〇〇年，影印本。

〔清〕翁方綱撰，吴格整理：《翁方綱纂四庫提要稿》，上海：上海科學技術文獻出版社，二〇〇五年。

〔清〕翁方綱原稿，周欣平主編：《翁方綱經學手稿五種》，上海：上海古籍出版社，二〇〇六年，據清稿本影印。
〔清〕翁方綱原稿，羅繼祖題識：《詩附記》（存四卷），北京：中華全國圖書館文獻縮微複製中心，二〇〇一年，據清稿本影印。
〔清〕翁方綱：《禮記附記》，北京：中華書局，一九八五年，據《畿輔叢書》本排印。
〔清〕翁方綱：《論語附記》，北京：中華書局，一九八五年，據《畿輔叢書》本排印。
〔清〕翁方綱：《孟子附記》，北京：中華書局，一九八五年，據《畿輔叢書》本排印。
〔清〕翁方綱：《經義考補正》，北京：中華書局，一九八五年，據清乾隆刻本影印。
〔清〕翁方綱：《復初齋文集》，臺北：臺灣師範大學圖書館典藏古籍善本，清道光間侯官李彦章刊，朱墨筆增改校樣本。《近代中國史料叢刊》第四二一册，臺北：文海出版社，一九六七年，據清李彦章校刻本影印。
〔清〕翁方綱：《復初齋詩集》，《續修四庫全書·集部》第一四五四、一四五五册，上海：上海古籍出版社，二〇〇二年。
〔清〕翁方綱：《石洲詩話》，臺北：藝文印書館，一九八五年。陳邇冬校點，北京：人民文學出版社，一九九八年。

〔清〕翁方綱：《詩境筆記》，香港：香港大學馮平山圖書館藏，手稿本。

〔清〕翁方綱：《經腴》，香港：香港大學馮平山圖書館藏，手稿本。

〔清〕翁方綱原稿，英和校訂：《翁氏家事略記》，北京：北京圖書館出版社，二〇〇六年，據清刻本影印。

〔清〕查慎行撰，翁方綱手批，王漁洋作序：《敬業堂集》五十卷，清康熙間刻本，臺北：「中央圖書館」典藏。

〔清〕厉鶚撰，翁方綱手批：《樊榭山房集》十卷、《續集》十卷、《集外詩》一卷，清乾隆四年刻本，臺北：臺灣師範大學圖書館典藏古籍善本。

〔清〕翁方綱：《翁方綱重訂五七言詩鈔》，上海：博古齋，一九二四年，據《蘇齋叢書》本影印。

〔清〕翁方綱：《蘇齋題跋》，北京：中華書局，一九八五年，據《涉聞梓舊》本排印。

〔清〕翁方綱：《蘇齋唐碑選》，北京：中華書局，一九八五年，據《咫進齋叢書》本排印。

〔清〕翁方綱：《蘇齋筆記》，京都：古典刊行會，一九三三年，據無窮會神習文庫所藏本影印。北京：北京出版社，一九九七年，據清宣統二年北洋官報印書局印本影印。

（二）翁方綱研究專著

朱友舟：《翁方綱的書學思想研究》，上海：上海書畫出版社，二〇〇六年。
沈津：《翁方綱年譜》，臺北：「中央研究院」中國文哲研究所，二〇〇二年。
沈津：《翁方綱題跋手札集録》，桂林：廣西師範大學出版社，二〇〇二年。
宋如珊：《翁方綱詩學之研究》，臺北：文津出版社，一九九三年。
徐國能：《清代詩論與杜詩批評：以神韵、格調、肌理、性靈爲論述中心》，臺北：里仁書局，二〇〇九年。
孫微：《清代杜詩學文獻考》，南京：鳳凰出版社，二〇〇七年。
孫微：《清代杜詩學史》，濟南：齊魯書社，二〇〇四年。

（三）翁方綱研究學位論文

李豐楙：《翁方綱及其詩論》，臺北：政治大學中國文學研究所，碩士論文，一九七四年。臺北：嘉新水泥公司文化基金會，一九七八年。
吴淑慧：《清儒翁方綱及其易學研究》，臺北：臺灣師範大學國文學系，碩士論文，二〇〇五年。

何石松：《乾嘉文論》，臺北：「中國文化大學」中國文學研究所，碩士論文，一九八三年。

宋如珊：《翁方綱詩學之研究》，臺北：「中國文化大學」中國文學系，碩士論文，一九九〇年。臺北：文津出版社，一九九三年。

陳純適：《翁方綱年譜》，臺中：東海大學中國文學系，碩士論文，一九九六年。

黄婉甄：《清代性情詩論研究：以清代四大詩説爲主》，高雄：中山大學中國語文學系，碩士論文，二〇〇四年。

楊淑玲：《翁方綱肌理説研究》，臺南：成功大學中國文學系，碩士論文，二〇〇二年。

趙太順：《翁方綱研究》，臺北：「中國文化大學」藝術研究所，碩士論文，一九九八年。

（四）翁方綱研究期刊學報論文

李豐楙：《翁方綱及其金石學》，《中華學苑》第十六期，一九七五年九月。

李豐楙：《翁方綱肌理説的理論及其應用》，《文學評論》第二期，一九七五年十一月。

李豐楙：《翁方綱著述考》，《書目季刊》第八卷第三期，一九七四年十二月。

吴兆路：《翁方綱的「肌理」説探析》，《蘭州大學學報（社科版）》一九九九年第三期。

吴銘能：《沈津著〈翁方綱年譜〉暨輯〈翁方綱題跋手札集録〉補遺》，《中國文哲研究通訊》，

第十六卷第一期，二〇〇六年三月。
吴銘能：《書評：沈津著〈翁方綱年譜〉》，《漢學研究》，第二十一卷第一期，二〇〇三年六月。
吴銘能：《銖積寸累，蔚爲大觀：沈津輯〈翁方綱題跋手札集録〉書後》，《書目季刊》，第三十七卷第一期，二〇〇三年六月。
何繼文：《翁方綱的「由蘇入杜」説》，《漢學研究》，第二十八卷第三期，二〇一〇年九月。
何繼文：《翁方綱的宋詩學》，《中國文學研究》第四輯，南昌：江西教育出版社，二〇〇一年。
沈津：《翁方綱與〈四庫全書總目提要〉》，收入《中國圖書文史論集》上篇（錢存訓先生八十榮慶紀念），臺北：正中書局，一九九一年十二月初版。
沈津：《靈隱書藏與翁方綱〈復初齋詩集〉》，《「國立中央圖書館」館刊》，第二十八卷第一期，一九九五年六月。
徐國能：《翁方綱杜詩學探微》，《臺北大學中文學報》，創刊號，二〇〇六年。
郭紹虞：《肌理説》，《國文月刊》，一九四六年六月。
陳先行：《〈翁方綱纂四庫提要稿〉的價值》，《澳門雜誌》，第十九期，二〇〇〇年十一月。
陳連營：《翁方綱及其經學思想》，《故宫博物院院刊》，第六期（總第一〇四期），二〇〇二年。

陳棟：《滬澳出版濠江藏文獻〈翁方綱纂四庫提要稿〉》，《澳門雜誌》，第十九期，二〇〇〇年十一月。
陳鴻森：《翁方綱年譜補正》，《中國文哲研究集刊》，第二十五期，二〇〇四年九月。
張淑紅：《博綜馬鄭，勿畔程朱：翁方綱的學術思想及其治學特點》，《齊魯學刊》，二〇〇五年第二期。
張璐：《翁方綱「肌理説」成因探析》，《湖南城市學院學報》，二〇〇五年第二期。
楊果霖：《翁方綱〈經義考補正〉研究》，《「國立中央圖書館」臺灣分館館刊》，第七卷第一期，二〇〇一年三月。
詹杭倫：《翁方綱之「杜詩學」綜論》，《杜甫研究學刊》，二〇〇二年第三期。
趙太順：《書法家跨越時空之相遇：略論蘇軾對翁方綱及金正喜之影響》，《屏東教育大學學報·人文社會類》，第二十七期，二〇〇七年六月。
趙太順：《清朝學者對金正喜影響之探索》，第七屆環太平洋韓國學國際學術大會，二〇〇四年。
鄧愛貞：《珍貴手稿·流傳有序》，《澳門雜誌》，第十九期，二〇〇〇年十一月。
潘繼安：《翁方綱〈四庫提要稿〉述略》，收入《中華文史論叢》，總第二十五輯，上海：上海古籍出版社，一九八三年二月第一版。

賴貴三：《〈翁方綱纂四庫提要稿·經部·易類〉考釋（上）》，《中國學術年刊》，第二十四期，臺北：臺灣師範大學國文研究所，二〇〇三年三月。

賴貴三：《〈翁方綱纂四庫提要稿·經部·易類〉考釋（下）》，《中國學術年刊》，第二十五期，臺北：臺灣師範大學國文研究所，二〇〇四年三月。

賴貴三：《翁方綱〈易附記〉手稿初探》，高雄：高雄師範大學經學研究所，第二屆經學學術研討會，二〇〇八年十一月。

謝明輝：《清代詩論家之比興觀初探：以王士禛、袁枚、翁方綱、沈德潛爲考察對象》，《人文與社會學報》，第一卷第八期，二〇〇六年七月。

二、杜甫相關研究專著與論文

（一）古籍

〔唐〕杜甫撰，〔宋〕王洙、趙次公等注：《分門集注杜工部詩》，北京：北京圖書館出版社，二〇〇三年。

〔唐〕杜甫撰，〔宋〕黄鶴集注，蔡夢弼校正：《杜工部草堂詩箋補遺》十卷、《外集》一卷，京都：中文出版社，一九八一年。
〔唐〕杜甫撰，〔宋〕黄鶴補，〔元〕范梈批選：《注杜工部詩千家注》六卷（縮影資料），臺北：「國立」故宫博物院，一九九七年。
〔唐〕杜甫撰，〔宋〕魯訔編次，蔡夢弼會箋：《杜工部草堂詩箋》，北京：中華書局，一九八五年。臺北：廣文書局，一九七一年，名《草堂詩箋（千家注杜詩）》。
〔唐〕杜甫撰，〔清〕仇兆鰲注：《杜詩詳注》，臺北：里仁書局，一九八〇年。
〔宋〕吕大防、蔡興宗、魯訔編：《杜工部年譜》，北京：北京圖書館出版社，一九九八年。
〔宋〕郭知達集注：《九家集注杜詩》，《杜詩叢刊》，臺北：大通書局，一九七四年，據《文瀾閣四庫全書》本影印。
〔宋〕黄鶴編：《杜工部年譜》，北京：北京圖書館出版社，一九九八年。
〔宋〕蔡夢弼箋注：《杜工部草堂詩箋》，北京：北京圖書館出版社，二〇〇六年，據中國國家圖書館、北京大學圖書館藏宋刻本影印。
〔宋〕魯訔編：《杜工部草堂詩年譜》，北京：北京圖書館出版社，二〇〇五年。
〔宋〕劉辰翁批點，〔元〕高楚芳編：《集千家批點杜工部詩集》，《杜詩叢刊》，臺北：大通書局，一九七四年，據嘉靖己丑靖江王府刻本。
〔元〕范梈批點：《杜工部詩范德機批選》，《杜詩叢刊》，臺北：大通書局，一九七四年，據明嘉靖三十七年江陽朱茹刻本影印。
〔元〕虞集：《杜律虞注》，《杜詩叢刊》，臺北：大通書局，一九七四年，據明吴登籍校刻本影印。
〔元〕趙汸：《杜律趙注》，《杜詩叢刊》，臺北：大通書局，一九七四年，據明萬曆十六年新安吴氏七松居藏本影印。
〔明〕金聖嘆選批，鍾來因整理：《杜詩解》，上海：上海古籍出版社，一九八四年。
〔明〕張性：《杜律演義》，《杜詩叢刊》，臺北：大通書局，一九七四年，據明嘉靖十六年汝南王齊刻本影印。
〔明〕單復：《讀杜詩愚得》，《杜詩叢刊》，臺北：大通書局，一九七四年，據明宣德九年江陰朱氏刻本影印。
〔明〕顧宸：《辟疆園杜詩注解》，東京：汲古書院，一九七八年。
〔清〕朱鶴齡：《杜工部年譜》，北京：北京圖書館出版社，一九九九年。
〔清〕朱鶴齡輯注，韓武成等點校：《杜工部詩集輯注》二十卷，《集外詩》一卷，《文集》二卷，保定：河北大學出版社，二〇〇九年。
〔清〕吴見思注，潘眉評：《杜詩論文》，《杜詩叢刊》，臺北：大通書局，一九七四年，據清康熙十一年吴郡寶翰樓刻本影印。
〔清〕吴瞻泰：《杜詩提要》，臺北：大通書局，一九七四年。
〔清〕佚名：《杜詩言志》，《續修四庫全書·集部·詩文評類》第一七〇〇册，上海：上海古籍出版社，一九九五年。
〔清〕沈德潛：《杜詩評鈔》，臺北：廣文書局，一九七六年，據日本京都求文堂藏本影印。
〔清〕浦起龍：《讀杜心解》，臺北：臺灣中華書局，一九八八年。
〔清〕黄生：《杜工部詩説》，京都：中文出版社，一九七六年。
〔清〕楊倫：《杜詩鏡銓》，臺北：天工書局，一九八八年。
〔清〕錢謙益：《杜詩錢注》，臺北：世界書局，一九九八年。

（二）現代專著

方瑜：《杜甫夔州詩析論》，臺北：幼獅文化事業公司，一九八五年。
成善楷：《杜詩箋記》，成都：巴蜀書社，一九八九年。

呂正惠：《杜甫與六朝詩人》，臺北：大安出版社，一九八九年。
朱東潤：《杜甫叙論》，北京：人民文學出版社，一九八一年。
朱偰：《杜少陵先生評傳》，臺北：東昇出版社，一九八〇年。
〔美〕宇文所安（Stephen Owen）：《盛唐詩》，北京：生活·讀書·新知三聯書店，二〇〇四年。
李立信：《杜詩流傳韓國考》，臺北：文史哲出版社，一九九〇年。
李辰冬：《杜甫作品繫年》，臺北：東大圖書公司，一九七七年。
李迺揚、吉川幸次郎：《杜詩又叢》，京都：中文出版社，一九七六年。
吴世常：《論詩絶句二十種輯注》，西安：陝西人民出版社，一九八四年。
吴懷東：《杜甫與六朝詩歌關係研究》，合肥：安徽教育出版社，二〇〇二年。
何淑貞：《杜甫五言近體詩語法研究》，臺北：福記文化出版社，一九八七年。
宋開玉：《杜詩釋地》，上海：上海古籍出版社，二〇〇四年。
周采泉：《杜集書録》，上海：上海古籍出版社，一九八六年。
郝潤華：《錢注杜詩與詩史互證方法》，合肥：黄山書社，二〇〇〇年。
胡可先：《杜甫詩學引論》，合肥：安徽大學出版社，二〇〇三年。
胡豈凡：《杜甫生平及其詩學研究》，臺北：文史哲出版社，一九七八年。

胡傳安：《詩聖杜甫對後世詩人的影響》，臺北：幼獅文化事業公司，一九七五年。
施鴻保，張慧劍：《讀杜詩説》，上海：上海古籍出版社，一九八三年。
華文軒：《古典文學研究資料匯編·杜甫卷》，北京：中華書局，二〇〇一年。
莫礪鋒：《杜甫評傳》，南京：南京大學出版社，一九九三年。
徐仁甫：《杜詩注解商榷》，北京：中華書局，一九七九年。
徐仁甫：《杜詩注解商榷續編》，成都：四川人民出版社，一九八六年。
高步瀛：《唐宋詩舉要》，臺北：世界書局，一九九六年。
郭永榕：《杜甫文學遊歷：杜少陵傳》，臺北：文史哲出版社，一九九六年。
郭紹虞：《杜甫戲爲六絶句集解》，臺北：木鐸出版社，一九八二年。
陳文華、張夢機：《杜律旨歸》，臺北：學海出版社，一九七九年。
陳文華：《不廢江河萬古流》，臺北：偉文圖書公司，一九七八年。
陳文華：《杜甫與唐宋詩學》，臺北：里仁書局，二〇〇三年。
陳文華：《杜甫傳記唐宋資料考辨》，臺北：文史哲出版社，一九八七年。
陳美朱：《清初杜詩詩意闡釋研究》，臺南：漢家出版社，二〇〇七年。
陳冠明、孫愫婷：《杜甫親眷交遊行年考》，上海：上海古籍出版社，二〇〇六年。

陳偉：《杜甫詩學探微》，臺北：文史哲出版社，一九八五年。
陳貽焮：《杜甫評傳》，北京：北京大學出版社，二〇〇三年。
孫微、王新芳：《杜詩學研究論稿》，濟南：齊魯書社，二〇〇八年。
黄奕珍：《杜甫自秦入蜀詩歌析評》，臺北：里仁書局，二〇〇五年。
曹慕樊：《杜詩雜説全編》，北京：生活·讀書·新知三聯書店，二〇〇九年。
許結：《杜詩學發微》，南京：南京出版社，一九八九年。
張忠綱：《杜甫詩話六種校注》，濟南：齊魯書社，二〇〇二年。
張健：《清代詩話研究》，臺北：五南出版社，一九九三年。
張健：《清代詩學研究》，北京：北京大學出版社，一九九九年。
張寅彭：《新訂清人詩學書目》，上海：上海古籍出版社，二〇〇三年。
葉嘉瑩：《杜甫秋興八首集説》，臺北：桂冠圖書公司，一九九四年。
傅庚生：《杜甫詩論》，上海：上海古籍出版社，一九八五年。
傅庚生：《杜詩散釋》，香港：建文書局，一九七一年。
曾棗莊：《杜甫在四川》，臺北：學海出版社，二〇〇一年。
楊松年：《杜甫〈戲爲六絶句〉研究》，臺北：文史哲出版社，一九九五年。

簡明勇：《杜甫、杜詩、杜詩學》，臺北：文史哲出版社，一九八三年。
韓成武：《杜甫新論》，保定：河北大學出版社，二〇〇七年。
學海出版社編輯部：《杜甫年譜》，臺北：學海出版社，一九七八年。
劉明華：《杜詩修辭藝術》，鄭州：中州古籍出版社，一九九一年。
劉世南：《清詩流派史》，臺北：文津出版社，一九九五年。
劉中和：《杜詩研究》，臺北：益智出版社，一九六八年。
歐麗娟：《唐代詩歌與性別研究：以杜甫爲中心》，臺北：里仁書局，二〇〇八年。
歐麗娟：《杜詩意象論》，臺北：里仁書局，一九九七年。
鄭文：《杜詩檠詁》，成都：巴蜀書社，一九九二年。
蔣先偉：《杜甫夔州詩論稿》，成都：巴蜀書社，二〇〇二年。
蔡錦芳：《杜甫版本及作品研究》，上海：上海大學出版社，二〇〇七年。
蔡振念：《杜詩唐宋接受史》，臺北：五南出版社，二〇〇一年。
蔡志超：《杜詩舊注考據補正》，臺北：萬卷樓圖書公司，二〇〇七年。
趙海菱：《杜甫與儒家傳統文化研究》，濟南：齊魯書社，二〇〇七年。
楊慧傑：《杜詩品評》，臺北：東大圖書公司，一九九〇年。

簡恩定：《清初杜詩學研究》，臺北：文史哲出版社，一九八六年。
簡錦松：《杜甫夔州詩現地研究》，臺北：學生書局，一九九九年。
嚴迪昌：《清詩史》，杭州：浙江古籍出版社，二〇〇二年。

（三）學位論文

林美青：《杜詩意象類型研究》，臺北：政治大學中國文學研究所，碩士論文，一九九九年。
陳文華：《杜甫詩律探微》，臺北：臺灣師範大學國文研究所，碩士論文，一九七七年。
黄志誠：《宋人杜詩評論研究》，臺北：輔仁大學中國文學研究所，碩士論文，一九八九年。
張經宏：《杜甫七律與李商隱七律之比較研究》，臺北：臺灣大學中國文學研究所，碩士論文，一九九五年。
蔡娉婷：《劉辰翁評杜研究》，桃園：「國立中央大學」中國文學研究所，碩士論文，一九九六年。
蕭麗華：《論杜詩沉鬱頓挫之風格》，臺北：臺灣師範大學國文研究所，碩士論文，一九八五年。

（四）學報期刊、會議與專書論文

王利器：《論注杜詩》，《杜甫研究學刊（草堂）》，一九八六年二月。

王家琪：《文天祥〈集杜詩〉的叙事結構與對杜詩之接受》，《興大中文學報》，第二十三期，二〇〇八年六月。

王清原：《〈東北地區古籍線裝書聯合目録〉及索引的編纂》，《「第三届漢文史資料庫研討會」論文集：文傳論叢》，北京：文信傳文史研究院，二〇〇四年八月。

王澤君：《試論杜甫詩對小説戲曲的影響》，《杜甫研究學刊（草堂）》，一九九二年一月。

杜曉勤：《開天詩人對杜甫接受問題考論》，《文學遺産》，一九九一年三月。

李栖：《談杜甫的詩學理論：兼論與其繪畫理論的異同》，《中國國學》，第二十期，一九九二年十一月。

李凱：《清人注杜的詮釋學觀念》，《杜甫研究學刊（草堂）》，二〇〇二年三月。

吴中勝：《趙翼論杜詩》，《欽州學院學報》，二〇〇八年八月。

余群：《語必驚人總近情：袁枚對杜甫天性多情的推崇及其對後人的影響》，《黑龍江史志》，二〇〇八年二月。

林繼中：《杜詩與宋人詩歌的價值觀》，《文學遺産》，一九九〇年一月。
林繼中：《杜詩學：民族的文化詩學》，《杜甫研究學刊（草堂）》，一九九五年四月。
周興陸：《金聖歎杜詩批解的文學批評學透視》，《文學遺産》，一九九八年三月。
周興陸：《試論杜詩的正典化》，《杜甫研究學刊（草堂）》，二〇〇〇年二月。
胡可先：《杜詩學論綱》，《杜甫研究學刊（草堂）》，一九九五年四月。
胡可先：《沈德潛杜詩學述略》，《文藝理論研究》，一九九四年一月。
馬承五：《詩聖、詩史、集大成：杜詩批評學中之譽稱述評》，《杜甫研究學刊（草堂）》，一九九七年三月。
袁志彬：《沈德潛及其杜詩論》（上、下），《杜甫研究學刊（草堂）》，一九九五年三、四月。
莊進宗：《集大成與哂未休：論古人批評杜詩的短處》，《雲林工專學報》，第十六期，一九九七年六月。
連文萍：《明代格調派詩論中的「杜詩集大成説」：以李東陽〈懷麓堂詩話〉爲論述中心》，《「國立」編譯館館刊》，第二十三卷第一期，一九九四年六月。
夏松凉：《杜詩雜考》，《寧波職業技術學院學報》，二〇〇二年四月。
陳文華：《論杜詩「鍼縷細密」之章法》，《學粹》，第十九卷第六期，一九七八年六月。

陳弱水：《思想史中的杜甫》，《「中央研究院」歷史語言研究所集刊》，第六十九本第一分，一九九八年。
孫永忠：《愛花欲死杜陵狂：談隱逸爲杜甫開啓新生命情趣》，《輔仁學報》，二〇〇八年十月。
孫琴安：《清代詩歌評點的熱點之一：杜詩》，《杜甫研究學刊（草堂）》，一九九九年二月。
黄自鴻：《杜甫「詩史」定義的繁衍現象》，《漢學研究》，第二十五卷第一期，二〇〇七年六月。
黄志輝：《全面認識杜學發展的歷史和現狀》，《杜甫研究學刊（草堂）》，一九九二年三月。
許結：《方東樹論杜述評》，《杜甫研究學刊（草堂）》，一九八七年二月。
許德楠：《國學大師們的傾嚮性：針對杜甫與其他詩人的「比試」》，《南京社會科學》，二〇〇七年二月。
張志烈：《審美情趣歷史進化之一例：杜甫咏物詩與漢魏六朝咏物賦之比較》，《杜甫研究學刊（草堂）》，一九八九年三月。
張伯偉：《抒情詩詮釋的多元問題：以杜甫〈江村〉的歷代詮釋爲例》，《政大中文學報》，二〇〇八年十二月。

張松建：《一個杜甫，各自表述：馮至、楊牧、西川、廖偉棠》，《中外文學》，第四二二期，二〇〇八年九月。
張忠綱：《杜甫獻〈三大禮賦〉時間考辨》，《文史哲》，二〇〇六年第一期。
張忠綱：《漁洋論杜》，《文學評論》，一九八七年四月。
葉征洛：《金聖歎〈杜詩解〉評介》，《杜甫研究學刊（草堂）》，一九八九年三月。
程千帆、莫勵鋒：《杜詩集大成説》，《文學評論》，一九八六年六月。
傅光：《論杜學的定義與内涵》，《人文雜志》，一九九九年第三期。
曾棗莊：《天下幾人學杜甫，誰得其皮與其骨：論宋人對杜詩的態度》，《杜甫研究學刊（草堂）》，一九八二年一月。
曾棗莊：《論唐人對杜詩的態度》，《杜甫研究學刊（草堂）》，一九八一年一月。
楊承祖：《杜詩用事後人誤爲史實例》，《「中央研究院」歷史語言研究所集刊》，第五十四本第一分，一九八三年三月。
趙曉蘭：《四庫館臣與杜詩學》，《杜甫研究學刊（草堂）》，一九九六年四月。
蔡志超：《沈德潛詩學及其杜詩論述》，《慈濟人文學報》，第十期，二〇〇七年七月。
蔣凡：《〈河嶽英靈集〉與杜甫》，《杜甫研究學刊（草堂）》，一九八三年一月。

賴玉芹：《試析清初詩人的杜詩情節》，《杜甫研究學刊(草堂)》，二〇〇四年四月。
蕭麗華：《杜詩「沉鬱頓挫」新解》，《「國立」編譯館館刊》，第十六卷第一期，一九八七年六月。
劉曉光：《杜甫晚年心態及詩歌創作考辨》，《北京教育學院學報》，二〇〇一年九月。
劉明華：《芬芳悱惻解杜，轉益多師學杜：袁枚對杜詩學的貢獻》，《杜甫研究學刊(草堂)》，一九九三年一月。
黎孟德：《書貴瘦硬方通神：論杜甫與書法》，《杜甫研究學刊(草堂)》，一九九三年三月。
歐麗娟：《論杜甫詩中倫理失序的邊緣女性》，《漢學研究》，二〇〇八年六月。
鄭昭祺：《葉燮論杜甫：〈原詩〉缺失初探》，《文藝理論研究》，二〇〇七年第四期。
廖美玉：《清高宗與杜子美：〈唐宋詩醇〉評選杜詩平議》，《成大中文學報》，第三期，一九九五年五月。
廖仲安：《〈杜詩趙次公先後解輯校〉評注》，《中國古代近代文學研究》，一九九六年四月。
廖仲安：《杜詩學》，《首都師範大學學報(社會科學版)》，一九九四年五月。
裴斐：《唐宋杜詩學四大觀點述評》，《杜甫研究學刊(草堂)》，一九九〇年四月。
蔣寅：《〈杜詩詳注〉與古典詩歌注釋學之得失》，《杜甫研究學刊(草堂)》，一九九五年二月。

謝思煒：《杜詩解釋史概述》，《文學遺産》，一九九一年三月。
聶巧平：《宋代杜詩的輯佚》，《廣西師範學報》，二〇〇一年四月。
關玉林：《論〈隨園詩話〉評杜詩》，《杜甫研究學刊（草堂）》，一九九四年二月。
嚴壽澂：《詩聖杜甫與中國詩道》，《「國立」編譯館館刊》第三十卷第一期、第二期合刊本，二〇〇一年十二月。
羅焕章：《李調元是怎樣學杜詩的》，《杜甫研究學刊（草堂）》，一九九三年二月。

三、其他相關古籍

（一）經部

〔清〕朱彝尊：《經義考》，臺北：「中央研究院」中國文哲研究所，一九九七年六月。
〔清〕阮元：《重刊宋本十三經注疏》，臺北：藝文印書館，一九六五年。

（二）史部

〔明〕宋濂等：《元史》，北京：中華書局，一九七七年。
〔清〕徐松：《西域水道記》（外兩種），北京：中華書局，二〇〇五年。
〔清〕張廷玉等：《明史》，北京：中華書局，一九七七年。
〔清〕張維屏：《國朝詩人徵略》，廣州：中山大學出版社，二〇〇四年。
〔清〕繆荃孫：《徐星伯先生事輯》，北京：北京圖書館出版社，二〇〇六年。
〔清〕繆荃孫：《續碑傳集》，臺北：明文書局，一九八五年。

（三）子部

〔宋〕曾慥：《類説》，《景印文淵閣四庫全書》第八七三册，臺北：臺灣商務印書館，一九八三年。

（四）集部

〔唐〕李嗣真：《續畫品録》，上海：上海古籍出版社，一九九三年。

〔唐〕孟棨：《本事詩》，臺北：臺灣商務印書館，一九八三年。
〔宋〕陸游：《老學庵筆記》，臺北：廣文書局，一九七二年。
〔宋〕蘇軾：《蘇軾文集》，北京：中華書局，一九九二年。
〔元〕陳繹曾：《文説》，《景印文淵閣四庫全書》第一四八二册，臺北：臺灣商務印書館，一九八三年。
〔清〕王士禛：《居易録》，臺北：臺灣商務印書館，一九八三年。
〔清〕王夫之：《薑齋詩話》，上海：上海古籍出版社，一九九五年。
〔清〕易宗夔：《新世説》，成都：四川大學出版社，一九九八年。
〔清〕黄生：《唐詩矩》，合肥：安徽大學出版社，二〇〇九年。
〔清〕黄生：《唐詩評三種》，合肥：黄山書社，一九九五年。
〔清〕黄生：《唐詩摘鈔》，合肥：安徽大學出版社，二〇〇九年。
〔清〕黄培芳：《粤嶽草堂詩話》，廣州：廣東高等教育出版社，一九九五年。
〔清〕符葆森：《國朝正雅集》，清咸豐七年京師長白崇氏半畝園刊本。
〔清〕梁章鉅：《退庵隨筆》，臺北，新文豐出版公司，一九九七年。
〔清〕梁章鉅：《浪跡叢談》，臺北：漢京文化公司，一九八四年。

〔清〕屠紳：《鶚亭詩話》，王德毅主編《叢書集成續編》第二〇二册，臺北：新文豐出版公司，一九八九年。
〔清〕劉熙載：《藝概》，《歷代書法論文選》，上海：上海書畫出版社，一九七九年。
〔清〕繆荃孫，楊璐：《藝風堂雜鈔》，北京：中華書局，二〇一〇年。
〔清〕繆荃孫：《雲自在龕隨筆》，臺北：世界書局，二〇一〇年。
〔清〕繆荃孫：《藝風堂文集》，上海：上海古籍出版社，一九九五年。

四、其他現代專著

王壯爲：《書法叢談》，臺北：「國立」編譯館，一九八二年。
王欣夫：《文獻學講義》，上海：上海古籍出版社，二〇〇五年。
王俊義、黄愛平：《清代學術文化史論》，臺北：文津出版社，一九九九年。
王振乾等：《東北大學史稿》，長春：東北師範大學出版社，一九八八年。
王振鵠：《書緣：圖書館生涯五十年》，臺北：王振鵠教授八秩榮慶籌備小組，二〇〇四年。
王益知：《張學良外紀》，臺北：曉園出版社，一九九〇年。
王紹曾、崔國光等：《訂補海源閣書目五種》，濟南：齊魯書社，二〇〇二年。

沈尹默等：《藝林叢論》，臺北：文馨出版社，一九七六年。
朴現圭：《臺灣公藏韓國古書籍聯合書目》，臺北：文史哲出版社，一九九一年。
宇文所安（Stephen Owen）：《初唐詩》，北京：生活·讀書·新知三聯書店，二〇〇四年。
李敖：《張學良研究》，臺北：李敖出版社，一九八八年。
李敖：《張學良研究續集》，臺北：李敖出版社，一九八八年。
李翠蓮：《百年家族：張學良》，臺北：立緒文化事業有限公司，二〇〇一年。
吴宏一：《清代詩話考述》，臺北：「中央研究院」中國文哲研究所，二〇〇六年。
吴宏一：《清代詩話知見録》，臺北：「中央研究院」中國文哲研究所，二〇〇二年。
吴宏一：《清代詩學初探》，臺北：學生書局，一九八六年。
林慶彰：《清代經學研究論集》，臺北：「中央研究院」中國文哲研究所，二〇〇二年。
金毓黻：《遼海叢書》，臺北：藝文印書館，一九七一年。
周子美：《嘉業堂鈔校本目録》，上海：華東師範大學出版社，二〇〇〇年。
恒慕義：《清代名人傳略》，西寧：青海人民出版社，一九九〇年。
馬宗霍：《書林藻鑑》，北京：文物出版社，一九八四年。
徐有富：《目録學與學術史》，北京：中華書局，二〇〇九年。

徐揚、寇思壘：《陳誠評傳》，臺北：群倫出版社，一九八六年。
郭伯恭：《四庫全書纂修考》，北京：國立北平研究院史學研究會，一九三七年。
郭沫若：《石鼓文研究》，北京：科學出版社，一九六五年。後收入《郭沫若全集·考古編》，北京：科學出版社，一九八五年。
陳振濂：《歷代書法欣賞》，西安：陝西人民出版社，一九八八年。
黃景進：《王漁洋詩論研究》，臺北：文史哲出版社，一九八〇年。
黃愛平：《四庫全書纂修研究》，《清史研究叢書》，北京：中國人民大學出版社，一九八九年。
梁啓超：《清代學術概論》，臺北：臺灣商務印書館，一九八五年。
張少康：《中國文學理論與批評史教程》，北京：北京大學出版社，二〇〇四年。
張舜徽：《中國文獻學》，臺北：木鐸出版社，一九八三年。
葉恭綽：《清代學者象傳》，臺北：文海出版社，一九六九年。
楊廷福，楊同甫：《清人室名別稱字號索引》（增補本），上海：上海古籍出版社，二〇〇一年。
楊向奎：《清儒學案新編》，濟南：齊魯書社，一九八五年。
趙爾巽、柯劭忞：《清史稿》，臺北：洪氏出版社，一九八一年。
臺灣省立師範學院圖書館：《國立東北大學寄存線裝圖書分類目録》，一九四五年四月。

臺灣師範大學：《「國立」臺灣師範大學校史》，一九八五年六月。
臺灣師範大學國文學系：《東北大學寄存師大國文系線裝圖書總目録》，一九六六年十月。
臺灣師範大學圖書館：《「國立」臺灣師範大學圖書館善本書目》，一九七一年六月。
蔣秋華：《乾嘉學者的治經方法》，臺北：「中央研究院」中國文哲研究所，二〇〇〇年。
鄭鶴聲、鄭鶴春：《中國文獻學概要》，臺北：臺灣商務印書館，一九七三年。
遼寧省、吉林省、黑龍江省圖書館：《東北地區古籍綫裝書聯合目録》，瀋陽：遼海出版社，二〇〇三年。
劉兆祐：《文獻學》，臺北：三民書局，二〇〇七年。
劉兆祐：《認識古籍版刻與藏書家》，臺北：臺灣書店，一九九七年。
錢仲聯：《清詩紀事》，南京：江蘇古籍出版社，一九八七年。
謝鴻軒：《近代名賢墨跡》，謝述德堂鴻軒家藏，一九七一年。
羅振常：《善本書所見録》，上海：上海古籍出版社，二〇一四年。

五、其他學位論文

莊清輝：《〈四庫全書總目〉經部研究》，臺灣政治大學中國文學研究所，碩士論文，一九八八年。

曾紀剛：《四庫全書之纂修與清初崇實思潮之關係研究：以經史二部爲主的觀察》，輔仁大學中國文學系，碩士論文，二〇〇二年。

六、其他相關論文

沈津：《校理〈四庫全書總目提要〉殘稿的一點新發現》，《中華文史論叢》，總第二十一輯，上海：上海古籍出版社，一九八二年三月。

周子美：《近百年來江南著名藏書家概述》（上、下），《圖書館雜誌》，總第一、二期，一九八二年一月、四月。

周策縱：《一察自好：清代詩學測徵》，《清代學術研討會論文集》，高雄：「國立」中山大學中國文學系，一九九三年十一月。

高橋智：《臺灣師範大學所藏趙蔭棠舊藏音韻學資料版本調查報告》（第一次所在報告），《和漢之辭書·類書之書誌的研究》。

喬衍琯：《臺灣師範大學藏書》，《國語日報：書和人》第一四八期，一九七〇年十一月。

楊果霖：《四庫館臣補正〈經義考〉成果考論》，《「國立中央圖書館」臺灣分館館刊》，第九卷第四期，二〇〇三年十二月。

楊果霖：《有關〈經義考〉著録的幾項分析》（上、下），《「國立中央圖書館」臺灣分館館刊》，第八卷第四期、第九卷第一期，二〇〇二年十二月、二〇〇三年三月。

虞坤林：《海寧藏書家之傳承及其姻親關係初探》，《海寧藏書文化研究》，杭州：西泠印社出版社，二〇〇四年四月。

賴貴三：《「國立」臺灣師範大學特藏圖書與線裝古籍初探》，《陳滿銘教授七秩榮退誌慶論文集》，臺北：萬卷樓圖書股份有限公司，二〇〇五年七月。

賴貴三：《辨章考鏡，汲古開新：臺灣師大總圖「鎮館三寶」之一〈宋版孟子〉版本考述》，《孔孟月刊》，第四十六卷第五、六期，二〇〇八年二月。

賴貴三：《「辨章考鏡，汲古開新」（一）：本校典藏線裝善本古籍歷史源流考述》，《臺灣師範大學圖書館通訊》，雙月刊第六十六期，臺北：臺灣師範大學圖書館，二〇〇五年五月。

賴貴三：《臺灣師大國文系寄存東北大學古籍圖書簡介》，《文傳論叢：第三届漢文史資料庫研討會論文集》，北京：文信傳文史研究院，二〇〇四年八月。

羅琳：《〈續修四庫全書總目提要稿本〉纂修始末》，《中國書目季刊》，第三十卷第三期，一九九六年十二月。